MIA TSAI

Der Halbelf, der mich liebte

MIA TSAI

Der Halbelf, der mich liebte

Roman

Deutsch von
Vanessa Lamatsch

blanvalet

Die Originalausgabe erschien 2023 unter dem Titel
»Bitter Medicine« bei Tachyon, San Francisco.

Der Verlag behält sich die Verwertung des urheberrechtlich
geschützten Inhalts dieses Werkes für Zwecke des Text- und
Data-Minings nach § 44 b UrhG ausdrücklich vor.
Jegliche unbefugte Nutzung ist hiermit ausgeschlossen.

Penguin Random House Verlagsgruppe FSC® N001967

1. Auflage 2025
Copyright der Originalausgabe © 2022 by Mia Tsai
Published by Arrangement with STUDIO PLUM, LLC
Dieses Werk wurde vermittelt durch die Literarische Agentur
Thomas Schlück GmbH, 30161 Hannover.
Copyright der deutschsprachigen Ausgabe © 2025 by Blanvalet
in der Penguin Random House Verlagsgruppe GmbH,
Neumarkter Str. 28, 81673 München
Redaktion: Christoph Hardebusch
Umschlaggestaltung: Umschlaggestaltung: www.buerosued.de
nach einer Originalvorlage von Tachyon Publications
Umschlagmotiv: JiaLing Pan
BL · Herstellung: fe
Satz: satz-bau Leingärtner, Nabburg
Druck und Bindung: GGP Media GmbH, Pößneck
Printed in Germany
ISBN 978-3-7341-6416-3

www.blanvalet.de

Für mich,
weil ich es konnte.

1. Kapitel

Zuerst die Tusche.

Elle gießt ein wenig Wasser auf ihren Reibstein, legt das Ende ihres Tuschestabes darauf. Sie verschränkt die Hände und atmet mit geschlossenen Augen einmal tief durch. Als sie die Lider wieder öffnet, erwacht ihre Magie, steigt mit vertrauter, freudvoller Wärme in ihren Bauch.

Sie packt den Stab und führt ihn im Uhrzeigersinn in kleinen Kreisen über den Stein. Ihr Daumen liegt auf den in Gold eingestanzten Blüten. Die ganze Schicht über hat sie darauf gewartet, endlich in ihre Werkstatt entkommen zu können. Sie braucht die meditative Wirkung der Kalligrafie, um sich zu entspannen. In der Stille der Kunst gibt es keine offenen Bestellungen, keine unhöflichen Kunden, keine Sorgen um ihren älteren Bruder, Tony. Hier sind ihre Fähigkeiten grenzenlos.

Schnell findet Elle ihren Rhythmus. Die Magie erweckt ihre Meridiane. Ihre Macht löst sich mit jeder Bewegung mehr, schickt dünne Ranken in ihre Brust und ihren Arm, füllt Stein und Wasser und Tuschestab mit geflüstertem Potenzial. *Shhh*, sagt der Reibstein beruhigend. Der tröstende Duft von Räucherwerk umweht sie. *Shhh.* Tony steht sicher unter ihrem Schutz. Und auch, wenn er seine Magie nicht mehr besitzt, ist er glücklich und gesund. *Shhh, shhh.*

Die Tusche stockt, nimmt ein tiefes Schwarz an, das im Licht der Leuchtstoffröhren glänzt. Elle atmet aus, legt den Stab zur Seite und lässt die Fingerspitzen über die Pinsel gleiten, die am

Regal hängen. Instinkt und ein Jahrhundert Erfahrung führen sie zum richtigen Pinsel – Bambusgriff, Wolfshaar, feine Spitze. Elle begrüßt ihn, als sie ihn von seinem Haken hebt und vorbereitet, dann taucht sie den Pinsel in die Tusche und gewöhnt ihn mit ein paar Teststrichen ein. Es gibt genug Tusche für eine Glyphe – ein Schriftzeichen auf einem quadratischen Stück Reispapier –, die sie letztendlich verkaufen wird. Während sie das Papier festhält, sättigt sie jedes Haar des Pinsels mit ihrer Magie und murmelt ein Gebet an Shénnóng, den chinesischen Gott der Medizin, ihren Schutzgott und direkten Vorfahren.

Das Schriftzeichen für »fliegen« besteht aus neun Strichen. Elle erfüllt jeden davon mit der Entschlossenheit, die Erde hinter sich zu lassen und sich in den Himmel zu erheben. Drei Striche erzeugen einen schlagenden Flügel, die Federn gespreizt und vibrierend unter dem Druck der Atmosphäre. Ein zweiter Flügel nimmt Form an, um geschmeidige Geschwindigkeit zu garantieren. Der letzte Strich nach unten wird zur harten Linie des Horizonts, der sich verschiebt, weil der Vogel scharf nach rechts zieht.

Als sie fertig ist, lehnt Elle sich zurück und sieht auf ein Wort herunter, in dem so viel Energie knistert, dass es fast von der Seite springt. Das ursprüngliche Schriftzeichen zeigt Vögel im Flug. Wer auch immer diese Glyphe nutzt, wird keine Schwierigkeiten haben, sich ihnen anzuschließen.

Sie seufzt enttäuscht. Diese Glyphe ist zu mächtig.

Ihr Handy beginnt zu klingeln. Teresa Teng singt vom Mond, ihre Stimme blechern und gedämpft.

Das ist Tonys Klingelton.

So schnell springt sie auf die Beine, dass ihr Hocker mit einem protestierenden Quietschen über den Boden rutscht. Teresa Teng singt weiter, ohne sich bewusst zu sein, dass Elle auf der Suche nach ihrem Handy Rollen Reispapier, Stapel von Glyphen und Krüge mit Pulvern zur Seite schiebt. Das Handy liegt nicht auf der Arbeitsplatte neben der Spüle und auch nicht auf den Ablageschränken auf der anderen Seite der Werkstatt. Ebenfalls nicht am

Ende ihrer Werkbank. Vielleicht versteckt es sich auf dem Müllbrett ihres Bücherregals, was allerdings keinen Sinn ergibt. Aber es könnte auch im All treiben. Sie würde den Fakt akzeptieren, solange sie es nur finden könnte.

Der Song bricht ab, nur um sofort wieder einzusetzen, was ihre Panik weiter verstärkt.

»Wo ist das Ding?«, blafft sie sich selbst an. Endlich entdeckt sie ein langes Kabel, das unter einem staubigen Haufen in der Nähe des Mülleimers verschwindet. Sie zieht ihr Handy heraus, eine Wolke von Staubpartikel, die in ihrer Nase kitzeln, steigt auf, dann löst sie das Ladekabel und klappt das Gerät auf, um es sich ans Ohr zu pressen.

»Tony?! Tony, geht es dir gut? Was ist los? Bist du verletzt?«

»Oh mein Gott, beruhige dich. Es geht mir gut.« Er ist entweder irritiert oder herablassend oder beides gleichzeitig.

»Du sollst mich doch nur im Notfall anrufen!«

»Vielleicht würde ich dich nicht anrufen, wenn du öfter als einmal pro Jahrzehnt deine Mails checken würdest«, gibt Tony zurück. »Zwei Wochen und du hast nicht geantwortet. Vielleicht sollte ich mir eher Sorgen um dich machen, hm?«

»Nein!« Anders als Tony war Elle stärker als je zuvor. Sie könnte sich eine Pistolenkugel einfangen und trotzdem überleben, dank Shénnóngs Segen. »Ich habe meine Mails gecheckt!«

»Deine Arbeitsmail gilt nicht.«

»Auf meiner persönlichen Adresse kriege ich nur dummes Zeug.«

»Es gibt Spam-Filter. Bist du nicht hundertfünfundzwanzig Jahre oder so? Du bist zu erwachsen, um so ahnungslos zu sein. Selbst eine Dreißigjährige weiß mehr als du.« Er hält inne, wahrscheinlich, um die Augen zu verdrehen. »Ich habe dir vor zwei Wochen geschrieben, um dich zu einer Veranstaltung im North Carolina Museum of Art einzuladen. Du weißt schon, das Große, außerhalb des Loop. Es ist eine Ausstellung chinesischer Kunst. Ich dachte, das könnte dich interessieren.«

»Du dachtest, es könnte mich interessieren oder du wollest nicht allein gehen?« Elle klemmt sich das Handy zwischen Ohr und Schulter und beugt sich vor, um das Chaos aufzuräumen. Sie knallt die Papiere heftig genug auf ihren Arbeitstisch, dass ein Quadrat von einem anderen Stapel aufgewirbelt wird. Geschickt schnappt sie es sich aus der Luft und glättet es eilig.

Tony schnieft. »Ersteres natürlich. Du malst noch, richtig? Machst nicht nur diesen Glyphen-Mist?«

»Das ist kein Mist«, protestiert Elle, den Blick auf das Papier unter ihrer Hand gerichtet. Es ist eine Kohlezeichnung eines attraktiven Mannes, der in ein Buch versunken auf einer Couch sitzt.

Jeder Gedanke an die Einladung verpufft, verdrängt von Gedanken an ihn.

Luc. Oder vielmehr Agent Luc Villois, ein hochgewachsener, sexy Halbelf, der ihren Laden seit ungefähr acht Monaten besucht ... nicht dass sie zählen würde. Dieser Tage ist er eher Freund als Kunde. Ein kleines Lächeln verzieht ihre Lippen, als sie an ihre spätabendlichen Gespräche denkt, während im Hintergrund seine Stärkungsmittel ziehen.

Tony stöhnt. »Es ist Mist, weil du viel mehr tun könntest, es aber nicht tust. Ich will nicht undankbar klingen oder irgendwas ...«

Das Buch in der Zeichnung ist dasselbe Buch, das aufgeschlagen auf ihrem Couchtisch liegt. Elle hat es nicht geschafft, den Band wegzuräumen, seitdem er vor einer Woche das letzte Mal da war. Das geht nicht, erklärt sie sich selbst. Er wird beim nächsten Besuch weiterlesen wollen.

»... wie das Porträt, das du von mir gezeichnet hast. Richtig? Meiner Meinung nach deine beste Arbeit.«

Wenn sie sich konzentriert, kann sie Luc auf seinem Platz auf der Couch sehen, den dunklen Kopf über die Seiten gebeugt, die langen Beine ab dem Knie überschlagen, die Unterlippe konzentriert zwischen den Zähnen. So hält er sich davon ab, den Mund zu bewegen, wenn er liest, hat er erklärt. Eine alte Gewohnheit.

Elle findet das liebenswert, hat das aber nicht ausgesprochen. Damit hätte sie eine unsichtbare Linie übertreten. Sie sind nur Freunde. Keiner von ihnen will eine Beziehung. Luc ist, laut seiner Erklärung, zu oft auf geheimen Missionen unterwegs. Und Elle?

»Elle? Hallo? Ich rede mit dir. Du malst noch, richtig?«

Sie wirft einen schuldbewussten Blick zu den Bildern an den Wänden. Sie sind alle schon Jahre alt. »Ähm, ja. Sicher, male ich noch. Suuuperviel. Ich bin total beschäftigt.«

»Du bist eine wirklich grauenhafte Lügnerin. Kalligrafie zählt nicht. Begleite mich morgen Abend und lass dich ein wenig inspirieren. Gern geschehen.«

»Du bist ein Idiot. Wieso lädst du mich ein?«

»Kann ich nicht Zeit mit meiner Lieblingsschwester verbringen wollen?«

»Ich bin deine einzige Schwester.«

»Das ändert nichts am Wahrheitsgehalt meiner Aussage.«

»Tony.« Ihre Nasenflügel blähen sich.

»Okay, schön. Ich will offen ein.«

Ella schnaubt, vielleicht ein wenig zu laut. »Du? Offen?«

»Erwischt. Eine meiner Patientinnen hat mir zwei Tickets für diese schicke *Gala* geschenkt ...«

»Wieso betonst du das so?«

»Unterbrich mich nicht. Weil ich dort sein werde und schwul bin. Wo war ich? Eine Gala für eine Kunstausstellung aus New York. Ich will hin, weil es umsonst ist und ich mich schick anziehen und dementsprechend atemberaubend gut aussehen kann. Und wenn du mich begleitest, wird mein Glanz auf dich abstrahlen.«

Das kann nicht alles sein, doch sie würde es nicht überraschen, wenn es so wäre. Misstrauisch fragt Elle: »Und?«

»... und weil ich finde, du solltest öfter mal raus.«

Elle presst die Lippen zusammen, um die Gründe zurückzuhalten, warum sie nicht ausgeht. Denn Tony kennt sie alle. Stattdessen antwortet sie: »Ich bin viel unterwegs.«

»Du verlässt das Firmengelände nicht einmal, um einkaufen zu gehen. Nur einmal im Jahr, um mich zu besuchen. Komm morgen Abend mit und verdopple deine Quote.«

»Das will ich nicht riskieren.«

»Riskieren? Was riskieren? Es ist eine Kunstgala.«

»Deine Sicherheit.«

»Nö. Einspruch. Du wirst mich nicht als Ausrede vorschieben. Seit dem letzten Mal sind dreizehn Jahre vergangen. Du musst einsam sein.«

Sie atmet tief ein, dann langsam aus. Einsamkeit ist für ihre Opferbereitschaft kein Faktor. Elle hat ihre persönlichen Ziele, ihren Ehrgeiz und jede Chance auf eine dauerhafte Beziehung auf diesem Altar geopfert. Und ohne Bedauern dabei zugesehen, wie sie sich in Rauch aufgelöst haben. »Sechsundzwanzig Jahre. Und zwei Monate.«

»Sechsundzwanzig Jahre und zwei Monate. Das ist zu lang, um keinen Spaß zu haben.«

»Eine Kunstausstellung mit zig Leuten klingt nicht besonders spaßig.«

»Für mich ist eine Gala mit kostenlosem Alkohol und Dresscode Spaß. Für dich ist es Spaß, Kunst zu betrachten, für die du zufälligerweise Expertin bist. Win-win.« Tony brummt. »Damit ist es beschlossen. Ich sehe dich morgen Abend.«

»Nein! Es ist zu früh! Vielleicht können wir etwas Kleineres finden? Nur du und ich? In ein paar Wochen? Ich soll dich doch sowieso besuchen kommen.«

Tony atmet tief ein, als wolle er gleich eine ganze Liste herunterrasseln. »Morgen Abend wäre nicht zu früh, wenn du deine verdammten Mails checken würdest; es ist sechsundzwanzig Jahre und zwei Monate her, und du hast wunderbare Arbeit darin geleistet, mich am Leben zu halten; du hast es verdient, auch mal Spaß zu haben; ich finde, du solltest dich auf deine Kunst konzentrieren, und die Betrachtung von Klassikern könnte dich inspirieren; ich vermisse meine Schwester; es ist Abendgarderobe vorgeschrieben, also zieh etwas Hübsches an; ich werde dich morgen um sieben Uhr vor der Agentur abholen. Habe ich etwas übersehen?«

»Den Teil, als ich Nein gesagt habe?«

Jemand klopft hart an die Tür. Eine Sekunde später schwingt sie auf und gibt den Blick auf Lira frei, Mitbesitzerin des Ladens und Elles beste Freundin. Lira ist eine kleine, robust gebaute schwarze Frau, die ihr Haar in einem perfekten, wippenden Twist-out trägt. Ihre Haut ist von einem warmen, dunklen Braun und ihr Gesicht ist quasi die Definition des Wortes »pausbäckig«. Dieses Gesicht ist verzogen zu der Definition einer »genervten Miene«.

»Elle, deine Pause ist schon seit ... Moment, telefonierst du?«

»Ähm.« Elle räuspert sich. »Ja?«

»Ist das Tony?« Lira spricht lauter. »Tony, geht es dir gut?«

»Oh, ist das Lira?«, fragt Tony erfreut. »Sag ihr, dass alles okay ist.«

Pflichtbewusst leitet Elle die Nachricht weiter.

Lira betritt Elles Werkstatt. »Wieso ruft er an?«

»Ich rufe an, um Elle morgen Abend auszuführen«, schreit Tony durchs Telefon. Mit einer Grimasse reißt Elle das Gerät vom Ohr.

»Viel Glück!«, schreit Lira zurück. »Sie wird niemals zustimmen!«

»Soll ich dir einfach das Telefon überlassen, damit ihr euch unterhalten könnt, ohne meine Angelegenheiten in die Welt zu schreien?«, fragt Elle mürrisch, hält dann das Telefon wieder ans Ohr. »Ich werde ihr das Handy geben. Hier.«

Lira nimmt es mit einem strahlenden Lächeln entgegen. »Hey, Tony! Eine Sekunde.« Sie legt die Hand über das Mikrofon. »Elle, Ed ist vorne. Du bist dran, dich mit ihm herumzuschlagen. Okay, Tony, ich bin wieder da. Was geht ab? Wie läuft's bei dir?«

Unzeremoniell aus dem Gespräch entlassen, verlässt Elle die Werkstatt, kleistert sich ihre Verkäuferinnenmiene ins Gesicht, wandert den Flur entlang und stoppt abrupt, als sie den Oni in ihrem Laden sieht.

Er ist stämmig, mit breiten, muskulösen Armen. Eine dicke, riesige Keule in seiner Hand schleift über den Boden. Auf seinem Kopf wächst ein Gebüsch aus Haaren in Braun und Schwarz, umrahmt von zwei Hörnern. Das Gesicht zeigt eine knochenweiße Maske, die Augen darin dunkel. Hinter der Kreatur schlägt ein buschiger Schwanz hin und her. Der scharfe Geruch von Eisen hängt in der Luft.

Elle seufzt und umrundet den Tresen, um sich wieder einzustempeln. Sie mag inzwischen eine durchschnittliche Ladenbesitzerin bei *Roland & Riddle* sein, der Faerie-Zeitarbeitsfirma, aber früher war sie eine hochrangige Agentin. Sie ist mit allen Unterordnungen von Oni vertraut, und keine von ihnen trägt Ganovenmaske.

Tanuki allerdings haben eine Ganovenmaske. »Ed, du hast ein wenig Waschbär auf deinem Gesicht vergessen.«

»Oh, verflixt. Ich konnte dich keine Sekunde täuschen?«

»Nein. Tut mir leid.«

Die Umrisse des Oni verschwimmen, als plätschere ein Bach über Steine. Eine Sekunde später steht ein kleiner japanischer Marderhund in einem Overall vor ihr. Auf dem Mitarbeiterpass, der an seiner Brusttasche befestigt ist, steht Agent Ed Mochi. Es ist ein albernes Alias, aber alle in der Agentur brauchen eines, und Ed ist eher liebenswert als lächerlich. Auf jeden Fall ist es besser als ein Puk mit dem Namen Agent Eimer oder eine Dryade namens Agent Murmeltier.

Elle beugt sich über den Tresen, um Ed besser sehen zu können, und zwingt ein wenig Frohsinn in ihre Stimme. »Aber du hättest mich fast erwischt! Vergiss das nächste Mal deinen Schwanz nicht.«

»O nein. Meinen Schwanz?«

Elle nickt und schenkt Ed ein geübtes, freundliches Lächeln. »Du wirst den richtigen Dreh irgendwann herausbekommen. Du bist noch jung. Und dauert es nicht Jahre, die Transformation zu perfektionieren?«

»Sicher«, antwortet Ed bedrückt, »Aber ich will es lernen, um endlich befördert zu werden. Meine Missionen langweilen mich.«

»Was bist du jetzt? C?«

»Ja. Alle in meiner Familie sind bereits B oder höher! Nur ich nicht. Ich kann nicht mit Menschen verkehren, bevor ich den nötigen Rang habe.«

Aus gutem Grund. Aber Elle lässt Ed sprechen. Interaktion mit Menschen ist riskant, besonders, wenn die Verkleidungen nicht perfekt sind; die Geschichte gerät ins Ungleichgewicht, wann immer Fae und Menschen aneinandergeraten. Und seit das europäische Schisma vor sechshundert Jahren die Menschen von den Fae getrennt hat, bleiben die westlichen Fae für sich. Die Firmenpolitik bestärkt diese Trennung und schützt die verletzlicheren Agenten.

»Du schaffst das schon! Bis dahin ...« Elle hebt in einer diensteifrigen Pose den Zeigefinger. »Wie kann ich dir helfen?«

Der Tanuki stößt ein genervtes Seufzen aus. »Ich brauche eine Glamour-Glyphe. Habe mal wieder Spuk-Dienst.«

»Du bist schon der dritte Zeitarbeiter, der diese Woche von Spuk-Dienst spricht. Was ist los?«

»Die Geister auf dem Stadtfriedhof gönnen sich ein Sabbatical.« Ed zieht seine agentureigene Faerie-Identifikationskarte hervor und legt sie auf den Tresen. »Ich meine, ich kann es ihnen nicht übelnehmen; sie arbeiten nonstop, weißt du? Sie werden ein paar Monate wegbleiben, daher braucht es jemanden, der auftaucht und zumindest aus der Ferne unheimlich aussieht. Nur um den Schein zu wahren und so. Es ist nicht schwer, es ist nur ...«

Seine Nase zuckt. »Ich wünschte einfach, ich bräuchte nicht die Magie von jemand anderem, um durchsichtig zu werden. Ähm. Nichts für ungut.«

»Schon gut. Du wirst auch haussitten?«

»Vermutlich.« Ed klingt wie ein jammernder Teenager.

»Okay«, sagt Elle, um die Sache zu beschleunigen. »Du kannst zwei Add-ons auswählen. Welche willst du?«

»Ich wäre gerne extra transparent, und wenn du es aussehen lassen könntest, als triefe Blut von meinem Körper, wäre das wirklich super.« Eds Oberlippe hebt sich zu der Tanuki-Version eines bösartigen Lächelns, sodass spitze kleine Zähne sichtbar werden. Es wirkt eher putzig als gefährlich.

»Ed, du musst dich an die Vorgaben halten.« Elle deutet auf die Liste, die hinter ihr an der Wand hängt. »Keine speziellen Add-ons, bis du den nächsten Rang erreicht hast.«

»Verflixt.« Ed wirkt bedrückt.

Elle schenkt Ed einen Tut-mir-leid-aber-tut-mir-nicht-leid-Blick zu. Für sie ist das Handbuch der Agentur quasi eine heilige Schrift, und sie weiß genau, wo ihre Grenzen liegen. Kein auffälliges Zeug, keine Glyphen oder Tränke, die nicht auf der Liste stehen, keine Machtdemonstrationen, die über ihren Rang hinausgehen – wie die Flug-Glyphe auf ihrer Werkbank. Tony zuliebe ist sie mittelmäßig, auch wenn es Tage gibt, an denen der Drang, etwas Besonderes zu schaffen, unendlich stark ist, weil ihre Magie so in ihr kocht, dass es schmerzt und ihr den Schlaf raubt.

Auf der Vorderseite des Tresens hängen außerdem große Poster mit Infografiken, die genau erläutern, was welcher Rang im Marschgepäck bei sich tragen darf. »Agenturvorschrift. Ich kann einen menschlichen Geist-Glamour mit Standardtransparenz ausstatten. Das zweite Add-on musst du von der Liste wählen.«

Sie greift unter den Tresen und zieht einen dicken Ordner heraus, dessen Rücken bereits von der ständigen Benutzung gebrochen ist, und schlägt ihn auf. Darin sind Beispiele ihrer Glyphen, quadratische und rechteckige Stücke Papier mit chinesischen Schriftzeichen in verschiedenen Schrifttypen. Sie schiebt ihm den Ordner zu.

»Okay«, sagt Ed und streckt sich, um es sich anzuschauen. Eine Sekunde später tippt er mit einer schwarzen Klaue vorsichtig auf die Klarsichtfolie. »Die da ist gut.«

Elle mustert die Beschreibung, dann dreht sie sich zu dem Schubladenschrank in ihrem Rücken um, öffnet eine davon und enthüllt so ordentliche Reihen von Glyphen in Zellophanhüllen. »Geist«, murmelt sie, während ihre Finger über die Reiter wandern, bis sie die richtige gefunden hat. Sie zieht sie heraus und öffnet eine weitere Schublade.

Bis sie die zweite gefunden hat, hat Ed seinen Körper verlängert, um über den Tresen schauen zu können, sodass er jetzt eher wie ein missgebildetes Wiesel aussieht als wie ein Marderhund. Er schiebt seine Waffenbesitzkarte, die auch als Kreditkarte dient, über den Tresen. Elle nimmt die WBK entgegen und reicht dem Tanuki die Glyphen. Der Handel ist abgeschlossen.

»Ich wünsche dir einen schönen Tag.« Mit einem Lächeln verabschiedet sie Ed und hält die Miene im Anschluss, um eine Jersey-Teufelin zu begrüßen, die durch die Tür schreitet. »Wie kann ich dir helfen?«

Die Teufelin stampft leicht mit einem Huf auf den Boden und lässt einen Kaugummi ploppen – was Elle ziemlich überrascht, nachdem zweibeinige Ziegen mit Hörnern und Flügeln gewöhnlich nicht Kaugummi kauen und ihn noch weniger ploppen lassen. Aber wahrscheinlich sind die Einflüsse New Jerseys einfach sehr stark.

»Ich war auf der Durchreise und habe einige Rezensionen gesehen, laut denen ihr Sonderwünsche erfüllt. Stimmt das?«

»Ah.« Sofort erinnert Elle sich selbst an die Regel, dass sie keine speziellen Kundenwünsche erfüllen darf. »Hängt von der Bestellung ab. Großmengen können länger dauern, wenn du mehr bestellst, als wir auf Lager haben. Welchen Rang hast du? Und wonach suchst du?«

»B-Rang. Und es geht nicht um eine Großbestellung. Ich brauche eine wiederverwendbare Unsichtbarkeitsglyphe, die gleichzeitig lautlose Bewegung garantiert. Habe mal wieder einen Irreführungsauftrag im Wald. Muss mein Gesicht lang genug zeigen, dass Kinder mich auf Snap oder Insta oder irgendwas bringen können, aber danach muss ich schnell verschwinden.«

Elles Laden ist für alle mit Rang B und drunter, auch wenn hin und wieder mal jemand mit A-Rang einkauft. Im Agentur-Intranet gibt es eine begeisterte und einige mittelmäßige Rezensionen – ziemlich typisch. Sie würde es gerne dabei belassen. »Ich kann drei oder vier geringere Unsichtbarkeitsglyphen mit Add-ons anbieten.«

»Nein, sie muss wiederverwendbar sein. Ich will nicht jedes Mal eine neue Glyphe öffnen.«

»Es gibt dafür keine Amulette von der Materialabteilung?«

Die Teufelin schüttelt den Kopf. »Ich habe einen Antrag gestellt, mir die nötige Freigabe zu erteilen, damit ich den Zauber schichten kann, aber er wurde abgelehnt, weil irgendein Idiot das System gesprengt hat. Ich dachte, ich versuche es stattdessen mit Glyphen. Kannst du mir helfen oder nicht?«

»Tut mir leid, dich enttäuschen zu müssen, aber ich fürchte, das kann ich nicht.« Es wäre nicht schwer. Nur ein paar zusätzliche Striche und eine Umleitung mit Dämpfung und Leichtfüßigkeit in einer gekoppelten Glyphe. Sie hat ihren Tuschestab noch nicht weggeräumt und ihr Pinsel ist noch feucht. Sie könnte diese Bestellung in einer Minute zeichnen.

Aber sie darf ihre Macht nicht zeigen. Sie ist nicht länger die junge Frau, die nur auf Empfehlung für spezielle Kunden von A- und S-Rang arbeitet. So einfach es auch wäre, diese Glyphe zu schaffen, sie wird ihre Pflicht gegenüber Tony nicht verletzen.

»Es tut mir wirklich leid. Du könntest einen der Läden in New York ausprobieren. Die arbeiten ständig auf Bestellung. Wenn es eine chinesische Glyphe ist, nach der du suchst, gibt es in der Niederlassung in Flushing ein paar herausragende Künstler.«

Die Teufelin seufzt auf eine Weise, die von zwei Sternen im internen Bewertungssystem spricht, dann lässt sie noch mal ihren Kaugummi ploppen. »Danke.«

»Tut mir wirklich leid, dass ich dir nicht helfen konnte.«

Die Teufelin wedelt nur mit der Hand und verlässt den Laden, wobei sie einer vertrauten Gestalt ausweicht, die durch die Eingangstür tritt.

Elles Atem stockt.

Luc ist hochgewachsen und schlank wie ein Fußballspieler, mit kastanienbraunem Haar, das er aus dem Gesicht gekämmt trägt, einem Kieferverlauf, der förmlich um die Berührung ihrer Lippen bettelt, und Augen, die so blau sind, dass man sie sogar aus der

Ferne strahlen sieht. Sein Gesicht ist ein symmetrisches Wunder, mit Wangenknochen, die sich ihrem Bleistift tagelang entzogen haben. Und er bewegt sich mit einer geschmeidigen Grazie, die sofort alle Blicke auf sich zieht. Er ist, kurz gesagt, ein schöner Mann, dessen gesamte Haltung sie immer an die chinesischen Prinzen aus ihren geliebten Historienschinken erinnert.

Streng ermahnt sie sich, nicht zu lächeln. Schließlich ist Luc in erster Linie ein Kunde. So muss sie ihn behandeln, nicht als sehr attraktiven Freund, in dessen Nähe sie immer grinsen will wie eine Närrin. Elle hält ihre Miene so ausdruckslos wie möglich, um besagte Narretei zu vermeiden.

Sie hält gerade mal durch, bis die Teufelin den Laden verlassen hat. Dann grinst sie doch wie eine Närrin, was sie zwingt, die Hand vor den Mund zu halten. Luc reagiert mit einem strahlenden Lächeln, das seinen distinguierten Zügen etwas Jungenhaftes verleiht.

Himmel, es ist plötzlich so heiß hier. Zu heiß für ihr T-Shirt, die Jeans und die Schürze mit dem Logo des Ladens. Zu heiß für ihn in seinem marineblauen Anzug, an dessen Kragen unter einem farbenfrohen weiteren ein gestärktes weißes Hemd hervorspäht.

»Hallo, Agentin Mei«, sagt Luc recht ernst, als er den Tresen erreicht. Das Lächeln verblasst, verschwindet aber nicht ganz. »Dein schrecklicher Kandidat ist zurückgekehrt.«

Elle zittert angesichts des französischen Akzents, der seine Worte färbt. »Und deine schreckliche Kandidatin ist immer noch hier. Auch hallo, Agent Villois.« Sie kann der Versuchung nicht widerstehen, eine Strähne hinters Ohr zu streichen, obwohl sie ihr Haar in einem Pferdeschwanz trägt und eigentlich recht gut sitzt. »Du bist schneller zurück, als ich dachte. Ist alles gut gelaufen? Haben die Tränke und Glyphen alle richtig funktioniert?«

»Ja, sehr gut. Ich wollte dir für deine herausragende Arbeit danken.«

Ihre Wangen kribbeln. Auch wenn Elle es ihm gegenüber nie erwähnt, hat sie sich für Lucs Bestellungen besonders ins Zeug gelegt, hat sie speziell an seine Körperchemie angepasst. Luc hat nie gesagt, dass er ein Halbelf ist – wahrscheinlich aus Sicherheitsgründen –, aber sie wusste schon nach der ersten Pulskontrolle, dass er nicht rein menschlich ist.

Aber sie ist sich sicher, dass er den Unterschied nicht bemerkt hat. »Danke. Aber es war nichts Besonderes.«

»Ich sage nichts als die Wahrheit.«

»Du schmeichelst mir.«

»Das Lob ist berechtigt.«

»Weißt du, du solltest gar nicht hier sein. Du hast einen zu hohen Rang für meine Arbeit.«

»Dein Rang ist viel zu niedrig für die Qualität deiner Arbeit. Wollen wir dieses Gespräch wirklich schon wieder führen?« Lucs Augen funkeln.

Elle ermahnt ihre Knie, nicht nachzugeben. »Welches Gespräch?«

»Das Gespräch, in dem ich dir Komplimente mache, du sie als unbegründet abtust und ich Verwunderung darüber äußere, dass deine Produkte nicht viel mehr nachgefragt werden.«

Sie beißt sich auf die Unterlippe und lächelt. »Das ist wirklich nichts Besonderes. Nur Standardzeug.«

»Ich kenne das Standardzeug, wie du es nennst.«

»Und?«

»Deins ist besser. Deine Magie ist stärker. Deine Arbeit ist detaillierter. Ich verstehe nicht, wieso meine Kollegen die Unterschiede nicht sehen, und habe wirklich keine Ahnung, wieso die Bewertungen so niedrig sind.«

Elle weicht der Wahrheit aus. »Manchmal bin ich unhöflich. Und manchmal funktioniert etwas nicht.«

»Meiner Erfahrung nach stimmt das nicht. Deine Werke haben immer makellos funktioniert. Egal, was andere auch denken mögen, ich wollte ...« Luc atmet einmal tief durch. »Also, ich habe das hier gesehen und musste an dich denken. Ich fand, du solltest es bekommen, wenn man bedenkt, wie viel davon du für mich verwendest.«

Er schiebt die Hand in die Innentasche seines Mantels und zieht ein rechteckiges Kästchen aus Holz heraus. Als sie die Größe und Form erkennt, keucht Elle. Schon bevor Luc den Deckel öffnet, weiß sie, was sie erwartet.

Ein Tuschestab. Er hat ihr einen Tuschestab gebracht, der mindestens einen Monatslohn wert ist. Elle sieht von dem Kästchen zu Luc, dann wieder auf das Kästchen, dann wieder zu Luc. Kein Geräusch dringt über ihre Lippen, als sie den Mund öffnet. Das mag am Schock liegen oder an ihrer Verwirrung. Leute, die nur befreundet sind, schenken sich gewöhnlich nichts – besonders nichts so Wertvolles. Eigentlich ist Elle der Meinung, dass sie und Luc sich eher auf dem Level von lustigen Socken bewegen.

»Ich ...« Sie ist erstarrt.

»Ich hoffe, du magst ihn«, sagt Luc, ungewöhnlich leise.

Elle hebt die Hand, lässt die Finger erst über den Firmennamen auf dem Kästchen gleiten, dann über die Schriftzeichen, die in Gold auf dem Ende des Stabs eingestanzt sind. Es gibt keine Tusche von höherer Qualität als die, die Luc auf den Ladentresen gestellt hat. Der Stab ist hart wie Stein, die Farbe ein tiefes, reines Schwarz. Aus Erfahrung weiß Elle, dass sie ihn Jahrzehnte verwenden kann, ohne dass er brechen oder an Kraft verlieren wird. Diese Tusche zu reiben ist ein fast spirituelles Erlebnis. Sie für ihre Arbeit zu verwenden kann ihre Magie fünffach verstärken ... und das ohne jeden Segen.

Sie ballt die Hand zur Faust und legt diese auf den Tresen, um den Drang zu unterdrücken, an dem Tuschestab zu schnüffeln. Gerne würde sie sich die Zeit nehmen, herauszufinden, welche Kräuter genau im Schaffensprozess verwendet wurden. Wahrscheinlich riecht er wunderbar – was es nur schwerer machen würde, das Geschenk abzulehnen.

»Luc, das geht nicht.« Oh, sie könnte mit dieser Tusche so vieles zeichnen. Neue Schutzschilde für Tony, zum Beispiel, oder ein Set aus acht Talismanen, die Frieden und Wohlstand auf ein Haus herabrufen. Mit Tusche wie dieser könnte man direkt auf die Haut einer Person zeichnen oder, wenn man sie richtig vorbereitet, auch damit tätowieren. Ihr Blick wandert zu Lucs Arm. Sie stellt sich vor, wie er aussehen würde, wenn ihre Magie unter seiner Haut lebt, mit Schriftzeichen, die von seiner Schulter zu seinem Handgelenk gleiten.

Luc wirkt besorgt. »Du kannst sie nicht verwenden? Ist es die falsche ...«

»Nein, es ist die richtige Tusche. Ich kann nur einfach nicht ...«

»Ich verstehe nicht ...«

»Sie ist zu gut für mich.« Elle bemüht sich, sachlich zu klingen, aber die Sehnsucht schleicht sich trotzdem in ihre Stimme.

Luc schließt den Mund, mustert sie intensiv. Dann schiebt er das Kästchen zu ihr hinüber. »Ich bestehe darauf. Du hast sie verdient.«

Es würde seltsam wirken, würde sie noch einmal ablehnen. »Vielen, vielen Dank. Das ist ein wirklich ... praktisches Geschenk. Ich weiß das sehr zu schätzen.«

Die Veränderung ist subtil, aber Elle bemerkt sie: Lucs Miene wird geschäftsmäßiger, so, wie sie es gewöhnlich ist. »Ja. Ich bin immer praktisch orientiert. Tatsächlich könnte es sein, dass du die Tusche eher früher als später verwenden wirst.«

Wenn er geschäftsmäßig sein kann, kann sie es auch. »Ach ja? Du brauchst mehr Glyphen? Eine Großbestellung?«

»Nicht ganz. Stehst du für Spezialaufträge zur Verfügung?«

Elle unterdrückt das Ja, das fast über ihre Lippen entkommen wäre. Zwei Anfragen am selben Tag. Die Geister wollen sie auf die Probe stellen. »Tut mir leid, nein.«

In diesem Moment betritt Lira den Raum, das Handy am Ohr. »Elle, er holt dich stattdessen um halb acht ab.«

Mit weit aufgerissenen Augen wirbelt Elle herum und schüttelt verzweifelt den Kopf in Richtung ihrer Freundin.

Lira stoppt hinter dem Tresen und mustert Luc aus zusammengekniffenen Augen. Ihr gesamtes Auftreten kühlt ab. »Oh. Du bist es.«

»Schönen Nachmittag, Agentin Gaines«, begrüßt Luc sie.

Lira bedenkt Elle mit einem strengen Blick. »Halb acht, okay?«

»Ich habe nicht Ja gesagt.«

»Er sagt, du hättest auch nicht Nein gesagt.«

»Ich sage jetzt Nein.«

Lira schnaubt. »Willst du mit ihm reden?«

»Nein!«

»Er hat sich schon gedacht, dass du einen Anfall kriegen würdest. Er sagt, wenn du nicht gehst, wird er allein losziehen und sich auf jedes Foto drängen, das die Presse schießt. Er hat schon einen Hashtag gewählt und alles.«

Was ist ein Hashtag? Angst verkrampft ihr den Magen. Tony hat noch nie eine Gelegenheit ausgelassen, sich fotografieren zu lassen. »Das würde er nicht wagen.«

»Du sollst dir ein hübsches Kleid besorgen. Ich werde dir helfen.«

»Ich kann nicht gehen.« Verzweifelt klammert sich Elle an das Erste, was ihr einfällt: Lucs Bestellung. »Weil ich arbeiten muss!«

Liras Lippen werden schmal und sie drückt Elle das Telefon in die Hand. »Rede du mit ihm.«

»Haben Sie Ihre Meinung geändert, Agentin Mei?«, fragt Luc höflich.

Elle hebt einen Finger und formt mit den Lippen *Eine Sekunde* in Lucs Richtung, dann hebt sie das Telefon ans Ohr. »Hey. Mir ist etwas dazwischengekommen.«

「放屁!」antwortet Tony.

「我沒有」sagt Elle, bevor ihr klar wird, dass sie Chinesisch spricht. »Ich verarsche dich nicht! Ich habe gerade einen dringenden Auftrag von einem Kunden bekommen. Muss bis morgen Abend erledigt sein. Tut mir also leid, dass ich nicht mitkommen kann, du solltest auch nicht gehen, aber wenn du es tust, bitte lass dich nicht fotografieren, wir sehen uns, wenn wir uns sehen, muss jetzt weg! Bye!«

Lira verschränkt die Arme vor der Brust und hebt eine perfekt gezupfte Augenbraue. »Machst du eine Ausnahme von der Regel?«

»Nicht wirklich?«, mauert Elle, in Gedanken schon dabei, wie sie den Auftrag ablehnen kann. Wenn sie in der nächsten Minute stolpert und sich den Finger bricht, wird Luc sie sicherlich vom Haken lassen.

»Für mich sieht es aber so aus.«

»Okay, Agent Villois ist ein vielbeschäftigter Mann und ich bin mir sicher, er möchte mit mir über die Anforderungen seines absolut nicht außergewöhnlichen, total normalen Auftrags sprechen.« Elle öffnet die Klappe im Tresen und winkt Luc zu sich.

Lira stößt ein Brummen aus. »Unter vier Augen?«

»Wenn es dir lieber ist«, schaltet Luc sich ein, »können wir hierbleiben.«

»Nein!« Wenn es um Auseinandersetzungen geht, ist Elle im permanenten Fluchtmodus. »Ich bespreche diese geschäftlichen Angelegenheiten gerne in der Werkstatt mit dir.« Sie kleistert sich ein Lächeln ins Gesicht, das hält, bis Luc die Werkstatt betreten hat.

»Elle«, sagt Lira leise. »Wirklich.«

»Ich weiß, ich weiß.« Das Lächeln fällt so schnell, dass sie es förmlich auf den Boden knallen hört. Nach einem kurzen Zögern greift sie nach dem Kästchen mit der Tusche.

»Du hättest stattdessen ausgehen können. Ich glaube, das wäre besser für dich gewesen.«

»Du weißt doch, was für eine Stubenhockerin ich bin.«

Lira schüttelt den Kopf. Ihr Mund verrät deutlich ihre Missbilligung. »Was willst du wegen des Auftrags unternehmen?«

»Ihm sagen, dass ich gelogen habe, vermute ich?« Elle reibt sich das Gesicht. Sie will nicht zugeben, dass sie Luc benutzt hat, um sich nicht mit ihrem Bruder treffen zu müssen, aber sie kann Luc sowieso nichts von ihrem Bruder erzählen. Von keinem der beiden.

»Tja.« Liras Blick ist mitfühlend. »Ihr seid befreundet, richtig? Er wird es verstehen.«

»Das hoffe ich.« Elle umarmt ihre Freundin kurz, dann wendet sie sich ihrer Werkstatt zu.

2. Kapitel

In Lucs Dossier ist eine Liste hinterlegt, für welche Missionen er geeignet ist: Wachdienst oder Begleitung, sowie jeder Job, der Kampffähigkeiten erfordert. Wenn sein Boss ihm eine Auszeit von Gewalt gönnt, wird er für Spähmissionen eingesetzt, da er mühelos als Mensch Mitte dreißig durchgeht. Ganz oben auf der Liste der Missionen, für die er nicht geeignet ist? Diplomatische Einsätze.

Der Grund? Seine Schwäche in interpersoneller Kommunikation.

Jetzt – hier in Elles Werkstatt – wird ihm wahrhaft bewusst, wie unbegabt er ist.

Er hatte nicht vor, ihr die Tusche auf diese Weise zu schenken. Er war sich nicht mal sicher gewesen, ob er ihr das Geschenk überhaupt geben würde – obwohl er den Ratschlag seines Arztes ignoriert und einen halben Tag seiner Genesungszeit damit verbracht hat, durch Shexian zu humpeln. Aber kaum hatte er Elle lachen sehen, hatte die Tusche ihm fast ein Loch in die Tasche gebrannt und seine Verzweiflung hatte die Kontrolle übernommen. Wahrscheinlich war es eher Panik gewesen, aber sein Dossier konkretisiert auch, dass eine seiner Stärken darin liegt, niemals in Panik zu verfallen.

Wahnsinn, entscheidet er. Vorübergehender Wahnsinn. Das ist die einzige Erklärung dafür, wie er auf sie reagiert hat. Er hat sich an den stetigen Fluss ihrer Freundschaft gewöhnt und daran, wie er sich in ihrer Gegenwart fühlt. Er rechnet mit der angenehmen Wärme, die seine Brust füllt, wenn sie ihn ansieht und ein Funke des Erkennens in ihren Augen aufflackert. Das Strahlen ihres Lächelns hebt eine Last von seinen Schultern und sorgt dafür, dass er ebenfalls lächelt. Diesmal fühlt es sich zusätzlich an, als hätte etwas in ihm sich gelöst, wie Wasser, das einen Damm unterspült und diesen davonträgt. Und die Bewegung hatte ihn vorangetragen, bis er und sein Geschenk den Tresen erreicht hatten.

Elle tritt ein, schiebt das Tuschekästchen in ihre Schürzentasche. Ihre Blicke treffen sich. Luc wartet, seine Antwort bereits vorbereitet. *Schön, dich zu sehen*, könnte sie sagen oder *Wie ist es dir ergangen?*

Stattdessen geht sie an ihm vorbei und wendet sich ab.

Sein Magen verkrampft sich. Es muss das Geschenk gewesen sein. Er hat sich nicht erklärt, hat den Wert der Tusche falsch eingeschätzt, ist zu direkt vorgegangen.

»Das Chaos tut mir leid.« Elle stemmt die Hände in die Hüften, immer noch mit dem Rücken zu ihm. »Gib mir eine Minute.«

Sie eilt durch den L-förmigen Raum, sammelt Rollen Reispapier vom Sofa neben der Tür und stapelt sie auf gut Glück am Ende ihrer langen Werkbank. Am anderen Ende stehen ihre chemischen Apparate, mit Glaskolben und Messbechern und anderen Dingen, von denen Luc nichts versteht.

»Tee?« Elle schnappt sich einen leeren Kessel und füllt ihn mit Wasser.

»Ja, bitte. Und vielen Dank.« Er hat keinen Durst und trinkt lieber Kaffee, aber abzulehnen ist sinnlos. Elle trinkt unvernünftig viel Tee.

Er beobachtet, wie sie den Kessel auf eine Platte stellt, wegschlurft, ein paar Pinsel einsammelt, einen leisen Ruf ausstößt, alles wieder ablegt und zurückschlurft. Mit einer schnellen Handbewegung entzündet sie die Flamme und dreht am Gasregler, bis sie blau brennt. »Tut mir wirklich leid«, sagt sie wieder.

»Du musst dich nicht entschuldigen. Kann ich irgendwie helfen?«

»Nein, nein, nein. Setz dich. Ich komme schon klar.« Sie deutet vage auf die Couch.

Unsicher bleibt er stehen.

»Luc. Wirklich.«

Er öffnet seine Jacke und zieht sie aus, in Vorbereitung auf ihre übliche Pulskontrolle, dann öffnet er die Hemdsärmel und rollt sie hoch. Er setzt sich ganz vorne aufs Polster, legt die Jacke über die Lehne, damit sie nicht verknittert.

Aus den Augenwinkeln beobachtet er, wie Elle die Unordnung von hier nach dort verschiebt. Die Anstrengungen sind so sinnlos wie der Versuch, bei Hochwasser ein Loch am Strand zu graben. Ihre Werkstatt wirkt vielbenutzt; ist ein Ort, an dem sich Dinge sammeln, um nie wieder zu verschwinden. Auf verschiedensten Oberflächen liegen halbleere Blöcke, jeweils flankiert von einer fleckigen Teetasse. Alle vertikalen Flächen sind von atemberaubenden, aquarellartigen Tuschezeichnungen bedeckt. Der einzige durchgehend leere Platz ist ein großer Kreis in der Mitte des Raums. Dort zeichnen Brandflecken den Boden. Abgesehen davon ist Ordnung kein Konzept, das Elle wirklich versteht – wie das Architekturbuch beweist, das er letzte Woche aufgeschlagen auf dem Couchtisch abgelegt hat. Er ist sich sicher, dass es immer noch dieselbe Seite zeigt.

»Alles okay?«, fragt Elle, als sie sich nähert. Sie zieht die Tusche aus der Tasche der Schürze und legt sie auf den Couchtisch.

»Ich habe das Gefühl, diese Frage sollte ich dir stellen.« Er hat momentan Stress und auch jenseits davon viel im Kopf, aber jetzt hält er den Mund. Luc zwingt sich dazu, in die Sofakissen zu sinken.

»Es war nur eine Menge gleichzeitig los. Es geht mir gut.« Elle öffnet die Bänder ihrer Schürze und zieht sie sich über den Kopf, zerzaust damit ihre Haare. Sie schnalzt missbilligend mit der Zunge, dann löst sie den Haargummi, schüttelt ihre langen Locken aus und bindet den Pferdeschwanz neu.

Luc beobachtet fasziniert, wie sie ihr langes schwarzes Haar mit den Fingern auskämmt. Seine Beklemmung lässt nach. Elle ist, schlicht gesagt, eine der schönsten Frauen, die er in seinen über zweihundertdreißig Jahren auf Erden gesehen hat. Sie hat makellose golden-beige Haut, nach deren Berührung er sich verzehrt, und große, ausdrucksstarke braune Augen, in deren Winkeln sich beim Lachen kleine Falten bilden. Hohe Wangenknochen in einem ovalen Gesicht mit einer rundlichen Nase und einem vollen Mund, der sich sehr für breite, strahlende Lächeln eignet.

Das ID-Bild in ihrer Agenturakte zeigt nichts davon. Das Foto ist etwas unscharf und zeigt eine chinesische Frau unbestimmten Alters mit dunklen Augen und Haaren. Tatsächlich ist ihre Agenturakte um zwanzig Jahre veraltet und ein Großteil der Informationen darin falsch. Zum Beispiel steht darin, ihr Laden sei in Vancouver statt in Raleigh. Und ihr Rang wird mit B angegeben, obwohl sie ihren Fähigkeiten nach mindestens A sein sollte.

Um sie nicht länger anzustarren, schließt Luc das Architekturbuch.

»Okay.« Sie lässt sich schräg gegenüber in einen Sessel fallen, dann verzieht sie das Gesicht und zerrt eine zerknitterte Zellophanverpackung unter sich heraus. »Zu deinem Auftrag.«

»Vielen Dank, dass du ihn angenommen hast.« Luc riskiert ein Lächeln.

»Das war nicht ...« Mit einem Seufzen sackt Elle in sich zusammen.

Luc streckt ihr erwartungsvoll das linke Handgelenk entgegen. In der Vergangenheit hat Elle ihm erklärt, sie müsse seine Energien lesen, bevor sie seine Tränke anfertigen kann. Für gewöhnlich kauft er nur Agentur-Standard von ihr, die keine persönliche Untersuchung erfordern, aber sie ist die Künstlerin. Er hat nicht vor, ihre Kompetenz infrage zu stellen.

Zögernd umfasst Elle sein Gelenk mit beiden Händen. Sie ist immer warm, dank ihrer Pyrokinese. Luc beruhigt seine Atmung, zügelt seinen Herzschlag, als sie ihre langen, schmalen Finger auf seine Vene drückt. Sie schließt die Augen und Luc ist dankbar, weil er sie gerne beim Denken beobachtet.

»Du besitzt solch unglaubliche Kontrolle«, murmelt sie. Normalerweise dauert das nur ein paar Atemzüge, aber Elle untersucht ihn diesmal viel länger. Zwischen ihren Brauen bildet sich eine steile Falte. Sie tastet erneut, drückt ihre Fingerspitzen fester auf seine Haut, dann runzelt sie die Stirn.

Und öffnet die Augen. »Kann ich mich neben dich setzen?«

»Natürlich.«

Sie nimmt ihren Platz ein, ihre Beine nur Zentimeter voneinander entfernt. »Den anderen Arm, bitte.«

Luc kommt dem Wunsch nach. Elle dreht seinen Arm, sodass die Unterseite seines Handgelenks nach oben zeigt, dann zieht sie seinen Handrücken auf ihren Schenkel, um ihn zu examinieren. Anspannung steigt in ihm auf. Trotz aller Bemühungen beschleunigt sich sein Herzschlag.

Mit einem Keuchen zieht sie die Hand zurück und öffnet die Augen. »Was ist passiert?«

Auf diese Frage gibt es viele Antworten und viele davon darf er ihr nicht geben. »Was meinst du?«

»Du bist verletzt worden, und zwar schlimm. Alles ist aus dem Gleichgewicht. Wieso bist du hier, obwohl du verletzt bist? Du musst dich ausruhen!«

Er braucht einen Moment, um Worte zu finden, überwältigt von ihrer Reaktion. »Ich bin gekommen, um dir ein Geschenk als Dank zu bringen, weil du mein Leben gerettet hast.«

»Dank *wofür*?«, jault sie.

»Du hast mir das Leben gerettet.«

Mit offenem Mund starrt sie ihn an. Nachdem sie sich erholt hat, fragt sie ihn: »Deswegen? Was ist passiert? Kannst du mir davon erzählen?«

Luc schüttelt den Kopf. »Wenn ich könnte, würde ich es tun. Du fändest die Geschichte vielleicht unterhaltsam.«

»Inwiefern unterhaltsam?«

Ihr zu verraten, dass ein Basilisk ihn als Kauknochen verwendet hat, verstößt gegen seine Geheimhaltungsvereinbarung. Aber in der GHV steht nichts darüber, dass er ihr die Bissmale nicht zeigen darf. »Möchtest du es sehen?«

Ihre Augen werden schmaler. »Bitte.«

»Unter meinem Schlüsselbein.« Er löst seinen Schal, unterdrückt ein Zucken und öffnet die obersten Knöpfe seines Hemdes. Dann schiebt er den Kragen zur Seite und enthüllt so zwei Krusten, umgeben von einer großflächigen Rötung.

Sie beugt sich vor, um die Wunde zu inspizieren, und erstarrt. Dann sieht sie alarmiert zu ihm auf. Sie ist ihm so nahe, dass er die Streifen in ihren Iriden sehen kann, Braun auf Schwarz; so nahe, dass er ihren Atem auf der Haut spüren kann. »Sind das Bissmale?«

Er nickt.

»Was hat dich gebissen?«

»Das darf ich nicht sagen. Tut mir leid.«

Ohne den Blick von ihm abzuwenden, richtet sie sich auf. »Darf ich eine unpassende Frage stellen? Du kannst Nein sagen.«

In seinem Inneren ertönt Geschrei. Äußerlich hebt Luc nur eine Augenbraue. »Ja.«

»Bist du gebissen worden, weil du gut schmeckst?«

Er gibt sein Bestes, nicht zu lächeln, und versagt. »Nein. Es hat mich auch kein zweites Mal gebissen ... was ich als Bestätigung betrachte.«

Elle schürzt die Lippen. »Du bist von hohem Rang und im Feld aktiv, was bedeutet, dass du Zugang zu den besten Heilern hast. Du bist immer noch verletzt. Dieser Biss ist frisch, und so wie er aussieht, stammt er von einer giftigen Kreatur. Nekrotoxin. Und nah an deinem Herzen. Das hast du überlebt?«

Eindrucksvoll. Gerne würde er fragen, welche Ausbildung sie genossen hat, aber sie haben bisher beide peinlich darauf geachtet, sich nicht nach dem Hintergrund des anderen zu erkundigen. Luc muss sich damit abfinden, dass Elle ein Mysterium für ihn bleibt. Es ist besser so. Wenn sie wüsste, was er tut oder die Gerüchte über ihn hören würde, würde ihre Freundschaft enden – so wie bei den Kollegen, die nicht mehr länger mit ihm zusammenarbeiteten, sondern stattdessen hinter seinem Rücken mit anderen flüsterten.

Und ihn jetzt dafür verspotten, dass er eine Routinemission, wie er sie schon Dutzende Male erfolgreich beendet hatte, verpfuscht hat. Sehr beschämend für jemanden, der als perfekter Agent gilt, als perfekter Fixer. Der Beste. Der Einzigartige. »Gerade so. Ich fand das Leben war dem Tod vorzuziehen.«

»Und du dachtest, ich fände das unterhaltsam, weil ...«

»Meine Kollegen fanden es witzig.« Luc erinnert sich, dass er Lachen gehört hat, bevor er bewusstlos wurde. »Tut mir leid. Vielleicht hätte ich das nicht sagen sollen.«

»Fast zu sterben ist nicht unterhaltsam. Deine Kollegen sind Idioten. Diese Verletzung muss heftig geschmerzt haben.«

Nicht so sehr wie das Gift. Er hat die Schmerzen seitdem abgeschottet, erkennt ihre Gegenwart an, ohne ihnen Raum zuzugestehen. »Es ist erträglich, dank dir. Eine weitere Behandlung sollte eine vollständige Erholung garantieren.«

»Wenn es dich weiter stört, versuch es mit Akupunktur. Wunden wie diese stagnieren oft. Akupunktur hilft, die Energien wieder in Fluss zu bringen. Ich kann ...« Elle atmet einmal tief durch. »Ich kann dir ein paar herausragende Heiler empfehlen, die mit deinen speziellen Bedürfnissen arbeiten können.«

Ein Teil des Puzzles, das sein Überleben ist, findet seinen Platz. Sie weiß, dass er halb elfisch ist, und hat seine Bestellungen schon wer weiß wie lange individuell für ihn angepasst. Niemand außer seinem Boss, seiner Tante und seinem Arzt wissen, was er ist. Nur der Gründer von *Roland & Riddle* hat Zugang zu seiner vollständigen Akte – und die halbspitzen Ohren, die seine Abstammung verraten hätten, sind schon vor vielen Jahren kupiert worden.

»Wie hast du es herausgefunden?«, fragt er leise.

Nervös rutscht sie auf dem Polster hin und her, schaut alles an außer ihn. »Deine Pulsdiagnose. Dein Energiefluss ist nicht menschlich.«

»Wann?«

»Beim ersten Mal. Sofort. Ich habe nur nichts gesagt.«

»Danke, dass du dein Schweigen gewahrt hast. Und danke für deine Sorge. Es genügt zu sagen, dass ich wieder bei guter Gesundheit bin. Und das ist nicht zuletzt dir zu verdanken. Deine Restaurationsglyphe, zusammen mit deinen Heiltränken, waren der Unterschied zwischen Erfolg und Scheitern der Mission.« Er beobachtet, wie ihre Augen groß werden.

»Deine Fähigkeiten sind außergewöhnlich.« Nach acht Monaten Bekanntschaft hat er endlich einen Blick auf die Tiefe und Weitläufigkeit ihrer Fähigkeiten erhascht ... und sie sind atemberaubend. Luc hat Elle oft dabei beobachtet, wie sie seine Bestellung angefertigt hat. Er kann sich nicht erinnern, dass sie je innegehalten hätte, um die Tränke anzupassen; sie kombiniert die Zutaten mit einem Selbstvertrauen, von dem er angenommen hatte, es entstamme Routine.

Vorsichtig greift Luc nach der Tusche, streckt ihr das Kästchen erneut entgegen, sucht ihren Blick, bevor er spricht. So hätte er die die Situation von Anfang an angehen sollen, statt nach der In-die-Hand-drücken-und-das-Beste-hoffen-Methode. »Ich wollte dir etwas schenken, um mich für meine Rettung erkenntlich zu zeigen. Ich danke dir aus tiefstem Herzen.«

Sie nimmt ihm das Kästchen ab und ihre Finger berühren seine. Ein Knistern schießt durch seinen Arm und seinen Körper.

Elle reißt den Kopf hoch, ihre Lippen leicht geöffnet. Ihre Hand erstarrt an seiner. Fasziniert mustert Luc ihre volle Unterlippe. Je länger sie sich berühren, desto mehr verzehrt er sich nach dem Kontakt.

Das Wasser beginnt zu kochen.

»Entschuldige mich«, murmelt Elle, steht auf und legt das Kästchen auf den Tisch.

Luc schluckt schwer. Kaum hat sie ihm den Rücken zugewendet, stößt er die Luft aus.

Elle kehrt mit einer Teekanne und zwei Tassen auf einem Tablett zurück, gießt für sie beide ein und setzt sich wieder.

»Der Auftrag«, fährt Luc fort, als wäre nichts passiert, »sollte Teil davon sein. Ich wusste nicht, wie ich meinen Dank sonst ausdrücken kann.«

»Würde es, ähm, deine Gefühle verletzen, wenn ich einen Rückzieher mache?«

Laut seinen Kollegen – und einem anonymen Internet-Post früher in diesem Jahr – besitzt Luc keine Gefühle. »Nein. Ich nehme nichts persönlich.«

»Wirklich?« Elle wirkt besorgt. »Obwohl du mir gerade diese Tusche geschenkt hast? Und es ist ja nicht so, als würde ich sie brauchen, wenn ich deinen Auftrag nicht annehme.«

Das versetzt ihm einen Stich. »Die Tusche ist ein Geschenk. Sie gehört dir auf jeden Fall.«

Mit sehnsüchtigem Blick betrachtet sie das Kästchen. »Bist du dir sicher? Diese Tusche ist so teuer.«

Lucs Mund reagiert schneller als sein Hirn. »Aufgewogen gegen mein Leben ist das gar nichts.«

Als hätte jemand die Pausetaste gedrückt, erstarrt Elle. »Sagst du das zu jedem Mädchen, das dir das Leben gerettet hat? Was sagt deine Ärztin dazu?«

Er muss die Situation retten und Schadenskontrolle betreiben. Vielleicht sollte er ein Ticket öffnen und verlangen, dass »interpersonelle Kommunikation« in seiner Akte fett gedruckt und unterstrichen wird. »Mein Arzt ist ein alter Werwolf, der es leid ist, mich zu sehen.«

»Mit einer solchen Wunde wird er dich oft sehen.«

»Dessen bin ich mir bewusst. Meine Aufgabenlast wurde reduziert, bis er mich gesundschreibt.«

»Reduzierte Aufgabenlast?« Ihr Unglaube steht ihr deutlich ins Gesicht geschrieben. »Du bist nicht krankgeschrieben?«

»Unglücklicherweise bin ich das nicht.« Dr. Clavret hatte in seinem Bericht an Oberon, Lucs Boss, mindestens zehn Tage bezahlten Urlaub angeraten, war aber ignoriert worden. Luc könnte diskutieren, aber er weiß aus früheren Erfahrungen, dass seine

Position als Oberons rechte Hand in so einem Fall gar nichts bedeutet. Niemand schlägt dem Gründer von *Roland & Riddle* etwas ab.

»Du solltest dich ausruhen!«

»Ich stimme dir zu, aber es gibt Arbeit zu erledigen.« Bevor er gebissen wurde, hat Luc Tagträume gehegt, um mehrere Monate der Freistellung zu bitten und eine kleine Wohnung in Straßburg zu mieten, um den Großteil seiner Zeit mit Recherchen über das Brechen von Flüchen zu verbringen. Das steht jetzt nicht mehr zur Diskussion. Oberon belohnt nicht für Fehler. Wenn er ausbrechen will ... nein, es Ausbruch zu nennen ist eine Selbsttäuschung, nachdem er niemals von Oberons Seite weichen kann. Wenn er eine Atempause möchte, muss die nächste Mission ein vollständiger Erfolg werden.

Elle steht auf und durchquert den Raum zu einem Korb, in dem sie überschüssige Glyphen aufbewahrt. Sie kehrt mit einem Stapel davon zurück und klatscht sie auf den Couchtisch. »Ich gebe dir ein Bündel Restaurationsglyphen. Nutz sie alle. Tut mir leid, dass ich nicht mehr für dich tun kann.«

»Mein Auftrag«, erinnert Luc sie. »Er ist nötig für meinen Job. Ich entschuldige mich dafür, dass ich dich unter Druck setze. Ich glaube, deine Glyphen würden mir den Vorteil verschaffen, den ich brauche.«

»Luc«, setzt sie an.

»Bitte.« Er sucht ihren Blick, und seine Verzweiflung erhebt sich aus den Tiefen, in die er sie verbannt hat. Er kann Oberon nicht hinter sich lassen, aber wenn er diesen einen Monat bekommt, kann er vorgeben, es gäbe seinen Boss nicht. Einen Monat lang kann er sich ganz der Aufgabe widmen, diesen zwei Kindern zu helfen, die ihn brauchen.

Schon der Gedanke erzeugt schuldbewusste Röte in seinem Nacken. Luc treibt diese störenden Gedanken und Gefühle zurück in ihre Käfige und vergräbt diese Gefängnisse tief in sich.

Elle scheint zu schwanken, dann seufzt sie tief. »Ich werde dir zumindest zuhören. Aber es hängt davon ab, was du brauchst. Ich besitze nur eingeschränkte Fähigkeiten.«

Erleichterung schlägt über ihm zusammen wie eine Welle. »Bitte verkaufe dich nicht unter Wert. Das glaube ich keine Sekunde.«

»Was, wenn ich mich zu teuer verkaufe?«

»Ich bezweifele, dass das möglich ist.«

Sie hebt eine Augenbraue. »Ein Unsterblichkeitsserum würde dich eine Million Briketts kosten.«

»Was?«

»Briketts. Du weißt schon, Geld.«

Er versucht, nicht zu lachen, schließt kurz die Augen und atmet durch. Diese Bezeichnung hat er noch nie gehört. Aus ihrem Mund klingt sie bezaubernd. »Du meinst Kohle?«

»Nein, Briketts. Nennt man Geld im Französischen nicht so?«

»Nein. Und ich glaube, auch sonst wird Geld nicht Briketts genannt.«

Elle mustert ihn finster. »Ich habe gesagt, was ich gesagt habe. Briketts. Eine Million davon.«

Vollkommen ernst antwortet er. »Ich werde bei der Brikettbank nachfragen müssen, ob ich genug Mittel habe, falls ich ewig leben will. Aber du verkaufst dich immer noch unter Wert. Das ist ein unvernünftig günstiges Angebot.«

Darauf fängt sie an zu kichern. »Brikettbank! Was sollte ich verlangen?«

Luc gibt auf und lacht mit ihr. Elles Lächeln ist eine Waffe, gegen die er keinerlei Verteidigung besitzt, und ihr Lachen ist ansteckend. Diesen Effekt übt nur sie auf ihn aus. Das ist empirisch belegt. »In welcher Währung? US-Dollar oder Briketts?«

Sie lacht heftiger. »Genug! Ich habe es verstanden! Was brauchst du von mir?«

Er hat viel darüber nachgedacht, weil er im Krankenhaus sonst kaum etwas zu tun hatte. »Ich hätte insgesamt gerne fünf Glyphen oder Tränke.«

Elle schnappt sich Block und Stift und setzt sich wieder in ihren Sessel, den Blick aufs Papier gerichtet. »Dann mal los.«

»Ich hätte gerne einen Restaurationstrank. Eine Glyphe für verstärkte Stärke und Gewandtheit. Ein Giftschild, eine Unschärfeglyphe und eine Glyphe für scharfes Licht.«

»Das ist recht viel verlangt.« Elle späht auf ihren Block herunter. »Ich fürchte, einiges davon kann ich nicht anfertigen.«

»Meine übliche Bestellung …«, setzt Luc an.

»Ist einfach verglichen mit dem, was ich für diese brauche«, beendet Elle seinen Satz. »Es wäre einfacher, wenn ich wüsste, in welche Situation du dich begeben wirst, aber ich bin mir bewusst, dass du mir das nicht anvertrauen kannst.«

Mehr Basilisken, hätte Luc fast gesagt. Sie, zusammen mit wütenden Leshies und dem jährlichen Einfall von Untoten mit Schwertern, sind ein wiederkehrendes Problem, dessen Lösung eine Koordination zwischen nicht weniger als drei Agentur-Abteilungen und eine Menge Falschinformationen im Internet zur Ablenkung nötig macht. Stattdessen schüttelt er den Kopf.

Elles Lippen werden schmal. »Verstehe. Das ist eine anspruchsvolle Bestellung. Bist du dir sicher, dass du die Sachen nicht woanders bekommen kannst? Du hast besseren Zugang zu einem breiten Spektrum von Mitteln als ich. Du brauchst keine Auftragsarbeiten von mir.«

»Ich vertraue dir.«

»Das solltest du wirklich nicht.«

»Du hast mir keinen Grund geliefert, es nicht zu tun.«

Sie wendet kurz den Blick ab. »Du solltest nicht herumlaufen und blind irgendwelchen mittelmäßigen Glyphenzeichnerinnen vertrauen.«

Luc schnaubt leise. »Du bist alles andere als mittelmäßig. Das würde ich nicht für mich selbst wählen.« Sobald die Worte seinen Mund verlassen haben, wird ihm der Fehler bewusst. Sein Mund ist gefeuert, und zwar fristlos.

»Was?«

»Ich meinte«, sagt er und bleibt ruhig, weil er niemals in Panik verfällt, »dass ich nicht immer wieder zurückkehren würde, wärst du wirklich mittelmäßig.« Das klingt nicht viel besser. »Also deine Arbeit.« Immer noch nicht besser, geschlossen nach Elles leisem Lächeln.

»Möchten Sie es noch eine Weile versuchen, Agent Villois?«

Er sackt gegen die Sofakissen. »Nein, danke, Agentin Mei.«

»Lass uns über die Vergütung sprechen.«

»Ich werde alles zahlen, was du brauchst. Geld spielt keine Rolle.« Er hat nicht viele Ausgaben und macht ständig Überstunden, was sich in zweihundert Jahren durchaus aufaddiert. Außerdem bekommt er einen Dienstalterbonus. »Du solltest nur deine Zeit aufwenden müssen.«

»Die ich dir in Rechnung stellen werde. Die einzelnen Bestellungen sind nicht leicht anzufertigen. Ich bin mir nicht mal sicher, ob alles möglich ist. Ich werde Lira den Laden überlassen müssen. Sie hat ihre eigene Arbeit und kann nicht ständig für mich einspringen.«

»Natürlich.«

»Dann noch eine letzte Bedingung.« Elle richtet sich höher auf, wirkt plötzlich sehr ernst. »Das ist der wichtigste Punkt. Wenn du nicht zustimmen kannst, kann ich nicht für dich arbeiten.«

Luc richtet sich ebenfalls auf. »Alles, was du willst.«

Sie bedenkt ihn mit einem harten Blick. »Du musst meine Existenz geheim halten. Du kannst niemandem sagen, wer ich bin oder wo man mich finden kann. Wenn jemand fragt, schickst du sie in eine andere Richtung.«

Luc hält ihren Blick. Die Zahnräder in seinem Kopf drehen sich. »Du möchtest, dass ich jegliche Informationen über dich vertraulich behandele.«

»Ja. Wenn das nicht möglich ist, werde ich den Auftrag nicht annehmen. Und zusätzlich bist du hier nicht länger willkommen.«

Er blinzelt, vor den Kopf gestoßen von ihren Worten. Nicht zum ersten Mal fragt er sich, wer sie ist. »Gar nicht mehr?«

»Gar nicht mehr. Ich weiß, dass das extrem klingt. Tut mir leid. Ich mag dich und habe unsere gemeinsame Zeit immer genossen. Aber wenn du dieser Bedingung nicht zustimmst – und du kannst sie verweigern, nichts für ungut –, dann kannst du nicht mehr herkommen.«

Die Wahl fällt leicht. Luc hat schon jetzt eine undurchdringliche Mauer zwischen seinem Arbeitsleben und seinem Privatleben errichtet, weil er nicht will, dass irgendwer Anspruch auf die wenigen Teile von ihm erhebt, die nicht vollkommen der Agentur gehören. Elle ist einer dieser wenigen Teile. »Abgemacht.«

»Ich brauche etwas Handfesteres.«

»Du hast mein Wort.«

»Handfester.«

»Ich schwöre es bei meinem Laes.« Es gibt keinen bindenderen Schwur. Ein Laes ist das Objekt, das die magische Essenz eines Wesens hält; es definiert jemanden als Fae. »Agent Elle Mai, ich werde Ihre Informationen streng vertraulich behandeln.«

»Dann, Agent Luc Villois, haben wir eine Abmachung. Sie werden fünf Glyphen oder Tränke erhalten.« Elle streckt ihm die Hand entgegen.

Er packt sie, wappnet sich innerlich für einen elektrischen Schlag, spürt aber nur Wärme. »Danke.«

»Gibt es einen Zeitplan? Wie wäre es mit zwei Wochen?«

»Wunderbar.«

»Okay. Ich werde gleich anfangen, aber vorher muss ich mit Lira reden.« Elle steht auf. »Macht es dir etwas aus, hier zu warten?«

»Absolut nicht.« Im Moment erwartet Luc nur Papierkram und ein Check-in später am Abend.

»Dann bin ich gleich zurück. Geh nicht weg.«

Luc nickt und öffnet das Architekturbuch, um seine Seite zu finden.

•••

Der Laden ist glücklicherweise leer. Lira sitzt auf einem Hocker am Tresen, das Kinn in eine Hand gestützt, einen Stift in der anderen.

»Das ging schnell.« Sie steckt den Bleistift in die Spirale ihres Notizbuches, bevor sie es schließt. »Wie lange soll ich für dich einspringen?«

Elle starrt entgeistert. »Woher wusstest du das?«

Als Antwort schenkt Lira ihr nur einen ausdruckslosen Blick.

»Was?«

Schweigen. Ein noch intensiverer Blick.

»Ernsthaft?«

»Elle, bitte. Du hast ihm noch nie etwas abgeschlagen.«

»Was willst du ... was willst du damit andeuten?« Elle starrt ihre Freundin böse an. Luc hat keinen einzigen Annäherungsversuch gestartet. Sie kann nicht ja sagen, wenn er immer darauf achtet, mindestens dreißig Zentimeter Abstand von ihr zu wahren.

»Ich will gar nichts andeuten. Ich sage es direkt.« Lira hebt die Hände und zuckt mit den Achseln.

»Dann spuck es aus!«

»Das habe ich bereits. Du hast ihm noch nie etwas abgeschlagen.«

»Das stimmt nicht!«

»Nenn mir ein Beispiel.«

»Ich ...« Sie schließt den Mund so heftig, dass ihre Zähne klicken. Sie hat Luc noch nie etwas abgeschlagen.

»Ehrlich, ich verstehe das. Du kannst mehr Zeit mit dem weißen Kerl aus Frankreich verbringen, der dich wahrscheinlich mag ...«

»Lira, nein! Wir sind nur Freunde!«

»Nur Freunde, hm-mm. Als Nächstes dürftest du behaupten, dass ihr eine rein geschäftliche Beziehung führt.«

»Genau das tun wir!«

»Das ist hundertprozentiger Mist, weil er nie irgendwelche Runen von mir kauft. Wüsste ich es nicht besser, würde mich das sehr misstrauisch machen.«

»Ich habe ihm aus Versehen mit einem meiner Tränke das

Leben gerettet, und er hat rausgefunden, dass ich verantwortlich bin. Deswegen will er, dass ich diesen Spezialauftrag erfülle.«

Lira hält inne. »Oh, Mist, Elle! Du hast die Aufträge die ganze Zeit an ihn angepasst?«

»Nein! Ich meine, schon, aber er wusste das nicht ... aber jetzt schon.« Elle lässt das Gesicht in die Hände sinken. »Ich habe versucht, mich rauszuwinden. Habe ich wirklich. Aber er hat verkündet, ich hätte ihm das Leben gerettet, und da konnte ich keinen Rückzieher mehr machen. Ich habe ihm gesagt, ich brauche zwei Wochen und ihn zu Verschwiegenheit verpflichtet. Und ihm erklärt, dass er sonst nicht zurückkommen kann.«

Damit sie Liras Miene nicht sehen muss, schließt Elle die Augen.

»Regst du dich darüber auf, dass du aufgeflogen bist? Oder darüber, dass du den Auftrag erfüllen musst?«

»Ähm.« Der Auftrag ist, wenn sie ehrlich ist, bei Weitem nicht so schwierig, wie sie es hat klingen lassen. Vielleicht wird der Einsatz ihre Magie beruhigen und ihr danach eine Weile Ruhe bringen.

»Wie groß ist der Auftrag, über den wir reden?«

»Ordentlich. Ich brauche Sachen, die ich hier nicht kriegen werde. Ich muss nach New York.« Elle hätte alles bestellt, wenn das nicht eine Spur direkt bis zu ihrer Tür gelegt hätte. »Ich hätte einfach zustimmen sollen, morgen auszugehen.«

»Lüg dir nicht in die Tasche. Du säßest trotzdem hier rum und würdest beklagen, dass du tatsächlich ausgehen musst. Aber wenn du dich anders entschieden hast, kannst du Villois absagen, und wir können früher schließen, um ein Kleid zu kaufen.«

Elle schmollt. »Wie wäre es, wenn ich nichts davon tue?«

»Das ist natürlich auch möglich. Aber du wärst unglücklich darüber, dass du deine Magie nicht mal richtig nutzen darfst, wir kriegen keinen Haufen Geld von dem Auftrag und du hättest diverse Leute gegen dich aufgebracht. Ich weiß doch, wie sehr du das hasst.«

Das stimmt. Elle hat den harmonischen Charakter ihres Vaters geerbt, sehr vorteilhaft für ein mittleres Kind. *Aber ihr Wunsch nach Harmonie, denkt sie bitter, hat sie auch in ihr aktuelles Leben geführt: Plackerei im Einzelhandel, selbst auferlegte Mittelmäßigkeit, ein seiner Magie beraubter älterer Bruder, der frühzeitig altert, weil sein Laes gebrochen wurde, und ein ehemals geliebter jüngerer Bruder, der geschworen hat, seine älteren Geschwister umzubringen.*

Aber sie hat kein Recht, sich über die Folgen ihrer Entscheidungen aufzuregen. Sie ist für Tonys Sicherheit verantwortlich, besonders nach ihrem Anteil an den Geschehnissen. Sein Glück allerdings – das sollte auch eine Rolle spielen. »Was, wenn *du* ihn morgen begleiten würdest?«

Lira denkt darüber nach. »Das ist eigentlich keine schlechte Idee. Wäre das in Ordnung? Bisher warst du von engerem Kontakt nicht gerade begeistert.«

»Er möchte wirklich gern dorthin. Ich fühle mich schlecht, wenn ich ihm den Spaß versaue. Er wird sich freuen, dich zu sehen.«

»Wow, du machst dich locker *und* nimmst am selben Tag einen Spezialauftrag an. Unglaublich.«

»In deiner Nähe ist er sicher.« Als Tochter des *Black Doctor of the Pines* ist Lira ein Geisterwesen-Hybrid, unmöglich zu töten und mit nur wenigen Schwächen. Kombiniert mit ihrer engen Verwandtschaft zu nordischen Göttern und Lenni-Lenape-Geistern macht sie das zu einer formidablen Gegnerin.

»Ja. Und ich bin mir sicher, es wird nichts passieren. Es sind Jahre vergangen. Du hast das toll gemacht. Wie lange muss ich für dich einspringen?«

»Höchstens zwei Wochen. Mach dir keine Sorgen, er hat gesagt, er bezahlt für alles. Ich weiß, dass deine Familienzeit ansteht und die werde ich nicht stören. Hey, glaubst du, wir könnten mal wieder daran arbeiten, unsere Magie zu koppeln?«

»Sicher, wenn wir die Zeit finden.« Lira tippt auf ihr Notizbuch. »Ich hatte auch schon darüber nachgedacht. Habe gerade an Runen-Schemata gearbeitet.«

Eine Bewegung erregt Elles Aufmerksamkeit. Es ist einer der örtlichen Lutins, die von der Agentur als Reinigungspersonal beschäftigt werden. Sie sind effektiv, wenn auch etwas sehr enthusiastisch. Aber die Agentur befindet sich in einem großen, mehrstöckigen Bürogebäude, das in eine Dimensionstasche erweitert wurde, und niemand sonst ist bereit, den Job zu machen.

Der Lutin drückt die Tür auf, zieht seinen Putzkarren hinein und sieht sich um, wahrscheinlich auf der Suche nach Dreck und Unordnung. Er sieht Elle direkt an. »Hallo, da! Brauchen Sie zufällig Hilfe?«

»Kümmere du dich darum«, murmelt Elle und weicht langsam vom Tresen zurück. »Auf mich wartet ein Klient.«

»Hey!« Lira runzelt die Stirn, dann beginnt sie zu verblassen.

»Hallo?«, ruft der Lutin wieder. Elle sieht kurz über die Schulter zurück, als sie in ihre Werkstatt flieht. Lira ist zum Geist geworden, vollkommen unsichtbar. »Entschuldigung? Hallo?«

3. Kapitel

Elle schließt die Werkstatttür, dann lässt sie sich mit einem Seufzen dagegen sinken.

»Gibt es ein Problem?«, fragt Luc.

Sie richtet sich auf und schenkt ihm etwas, was hoffentlich ein beruhigendes Lächeln ist. »Nein, alles in Ordnung. Einer der Lutins hat vorbeigeschaut, und ich schütze seine geistige Gesundheit, indem ich ihn nicht in diesen Raum lasse. Ich will keinen Rumpelstilzchen-Vorfall.«

Luc mustert ihre Werkstatt mit einem langsamen Drehen des Kopfes, als betrachte er ein Panoramabild. »Ja«, sagt er schließlich. »Das ist sehr rücksichtsvoll von dir.«

Peinlich berührt lacht Elle. »Danke. Ich werde meine Liste schreiben.«

Sie schnappt sich einen Block von der Ecke der Werkbank und lenkt ihre Gedanken auf die Dinge, die sie braucht. Aber Lucs Gegenwart nimmt immer mehr Raum in ihrem Kopf ein und nach der vierten Zutat kann sie sich nicht mehr konzentrieren. Er weiß über sie Bescheid. Gewissermaßen. Er weiß nicht *wirklich* etwas … was gut ist, denn als sie das letzte Mal nachgesehen hatte, stand ihr kleiner Bruder Yìwú immer noch auf der schwarzen Liste der Agentur, und Elle will nicht, dass ihm etwas zustößt.

Das ist eine unvernünftige Einstellung, wenn man bedenkt, dass Yìwú versucht hat, Tonys Laes zu stehlen und, als das nicht funktioniert hat, ihn im Anschluss umzubringen. Aber Liebe ist nicht vernünftig. Sie konnte sich nicht zwischen ihrem kleinen Bruder –

der ihr bester Freund war – und ihrem großen Bruder – den sie angebetet hatte – entscheiden. Sie kann diese Wahl nicht treffen. Sie kann Tony nur weiter verborgen halten. Wenn es zum Schlimmsten kommt, können sie und Tony wieder umziehen. So was wird doch mit jedem Mal einfacher, oder?

Sie reagiert über. Elles Großmutter väterlicherseits hatte das Temperament eines ruhig fließenden Flusses, unbeeindruckt von kleinen Störungen oder Missgeschicken, und um genau dieses Temperament betet sie jetzt. Für die nächste Stunde – oder den Rest des Nachmittags – wird sie sich auf das konzentrieren, was sie kann: Glyphen zeichnen und Tränke anfertigen.

Elle stößt den Atem aus und rammt die Spitze des Bleistifts aufs Papier. Die Glyphe für scharfes Licht ist wahrscheinlich für ein Schwert bestimmt. Die Unschärfeglyphe soll wohl dafür sorgen, dass Luc schwerer zu erkennen ist, um ihm im Kampf einen Vorteil zu verschaffen, wie ein optischer Illusionszauber für diejenigen mit S-Rang.

Das ist ein Hinweis auf Lucs Identität. Elle hat versucht, ihn nachzuschlagen, aber momentan besitzt sie nur B-Rang... und sie müsste A sein, um mehr als seinen Namen zu sehen. Dem absoluten Mangel an Informationen über ihn nach, ist sie sicher, dass Luc S-Rang hat und für das Bureau arbeitet, die elitäre, geheime Abteilung der Agentur. Er könnte zu den Fixern gehören, den Spezialagenten, die direkt Oberon unterstehen, dem legendären Gründer von *Roland & Riddle*. Alle anderen im atlantischen Sektor erstatten Lysander Bericht, dem COO, der – wenn die Gerüchte stimmen – Oberons Sohn ist.

Die Akten von Bureau-Agenten sind nur für die exekutive Ebene einsehbar. Früher besaß Elle diese Privilegien einmal. Sie besaß auch zwei Brüder, die sie liebte, und ein florierendes Geschäft, das ihr jede Menge Herausforderungen geboten hat. Jetzt hat sie ein mittelmäßiges Geschäft, dessen Herausforderungen ihr nur ein müdes Gähnen entlocken, auch wenn Lucs Anwesenheit diesen Frust ein wenig mildert. Wenn dieser Auftrag gut läuft, könnten in der Zukunft noch mehr folgen – was ihr mehr Zeit mit ihm sichern würde.

Immer langsam. Elle verdrängt das aufgeregte Flattern in ihrer Brust bei der Vorstellung, ihre Jade anzulegen und ihre volle Macht einzusetzen. *Zu voreilig.* Das ist ein einzelner Auftrag, den sie ein einziges Mal für einen Stammkunden annimmt – und nicht für jemanden, dessen Gesellschaft sie genießt, dessen Humor sie hervorlocken will. Jedes Mal, wenn er lächelt, ist es, als öffne sich eine Tür zu einem verborgenen, riesigen Raum voller Wärme – und sie ist süchtig danach.

Nein, solche Gedanken muss sie im Zaum halten. Sie wirft einen kurzen Blick zu Luc, der in sein Architekturbuch versunken ist. Seine Unterlippe ist wieder zwischen seinen Zähnen eingeklemmt, und sie meint, wehmütige Sehnsucht in seiner Miene zu erkennen.

Er schaut auf und fängt ihren Blick ein. Seine Stimme ist untypisch sanft, als er fragt: »Ist etwas?«

Oh, Himmel. Sie könnte in diesen Augen versinken und niemals wieder auftauchen. »Nein, gar nichts. Willst du dir das Buch ausleihen? Es scheint dich zu interessieren.«

Das Lächeln, das er ihr als Antwort schenkt, bringt ihr Herz aus dem Takt. Er schließt das Buch und legt es auf den Tisch. »Danke dir, aber nein. Die Fotos in diesem Band erinnern mich an Orte, an denen ich gewesen bin, mehr nicht.«

»Welche Orte?«

»Östliches Frankreich, die Region Elsass-Lothringen.«

»Hast du dort viel Zeit verbracht?«

Lucs Lächeln wird breiter. »Ich bin dort aufgewachsen.«

Sie spiegelt seine Miene, weil sie einfach nicht anders kann. »Vermisst du es?«

Er wirft einen kurzen Blick zum Buch, bevor er sie wieder ansieht. »Das tue ich in der Tat. Und was ist mit dir?«

Elle hat ihre Kindheit im Stammsitz ihrer Familie hoch auf der Bergspitze verbracht, in Shénnóngjià, Húběi. Sie und Yìwú hatten ihren eigenen Witz dafür: Shénnóngjià, Shénnóngs Haus, statt

Shénnóngs Leiter-Spalier-Ding. Sie wird niemals zurückkehren dürfen. Ihre Familie denkt, Tony sei tot, und sie dafür verantwortlich, was nicht der vollen Wahrheit entspricht. Nur zu ungefähr 90 Prozent.

»Elle?«

»Oh. Tut mir leid. Ja, ich vermisse es.« Elle deutete auf eines der Gemälde an der Wand. »Das ist meine Heimat.«

»Wunderschön.« Luc erhebt sich, um sich das Bild genauer anzusehen. »Wer hat es gemalt?«

Ich, hätte sie fast geantwortet. *Alarm, Alarm.* Sie sollte keine Aufmerksamkeit auf sich ziehen und sie malt nicht mehr. »Niemand von Bedeutung.«

Er mustert sie eine Sekunde länger, als ihr lieb ist. »Eine Schande, dass die Künstlerin nicht besser bekannt ist. Ihre Werke sind atemberaubend.«

Der Alarm verwandelt sich in einen Hamster, der verzweifelt in seinem Rad läuft. »Ich hätte ein paar Fragen zu deinem Auftrag«, verkündet Elle laut. Sie muss klar erkenntlich das Thema wechseln.

»Ja?«

»Könnte ich ihn in einigen Punkten anpassen? Die Restaurationsglyphe, die du möchtest, entspricht mehr oder minder dem, was ich bereits für dich gemacht habe. Ich könnte einen Trank anfertigen, aber was, wenn ich diesen Teil mit deiner Stärke- und Geschicklichkeitsglyphe kombiniere? Wäre das okay?«

»Du bist die Künstlerin«, antwortet Luc.

Elle entscheidet sich, seine Wortwahl zu ignorieren.

»Ich lasse dir vollkommen freie Hand.«

»Wirklich?«

»Wirklich. Ich beuge mich dem Wissen der Expertin.«

Elle räuspert sich, um die kleine Flamme der Begeisterung zu ersticken, die in ihr aufgeflackert ist. Sie wird nicht in die Hände klatschen. »Ich kann alles machen, was ich will?«

Luc schmunzelt. »Könnte ich dich aufhalten?«

»Okay. Okay!« Erneut schnappt Elle sich Block und Stift und eilt zu dem Ablageschrank am anderen Ende der Werkstatt. Mit rasenden Gedanken öffnet sie eine Schublade. »Ginseng«, murmelt sie und zieht eine übervolle Aktenmappe heraus. »Und Elfensalbei.«

Sie späht in die Tiefen der Lade, um den Inhalt zu kontrollieren, dann wirft sie die Mappe mit der flachen Seite auf einen Tisch, sodass Papiere auf den Boden wirbeln. Ohne einen Gedanken daran zu verschwenden, tritt sie über das Chaos hinweg, um am Griff einer weiteren Schublade zu zerren. Nach einer letzten Kraftanstrengung öffnet sich die Schublade mit einem widerwilligen Quietschen.

»Hattest du je *White Rabbit Milk Candy*?«, ruft Elle über die Schulter. »Was, wenn ich etwas in dieser Art anfertigen würde? Wie ein Karamellbonbon, aber mit der Glyphe als Verpackung?«

Sie hält nachdenklich inne. Ihre Glyphen werden durch Berührung aktiviert. Die Verpackung für die Glyphe zu verwenden kann also nicht funktionieren. »Nein, warte. Ich werde die Glyphe auf Reispapier in ein Gummibärchen einarbeiten, das heilende Kräuter enthält. Wie klingt das? Aktiviert durch Kauen. Ich glaube, ich habe irgendwo eins. Ein Modell, meine ich. Also eine Form, nicht ein altes Gummibärchen.«

»Das klingt wunderbar.« Luc hält inne. »Also die Form, nicht das andere.«

Sie klatscht begeistert in die Hände. »Toll! Ich habe hier irgendwo die Vorlage für Giftresistenz. Mit der Unschärfeglyphe und der für scharfes Licht muss ich experimentieren.« Elle sucht nach ihrem Handbuch für hochrangige Agenturagenten, das sie gar nicht mehr haben sollte, aber trotzdem behalten hat. Schließlich zerrt sie es ganz hinten aus einer Schublade.

»Muss ich dafür anwesend sein?«

Nein, aber heute ist ein seltsamer Tag voller Möglichkeiten und sie sollte ihre Chance nicht vertun, wie Lira wieder und wieder gesungen hat. Soweit Elle es aus Liras Werkstatt gehört hat, hat dieses Musical nur fünf Lieder und einen Akt. »Ja. Ich werde Hilfe beim Testen brauchen.«

»Dann lass mich wissen, wie ich dir helfen kann.«

»Ich werde meine Zutatenliste erstellen. Danach weiß ich besser, wie ich planen muss.« Sie räumt einen Platz in der Mitte ihrer Sammlung frei, den Notizblock bereit, in Gedanken bereits bei den Zutaten, die sie aus New York braucht. Wenn sie sich beim Shoppen beeilt, sollte es sicher sein. »Ich werde einen neuen Lieferschein anlegen und dir die Zutaten in Rechnung stellen.«

»Noch besser«, meint Luc und kontrolliert kurz seine Uhr. »Ich kann dich begleiten und alles bezahlen.«

»Eine Sekunde.« Sie mustert ihn kritisch von Kopf bis Fuß. »Du musst nach Hause und dich ausruhen. Du kannst nicht mit mir durch New York laufen.«

»Ich werde mich ausruhen, sobald du fertig bist. Bitte, nimm mir das nicht übel, aber ich zweifele, ob du mir für dein Engagement wirklich genug in Rechnung stellen wirst.«

»Ich ...« Er hat sie erwischt.

Einer von Lucs Mundwinkeln hebt sich zu einem schiefen, viel zu charmanten Lächeln. »Schreiben Sie Ihre Liste, Agentin Mei.«

•••

Luc beobachtet, wie Elle durch ihre Werkstatt flattert und geistesabwesend murmelnd ihre Einkaufsliste ergänzt. Sie öffnet eine Schublade, um mit verträumtem Lächeln eine Glyphe zu betrachten. Ihre Finger folgen den Pinselstrichen mit solch liebevoller Zuwendung, dass er sich wünscht, er wäre das Papier.

Wenn sie nur auch ihn so voller Zuneigung ansehen würde. Sie ahnt nicht im Geringsten, da ist er sich sicher, welchen Effekt sie auf ihn ausübt; ahnt nicht, dass in ihrer Nähe zu sein, in ihrer fröhlichen Gegenwart, in ihm nur das Verlangen erzeugt, ihr noch näher zu kommen. Niemand sonst in seinem Leben ist freundlich zu ihm. Niemand erkundigt sich nach seinem Wohlbefinden oder fragt nach seiner Meinung. Elle schenkt ihm grundsätzliche Fürsorge, ohne jeden Hintergedanken, und das ist eine erfrischende

Erfahrung. Und sorgt dafür, dass er auch ihr etwas geben will; sich ihr zuwendet wie eine Blume auf der Suche nach Sonnenlicht.

»Okay, ich bin fertig.« Elle klatscht den Stift auf die Werkbank. Der Knall reißt Luc aus seinen Gedanken. »Lass uns etwas essen gehen. Ich frage mich, was es wohl in der Cafeteria gibt?«

»In der Cafeteria?« Luc kneift die Augen zusammen und hofft inständig, dass sie nicht wirklich an einem Ort essen will, in dem flüssiges Albumin als frisches Ei bezeichnet wird. »Die Kantine? Hier im Gebäude? In dieser Niederlassung?«

»Ähm, ja?« Elle zuckt mit einer Schulter. »Ich will nur einen kleinen Snack. Wo soll ich sonst hingehen?«

»Du kannst das Geld einer anderen Person ausgeben und willst in der Cafeteria essen?« Luc beugt sich auf der Couch vor und tippt anklagend mit zwei Fingern auf den Tisch. »Hier? In dieser Niederlassung?«

»Ich habe dich schon beim ersten Mal verstanden. Wertest du etwa meine Entscheidungen ab?«

Luc hatte genau ein Gebäckstück aus der Kantine gegessen, einen Muffin so alt und trocken, dass der Verkauf allein das Etablissement schon die Lizenz hätte kosten müssen. »Ja, das tue ich. Bitte denk noch einmal darüber nach. Wenn du Lust auf einen Snack hast, weiß ich von einem Café hier in deiner Stadt, dessen Gebäck anständig ist, und der Kaffee ist sogar noch besser.«

»Du weißt davon?«, fragt Elle mit verschmitztem Blick, »oder kennst du es aus persönlicher Erfahrung?«

»Persönliche Erfahrung.«

Sie grinst. »Sehr ungezogen von dir. In der Arbeitszeit in mundaner Gesellschaft? Das könnte dir einen Eintrag einbringen, wenn es herauskommt.«

Luc lacht schnaubend. »Kaum. Meine Weste ist blütenweiß, Agentin Mei. Und ich bin ein Ausnahmefall.«

»Oh, vor mir steht der perfekte Angestellte. Hängt dein Foto an einer Wand?« Elle stemmt eine Hand in die Hüfte und bewegt die andere Hand in einem Halbkreis, als deute sie auf eine Aussicht.

»Ich sehe es förmlich vor mir. Die Pinnwand an der hinteren Wand des Büros. Angestellter des Monats, Agent Luc Villois. Ein goldener Stern für dich.«

Er dürfte eher der Angestellte des Jahrhunderts sein. Oberon schickt Luc ohne zu zögern in knifflige Situationen und erwartet stillschweigend, dass jeder Job erledigt wird. Ausreden gibt es nicht. Und Luc liefert immer, egal, was er auch dabei empfinden mag. »Ich habe mindestens zwei goldene Sterne unter meinem Namen. Du magst dich selbst unter Wert verkaufen, aber ich bin stolz auf meine zwei Aufkleber.«

Sie lacht und verdreht die Augen. »In Ordnung. Schön. Wie wäre es mit einem Kompromiss? Ich muss sowieso in eine größere Niederlassung. Wie wäre es mit der Cafeteria in New York?«

Luc runzelt die Stirn. »Das ist deine Vorstellung von einem Kompromiss?«

»Das deute ich als Ja.« Sie kichert, auch wenn er immer noch an ihrem Geschmack zweifelt. »Ist das eine Verabredung? Also ich meine, natürlich nicht diese Art von Verabredung.«

Er seufzt schwer. »Dann nennen wir es Geschäftsessen. Niemals würde ich so tief sinken, einen Ausflug in die Firmenkantine als Verabredung zu bezeichnen.«

»Also ein geschäftlicher Snack.«

»Das klingt nicht … korrekt.« Es gab zu viele Dinge, die versucht haben, ihn zu fressen.

»Ein geschäftlicher Nachmittagstee?« Elle neigt nachdenklich den Kopf zur Seite.

»Teatime ist um vier, aber jetzt haben wir gerade mal zwei Uhr. Geschäftsessen funktioniert für mich.«

»Okay. Klingt super professionell.« Elle wedelt mit ihrer Liste. »Lass uns gehen!«

Unter Liras abschätzendem Blick verlassen sie den Laden und begeben sich mehrere Stockwerke abwärts zum Transporter-Raum. Das Transportsystem ist firmeneigene Magie, der ganze Stolz von *Roland & Riddle* – das Geheimnis des Erfolges der Agentur, zu allen Tag- und Nachtstunden besetzt mit sorgfältig ausgebildeten Technikern. Das System erlaubt Fae verzögerungsfrei zu jeder Niederlassung auf der ganzen Welt zu reisen, vorausgesetzt, sie ist ans System angeschlossen.

In Raleigh steht die Doppeltür zum Transporter-Raum offen, sodass Luc ein halbes Dutzend Glaszylinder sehen kann, jeder fünf Meter hoch und drei Meter im Durchmesser, befestigt auf verstärkten Holzgittern, die wiederum auf glühenden Ringen liegen. Drei der Zylinder sind für Ankünfte reserviert, der Rest für Abreisen. Als sie sich nähern, erscheint ein humanoider Agent in einem der Zylinder, öffnet die Tür und eilt in Richtung des Drehkreuzes am Eingang.

Luc ist dankbar für die verbesserte Technologie. Mit Schaudern erinnert er sich noch an die Zeit, als das System aus semi-zuverlässigen Feenringen bestand, mit hölzernen Trennwänden dazwischen. Hin und wieder landete man irgendwo im Nirgendwo oder, noch schlimmer, auf der Gartenparty irgendeines Menschen.

»Wohin?«, fragt der Schaffnergoblin hinter seiner Station.

»Manhattan, beide«, antwortet Luc.

»Ringe 2 und 3.« Der Goblin deutet auf einen Kartenleser. »Bitte die WBKs.«

Sobald sie in Manhattan angekommen sind, übernimmt Elle die Führung, was Luc überraschen sollte, es aber nicht tut. Sie schlängelt sich durch die Menge der Fae, ohne die riesige Glaskuppel, den Marmorboden mit Intarsien oder die Wegweiser an den Ecken zu beachten. Stattdessen hält sie mit der Zielgenauigkeit eines Falken im Sturzflug auf die Kanine zu. Sie schenkt der Sphinx keinen Blick, die in der Mitte des Entrees auf einem Steinsockel sitzt, sondern eilt daran vorbei. Vor dem Sockel der Sphinx haben sich diverse Fae versammelt und noch mehr stehen als Gaffer ein Stück entfernt.

Ein weiterer Hinweis darauf, dass Elle mehr ist, als sie sich anmerken lässt. Die meisten Fae sind es nicht gewöhnt, eine Sphinx zu sehen, auch wenn diese Wesen regelmäßig in die Filialen der

Großstädte kommen und ihre Zeit spenden, um Fragen über die Agentur zu beantworten. Es gibt nur noch eine Handvoll Sphingen auf der Welt. Die Einzige in Nordamerika frequentiert gewöhnlich die Filiale in Manhattan. Früher hatte sie ihren Wohnsitz in London ... aber nach dem, was Oberon vor achtundzwanzig Jahren mit Luc angestellt ist, hält sie sich lieber an Orten fern von Oberon auf.

Luc lächelt leise, als sie träge den Kopf dreht, um ihre mit Kajal umrandeten Augen auf ihn zu richten. Ihr Schwanz bewegt sich fast unmerklich und das Deckenlicht reflektiert auf den hohen, aristokratischen Wangenknochen in ihrem dunkelhäutigen Gesicht. Er nickt ihr in dem Moment zu, als ihr Geist seinen berührt.

»*Lucien. Bon retour.*« Ihre Stimme ist wo warm wie die Wüste, aus der sie stammt. Sie zu hören ist immer tröstlich, besonders, wenn sie in seiner bevorzugten Sprache mit ihm spricht.

»*Allô, Tatie.*« Er schickt ihr seine Zuneigung.

»*Comment tu vas?*«

Auch wenn sie wahrscheinlich eine Geschichte vermutet, hat Luc im Moment keine Zeit für Erklärungen. Er schickt ihr stattdessen kurze Bilder und Gefühle, in dem Wissen, dass es ausreichen wird. »*J'suis bien.*«

»*Mm.*« Sie ist nicht überzeugt. Durchaus möglich, dass sie seinen unterdrückten Schmerz wahrgenommen hat. »*C'est qui, ça?*«

Er antwortet mit der Wahrheit: Elle und er sind Arbeitsfreunde. Es ist sinnlos, eine Kreatur anlügen zu wollen, die telepathisch so stark ist. »*Ma collège.*«

Sie gluckst in sich hinein, als wüsste sie etwas, was er nicht weiß. »*Ah bon? Et qu'est-ce que tu fais?*«

»*J'vais chercher quelque chose pour manger.*« Aus irgendeinem Grund erhitzen sich Lucs Ohrenspitzen. Er und Elle besorgen sich nur vor der Arbeit etwas zu essen.

»*Avec ta copine?*« Die Sphinx lacht, als er Elle durch einen breiten Flur folgt. Es ist natürlich ein gutmütiges Lachen. Innerlich. Nach außen zeigt sie nur ihr mysteriöses Mona-Lisa-Lächeln.

»*Ma collègue*«, wiederholt er bestimmt. Luc verabschiedet sich eilig von ihr, bevor er ihre Reichweite verlässt, und verspricht, sich bald bei ihr zu melden.

»Alles okay?« Elle berührt kurz seinen Arm. »Luc?«

»Entschuldigung. Ich war in Gedanken.«

»Müssen sehr tiefgehende Gedanken gewesen sein«, antwortet Elle lächelnd. »In Ordnung, ist deine Karte bereit, sich der Herausforderung meines Magens zu stellen?«

Er schnaubt. »Ja. Aber wolltest du nicht nur einen Snack?«

»Du hast Geschäftsessen gesagt, also werde ich das ausnutzen. Nur als Vorwarnung: Ich kann ziemlich was wegstecken.«

»Keine Sorge. Für mich sind alle Mahlzeiten in der Agentur kostenlos.«

»Was?! Wann wurde denn dieses Memo herausgegeben?«

»Könnte sein, dass du es nicht bekommen hast.« Aus irgendeinem Grund empfindet er einen Anflug von Verlegenheit. »Nur für die Management-Ebene. Vor Jahren.«

»Ihr habt doch schon Karten ohne Limit. Da braucht es wirklich nicht noch kostenloses Essen.« Sie schnappt sich ein Tablett und nimmt sich einen Teller. Er klappert.

»Ich habe ein Kreditkartenlimit.« Es liegt nur sehr hoch.

»Ich habe deine schicke Karte gesehen. Du hast nicht mal mit der Wimper gezuckt, als du angeboten hast, alles zu bezahlen. Also könnte die Karte genauso gut kein Limit haben.« Elle ignoriert die nicht-menschlichen Nahrungsmittel, stoppt vor der Auswahl für die westliche Welt und nimmt sich eine riesige Quiche.

Luc muss lachen, als er das Preisetikett sieht. »Und du wolltest tatsächlich in der Kantine deiner Filiale essen.«

Als Nächstes landet frisch gepresster Bio-Fruchtsaft aus von Dryaden gepflegten Obsthainen auf ihrem Tablett. »Scheint, als hätte ich einen teuren Geschmack entwickelt, jetzt, da ich einen wohlhabenden Mäzen habe.«

»Hier zumindest bin ich der reichste Mann der Welt. Draußen mag das anders aussehen.« Luc bestellt einen Espresso und ein Glas Quellwasser für sich. Sie suchen sich einen Tisch für zwei am Fenster, wo Elle ihr Bestes gibt, die Quiche in die Unterwerfung zu zwingen.

»Brauchst du Hilfe?« Luc nippt an seinem Kaffee, amüsiert von den bösen Blicken, die sie ihrem Essen schenkt.

»Könnte passieren.« Sie verzieht das Gesicht. »Ich hasse es, Nahrung zu verschwenden.«

»Ebenso.« Er braucht eine Gabel. Er will aufstehen, hält aber inne, als Elle ihm ihre anbietet.

»Ich bin nicht krank.« Sie lächelt ihn an. »Mach dir keine Sorgen.«

»Tue ich nicht.« Er setzt sich wieder und nimmt das Besteck entgegen. Gleichzeitig ermahnt er sich selbst, dass diese Geste nur praktischen Erwägungen entspringt. Sie sind befreundet und Freunde teilen sich manchmal Besteck.

Sobald der Teller leer ist, zieht Elle ihre Liste heraus und navigiert durch die oberen Stockwerke der Manhattan-Filiale wie ein alter Hase. Luc hält sich in ihrem Kielwasser, zufrieden damit, ihr zu folgen.

»Kannst du diese Preise fassen?«, murmelt Elle, nachdem sie einen Kräuterladen verlassen haben, und wirft einen finsteren Blick über die Schulter. »Wollte nicht mal feilschen.«

»Ich war mir nicht bewusst, dass man mit Zwergen feilschen kann.«

»Alles ist verhandelbar«, sagt Elle und reicht ihm die Tüte. »Spielt keine Rolle, mit wem oder über was. Preisschilder sind nur ein Vorschlag.«

»Ach ja?« Luc verschiebt die Tüten, die er bereits trägt, um Platz für die neue zu schaffen. »Würdest du dasselbe über deine Preise sagen?«

»Natürlich.« Elle rümpft die Nase. »Bisher war nur niemand clever genug, tatsächlich zu feilschen.«

»Zur Kenntnis genommen. Könnte ich dich also eventuell von einer Million Briketts herunterhandeln?«

Sie fängt an zu lachen. »Hör auf, mich aufzuziehen!«

»Was würde dafür sorgen, dass du den Preis senkst? Können wir über einen Tauschhandel nachdenken?«

Elle wirbelt auf der Ferse herum, um sich rückwärts weiterzubewegen. Ihr Lächeln wirkt plötzlich verschmitzt. »Nur, wenn mir gefällt, was du anzubieten hast.«

Er kann nur sich selbst bieten, was die meisten Leute als schlechten Handel betrachten würden. »Ich fürchte, ich werde wohl doch eine Million Briketts bezahlen müssen.«

»Oh, das würde ich nicht sagen.« Ihr Blick ist mysteriös. »Ich bin mir sicher, du hast etwas, was ich will.«

Er folgt ihr weiterhin, als sie weiterstürmt. Seine Rolle ist die des Lastesels. Luc fragt sich, ob er mit all den Einkaufstüten in seinen Händen wohl aussieht wie der typisch genervte Freund.

Auch wenn der Nachmittag solchen Träumereien Vorschub leistet, ermahnt er sich selbst, sich nicht in diesen Wunschvorstellungen zu verirren. Zur Abwechslung steht er einmal nicht knietief in den Eingeweiden dunkler Fae oder bewacht wichtige magische Gegenstände bei ihrem Transport. Er babysittet keine Naga-Prinzessin, die für ihn schwärmt, oder steht bei einem der hirnrissigen und oft im wahrsten Wortsinne explosiven Einsätze des Rollkommandos in vorderster Front. Er fängt keine gegnerischen Agenten ab und schaltet sie aus. Niemand sticht mit einem Messer auf ihn ein, schießt auf ihn, schlägt ihn, prügelt ihn oder beißt ihn – mal wieder!

Und vor allem ist es nicht er, der sticht, schießt, schlägt, prügelt oder beißt, auch wenn Luc sich nur an wenige Gelegenheiten in den letzten hundert Jahren erinnern kann, in denen er tatsächlich auf seine Zähne zurückgreifen musste.

Er hat einfach nur ein gemütliches Mahl mit einer schönen Frau geteilt und trägt jetzt ihre Einkaufstüten. Er spürt ein kurzes Aufwallen von Schuldgefühlen, als ihm klar wird, wie sehr er diese Normalität genießt und wie dringend er sich mehr davon wünscht. Sein Leben wirkt aufregend – für manche Agenten wie ein Traum –, aber er sehnt sich nach dem genauen Gegenteil. Stabilität und Routine wären wirklich nicht schlecht. Und dann könnte er Elle öfter als ein paarmal im Monat besuchen.

Denn er würde gern mehr von ihrer Zeit in Anspruch nehmen. Luc will einfach mehr von Elle und der Art, wie sie durch das Beschaffungsstockwerk eilt, als gehöre sie hierher. Er will mehr von ihr und der wunderbaren Weise, wie sie ihm Tüten reicht, ihm mit einem breiten Grinsen die Taschen entgegenstreckt. Luc ist unfähig, auch nur den leisesten Widerstand zu leisten. Was auch immer sie möchte, sie wird es bekommen.

Wenn das hier funktioniert, wird er sie vielleicht bitten, seine einzige Lieferantin zu werden. Die Aufregung, die er bei dem Gedanken empfindet, eine Ausrede zu haben, sie wöchentlich, vielleicht sogar *zweimal* wöchentlich zu sehen, ist ihm fast peinlich. *Hat keine Gefühle*, erinnert er sich selbst, in Erinnerung an den Internet-Post, während Elle vor einem Ladenbesitzer mit den Armen wedelt. *Aber ein guter Befehlsempfänger und denkt an Geburtstage.*

»Das hat länger gedauert als gedacht!«, verkündet Elle, als sie aus dem letzten Laden tritt, ihre Liste zerreißt und die Fetzen in einen Mülleimer wirft. »Meinetwegen können wir zurück. Brauchst du Hilfe beim Tragen? Tut mir leid, dass ich dich gezwungen habe, alles zu schleppen.«

Mit einem Kopfschütteln wendet Luc sich ihr zu. »Kein Problem. Eine nette Abwechslung von dem, was ich sonst tue.«

»Du magst langweilige, häusliche Aufgaben?« Elle schenkt ihm ein kurzes Lächeln.

Er ist vollkommen fasziniert. »Heute schon. Mit dir.«

Elles Lächeln verblasst abrupt, und plötzlich strahlt sie Angst aus.

Luc rutscht das Herz in die Hose. Er hat zu viel gesagt. »Tut mir leid, das war zu direkt. Vergib mir.«

Sie sieht ihn nicht an, die Anspannung in ihrem Körper wie die eines Beutetiers im Angesicht eines Räubers. Er ist sich nicht mal sicher, ob sie atmet.

»Elle, was ist los?«

»Hör mir zu.« Sie spricht leise, aber drängend. Als sie den Kopf hebt, um ihn anzusehen, erkennt er die Furcht darin. »Ich werde jetzt nahe an dich herantreten. Leg die Arme um mich und ich werde alles erklären.«

Luc folgt ihrer Aufforderung, hebt vorsichtig die Arme, um sie nicht zu fest zu berühren. Sein Herz galoppiert plötzlich. Er hat sich nie erlaubt, Elle so nahezukommen; hat nicht mal daran gedacht, sie zu umarmen. Er hat den Abstand zwischen ihnen gewahrt wie ein Kurator im Angesicht eines kostbaren Gegenstands, wollte ihre Freundschaft in eine Vitrine stellen und darauf achten, dass niemand ihr zu nahe kommt und sie zerstören kann. Sie ist mit ihm befreundet und das ist genug. Es sollte genug sein.

Elle presst die Stirn gegen seinen Hals, legt die Arme um seine Hüften, wickelt sich um ihn, als wolle sie sich verbergen. Luc reagiert instinktiv, indem er sich über sie beugt und fest an sich zieht. Ihr Atem streicht warm über seine Haut und er kann nur daran denken, wie seltsam intim sich das anfühlt. Wäre die Situation eine andere, würde Luc einen Kommentar darüber machen, wie gut sie zusammenpassen.

»Tut mir leid, dass ich dich so in Verlegenheit bringe.« Elle spricht gerade laut genug, dass er sie verstehen kann. »Dreh dich nicht um. Hier ist jemand, mit dem ich nicht sprechen will, aber sie hat mich gesehen. Sie ist sich noch nicht sicher, ob ich es wirklich bin. Sie wird sich nähern. Eventuell ruft sie einen Namen. Ignorier es.«

Luc faltet seine Gefühle ordentlich und verstaut sie in der Kiste, in der er seine Emotionen während der Arbeitszeit aufbewahrt. Seine Anspannung vergeht, als sein Körper in Missionsmodus schaltet, die Muskeln locker, aber bereit zum Einsatz. »Verstanden! Weitere Befehle?«

»In der Lobby können wir sie vielleicht abhängen, aber sie ist ein Fuchsgeist und wird mich erkennen, wenn sie meine Witterung aufnimmt.« Elle löst sich von ihm, wirbelt auf dem Absatz herum und eilt zu dem Treppenhaus am anderen Ende des Flurs. Luc empfindet den Verlust ihres Körperkontaktes als scharfen, aber seltsam gedämpften Schmerz.

»Sie ist jung. Höchstens neunzig, also besitzt sie noch nicht alle Kräfte. Zu meinem Glück.« Elle rammt mit der Schulter gegen die Tür, stößt sie auf und wirft einen Blick zurück. »Mist. Aufgeflogen.«

Ihre Schritte und das Rascheln der Tüten hallen durchs Treppenhaus, als sie nach unten eilen. Elle verschwendet keine Zeit, stürzt die Stufen so schnell hinunter, dass es fast aussieht wie ein kontrollierter Sturz. Mehrere Stockwerke über ihnen wird eine Tür aufgerissen und knallt laut gegen die Wand. Der Fuchsgeist ruft einen Namen, aber das Treppenhaus verzerrt das Geräusch, weil die Echos miteinander verschmelzen.

Elle tritt gegen die Tür im Erdgeschoss und flieht in die Lobby. Luc folgt ihr auf den Fersen. Das Chaos der großen Eingangshalle schwappt über ihn hinweg, als er die Umgebung in sich aufnimmt. In der Mitte steht das Podium der Sphinx, jetzt leer, und rechts liegt der Transporterraum. Der Nachmittagsansturm manifestiert sich als dichtes Gedränge von Fae, die auf die Türen zustreben und jeden Blick in den Raum verhindern.

Wenn die Frau sie nur auf Sicht verfolgen würde, könnten sie unerkannt in der Menge untertauchen, aber der Fuchsgeist hat wahrscheinlich ihre Witterung aufgenommen, wie Elle vorhergesagt hat. Stirnrunzelnd erwägt Luc akzeptable Abwehrstrategien, doch in dieser Umgebung fällt ihm nichts ein.

Elle leckt ihren Zeigefinger an und zeichnet damit etwas auf ihren Handrücken. Sofort erhebt sich eine heftige Brise vom Boden, als ständen sie auf einem Belüftungsgitter. Um sie herum schreien Fae überrascht auf, weil Federn und Haare zerzaust werden. Der Windstoß verklingt so abrupt, wie er aufgetreten ist.

»Grob, aber es wird reichen«, murmelt Elle und beschleunigt ihre Schritte.

»Was hast du …?« Luc überholt sie und setzt seinen größeren Körper ein, um durch die Menge zu pflügen.

»Ein kleiner Windstoß, um ihr die Suche zu erschweren.« Sie stößt ein genervtes Geräusch aus, als sie den Transporterraum sieht. Durch die Fenster kann Luc erkennen, dass bereits viele

Leute anstehen. Und mit jeder Sekunde wird die mäandernde Warteschlange aus Fae länger.

Verzweifelt packt Elle ihn am Ärmel. »In diesem Gedränge werden wir es nicht schaffen. Sie wird uns einholen und mir nach Hause folgen. Ich darf nicht dorthin. Himmel, wo kann ich hin?«

Wenn Elle Sicherheit braucht, kann Luc diese liefern. Wenn sie Geschwindigkeit braucht, kann er auch das liefern. Sein Rang verleiht ihm alle Privilegien ... inklusive bevorzugter Behandlung an den Transportern, wenn es nötig ist.

Luc hält es für nötig, also greift er in die Tasche und zieht seine WBK heraus. »Keine Sorge. Bleib dicht hinter mir.«

Er drängt sich an der Schlange vorbei, schiebt sich durch die wartenden Fae, ignoriert alle indignierten Proteste, öffnet das Absperrband und hängt es hinter ihnen wieder ein. Dabei bemerkt er kaum, wie Elle sich an seinen Arm klammert. Ihre Entschuldigungen wehen hinter ihnen her wie eine Rauchfahne. Luc hält direkt auf den nächsten Schaffner vor, tritt vor den wartenden Fae.

»Hey, was zur Hölle ist dein Problem?«, fragt der Schaffner mit übertriebenem Brooklyn-Akzent. »Stell dich hinten an wie alle anderen auch oder ich rufe die Security!«

Luc hebt seine WBK ins Licht, sodass der schillernde Aufkleber am unteren Rand glänzt, und setzt seinen besten, hochmütigen VIP-Blick ein. »Notfall.« Er deutet mit dem Kinn auf Elle. »Sie gehört zu mir. Paris. Jetzt.«

Der Schaffner richtet sich mit großen Augen auf. »Ja, Sir. Sofort, Sir. Ringe 7 und 10 sind bereit.«

Luc führt Elle zu den Ringen; ihre Aufmerksamkeit bleibt nach hinten gerichtet. »Du nimmst 7, der ist näher. Wir sehen uns auf der anderen Seite.«

Sie nickt und tritt auf das Gitter, zieht die Tür hinter sich zu.

4. Kapitel

Erst jetzt, nachdem Elle sein Heim betreten hat, wird Luc wirklich klar, dass sich jemand in seinem Haus aufhält. Er, Luc Villois, notorischer Einzelgänger, hat freiwillig eine andere Person in sein Zuhause eingeladen. Sie steht im Foyer, zieht ihre Schuhe aus, stellt sie neben seine und wandert im Anschluss mit großen Augen über das Fischgrätenparkett.

Ihm ist ein Fehler unterlaufen.

Das passiert in letzter Zeit häufiger. Muss von dem Wahnsinn verursacht worden sein, demselben Wahnsinn, der ihn schon früher am Tag überfallen hat. Inzwischen sollte Luc das Kind beim Namen nennen: Panik. Seine Akte braucht eine Auffrischung. Oberon wird nicht angetan sein.

Luc atmet tief durch, vertreibt mit reiner Willenskraft die Anspannung aus den Muskeln seiner Schultern. Diese Wohnung ist seine Zuflucht, der eine Ort, der nur seiner eigenen Kontrolle unterliegt, unangetastet von jeder anderen Person. Die Schlichtheit ist eher der Umstand zuzuschreiben, dass ihm die Zeit zum Dekorieren fehlt als seinem Geschmack, aber anders als der Rest seines Lebens gehört alles innerhalb dieser hohen Räume nur ihm. Die moderne Küche, auch die einzeln ausgewählten Töpfe mit den Kupferböden, die von ihrem Regal hängen wie überreife Früchte. Das riesige Himmelbett im Schlafzimmer wurde speziell für ihn angefertigt und ist ausgestattet mit den besten Laken und den weichsten Kissen. In allen anderen Aspekten seines Lebens hat Luc sich den Wunsch nach Komfort abtrainiert, ob nun körperlich oder emotional, aber selbst er braucht einen Ort, an dem er sich entspannen kann. Abseits seiner Wohnung schläft er schlecht.

»Du hast nicht gescherzt, als du meintest, ich solle mir keine Sorgen machen. Danke.« Elle stellt ihre Tüten vorsichtig neben die schicke schwarze Ledercouch.

»Gern geschehen.« Normalerweise hätte Luc sich entspannt, kaum dass er über die Türschwelle getreten ist, aber Elles Gegenwart ist wie ein dünnes Kabel in ihm, das vor Stress vibriert. Sie wird nicht bleiben, versichert er sich selbst. Sie brauchte eine Zuflucht und die hat er ihr geboten. Wieso er sofort an sein Zuhause gedacht hat, statt sie in eine der sicheren Agenturzuflüchte in der Umgebung von Paris zu bringen, wird er später ergründen müssen. Sein Haus ist, deutlich ausgedrückt, absolut sicher. Es gibt nur einen Eingang und die Terrassen sind von außen nicht zugänglich, weil das Gebäude sich im abgeschirmten Firmenraum befindet. Für den unwahrscheinlichen Fall, dass jemand sowohl die Schilde um das Gebäude als auch um das oberste Stockwerk durchdringen sollte, wäre immer noch er anwesend. Und er kann in diesen Räumlichkeiten auch in vollkommener Dunkelheit navigieren.

Der Pferdefuß ist, dass Elle sich in seinem persönlichen Bereich befindet und jetzt den Rekord als erste Person hält, die er je mit nach Hause gebracht hat.

Er beobachtet, wie Elle sich einmal im Kreis dreht, um den Raum zu mustern. Ihr Blick verweilt auf dem klassischen, französischen Kranzprofil am oberen Ende der strahlend weißen Wände. Sie stoppt vor dem französischen Infanterieschwert, das über der Couch hängt. »Ist das eine Replik?«

»Nein. Es ist echt. Aus der Zeit von Napoleon.« In der Armee zu dienen war einer von Lucs ersten Trainingsaufträgen. Er hat fünfeinhalb jämmerliche Monate damit verbracht, ständig zu marschieren; hat geringfügige Verletzungen davongetragen, während tausende Soldaten um ihn herum in der Schlacht gestorben sind; hat seine Belastungsgrenzen ausgetestet, während die Überlebenden verhungert sind; hat seine Widerstandkraft gegen eisige

Temperaturen entdeckt, als die verbliebenen Soldaten der Kälte anheimgefallen sind, und hat dabei eine lebenslange Abneigung gegen Russland entwickelt.

Elle wirft ihm einen verständnislosen Blick zu. »Napoleon?«

»Napoleon Bonaparte.« Luc hat den Mann nur aus der Ferne gesehen. Er sah aus wie jeder andere Mann, der sich selbst für wichtig hält, seine Bewegungen forsch, als stelle so gut wie alles seine Geduld auf die Probe. »Ein selbsternannter Kaiser, der zu viel wollte und versagt hat.«

»Ah.« Sie nickt weise. »Davon hatten wir auch ein paar. Wie lange ist das her?«

»Fast zweihundert Jahre.« Das ist zu persönlich, geht zu schnell. Luc hätte sich dieses Szenario nicht mal in seinen wildesten Träumen ausgemalt, nachdem er vor Jahrzehnten verstanden hat, dass seine Verantwortlichkeiten seine Nähe bestenfalls unerwünscht, meist aber gefährlich werden lassen. Selbst ein Umtrunk mit Kollegen wäre schon schwierig. Allein dass Elle mit ihm befreundet ist, macht ihn fassungslos. »Brauchst du noch mehr Sicherheit? Wir können uns in ein Safehouse zurückziehen.«

Sie schüttelt den Kopf. »Hier ist in Ordnung. Ich weiß, dass du sehr auf deine Privatsphäre achtest, also weiß ich das zu schätzen. Ich werde nicht lange bleiben.«

Er zieht sich auf grundsätzliche Gastfreundschaft zurück, weil sein kommunikatives Arsenal sonst nichts bietet. »Bitte setz dich doch. Ein Glas Wasser?«

»Nein, danke.« Sie wandert von der Couch zu dem schwarzen Ledersessel in der Ecke und lässt die Hand über die handgewebte Decke mit einem Muster aus Blau, Orange und Gelb gleiten. Der einzige Farbfleck in seinem sonst farblosen Wohnzimmer. Während Elle die Decke betrachtet, beißt Luc die Zähne zusammen, um die Worte zurückzuhalten, die auf seiner Zunge brennen. Elle will nicht wissen, dass er diese Decke auf einem Suq in Marrakesch gekauft hat, weil sie ihn an die kleinen Teppiche erinnert, die er immer auf das Bett der Sphinx geworfen hat. Diese Information ist irrelevant.

Neben dem Sessel steht eine hohe Steinstatue einer ruhenden Sphinx, und auf dem Couchtisch aus Glas und Stahl, neben zwei abgegriffenen Kochbüchern, steht eine handgroße Replik derselben Statue.

»Du magst Sphingen?« Elle streckt die Hand nach der Statuette aus.

»Bitte berühr sie nicht«, stößt Luc hervor und tritt hektisch ein paar Schritte vor, bevor er sich davon abhalten kann. Wenn sie aus Versehen die Magie in der Statue aktiviert, wird er sehr viel mehr erklären müssen als nur ein Schwert an der Wand.

Sie reißt alarmiert die Hand zurück. »Sorry!«

»Sie ist alt und sehr empfindlich.«

»Okay, ich behalte meine Hände bei mir. Sie muss dir sehr viel bedeuten.« Sie beugt sich mit geschürzten Lippen vor, um die Statuette zu mustern. »Bilde ich mir das nur ein oder sieht sie genauso aus wie die Sphinx in Manhattan? Bis hin zu dem Scheitel in ihrem Haar. Wo wir gerade davon sprechen, du wirktest ziemlich abgelenkt, als wir heute in New York angekommen sind. Ist alles in Ordnung?«

Diesmal kann er die Worte nicht zurückhalten. »Ja. Ich habe nur mit der Sphinx gesprochen.«

Sie zieht überrascht die Augenbrauen hoch. »Ich war mir nicht bewusst, dass sie persönliche Verbindungen zu Nicht-Sphingen pflegen.«

»Ich bin eine Ausnahme. Sie ist sozusagen meine Adoptivtante.« Es gibt keinen guten Grund, ihr das zu erzählen, aber er will, dass sie es weiß; will ihr Dinge anvertrauen, wie ein übertrieben stolzes Kind seine Spielzeuge präsentiert hätte.

»Eine Adoptivtante!«, ruft Elle mit leuchtenden Augen. »Also ist das *die* Sphinx! Wie lange kennst du sie schon?«

»Seit ich jung war. Ich bin als Jugendlicher zur Agentur gekommen. Die Sphinx hatte Mitleid mit mir.«

»Mitleid? Warum?«

Luc atmet einmal tief durch. Er ist sich nicht sicher, warum er so bereitwillig mit Elle spricht und auch nicht, warum sie fragt. Sehr wenige Leute kennen die Geschichte, wie er zu Agentur kam – oder wollen sie kennen. »Ich war jung und verloren und meinem Betreuer zu dieser Zeit fehlte die Geduld, sich mit mir herumzuschlagen. Sie hat mich aufgenommen.«

»Also hast du nicht wie der Rest von uns einen Antrag ausgefüllt und auf einen Anruf gewartet?«, fragt sie neckend.

»Unglücklicherweise«, antwortet er, »wurde diese Methode erst im letzten Jahrhundert implementiert.«

Elle schnalzt mit der Zunge. »Du musst tolle Dienstalterprämien bekommen. Zahlst du für den Reinigungsdienst? Die Lutins müssen dich lieben.«

Luc blinzelt. »Ihnen ist der Zutritt hier nicht gestattet.«

»Du sagst, du bist ständig beschäftigt, aber hier gibt es kein Staubkorn. Wann findest du die Zeit zum Putzen? Hast du den Dreck aus deiner Wohnung verbannt? Hast du die Staubmäuse streng angewiesen, zu verschwinden und niemals zurückzukommen?«

Hitze steigt in seine Wangen. Er kann nur hoffen, dass er nicht errötet. Als er jünger war, hat Oberon Lucs Neigung zum Putzen und strenger Ordnung oft kommentiert. Seitdem hat er diese Tendenz überall außer in seinem Heim im Zaum gehalten. Putzen beschäftigt seine Hände und klärt seine Gedanken. Die einfachen Tätigkeiten helfen, sein Hirn aus dem Arbeitsmodus zu holen, und machen auf diese Weise Schlaf möglich. »Nein.«

Sie reißt den Kopf zu ihm herum. »Geht es dir gut?«

Als er nicht antwortet, sagt sie: »Du bekommst wütende Brauen, wenn irgendetwas dich mürrisch macht. Nur ein kleines bisschen. Schwer zu erkennen. Sie bewegen sich nur ungefähr so viel.« Elle hebt die Hand, Daumen und Zeigefinger nur Millimeter voneinander entfernt. »Du kannst mir sagen, dass ich den Mund halten soll, wenn ich dich belästige. Wenn ich nervös bin, rede ich zu viel. Viel zu viel.«

»Du belästigst mich nicht.«

Endlich setzt Elle sich auf seine Couch, lehnt sich vor, um seine Kochbücher zu betrachten. »Du kochst?«

»Wenn ich die Zeit finde.« Luc hält seine Kochleidenschaft vor Oberon geheim, genau wie seine Besuche bei Elle. Seine Beziehung zur Sphinx bleibt ein Streitpunkt zwischen ihm und seinem Boss. »Meistens klappt es nicht.«

»Weil du so viel arbeitest?«

Er nickt.

Elle öffnet eine Ausgabe von *La Technique*, dann *La Methode*. »Oh. Das ist alles auf Französisch.«

Fast gegen seinen Willen lächelt Luc. Die Hälfte von Elles Büchern ist chinesisch, aber er hat nie ein Wort darüber verloren. »Du schaust dir ein französisches Kochbuch an. Hast du mit Englisch gerechnet?«

»Wahrscheinlich nicht. Wann hast du gelernt zu kochen?«

»Ich ...« Sein erster Liebhaber, Baptiste, hat es ihm beigebracht, an den Tagen, wenn sie nicht hinten im Restaurant gearbeitet haben. Er hat immer wieder Küsse eingeschoben, mit nach Wein schmeckenden Lippen, während Luc mit der Mise en Place beschäftigt war. »Ich habe vor langer Zeit eine Ausbildung in einer Küche in Paris gemacht. Für einen Auftrag. Die Bücher helfen, meine Fähigkeiten nicht zu verlieren.«

»Du hast das Kochen nicht in der Küche mit deiner Mutter gelernt?«

Auch wenn Lucs Mutter an einer auszehrenden Krankheit gestorben war, als Luc ungefähr dreißig gewesen war – das Elfenäquivalent von um die dreizehn –, erinnert er sich an das einfache, wenn auch herzhafte Essen, bei dessen Zubereitung sie im Frauenkloster geholfen hatte. Für Spätzle mit Pilzen verbrachten sie den Vormittag im Wald, Luc bewaffnet mit einem kleinen Messer, um einen kleinen Flechtkorb mit braunen Kappen zu füllen. Sie hatte die Pilze oft vor ihm entdeckt. »*Lucien, ici!*«, rief sie dann durch den Wald. Luc war zu sehr von der ersten Waldnymphe gefesselt gewesen, um wirklich aufmerksam zu sein. »Sie hatte die

Nonnen, um ihr zu helfen. Meine Anwesenheit war als junger Mann nicht passend.«

»Nicht passend? Nonnen?«

»Ja. Ich wurde in einer Kirche aufgezogen. Meine Mutter dachte, das wäre der beste Ort für mich.«

»Weil ...«

»Weil sie davon überzeugt war, wir wären dort sicher. Sie zog ohne Vater ein Kind groß ... und ich war nicht wie die anderen Kinder. Ich wuchs langsamer heran als die anderen und die Dorfbewohner hielten mich für beschränkt.«

Er lächelt humorlos, mit dünnen Lippen. Seine Mutter hatte nicht damit gerechnet, dass die französische Regierung sich zur größten Gefahr für seine Sicherheit entwickeln würde. Diese Jahre würde er lieber vergessen. »Sie dachte, das würde zumindest beweisen, dass ich nicht besessen oder ein Wechselbalg war. Sie dachte, die anderen würden mich in Frieden lassen, wenn ich an einem heiligen Ort lebe.«

Er erkennt Mitgefühl in Elles Augen, und vielleicht lebt auch ein wenig Wut in der Falte zwischen ihren Brauen. »Und, haben sie es getan?«

Er wird ihr nicht erzählen, dass die meisten Narben auf seinem Körper aus einer Zeit stammen, bevor Oberon ihn gefunden hat. Er will ihr Mitleid nicht. »Ein bisschen.«

Sie verfällt in Schweigen.

Fast defensiv fügt er hinzu: »Ich glaube, sie hat eine gute Entscheidung getroffen.«

»Ich urteile nicht. Ich habe nur gerade darüber nachgedacht, dass du es als Junge schwer gehabt haben musst. Tut mir leid. So was hat kein Kind verdient.«

Luc starrt sie an, weil ihre Worte ihn getroffen haben wie der sprichwörtliche Schlag. Diese Aussage ist wahr – kein Kind sollte das Elend und die Schmerzen erleben müssen, die er ertragen hatte –, aber niemand hat das je zu ihm gesagt. Selbst seine Tante, die seine Geschichte kennt, umschifft dieses Thema lieber.

»Stimmt etwas nicht?« Elle steht auf und kommt zu ihm. Sie hebt die Hand, als wolle sie seine Schulter berühren, nur um sie wieder zu senken.

»Es ist nichts.« Er schluckt, unangenehm berührt von ihrer Nähe und dem Drang, erneut die Arme um sie zu legen. Oder sie könnte die Arme um ihn legen. So künstlich die Situation auch gewesen sein mag, ihm hat gefallen, wie sie sich an ihm angefühlt hatte. »Das ist lange her. Kein Problem mehr. Was ist mit deiner Familie?«

Sie wendet sich ab und starrt auf den Boden. »Das erfordert eine komplizierte Antwort. Wenn du dich auf das Kochen beziehst, meine Mutter hatte regelmäßige Albträume von mir mit einem Fleischerbeil. Aber jetzt bin ich schon so alt und habe noch keinen Finger verloren. Wenn die Frage allgemeiner gemeint war ...«

Sie hält inne, starrt voller Trauer ins Leere. »Lass uns einfach sagen, ich sehe meine Familienangehörigen nicht oft, und sie wollen mich auch nicht sehen. Ich vermisse sie sehr, selbst die Schlimmsten unter ihnen. Mein Bruder, er ...«

Ihr Atem stockt. »Ich habe früher jeden Tag an meine Familie gedacht. Das tue ich schon lange nicht mehr, und manchmal frage ich mich, ob das heißt, dass sie mir nichts mehr bedeutet. Ich frage mich auch, ob sie wohl an mich denken.« Sie schnaubt spöttisch, ein bitteres, resigniertes Geräusch. »Wahrscheinlich nicht.«

Elle seufzt und schließt die Augen. Luc erkennt das Glitzern unterdrückter Tränen auf ihren Wimpern. Unvernünftigerweise denkt er daran, sie wegzuwischen. »Tut mir leid, dass ich emotional geworden bin. Du wolltest sicherlich nicht mein Familiendrama hören.«

»Ich höre gerne zu.« Und das entspricht der Wahrheit. Er will sie kennenlernen und jeder Krümel Information sorgt nur dafür, dass er sich nach mehr verzehrt.

»Danke. Du bist wirklich freundlich.«

Luc starrt sie nur an. Das Wort *freundlich* wurde seit einem guten halben Jahrhundert nicht mehr verwendet, um ihn zu beschreiben. Skrupellos, kaltblütig, klinisch und roboterhaft, aber nicht freundlich.

»Was?« Elle lächelt zu ihm auf, ernst und unschuldig, und irgendetwas in Lucs Brust stolpert und fällt. »Du hältst dich nicht für freundlich? Nachdem du alles Mögliche getan hast, um mir zu helfen? Wie kann es sein, dass du nicht in einer Beziehung bist?«

»Ich arbeite zu viel.« Manchmal reiht Luc eine Mission an die andere, stürzt sich von einer Situation in die nächste, ohne für die Einsatzbesprechungen zurückzukehren. Anders als bei anderen Agenten kann Oberon sich bei Luc darauf verlassen, dass er sich alles abverlangt, und fordert das auch regelmäßig ein. Seine Freizeit variiert zwischen einem Schlafzyklus von bis zu zwei Tagen und ist selten vorhersehbar. »Und mein Ruf eilt mir voraus.«

»Du hast einen Ruf? Für was?«

Lucs Kehle wird eng. Wenn er die Wahrheit sagen könnte, würde er es tun. Wenn er allen die Wahrheit sagen könnte, ohne gegen seine Kompulsion zu verstoßen, würde er es tun. »Das kann ich nicht sagen.«

Sie nickt. »Okay. Nun, ich bilde mir gerne ein, ich hätte dich inzwischen ganz gut kennengelernt. Und egal, wie barsch du nach außen auch wirken magst, dahinter verbirgt sich eine wirklich nette Person. Was meine nächsten Worte nur schlimmer macht. Wärst du ein totales Arschloch, wäre es einfacher.«

Reines Grauen. »Was willst du sagen?«

Elle nimmt die Schultern zurück. »Ich sollte dir dabei ins Gesicht sehen. Luc, es tut mir leid, ich mag dich sehr, aber das ist der einzige Spezialauftrag, den ich für dich anfertigen werde.«

Logisch betrachtet sollte das keine Rolle spielen. Er ist der Kunde, aber Elle ist die Geschäftsinhaberin und hat jedes Recht, nicht für ihn zu arbeiten. Eine kribbelnde Hitzewelle überschwemmt seinen Körper. Plötzlich spürt er Schweiß auf der Haut. Im Kopf geht er alle Handlungen von heute und im letzten Monat durch. Entweder er hat sie gegen sich aufgebracht … oder das, wovor sie sich verbirgt – die Person, die sie heute entdeckt hat – hat sie verschreckt.

»Ich werde nicht lügen und behaupten, ich besäße die nötigen Fähigkeiten nicht. Aber wenn ich nach New York reise, um die nötigen Zutaten zu kaufen, riskiere ich, dass so etwas noch mal geschieht. Wenn du nicht vorhast, mich jedes Mal zu begleiten und hinterher in deiner Festung zu verbergen, kann ich das nicht regelmäßig tun.«

»Bedeutet das …«, setzt er an.

»Deine übliche Bestellung bleibt deine übliche Bestellung, wenn du das möchtest. Aber sie wird nicht effektiver oder weniger effektiv sein als das, was du in jedem Laden kaufen kannst. Ich kann sie nicht mehr an dich anpassen.« Elle starrt zu Boden, ringt die Hände. »Es tut mir leid. Wirklich. Ich wünschte, wir könnten das noch einmal tun. Du hast mir die Gelegenheit gegeben, mich selbst herauszufordern, und dafür bin ich dir sehr dankbar. Du kannst dir gar nicht vorstellen, wie sehr. Nach dem heutigen Tag musst du dir keine besondere Mühe geben, mich zu sehen, aber wenn du mich besuchen willst, steht meine Tür immer offen. Was den Rest angeht, kann ich dir gerne andere Glyphenzeichner empfehlen.«

»Das wird nicht nötig sein.« Er will niemanden außer ihr, nachdem sie Fähigkeiten gezeigt hat, die alle Künstler übertreffen, die sie empfehlen kann. Er will keine neue Beziehung mit einer anderen Künstlerin aufbauen, wenn die Beste bereits vor ihm steht.

»Okay. Ich verstehe.« Ihre Schulter sacken nach unten.

Elle klingt verletzt, und der Tonfall bohrt sich in sein Herz wie eine Klinge, obwohl er dachte, er hätte es sicher verwahrt. »Ich will nur sagen, dass ich froh bin, dich kennengelernt zu haben. Es freut mich, deine Freundschaft genossen zu haben. Ich bin dankbar für den Glücksfall, der dich letztes Jahr in meinen Laden geführt hat.«

Luc bemüht sich vergebens, Blickkontakt mit ihr aufzunehmen. Sie weicht ihm aus.

»Meine ursprüngliche Schätzung lautete zwei Wochen. Du bekommst deine Bestellung in einer. Ich werde sie auf den Tresen legen, für den Fall, dass ich nicht da bin, wenn du sie abholst.«

Verspätet wird Luc klar, dass sie seine Worte als Zurückweisung gedeutet hat, obwohl ihm nichts fernerliegt. »Nein, ich meinte ...«

Ein leises Bimmeln erklingt, gedämpft, aus seiner Tasche. Es ist seine Rufrune – ein Stück Holz, das über und über mit magischen Symbolen versehen ist, speziell für ihn angefertigt. Luc stoppt mitten im Satz, aus der Fassung und ratlos. *Dreck.* Er hat das Check-in vergessen.

Elle schaut sofort zu seiner Tasche. Sie hat die Rune im letzten Jahr oft genug gehört, um zu wissen, worum es sich handelt.

»Entschuldige mich.« Er befestigt die Rune am Ohr, tippt darauf, um sie zu wecken, und bewegt sich mit großen Schritten in sein Schlafzimmer, um das Gespräch vertraulich zu halten. »Villois hier.«

»Du bist spät dran.« Oberon verschwendet keine Zeit, das Offensichtliche auszusprechen. Seine Enttäuschung macht sich in den kurzen Konsonanten der britischen Standardaussprache bemerkbar. »Wo bist du?«

»Zuhause. Ich entschuldige mich.«

»Spar dir das. London. Der Brunnenraum. Du hast zehn Minuten.« Damit bricht der Kontakt ab.

Luc atmet einmal tief aus, schiebt die Rune zurück in die Tasche und kehrt ins Wohnzimmer zurück.

Elle hat sich bereits die Schuhe angezogen und hält die Einkaufstüten mit beiden Händen. »Du musst weg.«

»Ja. Ich werde dich noch zu den Ringen bringen, nachdem ich denselben Weg habe.« Er wird sich wieder vordrängeln müssen, um es rechtzeitig zu schaffen. »Du hast gesagt, du müsstest experimentieren. Ich werde vorbeikommen, um dir auf jede mögliche Weise zu helfen.«

»Könnte sein, dass ich in diesem Punkt etwas übertrieben habe.« Die Tüten schwingen, als sie sich in Bewegung setzt. Ein paar davon schlagen gegen ihre Beine. »Ist okay. Ich weiß, was ich tue. Deine Gegenwart war einfach ein Bonus. Ich habe eine Woche gesagt und ich werde liefern.«

Das Gespräch ist in einer Sackgasse gelandet. Luc richtete den Blick auf den Flur vor sich. Seine Arbeitsfassade legt sich um ihn wie ein billiger Wollmantel, kratzig und ungemütlich.

Nachdem er das Portal und im Anschluss den Lift zum Konferenzraum genutzt hat, sitzt Lucs Maske wieder perfekt, seine Gefühle so fern und kalt wie Sternenlicht. In diesem Zustand kann ihn nichts rühren. Für andere mag das eindrucksvoll oder beängstigend wirken, aber für Luc ist es eine Schutzmaßnahme, die ihm in den vielen Jahren, die er schon für Oberon arbeitet, gute Dienste geleistet hat.

Er öffnet die Tür zum Sitzungszimmer und tritt ein. Gleichzeitig drehen sich sechs Köpfe in seine Richtung.

»Der Prinz der Botengänge beehrt uns mit seiner Gegenwart.« Ein schlanker blonder Elf stößt sich von dem modernen Sideboard aus der Mitte des letzten Jahrhunderts ab, an dem er gelehnt hat, und stellt ein Glas mit einem halben Fingerbreit Scotch und einem unförmigen Eiswürfel darin ab. Er trägt einen maßgeschneiderten schwarzen Anzug, der in heftigem Kontrast zu seiner elfenbeinweißen Haut und dem mit Gel nach hinten gekämmten, platinblondem Haar steht. »Jetzt können wir anfangen.«

»Der Prinz der Botengänge?« Am Ende des langen Tisches sitzt Gillen, eines der vier Mitglieder des Rollkommandos. Er ruht in einem Bürostuhl, der nur eine falsche Bewegung vom Zusammenbruch entfernt ist. Gillen ist in der Agentur als Fae-berührt klassifiziert, ein massiger schottisch-irischer Berserker, der von Cú Cuchlainn abstammt. Intelligenz ist nicht seine Stärke, aber genau deswegen stehen die drei anderen Mitglieder seiner Einheit ihm zur Seite.

Gillen kichert fies. Der Bürostuhl knirscht, ein offensichtlicher Hilferuf. »Wir nennen ihn Killer. Nicht wahr, Killer?«

Luc starrt ins Leere und reagiert mit eisigem Schweigen. Der Spitzname des Kommandos für ihn ist weithin bekannt, so wie die anderen Namen und Titel, mit denen seine Arbeitskollegen ihn bezeichnen. Oberons Kampfhund, herausragend ausgebildet. Oberons Schwert, eine Waffe, die eingesetzt wird, egal, in welchem Zustand sie sich befindet.

Oberons rechte Hand. Die, mit der er sich die Scheiße vom Arsch wischt.

Der blonde Elf – Darcy – seufzt. »Du bist so unkreativ.«

Selbst gereizt hat Darcy ein Gesicht, mit dem er tausend europäische Werbekampagnen tragen könnte. Wangenknochen, mit denen man Glas schneiden könnte, Augen in der Farbe von frischen Blättern im Frühling und eine Neigung zu Grausamkeit, die seinen perfekten Mund dauerhaft zu einem bösartigen Grinsen verzieht. Luc mochte ihn nie und mag es auch nicht, mit ihm zu arbeiten.

»Geh scheißen, Darcy.« Fern, die Schwarzelfen-Zauberin des Rollkommandos, mustert ihn aus warnend zusammengekniffenen Augen. »Besser unkreativ als ein schmieriges Arschloch.«

»Es reicht.« Oberon, der mit auf dem Rücken verschränkten Händen vor einem Fenster steht, das einen Blick über ganz London bietet, wendet sich dem Raum zu. Er ist nicht so groß wie Luc oder Darcy; ist breiter gebaut, massiver. Im Vergleich zu durchschnittlichen Elfen fast untersetzt. Er hat ein rechteckiges, alterloses Gesicht mit einem dichten Haarschopf in der Farbe von reifem Weizen darüber, und kantige Gesichtszüge, die man bei einem jüngeren Mann als schön bezeichnet hätte, die aber im Erwachsenenalter würdevoll wirken. Unter dichten Brauen liegen stechende Augen in derselben Farbe wie Lucs, blau genug, um auch auf der anderen Seite des Raums aufzufallen.

Oberons Aura der Macht wabert durch die Luft, als er ohne Eile zu dem Brunnen auf der rechten Seite des Raums geht. Sein Boss hat sein übliches Jackett mit Krawatte abgelegt, sodass seine Hosenträger sichtbar werden. Die Hemdsärmel, verknittert von einem langen Tag im Büro, sind unordentlich bis zum Ellbogen aufgerollt. Die sorglose Behandlung seiner Kleidung verstört Luc, der weiß, dass jedes Stück Stoff an seinem Körper von den besten Schneidern der Savile Row stammt.

Der Geldwert seiner Kleidung verblasst im Vergleich zu der geisterhaften Waffe an seiner Seite. Das Bild eines Schwerts in der Scheide flackert an Oberons Seite. Ein Schwert so legendär wie Durendal sollte irgendwie verziert oder dekoriert sein. Aber die Klinge wirkt unscheinbar, mit schlichter Parierstange und abgegriffenem Heft. Das Leder der Scheide wird von dünnen Rissen durchzogen, ein Beweis für die Behandlung durch den Besitzer.

Luc bemerkt, wie Darcy sich beim Anblick von Durendal verspannt, wie Gillen wachsam auf seinem Stuhl herumrutscht. Von allen Leuten im Raum sind diese beiden am vertrautesten mit den Geschichten. Für keinen von ihnen geht momentan irgendwelche Gefahr von der Waffe aus, die in den Weißen Klippen von Dover ruht. Oberon kann das Schwert mit einem Gedanken zu sich rufen und Gott helfe der armen Seele am anderen Ende der Klinge. Aber er braucht sie nicht. Mit seiner Abstammung aus dem alten, elfischen Hochadel ist er allein mächtig genug.

Oberon deutet auf den Brunnen, nach dem der Raum benannt ist, ein breiter Wasservorhang, der aus der Decke fällt. Die Flüssigkeit gefriert zu einem festen Schild und das Bild eines ostasiatischen Mannes mit langem Gesicht und ernsten schwarzen Augen erscheint. Seine Mundwinkel zeigen leicht nach unten.

Pei lehnt sich am Kopf des Tisches ein wenig vor. Xiese Miene schlägt von Langeweile zu Aufmerksamkeit um – xier, das ist das Pronomen, mit dem Pei angesprochen werden möchte. Pei ist das grünste Mitglied der Fixer, mit gerade einmal zehn Jahren Erfahrung. Wie Gillen ist Pei als Fae-berührt klassifiziert, Abkömmling von Guan Yu, dem chinesischen Gott des Krieges. Die Jugendlichkeit xieses runden Gesichts und der durchschnittliche Kurzhaarschnitt verbergen die Brillanz xieses strategischen Denkens, und Peis schlanke Gestalt lässt nicht vermuten, wie herausragend xier mit dem Yan Yue Dao umgehen kann.

»Hier ist unser neuester Fall«, sagt Oberon. Seine Stimme klingt etwas nasal, aber wohlklingend, rau und tief. Seine sorgfältig antrainierte, korrekte Sprechweise verleiht seinen Worten mehr Gewicht. Für Oberon ist es ebenso wichtig, mächtig zu *wirken* wie mächtig zu *sein*, und der aristokratische Akzent fordert sofort Respekt. Er hat versucht, Luc denselben Akzent anzuerziehen, aber es hat nicht funktioniert. Vielleicht trägt Luc einfach zu viele Sprachen in seinem Kopf herum oder vielleicht, wie Oberon damals laut vermutet hat, war Luc einfach zu französisch.

»Yiwu Jiang, auch bekannt als William Jiang. Gesucht wegen Laes-Zerstörung und Mord. Er war schon einmal auf unserer Agenda, ist uns aber entwischt. Vor ein paar Tagen wurde er von einem von Lysanders Agenten in den USA entdeckt.« Oberon wedelt mit der Hand und das Bild verschwindet, ersetzt durch das oberste Blatt einer Akte. »Ehemals A-Rang, Spezialgebiet Kampf. Er kämpft am liebsten mit seinem Schwert und aus früheren Begegnungen wissen wir, dass die Klinge sentimentalen Wert für ihn hat. Er ist Fae-berührt, ein Abkomme von Shénnóng.«

»Ein Krieger?«, murmelt Pei. »Aus diesem Haus? Das ist selten. Gewöhnlich bringt die Familie Heiler hervor.«

Luc fängt xiesen Blick auf und schüttelt leise den Kopf. Oberon hasst es, unterbrochen zu werden. Peis Nasenflügel weiten sich und xier wendet mit zusammengepressten Lippen die Augen ab.

»Spezielles Talent unter anderem Flug«, fährt Oberon fort, ohne den Austausch zu beachten. »Er setzt die Eisenhemd-Technik ein, was bedeutet, dass er seine Kleidung so hart wie Stein werden lassen kann, oder sie mit seiner Energie auflädt, um sie als Waffe einzusetzen. Er ist extrem gefährlich, manchmal aggressiv. Er pflegt unseres Wissens nach nur wenige Kontakte und arbeitet gewöhnlich am liebsten allein oder mit einer Gruppe aus höchstens zwei oder drei Leuten.«

Pei beißt die Zähne zusammen, schweigt aber.

»Vor sechsundzwanzig Jahren hat Jiang aus unbekannten Gründen die zwei anderen Mitglieder seiner Zelle getötet. Die drei waren Geschwister.« Oberon wechselt zum Bild eines Tatorts in einem Speisezimmer. Grüne Steinsplitter liegen auf dem Boden verteilt. »Das erste Opfer war Tony Jiang, der starb, nachdem sein Laes zerschmettert wurde.«

Ein allgemeines Schaudern geht durch den Raum. Letztes Jahr gab es den Fall einer Selkie, deren Liebhaber ihr Fell zerrissen hat. Luc erinnert sich an die Nonstop-Berichterstattung, die einen traurigen Anlass in ein widerliches Spektakel verwandelt hat. Reporter hatten sich während der traditionellen, zweiundsiebzigstündigen Frist ins Krankenhaus gedrängt, hatten ihre Mikrofone vor die Tür gehalten, um ihr ständiges Weinen aufzunehmen, hatten mit sadistischer Freude kommentiert, dass Selkies solche Angriffe niemals überlebten. Einige der schlimmsten Kommentatoren hatten einen Countdown auf den Moment einblenden lassen, an dem die Magie der Selkie verblassen und sie in einem Haufen Knochen und Schleim vergehen würde.

Der Tropfen, der das Fass für Luc endgültig zum Überlaufen gebracht hatte, war die Übertragung vom Moment ihres Todes. Man hatte ihm nicht ausweichen können, weil jeder Sender ihn ausgestrahlt hatte. Nach achtundvierzig Stunden war ein letztes Heulen zu hören gewesen, gefolgt von einem nassen Platschen. Die Kameras hatten die Ärzte gefilmt, die in das Zimmer rannten, während Meerwasser unter der Tür herausdrang. Luc hatte nicht entscheiden können, ob ihm wegen der Art ihres Todes übel geworden war oder weil niemand ihre Würde geachtet hatte.

Oberon spricht weiter, ohne etwas zu bemerken. »Das zweite Opfer war Stella Jiang, ebenfalls A-Rang. Wie einige von euch wissen, war Tony Jiang ein Rekrut des Bureaus und befand sich gerade in der Probezeit, als er ermordet wurde. Daher ist diese Angelegenheit durchaus persönlich.«

Das Rollkommando murmelt aufgeregt. Tony hatte ihnen zugeteilt werden sollen. Seine unbekümmerte Art hätte gut ins Team gepasst. Luc hatte Tony Jiang vor seinem zu frühen Tod zweimal getroffen, einmal beim Rekrutierungstreffen, zum zweiten Mal bei einer beobachteten Mission. Tony war stolz und selbstsicher gewesen, mehr als nur kompetent und ziemlich charismatisch. Abgesehen von Lucs Einschätzung seiner Handhabung der Mission hatten sie nicht viel miteinander zu tun gehabt.

Oberon wedelt erneut mit der Hand und das Foto wird von einem Grundriss des North Carolina Museum of Art ersetzt. »Jiang interessiert sich für alte Jade und hat bereits mehrere Relikte aus Museen um den ganzen Globus gestohlen. Diese Saison haben das Metropolitan Museum und die chinesische Regierung eine gemeinsame Wanderausstellung über feine Kunst und Jade organisiert. Es kann kein Zufall sein, dass Jiang jetzt auftaucht, nachdem die Ausstellung die großen Städte des Nordostens hinter sich gelassen hat. Sie wird drei Wochen in Raleigh residieren, bevor sie nach Atlanta weiterzieht.

Das ist unsere Chance, ihn festzusetzen, aber wir müssen vorsichtig vorgehen. Morgen Abend wird für die Wohltäter des Museums eine Eröffnungsgala abgehalten. Unsere Analysten rechnen nicht damit, dass Jiang sofort aktiv wird, aber wir können uns nicht sicher sein. Wir werden mit einer Beobachtungsmission beginnen. Ich will keinerlei Kontakt bei diesem Einsatz, egal unter welchen Umständen. Verstanden?«

»Damit ist das Kommando raus.« Darcy lacht leise.

»Luc, du übernimmst die Führung. Du wirst die Gala mit Pei besuchen. Einladungen für euch sind bereits vorhanden. Das Museum wird für die Gala keine Kosten und Mühen scheuen. Stellt sicher, dass ihr Abendgarderobe tragt. Das Rollkommando liefert nur Unterstützung, Darcy ist eure Rückendeckung. Ken und Fern, ich will, dass jeder Zentimeter der Räumlichkeiten gescannt und überwacht wird. Emi wird im Lieferwagen die Komms besetzen.«

»Was ist mit mir?«, fragt Gillen.

Oberon bedenkt ihn mit einem scharfen Blick. »Diese Operation erfordert Feingefühl. Du bleibst zu Hause und bewachst das schicke neue Haus, das du letzte Woche gekauft hast.«

Gillen blickt finster drein. »Ich werde nicht zu Hause bleiben!«

Gillen wird nicht zu Hause bleiben, und das weiß auch jeder.

Das Rollkommando ist ein Team aus vier Leuten, das sich als Einheit bewegt. Oberons bildet sich in seiner Arroganz ein, er könne sie kontrollieren. Solange das Geld fließt und man Spaß haben kann, spielt das Kommando bei allen Befehlen mit. Doch eine Aufspaltung kommt nicht infrage. Vor allem anderen bleibt das Rollkommando zusammen. Ihre gegenseitigen Bindungen verlieren mit der Entfernung an Kraft.

»Ich werde mich darum kümmern, Sir«, sagt Ken.

»Stell sicher, dass du das tust, oder ich ziehe dich zur Verantwortung.« Oberon sieht sich um. »Ich will Glamour und Maskenzauber für alle. Um die von Luc und Pei werde ich mich persönlich kümmern. Jiang darf nicht erfahren, dass wir nach ihm suchen. Alle zweckdienlichen Informationen werden an eure Accounts geschickt. Gibt es Fragen?«

Ja, denkt Luc. Er wüsste gerne, wieso er eine Gala besuchen soll, obwohl er lieber zu Hause wäre, schliefe oder nach einer Wohnung in Straßburg suchen würde. Stattdessen sagt er: »Nein, Sir.«

»Gut.« Oberon bricht die Magie, die das Wasser gefroren hält, und der Schwall trifft mit einem Platschen auf den Boden. »Entlassen. Bis auf dich, Villois.«

Luc wartet gehorsam, während die anderen Fixer den Raum verlassen, und gibt dabei vor, ihre Verachtung nicht zu bemerken.

Sobald die Tür ins Schloss gefallen ist, spricht Oberon ihn an. »Wie geht es deiner Wunde?«

Bei deren Erwähnung wird Luc sich des leisen Pulsierens in seiner Brust bewusst. »Noch im Heilungsprozess, Sir. Dr. Clavret hat Ruhe verordnet.«

»Zeig sie mir.«

Widerwillig hebt Luc die Hand an den Schal um seinen Hals.

»Sofort, Lucien.« Die Drohung von Oberon ist, wie immer, unbestimmt.

Luc zieht am Schal, öffnet Knöpfe und schiebt den Kragen zur Seite, sodass die Bissmale frei liegen. Er reagiert nicht, als Oberon vortritt, um die Wunde zu inspizieren.

Ohne Vorwarnung rammt Oberon den Daumen in die Mitte des entzündeten Bereichs. Luc schreit auf, dann keucht er. Die Schmerzen, die durch seinen Körper schießen, lassen seine Knie weich werden. Blind hebt er einen Arm, auf der Suche nach Halt, während sein Blick verschwimmt und an den Rändern grau wird. Er findet keine Stütze.

Reine Willenskraft hält ihn auf den Beinen. Er stolpert, als der Schmerz sich in ihm verbeißt und ihn einmal durchkaut. Als die Welle langsam verklingt, stöhnt Luc und richtet sich wieder auf, erfüllt von Wut über diese unerlaubte Berührung.

Er drängt das Gefühl zurück, erstickt es, bevor er impulsiv handeln kann.

Sobald er die Kontrolle zurückgewonnen hat, bedenkt er Oberon mit einem bösen Blick. Der Mann steht vor ihm mit verschränkten Armen und beobachtet ihn kühl.

»Clavret verhätschelt dich.« Oberon klingt ungerührt. »Ich habe schon Schlimmeres gesehen. Schon Schlimmeres erlebt.«

»Bei allem gebotenen Respekt«, antwortet Luc durch zusammengebissene Zähne. »Ich wäre fast gestorben.«

»Aber das bist du nicht. Ich weiß, dass du das hinkriegst. Du bist aus härterem Holz geschnitzt. Such morgen noch mal deinen Arzt auf, falls du es für nötig hältst, aber lass dir keine Schmerzmittel geben. Ich brauche dich aufmerksam, nicht unter Drogen. Verstanden?«

Luc konzentriert sich darauf, seine Kleidung zurechtzurücken, aber seine Hände zittern. »Ja, Sir.«

»Oh, und sagt Pei, dass sie ein Kleid tragen muss.«

Pei hasst Kleider. »Xier würde es vorziehen, etwas Bequemeres zu tragen.«

»Mich interessiert nicht, was sie will. Sie hat sich korrekt anzuziehen.«

Dieser verdammte oberste Knopf will sich nicht schließen lassen. »Wenn Ihr Pei ein Kleid zukommen lassen könntet, bin ich mir sicher, dass xier das zu schätzen wüsste.«

Oberon wedelt nur wegwerfend mit der Hand. »Das ist nicht mein Problem. Entweder sie trägt ein Kleid oder du ziehst ihr eines an. Was auch immer es wird, kümmere dich darum. Und jetzt geh dich ausruhen. Du siehst nicht gut aus.«

Luc sähe besser aus, wenn Oberon ihn nicht berührt hätte, aber nach seinem Versagen bei einer so einfachen Mission hat er es nicht anders verdient. »Ja, Sir.«

»Ich sehe dich morgen in Raleigh.« Oberon mustert ihn mit stechendem Blick. »Komm nicht zu spät. Ich will keine Fehler bei der Mission. Oder ich muss das Vertrauen infrage stellen, das ich in dich setze.«

Luc kapituliert vor dem Knopf und legt sich erneut den Schal um, kämpft gegen Übelkeit, als der Stoff seinen Hals berührt. Er wird Oberon nicht enttäuschen. »Ja, Sir.«

5. Kapitel

Als Luc auf das östliche Gebäude des North Carolina Museum of Art zuschlendert, hält er kurz inne, um ein Canapé mit geräuchertem Lachs von einem Kellner in Livree zu akzeptieren. Zu Beginn des Abends waren die Horsd'œvres noch genießbar, doch inzwischen hat sich der Frischkäse mit der Schwüle des North-Carolina-Sommers verbündet, um den Cracker zu durchweichen. Die Konsistenz betont den extremen Salzgehalt des Fischs. Und auch wenn der kleine Zweig Dill sein Bestes gibt, ist er der Übermacht nicht gewachsen.

Die unglückselige Kombination in seinem Mund reicht als Vorwand, zur Bar zu gehen und sich mehr Wein zu holen. Der ausgeschenkte Cabernet ist nicht der beste Wein, den er je getrunken hat, nicht mal ansatzweise, aber er hat den voluminösen Körper und die Direktheit eines Golden Retrievers und mehr ist nicht nötig, um die Geschmäcker auf seiner Zunge zu dämpfen.

»Wieso darf er bei der Arbeit trinken?«, murmelt Gillen. Seine Stimme dringt gedämpft aus Lucs Hörmuschel.

»Besondere Privilegien für den Prinz«, antwortet Darcy, sein Hohn ist deutlich hörbar.

Schuldbewusst senkt Luc den Blick auf das Weinglas in seiner Hand, das zweite an diesem Abend. Die silberne Brille, die er als Teil seiner Verkleidung trägt, wurde von Oberon angefertigt. Die Magie darin ist doppellagig, um sowohl Emi als auch Oberon einen Live-Feed dessen zu senden, was er sieht. Er hätte gerne gesagt, dass sowohl er als auch Pei ihre Rollen spielen sollen; dass sie beide

Wein getrunken haben; dass er wirklich nicht viel hatte, weil die Kellner nur widerwillig nachschenken. Aber er kann nicht sprechen. Er ist kein Spion in einem Film, der sein Handgelenk an den Mund heben kann, ohne dass irgendwer etwas bemerkt. Und außerdem interessiert sich niemand für seine Entschuldigungen.

Stattdessen lässt Luc den Wein im Glas kreisen, atmet das Bouquet ein und hebt es in einem stummen Salut. *À votre santé.*

Ah, Oberon möchte, dass er auf Missionen Englisch spricht.

»Cheers!«, murmelt er, bevor er einen tiefen Schluck nimmt.

»Arsch.«

Er weiß nicht, wer das gesagt hat, aber die Beleidigung gleitet von ihm ab wie ein Tropfen Wasser von Ölzeug. Er wurde schon mit schlimmeren Schimpfnamen bedacht und er hat einen Job zu erledigen – zu dem gehört, Pei an ihrem vorher festgelegten Rendezvous-Punkt zu treffen. In der Missionsbeschreibung steht nirgendwo, dass er sich darum kümmern soll, was andere über ihn denken.

»Hör auf, in deinen Traubensaft zu starren«, sagt Emi, ihre Stimme ist kristallklar zu verstehen. Der weiche, nigerianische Akzent rundet ihre Vokale.

»Traubensaft!« Gillen lacht röchelnd.

»Ruhe«, befiehlt Oberon.

Gillen grummelt. »Ich kommentiere doch nur.«

»Hätte ich Interesse an deinen Kommentaren, hätte ich dir ein Mikro gegeben.«

Ken atmet ein, der Inbegriff ruhiger Gelassenheit. »Gill. Ruhe bitte.«

Es folgt noch ein Grummeln von Gillen, aber dann herrscht Stille.

Als Luc ein großes Fenster passiert, wirft er aus dem Augenwinkel einen Blick auf sein Spiegelbild. Oberons Glamour ist von bester Qualität, stark genug, um auch Spiegel zu täuschen. Luc wurde gealtert, mit Krähenfüßen in den Winkeln seiner jetzt braunen Augen und grauen Strähnen an den Schläfen. Ein kurzgeschnittener

Bart verhüllt die untere Hälfte seines Gesichts und ein silbernes Brillengestell ruht auf seiner Nase. Er hat gelernt, angesichts seines Glamour-veränderten Aussehens nicht zusammenzucken, aber es ist trotzdem befremdlich, sich selbst kaum zu erkennen.

Aber er hält nicht Ausschau nach seiner eigenen Reflexion.

»Sie ist noch da«, bestätigt Ken für ihn. »Folgt dir schon den ganzen Abend.«

Fern kichert. »Obwohl er so aussieht? Manche Leute haben einfach keinen Geschmack.«

»Gib mir einen besseren Blick«, sagt Emi.

Ohne seine Schritte zu verlangsamen, schiebt Luc mit dem Zeigefinger die Brille höher auf die Nase und konzentriert sich auf die Reflexion einer ostasiatischen Frau mit einem Kleid in der Farbe von Rauch. Ein Kribbeln läuft durch die Bügel der Brille und verkündet damit die Gegenwart von Magie. Gleichzeitig leuchtet ein Nimbus um sie herum auf.

»Hab sie.« Emi brummt. »Entweder sie ist Fae-berührt oder ein Profi in Sachen Glamour.«

»Ich will eine ID von ihr«, sagt Oberon. »Finde heraus, wer sie ist und wieso sie Luc verfolgt.«

Die Pointe ist zu offensichtlich. Darcy übernimmt dabei die Rolle des Hetero-Mannes: »Vielleicht will sie ihn mit nach Hause nehmen.«

Es folgt ein kurzer Moment der Stille, bevor das Rollkommando in raues Gelächter ausbricht.

Luc nippt an seinem Wein und erlaubt ihnen diesen Witz auf seine Kosten. Das ist nichts Neues, seit zwanzig Jahren nicht. Er geht weiter auf das östliche Gebäude zu, lässt seinen Blick über die Menge gleiten. Bisher hat er ein paar Fae auf der Party entdeckt, aber nur harmlose Ortsansässige.

»Villois.« Der Unterton in Emis Stimme lässt Luc aufmerken. »Schau nach links.«

Er dreht den Kopf, verlangsamt seine Schritte. Die Bügel an seinen Schläfen werden kalt, dann bildet sich ein Lichtnebel um eine Gruppe Leute, die höflich lachend in der Einfahrt steht.

»Die braune Frau in dem paillettenbesetzten Kleid. Klein und kurvig. Gib mir zwei Sekunden.«

Luc zählt bis zwei, dann schreitet er weiter und betritt das Gebäude. Pei steht neben dem Souvenirladen und umklammert den Stiel von xiesem Weinglas mit der Faust. Xier ist bemerkenswert attraktiv, auf angsteinflößende Weise. Der Glamour zeigt glattes, schwarzes Haar, das bis auf die Hüfte fällt, und mandelförmige Augen, die an eine Katze erinnern. Xier trägt einen hochgeschlossenen, champagnerfarbenen Hosenanzug mit einem Smoking-Jackett darüber. Oxford-Schuhe mit schwarzen Spitzen lugen unter den weiten Hosenbeinen heraus.

Die Schuhe, zusammen mit dem Smoking-Jackett, waren Lucs Vorschlag, nachdem er gesehen hatte, wie Pei ein Paar Stiletto-Sandalen gehalten hat, als wären sie ein Skorpion bereit zum Angriff. Und was den Hosenanzug angeht – Luc konnte sich nicht dazu bringen, Pei in ein Kleid zu zwingen. Nicht nach dem, was er erlebt hatte.

Lucien Châtenois. Eine Erinnerung. Oberons Stimme, für immer verbunden mit dem Geruch von Blut. Luc schluckt schwer, als könne er so den kalten Schauder vertreiben, der ihm über den Rücken rinnt, und bekommt Gänsehaut. *Ich spreche deinen wahren Namen und berufe mich auf das Recht der Herrschaft.*

Sein Atem stockt. Was für ein unpassender Zeitpunkt, um sich zu erinnern.

»Ich hatte mir schon gedacht, dass ich sie erkenne«, sagt Oberon. Sie, damit ist die mysteriöse Frau in dem paillettenbesetzten Kleid gemeint. »Eine Elevin von Hermes. Sieht aus, als wäre die Sammlung im Visier mehrerer Diebe. Das kompliziert die Sache. Fern, behalte sie im Blick.«

Pei nickt Luc brüsk zu. Auch die schicke Kleidung kann die kriegerische Haltung nicht verbergen, angespannt und allzeit bereit. »Wurde auch Zeit, dass du auftauchst.«

Wie Oberon hält auch Pei nichts von Entschuldigungen, also liefert Luc auch keine. »Wie findest du die Sammlung?«

»Sie ist ungewöhnlich.« Xier verschränkt die Hände hinter dem Rücken, als müssten sie in der Schule einen Vortrag halten. In gewisser Weise stimmt das, nachdem die Informationen für alle gedacht sind. »Ich verstehe, wieso das Met die Erlaubnis der chinesischen Regierung brauchte. Es gibt die üblichen Bilder, von denen ich viele für Kopien halte, aber der Rest der Kollektion ist selten. Hast du die Elfenbeinstatue von Shénnóng und die Jade-Anhänger gesehen?«

»Ja. Die Statue fand ich sehr beeindruckend. Die kreisförmigen Anhänger nicht so sehr.«

»Sie wirken schlicht, aber ich glaube nicht, dass sie einfach nur dekorativ waren. Sie sind wichtiger. Laes-wichtig. Eine Machtquelle für ihren Träger. Einer davon ist komplexer als die anderen und ich bin mir sicher, dass es Jiang darauf abgesehen hat.«

»Woher weißt du, dass er auftauchen wird?«

»Die Hälfte der Sammlung besteht aus Stücken, die der Jiang-Familie gehört und die ist sonst knauserig. Vor allem sind da diese Seiten aus ihrem Familienbuch, dem Běn Cǎo Shū. Wenn sie echt sind, könnte er hier sein, um sie zurückzuholen. Nicht nur stellt das Běn Cǎo Shū Shénnóngs eigene Sammlung von Heilmitteln dar, den Gerüchten zufolge enthält es auch Heiltechniken, die allein dem auserwählten Erben des Gotts vorbehalten sind.«

»Wenn die gesamte Familie aus Heilern besteht«, sinniert Luc, »scheint es ineffizient, den Zugang zu beschränken.«

Pei schnaubt süffisant. »Dann weißt du nichts über die chinesische Kultur.«

Korrekt, er weiß nichts. »Ist Jiang der Auserwählte?«

Pei schüttelt den Kopf und die geliehenen Silberohrringe schwingen bei der Bewegung. Die Schmuckstücke gehören ursprünglich Emi und haben die Form von blühender Schafgarbe, die nach unten hängt. Emi kann aus der Entfernung Zauber durch sie wirken. »Ich kann es nicht sicher sagen, aber ich denke Nein. Er ist ein Krieger, kein Heiler.«

»Wieso sollte er es dann wollen?«

»Vielleicht hat es mit den Geschwistern zu tun, die er ermordet hat.« Pei zuckt mit den Achseln. »Die Familie hat Stillschweigen bewahrt und ich gehöre nicht zu ihrem engeren Kreis. Das Familienoberhaupt lebt auf einer abgeschiedenen Bergspitze und bleibt für sich, was es schwierig macht, irgendetwas herauszufinden.«

»Geht weiter«, sagt Oberon. »Ein Reporter kommt in eure Richtung.«

Charmant bietet Luc Pei den Arm an, aber xier ignoriert ihn. Die beiden wenden sich der Tür zu, treten um den Reporter herum und treten aus dem Gebäude in die schwüle Luft. Am Parkservice hat sich eine Schlange gebildet, was heißt, dass die Gala ihrem Ende entgegenstrebt.

Luc seufzt, lockert die Schulter, nimmt sich eine Sekunde, um in die Zukunft zu denken. Es wäre schön, nach Hause zu gehen und sich ein wenig auszuruhen. Wenn er das nicht tut, wird ihm das morgen erneut einen Tadel von Dr. Clavret einbringen. Zumindest heilt seine Wunde gut. Sie wird eine Narbe hinterlassen und somit seinen Traum zerstören, als Bademodenmodel zu arbeiten, aber er wird es überleben.

»Wir sollten das zum Abschluss bringen«, sagt Oberon. »Ken und Fern, die Überwachung steht?«

»Ja, Sir«, antwortet Ken. »Steht und ist bereit.«

»Luc und Pei, ein letzter Rundgang.«

Die Brille leuchtet auf, noch bevor er und Pei ihre Runde starten. Er sieht zu den Leuten, die sich am Amphitheater versammelt haben, um herauszufinden, wer davon Fae ist. Überrascht stellt er fest, dass er Agentin Gaines ansieht, die Mitbesitzerin von Elles Laden. In ihrem verführerischen roten Kleid, das ihre rundlichen, birnenförmigen Körper betont, sieht sie beeindruckend aus. Sie unterhält sich mit einem Mann, der mit dem Rücken zu Luc steht.

Er hat nicht erwartet, sie hier zu sehen, aber vielleicht hat sie wegen Elles Arbeiten ein Interesse an chinesischer Kunst entwickelt.

Wenn Agentin Gaines hier ist, könnte Elle auch hier sein. Luc hält nach ihrem Gesicht Ausschau und wappnet sich innerlich. Sie ist auch so schon sehr hübsch. In formeller Abendkleidung könnte sie ihn umbringen.

»Hast du jemanden entdeckt?«, fragt Pei.

»Nein.« Selbst wenn Elle hier ist, kann er die Mission nicht gefährden, indem er mit ihr spricht. Sie würde ihn sowieso nicht erkennen. Trotzdem behält er Agentin Gaines im Blick, als er Richtung Amphitheater geht, in der Hoffnung auf einen kurzen Blick.

Er erstarrt schockiert, als Gaines Gesprächspartner sich umdreht. Ihr Freund – und er ist offensichtlich ein guter Freund – ist ein Doppelgänger von Tony Jiang, nur viel älter. Sie schlagen einen Weg zum Ausgang ein, der sie an Luc vorbeiführen wird.

»Wer ist das?«, haucht Emi in ihr Mikro.

»Niemals«, sagt Gill. »Schaut doch, er ist alt. Das ist er nicht.«

»Wer?«, fragt Fern.

»Tony, wenn er überlebt hätte.« Emi klingt erschüttert. »Ich weiß, dass er es nicht ist. Aber ich wünschte, er wäre es.«

»China hat zwei Milliarden Einwohner«, sagt Oberon ungerührt. »Da ist es nur zu erwarten, dass sich viele davon ähnlich sehen.«

Luc beißt sich angesichts von Oberon Rassismus auf die Zunge – tut es wirklich –, aber er sagt kein Wort.

»Das stimmt nicht«, grollt Pei, tritt vor Luc und starrt ihn böse an. Er weiß, dass xier in die Brille sieht, aber Peis Starren ist wie ein Schlag ins Gesicht, und die Fremdscham sorgt dafür, dass er den Blick abwenden will. »Wieso sagt ihr das, obwohl ihr und Villois euch so ähnlich seht?«

»Sie sehen sich eigentlich gar nicht ähnlich, mal abgesehen von den Augen«, wirft Darcy ein.

»Dich hat niemand gefragt«, blafft Pei zurück. Xier ist ein Hitzkopf und es ist nur ein kleiner Funke nötig, um eine Feuersbrunst zu entfachen. Das hat sich auf mehreren Missionen als schädlich entpuppt. Daran sollte xier arbeiten.

Oberon seufzt. »Beruhige dich.«

»Ich bin ruhig.« Das Funkeln in Peis Augen verkündet das Gegenteil.

»Luc, auf sieben Uhr«, schaltet Ken sich ein. »Hält direkt auf dich zu. Diese Frau schon wieder. Emi?«

Eine unheilvolle Vorahnung verkrampft Lucs Muskeln. Damit die Mission ein Erfolg ist, muss er nur noch die Gala verlassen.

»Hab sie. Gehört zur Agentur. Lily Wang, Fuchsgeist.«

Luc folgt Peis Blick, bevor er sich umdreht. Die Bügel seiner Brille gefrieren fast auf seiner Haut und ein gleißender Schimmer umgibt die herannahende Frau. Sie ist von fast außerweltlicher Schönheit, ihre Haut so glatt und fahl wie Sahne, ihre Augen dunkel und verlockend, ihr knospenförmiger Mund leuchtend rot.

»Sie!«, sagt sie zu Luc, ihre Stimme warm. »Ich dachte mir, dass Sie das sind.«

»Rede nicht mit ihr!«, blafft Pei und nimmt kampfbereite Haltung an. »Füchse täuschen Männer mit ihrer Schönheit.«

»Es ist so schön, Sie wiederzusehen. Wie geht es Grace?« Der Fuchsgeist lächelt. Sie hat perfekte, gerade Zähne mit scharfen Eckzähnen und, wie bei Elle ist auch bei ihr die Unterlippe fülliger als die Oberlippe. Luc kann den Blick nicht von ihrem Mund abwenden. »Tut mir leid, dass wir uns gestern verpasst haben. Grace und ich, wir, ähm, sind seit Jahren befreundet, aber sie hat Sie nie erwähnt. Woher kennen Sie sie? Wie haben Sie sich gefunden?«

Pei rammt ihm die Faust gegen die Schulter und das reißt ihn aus seiner Trance.

»Ich kenne keine Grace«, antwortet er ruhig.

»Grace Lin. Sie waren gestern mit ihr in New York.« Der Fuchsgeist tritt näher, aber Pei rammt die Handfläche nach vorne, sodass die Frau nach hinten stolpert.

»Ich weiß nicht, von wem Sie reden.« Sie muss der Fuchsgeist sein, der Elles Witterung aufgenommen hat, aber Luc hat keine

Ahnung, woher der Name Grace stammt. Aber in keiner von Elles Akten wird Grace Lin als ihr Alias aufgeführt.

»Halte dich fern, Dämonin«, warnt Pei.

»Wir unterhalten uns doch nur«, antwortet der Fuchsgeist mit blitzenden Augen. »Nur keine Eifersucht.«

»Emi«, sagt Oberon barsch. »Verhex sie, jetzt. Darcy, geh rein. Du beendest die Mission. Fern, hol das Auto für die Extraktion.«

Die Brille wird erneut kalt und Peis Ohrringe beginnen zu glühen. Xier stolpert plötzlich und verschüttet ihren Wein. Der Fuchsgeist jault auf, als der Golden-Retriever-Cabernet ihre Brust trifft und in Strömen in ihr Dekolleté fließt. Der Geruch von Früchten und Alkohol füllt die Luft. Überall um sie herum drehen die Leute die Köpfe, auch Agentin Gaines beim Verlassen des Geländes.

»Das tut mir so leid«, ruft Pei ausdruckslos, ohne jedes Bedauern in der Stimme. »Kommen Sie, ich helfe Ihnen.« Sie packt den Arm des Fuchsgeistes und zerrt sie in Richtung des nächsten Kellners.

Luc nutzt die Gelegenheit und tritt an den Rinnstein, wo schon Augenblicke später eine schwarze Limousine hält. Sofort öffnet er die Tür, gleitet auf die Rückbank, stößt den Atem aus. Er lässt den Kopf gegen die Lehne sinken und wünscht sich ein weiteres Canapé – ein ganzes Tablett davon – und ein Glas Wein, um den staubigen Geschmack der Niederlage aus seinem Mund zu vertreiben. Versagt. Schon wieder.

Fern wirft vom Fahrersitz einen Blick nach hinten. »Junge«, sagt sie grinsend. »Das ist mal wirklich toll gelaufen, oder?«

•••

Elle stößt sich vom Verkaufstresen ab, balanciert ihren Hocker auf zwei Beinen und dehnt ihren Nacken. Erst schließt sie den Mail-Account des Ladens, dann ihr persönliches Konto, in dem sie einen RSS-Feed über die neusten Vorkommnisse im westlichen Húběi empfängt. Wenn sie die Nachrichten liest, kann sie vorgeben, sie wäre mit Shénnóngjià verbunden, auch wenn die meisten Nachrichten aus Xiāngyáng stammen, weiter im Osten. In letzter Zeit allerdings gibt es Berichte über eine Krankheit, die sich in den ländlichen Regionen ausbreitet, ergänzt von Spekulationen, dass es ich um dieselbe mysteriöse Krankheit handeln könnte, die vor fast drei Jahrzehnten für Dutzende Tote verantwortlich war – unter anderem von Yìwús Freund.

Tony hätte etwas unternehmen müssen. Elle ist dank ihrer Ausbildung eine gute Heilerin – aber solange es Tony gibt, ist gut nicht gut genug. Er war die große Hoffnung der Familie, der leuchtende Stern und der perfekte Erbe, ist sein gesamtes Leben darauf vorbereitet worden, das Zepter in die Hand zu nehmen. Wäre er nach Hause gekommen, wären die Leute vielleicht nicht gestorben. Vielleicht hätte er im Běn Cǎo Shū eine Heilung gefunden. Elle könnte, wenn das passiert wäre, vielleicht immer noch ihren kleinen Bruder sehen und ihn als ihren besten Freund bezeichnen.

Sie fährt den Computer herunter, hämmert mit dem Finger auf die Maus. Das Geräusch hallt wie ein Schuss durch den dunklen Laden. Tränen brennen in ihren Augen, als sie vom Hocker gleitet und ihn mit einer heftigen Bewegung unter den Tresen schiebt. Der Monitor schwankt und wäre fast umgefallen, weil sie so heftig auf den Power-Knopf schlägt. Falls ein Computergott existiert – und wahrscheinlich gibt es ihn – wird sie sich morgen entschuldigen müssen.

Als sie die Tür zu ihrer Werkstatt öffnet und das Licht anschaltet, sieht Elle auf die Uhr. Halb elf ist zu spät, um noch im Laden zu sein, aber sie musste wegen der Gala allein schließen, was den Rest ihrer Pläne nach hinten verschoben hat. Sie bewegt die Finger, den Blick auf die Reihen von einfachen Glyphen gerichtet, die auf jeder horizontalen Fläche liegen, dann sammelt sie sie mit einem unterdrückten Gähnen ein.

Ihre Gedanken wandern zu Lucs Auftrag. Je schneller sie ihn erledigt, desto schneller kann sie den Mann aus ihrem Leben drängen und ihre Sicherheit zurückgewinnen. Wie stehen die Chancen, dass sie ausgerechnet bei ihrem ersten Ausflug in sechsundzwanzig Jahren entdeckt wird? Und dann ausgerechnet von Lily. Sie dürfte Yiwú sofort alles gepetzt haben.

So nett Lucs Freundschaft auch ist – und selbst das stellt Elle inzwischen infrage –, sie ist das Risiko für Tony nicht wert. Sie wird auch ohne Luc klarkommen. Sie ist früher ohne ihn klargekommen. Sie kann ihren Fehler von gestern anerkennen und die Karte neu zentrieren, nur Tony im Fokus. Luc ist ein freundlicher Kunde, kein Freund. Sie ist eine freundliche Ladenbesitzerin, die sein Geschenk einfach nur als Dankbarkeit deutet.

»Das wird ein spannender Freitagabend«, verkündet sie, schneidet ein Stück Reispapier ab und beschwert es oben und unten mit Gewichten. Eine ihrer Verzögerungstaktiken des Tages bestand darin, eine Zeitlinie für ihr Werk zu erstellen, was mehr Spaß gemacht hat als erwartet. Wenn sie heute und morgen die groben Entwürfe anfertigt, kann sie die restliche Zeit verwenden, um eine Glyphe pro Tag zu vollenden. Das sollte nicht zu anstrengend sein. Sie sollte schlafen, um ihre Energie und ihre Magie aufzufüllen, aber ein bisschen Stress hat ihr noch nie geschadet. Und sie hat den ganzen Abend darauf gewartet, endlich anzufangen.

Himmel. Es wird tatsächlich Spaß machen.

Außerhalb der Werkstatt erklingt ein leises Klappern, als klopfe jemand mit den Fingerknöcheln gegen die Eingangstür.

Elle brummt. Die Öffnungszeiten hängen aus gutem Grund an der Tür. Auf keinen Fall wird sie ihr Werk unterbrechen, um irgendeinen idiotischen Kobold zu bedienen, der der Meinung ist, er hätte ein Anrecht auf ihre Zeit.

»*Don't rain on my parade*«, singt sie schief. Sie hat das Original selbst nie gehört, aber Lira hat es oft genug in ihrer eigenen Werkstatt gesungen, dass Elle es nachäffen kann.

Zurück an die Arbeit. Sie greift nach dem klobigsten, dicksten Pinsel, taucht ihn in Wasser und drückt mehrere Tropfen in die Vertiefung ihres Reibsteins.

Wieder klopft es, diesmal lauter.

Wer auch immer das ist, anscheinend ist diese Person der Meinung, sie hätte es das erste Mal nicht gehört. Oh, Elle hat es durchaus gehört. Sie gleitet von ihrem Hocker, stampft zur Werkstatttür, packt sie und schmeißt sie ins Schloss. *Nimm das, Arschloch.*

Sie hat sich gerade wieder gesetzt, als das Telefon klingelt. »Oh, Himmel, Arsch und Wolkenbruch!«, schreit sie und übernimmt damit eine Formulierung, die sie von den Angestellten in der Cafeteria aufgeschnappt hat. Sie ist so anbetungswürdig unsinnig. Nicht anbetungswürdig ist das dauerhafte Klingeln des Telefons. Die Versuchung abzunehmen, um gleich wieder aufzulegen, ist groß.

»Hi, Sie haben Raleigh Runen und Glyphen erreicht«, erklingt Liras aufgezeichnete Stimme gedämpft durch die Tür. »Wenn Sie diese Nachricht hören, sind wir entweder in einem Kundengespräch oder Sie rufen außerhalb unserer Geschäftszeiten an. Bitte hinterlassen Sie ihren Namen und ihre Telefonnummer und wir werden uns bei Ihnen melden, sobald wir können. Wir wünschen einen gesegneten Tag.«

»Einen gesegneten Tag«, wiederholt Elle, als der AB piept, wobei sie die Phrase mit dem Sarkasmus unterlegt, den sie verdient hat.

»Elle.« Das klingt wie Luc. »Hier ist Luc.«

Sie springt auf und rennt so schnell zur Tür, dass sie fast mit ihr kollidiert wäre. Dann presst sie das Ohr gegen das Holz, um ihn besser zu verstehen.

»Tut mir leid, dass ich dich so spät noch störe, aber ich wollte mit dir reden. Es ist halb elf, und ich stehe draußen, in der Hoffnung, dass du das hier hörst. Falls nicht, werde ich morgen wie ein Trottel aussehen, wenn ihr diese Nachricht abhört.«

Keine Chance. Elle reißt die Tür auf, stolpert fast über die Schwelle und hastet zum Tresen, um selbst zu sehen, ob er da ist.

Er sieht überrascht auf, dann lächelt er, als ihre Blicke sich treffen, und steckt sein Smartphone wieder in die Innentasche seines Smokings.

Smoking. Luc steht in einem Smoking auf ihrer Türschwelle. Elle speichert diese Information für später, damit sie dann angemessen darauf reagieren kann. In der Zwischenzeit steht er immer noch vor der Tür, die sie öffnen muss. Wenn sie rennt, wird sie jegliche Würde als Ladenbesitzerin verlieren. Sie gibt sich damit zufrieden, mit schnellen Schritten zu gehen, öffnet das Schloss und reißt die Tür auf. Jetzt, da sie ihn aus der Nähe sieht, wirkt Luc, als wäre er den Seiten eines Modemagazins entsprungen, in einem teuren Smoking, der jeden atemberaubenden Zentimeter seines Körpers umschmeichelt. Oh, Himmel. Er ist einfach zu attraktiv. Sie weiß nicht, wo sie hinsehen soll. Seine Schuhe? Sein Gesicht? Seinen Schritt? Nein, nicht seinen Schritt. Sie fixiert den Blick auf Lucs Kragen. Das erscheint sicher genug.

»Hi.« Ein breites, albernes Grinsen verzieht ihr Gesicht. So viel zu ihrer Würde. Sie klammert sich an die Tür, als hinge auch ihre geistige Gesundheit daran. Wenn sie loslässt, könnte sie einen abendkleidungsinduzierten Zusammenbruch erleiden. »Okay, hi. Hallo. Wow. Ähm, wie läuft's? Ich hatte erst nächste Woche wieder mit dir gerechnet. Habe ich einen Termin verpasst oder so?«

»Hallo«, antwortet er. »Nein, du hast nichts verpasst.«

Oh. Irgendwo in der Welt bläst eine Posaune. »Tut mir leid, dass ich dich ignoriert habe, aber manchmal denken Kunden … also, du weißt doch, dass der Kunde angeblich der König ist? Sie glauben, dass ich noch im Laden bin, würde bedeuten, dass ich ihnen helfe, was natürlich vollkommen falsch ist. Es gibt Grenzen, verstehst du? Und ich …«

Elle stößt zitternd den Atem aus. Ihre Wangen brennen. Die Luft vor ihr schimmert, aber sie unterdrückt ihre Pyrokinese, bevor sie Lucs Smoking entzünden kann. Der mindestens zwei ihrer Monatsnettogehälter gekostet haben muss. »Ähm, das ist nicht allzu gut gelaufen. Können wir es noch mal probieren? Also die Sache mit dem Hi-Sagen?«

Lucs Lächeln wird breiter, wird zu einem Grinsen. »Nur die Sache mit dem Hi-Sagen?«

Er will sie also aufziehen, ja? Das hat sie verdient. »Ich würde gerne noch mal von vorne anfangen, wenn das für dich okay ist.« Sie starrt zu Boden.

»Ist in Ordnung. Ich bin ja sowieso hier.«

»Okay. Gut. Dann also der nächste Versuch.« Elle schließt und verriegelt die Tür und wendet sich ab.

Luc fängt an zu lachen.

Elle ignoriert ihn und reißt sich stattdessen zusammen. Sie ist in der Situation wie der *Dieb mit der Glocke*, nur mit Sicht statt Gehör. Wenn sie ihn nicht sehen kann, dann kann er sie logischerweise durch die ein Meter achtzig hohe Glastür auch nicht sehen. Elle nickt entschlossen und ballt die Hände zu Fäusten. Sie kann das. Sie kann sich wie ein normaler Mensch benehmen, der nicht unglaublich auf den Kerl auf ihrer Türschwelle steht, der sie zurückgewiesen hat ... obwohl es, nachdem er hier ist, wahrscheinlich gar keine Zurückweisung war und sie einfach nur zu viel hineininterpretiert hat.

Sie entriegelt das Schloss, öffnet die Tür und tritt in den Flur. »Hi.«

»Hallo noch mal. Schön, dich zu sehen.«

Für dieses Lächeln sollte er in den Knast gehen. »Ich habe deine Nachricht gehört.«

»Hatte ich mir gedacht. Ich weiß, dass es spät ist, aber ich möchte etwas mit dir besprechen. Und ich würde das lieber nicht im Flur tun.«

Elle räuspert sich. »Ist es schlimm?«

»Nein.«

»Aber auch nicht gut.«

»Ob es gut ist oder nicht, hängt vollkommen von dir ab.«

In Ordnung, heute spielt er den Mysteriösen. »Komm rein. Ich wollte gerade anfangen, an deinem Auftrag zu arbeiten. Macht es dir etwas aus, wenn ich das erst zu Ende bringe, und wir uns dann unterhalten?«

»Das sollte kein Problem darstellen. Danke.« Luc tritt hinter ihr ein und verriegelt erneut die Tür.

Sie stoppt am Tresen, um seine Nachricht zu löschen, dann geht sie weiter in ihre Werkstatt. »Also, schicke Party heute Abend?«

»Könnte man sagen.«

»Hattest du Spaß?« Elle greift nach ihrem Pinsel, die kühle Geschmeidigkeit des Griffs wie eine Einladung.

»Nein.«

Sie wirft einen Blick in seine Richtung. Er hat seinen Platz auf der Couch eingenommen, löst gerade die Fliege und öffnet den ersten Knopf des Hemdes. Luc ist manchmal so verkrampft. Das sorgt dafür, dass Elle ihm sozusagen durchs Haar wuscheln will. Oder ihn mal entspannter sehen, in Jeans und T-Shirt vielleicht.

»Geht es dir gut?«

»Jetzt besser.« Seine Miene wird weicher. »Danke dir.«

»Du magst keine Partys, hm?«

»So schon nicht besonders, aber diese war auch noch eine Verpflichtung.«

»Ah, schon verstanden. Du konntest dich nicht drücken.« Sie versteht wirklich. »Okay, ich fange jetzt an. Gib mir ein paar Minuten.«

Elle mustert die Menge der Tusche in der Vertiefung, inzwischen verdünnt durch das Wasser aus ihrem Pinsel. Es sollte reichen. Ihre Magie, bereits erweckt, knistert vor Aufregung, als sie die Viskosität der Tusche testet. Sie fließt dünn, aber eifrig, blüht schnell auf ihrem Papier auf.

Keine Zurückhaltung mehr. Sie ist bereit.

Ihr erster Stich schickt graue Tropfen über ihre Werkbank. Grinsend zieht Elle den Pinsel nach unten. Ihre Magie sorgt dafür, dass das Papier zischt, als hätte sie es mit einem heißen Eisen berührt. Tusche und Wasser fliegen, aber es ist ihr egal, gefangen in der Freude der Kunst, der Herausforderung, ihre Magie genau auf die Art einzusetzen, die sie geplant hat. Das Papier trinkt ihre Tusche, und die Ränder ihrer Schriftzeichen verschwimmen, als sie den letzten Strich ausführt.

Nächstes Schriftzeichen. Elle spart sich die Mühe, mehr Tusche aufzunehmen, zieht ihren Pinsel zur Seite, sodass die Schriftzeichen durch einen langen Schweif verbunden werden. Ihre Hand fliegt über das Papier, die Pinselspitze saust von links nach rechts, hoch und runter, windet sich in unordentlicher Grasschrift. Mittendrin geht ihr die Tusche aus, aber sie zeichnet weiter. Ihre Magie brüllt, als sie den Pinsel auf das Papier drückt.

Jetzt übernimmt ihre Magie gierig die Kontrolle. Nach so vielen Jahren kaum zu zügeln schießt die Macht begeistert in ihre Hand, führt sie zum Tuschestein und zurück zum Papier. Elle zeichnet zwei weitere Zeichen in der Mitte eines Vortex. Ihr Blick ist leer, obwohl ihre Augen weit geöffnet sind. Sie schaut nicht mehr auf das, was sie tut. Überall um sie herum flattert und flüstert Papier, als ihre Magie sich im Raum ausbreitet. Pinsel klappern gegeneinander, schwingen an ihren Haken, als hätte sie ein plötzlicher Windstoß getroffen. Die winzigen Öffnungen ihrer Probenröhrchen erzeugen ein hohles Stöhnen, gefolgt vom Wehklagen des halbgefüllten Erlenmeyer-Kolbens in seiner Klammer. Elles Pferdeschwanz hebt sich hinter ihr, als würde eine unsichtbare Hand daran ziehen.

Sobald sie den Pinsel vom Papier hebt, erlischt ihre Magie und hinterlässt ohrenbetäubende Stille. Elle sackt keuchend in sich zusammen, kann sich aber fangen, bevor sie mit der Stirn auf den Arbeitstisch knallt. Die Innenseiten ihrer Lider leuchten neongrün, als hätte sie zu lange in die Sonne gestarrt. Mit Mühe richtet sie sich auf und tastet nach ihrem Pinselständer. Es kostet sie mehrere Versuche, ihren Pinsel aufzuhängen.

»Elle?« Luc berührt ihre Schulter.

Es ist, als hätte er ihr einen elektrischen Schlag verpasst, sie zuckt zusammen und gerät aus dem Gleichgewicht. Sie fällt, aber Luc packt ihren Arm, zieht sie an sich, hält sie, bis sie nicht mehr in Gefahr ist. Dabei klammert sie sich an ihn wie ein Schuppentier in Elle-Größe, und kann nur darauf warten, dass der Schock vergeht.

»Geht es dir gut?« Sie spürt die Resonanz seiner Stimme in seiner Brust.

Die Position ist seltsam tröstend und dasselbe gilt für seinen Geruch. Gestern, als sie ihm diese plötzliche Umarmung hat angedeihen lassen, war sie davon ausgegangen, dass er irgendeine Art von Duft trägt, weil niemand auf der Welt von sich aus so gut riechen kann. Sie hat sich geirrt. Heute trägt Luc tatsächlich einen Duft – Ist das Bergamotte? – und er riecht besser als jemals zuvor. »Ja.«

»Du zitterst.«

»Nein, das ist nur ein Erdbeben. Spürst du es nicht?« Sie sollte sich aufsetzen, aber egal, wie sehr sie sich auch dazu ermahnt, sie schafft es nicht.

»Muss ein persönliches Erdbeben sein.«

»Absolut. Eine Ein-Personen-Portion. Wie eine kleine Pan-Pizza.« Endlich bekommt Elle ihre Muskeln unter Kontrolle. Sie bereut die Entscheidung, als sie plötzlich doppelt sieht. »Danke.«

Er zieht sich einen respektvollen Schritt zurück. »Ich habe Bedenken.«

»Es geht mir gut, versprochen. Es war nur ein langer Tag und damit hatte ich nicht gerechnet.« Sie steht auf, stützt sich zur Sicherheit auf der Arbeitsfläche ab. Dem Adrenalin steht es frei, ihre Adern zu überschwemmen, wann immer es will. »Morgen wird es nicht so sein.«

Er wirkt alarmiert. »Du musst das noch mal tun?«

»Jepp.« Wie ein Baby, das gerade erst laufen lernt, hangelt Elle sich mit Kurs auf den Sessel an der Werkbank entlang. Luc hält sich eng neben ihr, ein Heizofen, der statt Wärme Sorge ausstrahlt. »Es ist alles in Ordnung, wirklich. Wahrscheinlich habe ich es übertrieben. Ein kurzes Nickerchen und ich bin wieder bereit.«

Schon beim ersten Schritt von den vieren, die nötig sind, den Sessel zu erreichen, gibt ihr linkes Knie nach. Sie fällt lautlos, aber Luc fängt sie auf und übernimmt die Rolle, die ihre nutzlosen Muskeln nicht mehr erfüllen. »Wow«, sagt Elle. »Du hast wirklich tolle Reflexe.«

»Halt dich an mir fest.« Es ist eher so, dass er sie festhält.

»Der Sessel steht, was … vielleicht einen halben Meter entfernt?«

»In deinem Zustand wäre es besser, wenn du dich hinlegst und mir dann sagst, wo ich die Schlüssel zum Laden finde.«

Als sie sich an einem weiteren Schritt versucht, verrät auch das andere Knie sie. In einer schnellen Bewegung hebt Luc sie in die Arme und transportiert sie zur Couch. Heilige Himmel. Nicht nur hat er tolle Reflexe, er ist auch stark. »Die Schlüssel zum Laden? Was?«

»Deine Ladenschlüssel«, wiederholt er geduldig. »Weil du kurz davorstehst, in Ohnmacht zu fallen, und ich dich nicht guten Gewissens ungeschützt hier zurücklassen kann.«

»Ha!« Sie versucht, den Arm zu heben, um auf Luc zu zeigen, aber das funktioniert nicht. Er muss Angst bekommen haben und geflohen sein, so wie alle anderen Körperteile auch. »Was weißt du überhaupt?«

»Ich erkenne Erschöpfung, wenn ich sie sehe.« Luc rückt sein Jackett zurecht.

»Ich schwöre dir, in ein paar Minuten bin ich wieder auf den Beinen.« Elles Lider sinken nach unten, bevor sie sie wieder aufreißt. »Hey, du hast gesagt, du müsstest mit mir reden.«

Er zieht eine Augenbraue hoch. Es ist eine wunderschöne Augenbraue. »Ich glaube nicht, dass jetzt der richtige Zeitpunkt dafür ist.«

»Du hast gesagt, es wäre wichtig.«

»Morgen früh reicht auch noch.«

»Das weißt du nicht!«

Er bedenkt sie mit einem ausdruckslosen Blick. »Ladenschlüssel.«

Ihre Lider sinken erneut nach unten, und es kostet sie unverhältnismäßig viel Energie, sie wieder zu heben. »Du erpresst mich?«

»Was ist da noch zu erpressen?« Er klingt entnervt. »Willst du, dass ich mit dir eingeschlossen werde, weil du mir nicht sagen willst, wo deine Schlüssel sind?«

»Wäre das so schlimm? Gefangen in einem Zimmer mit nur einem Bett? Es ist nicht mal ein Bett, sondern eine Couch.«

»Elle. Bitte.«

Sie stößt ein Geräusch aus, das sich nur als Wimmern beschreiben lässt. »Schön. Unter dem Tresen.« *Unter dem Computer*, will sie danach sagen, aber es folgt eine fünfsekündige Unterbrechung der Übertragung. »Unter dem Computer.«

Elle verliert den Kampf gegen ihre Augenlider. Die Couch ist zu bequem. »Kann ich ...« Der herannahende Schlaf verzerrt ihre Worte »... dich um etwas bitten?«

Sie hört das Rascheln von Kleidung, spürt, wie das Polster der Couch sich senkt, als er es belastet. »Was?«, fragt er, seltsam sanft.

»Ziehst du mir die Schuhe aus?«

Sein Lachen ist das Letzte, was sie hört, bevor die Welt um sie herum schwarz wird.

6. Kapitel

»Willst du die gute oder die schlechte Nachricht?«

Elle schiebt ihren Hocker am vorderen Tresen zur Seite, verzieht das Gesicht, als die Verspannung in ihrem Nacken sich bemerkbar macht, und schreibt eine Bestellung fertig. »Ähm. Die schlechte.«

Lira zieht einen zweiten Hocker heran, lässt sich darauf fallen und stemmt die Ellbogen auf den Tisch, bevor sie die Hände vor dem Körper aneinanderpresst. »Super, dann zuerst die gute Nachricht. Ich bin verliebt.«

»Moment.« Elle ist nicht bereit. »Ich habe nach der schlechten Nachricht gefragt ... und verliebt? Wirklich?«

»Jawohl.« Lira sieht das L in die Länge, dann grinst sie breit. »Ihr Name ist Sophia. Habe sie auf der Gala kennengelernt. Einen Körper wie ...« Lila hält inne, um zu gestikulieren. »Und ein Gesicht wie ...« Sie seufzt verzückt.

»Sprich weiter«, ermuntert Elle sie.

»Wunderbare braune Haut, unglaublich glatt. Sie riecht am ganzen Körper nach Vanille. Sie hatte ein Paillettenkleid an, das ...« Lira schüttelt den Kopf und tut den Rest mit einer Geste ab.

Elle lacht. »Am ganzen Körper?«

»Mhm. Am *ganzen* Körper.«

»Also hattest du eine gute Nacht?«

»Ich bin so müde. Musste Tony stehen lassen, aber das war die Sache wert.«

»Hast du ihre Nummer?«

»Nein, sie ist nur für kurze Zeit in der Stadt. Wollte sich die

Ausstellung ansehen, weil sie davon gehört hatte.« Lira wirkt so geknickt, dass Elle in Versuchung ist, die Flasche Wodka zu holen, die sie im Lager aufbewahren. »Ich bin in eine Frau verliebt, die ich niemals wiedersehen werde.«

»Und das ist die gute Nachricht?«

»Ähm, ungefähr fifty-fifty. Aber lass uns eine Sekunde über dich sprechen. Ich war nicht die Einzige, die letzte Nacht Action gesehen hat!«

»Ich habe nicht ...« Elles Augen werden groß. »Es ist nichts passiert!«

»Ich ziehe dich doch nur auf.« Lira kichert in die hohle Hand. »Sonst hätte ich einige Fragen über einen Mann im Smoking, der dich im Hinterzimmer fickt und dir dann eine Decke bringt.«

Elle ist wie vor den Kopf geschlagen. »Wir sind nur befreundet! Nicht mal das! Er ist nur ein freundlicher Kunde.«

»Genau, ein freundlicher Kunde, der sich die Nacht am Verkaufstresen um die Ohren geschlagen hat, um sicherzustellen, dass du in Sicherheit bist, um mir dann heute Morgen die Schlüssel zu geben, bevor du aufgewacht bist.« Lira schnaubt.

Wenn Elles Kopf noch heißer wird, wird er platzen. Früher hatte sie immer Angst, dass genau das passieren könnte – wenn sie und Yiwú den Wettbewerb gestartet haben, wer länger kopfüber hängen kann. »Das ist ganz normales Verhalten.«

Lira lacht wiehernd. »Hm-mmm. Sicher. Was ist letzte Nacht passiert?«

»Ich habe gearbeitet, er hat vorbeigeschaut, ich war müde, ich bin eingeschlafen. Das ist alles.«

»Was hast du getan, dass du hier eingeschlafen bist?« Lira wackelt mit den Augenbrauen. »Er hat dich sogar zugedeckt.«

»Hör auf, solche Grimassen zu ziehen! Ich habe gearbeitet und zu viel Magie verwendet. Das ist alles.« Unter Lucs Decke aufzuwachen war eine der verwirrendsten Erfahrungen ihres Lebens. Sie hatte Rückenschmerzen, einen schlechten Geschmack im Mund und eine Decke, die nach Luc roch – aber Luc war nicht da. Unter den richtigen Umständen, in einer anderen Zeit, hätte Elle – bevor die Sache mit ihrer Familie geschehen ist – einen Plan implementiert, um neben ihm aufzuwachen. Vorzugsweise nackt.

Aber das war die alte Elle von vor sechsundzwanzig Jahren. Jetzt ist sie die neue Elle, die gleichzeitig eine alte Elle ist, hundertvierundzwanzig Jahre, um präzise zu sein, und die keine Beziehungen führt. »Es war keine große Sache. Wie lautet die schlechte Nachricht?«

»Tony sagt, in der Ausstellung gab es ein Stück Jade, das eurem Ur-Urgroßvater gehört hat.«

Elles Gesicht wird so schnell bleich, dass Schwindel sie überschwemmt. »Was?«

»Er hat auch gesagt, du solltest dir keine Sorgen machen, weil du nicht in Gefahr bist.«

Zu spät, sie macht sich bereits Sorgen. »Wieso erzählst du mir das und nicht er?«

»Er hatte Angst, dass du schlecht auf die Info reagierst.«

Elle atmet tief durch, beißt die Zähne zusammen und ballt die Hände zu Fäusten, bevor sie die Finger wieder öffnet und flach auf den Tresen presst. Tony ist vieles, aber tapfer steht nicht besonders weit oben auf der Liste. »Okay. Wieso glaubt er nicht, dass wir in Gefahr sind?«

»Weil Will nicht weiß, dass du hier bist.«

Elle schließt die Augen.

Liras Hocker knirscht, als sie ihr Gewicht verlagert. »Elle.«

»Als ich vorgestern mit Luc in New York war, wurde ich entdeckt. Erinnerst du dich an Lily, den Fuchsgeist?«

»Vage?«

»Diejenige, die mich in Vancouver aufgespürt hat. Ich weiß nicht, was sie in New York gemacht hat, aber sie hat mich gewittert. Und ich bin ein weiteres Mal geflohen. Nicht hierher, sondern erst an einen anderen Ort. Aber ich verwette meine gesamten Ersparnisse darauf, dass sie meinen Bruder bereits informiert hat.«

»Wie hat sie ausgesehen?«

Irgendetwas schnürt Elles Brust zu, sodass sie kaum noch atmen kann. »Wieso fragst du?«

»Ich dachte, ich hätte ein vertrautes Gesicht gesehen …« Lira schüttelt den Kopf.

»Sie ist atemberaubend«, sagt Elle, dann schluckt sie schwer. »Ovales Gesicht, perfekter Schmollmund. Ein Schönheitsfleck unter dem rechten Auge.«

Leider bestätigt Liras Miene ihre Ängste.

»Elle. Sie hat Tony nicht erkannt, richtig? Und sie weiß nicht, wo du hingegangen bist.«

Elle streckt ihre Finger; sie sind steif. Entdeckt werden ist eine Sache, aber dann auch noch zu wissen, dass Yiwú kommt, ist einfach zu viel. »Wir müssen umziehen.«

»Nein, müsst ihr nicht.«

»Doch. Wir müssen … wir müssen weg. Tut mir leid.«

»Warte eine Sekunde.« Lira beugt sich vor. »Weiß Tony, dass die Füchsin dich gefunden hat?«

»Noch nicht. Ich dachte, wir wären geschickt entkommen und ich könnte es aussitzen.« Elle presst die Hand an die Stirn, als Hitze sie durchfährt. »Ich bin so dämlich.«

»Okay, lass uns das in Ruhe durchdenken. Lily weiß nicht, dass du hier bist; sie denkt, du wärst in New York. Sie hat Tony nicht erkannt. Soweit wir wissen, wird Will, wenn er denn kommt, lediglich die Jade stehlen und wieder verschwinden. Ihr müsst nicht umziehen.«

»Dieses Risiko werde ich nicht eingehen.« Elle steht auf. Diesmal geht sie direkt zum Telefon, durchsucht ihren Krimskrams-Korb, bis sie die Karte des Taxiservice findet. Sie wählt die Nummer. Ihr Herz rast. Tony wird bekommen, was er will, aber nicht auf die Weise, die er sich vorstellt.

»Elle, was tust du?«

Sie sieht in Liras besorgte braune Augen. »Ich rufe ein Taxi.«

»Wofür?«

»Ich breche meine eigene Regel.« Elle drückt die grüne Taste und hebt das Telefon ans Ohr. »Ich werde meinen Bruder besuchen.«

Tonys Haus ist ein bescheidener schiefergrauer Bungalow innerhalb des Raleigh-Loop, der auf einem keilförmigen Grundstück mit Blick über einen kleinen Teich steht. Wirklich schön im Sommer, wenn die Büsche Blüten tragen und der Baum im Vorgarten vor Blättern nur so strotzt. Ein kleiner Bach durchschneidet die Rasenfläche und trennt das Haus vom Parkbereich.

Elles Fahrer stoppt neben einem teuren Wagen, den sie nicht erkennt. Bis sie das Bargeld übergeben hat und ausgestiegen ist, wartet Tony bereits, die Arme verschränkt und mit einer Schulter an den Türrahmen gelehnt. Er trägt cremefarbene Shorts und ein Chambray-Hemd mit aufgerollten Ärmeln, das seinen großen, schlaksigen Körper perfekt zur Geltung bringt. Sein Gesicht, robust und gebräunt, zeigt eine wenig amüsierte Miene.

Sie schlägt die schwere Tür des Taxis zu, nimmt die Schultern zurück, überquert die Brücke und tritt auf den Weg zur Tür. Normalerweise wäre Tony begeistert, sie zu sehen, würde sie unzählige Male umarmen, sie ins Haus scheuchen und in einen Wirbel von Frohsinn und Ichbezogenheit ziehen. Aber nicht so heute.

In eisigem Schweigen starrt sie ihn an, bis sie auf der ersten Stufe steht und zu ihm aufsieht.

»Tony.« Es ist eine Feststellung, keine Begrüßung.

»Ich werde nicht umziehen.«

Elle öffnet den Mund. »Wie …«

»Spar dir das, bis meine Patientin gegangen ist.« Tony zieht sich ins Foyer zurück und sieht über die Schulter. Seine Stimmlage verändert sich so abrupt, dass Elle zusammenzuckt. »Danke dir, dass du so flexibel bist, Karen!«

Karen tritt um eine Ecke in Elles Sichtfeld. Sie ist eine ältere weiße Frau, blond, mit Falten in den Augenwinkeln, als lägen dort Alligatoren in der Sonne, gekleidet in eine weiße Bluse und khakifarbene Radlerhosen. Die vielen Anhänger an ihrem Armband klimpern bei jeder Bewegung.

»Jederzeit!«, sagt sie in näselndem Südstaaten-Tonfall und presst eine Hand an die Brust. »Familie ist so wichtig. Oh, ist sie das?«

»Ähm.« Elle steht immer noch vor der Tür. »Entschuldigung.«

»Kommen Sie doch rein«, sagt Karen.

Elle beäugt die Frau, als sie eintritt. Ziemlich dreist von Karen, sich zu benehmen, als wäre das ihr Haus. »Vielen Dank.«

»Tony, du hast mir nie erzählt, dass du eine Tochter hast.« Karens Schritte klingen laut auf dem Parkett. Elle bemüht sich, nicht das Gesicht zu verziehen. »Wir kennen uns schon so lange! Und ich wusste nichts davon! Sie ist schön. So exotisch.«

Elle schnappt nach Luft und Hitze sammelt sich in ihren Fingerspitzen. »Könnten Sie das wiederholen …?«

»Das liegt daran, dass ich keine Tochter habe«, unterbricht Tony Karen und kommt damit weiteren unschönen Kommentaren zuvor. »Karen, das ist meine Schwester Elle. Elle, das ist meine Patientin, Karen.«

»Gute Güte, da bin ich aber in einen Fettnapf getreten«, sagt Karen lachend. »Sie wirkt zu jung, um deine Schwester zu sein.«

Elle hebt genervt beide Augenbrauen und wartete auf Tonys Antwort.

»Sie hat die Familien-Gene.« Tony senkt verschwörerisch die Stimme. »Sie ist viel älter, als sie aussieht.«

»Tony!« Elles Stimme hebt sich um mindestens eine Oktave.

»Was denkst du? Sie wirkt doch kaum einen Tag über hundert, oder?« Tony schenkt Elle ein Megawattgrinsen, nimmt ihre Hand und tätschelt sie.

Elle starrt ihn böse an und kontrolliert gleichzeitig mit Macht ihre Flammen.

»Hundert!« Karen schlägt Tony lachend auf den Arm.

»Keine Sorge.« Tony gibt Elles Hand frei und deutet auf sich. »Ich bin auch viel älter, als ich aussehe.«

»Ständig diese Neckereien. Jetzt weiß ich, dass ihr wirklich Geschwister seid. Ihr müsst mir eure Hautpflegetricks verraten. Wie heißt euer Hautarzt?«

»Kein Hautarzt. Nicht nötig. Das Geheimnis ist Schneckenschleim.« Tony nickt ernsthaft, dann tritt er einen Schritt vor, auf Elle zu; dringt in ihre Individualdistanz ein, um sie nach hinten zu zwingen. Er schirmt sie mit seinem Körper ab, präsentiert sich Karen, streckt einen Arm aus, um die Eingangstür so weit wie möglich zu öffnen. »Hand aufs Herz, das Geheimnis ist Schneckenschleim. Ist im Moment der letzte Schrei. Ich wette, du kannst ihn bei Target kaufen.«

»Gute Güte, wirklich?«, haucht Karen freudig entsetzt. »Jetzt muss ich aber los. Ich habe sowieso etwas zu erledigen. Nun, lasst mich euch nicht aufhalten. Wir sehen uns nächste Woche, Tony!«

»Bye!« Tony winkt fröhlich. »Vergiss den Wein nicht!«

»Werde ich nicht! Einen gesegneten Tag wünsche ich!« Karen lacht perlend. Tony ahmt es nach. Die beiden lachen auf unausstehliche Weise, bis die Tür sich schließt. Sobald das Schloss klickt, wird Tony wieder normal.

»Schneckenschleim?«, fragt Elle.

»Ich weiß nicht mal, was das sein soll.«

Natürlich. Das ist Tony, der jeden um den kleinen Finger wickeln kann, während er gleichzeitig lügt, dass sich die Balken biegen.

»Und der Wein?«

»Oh ja, Karen ist eine Säuferin, die gerne teilt.« Er zuckt mit den Achseln. »Wer bin ich, das Angebot abzulehnen?«

»Sie hat mich exotisch genannt. Und du hast so jemanden mit Schuhen in dein Haus gelassen?«

Tony zwinkert. »Siehst du, deswegen ist der Wein wichtig. Ich kann genauso gut angeheitert sein, während ich ihr Geld einstecke. Sie hat eine Menge davon, und das hilft mir bei den Kosten für die Teppichreinigung. Geld ist wichtig. Ich kriege es von meinen Patienten, die zu mir kommen, weil ich diese Praxis seit fünfzehn

Jahren führe und mir einen guten Kundenstamm aufgebaut habe. Was heißt, dass ich nicht umziehen werde.«

»Woher wusstest du es?«

»Es gibt diesen Gegenstand namens Telefon, mit dem man Leute anrufen kann. Genau das hat Lira getan. Und bevor du aus Verfolgungswahn die nächste Frage stellst, ich habe ihr meine Nummer gegeben.« Er dreht sich um und wandert durch das Haus mit den hohen Decken. Sonnenlicht füllt die Räume, dank der vielen Deckenfenster im Walmdach. Im Wintergarten wachsen unzählige Pflanzen in Töpfen dem Licht entgegen. Elle kann nur daran denken, wie hoch die Nebenkosten sein müssen.

Tony wandert an dem eingebauten Bücherregal neben dem Kamin vorbei, in dem unzählige Krüge mit Zutaten für die chinesische Medizin stehen, und passiert dabei das große Wohnzimmer mit den Möbeln im Handwerker-Stil. Besagte Möbel stehen in heftigem Kontrast zur Kunst an der Wand: Kalligrafische Schriftzeichen und ein Suibokuga-Gemälde von Tony, das Elle vor vielen Jahren gezeichnet hat. Es ist geschickt so aufgehängt, dass es den ganzen Raum dominiert.

Als sie ihm folgt, nimmt Elle die Stärke der magischen Schilde unter die Lupe, dann konzentriert sie sich auf ihren Bruder. Er wirkt tatsächlich älter. Wenn sie raten müsste, würde sie sagen, dass er als normaler Mensch ungefähr Mitte sechzig wäre, aber er trägt sein Alter mit Stil. Sein Gesicht ist glattrasiert und sein schwarzes Haar zu einem schicken Kurzhaarschnitt frisiert. Die Krähenfüße in seinen Augenwinkeln können das Funkeln in seinen dunkelbraunen Augen nicht dämpfen. Und das Grau in seinem Haar betont nur die Attraktivität seines kantigen Gesichts.

»Hör auf, mich zu beäugen, 妹妹.« Tony wartet, bis sie zu ihm aufgeholt hat, dann öffnet er die Arme für einen Knuddel. Diese ständigen Umarmungen sind etwas sehr Amerikanisches, aber bei Tony wirkt die Angewohnheit ganz natürlich.

Elle drückt ihn, bis er brummt. Er wirkt nicht gebrechlich, was sie tief erleichtert. Erst gibt sie ihn frei, aber dann ergreift sie seine

Hand. »Hast du schon darüber nachgedacht, wo du hinziehen möchtest?«

»Was, wenn«, sagt Tony, »… und das ist vollkommen hypothetisch, okay? … Was, wenn ich dir sagen würde, es wäre okay, dieses Arschloch einfach zu ignorieren?«

»Dieses Arschloch ist unser Bruder«, murmelt Elle.

»Warte eine Sekunde«, stößt Tony in Mandarin hervor, um dann zu versuchen, ihre Finger von seinem Handgelenk zu lösen. »Aiyah, nicht!«

Elle kontrolliert bereits Tonys Puls, die langen Finger ihrer Hand genau an seiner Vene ausgerichtet. Sie sondiert jede Ebene, spürt seinen Blutfluss bis in die kleinsten Gefäße. »Hör auf, dich zu bewegen.«

Er sinkt mit finsterer Miene in sich zusammen. Am Ende der Diagnose wirkt er eher wie ein schmollendes Kind. Bisher ist alles wunderbar, abgesehen von seinen üblichen Belangen. »Streck die Zunge raus.«

»Das muss ich mir von meiner jüngeren Schwester nicht gefallen lassen.«

»Doch, musst du. Und jetzt streck die Zunge raus.«

Erst schmollt er noch ein bisschen, dann folgt er der Aufforderung. »Bist du jetzt glücklich?«

»Absolut. Und jetzt sei still.« Sie mustert seine Zunge – Form, Farbe und Textur. Sie beugt sich vor und schnüffelt an seinem Atem. »Wie viel Wein bringt Karen dir und wie viel davon trinkst du?«

»Urteile nicht über mich. Ich trinke moderat und nicht mal jeden Tag. Du bist dran.«

»Ich habe deinen Körper noch nicht abgetastet.«

Tony lässt sie nicht aus den Augen. Sein Blick ist ernst. »Jiāng Yíyă. Du bist dran.«

Jetzt ist es Elle, die schmollt, als sie ihm den linken Arm entgegenstreckt. »Meinen vollen Namen verwenden ist gemogelt.«

Tony antwortet nicht, sondern konzentriert sich auf die Pulskontrolle. Falten bilden sich auf seiner Stirn. »Anderer Arm.«

»Wirklich?«

»Anderer Arm.«

Seufzend streckt Elle ihm den Arm entgegen. Andere Familien – normale Familien – würden für Gäste Früchte schneiden und Tee kochen statt sich gegenseitig zu untersuchen. Aber andere Familien sind nicht voller Heiler, so wie ihre. »Fertig?«

»Zunge.«

Grummelnd kommt sie der Bitte nach, erlaubt ihm, ihren Kopf hin und her zu schieben.

Tony schnalzt missfallend. »Du arbeitest schon wieder zu hart.«

»Ich musste. Ich habe dich nicht angelogen, als ich gesagt habe, dass ich der Arbeit wegen nicht mitkommen konnte.« Erst jetzt wird Elle klar, wie knapp sie einer Katastrophe entkommen ist. Hätte sie die Gala besucht ...

»Du könntest so viel mehr tun als das, weißt du? Was hast du in letzter Zeit für Liras Familie angefertigt? Setz dich.« Tony deutet auf den rechteckigen Esstisch.

Elle setzt sich. Liras engste Familie besteht aus Geistern und Seelen, alle weniger körperhaft als sie, abgesehen von Liras Vater, der ihr die Fähigkeit vererbt hat, eine Form zu wählen. Rein zufällig haben sie und Elle entdeckt, dass der chinesische Brauch, Geschenke aus Papier zu verbrennen, um diese Gegenstände ins Jenseits zu schicken, auch für nicht-chinesische Geister funktioniert. »Ihre Mom wollte neue Blumengestecke und meinte, meine Blumen wären hübscher als alles, was man kaufen kann.«

»Ist das nicht wenigstens etwas?« Tony zieht ein Kochmesser aus einem Messerblock und schleift es an einem Stein, seine Bewegungen geschmeidig und kontrolliert. Als er spricht, sind seine Worte von metallischem Kratzen unterlegt. »Ich kann nicht glauben, dass es bei allen Geistern funktioniert. Wieso verdienst du nicht eine Menge Geld damit, für die Geistergemeinde zu malen? Du könntest ganze Landschaften erschaffen. Häuser. Autos.«

»Ich mag meine aktuelle Arbeit.« Und Elle hat der Kunst seit Jahrzehnten keine echte Aufmerksamkeit mehr geschenkt. In ihrer Werkstatt gibt es nur Entwürfe und Kritzeleien. Nur die Kalligrafie ist geblieben, und hin und wieder ein Geschenk für Liras Familie.

»Mm. Und das hat natürlich nichts mit unseren besonderen Umständen zu tun.«

»Nein, natürlich nicht.« Sie beginnt zu zappeln. »Ich bin glücklich mit meinem Leben.«

Tony knallt das Messer auf den Tisch und bedenkt sie mit einem langen Blick. »Bullshit. Wie kannst du so schlecht darin sein, irgendwen außer dich selbst anzulügen?«

»Ich verstehe nicht.«

Er schnaubt spöttisch.

»Streiten wir uns? Ich will nicht streiten.«

»Witzig, weil du diejenige bist, die hergekommen ist, um mir mitzuteilen, dass wir umziehen. Was ich nicht tun werde. Jetzt darfst du dir einen Vortrag anhören. Ich habe eine Menge zurückgehalten, also mach es dir gemütlich.« Tony öffnet den Kühlschrank und holt eine riesige asiatische Birne heraus. »Die liebst du immer noch, richtig?« Ohne ihre Antwort abzuwarten, wäscht Tony die Birne in der Spüle, greift nach seinem Messer und beginnt, die Frucht zu schälen. »Du hast dich von der Welt isoliert. Du hast keinerlei Hobbys außerhalb der Arbeit. Du kannst nicht ständig leben, als hielte dir jemand ein Messer an die Kehle, aber genau das tust du. Ist das Glück? Soll ich es so nennen, wenn du einmal im Jahr mit genug fú vor meiner Tür auftauchst, um mich gegen eine mongolische Horde abzuschirmen? Ich weiß das zu schätzen, aber du solltest einen Teil dieser Energie auf dich selbst verwenden.«

»Ich will ja«, protestiert Elle. »Besonders weil ... du weißt schon.«

»Weil ich altere?«, beendet Tony ihren Satz, dann wechselt er wieder ins Englische. »Das tue ich. Und ich sehe dabei verdammt gut aus. Willst du meinen Waschbrettbauch sehen? Ist wirklich Insta-würdig.«

Elle weiß nicht, ob sie aufgrund der Wahrheit zusammenzucken oder lieber den Kopf auf den Tisch schlagen soll, als Tony sein Hemd hebt und seine makellose Bauchmuskulatur präsentiert. Auf keinen Fall würde Tony seinem Alterungsprozess erlauben, seine Eitelkeit zu dämpfen. Sie ist sich sicher, dass *nichts* dazu fähig wäre.

»Ich habe einen hochattraktiven Trainer, der mich dreimal die Woche malträtiert.« Tony ist dem Schälen fertig und teilt die Birne in Viertel. Als sie jung waren, mochte er lieber Fernkampfwaffen, aber auch im Nahkampf ist er keine Niete. Elle ist unglücklicherweise trotz vieler Jahre Training gerade mal fähig, sich selbst nicht zu verletzen. Zu sehr auf die Magie angewiesen, hat ihr Vater immer gesagt.

»Du solltest mir übrigens folgen.«

»Was?«

»Du weißt schon, auf den sozialen Medien.«

»Was?!« Elle beugt sich so schnell vor, dass der Esstisch verrutscht. »Tony!«

»Nein, @Tony war schon vergeben. Es ist @TonyHochZehn, mit demselben Hashtag.«

»Tony!« Ihr bricht am ganzen Körper der Schweiß aus. »Was ist mit dem Plan, dich unauffällig zu verhalten?«

»Ich bin es leid. Und du solltest es auch leid sein. Ich mache das schon eine Weile, ich habe es dir nur nicht gesagt.« Er lässt das Messer auf dem Schneidbrett liegen, bringt ihr die mit asiatischer Birne gefüllte Schüssel und steckt einen Zahnstocher in einen fahlen Fruchtwürfel. »Und jetzt iss. Dass du kühle Früchte magst, gehört zu den wenigen Dingen, die du für dich selbst tust. Du besitzt zu viel Hitze und ich musste dich nicht mal berühren, um das zu wissen.«

Sie ist zu aufgelöst, um die Frucht zu beachten. »Hast du Bilder von deinem Gesicht eingestellt?«

Er lacht, als er zurück in die Küche geht, eine tönerne Teekanne heraushebt und Blätter abmisst. »Yīyǎ-ah. Ich bin egozentrisch, nicht dumm. Nein, es gibt keine Bilder von meinem Gesicht. Nein, da steht nicht, wo ich wohne oder wie ich meinen Lebensunterhalt verdiene. Es gibt einfach nur eine gute, altmodische Instagay-Thirst-Trap. Du solltest das auch mal ausprobieren.«

Elle versteht nicht genau, was Tony sagen will, aber das Wesentliche hat sie erfasst. »Bist du nicht zu alt dafür?«

Er verdreht die Augen. »Absolut nicht. Ich vermute, du hast nichts davon gehört, aber es gibt da diesen fünfzigjährigen, malaysischen Mann, glaube ich? Mit einem Waschbrettbauch, der ebenso gut aussieht wie meiner, aber sein Gesicht ist nicht so ansehnlich. Er hat hunderttausende Follower. Man kann sich zwischen unzähligen älteren Männern entscheiden, was bedeutet, dass ich in der Menge untergehe.« Ein kurzer Moment der Stille. »Willst du nicht Bilder von deinem wunderschönen Gesicht ins Internet stellen, damit alle es bewundern können?«

In ihrer Wut siedet sie vor sich hin. Vielleicht spürt sie sogar einen Stich Eifersucht. Gerne besäße sie gerne seine Dreistigkeit. »Nein.«

»Hilft mir auch in Bezug auf Dating-Apps. Viel mehr Leute wischen nach rechts, wenn sie ein gutes Bild sehen. Aber um die Wahrheit zu sagen, die meisten Männer sind enttäuschend.«

Elle hat wirklich keine Ahnung, wovon er redet, abgesehen von der Enttäuschung. Sie hat ihre wenigen Beziehungen auf normale Weise kennengelernt. »Suchst du nach einem Partner?«

»Erbarmen, nein. Ich, angebunden? Weißt du denn nicht, dass man unmöglich mit mir leben kann?«

»Das macht dich immer noch sauer, oder?«

»Nö.«

»Hmm-mmm.« Tonys letzter und einziger ernsthafter Freund, Arun, hatte das bei der Trennung zu ihm gesagt. Und statt verletzt zu sein, hatte Tony es zu seinem Motto gemacht. Es stimmt, dass Tony sich nie auf irgendetwas festlegen lassen wollte. Und nach dem Ende dieser Beziehung hat sich seine Bindungsphobie noch verstärkt. Er hat sich von Diäten, Beziehungen und familiengewünschter Verantwortung ferngehalten. Seine Abneigung gegen jede Art von Verantwortung hat den ganzen Ärger überhaupt erst ausgelöst. Elle und Yìwú mussten für ihn einspringen.

»Im Leben geht es um Spaß. Das Leben ergibt keinen Sinn, wenn es keinen Spaß macht, richtig? Und einer von uns muss ja Spaß haben. Lass mich dir sagen, diese ganze Familie besteht aus Langweilern.«

»Das *hast* du mir bereits unzählige Male gesagt.«

»Und ich werde es noch ein paarmal sagen, weil ich jetzt erst zum Thema komme. Ich werde nicht umziehen. Und du solltest nicht austicken.«

»Nach allem, was du mir erzählt hast?« Die Zeit für Elles Panik ist gekommen. »Wir ziehen um. Wir müssen!«

»Du kannst gerne umziehen. Bitte. Ich bleibe hier.« Er hebt herausfordernd eine Augenbraue.

»Nein! Lily hat mich gefunden. Die Jade unseres Groß-Groß-Großvaters ist im Museum.« Elle erschaudert. Die Macht in diesem einen Stück Jade würde ihre Magie nicht einfach verstärken. Sie zu halten wäre ein Auftrag an die Geister ihrer Familie ... würde es wahrscheinlicher machen, dass sie ihr ihre Stärke schenken. Tonys Jade war auch so. »Er kommt. Machst du dir überhaupt keine Sorgen?«

»Nö.« Tony säubert sein Messer und schiebt es zurück in den Block. Seine Fertigkeiten mit Klingen wurden nur von Yìwú übertroffen und es hat Yìwú Jahre gekostet, Tony zu schlagen. Elle erinnert sich an diesen Tag, an Yìwús strahlendes Lächeln, an sein lautes Lachen, weil niemand außer Elle an ihn geglaubt hat. Wie er vor allen anderen zu ihr gerannt gekommen ist, die Worte *Schau! Schau! Ich bin die Nummer eins!* auf den Lippen. Wie Tony die Hände in die Hüften gestemmt hat und mit seinem nie verblassenden Lächeln den Kopf geschüttelt hat.

Wehmütig erinnert Elle sich an den Tag, an dem sie Yìwú ein Schwert geschenkt hat, das speziell für ihn geschmiedet worden war. Es lag seltsam in ihrer Hand, aber perfekt in seiner. Die Klinge sang, wann immer sie aus der Scheide gezogen wurden. Diese Klinge hatte er auf Tonys Herz gerichtet.

Sie darf nicht an all das denken, aber mit Tony im Raum kann sie einfach nicht anders. »Er wird kommen und du wirst nichts tun.«

»Nein, er kommt, und ich *will* nichts tun. Das ist ein Unterschied. Wenn wir weiter unter dem Radar fliegen, wird er nichts merken. Er wird sich die Jade holen und vielleicht reicht das, um das Buch zu täuschen.«

»Lily war gleichzeitig mit dir auf der Gala!«

»Okay, aber ich bin tot. Alle wissen das. Und sie kannte mich nicht.« Er zuckt mit den Achseln. Ihre Familie ist überzeugt, dass er tot ist; weiß nicht, dass es Elle war, die ihn in der Welt der Lebenden gehalten hat. Keine Jade bedeutet kein langes Leben, keine Verbindung zu den Geistern ihrer Familie, keine Verbindung zu ihrem Gott.

»Zu sterben war die beste Entscheidung meines Lebens. Der Tod bedeutet wahre Freiheit. Ich habe mir ein eigenes Leben aufgebaut und das will ich nicht zurücklassen. Du solltest auch ein Leben haben. Einen Partner. Freude. Du verdient es.« Tony dreht einen Stuhl um und setzt sich rittlings darauf, dann schiebt er sich ein Stück Birne in den Mund und kaut knirschend. »Oh Mann, so saftig. Du willst es nicht so sehen, aber danke für das, was du getan hast.«

Elles letzter Appetit verpufft. Erinnerungen steigen auf, eine Flut, die ihr in Mund und Nase dringt. Dann ist sie wieder dort, im Speisesaal des Hauses, das sie drei sich geteilt haben. Dampf steigt von den Teigklößen in der Schüssel auf. Wenn sie sie zu lange dort stehen lassen, werden sie zusammenkleben. Der Geruch von frischgeschnittenem Ingwer füllt die Luft, so heiß und scharf wie Yìwús Wut.

Es ist ihr Geburtstag.

In ihrem Kopf beobachtet sie, wie Yìwús Mund sich bewegt. Tonys Schulter sinken immer tiefer, weil Pflicht und ein gebrochenes Herz sie nach unten drücken. Yìwú hat keine andere Wahl, als

Tonys Jade zu nehmen, um Tony nach Hause zu zwingen, damit er den Job erledigt, für den er geboren wurde. Ihn zu zwingen, die Krankheit zu heilen, die so viele der Schüler am Fuß des Berges getötet hat. Einer von ihnen war Yìwús bester Freund.

Elle weiß – hat immer gewusst –, dass Tony es nicht tun wird. Dass es die Vitalität seines Geistes zerstören wird, ihn an eine generationenlange Verantwortung zu binden, bevor er bereit ist – wenn er denn je bereits sein wird. Ihre Brüder glauben, ihre Wahlmöglichkeiten wären auf einen Pfad geschrumpft, gerade breit genug für eine Person.

Sie kann sich nicht erinnern, wie sie Tonys Laes in die Hand bekommen hat. In einer Sekunde baumelt er von Yìwús Faust, in der nächsten liegt er in ihrer Hand, kühl und glatt, ein Abbild von Shénnóng eingraviert in ein Cabochon aus kaiserlicher Jade. Jade erwärmt sich nur langsam, ist ein sturer Stein, der nur ungern seine Gepflogenheiten ändert. Aber wenn er einmal heiß ist, bleibt er heiß. Das Licht der Flammen in ihrer Hand erhellt Tonys Laes, bis die durchsichtigen Tiefen erst in Rot und Orange, dann in Weiß und Blau leuchten.

Tony beginnt zu zucken und fällt zu Boden. Yìwú lässt entgeistert sein Schwert fallen und schreit sie an. Elle will nur ihre Familie am Leben erhalten. Sie will Tony einfach nur die Freiheit schenken, die ihm so lange verweigert wurde, will Yìwú nur auf die Weise beschützen, wie eine große Schwester es tun sollte. Etwas Schweres in ihrer rechten Hand, kalt und beißend, so fest und unnachgiebig wie der tiefste Winter.

Tony schreit, als Elle seine Jade zerschmettert. Sie meint, auch Yìwú schreien zu hören.

»Yìyǎ.« Tonys Stimme, die ihren Namen spricht, mit dem Akzent der Heimat. »Denk nicht daran.«

Ihre Antwort ist leise. »Wenn du nicht umziehen willst, bleibt mir keine andere Wahl, als den Schutz hier zu verbessern.«

»Wie in aller Welt willst du das anstellen? Was kannst du noch hinzufügen? Du versuchst, einer Schlange Beine zu geben.«

»Ich habe neue Ideen. Ich habe nachgedacht ...«
»Und was ist mit dir?«, unterbricht Tony sie.
»Mit mir?«
»Mit dir.« Tony schiebt die Worte im Mund herum, als wolle er sie kosten. »Hast du dich selbst überhaupt geschützt?«

Die Glyphen, die ihre Tür abschirmen, sind nicht stark genug, um eine Kakerlake abzuhalten. »Sicher, in gewisser Weise, aber der Schutz lässt mit der Zeit nach und ...«

»Jiāng Yìyǎ.« Ihr ganzer Name, schon wieder. Jetzt steckt sie in Schwierigkeiten. Tony wird selten wütend; es liegt nicht in seiner Natur. Er ist unglaublich klug, aber auch unbekümmert und manchmal leichtsinnig, schwer zu beleidigen, immer gut gelaunt. Seines Erachtens ergibt es keinen Sinn, sich über Dinge oder Leute aufzuregen, wenn es doch nichts bringt. Aber jetzt braut sich in seinen Augen ein Sturm zusammen.

Mit dem durchdringenden Blick, den er von ihrer Mutter geerbt hat, nagelt er sie fest. »Ich werde dich noch mal fragen und diesmal wirst du mir keine ausweichende Antwort geben. Hast du dich selbst geschützt?«

Sie kann ihn nicht ansehen, in Gedanken bei den Schutzschirmen, die sie immer erst später neu errichten wollte, weil ihr im Moment die Energie dazu fehlte. »Nein.«

Seine Lippen und seine Augen werden schmal. »Die ganze Zeit über hast du alles gegeben, um mich zu schützen, aber an dich selbst hast du nicht gedacht? Du bist diejenige, die mir immer wieder erzählt, wie gefährlich Yìwú ist. Stellt er für dich keine Gefahr dar? Hat er ...«

Tony steht abrupt auf, eine Hand zur Faust geballt. Als er spricht, tut er es in ihrem Heimatdialekt. »Stehen wir ihm nicht beide im Weg? Hm? Glaubst du, er sucht nicht auch nach dir? Du besitzt immer noch Macht und ich ...«

»Du bist immer noch der Erstgeborene. Ich dachte, deine Jade zu verlieren würde ihm geben, was er braucht, aber nein. Du hast ihn das letzte Mal geschen. Das Buch war dabei, ihn in den

Wahnsinn zu treiben. Er ist überzeugt, dass er ohne deinen Tod nichts machen kann.«

»Er kann weitere dreißig Jahre warten. Das ist für ihn doch gar nichts.«

»Du weißt, dass er das nicht tun wird.« Elle steht ebenfalls auf, getrieben von Frust. »Ich werde das nicht erlauben. Ich habe dir seinetwegen schon genug genommen.«

Tony schießt zurück. »Und dir hat er nichts genommen? Mit deiner Hilfe habe ich zweimal ein neues Leben begonnen. Ich habe Hobbys. Ich gehe aus, habe Freunde. Bin glücklich. Was tust du? Wer kümmert sich um dich? Wieso hältst du dich für so unwichtig, dass du dich in deinem Elend suhlst und das als nobel bezeichnest? Und dann besitzt du die Frechheit, hierherzukommen und über Schutz zu reden, obwohl du keinen Finger rührst, um dir selbst zu helfen?!«

In Elles Augen brennen Tränen. Sie presst die Hand auf den Mund.

»Ich bin nicht wütend auf dich wegen dem, was du getan hast. Du hast mein Glück über meine Pflicht gestellt. Ich bin sauer, dass du dir in den Kopf gesetzt hast, der einzige Weg, mich am Leben zu halten, wäre, selbst gar kein Leben zu haben. Das ist Scheiße, Yìyă.« Tony beginnt aufgeregt auf und ab zu tigern. »Meine kleine Schwester soll sich nicht für unwichtig halten.«

»Du trägst das größte Risiko«, versucht sie zu argumentieren. Das Brennen in ihren Augen verlagert sich in ihre Brust, öffnet Risse in einer Schutzmauer, die sie für stabil gehalten hat.

»Hey! Wie wäre es, wenn du den Mund hältst und mich reden lässt?« Tony deutet auf sie. »Du bist nicht das am wenigsten wertvolle Kind und du bist nicht von Natur aus trübsinnig, und die Tatsache, dass du das immer noch denkst, ist eine verdammte Schande. Vergiss, was Ma oder Ba je über dich gesagt haben. Schütz dich selbst, weil du wichtig bist und dir selbst Wert zumisst und weil du mich nicht zum Weinen bringen willst. Ich sehe dann schrecklich aus.«

Die Tränen entkommen ihren Augenwinkeln. Natürlich versichert Tony sie ihres Wertes, nur um es mit Selbstsucht zu toppen. »Du bist so ein Idiot.«

»Und stolz darauf. Und ich werde nicht zulassen, dass du mich für immer als Ausrede nutzt, um Schildkröte zu spielen. Anders als mir bleiben dir noch zwei Jahrhunderte. Lebe. Yìwú kann zur Hölle gehen. Lass ihn kommen. Ich werde ihn dorthin schicken.«

»Nein!« Yìwú war ihr bester Freund. Und egal, was er ihnen beiden angetan hat, sie kann ihm einfach nicht den Tod wünschen.

»Das willst du nicht? Ich glaube nicht, dass du weißt, was du willst.« Tony stemmt die Hände in die Hüften und starrt sie böse an.

Mit zusammengebissenen Zähnen wischt Elle sich die Tränen von den Wangen. »Vielleicht, aber ich finde nicht, dass du mir Vorträge halten kannst, wenn du auch deinen Anteil an alledem hast.« Ihre Stimme zittert, klingt überhaupt nicht gefasst.

»Ich tue, was ich will, vielen Dank auch. Er hat zweimal versucht, mich zu töten.«

»Ach ja?«, schleudert sie ihm ins Gesicht. »Wer hat ihn so weit getrieben? Wer hat sich geweigert, seine Aufgabe zu erfüllen? Wer wollte nicht aufhören, Spaß zu haben ...« Keuchend bricht Elle ab. »Wer wollte nicht aufhören, Spaß zu haben, ist stattdessen zum Bureau gerannt und hat es seinem jüngsten Bruder überlassen, eine Rolle zu schultern, die er nie erfolgreich erfüllen konnte? Hm? Das war nicht ich!« Die Luft um sie herum schimmert.

»Er hat versucht, mich umzubringen! Und er wird auch nicht zögern, *dich* umzubringen. Er muss *zwei* Geschwister erledigen, bevor er an erster Stelle steht.«

»Und deswegen versuche ich dich zu beschützen, obwohl du dieses ganze Chaos verursacht hast.« Himmel, sie heult schon wieder vor Wut. Die Familienausgabe des Běn Cǎo Shū hat nur auf Tony richtig reagiert. Ohne ihn war die Magie des Buches unvorhersehbar, unkontrollierbar. »Hast du in den letzten sechsundzwanzig Jahren irgendetwas über Verantwortung gelernt? Hast du gelernt, dass Weglaufen nichts löst? Hast du darüber nachgedacht, was uns an diesen Punkt gebracht hat?«

»Ich habe nachgedacht.«

Spöttisch applaudiert Elle ihm. »Erstaunlich. Fantastisch. Das ist echtes Wachstum. Hat es für dich irgendetwas geändert?«

»Ja! Ich habe mir einen Insta-Account angeschafft.«

Seine vergnügte Antwort sorgt dafür, dass Elle ihm ins Gesicht schlagen will. Sie ballt die Hände zu Fäusten.

»Wieso machst du dir die Mühe, mir diese Frage zu stellen?«

Er zuckt mit den Achseln. »Wenn ich etwas ändern könnte, würde ich es tun.«

Sie kneift mit zusammengebissenen Zähnen die Augen zusammen. »Wirklich?«

»Wirklich. Aber ich werde keine zweite Chance bekommen. Die Vergangenheit ist vergangen, und du musst aufhören, deswegen sauer zu sein. Ich habe dir vor Ewigkeiten vergeben. Jetzt warte ich darauf, dass du dir vergibst.«

Es ist, als hätte Tony ihr einen Pfeil mitten ins Herz geschossen. Eine Sekunde lang kann sie nicht mal atmen. »Bei dir klingt das so einfach.«

»Es ist einfach, wenn du das Richtige getan hast – was bei dir der Fall ist. Eines Tages wirst du das glauben.«

»Wag es nicht, die Sache so zu drehen, Yìxiáng!«

»Zuerst einmal, verwende nicht meinen Namen. Zum Zweiten: Zu dumm. Wir alle sind Versager. Wir alle drei.« Die bittere Wahrheit dieser Aussage schmerzt. »Ich sage dir, du hast deine Jade noch. Du könntest so viel mehr tun als ... was? ... schlechte chinesische Dramen schauen und Glyphen auf Anfängerlevel zeichnen? Das ist nicht mal dein herausragendstes Talent. Also, was willst du, Yìyǎ?«

Elle weigert sich, Tony noch mehr Gefühle zu zeigen. »Ich will, dass du in Sicherheit bist.«

»Okay, ich bin sicher. Und was jetzt?«

»Was meinst du mit ›Was jetzt‹?«

»Ich meine genau das. Ich bin in Sicherheit. Ziel erreicht.«

»Wie kannst du dir so sicher sein?«

Frustriert reißt er die Hände in die Luft. »Ich diskutiere mit dir darüber, daher weiß ich es. Unser Bruder ist nicht hier, daher weiß ich es. Du solltest dir darum nicht mal Sorgen machen! Es wird Zeit, dass du dich um dich selbst kümmerst.«

»Du willst nicht mehr Schutz.« Elle schüttelt den Kopf, dann nimmt ein Plan in ihrem Kopf Gestalt an. »Und du willst nicht umziehen. Okay. Hier ist mein Konter.«

»Du bist schrecklich schlecht in Schach«, meint Tony.

»Ich ziehe bei dir ein. Ich werde heute noch meine Kündigung einreichen.«

»Du wirst nicht bei mir einziehen!«

»Ich habe dieses Haus bezahlt! Es gehört genauso sehr mir wie dir. Ich werde es machen. Du kannst mich nicht aufhalten.«

»Ich kann dich absolut aufhalten, und der einzige Grund, warum du nicht als Häufchen am Boden liegst, ist, dass ich meine kleine Schwester liebe und schätze. Du wirst nicht einziehen.«

Es wird ihr nicht schwerfallen. Ihr Leben enthält nicht viel. Lira wird es verstehen und Luc ist nur ein freundlicher Kunde. »Ich ziehe ein und ich verstärke den Schutz hier …«

»Warte mal …«

»… und dann bin ich anwesend, falls du mich brauchst.«

»Es reicht!«, blafft Tony. »Du willst feilschen? Dann lass uns feilschen. Du wirst nicht einziehen.«

Elle kneift die Augen zusammen. Feuer brennt in ihrem Geist. »Ich ziehe ein. Ich übernehme das Gästezimmer, und du bringst mir das Autofahren bei.«

»Das Gästezimmer bleibt das Gästezimmer, weil du nicht einziehen wirst. Und halte dich von meinem Auto fern.«

»Ich habe dieses Auto gekauft, so wie ich auch dieses Haus gekauft habe.«

»Das bringt dir weniger Punkte ein, als du denkst.« Tony schiebt das Kinn vor. »Du kannst vorübergehend einziehen. Du fasst mein

Auto nicht an. Während du hier bist, zahlst du deinen Anteil an den Nebenkosten.«

Wenn Tony sich einbildet, er könnte diese Diskussion gewinnen, irrt er sich. »Ich ziehe dauerhaft ein, ich beanspruche das Gästezimmer für mich und ich zahle keinen Cent. Für nichts. Du kannst es dir leisten.«

»Du ziehst vorübergehend ein«, sagt Tony mit harter Stimme, »solange die Ausstellung in der Stadt ist. Du bringst Schutzmaßnahmen für dich selbst mit, die genauso hochwertig sind wie die Schilde, die du für mich anfertigst.«

Ein Tiefschlag. »Und ich ziehe dauerhaft ein.«

»Ich liebe dich, aber nein. Das ist der beste Deal, den ich dir anbieten kann. Du wirst die nächsten paar Wochen hier leben. Ich bezahle alles. Aber kein Wort davon, mir zu helfen, wenn du dich weigerst, dasselbe für dich zu tun. Dein Leben ist genauso in Gefahr wie meines. Also kehrst du besser mit irgendwelchem kreativen, mächtigen Zeug zurück oder ich schmeiße dich raus.«

Elle hält Tonys hartem Blick stand und erwidert ihn. Befänden sie sich in einem Drama, würde jemand im Hintergrund heftig auf der jiàn gǔ trommeln.

»Abgemacht.« Der imaginäre Trommler beendet sein Spiel mit einem letzten Wirbel. Elle beißt die Zähne zusammen. Wenn das garantiert, dass sie in Tonys Nähe ist, wird sie es tun. Später kann sie neu verhandeln. »Ich sollte es schaffen, mein Projekt bis zu diesem Wochenende zu Ende zu bringen.«

»Keine Eile«, erwidert Tony wenig begeistert.

7. Kapitel

Rückblickend hätte Elle den Abend neulich als Warnung deuten sollen. Aber das hat sie nicht und hier ist sie nun: Sie braucht dringend ihren Laes. Ihr Sichtfeld verschwimmt und sie klammert sich an ihre Werkbank, als hinge wortwörtlich ihr Leben daran.

Sie schätzt die Lage ein. Ihr Herz schlägt unregelmäßig, aufgrund von Überarbeitung, Stress und niedrigem Blutzucker, weil sie nichts gegessen hat. Weil sie zu viel Zeit sitzend oder über die Skizzen gebeugt verbracht hat, die jetzt den Boden bedecken, ist ihr qì aus dem Gleichgewicht. Und sie hat nach all den Testläufen einfach nicht mehr genug Saft. Zusätzlich ist sie erschöpft, weil sie zu lange in der Werkstatt geblieben ist, um an den letzten Parametern der Glyphen zu schrauben, die sie und Lira kreiert haben.

Zentimeter um Zentimeter schiebt sie sich zurück, bis ihre Füße gegen ihren Hocker stoßen, dann lässt sie sich darauf fallen wie ein Sack Kartoffeln und wappnet sich, um nicht auf den Boden zu stürzen. Während sie darauf wartet, dass ihr Blutdruck sich stabilisiert, wägt sie die Vorteile ab, ihren Laes zu verwenden. Bisher ist sie ohne ausgekommen, aber wenn sie nächstes Wochenende bei Tony einziehen will, wird sie den Energieschub brauchen, um Lucs Auftrag und ihre Schilde rechtzeitig fertigzustellen.

Der Nachteil ist, dass sie sich ihrer Familie stellen muss. Und ihrem Gott, der ihren Hilferuf vielleicht beantworten wird, vielleicht aber auch nicht.

Das ist ein unangenehmer Gedanke. Tee ist netter. Ja, Tee wird ihr helfen, wach genug zu werden, um nach Hause zu gehen. Sie streckt eine Hand nach der Thermoskanne aus, die noch mit Wasser gefüllt ist, weil sie vor Stunden schon einmal versucht hat, Tee zu machen. Elle beschwört eine Flamme.

Es dauerte eine gute Weile, bis Feuer erscheint, ein fahles, gelbes Zünglein, das fast mürrisch auf ihrer Fingerspitze flackert. Das ist besorgniserregend. Elle konzentriert sich, zerrt an ihrer Magie, bis die Flamme ein helleres Orange annimmt. Ihr gesamter Körper verkrampft sich und ein paar Sekunden lang setzt ihre Atmung aus. Sie schwankt über ihrer Werkbank. Ihr ist schwindelig und sie keucht, sehnt sich nach Linderung.

Ihre Jade würde das in Ordnung bringen. Fast ist sie bereit, sie zu holen und sich der Enttäuschung ihrer Familie zu stellen.

»Elle, geht es dir gut?«

Als sie die Augen aufreißt, erscheint Lucs besorgtes Gesicht vor ihr. Elle schießt mit einem Schrei in eine sitzende Position. Ihr Hocker schwankt. Anscheinend ist sie eingeschlafen. Sie versucht zu sprechen, aber zu hören ist nur ein Krächzen. »Wie bist du hier reingekommen?«

Er spricht langsam, betont jede Silbe. »Lira hat mich reingelassen, bevor sie gegangen ist.«

»Ich bin müde, nicht dumm.« Elle verzieht das Gesicht und reibt sich die Wange. Sie ist taub und beginnt zu kribbeln, als das Blut wieder einschießt.

»Das sehe ich. Brauchst du Hilfe?«

»Nein.« Sie räuspert sich. »Ist okay.«

»Kann ich dich nach Hause bringen?«

An jedem anderen Tag hätte Elle lauthals Ja geschrien, aber sie ist vollkommen erschöpft und ihre Schutzmechanismen sind gefallen, und sie will einfach nur drei Tage durchschlafen. Bedauerlicherweise stehen ihr diese drei Tage nicht zur Verfügung. »Es geht mir gut, wirklich.«

»Hast du an meinem Auftrag gearbeitet?«

»Ja«, sagt sie, bevor ihr eine Lüge einfällt.

»Ich weiß zu schätzen, dass du das alles für mich auf dich nimmst, aber du kannst dich nicht meinetwegen zugrunde richten.«

»Das tue ich nicht ...«

Luc bedenkt sie mit einem harten Blick. »Ich habe dich wortwörtlich bewusstlos am Tisch gefunden.«

Auch wenn das die Wahrheit ist, heißt es noch lange nicht, dass sie vernünftig sein muss. »Es ist Sonntag. Du brauchst die Sachen bis Donnerstagabend oder ganz früh am Freitag. Ich habe die endgültigen Entwürfe fast fertig. Noch ein paar Skizzen und alles ist okay. Hey, und dann kann ich deine Tusche verwenden! Danke noch mal dafür, übrigens.«

Doch Luc lässt sich nicht ablenken. »Du musst dich ausruhen, bevor du weiterarbeiten kannst.«

»Ich komme schon in Ordnung, wirklich. Ich ...« Sie atmet tief durch. Sie darf kein Wort über Tony verlieren. »... Ich wollte nur sicherstellen, dass alles richtig funktioniert, bevor du es bekommst. Ich darf nicht zulassen, dass eine fehlerhafte Glyphe deine Missionen in Gefahr bringt.«

Luc schweigt, was nur dafür sorgt, dass Elle sich unangenehm berührt windet, weil sie sich fragt, ob sie etwas Falsches gesagt hat. Irgendwann streckt er ihr die Hand entgegen. »Komm.«

Vorsichtig ergreift sie seine Finger, nur um festzustellen, dass er sie in eine Umarmung zieht. Nun, es Umarmung zu nennen wäre wahrscheinlich übertrieben. Luc zerrt sie förmlich zur Couch und drapiert sie mit einem hörbaren Knall auf dem Polster.

Ihr Kopf sinkt nach hinten. »Danke. Du bist der netteste Kunde jemals.«

»Der netteste?« Luc setzt sich neben sie, richtet sie auf, schiebt sie herum, bis die Couchecke ihren Körper stützt.

»Der netteste und der freundlichste.« Sie lacht in sich hinein.

»Du siehst mich als netten, freundlichen Kunden?«

Aller Raum in ihr wird von Erschöpfung eingenommen, sodass kein Platz für Subtilität oder diplomatische Formulierungen brauchst. »Siehst du mich nicht auch so? Eine nette, freundliche Lieferantin. Alles sehr geschäftsmäßig.«

Verschiedenste Emotionen huschen über Lucs Gesicht. Eine davon kann Elle nicht entschlüsseln, bis ihr eine Eingebung kommt. Er ist verletzt. Sie hat ihn verletzt. Bei jemandem, der so selbstsicher ist, hätte sie das nicht für möglich gehalten.

»Nein.« Lucs Stimme ist leise, schlicht. Rau. Bedrückt sieht er ihr in die Augen. »Ich sehe dich als Freundin. Ich wollte nach dem letzten Donnerstag, als ich gesagt habe, Empfehlungen wären nicht nötig, mit dir reden. Ich hätte früher mit dir sprechen sollen, weil du meine Aussage auf eine Weise gedeutet hast, die nicht beabsichtigt war. Es tut mir leid. Ich würde das gerne noch mal klarer formulieren, falls du bereit bist, mir eine zweite Chance einzuräumen.«

Solange er sie auf diese Weise ansieht, ist Elle bereit, ihm eine zweite Chance zu geben, oder auch eine dritte oder vierte. »Ich sehe dich auch als Freund, also ja.«

»Danke.« Sein kurzes Lächeln hebt ihre Stimmung. »Als ich gesagt habe, es wären keine Empfehlungen notwendig, war das, weil ich nicht will, dass irgendjemand anders meine Glyphen anfertigt. Wenn du sie nicht machst, will ich sie nicht.«

Er will niemanden außer ihr. Diese Aussage sollte sie nicht verzücken, aber so ist es. Dass er so nahe neben ihr sitzt, warm und Luc-artig, und dabei so freundliche Worte spricht, jagt einen angenehmen Schauder über ihren Körper.

»Ich verstehe. Das ist wirklich nett von dir. Lässt mich fast wünschen, ich könnte mehr persönliche Aufträge erfüllen.« Ihre Hand ist der einzige Teil ihres Körpers, den sie bewegen kann, also schiebt sie die Finger auf sein Knie.

»Nachdem ich bezeugt habe, wie viel es dich kostet, halte ich es fast für gut, dass du keine Sonderaufträge annimmst.« Er legt die Hand auf ihre. Irgendwie sorgt das dafür, dass sie sich besser fühlt. »Ich werde dir nach Hause helfen und dir etwas zu essen besorgen. Bitte sag mir, wie ich deine Werkbank aufräume.«

Elles Lachen ist mehr ein Schnauben. »Aufräumen?«

Luc seufzt. »Du hast recht. Das ist ein zu ambitioniertes Wort. Um welche wesentlichen Dinge muss ich mich kümmern, damit du gehen kannst?«

Während sie Luc anweist, wie er ihre Pinsel und den Malstein waschen und die Tusche versorgen soll, lässt Elle den Kopf gegen die Couch sinken. Das Plätschern des Wassers ist genauso beruhigend wie seine Gegenwart. Sie hat noch nie jemanden getroffen, in dessen Nähe sie sich so wohlgefühlt hat. Ihre Lider sinken nach unten.

»Elle, wach auf.«

»Ich habe nicht …« Sie schlägt halbherzig nach ihm, als er sie leicht schüttelt.

»Hast du doch, und es wird Zeit zum Aufbruch.« Er streckt ihr die Hand entgegen.

Sanft wird Elle auf die Füße gezogen und steht nur eine halbe Sekunde, bevor sie sich an Luc lehnt, der ihr Gewicht geduldig stützt. »Bereit?«

Sie kämpft um Worte, schafft es schließlich, an seinem Hals zu murmeln: »Könnte sein, dass du mich tragen musst.«

»Die Wahrscheinlichkeit ist höher, als du annimmst.«

Nach nochmaliger Überlegung würde sie lieber laufen. »Das wird peinlich.«

»Ich kann nicht versprechen, dass ich dich nicht fallen lasse.«

»Das wäre noch peinlicher. Lass mich einfach hier und nimm deine Decke mit. Dann sieht es aus, als hätte ich Überstunden geschoben.«

Sie fühlt sein leises Lachen mehr, als dass sie es hört. »Ich wollte die Decke sowieso nehmen und du hast bereits Überstunden geschoben. Ich fürchte, ich kann dich nicht zurücklassen. Du hast nichts gegessen. So wie es aussieht, brauchst du eigentlich mehr als nur eine Nacht Schlaf, um morgen wieder einsatzfähig zu sein.«

Damit liegt er nicht ganz falsch. »Ich habe eine Deadline.«

»Deadlines können verschoben oder gerissen werden. Ursprünglich hattest du von zwei Wochen gesprochen. Aber für den Moment musst du essen und dich ausruhen. Wenn du wach bleiben kannst, kann ich dir etwas zu Essen besorgen.«

»Das wird vielleicht seltsam klingen, aber könntest du mir ein Sandwich machen?«

»Ein Sandwich?« Er zuckt zurück, wirft fast gekränkt.

»Ich habe Brot und Zeug zu Hause. Es ist ganz einfach.«

»Ich weiß, dass es einfach ist. Ein Sandwich? Du beleidigst mich.«

»Einfach ist einfach. Ich bitte dich nicht zu kochen.«

»Aber das kann ich tun, wenn du es möchtest.«

Ihre letzte Energie verpufft, als sie sich interessiert aufrichtet. »Du würdest für mich kochen?«

Luc lächelt, wenn auch ein wenig süffisant. »Willst du andeuten, du könntest für dich selbst kochen? Du kannst kaum laufen.«

Die Vorstellung ist verlockend: sie ist in schlechterem Zustand, als sie dachte. So, wie sie zittert, als sie sich von ihm löst, klingt getragen werden gar nicht so schlecht. Himmel, sie könnte einfach auf ihm einschlafen. »Nein. Ich muss nur nach Hause.«

»Dann stütz dich auf mich.«

Ausnahmsweise ist Elle glücklich, dass sie nur Minuten vom Firmengelände entfernt wohnt. Der Spaziergang zu ihrer Wohnung wird mehrfach unterbrochen, damit sie sich an Luc klammern und um Luft ringen kann. Sie sieht nur den Bereich direkt vor sich. Als er die Tür aufschließt, stolpert sie in die Wohnung, fällt gegen die Couch und lässt sich ungeschickt aufs Polster sinken. Ihr Couchtisch rutscht kratzend über den Boden. Ein paar Sekunden später breiten sich Schmerzen in ihrem Schienbein aus.

Sie verbringt eine oder zwei Minute damit, darauf zu warten, dass die Welt nicht mehr schwankt, und genug Willenskraft zu sammeln, um den kleinen Altar im hinteren Bereich des Wohnzimmers zu erreichen, auf dem ein Porträt ihrer Großmutter steht.

Auf dem untersten Brett, unter einer leeren Gabenschale und einem Weihrauchgefäß steht das hölzerne Kästchen mit ihrer Jade. Moment. Nein. In Elles Küche steht ein sehr anwesender und sehr aufmerksamer Luc Villois. Und auch wenn er damit beschäftigt ist, ein Sandwich für sie anzufertigen, befindet sie sich doch in seinem Blickfeld. Sie kann ihren Laes nicht in seiner Umgebung anlegen.

Okay, Zeit für einen neuen Plan. Elle kämpft sich wieder auf die Beine und macht die paar Schritte zum Altar, fällt davor auf die Knie. Für eine Sekunde sackt sie in sich zusammen. Nur die Angst vor der Bewusstlosigkeit bringt sie dazu, sich wieder aufzurichten. Sie schiebt die Hand ins Regal und tastet nach dem Kästchen, bevor sie sich zum Aufstehen zwingt.

Jetzt Schlafzimmer. Das Blut rauscht in ihren Ohren, bis sie nichts anderes mehr wahrnehmen kann. Ihr Blickfeld pulsiert im Takt ihres Herzschlages. Überwältigt presst Elle das Kästchen gegen ihre Brust und stemmt sich mit der freien Hand an der Wand ab.

Aus weiter Ferne erklingt Lucs Stimme. »Geht es dir gut?«

»Ich will nur kurz ...« Elle wedelt vage mit dem Kästchen. Auf einem Sims steht ein kleiner Bilderrahmen mit dem einzigen Foto in ihrer Wohnung. Sie sieht es an, bis Tonys und Yiwús lächelnde Gesichter an Schärfe gewinnen. Es ist ein altes Foto, schwarz-weiß. Ihre beiden Brüder haben langes Haar, tragen traditionelle Roben, haben einen Arm über die Schulter des anderen geworfen.

In ihrem Hinterkopf schrillt eine Alarmglocke. Sie sollte sich deswegen Sorgen machen. Aber wenn sie ihre Jade nicht anlegt, wird sie in Ohnmacht fallen. Elle brummt, stützt sich an der Wand ab und schlurft in ihr Schlafzimmer. Unsicher lehnt sie sich gegen die Tür, um sie zu schließen, was mit einem Knall geschieht.

Sie ist zu müde, um das Gesicht zu verziehen. Stattdessen macht sie sich am Verschluss des Kästchens zu schaffen, kämpft eine gefühlte Ewigkeit damit, bis sie endlich den Nagel darunter schieben kann. Elle reißt den Deckel heftig genug auf, dass der kleine Jadekreis herausgleitet und über den Boden rutscht.

Mit einem frustrierten Geräusch sinkt sie auf Hände und Knie und tastet nach ihrem Laes. Zuerst widersetzt er sich ihr, bis sie das dünne rote Band daran findet und den Stein zu sich zieht. Elle umklammert ihn mit der Faust, presst die Hand an ihr Herz. Bei ihrer Berührung regen sich die Geister. *Bitte, 奶奶.*

»Shénnóng«, flüstert sie, sein Name ein Gebet. »Es tut mir leid, dass ich dich verlassen habe. Bitte vergib mir, was ich getan habe.«

Ein leiser Windstoß hebt ihr Haar. Langsam wendet ihr Gott ihr sein Gesicht zu.

Tränen brennen in ihren Augen. Ihre Hand erschlafft und der Anhänger fällt, nur gehalten von der Kordel in ihren Fingern. Während sich darin ein Strom aus Geistern sammelt, neigt sie den Kopf und legt das Schmuckstück an.

Energie explodiert um sie herum. Elle keucht, als die Welt plötzlich an Schärfe und Helligkeit gewinnt, weil ihre Sinne verstärkt werden. Ihr Atem gleitet rasselnd durch ihren Körper; ihr Blick verschwimmt, als schaute sie durch ein Goldfischglas. An der Wand am anderen Ende des Raums ist die Farbe an einer winzigen Stelle abgeblättert. Sie kann die Fadenzahl im Stoff ihrer Jeans bestimmen. Obwohl die Tür geschlossen ist, riecht sie geschnittenen Schinken und Truthahn und Brot aus dem Supermarkt.

Hitze blüht auf ihrer Stirn auf, konzentriert den Nimbus aus Energie auf einen einzigen Punkt, drängt ihn in die Bahnen ihres Körpers. Der Segen ihres Gottes gleitet durch ihre Meridiane, formt kleine Wirbel in ihren Energiezentren, bevor er in den Rest ihres Körpers einsinkt.

Die Anwesenheit ihrer Großmutter umgibt sie und in ihrem Kopf hallt Shénnóngs Stimme wider. *Willkommen zurück, Tochter.*

Elle sendet ihm ihre Dankbarkeit, reibt die glatte Oberfläche des Anhängers. Wenn sie dazu fähig ist, muss sie Räucherwerk entzünden und die Schale mit Gaben für ihren Gott füllen. Die Flamme, die sie beschwört, kommt mühelos, erscheint dick und blau, bevor sie ihre Magie weit genug zügelt, dass sie in normalerem Rot-Orange leuchtet.

Elle steht auf und stellt fest, dass ihre Müdigkeit jetzt beherrschbar ist. Begleitet von einem unterdrückten Gähnen schlüpft sie in ihren Pyjama und schiebt den Anhänger unter das Oberteil.

»Du siehst erholt aus«, merkt Luc an, als sie wieder aus dem Schlafzimmer tritt.

»Jederzeit«, antwortet Elle automatisch, bevor ihr bewusst wird, dass dies die falsche Antwort ist. »Ich meine, ähm, ja, danke.«

Lucs Mundwinkel zucken, bevor sie sich zu einem leisen Lächeln heben. »Fühlst du dich besser?«

Jetzt muss sie sich eine Ausrede ausdenken. »Ja. Nur eine Kleinigkeit, die mir hilft. Eine Art magischer Talisman. Du weißt schon, wie eine Batterie, aber aus Magie.«

»Ja, ich bin mir bewusst, wie sie funktionieren.«

Ruhe bewahren. Luc darf die Wahrheit über den Anhänger nicht erfahren. Details sind der Schlüssel zu einer überzeugenden Geschichte, also liefert Elle Details. »Ich meine, er besteht nicht aus Magie. Ist ein echter Gegenstand, nicht supermächtig.« Himmel, sie faselt. »Ich nutze ihn nur hin und wieder. Wirklich nicht oft. Meistens brauche ich diesen Schub nicht.«

Totenstille. Lucs Hände schweben kurz unbeweglich in der Luft, dann schneidet er ihr Sandwich diagonal in zwei Hälften. »Du bist«, sagt er, seine Worte unterlegt vom Kratzen des Messers auf dem Teller, »wahrscheinlich die ungeeignetste Spionin, die ich je getroffen habe.«

Verlegenheit treibt Hitze in Elles Wangen. »Wieso das?«

»Du hast es selbst gesagt. Du bist eine schrecklich schlechte Lügnerin und wenn du nervös bist, redest du zu viel.«

»Das tue ich nicht.« Tut sie wohl. Deswegen hat sie als Agentin im Einsatz nicht lange durchgehalten.

»Es ist nicht ehrenrührig, Hilfe zu brauchen, besonders, nachdem du so viel Magie eingesetzt hast.«

Oh, den Göttern sei gedankt, er hat ihr ihre seltsame Story abgekauft. »Okay. Puh. Ich dachte schon, du würdest, ähm, also, über mich urteilen oder irgendwas.«

»Über dich urteilen ist das Letzte, was ich, ähm, also, tun würde.«
Wieder ein Moment der Stille. Dann fragt Elle ungläubig: »Machst du dich über mich lustig?«
»Ja.«
»Wow. Du konntest nicht mal lügen und Nein sagen?«
Er wartet, bis sie sich drei Sekunden lang angestarrt haben, dann sagt er todernst: »Ich würde dich nie anlügen.«
»Das ist nicht besser!«
»In Ordnung«, meint Luc, sobald ihr Lachen verklungen ist. »Ich würde dich nicht anlügen und ich habe dich nur sanft ein bisschen aufgezogen. Zufrieden?«
Elle wirft ihm einen finsteren Blick zu. »Ich wollte das nicht.«
»Und doch hast du es gekriegt.« Luc grinst sie tatsächlich an. »Ich bin froh, dass es dir besser geht, aber du musst dich trotzdem ausruhen. Dieses Sandwich ist unzulänglich, aber es wird reichen müssen. Ich entschuldige mich. Ich konnte die Mayonnaise nicht finden.«
»Weil ich keine habe.«
Er zögert. »Senf?«
»Mag ich nicht.«
»Elle, deine Gewohnheiten strapazieren meine Geduld.«
Seine ständigen Beurteilungen strapazieren ihre Geduld. »Dann beachte sie nicht.«
Luc schnaubt. »So wird es jetzt weitergehen: Du bist meinetwegen überarbeitet, also ist es nur fair, wenn ich dir bestmöglich helfe. Ich werde für dich kochen, solange du versprichst zu essen, was ich anfertige. Und dich angemessen auszuruhen. Was denkst du über Omeletts zum Frühstück?«
Shénnóngs Segen, in der Tat. Er wird sie mit Fürsorge verführen. Von allen Taktiken, die ihm zur Verfügung stehen – wie ihr aus Versehen zu nahekommen und sie – oops! – zu küssen oder sich zu strecken, sodass zwischen Hemd und Hose ein Streifen Haut sichtbar wird –, hat er sich ausgerechnet für Glucken entschieden. Das verrät Elle, dass sie alt geworden ist. »Wieso bist du so nett?«

»Willst du, dass ich fieser bin?« Innerhalb eines Wimpernschlages verändert sich seine gesamte Haltung, sein Körper spannt sich an und Gewalttätigkeit strahlt von ihm aus. Auch seine Miene wechselt, von weich und fürsorglich zu kalt und leidenschaftslos. Er zeigt so abrupt auf sie, dass sie zurückzuckt. Als er spricht, ist seine Stimme ausdruckslos, hart. »Ich werde drei Mahlzeiten und zwei Snacks pro Tag bereitstellen. Du wirst sie essen, keine Ausreden.«

Elle starrt ihn entgeistert an. Diese Version von ihm hat nichts mit der lachenden, gut gelaunten Person von gerade eben zu tun. »Nein. Bitte. Tu das niemals wieder.«

Luc entspannt sich, atmet tief aus, wirkt erleichtert. »Werde ich nicht. Ich bitte um Entschuldigung.«

»Wer bist du, wenn du nicht hier bist?« Elle verschränkt die Finger, unfähig, das Bild von gerade eben abzuschütteln. Und sie kann auch die Trostlosigkeit nicht bannen, die ihren Magen verkrampft. Luc gehört nicht einfach nur zum Bureau. Mit diesem Gestus könnte er ein Fixer sein. Fixer haben einen furchterregenden Ruf. Für ihren Erfolg ist ein bestimmtes Temperament nötig. Der Anwerber, der Tony gejagt hat, hat das immer wieder betont.

Luc lässt sich Zeit mit seiner Antwort. »Das ist eine gute Frage«, sagt er schließlich, »und zwar eine, vor deren Antwort ich zurückschrecke.« Er stellt den Teller auf den Tisch und bedeutet ihr, sich zu setzen, bevor er leise sagt: »Sag mir, was du gerne isst und was du nicht magst.«

Elle setzt sich auf den Platz gegenüber von Luc. Hinter ihm glänzt das Licht auf dem Bilderrahmen.

8. Kapitel

Luc jagt den Fuchsgeist durch ein Harpyiennest und nimmt sich eine Sekunde Zeit, um über die Lebensentscheidungen nachzudenken, die ihn zu diesem speziellen Moment geführt haben. Er könnte Elles Abendessen vorbereiten, doch – ach! – gäbe es in seinem Leben Theateranweisungen, stände dort: »Geht ab, verfolgt von einer Harpyienkönigin.«

»Auf zehn Uhr!«

Rutschend kommt er zum Stehen, reißt den Arm hoch, um die Augen zu schützen, presst sich gegen die Wand in der schmalen Gasse, in der er sich verborgen gehalten hat. Über ihm explodiert etwas, gefolgt von Hitze und Licht. Die Schockwelle erschüttert seinen Körper. Es folgt ein gepresstes Kreischen, gedämpft vom Rauschen in seinen Ohren, dann das leise Schlagen von Flügeln.

»Ziel?«, fragt er, sobald er wieder hören kann.

»Nicht getroffen. Du solltest vielleicht …«

Luc duckt sich. Die Krallen der Harpyienkönigin kratzen über seinem Kopf über Ziegel, bevor sie ihren Sturzflug abbricht. Schwankend steigt sie auf. Er weiß, dass sie nicht dauerhaft verschwunden ist. Harpyien sind hartnäckig.

»Das nächste Mal warne mich.« Er richtet sich auf, beobachtet, wie sie mit glasigen Augen in der Luft schwebt. Sie schüttelt den Kopf, dann dreht sie nach rechts ab und verschwindet aus seinem Blickfeld.

Gillens Lachen hallt durch die Rufrune. »Das war deine Warnung, Killer. Emi war noch nett.«

Luc beißt die Zähne zusammen. »Noch netter. Fern, Schusslinie?«

»Noch nicht, aber wenn du deinen hübschen Hintern auf offenes Gelände schaffst, klappt es vielleicht.«

Luc ist sich nicht sicher, ob Fern auf die Harpyie oder ihn schießen will, und er hat nicht vor, sich ohne Deckung zu präsentieren, egal, für wie hübsch sie ihn auch hält. Er muss diesen Fuchsgeist schnell festnageln. Nach dem Desaster im Museum braucht er einen Erfolg. »Ziel?«

»Versteckt sich in dem Gebäude an der Ecke. Wohnungen, zwei Stockwerke, grüne Tür. Ziegel und Beton, aber alt.« Ken spricht ruhig, mit leichtem japanischem Akzent. »Ich komme von oben, du von unten.«

»Hey«, sagt Emi, »die Harpyie ist auch noch da.«

Durch die Gasse kehrt Luc auf die Hauptstraße zurück. Er entdeckt die grüne Tür. »Nicht mein Problem.«

Drei Stimmen erklingen gleichzeitig aus der Rune. »Du Dreckskerl, wir sind nicht für Säuberung zuständig ...«

»... ein Danke wäre schön, gern geschehen übrigens ...«

»... allein dafür werde ich nicht auf sie schießen, wenn sie auftaucht ...«

Oberon schaltet sich ein. »Kommunikation einschränken.«

Gillen ignoriert Oberon und spricht weiter. »Haben wir nicht ein anderes Ziel?«

Emi schnaubt. »Danke, dass du uns an Jiang erinnerst. Fern und ich arbeiten daran.«

Fern greift den Rest des Gespräches auf. »Könnten bald mit einer Annäherung rechnen. Es hat ihm nicht gefallen, von seiner Kumpanin getrennt zu werden.«

Genervt schnalzt Ken genervt mit der Zunge. »Oberon hat uns angewiesen, den Mund zu halten. Annäherung bestätigt.«

Gillen grollt. »Vielleicht sollten wir Killer das allein überlassen. Damit er wieder Scheiße bauen kann.«

»Das bedeutet letztendlich nur mehr Arbeit für ...«, setzt Fern an.

»Hey, was heißt Killer auf Französisch? *Zee kil-ah, hon, hon, hon?*«
»Hört ihr überhaupt zu?«
»Leute, Leute!« Kens Stimme ist hart wie Eisen.
»Ja, ja!«, antworten die anderen im Chor.
Es folgt ein Moment der Stille. »Haltet endlich die Klappe.«
»Ja, Sir!«, antworten sie in perfektem Gleichklang.
Dankbar für den Frieden seufzt Luc. Oberon mochte denken, er hielte die Peitsche, aber nur Ken kann das Rollkommando im Zaum halten.
»Okay, Arschlöcher«, sagt Ken, jetzt wieder ruhig. »Positioniert euch. Treibt Jiang.«
»Was ist mit der Harpyie, Boss?«, antwortet Emi.
»Kümmert euch für den Moment nicht um sie. Sie wird bald verschwinden.«
Als er direkt auf das Gebäude zuhält, kontrolliert Luc den Himmel, aber sieht nur Blau. Er befindet sich mitten auf der Straße, als ein Schatten über den Asphalt huscht. Ihm bleibt kaum genug Zeit, sich zur Seite zu werfen, als die Harpyie erneut auf ihn herabschießt, ihr Gesicht vor Wut verzerrt. Wütend schleudert sie ihm griechische Flüche entgegen, gewinnt an Höhe, bevor sie wendet, die Flügel weit ausbreitet und in einem Angriff nach unten saust.
Er wappnet sich, schützt sein Gesicht mit den Armen, erfüllt von der Hoffnung, dass Elles Stärkebonbon ihm genug Macht verliehen hat, um dem heftigen Sturmwind zu widerstehen. »Fern, schieß endlich!«
»Kann nicht! Bin noch nicht in Position.«
Dafür hat er keine Zeit. Sie haben die letzten Tage damit verbracht, Lily und Jiang aufzuspüren, ihre Verhaltensmuster und Gewohnheiten kennenzulernen. Dies ist ihre Chance, beide zu ergreifen. Wenn eine einzelne Harpyie die Mission versaut, dann wird er bis Ende des Jahres nicht um Urlaub bitten können. Vielleicht nicht mal nächstes Jahr. Vielleicht nie wieder. Das ist inakzeptabel.
Luc öffnet einen Beutel an seinem Gürtel. Seine Finger finden

die Flugglyphe in ihrem Zylinder. Als Elle sie ihm gegeben hat, hat sie ihm zwei Dinge gesagt: Zum Ersten, ihm bleiben zwei Minuten, bevor die Magie verklingt, und zum Zweiten: Mochte er Wuxia-Filme?

Noch immer hat er keine Ahnung, wovon sie gesprochen hat, aber die Glyphe sollte ihm ermöglichen zu fliegen, als befände er sich in einem solchen Film. Wie dem auch sein, er muss Elle für ihre Weitsicht danken. Er bohrt den Daumen durch das Wachspapier, mit dem der Zylinder verschlossen ist. Sobald er das Papier berührt, zerfällt die Glyphe darin zu Asche und Elles Magie erfüllt tosend seinen Körper.

Als wären Düsen gezündet worden, hebt er vom Boden ab und saust fast unkontrolliert nach oben, bis er seine Überraschung überwindet und sein Gleichgewicht findet. Ein schlichter Gedanke treibt ihn voran; ein weiterer stoppt ihn. So weit, so gut. Er richtet den Blick auf die Harpyie. Aus dieser Entfernung kann er ihre bernsteinfarbenen Augen sehen, raubvogelgleich und schmal vor Wut.

»Was zum Teufel?«, sagt Gillen gedämpft. »Jetzt fliegt er?«

Die Harpyie saust auf ihn zu, attackiert ihn immer wieder. Luc weicht einmal aus, zweimal, aber beim dritten Mal ist er ein bisschen zu langsam. Ihre Kralle durchbohrt den Ärmel seines Hemdes und hinterlässt eine gezackte rote Spur auf seinem Unterarm.

Er unterdrückt den Schmerz, verdrängt ihn mit reiner Willenskraft, ohne den Blick auf seinen Arm zu senken. Blut tropft herunter, was ihm verrät, wie schlimm es sein könnte, aber ihm bleibt keine Zeit, seine Verletzung zu begutachten. Wenn er weiter nur in der Luft schwebt, wird die Harpyie den Vorteil nutzen.

Er muss in die Offensive gehen und sie kampfunfähig machen, irgendeinen Weg finden, ihre Klauen zu überwinden. Luc schießt auf sie zu, um ihre Reaktion abzuschätzen; seine Augen tränen von der Geschwindigkeit. Sie schlägt panisch mit den Flügeln, um zu entkommen.

Scheinbar ist die Harpyie beim Aufstieg langsamer als er. Luc saust wieder auf sie zu. Der Wind pfeift um seine Ohren, als er erneut angreift. Diesmal stellt sie sich ihm mit ausgestreckten Klauen, aber im letzten Moment schießt er an ihr vorbei.

Die Harpyie wirbelt herum, aber die Reaktion kommt zu spät. Luc lässt sich von oben auf sie herabfallen wie ein Stein, knallt gegen die Schulter der Harpyie. Daunen wirbeln um ihn herum, als er das erste Gelenk ihres Flügels packt und es nach hinten reißt. Eine halbe Sekunde später hat Luc sein Schnappmesser gezogen, drückt den Auslöser. Die Klinge öffnet sich mit einem befriedigenden Klick.

»Nein!«, kreischt die Harpyie.

Luc rammt das Messer in die dünne Haut ihrer Schulter, ignoriert ihren schrillen Schmerzensschrei, zieht die Klinge höher, bis sie auf Knochen trifft. Mit einer schnellen Bewegung durchtrennt er die Sehne, die ihren Flügel hält. Ihr Fleisch klafft auf. Er zieht die Klinge zurück, dreht sie und stößt sie in das Gelenk über ihrem Oberarmknochen.

Blut spritzt Luc ins Gesicht, als die Harpyie in den freien Fall übergeht. Er schlingt den linken Arm um sie und versucht, ihren gemeinsamen Abstieg zu kontrollieren, doch in diesem Moment vergeht Elles Magie. Gemeinsam knallen sie hart auf das Dach des Gebäudes. Die Harpyie muss sein Gewicht abfangen und erschlafft.

Stolpernd kämpft Luc sich auf die Beine, betäubt und schmerzerfüllt, und wünscht sich, er hätte Elles Regenerationsglyphen nicht bereits aufgebraucht. Er stürzt, als eine weitere Explosion die Seite des Gebäudes erschüttert. Ziegel fallen mit dumpfen Schlägen zu Boden.

»Emi ist ganz aufgeregt«, verkündet Gillen.

»Gute Nachrichten für mich heute Abend«, kommentiert Fern kichernd.

Schnell rappelt Luc sich auf und kontrolliert den Puls der Harpyie. Schwach und unstet, aber vorhanden. Wenn sie lang genug überlebt, um medizinische Hilfe zu erhalten, wird sie sich erholen.

Luc wischt sein Messer an ihrem unverletzten Flügel ab und steckt es wieder ein. Dann wischt er sich mit dem Ärmel, der nicht zerrissen ist, das Gesicht ab.

Er bewegt Finger und Zehen, schüttelt Arme und Beine aus, atmet mehrfach tief durch. Schmerzen, ja, aber scheinbar ist nichts gebrochen. »Ken, Position?«

»Bin unten rein. Sauber. Fuchsgeist unterwegs.«

»Jiang kommt.« Gillens Stimme verfinstert sich. »Mach dich bereit, Ken.«

»Lass es nicht persönlich werden«, antwortet Ken.

»Das ist für Tony.«

»Ich habe gesagt, nicht persönlich werden lassen.« Kens Worte brennen vor Autorität.

»Schön.« Gillen gibt nach. »Werde ich nicht.«

In diesem Moment wird die Tür zum Dach aufgerissen. Eine schlanke Gestalt klammert sich an die Klinke. Sie stolpert, fängt sich und erstarrt im Angesicht seiner Gegenwart. Ihre Augen werden groß vor Angst. »Du.«

»Ich.«

»Ich hätte sie gerne lebend, wenn möglich«, sagt Oberon.

Luc zieht seine Pistole, entsichert sie, umfasste den Griff und zielt. »Hilf uns. Es wird dir zum Vorteil gereichen.«

Lily atmet schwer und ihre Wangen röten sich. Die Konturen ihres Körpers wirken verschwommen, als könnte sie nur mit Mühe ihre menschliche Gestalt halten. Sie kauert sich zusammen, ihre Angst eine pulsierende, fast greifbare Gegenwart. »Ihr könnt ihn nicht festsetzen. Er ist der Einzige, der meine Familie heilen kann. Bitte, ich kann alles erklären. Ihr versteht nicht!«

»Verständnis ist nicht Teil meiner Jobbeschreibung.« Er drückt ab. Der Knall hallt von den Wänden der höheren Gebäude um sie herum wider und vermischt sich mit ihrem schrillen Schmerzensschrei.

»Lily!« Jiang erscheint über der Kante des Gebäudes, Haar und Kleidung niedergedrückt von der schieren Geschwindigkeit seines

Aufstieges. Geschickt landet er und rennt sofort auf Luc zu, zieht sein Schwert so schnell, dass die Bewegung verschwimmt.

Wieder schießt Luc, sicher, dass er auf diese Entfernung treffen wird. Jiang ächzt und stolpert, presst die Hand an die Brust, aber es fließt kein Blut, als er sich wieder in Bewegung setzt. Licht spiegelt sich auf der erhobenen Klinge. Luc wirft sich zur Seite, weicht Jiangs Klinge aus, wirbelt herum, um seinen Angreifer im Blick zu behalten.

Schnelle Schritte nähern sich; Luc ist nicht bereit für ein Ausweichmanöver. Lily rammt ihn, stürzt mit ihm zusammen aufs Dach. Er landet hart auf der Schulter und verliert die Pistole. Die Waffe rutscht außer Reichweite. Lily macht sich so schwer wie möglich, um ihn auf dem Boden festzuhalten.

»Flieh …«, setzt sie an, aber Luc reißt sie nach oben und über seinen Kopf hinweg. Danks einer verstärkten Körperkraft und Geschicklichkeit ist sie so leicht wie eine Feder. Entfernt registriert er, dass eine Tür splittert, konzentriert sich aber weiter auf Lily. Er rammt sie auf das Dach, presst den Unterarm fest genug auf ihre Kehle, um sie zu würgen, aber nicht fest genug, um ihre Luftröhre zu zerquetschen. Sie versucht sich zu wehren. Ihre Augen treten aus den Höhlen, ihre Finger zerren an seinem zerrissenen Ärmel. Blut rinnt aus der Schusswunde an ihrer Schulter. Das ist die Stelle, auf die sein Schlag zielt. Sie schreit gepresst auf, wird schlaff vor Schmerz.

Geschickt springt Luc auf und schätzt die Situation ab. Am anderen Ende des Daches kämpft Ken in seiner Oni-Form mit Jiang. Ein Stück des Türrahmens hängt von seinen gebogenen Hörnern. Jiang ist im Vergleich so elegant wie ein junger Baum im Wind, doch jeder Schwertschlag gegen Kens dicke Keule ist erfüllt von tödlichem Vorsatz. Aus seinen Probekämpfen mit Pei erkennt Luc die Attacken.

Er läuft zu seiner Pistole, reißt sie hoch, zieht die Schultern zurück und wartet darauf, dass sich eine Gelegenheit bietet. Jiangs Bewegungen folgen einem ganz bestimmten Rhythmus. Auch wenn Luc nicht vorhersagen kann, was Jiang als Nächstes tun wird, ist er doch vertraut mit den Bewegungen eines Schwertkampfes.

Mit einem tiefen Ausatmen versenkt er sich in Ruhe. Der Abzug bewegt sich unter seinem Finger.

Diesmal trifft er richtig. Jiangs Knie geben nach, aber er hält sich auf den Beinen, presst die freie Hand an seine Seite, sein Gesicht eine Maske der Pein. Nur mit Mühe weicht er einem harten Schlag aus, stolpert aus der Reichweite von Kens Keule. Die Waffe trifft das Dach, das nachgibt. Ein kleiner Krater bildet sich. Seine Kampfeslust geweckt, brüllt Ken. Drei Schritte später hält er Jiang an der Kehle.

»Nein!« Irgendwie hat Lily sich wieder aufgerappelt und stürzt sich auf Ken. So wie Lily wahrscheinlich auch, weiß Luc, dass dieser Versuch sinnlos ist. »Geh!«, schreit sie heiser. Ihre Stimme bricht vor Verzweiflung.

Ken wendet sich ihr mit glühenden Augen zu, das sonst weiche Braun ersetzt von einem schimmernden Rot. Mit einer beiläufigen Bewegung schwingt er seine Keule, trifft Lily mit einem knochenknirschenden Knall und schickt sie zurück zu Luc. Sie prallt einmal auf, bevor sie vor Lucs Füßen liegen bleibt.

Sofort zieht er eine Stasis-Rune aus dem Beutel an seinem Gürtel und presst sie auf ihren Körper; sieht auf, als Ken schreit.

Jiang springt mit bluttropfendem Schwert davon und entkommt in den Himmel.

Luc kann nur hoffen, dass der Rest der Mannschaft in Position ist. »Emi, verzaubere die Kugel. Fern, schieß endlich, verdammt!«

In der Ferne fällt Jiangs Körper. Der Donnerhall von Ferns Scharfschützengewehr rollt über die Dächer.

»Habe ihn erwischt.« Luc hört die selbstgefällige Befriedigung in Ferns Stimme.

Doch einen Moment, bevor Jiang mit dem Dach eines weiteren Gebäudes kollidieren kann, verlangsamt sich sein Sturz. Ein Nimbus aus weißem Licht bildet sich um ihn und er dreht sich, sodass er auf den Füßen landet. Schon im nächsten Augenblick erhebt er sich wieder in den Himmel und saust davon.

Aus der Rufrune erklingt das überraschte Keuchen mehrerer Personen. »Was zur Hölle war das?«, fordert Fern.

»Pei. Darcy.« Oberon gibt Befehle, so gelassen wie immer. »Folgt ihm. Gönnt ihm keine Ruhe.«

»Verstanden«, antworten sie gleichzeitig.

Ken seufzt und hebt eine blaue Hand, um sie an seine Hörner zu drücken. Wie Luc hat er eine Schnittwunde am Arm, scheint sie aber nicht zu bemerken. Er geht zu der Harpyie, kniet sich neben sie, presst die Finger an ihren Hals. Überrascht sieht Luc, dass Ken seine eigene Stasis-Rune herauszieht. Scheinbar ist sie noch am Leben. »Wir werden zwei Med-Portale brauchen.«

»Hast du zwei gesagt?«, fragt Oberon.

»Ja«, antwortet Luc für Ken. »Für die Füchsin und die Harpyie.«

»Die Harpyie?« Oberon schnaubt. »Ich dachte, du hättest dich um sie gekümmert.«

»Das habe ich.«

»Ich meine, ich dachte, du hättest sie getötet.«

»Habe ich nicht.« Noch nicht zumindest.

»Sie ist schwer verletzt.« Ken erhebt sich kopfschüttelnd. »War das nötig? Sie hat ein Gelege, weißt du? Eines der Eier hat Risse.«

Sein Magen verkrampft sich und sein Herz wird schwer. Das wusste er nicht. Das Nest war ein Haufen aus Decken und Kissen gewesen. Luc hatte ihm keine besondere Aufmerksamkeit geschenkt, zu sehr darauf konzentriert, Lily aus dem Haus zu treiben. Kein Wunder, dass die Harpyie ihn nicht in Frieden lassen wollte. Er hofft nur, dass er keine Verantwortung für das Ei trägt. Falls die Harpyie stirbt oder sich nicht mehr um ihre Kinder kümmern kann, ist das seine Verantwortung.

Dankbar sieht er Ken an. Luc kennt den schrecklichen Schmerz, in jungem Alter seine Mutter zu verlieren, aber die Mutter schon vor der Geburt zu verlieren? »Wir haben herausragende Heiler. Die Mutter sollte bald zurückkehren können. Was das Ei angeht: wenn der Sprung nicht bis auf die Eimembran reicht, sollte das Küken in Ordnung sein.«

»Das Nest ist ebenfalls beschädigt«, fügt Ken hinzu.

»Wie Luc sagte, wir haben herausragende Heiler.« Oberon hält inne. »Und wir werden sie mit Geld bewerfen. Das sollte helfen.«

Luc wechselt einen Blick mit Ken, ohne diese Aussage zu kommentieren. Mit Geld um sich zu werfen ist eine klassische Oberon-Strategie. Aber keine Geldsumme kann den Schmerz eines Eis ausgleichen, aus dem kein Küken schlüpft. Geld allein wird die Eier während der Rekonvaleszenz der Mutter nicht warm halten. Und egal, wie fähig die Heiler in den Diensten der Agentur auch sein mögen, es gibt keine Garantie, dass die Sehne der Harpyie wieder richtig heilt. Vielleicht wird sie nie wieder fliegen können.

Wer bist du, wenn du nicht hier bist?

Er hat keine Antwort auf diese Frage; zumindest keine, die Elle gefallen wird. Keine Antwort, welche die Angst von vor zwei Tagen beschwichtigen kann. Und Elles Anerkennung bedeutet ihm etwas, anders als seine eigene. Das Schicksal der Harpyie sollte ihn nicht interessieren. Sie ist ein Kollateralschaden; und Kollateralschäden sind Teil des Jobs. Aber diese Situation so emotionslos zu betrachten, sorgt dafür, dass sich sein Nacken verspannt und sich die leise Übelkeit verstärkt, die ihn bereits erfasst hat. Die Harpyie ist eine Mutter mit einem Nest voller Eier. Ohne sie ist die gesamte Familie verloren.

Die Verantwortung liegt allein auf Lucs Schultern. Die letzte Situation mit elternlosen Kindern war ein verdammtes Desaster. Diesmal muss er es besser machen.

Den Mund aufzumachen widerspricht zweihundert Jahren von Lucs Training und untergräbt Oberons Befehl. Andererseits, wenn er sich nicht für die Harpyie einsetzt, könnte sie all ihre Kinder verlieren. Er besitzt die Macht, das Ergebnis einer schlechten Situation zum Besseren zu verändern. Er sollte etwas sagen. Er muss etwas sagen. Er öffnet den Mund.

Seine Kehle ist wie zugeschnürt.

»Du blutest«, merkt Ken an.

Luc ist sich des Schnitts bewusst – er ist ziemlich tief und erzeugt brennende Schmerzen – und spürt auch, dass Blut über seinen Arm fließt. Er verdrängt diese Wahrnehmungen ein zweites Mal. Seine Opfer müssen Schlimmeres ertragen.

Wer bist du, wenn du nicht hier bist?

Er denkt daran zurück, wie Elle ihre Finger mit seinen verschränkt hat, kurz zur Seite gesehen hat, bevor sie ihre großen, dunklen, angsterfüllten Augen auf ihn gerichtet hat. Sein Entsetzen war über ihn hereingebrochen wie ein Regen aus Glasscherben, gezackt und glitzernd.

»Vielleicht …« Er muss jedes Wort über seine Lippen zwingen. »… können wir eine Amme bereitstellen, um die Eier zu bebrüten, während die Mutter im Krankenhaus ist.«

Mit überrascht hochgezogenen Brauen dreht Ken sich zu ihm um.

»Bitte?«, fragt Oberon. »War das Agent Villois, den ich gehört habe?«

Es sollte ihm nicht schwerer fallen, die Worte noch einmal auszusprechen, aber so ist es. »Ja, Sir. Ich möchte, dass eine Amme die Eier bebrütet, während die Mutter sich von ihren Verletzungen erholt.«

Oberon schnaubt. »Was für ein Unsinn.«

Ohne den Blick von Luc abzuwenden, räuspert sich Ken. »Ich … unterstütze diesen Antrag.«

»Ich ebenfalls«, schaltet Fern sich ein.

»Ich auch«, fügt Emi hinzu.

»Ja, ich auch.« Gillen lacht. »Aber ich werde mich nicht auf die Eier setzen.«

Emi stöhnt. »Darum hat auch niemand gebeten, Arschloch.«

»Ihr alle?«, sagt Oberon. »Es ist nur eine Harpyie.«

Ken antwortet, bevor Luc es tun kann. »Das ist das Mindeste, was wir tun können.«

Ja. Es ist das Mindeste, was Luc tun kann.

»Außerdem«, fährt Ken fort, »gab es Schäden an diesem Gebäude.«

»Benimm dich nicht, als wären du und Agent Boyega nicht dafür verantwortlich. Das geht von deinem Gehalt ab, Agent Matsui.«

»Die Amme?«, fragt Luc.

Oberons Irritation ist deutlich zu spüren. »Ja, schön. Ich werde eine Amme besorgen.«

»Zeitnah.«

»Ich kümmere mich darum.« Hielten sie sich im selben Raum auf, würde Oberon ihn mit Blicken auspeitschen. »Was ist in dich gefahren, Luc? Du hast dich darum gekümmert. Das hat keine persönlichen Auswirkungen auf dich.«

Luc schluckt gegen sein Unbehagen an. Er hat die Nase voll von zerstörten Familien, seine eigene eingeschlossen. »Möglichst schnell, Sir? Die Eier dürfen nicht auskühlen.«

»Ja, ich werde so schnell wie möglich eine Amme schicken.«

Luc unterdrückt die Erleichterung, die ihn überschwemmen will. Oberon hält nicht immer Wort. Morgen wird er nachhaken, nur für alle Fälle. »Vielen Dank, Sir.«

»Niemand soll behaupten, ich wäre nicht großzügig. Und wenn ihr jetzt mit eurer Weichherzigkeit durch seid, macht euch frisch und meldet euch in einer Stunde zur Nachbesprechung. Das Evac-Team ist unterwegs.«

Ken zieht die Rufrune vom Ohr, deaktiviert sie und lässt sie in einer Faust von der Größe einer Grapefruit verschwinden. Verwundert starrt er Luc an und klopft sich mit einem klauenbewehrten Finger gegen einen aus seinem beeindruckenden Gebiss ragenden Reißzahn. »Was ist mit dir geschehen?«, fragt er schließlich.

»Nichts.« Luc hat nicht vor, ihm von Elle oder seiner Vergangenheit zu erzählen.

»Hmm.« Kens Nasenflügel blähen sich, als wittere er etwas. »Wüsste ich es nicht besser, würde ich dir glauben.«

Luc entfernt seine Rune und deaktiviert sie ebenfalls. »Mehr wirst du nicht bekommen.«

»Die anderen werden ihren Spaß damit haben, wieder Geschichten über dich zu erfinden.«

Er zuckt mit den Achseln. »Wie schockierend.«

»Das stört dich nicht?«

Das einzige Gerücht, das Luc stört, ist das, über das er laut Oberons Befehl nicht reden darf. Wenn es möglich wäre, würde er die Wahrheit bekannt machen, um seinem Namen das bisschen Würde zurückzugeben, das ihm früher zu eigen war, aber Oberons Zwang hat auch nach achtundzwanzig Jahren nicht an Kraft verloren. »Es spielt keine Rolle.«

»Also stört es dich?« Da ist ein wissendes Funkeln in Kens Augen.

»Nein. Es spielt einfach keine Rolle.«

Schritte stürmen die Treppe hinauf. Nacheinander erscheinen die restlichen Mitglieder des Rollkommandos. Als Erstes taucht Fern auf, kurvig und mit brauner Haut wie viele Schwarzelfen, den Koffer mit ihrem Gewehr in den Händen. Hinter ihr folgt Emi, recht groß und schlaksig. Ihre dunklen Augen kontrollieren mit scharfem Blick die Umgebung, das kühle, dunkle Schwarz ihrer Haut saugt das Sonnenlicht auf und silberne Schafgarben-Ohrringe blitzen im Kontrast. Als Letztes folgt Gillen, ein Meter fünfundneunzig aus schwarzhaariger, grünäugiger schottisch-irischer Muskelkraft.

Er begutachtet die Harpyie, hält sich fast unangenehm lange bei ihr auf. »Du hast ihr echt übel mitgespielt. Wie hast du das gemacht? Woher wusstest du, welche Schnitte du setzen musst?«

Ehrlich antwortet Luc: »Es ist, als würde man ein Hühnchen tranchieren.«

Fern stößt ein schallendes Lachen aus, dann schlägt sie die Hand vor den Mund. »Das ist schrecklich.«

»Klingt nach Luc.« Emi legt einen Arm über Ferns Schultern, als die kleinere Frau sich an sie drängt. Gillen schließt sich ihnen an, erlaubt Emi, sich gegen seinen Körper zu lehnen, akzeptiert einen kurzen Kuss von Fern. Für einen Moment erlaubt Luc sich, die Beziehung des Rollkommandos untereinander zu beneiden; wie offen sie ihre Zuneigung zur Schau stellen. Niemals in seinem

Leben wird er jemanden haben, zu dem er nach Hause kommen kann, ganz zu schweigen von drei jemanden.

Emi fährt fort: »Aber der Big Boss hat dich weichherzig genannt. Was ist los?«

Lieber würde sich Luc Ken anvertrauen als Emi, und er würde sich lieber einer Folterung unterziehen, als mit Ken zu sprechen.

»Er hat uns alle so genannt.«

»Nein«, erwidert Fern und legt den Kopf schief. »Nur dich. Was ist geschehen?«

»Vielleicht hatte er einen Erweckungsmoment«, schlägt Gillen vor.

»Oder vielleicht hat er, als er fast gestorben ist, über all die schlechten Entscheidungen seines Lebens nachgedacht.« Emi wirft einen spitzen Blick in Lucs Richtung.

»Vielleicht«, sagt Ken leise, »besitzt er ein Gewissen.«

Die anderen drei erstarren.

»Nie im Leben!«, heult Gillen lachend. »Er? Das ist das Dämlichste, was ich je gehört habe.«

Da sein Herz rast, atmet Luc einmal tief durch, dann wiederholt er die Übung. Als er Ken ansieht, stellt er fest, dass der Oni seinen Blick erwidert. Eine gefühlte Ewigkeit starren sie einander an.

»Du hast recht«, sagt Ken schließlich, laut genug, um das Lachen des Rollkommandos zu übertonen. »Das ist lächerlich.«

Unangenehm berührt wendet Luc sich ab.

9. Kapitel

Die Oase der Sphinx ist wie immer: unveränderlich, ein Ort, durch den die Zeit hindurchfließt, ohne ihren Tribut zu fordern. Luc schließt die Augen. Die Spätnachmittagssonne erzeugt Wärme auf seinen Schultern, erhitzt die strahlend weißen Fäden seines lockeren Baumwollhemdes. Er füllt seine Lunge mit der reinen, trockenen Wüstenluft. Für einen Moment aalt er sich in der Sonne, genießt die frische Hitze auf seiner Haut.

Als er nicht länger stillhalten kann, tritt er von der großen Steinplatte, die als Portal-Zone dient. Der Sandboden gibt unter seinen Stiefeln nach. Nicht weit entfernt liegt das Anwesen der Sphinx. Lucs Schatten erstreckt sich erwartungsvoll vor ihm, weist ihm den Weg.

Die äußere Mauer besteht aus groben Steinen und Mörtel, die von den knorrigen Wurzeln eines Banyan-Baums umklammert werden. Luc lässt die Finger darüber gleiten, bewundert das Spiel von Licht und Schatten auf der Rinde, tätschelt im Vorbeigehen den Steinpfosten am vorderen Tor. Das Tor wird flankiert von quadratischen Gebäuden, die einst als Wachtürme dienten. Weiter entfernt, hinter einem Hof mit struppigem Gras, erhebt sich das Hauptgebäude, in dem er als Junge geschlafen hat. Noch dahinter erhebt sich die runde Kuppel des Steinpavillons, der in der Mitte eines ruhigen Teiches steht.

Es herrscht unheimliche, fast drückende Stille. Hier gibt es keine Vögel oder Tiere, nicht einmal Insekten. In seiner ersten Nacht hier hat ihn diese Leblosigkeit verunsichert; dort, wo er aufgewachsen war, war immer jemand wach. Oft wurde gebetet. In diesen Anfangszeiten war er derjenige, der gebetet hat und dabei die glatten Perlen des Rosenkranzes seiner Mutter nacheinander durch seine Finger gleiten ließ.

Nun betet Luc nicht mehr, findet stattdessen Heiligkeit in den harten Konturen der Wüste.

Er schiebt im Gehen die Hände in die Hosentaschen, betritt durch den Torbogen das Hauptgebäude. Seine Stiefel klappern über die Mosaiken auf dem Boden. Links schraubt sich eine Treppe nach oben zu seinem alten Schlafzimmer. Rechts von ihm, vor einem vertieften Bereich voller Lammfelle, steht ein kleiner, niedriger Tisch. Davor hält er inne, dann setzt er sich auf den Boden, um zu warten.

Noch bevor er das Flüstern von Pfoten auf dem Sand hört, spürt er die Berührung der Sphinx in seinem Geist. Ein paar Minuten später erscheint sie. Ein ehrliches Lächeln erhellt ihre Züge. »Es ist eine Weile her, nicht wahr?«, sagt sie auf Französisch.

Er steht auf, neigt respektvoll den Kopf. »Ich bin froh, dich zu sehen.«

»Das sagt er jetzt.« Sie brummt missbilligend. »Wie oft bist du in New York an mir vorbeigegangen, ohne mir eine Sekunde zu gönnen, dich zu begrüßen?«

Luc antwortet ebenso. »Tatie, wie oft hast du mich begrüßt, als ich vorbeigegangen bin?«

»Hattest du es nicht vor ein paar Tagen sehr eilig? Ich könnte zurückdenken und für dich zählen. Möchtest du, dass ich es versuche?«

»Bist du bereit für diese Diskussion?« Er wird verlieren, aber darum geht es bei diesem Spiel nicht.

»Willst du damit unterstellen, ich wüsste nicht alles?«

»Wer kann alles wissen?«

Die Sphinx beugt sich vor, um für einen Moment ihre Stirn gegen seine zu drücken. »Ah, Lucien. Danke. Ich bin es oft überdrüssig, den ganzen Tag Fragen beantworten zu müssen, statt sie zu stellen.«

»Du solltest aufhören. Niemand würde es dir verübeln.«

»Aber wer wird auf dich aufpassen, wenn ich nicht mehr bin?« Diesmal wirkt das Lächeln, das sie ihm schenkt, schärfer als der Sichelmond und enthüllt die Spitzen ihrer Reißzähne. »Oberon?«

Falls er ja sagt, wird sie höhnisch schnauben, aber auf seine ganz eigene Art passt Oberon tatsächlich auf Luc auf. Er ist für so viel in Lucs Leben verantwortlich. Fast alles, was Luc besitzt, ist das Ergebnis von Oberons Unterricht und Anleitung. Lucs Wohnung. Seine Fähigkeiten. Sein obszöner Reichtum, von dem ein Teil inzwischen auf Elles Konto geflossen ist. Oberon hat Luc eine Aufgabe und eine Heimat gegeben, in einer Zeit, in der Luc nichts davon besessen hat. Allein er hat Luc die Chance eröffnet, in der Welt etwas zu bewirken, als Schwert oder Schild in Oberons Hand.

»Du passt auf mehr Leute auf als nur auf mich.«

»Das ist richtig, ja.«

»Ich kann auf mich selbst aufpassen.«

»Auch das ist wahr, mehr oder weniger.«

Er presst die Lippen zusammen. »Was soll das bedeuten?«

Sie blinzelt langsam, dann setzt sie sich und schlingt den Schwanz um die Pfoten. »Ich habe gesagt, dass ich es leid bin, Fragen zu beantworten, nicht wahr?«

»Tatie ...«

Sie schüttelt den Kopf. »Du pflegst das Körperliche, aber hast du dich auch um deine emotionalen Bedürfnisse gekümmert?«

»Ich habe keine ...« Ein scharfer Blick der Sphinx, und er klappt den Mund zu. Und wechselt die Taktik, weil er weiß, dass er im Nachteil ist. »Und was ist mit dir? Du kümmerst dich um so viele. Wer kümmert sich um dich?«

Sie schenkt ihm den ausdruckslosen Blick, mit dem er selbst schon so viele Leute bedacht hat. Ihr Blick ist das Original und viel besser. »Du bist nicht nach so langer Zeit hierhergekommen, um über mich zu reden. Was hat dich so aufgewühlt, dass du zurückkehren wolltest?«

Es ist die Harpyie. Seit gestern denkt er über sie und ihr Gelege aus Eiern nach, unfähig, die Schuldgefühle abzuschütteln. Er hat getan, was ihm möglich war, hat bereits sichergestellt, dass eine Amme ihren Platz eingenommen hat, hat sich mit der Ärztin der Harpyie getroffen und ihr Dr. Clavrets Nummer gegeben. Nun sollte Luc fähig sein, seine Gefühle ordentlich zu verstauen.

Als er nicht antwortet, fragt sie: »Soll ich schauen?«

Er nickt einmal, dann schließt er die Augen und leert seinen Kopf.

»Ah, Lucien«, murmelt sie. »Du durchlebst eine normale Reaktion. Glaubst du, die beiden zu besuchen würde dafür sorgen, dass du dich besser fühlst?«

»Ich weiß es nicht.«

»Willst du von mir hören, dass du das Richtige getan hast?«

Er braucht keine Plattitüden. »Ich habe getan, was ich getan habe. Es ist eine geringfügige Reue.«

»Und warum bist du dann hier?«

Um eine viel tiefer gehende Reue anzuerkennen, in Form von zwei jungen Kindern, die in verzaubertem Schlaf liegen. Aber Luc antwortet nicht. Er stößt mit der Schulter gegen einen der vergitterten Türflügel, die nach draußen führen. Die Scharniere quietschen, als er ihn aufschiebt, um die Sphinx hindurchzulassen, dann geht er weiter.

Er folgt dem gewundenen Ziegelpfad zum Rand des Teiches. Von dort führt eine Reihe von Trittsteinen übers Wasser, die er mühelos bewältigt. Vor dem Pavillon verlangsamt er seine Schritte. Beim Anblick der zwei Betten unter dem Dach, jeweils mit einem Kind darin, rast sein Herz.

»Geht es ihnen gut?« Luc schluckt. Sein Mund ist trocken. Zuerst sieht er nach dem Mädchen: fühlt ihre Temperatur, beobachtet ihre Atmung. Dann tut er dasselbe bei dem Jungen. Er rückt ihre Decken zurecht, steckt sie fest, bis keine Falte mehr zu sehen ist. Obwohl er weiß, dass sich seit achtundzwanzig Jahren nichts verändert hat. Ihre Mienen sind friedlich, ihre Körper so tief in Schlaf versunken, dass die Träume an ihnen vorbeigleiten, weggerissen von einer entfernten Strömung.

Er hat das Richtige getan, doch das ist nur ein kleiner Trost. Jedes Mal, wenn Luc zurückkommt, muss er die Erinnerungen in schmerzhafter Klarheit neu durchleben: die Kinder, so traumatisiert, dass sie nur zitternd in einer Ecke kauern konnten; die unfassbare Menge frischen Blutes auf dem Boden, an den Wänden, auf den Kindern selbst; der abgetrennte Kopf des Powrie, grinsend im Tod; die leeren Augen der Eltern, die Arme flehend nach vorne gestreckt.

Und am Schlimmsten: Oberons Worte, die ihm seinen Willen rauben und Luc als Passagier in seinem eigenen Körper zurücklassen.

Plötzlicher Schwindel zwingt ihn, die Augen zu schließen, und seine Atmung beschleunigt sich.

»*Kümmere dich darum*«, sagte Oberon knapp.

Luc konnte den Befehl nicht begreifen, seine Gedanken wie ausgelöscht. »*Ich verstehe nicht, was Ihr meint. Der Powrie ist tot.*«

»*Die Kinder sind besudelt. Es gibt kein Heilmittel gegen eine Powrie-Infektion. Sie dürfen nicht leben. Bring die Mission zu Ende. Hast du verstanden?*«

Er schüttelte den Kopf, obwohl Oberon ihn nicht sehen konnte. »*Sir. Die Mission ist erfüllt.*«

»*Solange sie noch leben, ist sie das nicht. Du bist der Einzige, dem ich zutraue, sich darum zu kümmern. Hast du verstanden?*«

Erneut schüttelte er den Kopf. Die Bewegung übertrug sich über seinen Hals in seinen Körper und das Zittern wollte nicht enden. »*Nein. Sie haben eine Chance verdient. Kein bekanntes Heilmittel heißt nicht, dass nicht eines entdeckt werden kann. Wir können die besten Heiler rufen, um sich die Kinder anzusehen, können sie unter Beobachtung halten. Vielleicht verwandeln sie sich nicht.*«

»*Ich kann nicht die Agentur riskieren, falls sie es doch tun.*«

»*Sie können nirgendwohin, sie haben gerade beide Eltern verloren!*« Sein Versagen brennt in seiner Brust. Wenn er das Haus ein *paar Minuten früher erreicht hätte, hätte er das hier verhindern können. Luc atmete tief durch, ohne genug Luft zu bekommen. Wieder und wieder atmete er, keuchend und angestrengt. Wieso konnte er nicht …?*

»Alle raus aus dem Raum. Ich wechsle auf den privaten Kanal.« In der vorübergehenden Stille konnte Luc nur das panische Trommeln seines Herzens und das Wimmern der Kinder hören. Er konnte sich Oberon nur eine gewisse Anzahl von Malen verweigern.

»Lucien. Du allein warst es wert, das Wagnis einzugehen. Diese beiden haben es nicht verdient. Es ist besser, wenn du das erledigst. Nur in dich setze ich genug Vertrauen. Kümmere dich darum.«

»Nein. Ich kann nicht. Ich werde nicht.« Er schloss die Augen, presste behandschuhte Hände ans Gesicht. Der bittere, metallische Geruch von Blut füllte seine Nase und hob ihm den Magen. Oberon hat ihn gelehrt, kalt zu sein, aber das wäre Grausamkeit.

»Falls du es nicht tust, werde ich dich zwingen.«

Übelkeit raubte Luc die Fähigkeit zu sprechen.

»Nach allem, was du getan hast, sperrst du dich ausgerechnet dagegen?« Als Luc nicht antwortete, sprach Oberon weiter, seine Stimme leise und gewichtig. »Du lässt mir keine andere Wahl. Letzte Chance. Das ist eine Gnade.«

»Nicht für sie.« Und auch ihm gegenüber war es keine Gnade, aber damit hatte er auch nicht gerechnet.

»Lucien Châtenois.«

Wie ein Singvogel in der Faust seines Fängers erstarrte Luc, sein Herzschlag wie panische Flügelschläge, in Erwartung des quetschenden Drucks. Grauen ergriff Besitz von ihm und trieb beißende Galle in seine Kehle. Oberon würde diesen Satz nicht zu Ende sprechen. Wie beim letzten Mal würde er die Drohung nicht wahrmachen. Solange er das Recht nicht beschwor …

»Ich spreche deinen wahren Namen und beschwöre das Recht der Herrschaft.«

Der Zwang trat in Kraft, packte ihn so heftig, dass es sich anfühlte, als hätte Oberon die Hand in seiner Brust vergraben. Luc stand hilflos, wie angewurzelt, nicht länger Herr über seinen eigenen Körper, jede Möglichkeit zum Widerstand verpufft.

»Kümmere dich um die Situation. Ich weiß, dass du es kannst. Sobald die Kinder weg sind, sprich mit niemandem über die Mission. Du darfst weder über Einzelheiten wie Namen und Orte reden noch über die Handlungen, die du ausgeführt hast. Du darfst niemandem erzählen, dass ich das Recht der Herrschaft über dich beschworen habe.«

Die Worte legten sich um Luc wie ein Gefängnis, stachen in seine Haut wie Dornen. Er fühlte, wie seine Hand sich von allein zum Schwert bewegte.

»Natürlich ist es ihnen wohl ergangen.« Die beruhigende Stimme der Sphinx reißt ihn aus seinen Gedanken. Luc entspannt seine Schultern, löst die Finger aus der Decke, streicht sie wieder glatt.

»Es tut mir leid.« Dass er ihre Fähigkeiten beleidigt hat und ihr diese Bürde aufgeladen hat. Die Sphinx sollte nicht ein Chaos bewachen müssen, das Luc selbst angerichtet hat. »Ich werde weitersuchen. Ich habe vor, um Freizeit zu bitten. Der letzte Hinweis hat ins Leere gefühlt, aber vielleicht kann ich ...«

»Lucien.« Seine Tante ist geduldig wie immer. »Es gibt keine Heilung, und das weißt du auch.«

»Vielleicht doch.«

»Nein. Du hast bereits getan, was du konntest. Du hast dich geweigert zu tun, was verlangt wurde, und hast dafür gelitten. Diese beiden sind am Leben, trotz aller Widerstände.« Sie nähert sich ihm, tritt zwischen ihn und die Betten. Um nicht in den Teich gedrängt zu werden, wechselt Luc die Position.

»Sie haben Namen.« Dominic und Jacqueline. Er hat sie gefragt, als er ihnen das Blut von Gesicht und Händen gewaschen hat. Luc versucht zu sprechen, aber seine Nackenmuskulatur verspannt sich und seine Brust wird eng wie in dem Moment, als Oberon das Recht angewandt hat. Sein Mund bewegt sich, doch kein Laut dringt heraus.

»Der Zwang hält. Und so wird es auch den Rest deines Lebens bleiben.« Wut huscht über ihre Miene, dann seufzt sie und treibt ihn vom Pavillon weg. »Wie ich schon sagte, es gibt nichts, was du tun kannst, um etwas zu ändern. Die Vergangenheit ist abgeschlossen. Die Zukunft ... die kannst du beeinflussen.«

Sie erreichen das Ufer des Teiches. Luc dreht sich, um zurückzuschauen. Die Sphinx tritt vor ihn, in seinen Weg. »Willst du, dass so etwas noch mal geschieht? Hat einmal nicht gereicht?«

Sollte es eigentlich, aber die Gewohnheit von zweihundert Jahren hat ihn am nächsten Tag zurück in die Arbeit getrieben. Und fast zweihundert Jahre Disziplin haben dafür gesorgt, dass er schmallippig und stoisch die herablassenden Blicke seiner Kollegen ertragen hat. Gillen hat ihn öffentlich konfrontiert. Lucs Schweigen war die einzige Bestätigung, die seine Kollegen brauchten.

»Welche Art von Zukunft wünschst du dir?«

»Spielt das eine Rolle?« Luc ist immer davon ausgegangen, dass er im Bureau arbeiten wird, bis er im Job stirbt. Er kann Oberon nicht entkommen ... und sonst gibt es nichts in seinem Leben.

Elle. Schön wär's. Und eine kleine Wohnung in Straßburg, in der Nähe des Marktes.

»Wer bist du«, sagt die Sphinx, deutlich und klar, »wenn du nicht hier bist?«

Luc stoppt. Reißt die Augen auf. Er hatte nicht vor, der Sphinx seine Gedanken zu zeigen. »Was?«

Sie wiederholt sich. »Wer bist du, Lucien, wenn du nicht hier bist?«

»Ich bin ...«, setzt er an, nur um zu verstummen. »Jemand, der versucht, bestmöglich seinen Pflichten gerecht zu werden.«

Unbeeindruckt wedelt die Sphinx mit einer Pfote. »Bist du glücklich damit?«

»Es ist zufriedenstellend.« Die Antwort fühlt sich so unglaubwürdig an, wie sie klingt. »Ich habe alles, was ich mir wünschen könnte.«

»Du solltest alles haben, was du brauchst. Was würde dich glücklich machen?«

Zeit ohne Arbeit. Mehr Tage mit Elle. Tage – Monate, Jahre –, in denen seine drängendsten Probleme darin bestehen, sich zu fragen, wie er seinen Kaffee trinken und was er zum Abendessen zubereiten will.

Luc atmet ein, dann zögert er. »Es gibt da …«, sagt er langsam. Wieder atmet er ein, um sich zu wappnen. »Es gibt da jemanden …«

Die Rufrune läutet.

Die Sphinx fletscht die Zähne und faucht.

Schmerzerfüllt schließt Luc die Augen und schiebt die Hand in die Tasche, um die Rune herauszuziehen. Die Sphinx beobachtet ihn mit missbilligend verzogenem Mund.

»Villois hier.«

Oberon sagt knapp: »Du musst kommen.«

»Ja, Sir.« Luc ignoriert, wie der Schwanz der Sphinx peitscht. »Bin bald da.«

•••

Elle hält ihren Jade-Anhänger zwischen den Fingern, reibt in dem Versuch, ihre Beklemmung zu bekämpfen, die glatte Oberfläche. Tony beachtet sie nicht, als er den Arbeitsbereich vorbereitet. Er zieht frisches Papier über die Oberfläche der Liege, auf der er seine Akupunkturpatienten behandelt, greift unter die Matratze, um ihr den richtigen Winkel zu geben.

»Willst du ein Kissen?«

Sie nickt, mustert zum wiederholten Mal die Tattoo-Schablonen auf dem Tablett. Sie haben einen Zeitplan entworfen und die erste Sitzung wird Stunden dauern. »Ein paar sogar. Tut mir leid.«

»Wofür entschuldigst du dich? Bin gleich zurück. Willst du auch eine Decke? Ich glaube, du hast deinen halben Hausstand mitgebracht.«

»Ist schon okay.« Sie atmet tief durch, dann wiederholt sie die Übung, schließt die Augen, um die neuen Zeichen für Abschirmung, Ablenkung und Verteidigung besser zu spüren, die sie gezeichnet hat – alle speziell auf Tonys Energiemuster angepasst. Solange er im Haus bleibt, sollte er sicher sein. Sie hingegen ...

Schuldgefühle schneiden in ihr Fleisch und kriechen in ihren Körper, richten sich in ihren Knochen häuslich ein. Sie hat es nicht verdient, geschützt werden. Sie braucht keine komplizierten Glyphen auf ihrem Körper; einfache sind gut genug. Sie hat bereits Grenzen überschritten, indem sie ihre Jade getragen und sich ihrer Familie gezeigt hat.

Ein Rückzieher ist unmöglich. Die Hälfte ihrer Kleidung liegt in einem Haufen auf dem Schlafzimmerboden. Und wenn sie bis zum Wochenende eingezogen sein will, muss sie den Plan durchziehen. Sonst wäre das eine unglaubliche Verschwendung von Mühe und Wohlwollen. Das ist es; das ist der richtige Weg. Statt sich schuldig zu fühlen, weil sie Tonys Zeit für etwas so Egoistisches wie ihren eigenen Schutz verschwendet, sollte sie sich schuldig fühlen, weil sie vielleicht seine Zeit und Mühe verschwendet.

»Falls du dabei bist, es dir noch mal anders zu überlegen, hör damit auf.« Tony klatscht zwei Kissen auf die Liege.

»So simpel ist das also? Einfach aufhören?«

»Sicher. Was auch immer du denkst, ich empfinde nicht so, also kannst du dein Hirn anweisen, mit dem Mist aufzuhören.«

Bevor ihr Mund widersprechen und sie damit in Schwierigkeiten bringen kann, klettert sie auf die Liege.

Tony hilft ihr, die Kissen zurechtzurücken. »Bequem?«

»Ja.«

»Gut.« Ohne Vorwarnung verschwimmen Tonys Hände und seine Finger bohren sich schnell hintereinander in mehrere qì-Punkte. Elle jault auf, als die Hälfte ihres Körpers schlaff wird. Sie kämpft um Kontrolle, aber es ist sinnlos.

Erst mustert Tony sie mit gerunzelter Stirn, dann lässt er die

Finger über weitere Punkte gleiten. »Jetzt kannst du nicht abhauen, also kannst du dich genauso gut entspannen.«

»Das ist nicht fair! Du hättest mich umbringen können!«

»Oh, du Kleingläubige. Hätte ich dich töten wollen, wärst du tot.« Elle erkennt ein Glitzern in Tonys Augen, als er Latexhandschuhe anzieht und sie mit übertriebener Geste an den Handgelenken schnalzen lässt. »Du solltest fähig sein, das Tuscheglas zu halten. Beweg die Finger.«

Elle bedenkt ihn mit einem bösen Blick, tut aber wie befohlen.

»Hier. Vergieß nichts.« Er senkt den Kopf und mustert sie kritisch. »Keine Sorge. Ich werde die Blockade aufheben, bevor es zu spät ist.«

Elle kann nichts anderes tun, als leise vor sich hin zu kochen. Schon immer besaß Tony eine bessere Beherrschung über die Druckpunkte als jeder andere in der Familie, und seine Demonstration zeigt, dass sich daran nichts geändert hat. Er mag eine Praxis für chinesische Medizin und Akupunktur führen und sich benehmen, als könne er keiner Fliege etwas zuleide tun, aber in Wahrheit ist er unglaublich gefährlich – besonders, wenn er seine Kampfkunst mit der Manipulation des qì kombiniert.

Im Rückblick wird ihr klar, dass seine Magie zu verlieren ihn wahrscheinlich nicht so sehr eingeschränkt hat wie gedacht.

»Lass mal schauen. Schablonen, check. Grüne Seife, check. Eine Million Papiertücher, check. Sterile Nadeln, check. Tusche, check.« Tony setzt sich auf einen Rollhocker und späht in das Tuscheglas in ihrer Hand. »Das ist wirklich tolle Tusche, habe ich das schon erwähnt?«

»Könnte sein, dass du das getan hast.« Elle schließt die Augen und lenkt ihre Konzentration nach innen.

»Wie heißt er noch mal?«

»Luc.«

Tony brummt. »Ich frage mich, ob ich ihn kenne. Er hat dieses Zeug wirklich für dich besorgt, hm? Der Mann muss stinkreich sein.«

Sie hat ihm die Geschichte bereits erzählt. Und Tony hat so gut reagiert, wie sie erwartet hat; hat gejubelt wie ein Teenager und sie gnadenlos aufgezogen. »Hör auf damit.«

Er lacht. »Ich meine ja nur, ist ein verdammt gutes Geschenk. Es ist ihm ernst mit dir.«

»Du kennst ihn nicht mal.«

»Ich könnte ihn kennenlernen, wenn du ihn mitbringst, um ihn mir vorzustellen.« Tony lässt die Augenbrauen tanzen. »Tusche wie diese? Spezialaufträge? Er kocht für dich? Und du hast deine Jade benutzt, um ihm zu helfen?«

»Das habe ich für dich getan!«

»Nö, du hast es für ihn getan. Schlaf endlich mit ihm.«

Elle reißt entsetzt die Augen auf und verliert den Fokus. »Nein!«

Er wendet sich ab, schüttelt sich vor Lachen. Das Geräusch füllt den Raum. »Okay, dann finde eine Frau.«

»Ich finde gar niemanden!«

»Nur gut, dass du nicht mehr arbeitest. Wann hattest du das letzte Mal Spaß?«

»Bevor du den Mund aufgerissen hast«, schießt Elle zurück.

Er kichert nur. »Ich habe ihn noch nie getroffen und weiß trotzdem, dass er darauf wartet, dass du den ersten Schritt machst. Tu es. Carpe diesen diem. Nutze den Moment.«

Wenn Elle könnte, würde sie ihn schlagen. »Ich weiß nicht wie!«

»Fang mit einer Verabredung an, Trottel.«

Sie schmollt.

»Und wenn du endlich Action siehst – und die Götter wissen, dass du es nötig hast –, geh bei deiner Erzählung nicht zu sehr ins Detail. Wir brauchen den Scham-Hattrick in der Familie.«

»Ich werde nicht ...«

»Scham-Hattrick!«, wiederholt Tony leise, als er nach der ersten Schablone greift. »Scham-Hattrick! Aber wenn er reich ist, ist das etwas anderes. Geld beseitigt alle Probleme.«

»Könntest du bitte die Klappe halten?«, blafft Elle. Als Tony die Schablone auflegt, schließt sie erneut die Augen. Der dauerhafte

Frohsinn ihres Bruders geht ihr auf die Nerven. Er hatte nie Probleme damit, sich Autorität zu widersetzen. Im Großen und Ganzen war er als ältestes Geschwister ein schlechtes Rollenvorbild.

»Okay, schön. Ich muss jetzt sowieso aufpassen.«

Elle konzentriert sich erneut. Ihre Magie rührt sich in ihrem Bauch. Die Magie hebt sich, sie atmet aus, lenkt die Macht durch ihren Körper und in die Tusche, verschiebt gleichzeitig so viel wie möglich in die Haut ihres linken Armes. Der nächste Atemzug aktiviert ihren Laes, sodass die Macht ihres Gottes sich in der Jade auf ihrer Brust sammelt.

»Bereit.« Jetzt ist sie so ruhig wie die sanfte Strömung, die sie durchfließt.

Sie spürt das Stechen der Nadel als sanftes Klopfen. Bewusst entspannt Elle sich, vertreibt alle unwichtigen Gedanken aus ihrem Kopf, erlaubt sich, Tonys ruhigen Händen und jahrelanger Erfahrung zu vertrauen. Sie muss nichts anderes tun, als die Magie weiter zirkulieren zu lassen. Shénnóngs Segen wird sich um den Rest kümmern.

»Bisher sieht es ordentlich aus«, murmelt Tony und verlagert sein Gewicht, um nach einem Papiertuch zu greifen. »Wie fühlst du dich?«

»Gut«, antwortet Elle. Der Umriss des ersten Schriftzeichens ist vollendet. Tusche schwebt in einer Reihe von winzigen schwarzen Perlen direkt unter der Oberfläche ihrer Haut. »Mach weiter.«

Schweigen sinkt herab wie Schnee, nur gestört vom leisen Rascheln von Papier, dem Sprühen von Alkohol. Elle gleitet in eine Trance, webt ihre Magie in einem rhythmischen Kreislauf. Irgendwann hebt Tony ihre Blockade auf, aber sie ist so tief in ihrer Meditation versunken, dass es keine Rolle spielt.

»Zeit für eine Pause«, sagt Tony schließlich und richtet sich mit einem müden Seufzen auf.「逸雅啊.」

Sie kommt wieder zu sich. Als sie die Augen öffnet, sieht sie Tony, der sich mit unbehandschuhter Hand durchs Haar fährt. Im orangefarbenen Licht der tiefstehenden Sonne wirkt er kleiner, ausgezehrter. Behutsam unterbricht Elle die Verbindung zwischen sich und ihrem Laes, legt ihre eigene Magie zur Ruhe. »Geht es dir gut?«

»Bereit für einen Besuch im Bad und etwas zu essen«, antwortet er. »Schau dich an, wie du quasi das Schlüsselbein einer Kuh imitierst.«

Elle rümpft die Nase, als sie sich aufsetzt und den Arm ausstreckt, um ihn zu mustern. Zwei lange Reihen Orakelknocheninschriften ziehen sich von ihrer Schulter bis zu ihrem Handgelenk. Die Piktogramme bewegen sich leicht, als Magie die Grenzen der Tusche füllt. Ihre Haut ist kaum gerötet und die Reizung verblasst bereits.

»Danke.« Elle steht auf.

Trotz seiner Erschöpfung zieht Tony eine Augenbraue hoch. »Danke?«

Sie verbeugt sich und wechselt zu Mandarin. »Bitte akzeptiert meinen demütigen Dank, oh wunderbarer und geschätzter älterer Bruder, der so großzügig seine Freizeit und Energie geopfert hat, um eine Aufgabe für eine so unwichtige Person wie mich zu erfüllen.«

»Bis zu dem Teil mit der unwichtigen Person hast du dich nicht schlecht angestellt.« Tony zieht den anderen Handschuh aus und wedelt damit. »Das bist du nicht. Du lebst das Privileg, meine Schwester zu sein. Und lass diesen Luc-Kerl besser mal nicht hören, wie du so über dich redest. Du wirst damit keine Mitleidspunkte einheimsen. Er schätzt dich nicht für deine Fähigkeit, dich selbst kleinzureden.«

Elle presst die Lippen zusammen, bis sie eine schmale Linie bilden. Es ist ihr gutes Recht, sich selbst so schlechtzumachen, wie sie will. »Akzeptier einfach meinen Dank.«

»Schon akzeptiert.« Tony macht Anstalten aufzustehen, nur um dann wieder auf seinen Hocker zu sinken.

»Tony!« Alarmiert packt sie seinen Arm, um ihn zu stützen, lehnt sich gleichzeitig zurück, um selbst stabil zu bleiben. Zusammen gelingt es ihnen, nicht gegen den Rolltisch mit den Nadeln und der Tusche zu fallen. »Du hast gesagt, es ginge dir gut!«

»Scheinbar habe ich gelogen.« Er lehnt sich mit hängendem Kopf auf die Ellbogen, sein Rücken gebeugt.

Elle sinkt vor ihm auf die Knie, ihre Sorge ein wildes Flattern hinter ihrem Brustbein. »Ich habe dir zu viel abverlangt! Es tut mir leid. Es tut mir so leid!«

»Du hast nichts in der Art getan. Ich habe das getan, weil ich es wollte.«

Um den Impuls zu unterdrücken, sich selbst die Schuld zu geben, beißt Elle sich auf die Unterlippe. Es ergibt keinen Sinn, darauf zu bestehen, dass alles ihre Schuld ist, außer, sie will ihn reizen. Stattdessen presst sie die Finger auf sein Handgelenk, um seinen Puls zu fühlen. Nach der Anstrengung kann sie endlich fühlen, welchen Preis die vorzeitige Alterung ihm abverlangt.

Sie muss ihm helfen, zumindest ein wenig. Erst presst sie die Hand an die eigene Brust, dann an ihren Hals, schiebt den Zeigefinger unter die rote Kordel, bis ihr Anhänger in der Luft schwingt. Obwohl sie sich nicht sicher ist, ob ihre Magie eingesetzt werden kann, um ihm Kraft zu schenken, wird sie es versuchen.

»Hier.« Elle bedeutet Tony, ihre rechte Hand zu ergreifen. Mit der linken umschließt sie ihre Jade.

»Was tust du?«

»Tu es einfach.« Als sie Kinder waren, hat Tony sie immer herausgefordert, mit ihm auf Bäume zu klettern, dann war er von Ast zu Ast gesprungen, um ihr Angst einzujagen. Ihre Hände finden sich und sein Zittern überträgt sich auf ihren Arm. Dieses Mal ist sie so stabil wie ein Baumstamm, unerschütterlich.

»Du musst nicht ...« Tony schluckt schwer, mustert sie und ihre Jade voller Hunger.

»Aber ich tue es«, sagt Elle ruhig. »Für meinen großen Bruder.«

Sie gibt vor, das Glänzen in Tonys Augen nicht zu bemerken, und zapft die Kraft ihres Anhängers an. Mit der Mühelosigkeit eines Blinzelns verbindet sie sich wieder mit ihren Vorfahren und ihrem Gott, lässt sich von ihnen mit Stärke und Magie erfüllen. Aber sie braucht mehr als das, deshalb öffnet sie sich, verbreitert den spirituellen Kanal.

Die Konturen des Raums verschwimmen, die Magie wabert wie Nebel um Elle. Sie gleitet durch ihren Arm in Richtung Tony. Als die Macht ihn berührt, keucht er rau. Er verspannt sich, der Halt an ihrer Hand wie ein Schraubstock. Ein leises Schluchzen ist zu hören.

Das Geräusch reißt Elles Herz in Fetzen. *Shénnóng*, betet sie, *Ich brauche dich. In Erinnerung an deinen verlorenen Sohn.*

Sie hört einen leisen Ruf des Erkennens, bevor ihr Gott mit einem Aufwallen von Macht reagiert. Die Strömung ergießt sich in Elle, rauscht über ihre Haut, lässt die noch nicht vollendete Tätowierung auf ihrem Arm glühen wie Kohlen. Elle ist sich nicht sicher, ob es das Schimmern der Flammen oder die Tränen in ihren Augen sind, die ihren Blick verschwimmen lassen. Die Geister ihrer Familie drängen gegen die Barriere aus Jade, heulend vor Trauer. Sie haben ihn immer am meisten geliebt und haben ihr nie verziehen, dass sie ihnen Tony geraubt hat.

Für Yīxiáng!, rufen sie sich einander zu. Innerhalb von Sekunden drängen noch mehr Geister in ihren Anhänger. Alle kämpfen darum, ein wenig von sich selbst zu geben, als einzige Geste der Trauer, die ihnen zur Verfügung steht. Es ist so, so viel Macht. Elle behält nur einen geringen Teil für sich selbst, tritt aus dem Weg, um den Rest fließen zu lassen. Tony keucht, als wäre er einen Marathon gelaufen. Seine Brust hebt und senkt sich in schweren Atemzügen, er reißt den Kopf nach hinten, bis es aussieht, als müsse seine Wirbelsäule brechen. Seine Augen strahlen vor Verzückung.

Elle weiß nicht, wie lange sie so dort sitzen, in schauerlicher Erstarrung. Als sie nicht länger Kanal ist, schüttelt sie sich und mustert Tony, der mit ausdrucksloser, fast abwesender Miene vor ihr sitzt. »Gēge?«, fragt sie sanft und drückt seine Hand.

Magie tropft aus seinem Mund, als er ihn öffnet, graue Rauchschwaden dringen bei jedem Atemzug aus seinen Nasenflügeln.

Der Nebel schlingt sich um seinen Kopf, dämpft für einen kurzen Moment die Helligkeit seiner Augen. Die Augen, die nun nicht länger von Alter getrübt sind. Auch sein Gesicht wirkt jünger, mit weniger Falten. Elle schlägt die freie Hand vor den Mund und Schock vertreibt ihre Erschöpfung.

»Was ...« Tony räuspert sich. »Was hast du zu ihm gesagt. Ich konnte nicht ...«

Elle schluckt schwer. Tränen rinnen über ihre Wangen, weil Tony in ihrem Heimatdialekt spricht. »Ich habe ihm gesagt, dass ich ihn brauche. Konntest du unsere Familie hören? Etwas spüren?«

Tony presst die Stirn auf ihre verschränkten Hände und seine eigenen Tränen zerplatzen auf dem Boden. »Abgesehen von der Magie, nein.«

»Bruder«, sagt Elle mit einem Schluchzen. Erneut drückt sie seine Hand, senkt den Kopf und verbeugt sich dreimal vor ihm. Als jüngere Schwester muss sie ihm immer Respekt erweisen. »Sie vermissen dich.«

10. Kapitel

「想你呀! 要不然我来干什么呀!」

Elle beugt sich gespannt vor, die Hand an den Mund gepresst, vollkommen gefesselt vom Fernseher. Sie hat vierundzwanzig Folgen darauf gewartet, dass Qiáoyī ihre Liebe gesteht – oh, es ist so offensichtlich und jedes Mal, wenn Qiáoyī ihn ansieht, spürt sie einen Stich in der Brust – und die dramatische Musik hat gerade eingesetzt. Es wird passieren. Diesmal werden sie sich küssen.

Jemand klopft an ihre Tür.

Sie kreischt und zuckt heftig zusammen. Bis sie die Fernbedienung gefunden hat, hat die Musik das Crescendo erreicht und die Hauptfiguren küssen sich. Die Person klopft wieder und Elle hat den großen Moment verpasst. Es gibt wirklich keinen Grund, warum jemand zu ihr nach Hause kommen sollte, jemals. Besonders um 12 Uhr 13 an einem Freitag, mitten in der wichtigsten Folge der Serie.

Innerlich wütet Elle gegen die Störung, beruhigt sich aber, bevor sie sich selbst entzündet, und ruft: »Wer ist da?«

»Ich bin's«, ruft Luc zurück.

Oh verdammt. Ihre Brust schmerzt, aber jetzt aus einem anderen Grund. Ihre Wohnung ist unaufgeräumt … und das ist noch eine nette Umschreibung. Normalerweise könnte sie sie in unter einer Stunde panikputzen, aber sie will den Umzug nutzen, um ein paar Dinge auszusortieren, und der Müll steht neben offenen Koffern und Kisten aufgestapelt.

Schnell absolviert sie den Hindernislauf zu ihrer Tür und öffnet sie gerade weit genug, um den Kopf nach draußen zu stecken. »Hi.«

»Hi.« Anders als Elle sieht Luc ordentlich aus. Sein Haar wirkt ein wenig zerzaust und er trägt einen dezent karierten hellgrauen Blazer über einem weißen Hemd. Die bis zum Ellbogen aufgerollten Ärmel betonen seine muskulösen Unterarme und um sein linkes Handgelenk zieht sich ein ledernes Uhrenband. Elles Blick gleitet über marineblaue Stoffhosen zu den rötlichbraunen Budapestern. »Es ist Mittagszeit, aber du warst nicht im Laden. Was möchtest du gerne essen?«

»Oh. Ich habe mir heute frei genommen.« Sie räuspert sich. Sie brauchte Zeit zum Packen und musste sich ausruhen nach der Doppelbelastung, sowohl ihre Tätowierungen als auch ihren Auftrag zu vollenden. »Deine Bestellung liegt am Tresen. Hat Lira sie dir nicht gegeben?«

»Hat sie.«

»Die Rechnung hast du auch bekommen?«

»Ja. Ich habe schon gezahlt.« Er neigt leicht den Kopf. »Ich dachte, du hattest gesagt, du würdest einen fairen Preis verlangen.«

»Das habe ich.«

»Ich werde das Gefühl nicht los, dass ich dich ausgenutzt habe.«

»Nein, nein, alles gut. Mach dir keine Sorgen um mich. Alles okay.« Elle erwähnt nicht, wie schön es war, dass Luc ihr in den letzten vier Tagen immer Essen geschickt hat. Die Mahlzeiten, die er persönlich gekocht hatte, waren wunderbar. Seine Omeletts – Omeletts! – sind stöhnwürdig, Mach-dich-nackt-und-wirf-dich-ihm-an-den-Hals gut. Lira hatte einen Bissen probiert und sofort das Fluchen angefangen.

»Ich würde mich trotzdem gerne um dein Mittagessen kümmern, wenn das für dich in Ordnung ist.« Luc fährt sich mit der Hand durchs Haar. Würde Elle ihn nicht so gut kennen, hätte er in diesem Moment fast schüchtern gewirkt. Die Geste ist gleichzeitig hinreißend und attraktiv, und sie muss sich selbst daran erinnern, dass sie befreundet sind. Das Drama ist schuld. Sie war in einer romantischen Stimmung und Luc hat sie in einem schwachen Moment erwischt.

»Würde es dir etwas ausmachen, wenn ich reinkomme?«

Gütige Götter im Himmel. Auf ihrem Fernseher prangt das Standbild von zwei Leuten in leidenschaftlichem Kuss. Ihr Haar ist offen, sie hat sich das Gesicht noch nicht gewaschen und trägt keinen BH. »Ich glaube nicht, dass meine Wohnung deinen Ansprüchen gerecht wird.«

»So schlimm kann es nicht sein.«

»Bist du dir sicher?«, murmelt sie.

»Ich versuche, nett zu sein. Werde kein Wort über den Ordnungszustand äußern.«

»Okay.« Sie tritt zurück, schnappt sich die Fernbedienung, um den Fernseher auszuschalten, bevor sie sich selbst noch mehr in Verlegenheit bringt.

Er schließt die Tür. Seine Hand verweilt auf dem Knauf, als er mit gerunzelter Stirn den Blick durch ihre Wohnung schweifen lässt. Elle hätte schwören können, dass er das Foto ihrer Brüder im Durchgang zur Küche ein wenig zu lange anstarrt, aber seine Miene verändert sich nicht. »Willst du irgendwohin?«

Sie schiebt sich eine Strähne hinters Ohr, weicht seinem Blick aus, denkt darüber nach, wie viel sie ihm verraten darf. »Ja. Ich ziehe um.«

»Wann?«

»Morgen.«

»Du ... hast mir nichts davon erzählt.«

»Ich werde immer noch im Laden arbeiten. Tut mir leid. Ich habe es nicht für wichtig gehalten.«

»Wohin?«

»Ich bleibe in der Umgebung.« Elle legt die Fernbedienung zur Seite. »Mein Bruder braucht Hilfe, also werde ich eine Weile bei ihm einziehen.«

»Ich wusste gar nicht, dass er in der Stadt lebt. Brauchst du Hilfe beim Umzug?«

»Das ist wirklich nett von dir. Ich glaube nicht. Danke für das Angebot. Und danke, dass du vorbeigeschaut hast, um dich nach meinem Mittagessen zu erkundigen. Dein Auftrag ist fertig, also besteht keine Verpflichtung mehr.« Elle streckt ihm die Hand entgegen, mehr als bereit, nicht mehr die freundliche Ladenbesitzerin zu spielen. Es ist zu verlockend, Luc anzusehen und in Tagträumereien zu versinken. Ihre Brust schmerzt wieder, wahrscheinlich aus einem anderen Grund. »Ich habe es genossen, mit dir zu arbeiten. Tut mir leid, dass wir das nicht wiederholen können.«

»Ich, ähm.« Luc ergreift unsicher ihre Hand und schüttelt sie halbherzig. »Vielleicht können wir die Vollendung des Auftrages feiern? Ein letztes Geschäftsessen?«

Der Druck in ihrer Brust lässt nach. Elle betrachtet die Realität, die sich ihr präsentiert. *Fang mit einer Verabredung an, Trottel.* Wäre Tony hier, würde er einen Anfall bekommen. In ihrem Kopf hört sie ihn schreien: *Sag ja, du Idiotin!*

Zeit, den *diem* zu *carpen*. »Okay, sicher. Ich bin für die Cafeteria gekleidet.«

Immerhin, Luc flieht nicht. Er mustert einen halbvollen Koffer. »Ich hatte an etwas Schickeres gedacht, aber wenn du die nötige Kleidung bereits eingepackt hast, werden wir die Kantine riskieren müssen. Ich persönlich esse dort lieber nicht.«

Wie kann er es wagen, sie um eine Verabredung zu bitten und sie dann zu zwingen, sich richtig anzuziehen. »Wohin? Ich ziehe meine Heimklamotten nicht leichtfertig aus, weißt du?«

Seine Miene wird weich. »Ich dachte, wenn du hungrig genug für ein Abendessen bist ...«

»Wahrscheinlich. Ich habe noch nicht gefrühstückt.«

»Das überrascht mich nicht. Darf ich Straßburg vorschlagen?«

»Du willst mich nach Frankreich ausführen?« Ihr fallen fast die Augen aus dem Kopf. Elle stellt sich vor, wie ihre Augäpfel über den Boden springen und Staub einsammeln, bevor sie unters Sofa rollen.

»Wenn das für dich in Ordnung wäre«, antwortet Luc.

Ihr erster Instinkt ist, das Angebot abzulehnen. Sie muss in der Gegend bleiben, falls Tony etwas zustößt. Aber sie hat zwei Tage damit verbracht, sein Haus abzuschirmen, unterstützt von der Macht ihrer Jade. Niemals hatte er stärkere Schutzmaßnahmen. Yìwú, selbst wenn er Tony denn finden würde, könnte niemals ohne Hilfe eindringen.

Dafür hat sie sechsundzwanzig Jahre lang hart gearbeitet und sich selbst jede Freude versagt. Der Mann, für den sie sich interessiert, will sie zum Essen ausführen. Sie darf sich zumindest diese Verabredung gönnen.

»Eine Verabredung in Frankreich? Natürlich ist das okay.« Als sie sieht, wie Luc die Augen aufreißt, verbessert sie sich: »Oder vielmehr ein Geschäftsessen. Wie schick muss ich mich machen?«

Er deutet auf sich selbst. »Ungefähr dieses Niveau, sonst wird man über uns lachen. Reicht dir eine Stunde Vorbereitungszeit?«

»Sicher. Ich muss mich nur anziehen und mein Haar aufstecken.«

Luc zögert kurz. »Mir gefällt es besser, wenn du dein Haar offen trägst.«

Da ihr Hirn wohl einen Kurzschluss erlitten hat, fällt Elle keine passende Erwiderung ein. Das ist womöglich das erste Kompliment, das er ihr zu ihrem Aussehen gemacht hat. Sie dachte, es würde ihn nicht interessieren. »Ähm. Danke. Ich würde das Kompliment ja zurückgeben, aber dein Haar ist nicht lang genug, um aufgesteckt zu werden.«

»Würdest du mir glauben«, meint er lächelnd, »dass es das früher einmal war?«

»Wirklich?!«

»Langes Haar ist bei meiner Arbeit einfach nicht praktikabel. Aber ja, als ich viel jünger war, habe ich es schulterlang getragen.«

Elle kichert. »Ich wette, du warst superhübsch.«

»Vielleicht, aber in dieser Hinsicht wirst du mir immer voraus sein.«

Ihre Kinnlade fällt nach unten.

»Eine Stunde.« Ist das ein Funkeln in seinen Augen? »Triff mich am Portal nach Paris und von dort aus geht es dann weiter.«

»Luc, geh langsamer«, beschwert sich Elle. »Ich kann nicht mithalten.«

Auch wenn er leise lacht, folgt er doch der Aufforderung und verkürzt seine Schritte. »Ich bin bereits langsam gegangen.«

»Dann eben noch langsamer.« Elle schiebt die Finger in Lucs Ellbogen und zieht sich an seine Seite, froh, dass ihr langärmeliges blaues Hemdblusenkleid bequem geschnitten ist. Im Moment ist sie ebenfalls froh, dass sie klug genug war, ein Kleidungsstück mit verzeihendem Schnitt zu wählen.

Sie gibt seinen Arm frei und tätschelt sich den Bauch. »Ich habe nicht gescherzt, als ich meinte, du müsstest mich aus dem Restaurant rollen. Alles war so köstlich, dass ich mich einfach nicht zurückhalten konnte.«

Luc zuckt mit einer Schulter, eine elegante Bewegung. Die meisten seiner Gesten sind von müheloser, aufreizender Eleganz. Noch nie hat Elle jemanden getroffen, der in allen Aspekten so schön ist, und da nimmt sie die Sirenen und Nymphen mit in die Gleichung. »Ich werde nie aufgrund der Menge des Essens über eine Person urteilen. Essen gehört zu den wenigen Freuden im Leben. Iss, so viel du willst. Wenn du noch Platz hast, gäbe es noch eine Nachspeise.«

Sie seufzt tief. »Himmel, nein. Langsamer, bitte.«

»Wenn ich noch langsamer gehe, bleibe ich stehen.« Sein Lächeln leuchtet im schwachen Licht.

Elle versucht, nicht zu einer Pfütze zu zerschmelzen. Könnte sie dieses Lächeln in Flaschen füllen und verkaufen, sie würde es tun. Sie würde es *Soft Boyfriend* taufen und sich eine goldene Nase damit verdienen. Wahrscheinlich würde es nach Weichspüler, Sandelholz und Moschus riechen. »Wir hätten noch nicht gehen sollen. Noch ein bisschen sitzen bleiben, um zu verdauen.«

Während sie sich auf das Geländer neben dem Gehweg lehnt, mustert sie die Spiegelung der Straßenbeleuchtung auf dem Wasser im Kanal. Vielleicht liegt es an der Gesellschaft oder daran, dass sie weit von ihren Problemen entfernt ist, aber sie fühlt sich unbelastet und frei. Das Fehlen der Last auf ihren Schultern, kombiniert mit der Magie von Straßburg, sorgt dafür, dass sie die Szene malen möchte.

»Wir sind bereits ziemlich lang geblieben.« Luc stemmt einen Fuß auf die unterste Stange des Geländers und mustert sie. »Die Küche hat schon geschlossen.«

»Ich kann nicht glauben, dass es so spät ist.« In Wirklichkeit kann Elle nicht glauben, wie schnell die Zeit dahingeflogen ist. Luc in Straßburg ist entspannt und offen, lächelt und lacht gerne, statt den kalkulierten Stoizismus seiner Arbeitspersönlichkeit an den Tag zu legen. Beim Abendessen hat er sich gut gelaunt mit den Bedienungen unterhalten, während sie ihn verzaubert beobachtet hat. Gegen Ende des Essens hatte ihnen der Küchenchef einen Besuch abgestattet. Die verborgene Wärme, die in der Vergangenheit immer wieder flüchtig aufgeblitzt ist, tritt hier offen zutage. Es ist unglaublich befriedigend, ihn so lebhaft zu sehen.

»Deine innere Uhr ist sechs Stunden hinterher, also ergibt das einen Sinn.«

»Nein«, sagt Elle. Sie verlagert ihr Gewicht und lehnt sich zu ihm. »Ich meinte, dass ich nicht glauben kann, dass seit unserer Ankunft schon ein paar Stunden vergangen sind. So fühlt es sich nicht an.«

»Ich stimme zu. Ich kann mir keine bessere Verwendung meiner Zeit vorstellen.«

Elle erklärt sich selbst, dass die Wärme, die sie empfindet, dem Wein zuzuschreiben ist, den sie getrunken hat. Er war süßlich und hat nach Litschi geschmeckt. Mit dem heutigen Tag ist sie unrettbar der Kochkunst des Elsass verfallen. »Hey, ich hätte eine Frage.«

»Die musst du unbedingt stellen.«

»Diese Sprache, die du gesprochen hast. Was war das?«

»Elsässisch. Das ist ein deutscher Dialekt und war früher gebräuchlicher als heute.«

»Ist das deine Muttersprache?«

»Zumindest nah dran. Die Sprache, die meine Mutter gesprochen hat, existiert nicht mehr. Französisch ist seit Langem Standard und am einfachsten.«

»Ähnlich wie bei mir. Mandarin ist inzwischen die Standardsprache, aber der Dialekt meiner Gegend ist …« Elle runzelt die Stirn. »Die nächstgelegene Stadt wäre Xiāngyáng, auch wenn das nicht mein Geburtsort ist.«

»Wo bist du geboren?«

»In einem winzigen Ort in Húběi. Auf den meisten Karten ist er nicht mal verzeichnet.« Als eine Brise den Saum ihres Kleides hebt, zittert sie.

»Ist dir kalt? Wir können den Spaziergang kurzhalten und zurückkehren.«

»Ein bisschen«, gesteht sie. »Wären wir nicht in der Öffentlichkeit, könnte ich mich mühelos wärmen. Aber ich halte noch eine Weile durch. Der Spaziergang hilft bei der Verdauung und … was tust du?«

Ohne zu antworten, rollt er die Ärmel nach unten, schlüpft aus seinem Blazer und schüttelt ihn aus, bevor er Elle das Kleidungsstück um die Schultern legt. Mit großen Augen starrt Elle zu ihm auf, schluckt schwer, als ein Hauch seines Geruchs vom Kragen aufsteigt, Bergamotte und Meeresluft kombiniert mit seinem natürlichen Duft. Er riecht wunderbar. Aber noch wunderbarer wäre es, ihr Gesicht an seinem Hals zu vergraben und ihn einzuatmen. Was sie nicht tun wird, egal, wie sehr sie sich das im Moment auch wünschen mag.

»Ich bitte um Entschuldigung«, sagt er, als er die Knöpfe an seinen Ärmeln schließt. Es ist eine so kleine Geste, aber Elle kann nicht anders, als verzückt zu beobachten, wie er seine Unterarme hierhin und dorthin dreht. Das Licht der Straßenlaternen glitzert auf seiner Uhr und er ist vollkommen auf seine Aufgabe konzentriert. Luc ist kriminell sexy. Sie hätte absolut nichts dagegen, wenn er sie so ansehen würde. »Ich hätte die Temperaturen erwähnen sollen, bevor wir aufgebrochen sind, damit du eine Jacke einpackst.

Es mag gerade Sommer sein, aber die Nächte sind trotzdem oft kühl.«

»Ich ...«, stammelt Elle. Zum Teufel mit dem Wein, auch wenn es gar nicht am Wein liegt. Sie kämpft mit ihrer Reaktion darauf, wie beiläufig Luc ihr sein Jackett gegeben hat, wie eine kleine Aufmerksamkeit die Grenze zwischen Geschäftsessen und Verabredung verschwimmen lässt. »Danke. Aber ist dir jetzt nicht kalt?«

Luc lächelt amüsiert. »Nein. Wenn es nötig ist, spüre ich weder Kälte noch Hitze. Ein Nebeneffekt meiner Abstammung, vermute ich.«

»Das ist geschummelt.«

»Kaum.« Er schließt den letzten Knopf, dann setzt er sich wieder in Bewegung.

Ein paar Minuten schlendert Elle neben ihm her, vertieft sich in den Anblick von Straßburg in der Nacht. »Ich verstehe, wieso es dir hier so gut gefällt. Es ist schön. Weltstädtisch, aber nicht zu hektisch.«

Er nickt. »Genau.«

»Würdest du hier leben, wenn es möglich wäre?«

»Ohne jedes Zögern.« Er hält den Blick starr auf den Gehweg vor sich gerichtet. »Ich hatte geplant, um einen längeren Urlaub zu bitten. Hatte mir bereits eine Wohnung ausgesucht, die ich mieten wollte.«

»Was ist passiert?«

Er atmet tief ein. »Ich habe bei einer Mission versagt. Direkt danach bei einer weiteren. Das hat jedes Wohlwollen meines Bosses mir gegenüber verpuffen lassen. Ich muss erst meine Erfolgsbilanz verbessern, bevor ich um Freizeit bitten kann.«

»Zwei erfolglose Missionen?« Elle verzieht finster das Gesicht. »Wie viele hast du zuvor erfolgreich beendet?«

»Mehr als zwei.«

»Wie viel mehr? Gib mir eine ungefähre Hausnummer, wenn du dich nicht genau erinnern kannst.«

Luc denkt kurz nach. »An die fünfzig, wenn nicht sogar mehr.«

Sie stößt ein ungläubiges Brummen aus. »Zwei aus zweiundfünfzig und das war's? Du kannst keinen Urlaub mehr beantragen?«

»Ja. Klingt schlimm, hm?«

»Weil es schlimm ist. Wo ist dieser Boss? Er verstößt gegen jeden Arbeitsvertrag!«

Zu ihrer Überraschung lacht Luc. »Mein Vertrag mit ihm stellt eine Ausnahme dar.«

»Inwiefern?«

»Ich habe dort schon gearbeitet, bevor Arbeitsverträge in Mode kamen. Mein Vertrag ist ewig und die Bedingungen gereichen ihm zum Vorteil.«

Ihre Miene verfinstert sich noch mehr. »Du willst damit sagen, dass er tun kann, was auch immer er will, ohne dass du kündigen kannst?« Mit grimmigem Amüsement zuckt er mit den Achseln. »Wir sind in der Nähe der Wohnung, die ich gerne gemietet hätte. Willst du sie sehen?«

»Wofür?«, grummelt Elle. »Ich meine, ja. Tut mir leid, ich war in Gedanken noch bei deinem Boss.«

Luc deutet auf den ersten Stock eines älteren Gebäudes mit französischen Balkonen. »Diese dort. Mit den schmiedeeisernen Gittern. In der Nähe gibt es einen Markt und eine Boulangerie und ein Café. Hier könnte ich mindestens einen Monat zufrieden leben.«

»Das klingt wundervoll.« Sie seufzt. »Scheint, als gäbe es hier genug zu tun, um einen Monat zu füllen.«

Langsam gehen sie den Weg zurück, den sie gekommen sind. »Was ist mit dir? Gibt es einen Ort, von dem du träumst?«

Sie schüttelt den Kopf. »Über sowas habe ich noch nie nachgedacht.«

»Warum nicht?«

»Meine Familie braucht mich.«

»Ich dachte, du hättest gesagt, dass du sie nicht oft siehst.«

»Du hast recht.« Er hat ein fantastisches Gedächtnis. Sie muss vorsichtig sein.«Außer meinen Bruder. Den, bei dem ich einziehe.«

Luc mustert sie, als wöge er Möglichkeiten ab oder berechne Wahrscheinlichkeiten. »Dauerhaft?«

»Ja, auch wenn er das noch nicht weiß.« Ihre Gedanken wandern zu Tony und Yìwú, also in die falsche Richtung. Schnell reißt sie die Zügel herum. »Du weißt, wie das hier von außen wirkt, oder?«

»Absolut nicht.«

»Wie ein Date.« Elle beäugt Lucs ein Meter achtzig. Er schlendert mit den Händen in den Hosentaschen neben ihr her, und der Wind zerzaust sein im Mondschein glänzendes Haar. Es ist, als wäre er direkt einem Film entsprungen.

»Ich dachte«, antwortet er ruhig, »es wäre ein Geschäftsessen.«

Elle lacht so schrill, dass sie die Hand vor den Mund schlägt und den Atem anhält. »Ja. Himmel. Ja, ein Geschäftsessen. Was habe ich mir nur gedacht? Ich habe zu viel Wein getrunken.«

Das ist eine jämmerliche Ausrede, aber sie wird reichen müssen. Dank ihrer durch Göttermacht gewährten Konstitution wird Elle höchstens ein wenig beschwipst. Als sie jünger war, hat sie sich immer gefragt, wie es sich wohl anfühlen mag, bis zum Filmriss zu trinken. Einmal hat sie mit Yìwú – *oh, denk nicht an ihn* – und einer Kiste bájiǔ versucht, diesen Zustand zu erreichen, aber am nächsten Morgen konnte sie sich an alles erinnern.

»Du hast allein eine ganze Flasche leergetrunken.« Mit nur zwei Gläsern hatte Luc mehr Zurückhaltung gezeigt.

»Ich hatte noch nie Wein, der nach Litschis schmeckt! Aber es geht mir gut, versprochen.«

»Wirklich?«

»Ja, wirklich. Wenn dein Schutzgott ein Gott der Medizin ist, fällt es schwer, sich zu betrinken und diesen Zustand zu halten. Ich bin bereits wieder nüchtern.«

»Das ist wirklich geschummelt.«

»Wie hast du es ausgedrückt?« Sie piekt sich den Zeigefinger in einer übertrieben nachdenklichen Geste in das Grübchen auf ihrer Wange. »Ein Nebeneffekt meiner Abstammung.«

»Touché. Gibt es noch andere Vorteile, von einem Gott der Medizin abzustammen?«

Als er ihr den Arm anbietet, lächelt Elle und legt die Finger knapp unter seinen Ellbogen. Er sagt nichts, als sie näher an ihn heranrückt. Es fühlt sich gut an und intim, und ist genau das, was sie braucht. Von nun an will sie hier leben.

»Ich werde nicht krank und Wunden heilen schnell. Noch schneller, wenn ich um seinen Beistand bitte. Die Feuersache hast du bereits gesehen.« Elle schürzt nachdenklich die Lippen. »Zuhause kann ich auch fliegen.«

»Du kannst fliegen?« Er wirkt beeindruckt.

»Wenn ich mich anstrenge. Hier draußen brauche ich dafür eine Menge Hilfe.« Sie sollte wirklich den Mund halten, bevor sie ihm noch mehr verrät. »Außerdem bin ich immun gegen Gifte. Das ist eher meine persönliche Begabung, keine generelle.«

»Wie funktioniert das?«

»Die Feuersache.« Sie wedelt mit der Hand. »Ich kann die Hitze nach innen richten und das Gift ausbrennen.«

»Eine nützliche Fähigkeit«, grübelt Luc. »Zählt Alkohol als Gift?«

»Wäre es so, wären ziemlich viele Familienmitglieder sauer.« Elle lacht. »Bei Partys hauen wir eine Menge chinesischen Wein weg.«

»Ich glaube nicht, dass ich schon mal chinesischen Wein getrunken habe.«

Elle stößt ein unattraktives Schnauben aus. »Er schmeckt nicht mal ansatzweise wie französischer Wein. Wie sagt man? Schmeckt wie Kerosin.«

Sie kann sehen, dass er ein Lächeln unterdrückt. »Das klingt eher nach einem Schnaps als nach Wein.«

»Schlechte Übersetzung. Es ist ein Schnaps. Und du kannst ruhig sagen, dass es schrecklich klingt, denn das stimmt.«

»In Ordnung«, sagt Luc. »Klingt schrecklich. Ich würde ihn gerne mal probieren.«

»Meinst du das ernst?«

Er nickt todernst. »Mir wurde mitgeteilt, ich solle verwegener werden. Das könnte gelten.«

»Das gilt absolut.« Elle grinst teuflisch. Luc hat keine Ahnung, was er sich damit einbrockt.

Sie treten in den Hof der Filiale in Straßburg und ziehen ihre Karten durch den Leser neben der unauffälligen Tür. Ihr Gespräch verklingt. Das Schweigen ist alles andere als unangenehm; eher gesellig, was Elle nicht überrascht. In ihrer Werkstatt haben sie viel Zeit schweigend miteinander verbracht, sie an ihrer Werkbank, er auf der Couch. Elle fand seine Gegenwart nie aufdringlich. Luc strahlt eine gelassene, unerschütterliche Energie aus – eine Qualität, die sie gerne bei einem Lebenspartner finden würde.

Aber natürlich sucht sie nicht nach einem Partner. Dass sie gerne einen hätte, bedeutet nicht, dass sie einen gebrauchen kann.

Trotzdem bewegt sie sich enger an ihn. »Das war zweifellos das beste Geschäftsessen, das ich je hatte.«

Kleine Fältchen bilden sich in Lucs Augenwinkel, als er lächelt. »Danke. Gab es auch ein schlimmstes Geschäftsessen?«

So darf er sie nicht ansehen, sonst wird ihr ganz warm ums Herz. »Das ist eigentlich mein erstes und einziges Geschäftsessen.«

Luc räuspert sich und bricht den Blickkontakt. »Nun dann. Freut mich, dass ich dir diese Erfahrung ermöglichen konnte.«

»Ebenso. Ich bin froh, dass wir nicht in die Cafeteria gegangen sind. Die Pizza da ist nicht schlecht, aber das hier war besser.«

Er schüttelt sich vor Lachen. »Elle, du hast gerade ein Abendessen in einem Restaurant mit einem Michelin-Stern genossen!«

»Ist das gut oder schlecht? Ein Stern klingt nicht nach viel?«

Er lacht weiter. »Schon ein Stern ist eine große Ehre!«

»Oh.« Das ist peinlich. »Nun, in Raleigh gibt es eine schicke Pizzeria. Und ich liebe Pizza. Gehört zu meinen Lieblingsessen.«

»Dann habe ich nur eine Frage: New York oder Chicago?«

»Beide? Wieso nicht beide versuchen?« Zu spät wird ihr klar, was sie damit angedeutet hat. »Ich meine, also ... nicht dass wir in beiden Städten essen werden. Das war rein hypothetisch gemeint.«

»Wir können beide Orte besuchen.« Seine Haltung verändert sich sichtlich. Nach einem Augenblick fragt er sanft: »Wie wäre es?«

»Das wäre ...« Sie hält kurz inne. »Fantastisch.«

Um diese Nachtzeit ist die Straßburger Filiale dunkel und verlassen, die hohe Decke der Lobby liegt in Schatten. In den Fluren gibt es nur kleine, gedämpfte Lichtpfützen, die den Boden farblos wirken lassen. Sie nähern sich dem Portal-Raum, wo Elle eine einzelne Schaffnerin sieht, die an ihrem Platz döst.

Luc verlangsamt seine Schritte und sagt gleichzeitig: »Das war ein wunderschöner Abend. Danke. Ich weiß, dass du umziehst, aber vielleicht findest du mal Zeit für mich, wenn du nicht mehr so beschäftigt bist?« Sie stoppen vor dem Eingang. Er dreht sich zu ihr um. Sie gibt keinen Arm frei und sofort finden sich ihre Hände.

Sie verzieht das Gesicht. »Ich muss weitere persönliche Aufträge wirklich ablehnen.«

»Nein, ich meinte ... für so etwas wie Pizza.«

»Ist das eine offizielle Bitte um eine Verabredung?« Elle hält Lucs Hände, schwört sich, dass sie ihn nur freigeben wird, wenn er zuerst loslässt. »Weil ich keine weiteren Geschäftsessen plane.«

Bis zu seiner Antwort vergeht eine Sekunde. »Ja.«

»Ich werde darüber nachdenken müssen.« Sie kann genauso gut eskalieren wie er. Sie tritt näher an ihn heran, hebt sich auf die Zehenspitzen und drückt ihm einen sanften Kuss auf die Wange. »Es gibt eine Menge Pizzerien, die ich noch nicht besucht habe. Es wäre schön, jemanden zu haben, mit dem ich dorthin gehen kann.«

Luc erstarrt. »In Frankreich ist es Brauch, beide Wangen zu küssen.«

Um ein Grinsen zu unterdrücken, beißt Elle sich auf die Unterlippe und küsst ihn noch einmal. »Auf keinen Fall will ich kulturell unsensibel sein.«

Luc hebt die freie Hand, lässt die Rückseite seiner Finger über ihre Wange gleiten. Sie schließt die Augen, lehnt sich in seine Berührung. Auch das hier ist mühelos, genau wie die Art, wie sie näher an ihn herantritt, als er die Finger über ihre Wange zu ihrem Nacken gleiten lässt.

Elle dreht den Kopf und fängt seine Lippen ein.

Und Himmel, ihr gesamter Körper pulsiert. Schauder gleiten über ihre Haut wie der Wind über eine grasbewachsene Ebene. Der gesamte Moment mit Luc ist von einem Knistern erfüllt. Ihr Körper neigt sich ihm entgegen, ihre Köpfe finden den richtigen Winkel. Sie löst sich von ihm und öffnet rechtzeitig die Augen, um zu sehen, wie auch seine Lider sich heben. Shénnóng helfe ihr, die Gefühle, die sie in diesen tiefen Wassern erkennt, rauben ihr den Atem.

Er atmet scharf ein und schlingt den Arm um ihre Taille, dann küsst er sie wieder. Das Jackett rutscht von ihren Schultern und fällt vergessen zu Boden. Elle öffnet den Mund im selben Moment wie er, in perfektem Gleichklang, als hätten sie sich schon hunderte, tausende Male geküsst. Sie schmeckt das Verlangen auf seiner Zunge und seine Sehnsucht berührt sie tief.

Als wäre sie wertvoll und verehrt, hält Luc inne und umfasst sanft ihr Gesicht, berührt sie, als könnte er mit den Windungen seiner Fingerspitzen Eide auf ihre Haut schreiben. Die Umgebung verschwimmt, als sie in ihm versinkt. Ihr Herz macht einen Sprung, und ihr gesamter Körper vibriert von der Erkenntnis, wie wahr und richtig es ist, mit ihm zusammen zu sein.

Elle bleibt sprachlos zurück, als sie sich voneinander lösen. Mit leicht geöffneten Lippen blinzelt sie zu ihm auf, die Wangen gerötet. Ihr Blut rauscht wie das unendliche Wirbeln der Sterne. Luc senkt den Kopf, küsst sie noch einmal, sanft und zärtlich. Als sie sich wieder voneinander lösen, lässt er sanft den Daumen über ihren Wangenknochen gleiten, wie eine Verheißung auf das, was er später vielleicht tun wird.

»Ich habe darüber nachgedacht«, haucht sie. »Ich muss ja sagen.«

Ein leises Lächeln hebt seine Mundwinkel. »Wunderbar.«

Er streichelt weiter ihren Wangenknochen. Himmel, sie will, dass er dieses Versprechen einlöst. Sie wird sich niemals verzeihen, wenn sie heute Nacht allein bleibt. »Komm mit mir nach Hause.«

Er küsst sie noch einmal, verzerrt die Zeit mit den Liebkosungen seiner Hände, dem Druck seiner Lippen, der Sahne, die sein Mund ist.

»Was wäre«, murmelt er, »wenn du mich nach Hause begleiten würdest?«

Sie ergreift seine Hand. »Sehr gerne.«

11. Kapitel

Elle Mei ist in seiner Wohnung und er, Luc Villois, notorischer Einzelgänger, kann damit leben.

Oder zumindest größtenteils. Da ist eine gewisse Besorgnis, eine Vorahnung, dass etwas schiefgehen wird. Er kann nicht leugnen, was sein Bauch ihm sagt: Elle ist Teil des Falles, an dem er arbeitet. Zu lange schon macht er diese Arbeit, um seine Instinkte zu ignorieren, und in seinem Job gibt es kaum Zufälle. Es braucht lediglich ein oder zwei Informationen, um sie mit dem Fuchsgeist und dem alten Foto im Durchgang zu ihrer Küche in Verbindung zu bringen. Er hat es nicht deutlich gesehen, aber die Gesichter waren vertraut. Wenn er diese Hinweise damit verknüpft, dass sie von einem Gott der Medizin abstammt …

Das sind nur Indizien. Er muss seinen Verdacht bestätigen.

»Stimmt etwas nicht?« Elle sieht mit leuchtenden Augen zu ihm auf. Sie hat seine Hand seit dem Kuss nicht mehr freigegeben, außer, um den Portal-Ring zu betreten.

»Musste an die Arbeit denken.«

»Kann ich dich davon überzeugen, das nicht zu tun?«

»Bitte.« Er sollte nur an sie denken, nicht an Oberon und den Fall.

Sie winkt ihn heran. »Wie kann mir das gelingen?«

Er hebt die Hand und lässt den Daumen über ihre volle Unterlippe gleiten. »Damit.«

»Geschickt. Sehr geschickt. Komm her.« Sanft zieht Elle sein Gesicht für einen Kuss nach unten.

Luc schließt die Augen, atmet ihren Duft ein, macht sich bereit, sich auf sie und nur auf sie zu konzentrieren. Er muss sich anstrengen, seine Gedanken zurückzudrängen und körperliches Vergnügen zuzulassen; weiß, dass er sonst jeden errungenen Vorteil wieder verlieren wird. Schließlich ist es außergewöhnlich für ihn, das hier zu wollen. Zum ersten Mal seit Baptiste wünscht er sich eine engere Beziehung mit jemandem. Aber es ist einfach, Elle zu küssen, so einfach wie das letzte Mal und das Mal davor, sodass er sich nicht dazu zwingen muss und auch nicht jede Sekunde der Erfahrung analysiert.

Die Atmosphäre verändert sich, gewinnt an Kraft, wie eine Farbe, die ihre größte Sättigung erreicht. Er reagiert darauf, auf sie. Es ist surreal, sich in dieser Situation wiederzufinden, mit Elle in seiner Wohnung, ihre Münder verbunden, während ihre Hände sein Hemd aus der Hose ziehen. Aus einem Ort tief in seinen Inneren steigt kupferglänzende Freude auf. Es ist schön, am Leben zu sein, mit ihr hier zu sein.

Als sie die Handflächen über seinen Rücken gleiten lässt, stößt er ein kehliges Geräusch aus und bekommt Gänsehaut.

Elle lächelt. »Für mich?«

»Für dich.« Er folgt ihren Lippen, seufzt, als ihre Münder sich erneut finden. Gänsehaut ist gar nichts. Für sie, diese brillante, witzige Person, die ihm das Leben gerettet hat und ihn zum Lachen bringt, ist Gänsehaut gar nichts.

Oberon darf nie von ihr erfahren. Er wird sie als Bedrohung sehen, die ausgeschaltet werden muss.

Er verspannt sich, bricht den Kontakt.

»Hey.« Sie legt eine sanfte Hand an seine Wange. »Hör auf damit.«

Er schließt die Finger um ihre, zieht ihre Hand nach unten. Ihm ist immer noch ein Rätsel, wieso sie ihn so gut deuten kann. »Du hast recht. Lass mich die Rufrune weglegen.«

Ohne das Licht anzuschalten, führt er sie ins Schlafzimmer, passiert dabei den Rosenkranz, der über dem einfachen Holzkreuz an der Wand hängt. Eine Glastür führt zum Balkon. Bei geöffneten Vorhängen bietet sie einen atemberaubenden Ausblick über Paris bei Nacht.

»Ooooh«, sagt Elle und zieht den Vokal in die Länge, als sie hinausschaut.

Luc schmunzelt, lässt ihr Zeit, den Anblick zu bewundern, zieht die Rune aus seiner Tasche und deaktiviert sie. Er geht zu seinem Nachttisch, um sie zu verbergen, aber sobald die Schublade offensteht, lassen ihn Schuldgefühle erstarren. So einfach kann er die Rune nicht freigeben. Oberon würde zumindest wissen wollen, welche Verbindung zwischen Elle und Jiang besteht.

Doch dann tritt sie hinter ihn, schlingt die Arme um ihn, drückt einen Kuss zwischen seine Schulterblätter. »Mmm«, murmelt sie. »Du riechst so gut.«

Selbstsüchtig. Er ist selbstsüchtig und will Elle und ihre Küsse und ihr Lächeln so lange wie möglich für sich behalten, bevor sie ihm wieder genommen wird. Denn das wird passieren, ob nun aufgrund von Oberons Befehl oder Lucs eigenen Handlungen. Er schließt die Augen, die harte Holzrune in seiner Hand in starkem Kontrast zu dem Gefühl von Elle, die sich an seinen Rücken drängt. Er sollte die Rune weglegen.

Also lässt er sie in die Schublade fallen. Schließt das Schiebfach.

Elle dreht ihn um. »Meine Überzeugungskraft lässt zu wünschen übrig«, flüstert sie und drückt eine Hand an seine Brust. »Dein Herz rast. Lass uns heute Nacht ohne alle Sorgen genießen.«

»Es liegt nicht an dir.« Als sie eine Augenbraue hochzieht, fügt er hinzu: »Es liegt an mir.«

Auch die zweite Augenbraue wandert nach oben.

»Ich meine,« – wie soll er das nur ausdrücken? – »ich habe viele Sorgen.«

»Ehrlich, mir geht es genauso«, antwortet sie. »Aber ich will das hier. Dich. Und ich bin bereit, auf diese Sorgen zu pfeifen, solange du das auch kannst.«

Sie hat recht: Er hätte seine Befürchtungen vor der Wohnung ablegen sollen. Denn er hat Elle mit nach Hause gebracht, nicht seine Probleme. »Ich werde mein Bestes geben.«

»Du denkst unablässig.« Lächelnd beginnt sie, sein Hemd aufzuknöpfen. »Vielleicht kommt dir das in die Quere. Du bist zu Hause, Luc. Du bist sicher.«

Überrascht blinzelt er, als diese Idee von ihm Besitz ergreift. Seine Schultern senken sich. Elle schenkt ihm einen sanften Blick, dann öffnet sie weitere Knöpfe. Als sie sich seinen Manschetten zuwendet, hebt sie seine Hände und presst einen Kuss auf jeden Fingerknöchel, sodass seine Brust sich zehnmal hintereinander zusammenzieht. Jegliche sexuellen Begegnungen nach Baptiste waren oberflächlich und mechanisch, eine Kombination aus Job und verlässlicher, anatomischer Reaktion. Es ist lange her, dass jemand ...

Elle schiebt ihm das Hemd von den Schultern. Es fällt hinter seinen Beinen zu Boden. »Ich will dich sehen«, sagt sie und tritt zurück. Feuer blüht in ihrer Handfläche auf, wirft flackernde Schatten über die Wände, spiegelt sich in ihren Augen, bis sie in der Farbe von Topasen leuchten. »Zuerst dein Unterhemd. Ich hoffe, es macht dir nichts aus.«

»Tut es nicht.« Er zieht sich das Kleidungsstück über den Kopf, enthüllt seinen Oberkörper. Elles Seufzen erfüllt ihn mit Wärme, der Art von Wärme, die er einst als die Freude kannte, begehrt zu werden. Nach so vielen Jahren hatte er ganz vergessen, wie sich das anfühlt.

Gerne würde er das noch einmal hören. Er sehnt sich, ganz plötzlich, nach der Sicherheit von Bewegung und der einzigartigen Hingabe des Liebesspiels.

»Zieh dich ganz aus, bitte.« Sie mustert ihn, als wäre er ein Kunstwerk, neigt den Kopf mal nach rechts, dann nach links. Sonst bleibt sie unbeweglich.

Luc löst seinen Gürtel, tritt aus seiner Hose. Er bewegt sich ohne Eile, spürt Elles Freude, sonnt sich in ihrem Verlangen. So fühlt es sich an, von Blicken verschlungen zu werden. Und solange sie das tut, ist alles in Ordnung.

»Du bist schön«, flüstert sie, als er vollkommen nackt vor ihr steht. »Alles an dir. Jeder Zentimeter.« Sie löscht ihre Flamme und nähert sich, lässt die Finger über nackte Haut gleiten. Ihre Lippen gleiten als samtige Liebkosung über die Basilisken-Narbe. »Schau dich an«, flüstert sie, als ihre Finger von seinem Bauch bis zu seinem Schlüsselbein gleiten. »Wie sollte ich nicht wissen, was du bist. Sobald ich dich berührt habe, habe ich es erkannt. Du besitzt Energiebahnen, die Menschen nicht besitzen, Energieflüsse, die unseren entgegenlaufen ...«

Sie zieht eine Spur aus Küssen quer über seine Brust. »Wie diese hier«, murmelt sie. Eine weitere Linie aus Küssen gleitet über seinen Körper, Elle presst die Finger an seine Haut und lässt die Handfläche über seinen Körper streichen. Flüssige Hitze sammelt sich und erfüllt ihn, wo auch immer sie ihn berührt. Er zittert, als seine Sinne zum Leben erwachen.

»Und die hier. Die Art, wie dein Herz und deine Nieren ...« Elle schließt den Mund, bricht den Kontakt. Die Hitze verschwindet und für einen kurzen Moment blitzt weißes Licht in ihren Augen auf. »Es tut mir so leid. Ich bin nicht hier, um dich zu untersuchen, und du hast mich nicht darum gebeten. Ich werde mich zurückhalten ...«

»Tu das nicht«, unterbricht er sie, bevor er sie küsst. Für eine Minute existieren nur sie und die langsamen Bewegungen ihrer Münder. Zwischen Atemzügen öffnet er die Knöpfe ihres Kleides, bis es wie ein Nebengedanke zu Boden sinkt. Die Wölbung ihres Halses ruft nach ihm, und er küsst sie, unfähig, sich der Versuchung zu entziehen.

Und dann hält er inne, als er etwas Unvertrautes berührt. Eine dünne Kordel um ihren Hals.

Elle verspannt sich. »Das ist nichts.«

Das ist nicht nichts. Und dasselbe gilt für die frischen Tätowierungen, die sich über ihren gesamten linken Arm ziehen.

»Ich habe sie vor ein paar Tagen stechen lassen.« Elle beißt sich auf die Unterlippe, wird distanzierter.

»Sie gefallen mir.«

»Danke.« Elles Blick huscht zur Seite und sie zieht die Schultern hoch.

Auf keinen Fall wird er zulassen, dass sie sich diese Gelegenheit entgehen lassen, nicht nach der Mühe, die es sie beide gekostet hat, an diesen Punkt zu kommen. Nicht, wenn er kurz davor ist, einen Zustand zu erreichen, in dem er sich bewegen kann, ohne sich endlos den Kopf zu zerbrechen. Entschlossen stopft er seine Sorgen in eine Kiste. Er muss Elle zurückholen von dem Ort, an den sie verschwunden ist. Sie sind bereits nackt und er weigert sich, seine Kleidung wieder anzuziehen.

»Du hast gesagt, du hättest erkannt, was ich bin, sobald du mich berührt hast.« Er ergreift ihre Hand, presst ihre Finger an seine Brust. »Was ist hier?«

Elle blinzelt und stößt leise den Atem aus. »Du«, antwortet sie nach einem Moment der Stille, bevor sie mit dem Zeigefinger ein längliches Oval bis zu seinem Nabel und zurück zieht. Die Hitze von vorhin kehrt zurück. Wieder zeichnet Elle unsichtbare Linien auf seinen Körper, über seine Schultern und den Puls, der in seinem Hals rast. »Das ist interessant«, murmelt sie. »Wusstest du, dass du hier einen Knoten hast? Hier auch?« Sie tippt auf eine Stelle direkt über seinem Herzen.

»Ist das ein Problem? Kannst du es in Ordnung bringen?«

»Ich bin mir nicht sicher. Qì sollte nicht so fließen. Das ist ineffizient. Soll ich es versuchen?«

Er nickt.

Sie beugt sich vor, die Hand flach auf seine Brust gepresst, und küsst seinen Hals.

Luc keucht. Energie flackert in ihm auf. Was auch immer Elle getan hat – welche Magie auch immer sie mit ihren Händen und ihrem Mund und ihrer erstaunlichen Zunge wirkt –, es hat etwas gelöst. Einen Atemzug lang sind seine Sinne verstärkt und seine

Selbstwahrnehmung weitet sich aus wie ein Farbfleck auf dem Boden. Das Licht im dämmrigen Raum wird schmerzhaft grell; die Luftströmungen auf seiner Haut sind plötzlich fast unerträglich. Er hört, wie Elles Herzschlag sich beschleunigt, bevor der Eindruck verblasst und nur ungezügeltes Verlangen zurückbleibt.

»Ich habe es in Ordnung gebracht«, sagt Elle, dann senkt sie den Blick, um im Anschluss schelmisch zu lächeln. »Dusche?«

Sie versteht ihn wirklich. Aber er ist nicht bereit, das hier zu unterbrechen, nicht, solange er diesen überwältigenden Drang empfindet, sie zu berühren, sie einzuatmen, die Chemie ihrer Haut kennenzulernen. Aber Elle hat irgendwo ein Haarband gefunden und tänzelt bereits Richtung Badezimmer, damit beschäftigt, ihr Haar zu einem unordentlichen Dutt hochzubinden.

»Oh, lieber Himmel«, sagt sie, als sie das Licht anschaltet. »Du hast zwei Duschköpfe und die Kabine ist groß genug für ... was? ... vier Leute? Und es gibt einen Duschsitz. Was hast du hier drin getrieben?«

»Geduscht«, antwortet Luc trocken; zu einer längeren Antwort ist er nicht fähig. Er erklärt nicht, warum er verschiedene Waschbürsten braucht. Stattdessen entscheidet er sich, Elle zu beobachten, als sie die Tür zur Dusche öffnet, das Wasser aufdreht und direkt in den Strahl tritt. »Elle, es ist ...«

Luc hält inne, bevor er das Wort *kalt* aussprechen kann. Das Wasser spritzt und zischt, erhebt sich als Dampfwolke um sie herum, hüllt sie in einen weißen Schleier, als manifestiere sich eine Halbgöttin. Der Dampf teilt sich, folgt in Bahnen den Luftströmungen, die durch das plötzliche Schimmern von Hitze um sie herum entstanden sind, ver- und enthüllt abwechselnd verschiedenen Teile ihres Körpers: die sanfte Wölbung ihrer Brust, ein langes Bein, ihre Zunge, als sie sich über die Lippen leckt.

Amüsiert sieht sie ihn an. »Du wolltest etwas sagen?«

»Nichts.« Er schließt sich ihr in der Dusche an, erschaudert, als sie mit ihrer Berührung Hitze über seine Haut schickt, bis das Wasser die perfekte Temperatur hat. Eine Sekunde später greift sie nach der Seife und erzeugt Schaum. Ihre Zweckorientierung entreißt ihm ein Lachen. »Ungeduldig.«

»Bin ich nicht.« Elle reicht ihm die Seife, erhebt sich auf die Zehenspitzen, um ihm einen Kuss auf die Wange zu drücken. Ihre Hand gleitet über seinen Schaft.

Sein Atem stockt.

»Das ist Ungeduld.« Ihre andere Hand findet ihn ebenfalls, übt in langsamen, festen Liebkosungen Druck aus. Luc erstarrt, konzentriert sich allein auf seine Atmung. Er schließt die Augen, blendet alles andere aus.

Ihre Brüste berühren seine Brust, bevor ihre Zähne sein Ohrläppchen finden. »Luc«, sagt Elle und ihr Tonfall jagt Elektrizität in seinen Schritt, lässt ihn zusammenzucken. Er tastet nach der Seifenschale, um das Seifenstück abzulegen. Sie gibt ihn frei, küsst seinen Hals, leckt einzelne Tropfen von seiner Haut.

Das unerbittliche Verlangen kehrt zurück. Jetzt beschäftigt ihn nichts so sehr wie die Frage, wie sie ihr Vergnügen genießen will. Es gibt nichts Drängenderes, als herauszufinden, wie viel Lust er ihr bereiten kann. Er dreht sie zum zweiten Duschkopf, schlingt die Arme um sie, atmet den Duft von Seife und Dampf und Elle ein. Eine Hand unter ihre Brüste gepresst, lässt er den Daumen über einen Nippel gleiten. »Deine Energiebahnen, Elle. Zeig sie mir.«

Sie legt die Hand über seine, verschränkt ihre Finger. »Hier.« Sie schiebt die Hand tiefer. Unter seinen Fingern spürt er Elles Haut und glitschige Seife. Luc küsst Elles Schulter, folgt der perfekten Linie bis zu ihrem Hals, verweilt unter ihrem Ohr. Sie stößt ein Geräusch aus, das er nur als kleines, glückliches Brummen beschreiben kann, als er die Hand zwischen ihren Brüsten nach oben gleiten lässt, um sie dann wieder auf ihren Bauch zu senken. Hier ist sie wärmer als das Wasser, das in Bächen über ihren Körper rinnt. Und als er die Augen schließt, um die andere Seite ihres Halses zu küssen, meint er zu spüren, wie Energie sich bewegt.

Die Bahn beschreibt einen Knick, ist nicht länger gerade, schlängelt sich von Hüfte zu Hüfte und über die verlockenden Kurven ihrer Figur. Er weicht vom Pfad ab, als Elle die Hand wieder nach oben gleiten lässt, folgt dem Wasser hinab, bis seine Finger zwischen ihren Schenkeln landen. Elle dreht sich leicht, um zu ihm aufzusehen. Luc sieht eine Seite ihres Lächelns, spürt die Schärfe ihres Verlangens.

»Sag mir, wie ich dich berühren soll«, flüstert er ihr ins Ohr. Sie belohnt ihn mit einem Zittern, spreizt leicht die Beine. Unter ihrer Anleitung lernt er ihren Körper kennen, prägt sich ein, was sie ihm zeigt, lässt die Finger kreisen und übt Druck aus, bis ihre Haut errötet und unter seinen Fingern feucht wird.

»Bin ich …«, haucht sie.

Sie ist einfach köstlich. »Ja.«

Elle stöhnt und wölbt in einer sinnlichen Bewegung den Rücken. Luc schlingt den Arm fester um sie. Sie wimmert, gibt seine Hand frei und greift hinter sich, um die Finger um seine Länge zu schließen. »Luc, bitte …«

Mit langen Fingern umfasst er ihre Klit. Er lässt seine Hand tiefer sinken und das bringt Elle dazu, in seinem Halt zu zucken und einen Schrei auszustoßen. Sie verlagert ihr Gewicht und ihre Atmung beschleunigt sich. Er schließt die Augen und bestätigt mit einem tiefen Stöhnen, wie unglaublich erotisch das alles ist. Seidig und feucht liegt Elle unter seinen Fingern, ihre Hand umschließt seinen Schwanz, um sie herum flackert Magie, und es gibt keinen Ort, an dem er lieber wäre, kurz bevor sie in einem Schaudern für ihn explodiert.

»Luc, ich werde … bitte, hör nicht auf, hör nicht auf.« Sie beugt sich vor, um die Arme gegen die Wand zu stemmen. Er folgt ihren Anweisungen, folgt ihrem Verlangen, bis sie lauter und häufiger stöhnt. Er lächelt, als sie ihn freigibt, um die Finger in seinem Schenkel zu vergraben, weil ihre Muskeln zittern. Oh, er wird das lieben.

Wunderschön explodiert Elle in seinen Armen, ihr erregtes Keuchen unterlegt vom Plätschern des Wassers. Ihre Finger kratzen über die Wand, ihre Knöchel treten weiß hervor, als sie am ganzen Körper zittert. Es gibt keine Worte, um seine Befriedigung zu beschreiben. Er hatte recht. Das wird seine neue Lieblingsbeschäftigung.

»Noch nicht fertig, mach …«, keucht Elle. Luc intensiviert seine Bemühungen und innerhalb von Sekunden kommt sie erneut. Ihr Körper versteift sich, ihre Schreie kehlig und keuchend, und die Luft um sie herum lädt sich mit Hitze auf. Dieser Orgasmus baut sich nicht langsam auf, sondern schießt durch ihren Körper. Und noch während er die lustvollen Geräusche genießt, die aus ihrem Mund dringen und von den Fliesen widerhallen, stöhnt er selbst, weil er sich in ihr versenken und das zu Ende führen will. Aber das geht nicht. Es gibt keine Handgriffe in der Dusche.

Er schaltet den anderen Duschkopf aus, als Elle sich aufrichtet. Vorsichtig tritt sie aus der Glaskabine und schnappt sich ein Handtuch, grinst ihn an, als er die Dusche ebenfalls verlässt. Sobald sie fertig ist, trocknet auch er sich ab, dann geht er in sein Schlafzimmer, wo sie die Hand halb um einen der glatten, dunklen Pfosten seines Bettes geschlungen hat.

Lucs Gedanken sinken sofort in die Gosse. Oder vielmehr machen sie es sich dort gemütlich.

Sie lässt die Hand langsam auf und ab gleiten. »Wirklich riesig.«

»Das hat man mir schon gesagt.«

Elle atmet scharf ein. »Wer?«

»Du und jeder andere, der es gesehen hat.«

»Wer sonst hat es gesehen?«, verlangt Elle und stemmt die Hände in die Hüften. »Sie sollen sich bei mir melden. Ich will nur reden.«

Er lacht. »Nur du.«

»Du hast ›jeder andere‹ gesagt!«

»Du und ich und die Leute, die mir das Bett verkauft haben.«

»Oh, reden wir darüber? Für eine Sekunde dachte ich, du wärst … *großspurig.*« Kichernd schlägt sie die Hand vor den Mund.

Er nickt in Richtung seiner Erektion. »Pardon, ich war lediglich … *hart* an der Wahrheit.«

Sie johlt, lacht, bis sie sich gegen das Bett lehnen muss, wischt sich die Augen. »Luc, was zur Hölle! So habe ich dich noch nie erlebt. Wann hat das angefangen?«

Es könnte zu viel sein, wenn er ihr mitteilt, dass allein sie sich dafür verantwortlich zeichnet. Er hatte gerade einen wundervollen Abend in einem herausragenden Restaurant in seiner Lieblingsstadt, mit jemandem, der ihm etwas bedeutet. Und jeder Schritt, den er auf sie zugeht, enthüllt eine mögliche Zukunft, in der es einen Morgen danach gibt und Sonnenschein und gemeinsame Frühstücke. »Erst vor Kurzem.«

»Nun, diese Seite von dir gefällt mir und ich würde gerne mehr davon sehen.«

»Ich entschuldige mich, falls ich dich enttäusche, aber mehr ist da nicht.«

Sie kichert. »Wer sagt, dass ich enttäuscht bin?«

Elle greift nach der Packung mit den Kondomen, die sie auf dem Rückweg gekauft haben, und öffnet sie, bevor sie auch das Gleitgel öffnet. Sie reißt das Siegel herunter und spritzt eine ordentliche Menge in ihre Hand.

Er hält sie nicht auf, als sie zu ihm kommt, die Finger um seine Härte schließt und drückt. Luc muss darum kämpfen, nicht die Augen zu verdrehen. »Elle.«

»Jemand hat mir gesagt, ich solle den Moment packen oder irgendwas in der Art.«

Er muss die Worte über seine Lippen zwingen. »Der Moment weiß es zu schätzen, gepackt zu werden, allerdings möchte der Moment auch anmerken, dass er länger ist.«

»Luc!« Sie hält ihn fester, als sie lacht.

Er muss sich auf die Lippe beißen und auf seine Atmung konzentrieren.

Elle gibt ihn kurz frei, um ins Bett zu steigen, wobei sie das Gleitmittel und die Kondome mitnimmt. »Weite Himmel, was für eine Magie ist das?«

»Es ist maßange...«, setzt Luc an.

»Antworte nicht. Komm einfach her.«

Er gehorcht, steigt ebenfalls ins Bett. Elle heißt ihn mit einem Kuss willkommen. Im Hinterkopf findet er es unglaublich amüsant, wie sie seinen Raum in Besitz genommen, und er es zugelassen hat. Irgendwann drückt sie gegen seine Schulter, bedeutet ihm, sich hinzulegen.

»Ist das okay für dich?« Sie erhebt sich auf die Knie und legte ein Kondom auf seine Handfläche. Er hört, wie mit einem Klicken die Flasche geöffnet wird.

Mit ihr ist es mehr als okay für ihn. Sie ist eine Vision, eine Seite ihres Körpers durch das Licht von Paris vergoldet. »Du musst nicht fragen.«

»Doch, muss ich.«

Sie sieht ihn an, und er kann nichts anderes tun, als ihren Blick schockiert zu erwidern, hat er doch bereits Ja gesagt. Ihm ist nicht einmal die Idee gekommen, dass er es noch mal sagen könnte.

»Ist das okay für dich? Willst du das hier?«

»Ja.« Die nächsten Worte dringen hervor, bevor er sie zurückhalten kann. Sein Mund öffnet sich, bevor sein Hirn eine Überprüfung durchführen kann. »Ich will dich. Mehr als alles andere.«

Sie küsst ihn, dann setzt sie sich rittlings auf ihn und führt seine Spitze an ihre Mitte. »Bereit?«

Luc nickt, unfähig zu sprechen.

Die ersten Zentimeter sind köstliche Folter. Elle beißt sich auf die Unterlippe und wirft den Kopf in den Nacken, stöhnt, als sie ihn aufnimmt, auf ihn herabsinkt, als könne sie nur so die Antwort auf eine drängende Frage finden.

»Oh, du bist …«, murmelt Elle und umklammert seine Schulter. Weißes Licht dringt hinter ihren geschlossenen Lidern hervor. Luc bildet sich ein, wenn er nur genau genug hinsieht, könne er die schwankenden Bewegungen ihrer Energien sehen, die ihn rufen.

»Halt dich nicht zurück«, erinnert er sie.

Elle bewegt die Hüften. Da Lucs Kehle wie zugeschnürt ist, kann er ihr nur mit einem Knurren kommunizieren, wie perfekt sie zusammenpassen. Seine Hände finden Elles Taille, als sie den Winkel und die Tiefe findet, die sie braucht. Luc beißt die Zähne zusammen, dankbar für das Kondom, das verhindert, dass er alles ruiniert.

Einzelne Strähnen ihres dunklen Haars sind aus dem Dutt entkommen und glänzen silbern im Licht. Verliebt in die Neigung ihres Kopfes, beobachtet Luc Elle, ihre verzückte Miene, das kleine Lächeln, das ihre Lippen umspielt, wenn sie besonders schnell nach unten sinkt, gefolgt von einem gehauchten Stöhnen. Er gibt sich ihr hin, als sie das perfekte Vergnügen für sie beide aufbaut; berührt ihren Bauch, um ihr Zittern zu spüren; lässt die Hände über die Wölbung ihrer Hüften gleiten und hält sie fest; verankert sich in ihr. Elle schreit auf, gerät aus dem Rhythmus, und die tiefe Befriedigung, die ihn erfüllt, als er sieht, dass sie so auf ihn reagiert – *auf ihn* – verstärkt nur seine Lust. Er testet das Gewicht ihrer Brüste, hebt die Hand, um seine Knöchel über die klare Linie ihres Kiefers gleiten zu lassen. Sie lächelt ihn an, dreht den Kopf, um einen Kuss auf sein Handgelenk zu drücken.

»Hoch mit dir.«

Der Positionswechsel lässt ihn noch tiefer in ihr versinken. Elle stöhnt, umklammert seine Schultern, wölbt den Rücken. Den Kopf gesenkt wie ein Bittsteller hält Luc sie fest, findet mit den Lippen ihre Kehle, um ihre Haut zu kosten. Ein Hauch von Salz, unterlegt von der Vibration ihrer Stimme. Er zieht eine Spur aus Küssen über ihr Schlüsselbein und eine Brust, umkreist ihren harten Nippel mit der Zunge, bevor er die Lippen darum schließt und daran saugt.

Mit einem tiefen Stöhnen verleiht Elle ihrer Zustimmung Ausdruck, drängt sich ihm entgegen, kreist auf ihm. Irgendwann hält sie inne, hebt mit einem Finger sein Kinn, beugt sich vor, um ihn zu küssen.

Luc schmilzt dahin. Die Intimität des Moments macht ihn verletzlich. So tief ist er in ihr, dass er nicht weiß, wo er endet und sie anfängt. Und sie küsst ihn so zärtlich und ihre Körper sind sich so nahe, und niemand, *niemand*, war je mit ihm zusammen, wie sie es jetzt ist, hat jemals eine eigene Magie in ihm gefunden, hat je so auf ihn geachtet und sich danach erkundigt, was er möchte.

»Mmm«, murmelt sie. »Ich muss … ich hoffe, es macht dir nichts aus …«

»Bitte«, keucht er.

Elle lehnt sich zurück und schiebt die Hand zwischen ihre Körper, liebkost sich selbst. Direkt vor ihrem Höhepunkt sinkt sie gegen ihn, und Luc umarmt sie, gefesselt von dem Stöhnen, das sie über seinen Rücken schickt.

»Ja, Elle«, grollt er ermutigend in ihr Ohr. Sie schreit auf. Das Zittern, das ihren Körper erschüttert, überträgt sich auf ihn und Luc muss tief durchatmen, um sich nicht in ihr zu verlieren. »Ja, genau so.«

Sie liegt schlaff in seinen Armen, heilig und hilflos. »Oh … Himmel, Lu-«

Der Rest seines Namens geht in einem Zischen unter, und für eine Sekunde kann Luc sich einbilden, sein wahrer Name wäre aus ihrem Mund gedrungen, dass Elle wieder und wieder *Lucien, Lucien* murmelt. Der Gedanke ist so unvernünftig, so weit hergeholt, und doch sorgt er dafür, dass seine Muskeln sich verspannen und er einmal tief in sie stößt, kurz vor dem Höhepunkt. Er will das. Er will sie. Er will, dass sie seinen Namen erfährt.

»Du«, flüstert Elle, die wie geschmolzen in seinen Armen liegt. Sie hebt den Kopf. Er erkennt die leise Silhouette einer roten Blume auf ihrer Stirn, die schnell verblasst. »Du kannst mich nicht so ansehen und von mir erwarten …«

»Was von dir erwarten?«

Sie küsst ihn kurz. »Du bist dran. Tut mir leid, dass ich selbstsüchtig war.«

»Das warst du nicht. Ich führe keine Liste.«

»Oh, gut«, sagt sie. Zitternd löst sie sich von ihm, lässt sich auf den Rücken fallen. Sie befreit ihre langen Locken aus dem Haargummi, wirft es achtlos zur Seite. »Was möchtest du?«

»Dich. Immer noch.«

Sie küsst die eigenen Fingerspitzen, drückt sie an seine Lippen, auf den Puls an seinem Hals, auf sein Herz. »Dann nimm mich. Ich will, was du willst.«

Niemand außer Baptiste hat jemals diese Worte zu ihm gesprochen. Rücksichtnahme ist ein so einfaches Konzept, aber Luc hat in seinem Leben nicht viel davon erfahren.

Elle küsst ihn, als er sich über sie schiebt, bis seine Brust ihre berührt. »Himmel«, flüstert sie und Luc kann nur zustimmen, als seine harte Länge in sie eindringt. »Wenn du so weitermachst, werde ich noch mal kommen.«

»Welch schreckliches Schicksal. Ich will es mir gar nicht ausmalen.«

Elle lacht. Dann zieht Luc sich fast vollständig aus ihr zurück und stößt erneut in sie. Ihre Lider flattern. »Dann bin ich wohl dem Untergang geweiht«, sagt sie und umfasst sein Gesicht.

Luc küsst sie. Es gibt nichts zu sagen. Es ist Nacht in Paris, Elle liegt in seinem Bett, und es gibt nichts anderes als ihre Körper in wundervoller Bewegung und das Licht in ihren Augen, wenn sie ihn anlächelt, und die Wärme in seinem Herzen, wenn er das Lächeln erwidert.

Er schließt die Augen, stößt in sie, kann ein Stöhnen nicht unterdrücken, als sie die Hüften hebt, um ihm einen besseren Winkel zu gewähren. Sie keucht jedes Mal, wenn ihre Hüften aufeinanderprallen, vergräbt die Fingernägel in seinen Schultern, seinem Hintern. Das hilft ihm, schneller zu stoßen, härter. Es ist das plötzliche Stocken ihres Atems, das ihn über die Kante treibt und dafür sorgt, dass der lang verzögerte Höhepunkt ihn hinfort reißt. Luc umklammert sie genauso fest wie sie ihn, vergräbt den Kopf im Kissen, als er sich in sie ergießt. Funken tanzen hinter seinen Augenlidern und er kann weder denken noch sprechen.

Elle seufzt, als seine Bewegungen verstummen und er leise lacht. Ihre Lippen gleiten über seine Schläfe. Luc kann nicht reagieren; er ist zerstört. Für immer will er einfach nur mit Elle hier liegen, ihre

Silhouetten zu einer einzigen Form verschmolzen, und sie langsam und sinnlich küssen.

Irgendwann zieht er sich mit schweren Gliedern aus ihr zurück. Elle rollt auf die Seite und schickt ihm einen Luftkuss zu, als er sich vom Bett erhebt. Als sie gähnt und sich streckt, starrt er sie ehrfurchtsvoll an. Sie könnte das Tausende Male tun und er würde des Anblicks niemals müde.

Sie fängt seinen Blick ein und schickt ihm einen weiteren Luftkuss.

Nicht Tausende Male. Eine ganze Lebenszeit lang. Ein Leben voller sinnlichem Strecken, Aufwachen neben ihr oder albernem Geplänkel. Er würde auch Kantinenessen und Tee aus Messbechern ertragen, solange er mit ihr zusammen sein darf.

Die Welt um ihn herum bleibt stehen. Er würde alles für Elle tun. Die Sterne vom Himmel holen und ihr zu Füßen legen, sollte sie darum bitten. Solange sie ihn aus diesen leuchtenden Augen und mit diesem bewundernden Lächeln ansieht, gehört er ihr mit Haut und Haar.

Aber Luc kann ihr nichts geben, was ihm nicht gehört. Nicht, solange Oberon seinen Namen kennt. Und sein Ziel ist immer noch die Heilung von Dominic und Jacqueline. Seine Freiheit von der Agentur, das Leben, das er vielleicht mit Elle teilen könnte, das verblasst alles im Vergleich zu dem, was er tun muss. Er weiß, wie die Sache enden wird. Er weiß, wie die Sache enden *muss*.

Nein. Die heutige Nacht ist ein schwereloser Moment, der höchste Punkt eines Pendelschwungs, in dem alle Kräfte zum Stillstand kommen. Es gibt keine Sorgen in diesem ruhigen Augenblick, bevor er fällt. Es gibt nur ihn und Elle und das, was sie gemeinsam erleben. Heute und morgen und vielleicht sogar der Tag danach. Das muss reichen.

Sie säubern sich gegenseitig in der Dusche, immer wieder unterbrochen von Küssen. Luc faltet ihre Kleidung, legt sie in einem ordentlichen Stapel auf die Ablage im Bad, als sie ins Schlafzimmer zurückkehrt. Er zieht frische Unterwäsche an und tritt ins Schlafzimmer, um Elle zu erblicken, die eines seiner Unterhemden trägt und das dunkle Holzkreuz mit dem darüber drapierten Rosenkranz an der Wand neben der Tür mustert.

Ein alarmierter Schauder gleitet über seinen Rücken. Elle beugt sich vor, um genauer hinzusehen, und Luc muss einmal tief durchatmen, bevor seine Muskeln sich wieder entspannen. Sie wird nicht erkennen, worum es sich handelt, wenn er sich nichts anmerken lässt.

Sie wirft einen Blick zu ihm, dann sieht sie wieder den Rosenkranz an. Die spielerische Laune ist verpufft. »Ich wusste nicht, dass du religiös bist.«

»Bin ich nicht.«

Einer ihrer Mundwinkel hebt sich. »Glaubst du?«

»Das hängt davon ab.« Er geht zu ihr. »Wenn du diesen Gott hier meinst, dann nein.«

»Und die anderen?«

»Ich glaube, der Machtunterschied zwischen ihnen und uns sorgt dafür, dass es am leichtesten fällt, sie als Götter zu sehen.«

»Ein Unterschied an Konsens.« Geistesabwesend berührt sie ihren Jadeanhänger; den, der aussieht wie das Artefakt der Jiang-Familie. »Zumindest dort, wo ich herkomme. Das ist schwerer, als einfach ›Gott‹ zu sagen, also fällt es leichter, dieses Wort zu verwenden.«

»Konsens?«

»Göttlichkeit durch ein Gremium, im Wesentlichen. Im Auftrag des Volkes. Wenn genug von uns denken, dass jemand Neues angebetet werden sollte, dann erscheint ein Gott. Das unterscheidet sich sehr vom Konzept eines allmächtigen, unfehlbaren Gottes, das hier herrscht. Ich habe gehört, er ist ein Zombie-Gott.«

»Er ist kein ...«, setzt Luc an, dann beißt er sich auf die Zunge. »Ein bisschen vielleicht. Sag das zu niemand anderem. Ist ein schwieriges Thema.«

Darauf wendet sie sich wieder dem Rosenkranz zu, lässt die Hände an die Seiten sinken. »Wenn du nicht mehr glaubst, wieso hängt das hier?«

Luc wägt seine Antwort ab. Er könnte nichts sagen oder sie ablenken. Er könnte etwas von seiner Mutter oder seiner Kindheit erzählen. Oder er könnte ein Risiko eingehen und ihr anvertrauen, dass es sich um seinen Laes handelt. Wenn seine Vermutungen richtig sind, dann trägt sie ihren und tut das, seitdem er sie nach Hause gebracht hat.

Irgendwann findet er die richtigen Worte. »Weil es keinen sichereren Ort dafür gibt.«

»Keinen sichereren Ort?«, murmelt sie, dann reißt sie mit großen Augen den Kopf zu ihm herum. »Meinst du damit ...«

Luc hält sanft ihren Blick, berührt leicht ihre Wange. Dann legt er den Zeigefinger auf die rote Schnur ihres Anhängers.

Sie starrt ihn mit offenem Mund an und die Atmosphäre im Raum verdichtet sich. »Du weißt es.«

Er nickt. »Ich hatte es vermutet und du hast es bestätigt. Jetzt weißt du auch von meinem. Das ist der Rosenkranz meiner Mutter.«

Elle sieht von ihm zu dem Kreuz. Ihre Atmung beschleunigt sich. Ihre Hand hebt sich, um ihren Anhänger zu umklammern, ihre Miene wirkt plötzlich gequält, sie senkt den Kopf, ihre Schultern sinken nach unten. Sie krümmt sich.

Lucs Herz wird schwer. Es war zu viel erwartet, dass dieses Pendel weiter in der Luft hängen und sich den Naturgesetzen verweigern würde. Alles Gute endet viel zu schnell, daher wird die Zeit mit ihr in Stunden gemessen werden, nicht in Tagen. Er steht bewegungslos, fügt sich in das das Unvermeidbare, spürt jede vergehende Sekunde wie den Stich einer Nadel.

Noch immer reagiert Elle nicht. Also bleibt der letzte Schritt ihm überlassen. Luc wappnet sich und sein Herz.

»Elle.«

Sie will ihn nicht ansehen. »Ja.«

Was soll er sagen? Was kann er sagen. »Es tut mir leid. Ich hätte nicht ...«

Sie sieht ihn immer noch nicht an.

»Ich habe mein Wort dir gegenüber immer gehalten.«
»Ja.«
Er sackt in sich zusammen, trotz aller innerlichen Vorbereitung. *Atme*, befiehlt er sich selbst. Solange er das tut, kann er das durchstehen – wie immer. »Ich habe auf meinen Laes geschworen und ich werde es wieder tun. Ich werde dich geheim halten. Du kannst gehen.«

Luc bemerkt, dass Elles Atmung für eine Millisekunde aussetzt, hört das Kratzen in ihrem Hals, als die Luft wieder fließt.

Sie schluckt und ihre Augen glänzen. »Ich gehe nicht.«

Unsicher schweigt Luc, schwankt auf der Schneide eines Messers.

»Es tut mir leid. Ich habe schlecht reagiert. Es geht absolut nicht um dich. Es ist ... Nun, zuerst sollte ich mich dafür bedanken, dass du mir das anvertraut hast.« Endlich sieht Elle ihn an, aber er kann den Blick in ihren Augen nicht deuten. »Ich gehe nicht, Luc.«

Seine Worte kommen zögernd. Er war sicher, klare Worte gesprochen zu haben, aber vielleicht hat er sich ungeschickt ausgedrückt. »Du musst nicht bleiben. Ich will dich nicht zwingen. Das wäre das Letzte, was ich möchte. Wenn ich jemals ...«

Elle schüttelt den Kopf. »Du hast das nie getan und ich glaube auch nicht, dass du es je tun würdest. Hör mir zu. Es tut mir unglaublich leid. Das hat nur mit mir zu tun, nicht mit dir. Ich habe ...«

Sie stößt den Atem aus. »Es gibt eine Menge, was ich dir wahrscheinlich erzählen sollte. Ich habe es bisher vermieden, weil ich Angst hatte. Vor einer Menge Dinge. Aber.« Sie ergreift seine Hand. »Ich gehe nicht. Okay? Du hast gerade noch mehr Vertrauen in mich gesetzt. Wie sollte ich danach einfach verschwinden? Was für eine Person wäre ich dann?«

Darauf findet er keine Antwort, außer dass sie eine bessere Person ist als er.

»Du liegst mir am Herzen.« Elle tritt näher, um ihn zu umarmen. »Sehr. Mehr, als ich ausdrücken kann. Du hast mich besser behandelt, als ich es verdiene. Und das Mindeste, was ich tun kann, ist diese Fürsorge zu erwidern.«

Du liegst mir am Herzen. Luc lässt diese Worte in sich widerhallen, schließt die Augen. »Das tust du bereits«, sagt er an ihrem Haar und drückt sie ebenfalls. »Und das rechne ich dir hoch an.«

»Sag das nicht so leichtfertig. Nicht, bevor du nicht die ganze Geschichte kennst.«

Es ist, als hätte sie die Gedanken in Bezug auf ihn selbst aus seinem Kopf gestohlen. »Okay. Aber du solltest mich urteilen lassen.«

»Genau davor fürchte ich mich.«

»Noch mal: Lass mich mein eigenes Urteil fällen. Du musst das nicht allein tun.« Wieso bietet er ihr einen Informationsaustausch an? Dafür gibt es keinen anderen Grund, als dass er will, dass sie es erfährt; will, dass sie ihn wirklich kennenlernt. »Ich werde dir über mich erzählen, was ich kann, vorausgesetzt, es unterliegt keiner Geheimhaltungsvereinbarung. Und du musst verstehen, dass es Schlupflöcher gibt, wie in jedem Vertrag.«

»Wenn ich dir also«, sie kneift nachdenklich die Augen zusammen, »spezifische Fragen stelle?«

Er nickt. »Könnte es sein, dass ich nicht fähig bin, ja oder nein zu sagen.«

»Ich verstehe. Aber ich würde gerne anfangen, wenn das für dich okay ist. Wenn dir der Aufschub nichts ausmacht.« Sie legt die Hand an ihre Schulter, lässt die Finger über ihre Tätowierungen gleiten.

Er drückt ihr einen Kuss auf die Stirn. »Lass uns ins Bett gehen.«

»Was? Damit ich dort alles gestehen kann?«

»Ja. Es gibt kaum etwas, was du sagen könntest, was meine Meinung über dich verändern könnte. Und falls du einschläfst, werde ich hier sein, wenn du aufwachst.«

»Okay.« Sie löst sich langsam aus seinen Armen und legt sich aufs Bett.

Er schließt sich ihr an. »Was ist das Erste, was du mir erzählen willst?«

Ihre Hand sucht seine und sie umklammert seine Finger. »Ich möchte dir meinen Bruder Tony vorstellen.«

12. Kapitel

Das ist die Bestätigung. Lucs Training materialisiert sich als kalter Wasserguss, der jede weiche Sentimentalität fortspült. Überzeugung wuchert in seinem Bauch wie ein Tumor. Es ist immer noch möglich, dass es sich hier nur um einen Riesenzufall handelt, aber die Wahrscheinlichkeit dafür tendiert gegen null.

Automatisch legt er sich eine mentale Checkliste zurecht. Elle wird ihm verraten müssen, wie viel Geschwister sie hat, in welcher Reihenfolge sie geboren wurden, was mit Tony geschehen ist. Und sie muss Jiangs Namen erwähnen.

Elle seufzt. »Ich sollte wahrscheinlich am Anfang anfangen. Es ist kompliziert. Eine Menge Familiendrama. Aber bevor du Tony triffst, will ich dir sagen, dass er nicht ist wie ich. Ich meine, er ist wie ich, aber gleichzeitig ist er es nicht mehr. Ergibt das einen Sinn?«

Laut der Akte hat Tony nicht überlebt. Es wurde keine Leiche erwähnt, aber die Abwesenheit von physischen Beweisen ist ein häufiges, wenn auch frustrierendes Vorkommnis in der Fae-Forensik. »Also ist ihm etwas zugestoßen?«

»Ja.« Sie rollt sich herum, bis sie auf der Seite liegt und ihn ansieht, die Hand an ihrem Anhänger. »Er hat sowas nicht. Nicht mehr. Es wurde zerstört.«

Luc bricht der kalte Schweiß aus, als der erste Punkt bestätigt wird. Elles Bruder ist Tony Jiang. Sie haben ihn bei der Gala wirklich gesehen. »Und das hat er überlebt?«

»Eine Weile lang … befürchtete ich das Schlimmste. Ich war

mir nicht sicher, ob er es schaffen würde. Ich habe alles in meiner Macht Stehende getan, habe mich unendlich angestrengt ...« Wieder verklingt ihrer Stimme. Ihr innerer Aufruhr ist offensichtlich.
»Er hat überlebt. Er ist jetzt ein normaler Mensch. Er altert. Heftig. Sprich das ihm gegenüber nicht an.«
»Ich verstehe.« Niemand wird gerne an seine größte Schwäche erinnert.
»Nein, tust du nicht. Er ist eitel. Tony ist das eingebildetste, aufgeblasenste Arschloch auf dem ganzen Planeten. Er hat ein Porträt von sich selbst in seinem Haus und sorgt dafür, dass jeder es sieht.«
Luc schnaubt überrascht. »Wirklich?«
»Wirklich. Aber er war immer auch charmant und witzig und anscheinend sind all seine Patienten deswegen auch seine Kumpel. Eine Frau bringt ihm kostenlosen Wein. Ich mag sie nicht. Sie ist rassistisch.«
»Ihm gegenüber? Dir gegenüber? Beiden?«
»Spielt das eine Rolle? Sie ist rassistisch.«
Luc presst die Lippen aufeinander und nickt. »Wo ich arbeite, führen wir eine Liste von Zielpersonen. Ich werde sie aufnehmen. Wie lautet ihr Name und wo wohnt sie?«
»Ist das eine Todesliste?«
Er verweigert die Antwort. »Ein Teil des Namens reicht. Wir haben ein Informationsbeschaffungsteam.«
»Luc, meinst du das ernst?«
Vollkommen ernst antwortet er: »Ja. Ist das strafbar?«
»Ähm, ich bin mir nicht sicher, was das bedeutet. Können wir weiter über meinen Bruder reden?«
»Natürlich.« Er wird dieses Thema später noch einmal ansprechen. »Seine Patienten?«
Elle schiebt sich näher an ihn heran. Die Freude, die ihn dabei durchfährt, wird schnell von Unruhe verdrängt. Das ist seine Chance und er kann sie sich nicht entgehen lassen. »Tony hat in seinem Haus eine Akupunktur-Klinik eröffnet. Eigentlich ist er Arzt und könnte viel mehr tun als nur Akupunktur.«

»So, wie du mit den Glyphen zu mehr fähig wärst?«

»Ja. Wenn man es genau nimmt, brauche ich nicht mal Papier.« Er lässt die Fingerspitzen über ihren linken Arm gleiten. »Wie die hier?«

»Mmm-hmm.« Sie hebt den Arm. Bevor er sich davon abhalten kann, küsst er ihr Handgelenk.

»Also hast du das Leben deines Bruders gerettet, nachdem sein Laes zerstört wurde ... etwas, wozu selbst die besten Ärzte nicht fähig sind. Du hast mein Leben gerettet. Du brauchst kein Papier, um deine Magie auszuüben. Was verbirgst du noch? Wieso hast du dich die ganze Zeit über zurückgehalten?«

Sie zieht den Arm zurück. »Willst du mich auch zusammenstauchen? Tonys Tiraden haben mir gereicht. Du musst nicht in dieselbe Kerbe schlagen.«

Vergeblich versucht Luc sich vorzustellen, wie jemand Elle ausschimpft, und versagt. So freundlich Elle ist, es will nicht in seinen Kopf, dass sie sich passiv maßregeln lässt. »Tut mir leid. Weswegen hat er dich zusammengestaucht?«

Sie wedelt vage mit der Hand vor ihrer Brust. »Dafür, dass ich ich bin.«

»Ich mag dich ziemlich, also kann das nicht stimmen.«

»Gute Antwort.« Elle lacht leise. »Nein, ich hatte es verdient. Er will, dass ich mehr ich selbst bin, als ich es in letzter Zeit war. Er war es, der mir gesagt hat, ich solle den Tag nutzen. Also habe ich mit beiden Händen zugegriffen.«

Fast gegen seinen Willen muss er lachen. »Mir hat es nichts ausgemacht. Was ist mit den Tätowierungen?«

»Wie das, was ich auf Papier mache, nur auf mir selbst.«

»Welche Art von Magie?«

»Eine Mischung. Eine oder zwei Verteidigungsglyphen, eine Beschwörung, ein wenig Schutz ...«

Besorgt fragt Luc: »Schutz gegen was?«

Sie hält inne. »Meinen kleinen Bruder. Es hat nicht ausgereicht, dass ... nun, er sucht nach Tony. Nach Tony und mir. Es gibt da unerledigte Angelegenheiten, bei denen ich nicht zulassen darf, dass er sie erledigt.«

Luc wagt es, sie ein wenig zu drängen. »Wie heißt dein kleiner Bruder?«

»Manchmal hat er sich William genannt. Aber meistens verwendet er seinen echten Namen.«

Ein weiteres Häkchen. Natürlich. »Seinen echten Namen?«

»Bei uns funktioniert das nicht so wie bei euch. Er hat damit geprotzt. Er wollte seinen Namen nicht ändern.«

»Huh.« Luc lehnt sich innerlich zurück und verarbeitet diese Informationen. Dank seiner Erfahrung damit, seine Gefühle zu ignorieren, fällt ihm das leicht. »Bei euch funktioniert es nicht?«

»Nicht so wie bei euch. Das ist kulturbedingt, oder?«

Bisher hat er darüber nicht groß nachgedacht. Rein systematisch ist Luc sich bewusst, dass nicht alle Fae wahre Namen besitzen. Anders als einen Laes. »Theoretisch.«

»Nicht theoretisch. Es ist häufiger, als du denkst. Unsere Namen bleiben privat, weil sie eigentlich nur von der engsten Familie verwendet werden sollen.«

Er kann sich nicht vorstellen, wie es sein muss, sich keine Sorgen darum zu machen, den eigenen wahren Namen geheim zu halten. Wenn das doch nur für ihn gälte. Das hätte den Verlauf seines Lebens geändert. »Was ist mit dir?«

»Tony und ich, wir ... wie lautet das Wort? Wir mochten das nicht. Will fand, wir sollten zumindest unseren Nachnamen behalten. Er war stolz. Diese Diskussion hat er gewonnen. Jiāng ist ein seltener Name.«

Das Häkchen wird fett und kursiv gesetzt, und unterstrichen. »Du hast unerledigte Angelegenheiten angesprochen. Welcher Art?«

»Die Art, die mich dort hält, wo ich bin; tun lässt, was ich tue.« Sie umfasst kurz seine Wange, streckt sich ihm entgegen, um ihm einen Kuss auf die Lippen zu drücken, so weich und zärtlich, dass sie damit gleichzeitig ein Messer zwischen seine Rippen schiebt und sein Herz trifft. »Die Art, die mich davon abhält, zu tun, was ich wirklich tun will.«

Hoffnung steigt in Luc auf, doch er zerquetscht sie sofort brutal. Mit ihm? Das kann nicht sein. Luc hat ihr oft genug gesagt, dass er unzuverlässig ist, unfähig, irgendeine Verpflichtung einzugehen.

Er legt die Hand über ihre, wünscht sich, das Licht wäre hell genug, um ihr in die Augen zu sehen und den Blick darin zu deuten. Luc schluckt schwer, seine Kehle zugeschnürt von unterdrückten Gefühlen. »Was willst du wirklich tun?«

Ihre Antwort lässt so lange auf sich warten, dass er – ohne ihre angespannten Finger an seiner Wange – vermutet hätte, sie wäre eingeschlafen.

»Ich fürchte mich davor, es laut auszusprechen«, murmelt Elle. »Weil es dann vielleicht wahr werden könnte. Und ich wüsste nicht, wie ich damit umgehen soll. Tony würde mich anfeuern. Er und Lira versuchen schon eine Weile, mich zu befreien.« Sie zieht die Hand zurück.

Sie denkt definitiv nicht an ihn, den hoffnungslosen Romantiker.

»Luc.« Elle zieht an ihm, umarmt ihn fest, als er den Abstand zwischen ihnen überbrückt. Er drückt sie ebenfalls. Ihr Atem erwärmt den Stoff seines Hemdes, schickt Hitze über seinen Hals und sein Schlüsselbein. »Vielleicht werden die Geister mich nicht hören, wenn ich leise spreche«, flüstert sie an seinem Körper. »Ich habe so lange nicht darüber nachgedacht, was ich möchte, außer Tonys Sicherheit zu garantieren. Was ich will, ist …«

Kurz hält sie inne, sammelt sich. Er spürt, wie ihre Rippen sich unter seinen Handflächen wölben. »… ist, ich selbst sein, ohne dass irgendetwas oder irgendwer mich zurückhält. Ich will nichts mehr bedauern.«

Genau wie er. Luc spürt den Schmerz der Erkenntnis, als ihm klar wird, dass er sich dasselbe wünscht. »Das würde ich eines Tages gerne sehen«, sagt er ehrlich. »Dich, ohne dass dich etwas zurückhält. Ich glaube, du wärst atemberaubend.«

Er spürt ein leises Zucken ihres Rückens, die Anspannung in ihrer Kiefermuskulatur, als sie mit sich selbst kämpft. »Elle?«

»Es tut mir leid!«, sagt sie mit brechender Stimme. »Es tut mir so leid. Ich wollte nicht ...«

Sie weint. Alle von Lucs Abwehrmechanismen – wenn diese denn angesichts dieses Gesichts und dieses Lächelns je gegriffen haben – lösen sich auf wie Nebel in der Sonne.

»Oh«, sagt er und sein Herz fliegt ihr entgegen. Sie muss es nur für sich beanspruchen. Fast hätte er einen Kosenamen ausgesprochen, aber Luc fängt das Wort ein, bevor es entkommen kann. »Es ist okay. Halte dich nicht zurück.«

Sie schüttelt heftig den Kopf, löst sich von ihm, um sich auf den Rücken zu rollen. »Shénnóng, hilf mir«, sagt sie gepresst. »Wird sowas jedes Mal passieren, wenn ich versuche, dir etwas Wichtiges anzuvertrauen?«

»Was spielt das für eine Rolle? Du besitzt starke Gefühle.« Er stemmt sich auf einen Ellbogen, lässt den Daumen über ihre Wange gleiten, wischt dabei eine Träne weg. »Aber wenn du lieber zu unserer vorherigen Diskussion zurückkehren würdest, können wir das tun.«

Die Erinnerung an die Sitzung im Brunnenzimmer steigt auf, an die Akte. *Als Fae-berührt eingestuft, Abstammung von Shénnóng.* Seine Zunge weigert sich, die richtigen Laute zu formen. Es ist eine Schande. »Hast du Shénnóng gesagt?«

Es folgt ein langes, unattraktives Schniefen. Als sie spricht, hört er nur ein geringstes Maß an Kontrolle. »Er ist mein Schutzgott. Hier ist er kaum bekannt. Gott der Medizin und Akupunktur und noch vieler anderer Dinge.«

Wie war das? Er wollte Elle nach Hause bringen und nicht seine Probleme. Hätte Luc gekonnt, hätte er gelacht.

»Wir drei«, fährt Elle fort, »sind seine Nachfahren. Wir sind nicht die Einzigen, aber Tony ist der Erstgeborene unserer Generation. Was bedeutet, dass ihm spezielle Privilegien zugestanden werden, wenn er unsere Ausgabe von Shénnóngs Buch aufschlägt.«

Eine kurze Pause. »Lass uns einfach sagen, dass er um Dinge bitten kann, die uns nicht gewährt würden. Shénnóngs Buch enthält Hunderte von Heilmitteln und Gegengiften. Diese Rezepte kann jeder lesen. Für Tony erscheinen Rezepte auf den Seiten, die nur er sehen kann. Akupunkturtechniken. Heilmittel für Krankheiten, die wir noch nicht kennen. Er muss nur beten.«

»Falls du jetzt denkst, das wäre ein mächtiges Artefakt, hast du damit recht.« Elle zögert. »Meine Familie nutzt das Buch, um Leuten in Bedrängnis zu helfen. Tony hätte es genommen und wäre auf Reisen gegangen. Oder hätte das tun sollen.«

»Aber jetzt kann er das nicht mehr tun.«

»Richtig. Er kann es nicht, wegen seines ... Zustandes. Aber schon vorher hatte er nicht die Absicht, das zu tun. Also ist mein kleiner Bruder für ihn eingesprungen, obwohl er nie Arzt werden wollte. Er dachte, er könne Tonys Platz einnehmen. Aber er kann das Buch nicht richtig nutzen, weil Tony noch am Leben ist. Immer noch der Erstgeborene ist. Ich dachte, wenn ich ...« Elle schließt abrupt den Mund.

»Wenn du ...«, hakt Luc nach.

»Das Buch ist nur für Tony bestimmt. Das haben wir auf die harte Tour herausgefunden. Mein kleiner Bruder musste die Konsequenzen tragen. Tut es wahrscheinlich immer noch. Alles, um eine Aufgabe zu erfüllen, die ... ich will ihn nicht als unschuldig darstellen. Er hat nie gerne versagt. Er ist überzeugt, dass es nicht seine Schuld ist; dass wir das Problem sind und ...«

Über die Matratze nimmt er ein leises Zittern wahr. »Elle? Du musst es mir nicht sagen, wenn es dir zu schwerfällt.«

»Nein. Was auch immer geschieht ...« Sie räuspert sich. »Was auch immer geschieht, ich muss Tony beschützen. Weil er in Gefahr ist.«

Da ist etwas, was sie nicht ausspricht. Sie ist nicht nur in der Rolle einer Beschützerin involviert. Wie sie gesagt hat, ist sie das mittlere Kind, das nächste in der Erbfolge. »Was ist mit dir?«

»Ich würde gerne nein sagen.«

»Aber?«

»Ja, auch ich bin in Gefahr. Ein bisschen zumindest.«

Luc runzelt die Stirn. »Ein bisschen? Mir scheint, du schwebst in genauso großer Gefahr.«

»Ich kann auf mich selbst aufpassen. Tony nicht. Ich erwarte nicht, dass du das verstehst.«

Er versteht, dass sie weniger von sich selbst hält, als sie sollte ... was lächerlich ist. Jemand mit ihrer Macht und ihrem Können sollte nicht im Verborgenen leben, sollte nicht zurückstehen müssen. »Kann ich irgendwie helfen?«

»Nein. Das ist eine Familienangelegenheit. Tut mir leid.«

Er hat die falsche Frage gestellt. Sie haben beide das Ziel, Jiang aus dem Spiel zu nehmen. Wäre Elle willig, sich zu zeigen und Jiang so anzulocken, um festgesetzt zu werden, könnte sie zwei Fliegen mit einer Klappe schlagen. Sie wäre in Sicherheit und der Kriminelle in Haft. »Lass mich das noch mal anders formulieren. Was, wenn ich dir helfen könnte?«

Sie verspannt sich. »Du verstehst nicht. Das hat nichts mit der Agentur zu tun. Halt dich raus.«

»Es tut mir leid.« Luc meint das ernst. Aber er kann nicht unbeteiligt bleiben. Irgendwie wird er Oberon über die Situation informieren müssen, ohne Elle zu erwähnen. »Noch mal zu Tony. Darf ich fragen, wie es dir gelungen ist, ihn am Leben zu halten?«

»Viele Gebete und zweiundsiebzig Stunden keinen Schlaf.« Sie lacht humorlos. »Die ersten achtundvierzig waren am härtesten. Ein Mensch zu sein macht es einfacher. Was auch immer das bedeuten soll.« Sie kuschelt sich an seine Brust.

Nach einer Weile entspannt sie sich und gähnt. »Tut mir leid, dass ich dich vollgeheult habe.«

»Du kannst auf mir weinen, so viel du möchtest.«

»Mm.« Es klingt, als würde sie wegdämmern. »Ich hoffe, das bleibt das einzige Mal. Wenn ich zurückkomme ... Tony will dich kennen ... ähm, kennenlernen. Ich werde ihn morgen anrufen. Ich kann nicht ... dein Bett ist zu weich.«

Luc drückt ihre Hand. »Schlaf, Elle.«
»Okay. Eine Sache noch.«
»Was?«
»Danke, dass du zugehört hast. Dir das alles angehört hast. Ich hätte nicht gedacht, dass es mir so leichtfällt, mit dir zu reden. Ist schön.«
»Ich bin dankbar und werde dir zuhören, wann immer du reden willst.«
»Nacht.«
»Gute Nacht.« Er lässt sich in die Matratze sinken.

Elle rutscht an ihn heran, kuschelt sich an ihn, bettet den Wangenknochen auf seine Schulter und eine Hand auf seine Hüfte. Diese Intimität ist so zwanglos, die Geste so vertraut und freundlich, dass er nicht anders kann, als sich überwältigt zu fühlen.

Doch Lucs Gedanken rasen, kollidieren in seinem Kopf. Er starrt an die dunkle Zimmerdecke, bemüht sich, nicht in Verzweiflung zu versinken. Wenn er hierbleiben kann, kann er den Morgen danach haben. Die Wettervorhersage verspricht klaren Himmel und kühle Temperaturen, eine perfekte Ausrede, um im Bett zu bleiben, Arme und Beine unter der Decke verschlungen. Wenn er hierbleibt – wenn er seinem Herzen und nicht seinem Kopf die Führung überlässt –, wird Oberon es nie erfahren. Er muss nicht anrufen. Er muss seine Pflicht nicht erfüllen.

Lucien Châtenois. Ich spreche deinen wahren Namen und berufe mich auf das Recht der Herrschaft.

Erschöpft schließt er die Augen und döst, wacht alle paar Minuten auf, um nach Elle zu sehen. Irgendwann rollt sie sich von ihm weg, ihr Haar ein Chaos aus zerzausten, tintenschwarzen Strähnen auf dem Kopfkissen. Er beobachtet das Heben und Senken ihrer Brust vor dem Hintergrund von Paris. Die vielen Lichter des Eiffelturms glitzern hinter ihrer Schulter.

Eine Minute wartet er, um sicherzustellen, dass sie tief schläft. Dann steht er auf, bewegt sich vorsichtig, um sie nicht zu stören, holt seine Rufrune heraus, die Schublade fast lautlos. Er hält inne, bevor er das Schlafzimmer verlässt. Seine Hand schwebt über der Türklinke, als er sich zu Elle umdreht. Das dämmrige Licht verleiht allem einen fast ätherischen Schimmer, außerweltlich und träumerisch. Während er sie mustert, fühlt er sich wie damals, als er zum ersten Mal außerhalb des Konvents Fae gesehen hat, bevor er wusste, dass er selbst Fae ist: ehrfürchtig, erfüllt von der Angst, er könne mit einem Atemzug den Zauber brechen und sie würden verblassen, um nie wieder gesehen zu werden.

Er zählt bis zehn, dann öffnet er die Tür.

Die Wohnung ist stockdunkel, aber Luc bewegt sich, als wäre sie sonnendurchflutet. Die Rufrune erwacht bei seiner Berührung, die Symbole leuchten mit fast verschlafener Widerwilligkeit auf. Er steckt sie ans Ohr und fährt sich mit den Fingern durchs Haar, als könne er so seine Unruhe vertreiben. Die Emotion weigert sich, ignoriert zu werden, kehrt zurück, wann immer er versucht, Schultern und Nacken zu lockern.

Er sollte sitzen, wenn er die Nachricht überbringt. Und vielleicht kann seine Decke ihm ein gewisses Maß an Trost spenden.

Oberon wirkt nicht im Geringsten müde, als er den Anruf annimmt. »Wo warst du?«

»Sir. Ich bin einer Spur gefolgt.« Luc zieht die Decke über sich zurück, als er sich zurücklehnt. Das Leder der Couch knirscht. »Ich entschuldige mich für den Abbruch der Kommunikation, aber es war nötig.«

»Deine Spur sollte besser Ergebnisse bringen.«

»Das wird sie.« Er schließt die Augen, schluckt gegen den Schmerz an, der seine Brust füllt. In einer anderen Situation würde er sie nicht betrügen. Bisher hat er Elles Namen nicht ausgesprochen, hat keinen Hinweis darauf gegeben, dass sie existiert. Sein Eid hält, aber gerade so. »Ich garantiere es. Es gibt da etwas, dem ich allein nachgehen muss. Aber wenn meine Kalkulationen korrekt sind, wird es bald zu einem Zusammentreffen kommen. Ich weiß, was Jiang will.«

Oberon brummt überrascht. »Es ist nicht die Jade?«

»Nein. Die ist zweitrangig. Vielleicht wird er einen Angriff aufs Museum starten. Ich würde das nicht ausschließen. Ich kann nicht mehr zum Thema sagen. Bitte vertraut mir in diesem Punkt, Sir.«

»Wie kurz steht das Zusammentreffen bevor?«

»Höchstens noch ein paar Tage. Vielleicht schon früher. Ich bereite mich darauf vor, die Situation zu forcieren. Haben wir Jiang im Blick?«

»Er hat uns abgehängt, aber Pei ist dran. Darcy befragt den Fuchs.«

Luc wäre es andersherum lieber gewesen, aber es ist nicht an ihm, das zu entscheiden. »Sobald ich meinen Verdacht bestätigt habe, offene Kommunikation zwischen uns und Jiang. Er wird sich die Gelegenheit nicht entgehen lassen zu bekommen, was er will, und wir können ihn mit minimalem Einsatz festsetzen.«

»Effizient und pragmatisch. Das ist der Lucien, den ich ausgebildet habe. Bringe diese Mission sauber zu Ende und mache mich stolz.«

»Ja, Sir.« Er fühlt sich zu leer, um das Lob anzunehmen. Wenn er erfolgreich ist, bekommt er vielleicht diese Wohnung in Straßburg, aber Elle wird ihm nicht vergeben, dass er sich eingemischt hat. Er kann die Schmerzen später wegrationalisieren, aber im Moment empfindet er ein tiefes Gefühl der Falschheit.

»Wirst du Unterstützung brauchen?«

»Nein. Für den Moment muss ich im Untergrund agieren. Kontakt nur in dringenden Fällen.«

»Verstanden. Ich erwarte deine Erfolgsmeldung.« Oberon legt auf.

Luc löst die Rune vom Ohr und presst die Hand ans Gesicht, reibt die Falte zwischen seinen Brauen, während er seine Informationen noch einmal durchgeht. Jiangs Opfer sind noch am Leben und eines davon schläft in seinem Bett. Statt für Mord sollte Jiang für versuchten Mord und die Zerstörung eines Laes gesucht werden. Das ändert wenig am Schweregrad des Verbrechens und spricht ihn auch nicht davon frei. Laut Elle ist William entschlossen, seinen Fehler auszumerzen. Wenn er Erfolg hat, dann werden die zwei Mordanklagen real.

Dann wäre da noch Tony. Er könnte sich an Luc erinnern. Der Powrie-Vorfall liegt noch nicht weit genug in der Vergangenheit, dass die Gerüchte verstummt sind. Luc dachte, er hätte das Schlimmste durchgestanden, aber er hat sich geirrt. Wenn Tony sich erinnert und Elle davon erzählt, wird sie Luc sicherlich niemals wiedersehen wollen.

Er beißt die Zähne zusammen und schiebt die Decke zur Seite, steht auf und kehrt in sein Schlafzimmer zurück. Luc braucht nur Tonys Aufenthaltsort, um Jiang anzulocken. Seine Gefühle für Elle haben nichts mit seinem Job oder seiner Pflicht zu tun. Er kann ruhig neben ihr schlafen und sich benehmen, als wäre alles in Ordnung.

Er kann sich nicht überwinden, sie zu berühren. Er schließt die Augen, unfähig, sie anzusehen.

Zwischen seinem Arbeitsleben und seinem persönlichen Leben ist Luc in der einzigartigen und wenig beneidenswerten Situation, um es umgangssprachlich auszudrücken, richtig am Arsch zu sein.

Es gibt eine Phrase im Französischen, die gewöhnlich als »so weit, so gut« übersetzt wird. Luc findet diese Formulierung nicht passend, um seine Situation zu beschreiben, weil ihr sowohl der Charme als auch der Fatalismus des Originals abgehen. *Jusqu'ici tout va bien*, denkt er. *Bis jetzt läuft alles gut.* Und dann, in der nächsten Sekunde, wird es zur Katastrophe kommen.

Luc tritt aus dem Portal-Raum in Raleigh und hält am Transport-Büro an, dann geht er hinunter in die Garage, wo er Elle abholen soll. Mit der Hand, in der er die Autoschlüssel hält, verdeckt er ein Gähnen. Anders als Elle hat Luc den Rest der Nacht damit verbracht, sich vergeblich nach Schlaf zu sehnen. Ihm waren nur ein paar Augenblicke vergönnt, bevor Elle mit einem Zucken aufgewacht ist, um im Anschluss in ihrer Hast fast aus dem Bett zu fallen. Sie wollte arbeiten oder packen ... er ist sich nicht ganz sicher.

Luc lehnt sich gespielt nonchalant gegen eine Wand, an einer Stelle, die es ihm erlaubt, beide Enden des Flurs zu sehen. Reguliert seine Atmung, um bestmöglich seine Nervosität zu kontrollieren. Natürlich hat er angeboten, ihr beim Umzug zu helfen, und in ihrer Verzweiflung hat sie das Angebot angenommen. Bisher hegt sie keinerlei Verdacht. Alles, was er braucht, ist Tonys Aufenthaltsort. Ob oder ob nicht Tony sich an ihn erinnert, spielt keine Rolle. Aber Luc würde sich besser fühlen, wenn Elle vollständig informiert wäre. Ob es ihm gefällt oder nicht, ob sie es will oder nicht, er ist involviert.

Er schließt die Augen und spielt im Kopf alle möglichen Szenarien bis zum Ende durch. Alle enden damit, dass er allein zurückbleibt.

So muss es sich anfühlen, auf Bahngleisen gefesselt zu liegen, während in der Ferne ein Zug heranrast.

Er schiebt die Hände in die Hosentaschen. Seine rechte Hand berührt das Klappmesser, das dort befestigt ist, seine Form ein kalter, klinischer Trost. Seine linke Hand berührt die Rufrune, das Holz warm. Jetzt ist seine Disziplin gefordert.

Eine Bewegung erregt seine Aufmerksamkeit. Luc sieht durch das kleine Fenster der weiter entfernteren Tür, wie Elle sich nähert, den Griff eines Koffers in jeder Hand, weitere Taschen über ihre Schultern gehängt. Sie lächelt ihm zu und er winkt, geht zur Tür, um sie für Elle aufzuhalten. Er sollte diese letzten Momente mit ihr genießen.

»Bereit?« Ihr Lächeln wirkt angespannt.

Jusqu'ici tout va bien. Und er wird sich so benehmen. Er ergreift die Tasche, die sie ihm reicht. »Soweit das möglich ist.«

»Ich auch.« Entschlossenheit breitet sich auf Elles Miene aus. »Du hast die Wegbeschreibung, die ich dir geschickt habe?«

Luc nickt. Denkt daran, dass er mit ihr scherzen sollte. »Ich kann gar nicht in Worte fassen, wie überrascht ich war, eine Textnachricht von dir zu erhalten.«

»Hey!«

»Ich dachte, du würdest mir vielleicht eine Karte von Hand zeichnen.«

»Luc!«

»Willkommen im einundzwanzigsten Jahrhundert, Agentin Mei.«

Sie stemmt die Hände in die Hüften, lacht aber gleichzeitig. »So altmodisch bin ich nicht! Ich nutze mein Handy!«

»Einmal pro Jahr. Oder ist das noch zu hoch gegriffen?« Ihre finstere Miene bringt ihn zum Lächeln.

»Ich nutze mein Handy öfter als das!« Sie hebt die Hand, als wollte sie die Gelegenheiten an den Fingern abzählen, nur um innezuhalten.

Luc schmunzelt. »*Ah, no?* Doch nicht?«

»Halt den Mund! Wo ist das Auto?« Elle drängt durch die Tür in die Garage und stampft auf die vielen, nichtssagenden schwarzen Kleinwagen in der Fahrzeugflotte von *Roland & Riddle* zu. »Ich wusste nicht, dass zum Gesamtpaket auch diese Frechheit gehört. Du warst nur der heiße französische Freund, der ständig meine Bücher gelesen hat.«

»Ich habe deine Gesellschaft und deine Bücher genossen und du hast das Gesamtpaket genossen. Ich dachte, es wäre ein guter Handel.«

»Und die Sexwitze! Wer konnte das ahnen?« Sie zeigt fast anklagend auf ein Auto. »Das hier? Wo ist der Fahrer?«

Luc drückt den Aufsperrknopf und die Lichter des Autos blitzen auf. Er erreicht den Wagen vor Elle, öffnet den Kofferraum und wirft ihr Gepäck hinein. Luc ist sicher, dass sie ein paar Betonblöcke eingepackt hat. Um sie ihm an die Füße zu binden und ihn zu ertränken, wenn sie die Wahrheit erfährt. »Soll ich die Witze lassen?«

»Nein!« Sie wirft sich auf den Beifahrersitz. »Du bist der Fahrer? Ich wusste gar nicht, dass du fahren kannst.«

»Ich tue das dieser Tage nicht oft, aber ja, ich kann fahren.«

»Also bist du eingerostet?«

Er geht um den Wagen herum und lässt sich hinter dem Lenkrad nieder, lässt das Auto an. »Nein.«

»Aber du hast gesagt, du würdest dieser Tage nicht oft fahren.«

»Das bedeutet nicht, dass ich eingerostet bin. Ich verstehe nicht, wie du zu diesem Schluss gelangt bist.«

»Aber du hast gesagt ...«

Luc wirft ihr einen Blick zu, versucht, seine Verärgerung im Zaum zu halten. »Du kannst mir vertrauen. *Roland & Riddle* verlangt gute Fahrfähigkeiten in verschiedensten Fahrzeugtypen und ich erneuere regelmäßig in Frankreich meinen internationalen Führerschein. Zusätzlich trainieren wir in England. Dass ich eine Weile lang an keiner Autoverfolgungsjagd mehr teilgenommen habe, bedeutet nicht, dass ich nicht fahren kann.«

Sie gibt nach. »Okay.«

Er rückt die letzten Dinge zurecht, legt den Rückwärtsgang ein und setzt aus der Parklücke. »Kannst du fahren?«

Elle schüttelt den Kopf, dann trommelt sie mit den Fingern auf die Armstütze in der Tür. »Habe es nie gelernt. War einfach nicht nötig. Hier musst du links abbiegen.«

»Elle.« Er wirft ihr einen vielsagenden Blick zu. »Du hast mir bereits eine Wegbeschreibung geliefert.«

»Ich weiß.«

»Und ich habe sie mir eingeprägt.«

»Wirklich? Bist du dir sicher? Ich kann sie noch mal aufrufen, nur für den Fall ...«

»Ja. Bitte ...«

»Sag mir nicht, ich solle mich entspannen! Ich bin entspannt! Ich bin genauso entspannt wie du!«

Luc stößt ein Lachen aus. Er ist nicht im Mindesten entspannt.

»Himmel, nein. Ich bin nicht entspannt. Hast du es gemerkt?«

Er schnaubt, dann meint er trocken: »Nein. Du hast ein tolles Pokerface.«

»Habe ich zu viel geredet?« Elle seufzt schwer. »Okay, ich werde den Mund halten. Es ist nur ... der Umzug macht mich nervös.

Ich weiß, dass Tony nicht will, dass ich bei ihm einziehe, aber irgendetwas stimmt nicht mit den Geistern. Als wüssten sie etwas, was ich nicht weiß. Und ich habe Tony noch nie jemandem vorgestellt. Und er hat auch noch nie darum gebeten, jemanden kennenzulernen.«

Sie lässt den Kopf gegen die Lehne sinken. »Das ist alles neu. Du und ich. Dass ich den Tag ergreife. Und Tony. Ich will nicht, dass etwas schiefläuft.«

Luc ist pessimistischer als sie, aber er sagt: »Ich verstehe das.«

Sanft berührt sie ihn am Arm. »Ich kann dir vertrauen, richtig?«

Fast wäre er in diesem Moment zusammengebrochen und hätte ihr alles gestanden. »Ich habe es schon einmal gesagt, aber ich werde es noch mal wiederholen: Ich werde dich nicht anlügen.«

Elle sackt in ihrem Sitz zusammen und schließt die Augen. »Das ist keine Antwort, aber okay.«

Als sie Tonys Haus erreichen, ragt hinter ihnen eine dunkle, unheilvolle Wolkenwand auf, die einen Tobsuchtsanfall des Wetters erwarten lässt. Schneller als er springt Elle aus dem Auto und beginnt, mit ihrem Gepäck zu kämpfen. Sie schiebt ihre Koffer zu der Brücke über den Bach, nutzt diese als Zwischenlager. Sie ist klar erkenntlich nervös, trommelt mit den Fingern auf das Geländer, schiebt ihre Handtasche mal nach vorne, mal nach hinten.

Luc kann es ihr nicht übelnehmen, nachdem er ebenso empfindet, aber er darf sich nicht von seiner Furcht beherrschen lassen. Er streckt ihr die Hand entgegen.

Sie ergreift seine Finger, aber nur, um sie kurz zu drücken. »Tief durchatmen, ich kriege das hin«, murmelt sie, dann marschiert sie mit ihren Koffern zur Tür und klingelt.

Einen Moment später wird die Tür weit aufgerissen. Sofort schaltet Luc in den Alarmmodus, kämpft gegen den Drang, die Hände in die Taschen zu stecken. Das ist definitiv Tony.

Luc nähert sich langsam. Vielleicht wird Tony sich nicht an ihn erinnern. *Jusqu'ici tout va bien.* Bisher ist nichts passiert.

»Elle!«, ruft Tony und breitet die Arme für einen Knuddel aus, den Elle ihm angedeihen lässt. Er tritt zur Seite, um sie ins Haus zu lassen. »Komm rein, komm rein!«

»Hallo«, sagt Luc und streckt die Hand aus.

»Du nicht!«, sagt Tony sofort, seine Stimme immer noch fröhlich. So viel dazu. Tony erinnert sich definitiv an ihn.

»Ich hatte vermutet, dass du es sein könntest, und ich muss sagen, ich bin ein wenig enttäuscht. Okay, ich bin sehr enttäuscht. Ich werde ein eingehendes Gespräch mit meiner Schwester führen müssen. Du darfst das Haus nicht betreten.«

»Tony!« Elle klingt entrüstet.

Tony stemmt die Arme in den Türrahmen, verhindert so effektiv, dass Elle das Haus verlässt oder Luc eintritt. Luc wirft ihm einen finsteren Blick zu, bevor er die neutrale Miene aufsetzt, die er bei Missionen trägt. Das war zu erwarten. Er kann rational bleiben.

»Hör auf, mich zu schubsen«, befiehlt Tony Elle mit einem Blick über die Schulter. Hinter ihm, über seine Schultern hinweg, erkennt Luc ein großes, gerahmtes Bild an der Wand. Es ist, wie Elle gesagt hat, ein Porträt von Tony, aber jünger, im selben Stil wie die Gemälde in ihrer Werkstatt.

»Was ist los mit dir?« Elles Stimme wird lauter. »Wieso benimmst du dich so? Du hast gesagt, du willst ihn treffen, und hier ist er!«

»Ach ja, was das angeht.« Tony legt den Kopf schief, ein gefährliches Glitzern in den Augen. »Wie wäre es, wenn Sie sich ein kleines Stück zurückziehen, Agent Villois. Vielleicht ans Ende des Weges. Das scheint mir sicher genug.«

Luc zieht sich zurück, hört aber noch Elles lautes Keuchen.

»Ich habe dir nur seinen Vornamen genannt. Woher weißt du das?«

»Bleib im Haus.«

»Nein.«

»Elle ...«

»Du kannst mich nicht herumkommandieren, Tony! Woher weißt du das?«

»Ich bin selbst draufgekommen, offensichtlich!«

»Mit wem hast du gesprochen?«

»Mit niemandem. Ich habe ein Hirn. Gott sei Dank gilt das zumindest für einen von uns.«

»Wie viel weißt du?«

»Genug. Bleib im Haus und hör auf, dich mit mir zu streiten.«

»Wenn du glaubst, ich werde keinen alten Mann angreifen ...«

Tony reißt Kopf und Schultern herum. »Ich bin nicht alt!«

Luc empfindet eine seltsame Befriedigung dabei zu beobachten, wie jemand anders versucht, Elle unter Kontrolle zu bekommen ... und auch ein gewisses Maß an Stolz auf das Feuer, das sie zeigt.

»Ich werde nicht aufhören, bis du mir verrätst, was hier los ist. Sonst frage ich ihn direkt. Luc, was ist hier los? Wieso benimmt sich Tony, als würde er dich kennen?«

Tony starrt ihn trotzig an, als wolle er sagen: *Los, lüg sie an.*

Das wird er nicht tun. »Weil er mich kennt.«

»Was, aus dem Bureau?«

»Ja«, bestätigt Tony.

»Wir sind uns vor seinem vorzeitigen Tod ein paarmal begegnet«, fährt Luc fort.

»Ach ja. Das ist passiert, nicht wahr? Ich hoffe, es gab eine schöne Gedenkveranstaltung. Was ist danach geschehen?«

»Wir haben eine Akte zu deinem Bruder angelegt.«

»Oh, es gibt jetzt eine Akte?« Tony grinst breit, zeigt alle Zähne, wie ein Hai. »Steht mein Name drin?«

»Sicher, aber deine Akte ist als geheim eingestuft, genau wie die deiner Schwester. Sie hat deinen Tod sehr geschickt vorgetäuscht.«

Elle verschränkt die Arme vor dem Körper, ihre Miene ist nicht allzu anerkennend.

»Hat sie tatsächlich, nicht wahr?« Tony wirft einen Blick zu Elle. »Ach, komm schon. Wir machen dir Komplimente.«

Die Worte, die sie auf Chinesisch ausstößt, klingen sehr unhöflich.

Tony seufzt. »Ich vermute, das Geheimnis ist aufgeflogen. Hat sie dir alles erzählt?«

Elle piekt Tony in die Rippen. Und so wie Tony zusammenzuckt, hat sie sich dabei nicht zurückgehalten. »Ich bin nicht dumm. Ich habe ihm nicht alles erzählt. Wir müssen eine Diskussion führen, im Haus, statt hier draußen, wo die ganze Welt uns sehen kann. Wir, damit meine ich uns alle drei, nicht nur euch beide, die ihr tut, was auch immer ihr da zu tun glaubt.«

Tony verpasst Elle einen Hüftstoß, der sie zur Seite stolpern lässt. »Zieh die Schuhe aus. Und nein. Nur über meine Leiche.«

Erneut zischt Elle etwas auf Chinesisch, was Luc für ein Schimpfwort hält.

Tony lacht. »Und all deine Bemühungen der letzten zwanzig und mehr Jahre in den Wind schießen? Erledige nicht seinen Job für ihn. Andererseits, Villois versucht doch, ihn zu fangen, nicht wahr? Also kann er gerne kommen.«

Finger schließen sich um Tonys Handgelenk. »Tony, geh zur Seite, sonst, bei allem, was mir heilig ist, werde ich dich dazu zwingen.«

»Tut mir leid, kleine Schwester. Das geht nicht. Du bist mit einem gefährlichen Kerl ins Bett gestiegen. Du hast mit ihm gepennt, richtig? Ich will nichts Falsches voraussetzen.«

»Ich bin ein gefährlicher Kerl!«, explodiert Elle. »Was zur Hölle soll das? Er war mit *mir* im Bett.«

»Nun, du bist eine Frau«, setzt Tony an, »wenn du nicht zufällig etwas über dich selbst herausgefunden hast … und ich will nur sagen, dass ich dann natürlich unterstützen werde. Die Pride Parade war letzte Woche, aber es ist nie zu spät.«

»Könntest du einmal in deinem Leben ernst sein!«

Tony jault auf und sein Körper fliegt aus dem Türrahmen wie ein Ball. Luc vermutet, dass er getreten wurde. Geschlossen aus der Art, wie er sich den Hintern reibt und der Wut in Elles Miene, stimmt diese Theorie.

»Könnte mir bitte jemand sagen, was hier vor sich geht? Wie lange wisst ihr beide das schon? Wie lange habt ihr mir das verschwiegen? Luc?« Sie richtet einen anklagenden Finger auf ihn.

»Seit heute Morgen.«

Der böse Blick, den Elle ihm zuwirft, fühlt sich an wie eine Ohrfeige.

Eilig verbessert er sich, weil ihm wieder einfällt, dass Elle pyrokinetisch ist. »Ich arbeite seit letzter Woche am Fall deines Bruders. Ich weiß seit gestern Abend von dir und habe auf den richtigen Zeitpunkt gewartet, es dir zu sagen ...«

»Ich habe dir gesagt, du sollst dich aus meinen Familienangelegenheiten raushalten!«

»Es tut mir leid, aber ich wurde diesem Fall zugeteilt. Ich bin durch Vertraulichkeitsklauseln gebunden.«

Tony beobachtet sie wie ein Zuschauer bei einem Tennisspiel, sieht immer wieder von Luc zu Elle und zurück zu Luc.

»Ich hätte mit dir sprechen sollen, bevor wir hier angekommen sind. Es tut mir leid. Ich weiß, dass du nicht willst, dass ich mich einmische.«

»Und du?« Elle wirbelt zu Tony herum. »Luc hat gesagt, er würde mich nicht anlügen, und ich glaube ihm. Du dagegen ...«

Tonys Antwort klingt milde. »Stimmt, du kannst mir nicht vertrauen. Ich hatte gehofft, ich irre mich.«

Elles Tonfall wird warnend. »Nicht.«

»Aber nachdem ich mich nie irre – oder fast nie –, wusste ich es, seitdem du aufgebrochen bist. Die erste Vermutung hatte ich, als du mir erzählt hast, dass er heiß ist und Franzose und all das.« Tony bricht den Blickkontakt mit Elle, um Luc anzusehen, pfeift anerkennend. »Er ist immer noch heiß und Franzose, also stimmt deine Einschätzung in diesem Punkt, aber du hast einige Informationen ausgelassen. Ich wette, er hat dir nichts davon erzählt.«

Luc wird steif, sein Magen ein einziger Knoten. Also wird das Worst-Case-Szenario eintreten. »Nicht.«

»Wenn er mir irgendetwas nicht erzählt hat, dann nur, weil sich bisher noch keine Chance dazu geboten hat.«

Tony seufzt. »Ich habe dir doch gesagt, dass ich mich nie irre. Weißt du, für wen er arbeitet und welchen Ruf er hat?«

»Nein.«

»Ich dachte, ihr führt eine gute Beziehung, die auf gegenseitigem Vertrauen und Ehrlichkeit aufbaut. Anscheinend nicht!«

Es bleibt keine Zeit, sich vorzubereiten. Luc hat keinen Fluchtplan. Es gibt keine Rettung.

Elle spricht mit der eiskalten Ruhe, die oft auf wahren Zorn hinweist. »Mach das nicht, Tony. Ich werde dir nie vergeben, wenn du es tust. Das hat nichts mit unserer Familie zu tun. Was auch immer er mir nicht erzählt hat, Luc sollte den Zeitpunkt bestimmen, nicht du.«

»Ich wollte es ihr sagen«, meint Luc sanft. Er kann einen letzten Versuch starten. »Wenn die Zeit gekommen ist.«

»Was du heute kannst besorgen ...« Tony tritt zurück. Triumph leuchtet in seinen Augen. »Nichts für ungut, hm? Agent Villois, du verstehst. Du würdest für deine Schwester dasselbe tun, wenn du eine hättest.«

Luc schließt die Augen, unfähig, dabei zuzusehen, wie sein Leben in Flammen aufgeht.

»Elle, meine liebe kleine Schwester, du bist mit dem obersten Fixer des Bureaus ausgegangen. Er ist direkt dem Gründer von *Roland & Riddle* unterstellt. Oberons rechte Hand, nennen sie ihn. *Killer*. Sein Kampfhund. Tut, was ihm befohlen wird und stellt keinen Befehl infrage. Hey, hast du je seine Freunde getroffen?«

Luc zuckt zusammen und Galle steigt in seine Kehle. Er hasst diesen Spitznamen so sehr.

»Tony, *bitte*. Hör auf.«

Tony ignoriert sie. »Das liegt daran, dass er keine Freunde hat. Willst du wissen, warum?«

Obwohl er auf festem Boden steht, fühlt Luc sich, als ob er fiele. Er sieht Elle an, kann nichts sehen als das Ende ihrer gemeinsamen Zeit. Alles läuft in Zeitlupe, wie in einem Kampf. Er hat dieselbe Vorahnung, die ihn überfällt, wenn ein Angriff erfolgt und er schon weiß, wie heftig er wird, wie viel Schaden er anrichten wird.

»Weil niemand mit jemandem befreundet sein will, der Kinder ermordet.«

Elle reißt den Kopf hoch, sieht ihm in die Augen. Luc hält ihren Blick. Sein Körper brennt vor Scham. Die Welt besteht nur noch aus dem Entsetzen, das sich langsam auf ihrem Gesicht ausbreitet. *Es tut mir leid*, will er sagen. *Elle, es tut mir leid.* Aber er kann nicht sprechen. Er wird sich übergeben.

»Das ist es, was er tut. Welche Aufgabe immer Oberon erledigt haben will, Villois erledigt sie. Frag ihn danach. Hast du diese zwei Kinder getötet, Villois? Im Powrie-Fall?«

Lucs Kehle wird eng, weil der Zwang seinen Körper beherrscht. Seine Augen werden groß – der einzige Teil seines Körpers, der seiner Kontrolle untersteht –, während der Rest Oberons Befehl gehorcht. *Sobald die Kinder weg sind, sprich mit niemandem über die Mission. Du darfst weder über Einzelheiten wie Namen und Orte reden noch über die Handlungen, die du ausgeführt hast.*

»Schau, Elle. Er leugnet es nicht. Wenn er es nicht getan hätte, würde er seine Unschuld in die Welt schreien.«

Die Sehnen an Lucs Hals treten hervor, weil er sich so sehr bemüht, Nein zu schreien. Aber nichts geschieht. *Sprich mit niemandem*, hat Oberon gesagt. In diesem Moment wünscht sich Luc verzweifelt, er besäße die Fähigkeit der Sphinx zu Telepathie, beherrschte den Morsecode, das Flaggenalphabet, irgendetwas, was ihm erlaubt, Elle die Wahrheit zu erzählen.

Elle tritt durch Tonys Tür, kommt so langsam auf Luc zu, als wandere sie durch Wasser. »Luc«, sagt sie. »Was ist geschehen?«

Er schüttelt den Kopf und selbst das kostete ihn unglaubliche Mühe. Jedes Wort, das er spricht, muss er über seine Lippen zwingen. »Kann. Nicht. Reden.«

»Weil es geheim ist?« Tony lacht spöttisch. »Soweit ich gehört habe, wurde Villois ausgeschickt, um sich um einen Powrie zu kümmern, der eine Familie angegriffen hatte. Oberon wollte, dass der Powrie ausgeschaltet und die Familie ausgelöscht wird, die Kinder eingeschlossen. Dein heißer Kerl hier? Er hat es getan. Hielt sich dabei wahrscheinlich für nobel. Für das übergeordnete Wohl und all diesen Mist.«

Elle erreicht ihn, sieht aus großen braunen Augen zu ihm auf. Der Schmerz in ihrer Miene ist quasi eine Verurteilung. »Stimmt das? Hast du es getan?«

»Wieso fragst du überhaupt? Er kann es nicht mal leugnen.«

Luc will leugnen. Gott im Himmel, er will es tun, aber er kann nicht einmal ein frustriertes Grollen heraufbeschwören, noch weniger ein Gebet an einen Gott, den er schon vor langer Zeit aufgegeben hat. Seine Brust wird eng, als sein Körper mit dem Zwang kämpft und ihm dabei den Atem verweigert. Mit jeder Faser seines Seins will Luc *Nein* sagen, aber er kann es nicht. Er kann nur vor Elle stehen, hilf- und atemlos, und eine Wahrheit aussprechen, die er achtundzwanzig Jahre lang zurückgehalten hat. In seinem Hinterkopf hat er immer gewusst, dass die Situation ihn eines Tages wieder einholen würde. Aber er hat es sich anders vorgestellt. In diesen Szenarien gab es keine Elle.

Jetzt gibt es sie und die Vorstellung, nicht nur sie zu verlieren, sondern auch ihre Achtung, ist mehr, als er ertragen kann.

Wer bist du, wenn du nicht hier bist?

In einer Sekunde wird die Antwort auf diese Frage keine Rolle mehr spielen.

Wenn er könnte, würde er betteln.

Aber Elle berührt ihn, legt eine Hand auf seine Schulter, schiebt sie an seinem Hals nach oben, um seinen Kiefer zu umfassen. Luc kann sich nicht entspannen. Seine Muskeln verhärten sich noch mehr. Es tut weh. Jeder flache Atemzug, den er nimmt, jagt Wellen von Schmerzen durch seinen Körper.

»Ich weiß nicht, was du für ihn tun musst«, sagt Elle zitternd.

»Ich habe keine Vorstellung davon. Aber ich kann nicht glauben, dass du so etwas machen würdest.«

Ein winziger Funken Hoffnung flackert in Luc auf.

Tonys Stimme tropft vor Hohn. »Du hast ihn noch nie in der Arbeit gesehen, deswegen.«

»Geh weg, Tony.«

»Hast du mal daran gedacht, dass er dir vielleicht die ganze Zeit über nur etwas vorgespielt hat? Nur so getan hat, als wäre er ein netter Kerl?«

»Weswegen?«

»Um dich ins Bett zu kriegen, was sonst.«

Elle starrt Tony an. Wut erhitzt ihre Wangen. »Du bist ein Arschloch. Dafür hast du einen Faustschlag ins Gesicht verdient.«

Dann richtet sie ihre Aufmerksamkeit wieder auf Luc. Ihre Finger gleiten testend über seine Haut, drücken sanft die Muskeln seines Nackens. »Du kannst mich nicht einmal ansehen. Wieso atmest du nicht?«, murmelt sie. »Dieser Knoten …«

Plötzlich breitet sich Sorge auf ihrer Miene aus. Sie packt sein linkes Handgelenk, presst drei Finger auf seinen Puls. »Tony, mit ihm stimmt etwas nicht. Etwas ist nicht in Ordnung!«

Der Funken Hoffnung lodert mit einem Brüllen auf, wird zu einem Leuchtfeuer. Überwältigt und bestürzt versucht Luc zu verstehen, was vor sich geht.

»Glaubst du wirklich?« Tony klingt sarkastisch, aber gleichzeitig nicht mehr ganz so selbstsicher. »Er tötet Kinder und schläft nachts wunderbar. Daran stimmt eine Menge nicht.«

»Wer hat dir das erzählt? Wieso hast du es geglaubt?«

»Weil er sich geweigert hat, die Frage zu beantworten, genau wie er es jetzt tut. Wenn das kein Schuldeingeständnis ist …«

»Luc, atme«, sagt Elle. Luc ringt um Luft. »Du hast gesagt, ich müsste dir die richtigen Fragen stellen. Ist das einer dieser Momente?«

Er beugt sich leicht vor, nickt kaum merklich.

»Ist es dir erlaubt, darüber zu reden?«

Da er keine Energie zu verschwenden hat, antwortet er mit Schweigen.

»Kannst du es aufschreiben?«

Luc schluckt, dann zuckt er mit den Achseln und schüttelt den Kopf.

Elle wirft Tony einen kurzen, bitterbösen Blick zu. »Ich habe dir gesagt, dass etwas mit ihm nicht stimmt.« Sie wendet sich wieder Luc zu. »Gibt es Beweise, dass du es nicht getan hast?«

Lucs Atmung stockt erneut.

»Okay, falsche Frage. Was kannst du mir zeigen?«

Die Oase, den einen Ort, der unberührt ist von jedem Einfluss außer dem der Sphinx. Die Ruinen, wo er gelernt hat, sich mit sich selbst zu arrangieren. Den Banyan-Baum, der ihm in seiner Gesamtheit so vertraut ist. Der glitzernde Teich mit dem Pavillon, in dem er manchmal die Nacht verbringt.

Der Zwang lässt nach, Lucs Atmung setzt wieder ein, keuchend, als wäre er mehrere Kilometer gerannt. Fast wäre er auf Elle gekippt, aber im letzten Moment kann er sich fangen. Sie tritt trotzdem näher heran und umarmt ihn, um ihm Kraft zu schenken.

Er erlaubt ihr, einen Teil seines Gewichts zu halten, überwältigt von Dankbarkeit. Er hat ihr Vertrauen, ihren Glauben an ihn nicht verdient. Hat nach allem, was er getan hat, ihr helles Strahlen nicht verdient.

»Luc?«, flüstert sie.

Er findet eine letzte Kraftreserve und richtet sich auf. »Du wirst mich begleiten müssen.«

Tony sagt etwas auf Chinesisch.

Elles Mienen strahlt reine Entschlossenheit aus. »Das werde ich selbst beurteilen.«

»Danke«, sagt Luc, weil ihm alle anderen Worte fehlen.

»Geh rein, Tony.« Elles Blick schießt zu ihrem Bruder. »Ich werde dich später anrufen.«

13. Kapitel

Elle stolpert, als sie und Luc in der Wüste ankommen. Ihre Sohlen kratzen über den Stein des Landebereichs. Die Teleportation der Sphinx fühlt sich an wie ein rauer Windstoß im Vergleich zu der glatten Dehnung, die sie mit dem Portalsystem von *Roland & Riddle* verbindet. Sie atmet die staubtrockene Luft ein und ihre Gesichtshaut spannt sich im ausgedörrten Klima. Sofort bietet Luc ihr seinen Arm zur Stütze und sie schenkt ihm ein dünnes Lächeln des Dankes.

Wäre es nur ebenso leicht, die wirbelnden Emotionen in ihrer Brust zu stabilisieren. Die Formulierung *Es ist kompliziert* kratzt gerade mal an der Oberfläche. »Wir sind allein, richtig?«

»Ja. Abgesehen von einer Teleportation mit der Sphinx persönlich ist die Statuette die einzige Möglichkeit hierherzukommen.«

»Ich muss dich etwas fragen.«

Luc wirft ihr einen Seitenblick zu. »Ich werde mein Bestes geben zu antworten.«

»Was hast du deinem Boss erzählt?«

Wie aufs Stichwort klingelt seine Rufrune. Luc stellt sie stumm und spricht ohne Zögern. »Ich habe ihm gesagt, dass ich eine Spur verfolge. Dass ich wüsste, was Jiang dringender will als die Jade im Museum. Ich habe weder dich noch Tony mit Namen erwähnt und habe auch keinen Hinweis auf eure Beteiligung gegeben. Soweit er weiß, recherchiere ich auf eigene Faust.«

Das beruhigt sie nicht. »Warst du der Meinung, so dein Wort mir gegenüber zu halten?«

Er wirkt gequält. »Ich hatte es gehofft.«

Verrat mithilfe des Umgehens formeller Details zu vermeiden hat noch nie funktioniert, weder in der Realität noch im Fernsehen noch Elles persönlicher Erfahrung nach. »Hattest du vor, es mir zu sagen?«

»Ich hatte den richtigen Zeitpunkt noch nicht eruiert.«

»Also nein.«

Keine Antwort.

Sie mustert ihn eingehend, wie sie es auch mit einem Proberöhrchen in ihrer Werkstatt getan hätte. »Was hattest du vor?«

»Ich habe meinem Boss gesagt, ich würde deinen Bruder bald treffen, da ich damit gerechnet habe, dass er und mein Team sich begegnen. Wir haben bereits einmal gegen ihn gekämpft, bevor ich wusste, dass du seine Schwester bist. Er ist ein eindrucksvoller Gegner.«

Elle neigt den Kopf, nicht länger überrascht, stattdessen erfüllt von grimmigem Stolz. »Ich konnte ihn nie besiegen. Irgendwann kam die Zeit, als selbst Tony ihn nicht mehr schlagen konnte.«

»Außerdem habe ich meinem Boss erklärt, dass ich bereit bin, die Situation in eine Konfrontation zu treiben. Wir waren Freitag bei der Gala und haben Tony gesehen, auch wenn wir nicht verstanden haben, wer er ist. Ich brauchte Tonys Adresse und war bereit, deinem Bruder eine Falle zu stellen, um ihn in Gewahrsam zu nehmen.«

Elle zittert in einer Windböe, aber nicht, weil ihr kalt ist. Gänsehaut bildet sich auf ihren Armen. »Du wolltest einen meiner Brüder für meinen anderen Bruder opfern. Verstehst du jetzt, warum ich jede Einmischung anderer ablehne? Ich wollte nie, dass meinem Bruder etwas geschieht.« Keinem von ihnen. Denn keiner von ihnen hat es verdient, wenn doch alles ihre Schuld ist.

»Obwohl seine Verhaftung all deine Probleme lösen würde?«

Elle ist nicht bereit, ihre Beteiligung zu gestehen. »Die Leute schreiben ihm ein übermäßiges Maß an Schuld zu. Weiß dein Team, wo Tony sich aufhält?«

Luc schüttelt den Kopf.

Sie atmet einmal tief durch, versinkt in Schweigen. Wo auch immer sie sich aufhalten mögen, hier ist Nacht. Über ihnen teilt sich der elegante Sichelmond den Himmel mit einem Meer aus Sternen. Sie schaut auf, folgt mit den Augen der Milchstraße, für einen Moment gefesselt von dieser atemberaubenden Schönheit.

Plötzlich bricht eine Welle aus Heimweh über ihr zusammen. Elle beißt die Zähne zusammen. Ihre Augen brennen, obwohl sie seit einem halben Jahrhundert nicht mehr im Heim ihrer Vorfahren gewesen war. Auf der Bergspitze ihres Elternhauses scheinen die Konstellationen näher. Wenn der Mond sich zurückgezogen hatte, hat sie sich oft vorgestellt, die Hand zu heben und die Sterne zu berühren. In Sommernächten, wenn niemand hinsah, hat sie Magie unter ihre Füße geschoben und ist so hoch geflogen, wie sie es wagen konnte, erfüllt von Träumen einer Krone aus Sternen. Nachdem ihr kleiner Bruder geboren worden war, hat sie Spiegel aus Wasserbecken gefertigt und ihm die Sterne geschenkt.

Elle hätte alles für Yìwú getan. Sie hat die besten Pfirsiche für ihn aufbewahrt, die schönsten Pflaumenblüten. Sie hat ihn auf Kosten ihrer eigenen Ausbildung unterrichtet, als er verschiedenste Heiltechniken einfach nicht durchschauen konnte. Sie hat ihn gegenüber ihrer Familie verteidigt, als es sonst niemand tun wollte. Sie haben gemeinsam die Berge erkundet, wenn Tony Zusatzunterricht hatte, haben die fliegenden Schwalben zu ihren Nestern verfolgt, haben junge Bambussprösslinge abgeschnitten und sich damit duelliert.

»Geht es dir gut?«

Das holt sie auf die Erde zurück. Sie blinzelt gegen Tränen an, erinnert sich daran, warum sie hier ist. »Sollte ich das nicht eher dich fragen?«

»Mir geht es mehr als gut.« Luc steckt die kleine Statuette ein.

»Wirklich?« Sie kann seine gequälte Miene nicht vergessen, und wie er so heftig gegen den Zwang gekämpft hat, dass selbst seine

Atmung versagt hat. Der Stau von Energie in seinen Bahnen war immens und unnatürlich.

»Du bist hier und schon das allein schenkt mir Hoffnung. Ist dir kalt?«

»Ja, aber du hast gesagt, hier ist sonst niemand, richtig? Also wird es niemanden stören, wenn ich das hier tue.« Elle konzentriert sich, hebt ihre Magie und lässt sie in ihre Haut fließen, ohne dass sie daraus entkommen kann. Die Luft um sie herum schimmert, bis sie die richtige Temperatur findet und den Energiefluss mäßigt. »Viel besser.«

Einen Moment verweilt Lucs Blick auf ihr, bevor er sich umdreht und von der Steinplatte auf den festen Sand springt. »Hier entlang.«

Elle folgt ihm. Abgesehen von der Beantwortung ihrer Fragen hat Luc kaum gesprochen, seitdem sie Tonys Haus hinter sich gelassen haben – außer um ihr, in seinen eigenen Worten, seine tiefempfundene Dankbarkeit auszusprechen. Den Rest der Zeit haben sie schweigend verbracht, auch wenn sie nicht weiß, ob das seinem freien Willen entsprang. Es ist schwer zu beschreiben, aber Luc wirkt angespannt, wie ein Papier, das kurz vor dem Reißen steht, oder das Wabern einer Seifenblase kurz vor dem Platzen. Unter seiner stoischen Fassade nimmt sie das sanfte Kreisen seiner Gefühle wahr: das Zittern von Beklemmung; den Druck von Entschlossenheit; das Rauschen von Erleichterung. Es ist verstörend, dass sie das alles bemerkt. Er war immer ruhig und selbstsicher, unerschütterlich.

Das verrät nur, wie tief Tony ihn getroffen hat. Elle verzieht mürrisch das Gesicht. Eine kleine Flamme flackert in ihrer Handfläche auf, bevor sie das Feuer wieder erstickt, auch wenn sie innerlich kocht. Wenn sie wieder bei Tony ist, wird sie ihn umbringen. Er hatte keinen Grund, sich so zu verhalten; Informationen offenzulegen, die offensichtlich privat waren. Sie hat keine Ahnung, ob Luc ihr angesichts seiner Fesselung davon erzählt hätte, aber das ändert nichts an der Tatsache, dass Tony Lucs Privatsphäre verletzt hat.

Oh, Tony wird richtig eins aufs Dach kriegen. Sobald Elle hier fertig ist, wird sie ihm Schreie entreißen, so laut, dass die Vorfahren ihn hören werden. Sie wird Tony zum *Weinen* bringen.

»Hey.« Sie eilt voran, greift nach Lucs Ellbogen. Er drückt kurz die Fingerspitzen an ihre Hand. »Ich entschuldige mich aufrichtig für meinen Bruder.«

»Du musst dich nicht entschuldigen. Es war nicht deine Schuld.«

»Okay, wenn ich ihn das nächste Mal sehe, werde ich ihn zwingen, sich bei dir zu entschuldigen, weil er ein Arsch ist.«

»Ist nicht nötig. Ich kann seinen Standpunkt nachvollziehen.«

»Er war wirklich ohne guten Grund gemein zu dir.«

»Noch mal, ich verstehe seinen Standpunkt. Seine Reaktion auf mich kam nicht unerwartet. Bewegte sich innerhalb bekannter Parameter. Ein Risiko meines Jobs.« Luc spricht mit einer geübten Ausdruckslosigkeit, die Elle das Herz verkrampft. Verschwunden ist der sanfte Tonfall, an den sie sich gewöhnt hat, ersetzt durch eine Distanziertheit, die seiner Sprachmelodie alle Höhen und Tiefen raubt. Das muss ihm schon so oft geschehen sein, dass er sich in sein Schicksal gefügt hat.

Frustriert sagt sie: »Aber du bist nicht dein Job.«

Luc zieht eine Augenbraue hoch. »Dasselbe gilt für dich.«

»Wo sind wir?«, fragt sie, um das Thema zu wechseln, weil sie nicht diskutieren will und bemüht ist, ihre Gefühle in etwas Konstruktives zu kanalisieren. Wut bringt gerade nichts. Sie muss sich auf das aktuelle Thema konzentrieren: muss herausfinden, was Luc so beeinträchtigt. Sie ist kaum vertraut mit den verschiedenen Formen von Zwängen im Westen, aber sie weiß, dass nur die stärksten Kompulsionen tatsächlich körperliche Effekte haben.

Wut kocht in ihr hoch, als sie darüber nachdenkt. Es ist wirklich unglaublich, dass bisher niemand sein Problem bemerkt hat. Andererseits vermutet Elle, dass aufgrund von Lucs Ruf einfach niemand genug Interesse aufgebracht hat, um die Zeichen zu erkennen.

Sie zügelt ihre Energie, bevor sie in Flammen aufgeht. Diese Sache mit dem Unterdrücken ihrer Wut klappt nicht allzu gut.

»Wir sind wahrscheinlich irgendwo in Äthiopien.« Luc sieht sie nicht an, sondern zeigt stattdessen auf die gezackten, furchigen Klippen in der Ferne. »Ich habe nie gefragt. Dies ist ein kleines Gebiet, das die Sphinx vor Hunderten, wenn nicht Tausenden Jahren erhalten hat.«

Sie nähern sich einem uralten, knorrigen Baum, den Luc begrüßt, als wäre er ein alter Freund, indem er die Hand auf eine der freiliegenden Wurzeln legt.

»Du kennst diesen Ort gut?«

Er nickt. »Ich habe hier viel Zeit verbracht, als ich zur Agentur gekommen bin. Damals war das alles noch nicht so gut organisiert. Es gab keine Firmenwohnungen und das Hauptquartier war nicht der richtige Ort für einen Jungen, um dort zu leben. Also hat die Sphinx mich hierhergebracht.«

»Sie dachte, dieser Ort wäre besser?«

»Ja. Und ich stimme ihr zu.« Luc setzt sich wieder in Bewegung, folgt einer niedrigen Mauer. Mit einem Mal legt er den Kopf schief. »Sie ist wach und würde dich gerne sehen.«

Sie passieren ein Tor und betreten etwas, was Elle für das Hauptgebäude hält. Darin gibt es keine Lampen, nur das Licht von Sternen und Mond, das durch die Türen an beiden Enden fällt. Neben ihr ist Luc ein Schatten, der mühelos durch die Dunkelheit gleitet. Der Mangel an Licht stört ihn genauso wenig wie die Kälte. Sie fragt sich, ob es an seiner Vertrautheit mit dem Gebäude liegt oder daran, dass er besser sehen kann als sie.

»Du kannst Licht machen, wenn du möchtest.« Seine Schritte werden langsamer. Elle hört das Kratzen seiner Schuhe auf dem Boden, als er sich umdreht. »Tatie, wir sind da.«

Eine winzige Flamme erwacht in Elles erhobener Hand zum Leben. Im dämmrigen Licht erkennt sie die Umrisse der sitzenden Sphinx, das Leuchten ihrer Augen.

»Willkommen in meinem Zuhause«, sagt die Sphinx.

Elle sinkt auf die Knie, dann presst sie die Stirn auf den Boden, in der höchsten Respektsbezeugung, die sie kennt. »Vielen Dank für das Privileg, Euch hier besuchen zu dürfen.«

Die Sphinx erhebt sich, tapst lautlos auf sie zu. »Ich bin mir bewusst, dass du Fragen hast. Es dürfte schneller gehen, wenn wir uns direkt unterhalten. Habe ich deine Erlaubnis?«

»Über Telepathie«, erklärt Luc hilfsbereit.

»Oh«, sagt Elle. »Ja, natürlich.« Sie schließt die Augen.

Das ist nicht nötig, Kind.

Elle reißt die Augen auf. *Ja, Ma'am.*

Sie empfängt Erheiterung von der Sphinx. *Du kannst mich Maryam nennen. Luc hat mir bereits gezeigt, was geschehen ist. Er steht unter dem Zwang einer Geis und kann nicht über die Angelegenheit sprechen, also hat er mich gebeten, für ihn zu vermitteln.*

Eine Geis?, denkt Elle verwirrt. Sie sieht Luc an. *Die Kompulsion?*

Genau die. Bist du bereit? Ich möchte dich warnen, dass Lucs Erinnerungen sowohl grausam als auch intensiv sind.

Sie wappnet sich. »Okay. Zeigt es mir.«

Aber Elle ist nicht ansatzweise bereit für die Flut aus Gefühlen, die über sie hereinbricht. Der Gestank von Blut. Die Schuldgefühle, nicht rechtzeitig gekommen zu sein. Zwei Augenpaare, glasig vor Schock. Die Trauer um die Eltern und die verlorene Unschuld der Kinder. Die Erinnerungen umschlingen sie, ziehen sie nach unten. Elle keucht, zittert. Ihr Blick wird unscharf. Die Diskussion mit Oberon. Der unfassbare Befehl gefolgt von der Drohung. Und dann …

Sie kehrt mit einem schmerzhaften Schlag in ihren eigenen Körper zurück, als die Sphinx sie freigibt.

Luc kann nicht reden, weil Oberon seinen wahren Namen ausgesprochen hat. Maryams Schwanz peitscht von rechts nach links. Aufgrund dieses Befehls kann er weder über den Powrie-Fall noch über die Kinder reden, noch jemandem sagen, dass er unter dem Zwang einer Geis steht. Bis jetzt.

Elle ballt die Hände zu Fäusten. »Wie kann er es wagen«, sagt sie leise. »Wie kann er es wagen, so etwas zu tun.« Sie schaut Luc an, aber seine Miene ist wie versteinert. »Das ist dein Boss? Der oberste Chef der Agentur?«

Luc nickt. »Und derjenige, der mich gefunden hat, als ich verloren war. Alles, was ich tue, kann ich nur seinetwegen tun.«

Vielen Dank auch. Sie hasst den Gedanken. Ihrer Meinung nach schuldet Luc ihm gar nichts. »Und du lebst seit wie langer Zeit mit dieser Last?«

Er schüttelt nur den Kopf.

»Achtundzwanzig Jahre«, antwortet Maryam für ihn. »Ein Wimpernschlag und doch viel zu lang.«

»Was ist als Nächstes geschehen? Was hast du getan?«

»Das ist es, was ich dir zeigen wollte«, presst Luc hervor. »Mach einen Spaziergang mit mir.«

Elle ergreift seine Hand, löscht ihre Flamme, hält ihre Magie an der kurzen Leine, damit sie nicht aus ihrem Körper entkommen kann. Das Unrecht, das Luc angetan wurde, sorgt dafür, dass in ihrem Inneren genug Hitze brennt, um sie warmzuhalten. Der Missbrauch seines Vertrauens könnte sie explodieren lassen. Einen wahren Namen auf diese Weise einzusetzen, um das schlimmste Verbrechen der Fae-Welt des Westens zu begehen – das ist einfach entsetzlich. Und niemand kann sagen, ob Oberon es wieder tun wird. An Lucs Stelle hätte sie Angst, die Agentur zu verlassen.

Luc hält eine Tür für sie auf. »Die Trittsteine.« Er deutet mit dem Kinn darauf. »Sie führen zum Pavillon.«

Elle späht mit zusammengekniffenen Augen nach vorne, als sie mühelos dem Pfad folgt. »Sind das Betten?«

»Ja.«

»Sind sie ...«

Luc setzt den ersten Fuß auf den Boden des Pavillons, als betrete er heiligen Boden, geht zu den Betten, als laste ein tonnenschweres Gewicht auf seinen Schultern. Er hält zwischen den Matratzen an, dann dreht er sich zu Elle um. Die Trauer in seiner Miene jagt einen Stich in ihr Herz.

Luc nickt ein Mal.

Mit weit aufgerissenen Augen nähert Elle sich dem ersten Bett, in dem ein junges Mädchen liegt, das in Menschenjahren nicht älter wirkt als sieben oder acht. Ihr herzförmiges Gesicht zeigt noch die letzten Reste kindlicher Pausbacken; helle Sommersprossen zieren ihre hellbraune Haut. Ihr dunkles Haar ist zu zwei perfekten Zöpfen geflochten. Sie ist von so viel Magie durchdrungen, dass Elle es riechen kann, die trockene Hitze der Macht auf ihrer Zunge schmecken kann, als sie einatmet.

»Ich habe sie in einen verzauberten Schlaf gelegt«, sagt Maryam hinter ihr. »Sie sind an dieselbe Magie gebunden wie die Oase. Die Zeit vergeht, aber die Auswirkungen sind nicht zu spüren.«

»Ah. Oberon hat dich nie direkt angewiesen, sie zu töten, richtig? Er hat dir befohlen, dich um die Situation zu kümmern.« Elle sieht Luc an, der so gerade und unbeugsam steht wie ein Schwert.

Ein Muskel an seinem Kiefer zuckt, als er die Zähne zusammenbeißt. »Das tut er häufig.«

»Aber du hast sie stattdessen hierhergebracht.« Sie bemerkt, dass er die Augen geschlossen hat. »Geht es dir gut?«

»Das hier ist schwierig für ihn«, sagt Maryam sanft. »Die Kinder zu sehen erinnert ihn an sein Versagen.«

»Du hast nicht versagt, Luc.« Elle ergreift seine Hand.

Er zuckt zusammen und reißt überrascht die Augen auf.

Elle spricht mit beruhigender Stimme. »Es war kein Versagen. Du hast diese Kinder gerettet. Atme.«

Maryam schüttelt den Kopf. »Er sagt, er hätte sie nicht gerettet.«

»Warum?«

»Sie sind Kinder, die aus der Zeit gerissen wurden und keinen Platz mehr in der Welt haben. Oberon hat die Wahrheit gesprochen. Es gibt kein Heilmittel gegen die Besudelung durch einen Powrie. Luc hat danach gesucht und nichts gefunden. Um zu verhindern, dass die Kinder sich verwandeln, wache ich hier über sie.«

»Aber was, wenn eine Heilung möglich wäre?«

»Kind«, sagt Maryam. Elle unterdrückt ihre Irritation darüber,

Kind genannt zu werden. Für jemanden, der so alt ist wie Maryam, sind 124 Jahre gar nichts. »Ich habe meines Wissens noch nie von einer Heilung einer Powrie-Infektion gehört und Luc hat in drei Dekaden der Suche nichts gefunden.«

»Nun dann.« Elle stemmt die Hände in die Hüften. »Ich weiß ja nicht, ob ihr auch in meinem Teil der Welt gesucht habt, aber zufälligerweise stamme ich vom Gott der Medizin ab und wir sehen die Dinge anders.« Unbeirrt deutet sie auf das Mädchen. »Darf ich sie untersuchen?«

»Du kannst es versuchen. Aber ich warne vor übermäßigem Optimismus.«

»Luc?« Elle wendet sich an ihn.

Er seufzt, als wäre ein Zauber gebrochen worden. »Mach nur.«

Elle schlägt die Decke zurück, bis sie auf Höhe der Taille des Mädchens ruht, dann beruhigt sie ihre Pyrokinese. Sie hält die Handfläche ungefähr zwei Zentimeter über das Mädchen, um einen ersten Eindruck über die Energieflüsse zu gewinnen. Sie sind kühl, bewegen sich langsam, aber stetig durch die Energiebahnen, verlaufen aufgrund der Stasismagie der Sphinx in endlosen Kreisen. Aber es gibt diverse heiße Punkte an zufälligen Orten – über der Brust des Mädchens, ihrem Bauch, ihrer Stirn.

Elle wählt eine Stelle aus, um einen tieferen Blick zu wagen, zieht ein winziges bisschen der heißen Energie durch den offenen Kanal in ihrer linken Handfläche. Sofort schmeckt sie bitteres Metall, scharf wie Pfeffer auf ihrer Zunge. »Igitt!«, ruft sie und leitet die Energie durch ihre rechte Handfläche ab, dreht den Kopf, um den widerlichen Geschmack auszuspucken.

»Elle?«

»Alles in Ordnung.« Sie kann sich mit Shénnóngs qì reinigen, falls es nötig werden sollte. Elle fährt fort, hebt das linke Handgelenk des Mädchens und presst drei Finger auf ihren Puls.

Sie runzelt die Stirn. Der Pulsschlag ist langsam und schwer fassbar, wehrt sich zu Beginn, als sie die Finger fester auf das Blutgefäß drückt. Das ist seltsam selbst für ein Mädchen, das letztendlich Dornröschen ist, also beschließt Elle, tiefer zu graben. Sie wappnet ihr qì für den nächsten Magiestoß, gleitet in die Bahnen des Mädchens, kurz bevor der Puls ein weiteres Mal schlägt.

Sie trifft auf eine fremde Energie, die dornig und schlingpflanzengleich um die lebenswichtigen Organe des Mädchens liegt. Ihr Herz und ihre Leber sind am schwersten betroffen. Bei gründlicherem Hinsehen erkennt Elle, wie tief die Energie des Powrie in die Organe des Mädchens eingedrungen ist. Eine Trennung des Mädchens von dieser Energie kann nur mit höchster Konzentration und Fähigkeit gelingen.

Beunruhigt geht Elle um das Bett herum und ergreift das rechte Handgelenk des Mädchens. Hier kann sie spüren, wie die Energie des Powrie den Rest des Körpers beeinflusst. Dünne Fäden davon ziehen sich wie ein bösartiger Nebel durch Lunge und Eingeweide. So etwas hat sie noch nie gesehen. Aber wenn Elle sich konzentriert – ihrer eigenen Energie eine scharfe Schneide verleiht –, kann sie einen Ansatzpunkt finden, um die Besudelung zu lösen.

Sie versucht, die Energie des Powrie abzutrennen. Die Macht schreckt zurück, nur um im Anschluss nach ihr zu schlagen. Elle stößt ein Zischen aus und zieht sich zurück. Sie ist nicht kunstfertig genug. Sie kann das Mädchen nicht heilen.

Aber – und bei diesem Gedanken kribbelt ihre Haut vor Aufregung – Tony kann es. Oder Tony *konnte* es.

Sie sackt in sich zusammen. Scheiße.

»Was ist?« Aus Lucs Miene leuchtet eine Mischung aus Hoffnung und Angst.

Sie nimmt die Schultern zurück. »Ich will nicht, dass du dich zu sehr aufregst.«

Selbst die Sphinx wirkt interessiert. Ihr schwarzer Blick verfolgt die Geschehnisse genau. »Tochter von Shénnóng, was hast du gefunden? Kannst du sie heilen?«

»Ich kann sie nicht heilen, nein. Mir fehlen die Fähigkeiten.« Elle wartet nicht ab, bis Lucs Miene sich vollständig verfinstert hat. »Aber Tony hätte es gekonnt. Mithilfe des Buches. Damals, als er …«

»Aber er hat das Buch nicht«, sagt Luc verzweifelt. Er stößt den Atem aus, ein altes, leidgebeuteltes Geräusch, reibt sich das Gesicht, bevor er sich mit beiden Händen durch die Haare fährt. »Und er kann es nicht.«

»Nein. Aber Shénnóng ist nicht der einzige Gott der Medizin, nur derjenige, der am meisten verehrt wird. Es gibt andere Götter, andere Familien, die zu Ähnlichem fähig sind. Also gibt es Hoffnung, richtig?«

Maryam stößt ein fast reumütiges Lachen aus. »Plötzlich fühle ich mich töricht. In dieser Phase meines Lebens von einem Kind beschämt zu werden? All diese Jahre hätten wir nur weiter östlich suchen müssen ...«

»Fühlt Euch nicht zu schlecht. Ihr hättet jemanden wie mich gebraucht, um Euch den Weg zu weisen.« Elle wirft einen Blick zu Luc. »Und mit Lucs Beschränkungen wäre die Suche auf jeden Fall schwierig geworden. Ich weiß nicht einmal, wie es dir gelungen ist, überhaupt so weit zu kommen.«

»Museen«, sagt Luc. »Historische Aufzeichnungen in Bibliotheken und Kirchen. Straßburg besitzt ein altes Archiv, verborgen für alle außer den Fae. Dort gibt es Behandlungsmethoden für Werwolf- und Vampirattacken, die tausend Jahre zurückreichen. Diese Beschwerden äußern sich in ähnlichen Symptomen.«

»Deswegen wolltest du dort leben? Deswegen wolltest du dir freinehmen? Um zu recherchieren?«

»Ja.«

»Aber du kannst dir nicht freinehmen, weil ...« Elle kann nicht weitersprechen. Weil Luc zweimal versagt hat und Oberon ihm keine Auszeit gestattet. Weil er seine Erfolgsbilanz verbessern muss, hat er gesagt.

»Luc. Bedeutet deine Erfolgsbilanz zu verbessern, dass du meinen Bruder festsetzen musst?«

Sie braucht seine Bestätigung nicht, um zu wissen, dass die Antwort Ja lautet.

»Das ist das Einzige, was ich mir seit langer Zeit gewünscht habe«, sagt er resigniert. Luc wirkt und klingt entkräftet. Seine Schultern und sein Kopf hängen nach unten. Da ist noch etwas, was er nicht ausspricht, aber Elle kann nicht erahnen, worum es sich handelt.

»Um meine Fehler wiedergutzumachen. Aber scheinbar kann ich nichts anderes tun, als weitere Fehler begehen. Es tut mir leid.«

Ihre Brust schmerzt und ihre Augen brennen. Sie versteht ihn besser, als er sich vorstellen kann. Hier ist sie, sechsundzwanzig Jahre später, in denen sie nur von einem Fehler zum nächsten gestolpert ist. »Vielleicht kann ich helfen.«

Er wendet sich an die Sphinx. »Tatie, würdest du Elle und mir eine Minute Zeit geben?«

Sie sehen sich unverwandt an, tauschen irgendetwas aus.

»Lass uns zum Turm gehen«, schlägt Luc vor.

Sie verlassen den Pavillon und durchqueren das Hauptgebäude, dann steigen sie auf das Dach eines Turms. Elle stemmt die Hände auf die niedrige Mauer und lehnt sich vor, streckt ihren Körper, hebt das Gesicht zum Himmel und fühlt sich dabei, als fiele sie nach oben. Im Kopf geht sie bereits das Rolodex ihrer alten Kontakte durch, auf der Suche nach dem besten Berater. Es gäbe da ein paar geübte Ayurveda-Praktizierende. Und irgendwo in den Tiefen des taiwanesischen Hinterlandes verbirgt sich ein entfremdeter Zweig ihrer Familie.

Hinter sich hört sie, wie der Sand unter Lucs Schuhen knirscht. Ein paar Minuten lang geschieht nichts, außer, dass Wärme in ihrem Anhänger aufblüht. Elle legt die Hand an die Brust, drückt die Jade an ihre Haut, aber jetzt fühlt sie sich nur glatt und kühl an, tröstend. Vielleicht bildet sie sich nur etwas ein.

»Elle.«

»Mm?« Sie dreht sich um, bereit, noch etwas zu sagen, aber ihre Worte verklingen, als sie Luc vor sich entdeckt, seine Miene zögerlich, seine Stirn leicht gerunzelt. Sternenlicht umhüllt sein braunes Haar, und das Mondlicht tilgt das Blau aus seinen Augen, lässt sie in außerweltlich schönem Silber glänzen. Er trägt den Nachthimmel um seine Schultern wie eine Königsrobe und in diesem Moment kann Elle glauben, dass Luc tatsächlich elfisch ist und aus einem uralten, mysteriösen Land stammt.

»Ich möchte mich entschuldigen.« Er tritt vor, ergreift ihre Hände, senkt den Blick. »Es tut mir leid, dass ich dein Vertrauen verraten habe. Ich bin klug genug, nicht um Vergebung zu bitten. Aber ich weiß nicht, was ich sonst sagen soll.«

»Das ist schon ein guter Anfang.«

»Außerdem möchte ich dir danken, aber ich weiß nicht, ob du es hören willst.«

Sie drückt seine Hände. Seine Reue wirkt aufrichtig. In seiner Position hätte sie vielleicht dasselbe getan. Sie wartet, bis er den Kopf hebt. »Wie willst du das herausfinden, wenn du die Worte nicht aussprichst?«

»Lass mich erst sagen, was ich kann.«

»Okay.«

»Ich werde dir immer unendlich dankbar sein. Für alles, was du für mich getan hast. Für deine Zeit und deine Mühe. Dafür, dass du einfach du warst. Jemand, der mich gut behandelt hat, obwohl ich es andersherum nicht getan habe. Dafür, dass du an mich geglaubt hast, als ich dachte, niemand würde das bei dieser furchtbaren ... Angelegenheit jemals tun.«

Warme Zuneigung blüht in ihr auf. »Gern geschehen, aber ...«

»Elle, still. Lass mich ausreden.« Er lächelt leise. »Ich schulde dir unglaublich viel. Ich glaube nicht, dass du je verstehen wirst, wie viel. Du hast mein Leben gerettet. Du hast mir Vertrauen geschenkt, obwohl ich wenig getan habe, es zu verdienen. Du hast mir Hoffnung geschenkt, auch wenn die vor mir liegende Aufgabe gigantisch ist. Aber sie ist nicht unmöglich. Jetzt habe ich etwas, worauf ich mich freuen kann. Ein neues Ziel.«

»Ich kann dir dabei helfen. Ich glaube, ich hätte das richtige Netzwerk.«

»Bitte, darf ich ...«

»Ausreden? Ich werde den Mund halten. Tut mir leid.«

Er hebt ihre Hände an die Lippen, küsst ihre Finger, als hätte sie ihm einen Segen erteilt. Elle zittert und wieder hat das nichts mit der Kälte zu tun. Lucs Blick ist so intensiv, dass er fast schmerzt.

»Ich verstehe, wenn du mich nicht wiedersehen willst. Ich akzeptiere diese Konsequenz. Ich möchte dich nur wissen lassen, egal, was auch passieren mag ...«

Wieder schießt Hitze durch ihre Jade. Elle schiebt es auf die plötzliche Furcht, die ihr den Magen verkrampft. Will er sie verlassen? Trennen sie sich schon nach einem Tag?

Ihre Jade beginnt warnend zu pulsieren.

»..., dass du mich glücklich gemacht hast, und das ist etwas, was ich nie für möglich gehalten habe. Elle, ich ...« Er bricht ab. Schluckt schwer.

»Du ...?«

»Es tut mir leid.« Luc umfasst ihr Gesicht und beugt sich vor, bis sein Mund nur Zentimeter vor ihrem schwebt, dann schließt er die Augen. Als er atmet, spürt sie es an ihren Lippen. Elle hält sich unbeweglich, lässt die Lider nach unten sinken, der Abstand zwischen ihnen so zerbrechlich wie Glaswolle.

Luc küsst sie.

Er küsst sie so sanft, dass ihr fast das Herz bricht. Als versuche er, ihr durch Handlungen zu sagen, was er mit Worten nicht ausdrücken kann. Die Welt dreht sich um sie, als sie die Hände hebt und an seine Wangen legt. Ein kapitulierendes Geräusch dringt aus seiner Kehle und dann vertieft er den Kuss.

Elle seufzt, öffnet sich ihm, vergisst alles außer, wie er schmeckt und sich anfühlt, wie warm er ist, wie natürlich seine Berührungen wirken, wie sicher sie sich in seinen Armen fühlt. Gäbe es nicht Tony und Yìwú und die Last ihrer Fehler, gäbe es nicht den Zwang, der Lucs Leben an die Agentur fesselt, würde sie das hier – ihn – für lange Zeit behalten wollen.

So hat sie noch nie über jemanden gedacht. Sie reißt die Augen auf.

»Elle?«, murmelt Luc. Er öffnet ebenfalls die Augen, die jetzt die Farbe des nächtlichen Meeres imitieren.

Sie küsst ihn, kuschelt sich an ihn. »Ich weiß deine Entschuldigung zu schätzen. Aber ich ...«

Hitze schießt durch ihre Jade, durchfährt ihren Körper. Elle bricht mit einem Keuchen ab. Ihre Hand fliegt zu ihrer Brust, findet den Anhänger. Energie tobt darin, wirft sich gegen die Barriere des Steins. Irgendetwas stimmt nicht.

Tony.

»Nein«, flüstert sie.

»Nein?«, wiederholt Luc und Schmerz huscht über sein Gesicht.

Elle schüttelt den Kopf, tritt einen Schritt zurück. Angesichts der Alarme, die sie errichtet hat, fällt es ihr schwer, sich zu konzentrieren. Die Überladung mit Geisterenergie raubt ihr den Orientierungssinn. Ihre Jade glüht so heiß, dass sie ihr die Hand verbrennt. »Nein, ich meine ...«

Genau in diesem Moment brechen die Schutzschilde um Tonys Haus. Der Rückschlag überbrückt Zeit und Raum, trifft Elle wie ein Faustschlag. Mit einem Aufschrei sinkt sie auf die Knie.

Würgend und zitternd angesichts der schieren Macht des Angriffs krümmt Elle sich. Sie schlingt die Arme um sich selbst und bemüht sich vergeblich, die Magie davon abzuhalten, in ihre Adern zu fließen. Es folgt ein weiter Ansturm von Magie und wieder schreit sie. Rauch wabert aus ihrem Mund. Durch das Rauschen des Feuers hört sie, wie Luc etwas ruft, aber sie braucht ihre ganze Kraft, um ihre Magie nach oben zu lenken, um ihn nicht zu verletzten. Die Nacht vergeht in einer weißglühenden Flamme. Mit geschlossenen Augen presst sie ihren Laes an ihr Brustbein, wiegt sich keuchend auf den Knien, versucht, sich vom magischen Überfluss nicht überwältigen zu lassen. Sie kann sonst nichts in Bezug auf ihre Glyphen wahrnehmen – nur, dass die äußere Verteidigungsfront eingebrochen ist. Unmöglich.

Tony steckt in Schwierigkeiten. Sie muss sofort zu ihm.

»Elle?« Luc versucht, ihr zu helfen, aber sie wehrt ihn ab, fällt für einen Moment auf Hände und Knie, bevor sie wieder aufsteht. »Elle, was ist passiert?«

»Es ist Tony!« Sie rennt mit stolpernden Schritten zur Treppe, ruft schon im Laufen. »Maryam! Maryam!«

Die Sphinx springt heran. Sand sammelt sich vor ihren Pfoten, als sie abrupt anhält. Elle streckt ihren Geist, überträgt ihre Panik durch die Verbindung. Sie atmet zu flach. Shénnóng helfe ihr. Yìwú hat ihn gefunden.

Halte dich an mir fest, sagt Maryam. *Ich bringe dich so nah heran, wie es mir möglich ist.*

Schon schlingt Elle die Arme um die Schultern der Sphinx, als Luc aus der Tür zum Turm eilt. »Elle, ich habe nicht ...«, setzt er mit panisch aufgerissenen Augen an. »Ich war es nicht. Ich habe niemandem seinen Aufenthaltsort ...«

»Nimm das!« Elle gräbt in ihrer Handtasche herum, bis sie ihr Handy findet. »Ruf Lira an, schick sie zu Tony. Ich werde sie dort treffen. Ich muss ... es tut mir so leid, aber ich muss ...«

Ein Wirbeln von Sand, ein Zucken in der Zeit, und die Wüste verschwindet.

Elle wird fliegen.

Nur so kann sie Tony schnell genug erreichen: Auf einer geraden Linie zwischen zwei Punkten. So kann sie eine Fahrt von einer Viertelstunde in wenigen Minuten hinter sich bringen. Damit bricht sie auch eine der Grundregeln der Agentur in Bezug auf Menschen-Fae-Interaktion, nämlich keine Zurschaustellung von Magie in der Umgebung von Menschen. Das beinhaltet unnatürliche Flugbewegungen, das Erzeugen von Feuer und Beschwörungen – alles Dinge, die sie tun wird.

Elle stürmt durch die Tür zum obersten Deck der Parkgarage in Raleigh, ruft Magie aus ihrer Jade. Diesmal stellt sie keine Bitte an ihren Gott und ihre Vorfahren. Sie fordert und erhält. Reine Macht erfüllt ihren Körper. Ohne nachzudenken, konzentriert Elle die Magie in ihrer Stirn, ihrem Herzen, der Stelle zwischen ihren Hüften. Es regnet. Dicke Tropfen fallen aus einem Himmel, der sich aufgrund von finsteren Wolken vorzeitig zur Nacht verdunkelt hat.

Jeder Tropfen, der sie trifft, verändert die Form, vergeht zischend auf ihren Schultern, ihrem Kopf, ihrer Haut, um als Dampf wiederaufzuerstehen.

Eine schnelle Handbewegung erschafft das Schriftzeichen für Flug, geschrieben in Flammen. Sie braucht keinen Pinsel. Für sich selbst war ein solches Werkzeug niemals nötig. Elle springt ab, stößt sich mit einem Fuß kurz auf der Betonmauer ab und springt durch das Schriftzeichen, zieht es um sich wie einen Mantel, als die Wirkung einsetzt. Losgelöst von der Schwerkraft, saust sie nach oben in den Himmel. Ihr Haar flattert hinter ihr wie die Federn eines Phönix'. Sie ist ein Meteorit, der direkt auf Tonys Haus zuschießt.

Sie ignoriert die Schreie ihrer Vorfahren, wird dank reiner Willenskraft Diktatorin, packt sich jeden Geist und leert seine Magie, bevor sie ihn zur Seite schleudert. Vorher glaubte sie, bereits wütend zu sein, aber jetzt brennt sie vor Zorn, denn Himmel, Shénnóng, sie trägt die Schuld. Mal wieder. Sie hätte Tony niemals in Kontakt mit seiner Familie bringen dürfen; was hat sie sich dabei nur gedacht? Sie ist wütend auf sich selbst und auf ihre Vorfahren, weil sie ihrem Wesen folgen. Nachrichten verbreiten sich immer schnell, wo tratschende Tanten und Onkel sich versammeln – und Geister stellen da keine Ausnahme dar. Unter der Wut brennt die Angst ... und dieses Gefühl setzt Elle ein, um ihren Flug voranzutreiben. Sie sammelt die Macht ihres Gottes und der Geister um sich, bis sie selbst fast einen Zustand der Göttlichkeit erreicht. Yìwú wird wissen, dass sie kommt. Ihre gesamte Familie wird es spüren.

Tränen rinnen heiß über ihre Wangen und lassen eine salzige Patina zurück. In der Ferne erscheint Tonys Haus, mit einem unbekannten Auto in der Einfahrt davor. Die Tür steht weit offen, gelbliches Licht fällt auf die Veranda und hinter der Türschwelle liegt eine feuchte Glyphe. Sie hält darauf zu. Die Furcht pulsiert in ihr, als sie das Auto nutzt, um ihre Landung abzufedern.

»Yìwú!« Elle schreit den Namen ihres Bruders als Herausforderung, als sie zur Tür stampft. Die Tätowierungen auf ihren Armen erwachen zum Leben, gleiten glühend über ihre Haut. Sie schreit wieder.你給我滾過來!」

Die Antwort erfolgt als Aufwallen von Energie, nicht gegen sie gerichtet, sondern gegen den östlichen Punkt der inneren Verteidigungslinien. Im Haus befindet sich eine Machtquelle, so hell und gleißend wie eine Supernova. Eine Zehntelsekunde zu spät versteht sie, dass es sich um die Jade ihres Ururgroßvaters handelt.

Noch mehr Energie attackiert ihre Schutzschirme. Der Rückstoß schleudert Elle zu Boden. Sie vergräbt die Fingernägel im Holz der Brücke. Innerhalb von Augenblicken bringt Yìwú die südliche Seite zum Einsturz, die westliche, die nördliche. Die Kombination aus Zerstörung und Rückstoß schleudert Elle mehrfach gegen das Geländer, bis sie Sterne sieht.

Mit zusammengebissenen Zähnen kämpft Elle sich auf die Beine, richtet sich auf, obwohl ihr Körper sich anfühlt wie eine angeschlagene Glocke. Es beängstigt sie, wie schnell Yìwú ihre Schutzschirme durchbricht, wie viel Macht er hat. Etwas rinnt über ihre Lippe. Sie wischt es weg, schmeckt metallisches Blut.

Sie hofft, dass es ihm schlechter ergeht. Wenn es irgendetwas gibt, was sie über ihren Bruder weiß, dann, wie wenig subtil er ist. Und brachiale Gewalt wird brachiale Gewalt ernten. Dafür hat Elle ihre Schutzschirme so entworfen, dass sie nach außen explodieren und den Angreifer verletzen.

Sie schiebt sich durch die Überreste von Tonys Eingangstür, der Rahmen gesplittert und verzogen, und entdeckt zwei Gestalten im Haus. Eine davon liegt auf dem Boden. »Yìwú!«, schreit Elle.

Ihr Bruder dreht sich zu ihr um. Elle keucht. Ihr Herz wird in zwei Teile gerissen, und sie beginnt ernsthaft zu weinen. Yìwú ist keinen Tag gealtert. Er ist gebaut wie ein Weidenschössling, schlank und unscheinbar, mit einem schmalen, rechteckigen Gesicht und dauerhaft ernster Miene. Seine Augen, schwarz und verschleiert, fangen ihren Blick ein. Blut rinnt aus einem Nasenloch und verbindet sich mit dem Blut in seinem Mundwinkel. Auf dem Boden verteilt liegen die zerbrochenen Reste von Tonys

Medizinkrügen. Der Esstisch, an dem sie so viele Jahre über Tee getrunken hat, liegt auf der Seite, durchzogen von langen Rissen. Elles Schriftrollen hängen in Fetzen von den Wänden, flattern in der leisen Brise, erzeugt von der Macht, die von den Schultern ihres Bruders ausstrahlt. Geisterhafte Flammen tanzen über die Klinge des Schwertes, das auf Tonys Kopf gerichtet ist. Vom Heft hängt ein Jadering, in den Stierhörner eingraviert sind.

»Große Schwester«, begrüßt er sie in der weichen Kadenz ihres Heimatdialekts.

Elle schlägt die Hand vor den Mund, erstickt fast an einem Schluchzen. Erinnerungen aus einem früheren Leben drängen nacheinander in ihren Kopf, drohen, sie in einer Flut zu ertränken. Ihre Familie hat immer gesagt, dass Xìxiáng – Tony – mit einem Übermaß an Glück und Freude geboren wurde, während sie, Yìyǎ, gerade genug davon erhalten hat. Als der Jüngste geboren wurde, war für ihn nichts mehr übrig als Verzweiflung. Yìwú der Ernste, der nur selten lächelte und noch seltener lachte. Als Kind hat Elle das nichts ausgemacht. Sie hat ihren Bruder immer in alles miteinbezogen, bis er ihr dieses leise Lächeln schenkte.

Sie stößt ein Geräusch aus, das tief aus ihrer Brust entspringt.

»Er ist am Leben. Noch. Deine Magie ist um einiges stärker geworden. Aber auch ich habe an Kraft gewonnen.«

»Kleiner Bruder«, sagt Elle, ihre Kehle zugeschnürt als Reaktion auf den Kampf, den sie nicht führen will. »Tu das nicht.«

»Wenn ich es nicht tue«, antwortet Yìwú, seine Augen erfüllt von endloser Schwärze, »wird es mir nie gelingen, meine Fehler zu sühnen.«

Sühne. Etwas, wonach sowohl sie als auch Luc und Yìwú streben. Elle bildet sich nicht ein zu verstehen, wie die Sühne aussehen soll. Für sie war es immer bittere Medizin, die gekocht und geschluckt werden muss, in dem Verständnis, dass sie irgendwann alles besser machen würde. »Du kannst Buße tun, ohne uns zu verletzen.«

»Es stehen zwei Leben gegen viele.« Yìwú legt den Kopf schief. »Das habe ich schon vor langer Zeit ausgerechnet. Solange er lebt, sterben Leute. Es sind bereits Leute gestorben. Es ist seine Selbstsucht, die mich zum Handeln zwingt. Um etwas zu tun, was er mühelos hätte vollbringen können.«

Schmerzerfüllt schließt Elle die Augen. Es gab einen Jungen ungefähr in Yìwús Alter am Fuß des Berges, der dort bei den Jüngern lebte. Die beiden hatten sich nahegestanden. Als der Junge erkrankte, hatte Yìwú Tony um Hilfe angebettelt. Als Tony sich egoistisch geweigert hatte zurückzukehren, hatte Yìwú getan, was er für richtig hielt.

Entgegen aller Vorsichtsregeln hatte er das Buch genutzt. Niemals hätte er erahnen können, dass seine Handlungen den Tod seines Freundes verursachen würden.

»Tony wollte dieses Schicksal nicht.« Die Worte klingen hohl und leer. Sie weiß, wer die Schuld trägt. »Du weißt, wie glücklich er war, unsere Familie hinter sich lassen zu können. Endlich über sein eigenes Leben bestimmen zu können.«

»Ich will mein Schicksal.«

Yìwús Stimme ist so aufgeladen mit Feindseligkeit, dass Elle den Mund verzieht. Yìwú wäre ein prächtiger Krieger geworden. »Aber all das liegt in der Vergangenheit. Jetzt zählt nur, dass ich meine Zukunft sichere. Und die beginnt mit euch beiden.«

Reden ist sinnlos. Es hat vor sechsundzwanzig Jahren nicht geholfen und wird auch jetzt nichts bringen.

Was auch immer sie tut, sie darf nicht zulassen, dass sein Schwert sie berührt.

Elle beschwört Feuer, schleudert es auf ihren Bruder, um Raum zu gewinnen und ihn von Tony wegzutreiben. Die Flammen rasen brüllend durchs Foyer, hinterlassen Brandflecken auf dem Holzboden.

Ein metallisches Aufblitzen. Yìwú durchschlägt die Flammen, stürmt durch die Bresche. Ihr Atem stockt, als sein Handflächenschlag dumpf auf ihre Brust trifft und dabei nur knapp ihre Jade verfehlt. Sie öffnet den Mund und eine Glyphe formt sich. Sie speit Yìwú Nadeln ins Gesicht, als ihr Rücken mit dem Türrahmen kollidiert.

Geschickt wendet er sich ab, sodass die Nadeln sich in seinen Unterarm graben. Sofort zieht er sie heraus und schleudert sie auf sie zurück. Elle wirft sich zur Seite, auf das Porträt zu, weicht aus. Ihre rechte Hand findet ihren linken Arm und löst eine Reihe von Schriftzeichen. Sie hängen wie Rauch in der Luft, bevor sie einatmet und einen Windstoß ausstößt, der die Zeichen auf ihren Bruder zutreibt.

Yiwú schreit ohne Worte, als die Schriftzeichen ihn finden, schlägt die Hände vor die Augen. Als er die Finger wieder senkt, wirkt sein Blick unscharf. Lauschend erstarrt er. Elle erhebt sich schwebend über den Boden, bereitet ihren nächsten Angriff vor. Eine weitere Reihe von Schriftzeichen löst sich von ihrem Arm, verschmilzt miteinander, um ein einziges langes Band zu formen.

Sie sieht, wie Yiwú eine Gegenglyphe zeichnet, als sie das Ende des Bandes packt und es einmal über ihrem Kopf kreisen lässt, bevor sie damit nach seinem Schwert schlägt. Das freie Ende schlingt sich ums Heft. Elle versucht, Yiwú die Waffe aus der Hand zu reißen, aber er klammert sich daran fest, als sein Gegenzauber an Kraft gewinnt und die Blindheit tilgt. Stattdessen folgt er seiner Klinge, kommt mit ausgestrecktem Schwert auf sie zu.

Elle wickelt das Band um ihren Ellbogen, um es zu spannen, packt es mit beiden Händen und zerrt, sodass ihr Bruder an ihr vorbeischießt. Dabei springt sie nach oben, sammelt ihre Energie um sich und rammt mit beiden Füßen voran auf seinen Rücken, stößt ihn zu Boden. Sein Schwert durchschlägt Tonys Holzboden und durchtrennt auch das Betonfundament darunter; Elle hört, wie Yiwús Zähne klappernd aufeinanderschlagen.

Sie muss das schnell zu Ende bringen. Je länger der Kampf tobt, desto größer gerät sie in Nachteil und desto weniger wird sie seine Eisenhemd-Technik überstehen können. Die nächste Glyphe blitzt unter ihrer Berührung auf. Elle packt sie, sodass die Hälfte ihrer Haut leer zurückbleibt, rollt sich von ihrem Bruder weg und wirft das Schriftzeichen zur Decke, wobei sie verzweifelt darauf hofft, dass die Verbindung zu Liras nordischer Magie greifen wird. Schon einen Wimpernschlag später verändert sich die Glyphe, wird zu einer Reihe unentschlüsselbarer Runen.

Ein durchscheinender Speer saust herab, durchstößt Yìwú und nagelt ihn auf dem Boden fest. Elle schreit gleichzeitig mit ihrem Bruder auf, als es geschieht. Sie will die Hände vor die Augen schlagen, doch sie ist unfähig, den Blick von dem vibrierenden schwarzen Schaft abzuwenden, über den Runen kriechen. Das Klappern der Hufe eines sechsbeinigen Pferdes grollt durchs Haus wie Donner, lässt die Tonscherben auf dem Boden erzittern. Elle verbirgt ihr Gesicht im Ellbogen, um keinen Blickkontakt mit einem uralten Gott aufzunehmen. Yìwú grunzt, als der Speer verschwindet, wieder in der Hand seines Besitzers, und eine Wunde zurücklässt, aus der Blut quillt.

Elle zerrt wieder an dem Band und diesmal gelingt es ihr, Yìwú das Schwert aus der Hand zu reißen. Es rutscht klappernd über den Boden bis in den Wintergarten. Sie sollte die Jade packen, aber sie hat nur Augen für Tony.

»Tony!«, kreischt Elle. Sie rennt auf ihren Bruder zu, dreht ihn, bis sein Gesicht nach oben zeigt. Ihnen bleibt nur eine Minute, bevor Yìwús Wunden heilen. »Tony, rede mit mir. Geht es dir gut?«

Er stöhnt. »Nein.«

»Wir müssen verschwinden. Komm. Lass mich ...« Sie presst die Hände an seinen Körper, betet. »Shénnóng, dein Sohn braucht ...«

»Nein! Wir werden nicht mehr fliehen. Wir bringen das jetzt zu Ende.« Tony stöhnt wieder, dann schiebt er sie nach hinten, um aufzustehen. »Verdammt. Wieso habe ich mein Fleischerbeil entsorgt?«

»Ich werde ihn nicht umbringen. Ich kann es nicht. Komm schon, wir müssen weg.« Elle packt Tonys Arm und zerrt daran.

Tonys Augen werden groß. Mehr Warnung ist Elle nicht vergönnt, bevor etwas gegen ihren Körper prallt, sodass sie mit einem tiefen Stöhnen nach vorne stolpert.

»Yìyä!«, schreit Tony und versucht, sie zu fangen.

Yìwús Tritt katapultiert Elle kopfüber gegen Tonys Schränke.

Ein Messer – da muss ein Messer in ihrem Rücken stecken, nichts anderes erklärt diese Schmerzen. Sie keucht auf, als Yìwú die Klinge packt und noch tiefer in ihren Körper stößt.

Sofort geben ihre Beine nach. Elle sinkt zu Boden, versucht, sich im Fallen an Schubladen festzuhalten. *Shénnóng!*, fleht sie. Neben ihr erklingen dumpfe Schläge, als Tony und Yìwú sich gegenseitig attackieren. Sie ist unfähig, darauf zu achten; Pein erfüllt ihren Körper. Ihr Gott reagiert mit heilender Energie, die aus ihrer Jade fließt, über ihre Haut gleitet, bis sie das Messer findet. Elle greift stöhnend nach hinten und zieht die Klinge heraus. Die Magie füllt die Wunde und beginnt den Heilungsprozess.

Auf ihrem Unterarm trägt sie eine Glyphe für Heilung. Elle streicht, das Messer in der Hand, mit den Fingerspitzen über die Tätowierung, um sie zu aktivieren; atmet auf, als Energie in ihren Körper dringt. Mit frischer Kraft wirft sie sich zurück in den Kampf, in dem Yìwú dem Sieg nahe ist.

Panische Angst ergreift Besitz von ihr. »Weg von ihm!«, brüllt sie ihren jüngeren Bruder an, bevor sie sich abstößt und auf ihn wirft.

Sie rammt Yìwú gegen Tonys Sessel, der sich dreht und umfällt, sodass sie beide auf den Couchtisch stürzen. Wundersamerweise ist es Elle gelungen, das Messer festzuhalten; sie stößt damit nach Yìwús Kopf. Der Winkel ist schrecklich. Auf seiner Wange öffnet sich ein Schnitt. Die Haut klafft auf, dann packt Yìwú Elles Handgelenk mit beiden Händen und entwindet ihr die Klinge.

Im nächsten Augenblick sticht er sie dreimal in die Seite, rollt unter ihr heraus, packt ihr Haar und knallt ihren Kopf gegen den Tisch. Schmerzen explodieren in ihrem Körper und für eine Sekunde sieht sie nur schwarz. Als sie die Augen wieder öffnet, erfüllt von Pein wie eine Million Schreie, stellt sie fest, dass sie nur blutend auf dem Couchtisch liegen kann und beobachten, wie Yìwú Tony zu Boden wirft.

»Unelegant«, sagt Yìwú, als er schwer atmend über Tony steht. »Aber es wird reichen.«

Tony öffnet die Augen. »Zum Teufel mit dem Altern«, stöhnt er.

»Das dürfte nicht mehr lange ein Problem darstellen«, meint Yiwú fast beiläufig.

»Fick dich«, antwortet Tony im selben Plauderton und schenkt Yiwú das breiteste, überheblichste Grinsen, das Elle jemals gesehen hat.

Nein. Verzweifelt will Elle die Arme nach ihren Brüdern ausstrecken. *Nein, nein, nein!* Ihre rechte Hand bewegt sich nur wenige Zentimeter. Sie wimmert, strengt sich aber gleichzeitig mehr an, taucht tief in sich selbst ein, um mehr Magie, mehr Feuer zu finden – ein Gebet an ihren Gott für sofortige Heilung. Irgendetwas. Aber das Unvermeidbare wird geschehen.

Yiwú beugt sich vor und stößt in einer fast zärtlichen Geste die Klinge unter Tonys Rippen.

»Nein!« Elle heult das Wort, als sie hört, wie der Atem mit einem lauten Grunzen aus Tonys Körper weicht. »Nein!«

»Es tut mir leid, dass es so weit kommen musste«, sagt Yiwú, als er sein Schwert holt, um dann zu Elle zu gehen. Tränen lassen ihren Blick verschwimmen; sie kann nicht mehr atmen. Ihre Schmerzen vergehen angesichts des Ausmaßes ihres allumfassenden Versagens. Schon beim letzten Mal konnte sie ihre Brüder nicht vom Kämpfen abhalten. Fast hätte sie Tony umgebracht. Sie hat Yiwú hierhergeführt und hat ihn nicht aufgehalten. Wieder und wieder hat sie sich bemüht, nur um zu versagen, ohne irgendetwas zu erreichen. Tony stirbt trotzdem auf dem Boden seines Hauses.

Bald schon wird sie sich ihm anschließen, wenn sie nichts unternimmt.

»Ich werde dir die Gnade angedeihen lassen, die du verdient hast«, sagt Yiwú, als er sich nähert. »Das ist nicht meine Präferenz. Du warst meine große Schwester. Aber solange es dich gibt, wirst du mir immer im Weg stehen.«

Elle kann nicht antworten. Tränen rinnen unkontrolliert aus ihren Augenwinkeln, sammeln sich in ihren Ohren, bevor sie zu

Boden fallen. Ihr Körper heilt nicht schnell genug, um sich zu bewegen.

Yìwú steht über ihr und auch in seinen Augen glänzen Tränen. Er lässt sich auf die Knie sinken, legt das Schwert zur Seite und verbeugt sich vor ihr, presst dreimal seine Stirn an den Boden.

Elle schickt ein letztes Gebet aus und eine Bitte. *Großmutter*, sagt sie und schickt ihr Lebewohl durch ihre Jade. *Bitte.*

Ihre Vorfahren heulen im Gleichklang.

»Verehrte ältere Schwester.« Yìwú steht auf, streicht mit sanften Fingern ihr zerzaustes schwarzes Haar nach hinten, die blutige Klinge an ihrer Kehle.

囚. Ein Schriftzeichen, das Gefangener bedeutet oder gefangen nehmen. Vier Wände mit einem Mann darin. Das Wort füllt ihre Gedanken.

»Geliebter jüngerer Bruder«, formt Elle mit den Lippen. Frische Tränen ergießen sich über ihre Wangen. Das Schriftzeichen bildet sich im Fluss ihres Atems, strahlt wie ein Funke.

»Was …«, setzt er an, aber dann gewinnt die Magie an Macht. Dicke Wände erscheinen um ihn herum. Eine letzte Glyphe hebt sich von ihrem Arm, eine Glyphe der Stasis. Elle presst sie an das Gefängnis. Sofort breitet sich die Magie über die Wände aus, wie Öl auf Wasser.

Jede Bewegung im Inneren verklingt.

Elle schluchzt und stöhnt, bewegt sich Stück für Stück, fleht ihren Körper an, seine Aufgabe zu erfüllen und sie an Tonys Seite zu bringen. Sie rollt sich auf den Bauch, wimmernd vor Schmerz angesichts der unzähligen, teilweise geheilten Stichwunden. Wahrscheinlich hat sie auch eine Gehirnerschütterung. Sie wirft jede Würde über Bord, um über den Boden zu ihrem Bruder zu kriechen. Der rote Teich unter ihm wirkt viel zu friedlich.

»Bruder«, ruft sie, ihre Brust wie zugeschnürt.

Er regt sich. »Nicht der Engel, auf den ich gehofft hatte.«

Elle stößt ein Geräusch aus, halb Lachen, halb Schluchzen. Himmel, das tut weh. »Du wirst heute … nicht sterben.«

»Witzig«, sagt er und atmet aus. Es dauert einen Moment, bevor er wieder einatmet. »Fühlt sich so an.«

»Du wirst leben. Das musst du.« Dunkelheit flackert an den Rändern ihres Blickfeldes, als sie sich auf die Ellbogen hebt und eine zitternde Hand zu ihrem Laes führt. Sie besitzt weder genug Zeit noch genug Energie, um sich selbst zu heilen. Nicht, wenn sie Tonys Leben retten will. Ihre Familie hat ihn immer am meisten geliebt.

Die Vorfahren schreien wieder auf, als sie ihre Absicht erkennen.

Elle zieht die Kordel über den Kopf, dann presst sie Tony den einfachen Jadekreis in die Hand. »Es tut mir leid«, flüstert sie. »Das ist alles, was ich noch habe.«

Tränen rinnen unter Tonys geschlossenen Lidern heraus. »Du zwingst mich, meine letzten Worte zu verschwenden ... warum?«

»Weil.« Sie packt seine Hand fester, verschränkt ihre Finger. Elle ruft nach ihrer Familie, nach dem Lebenden genauso wie den Toten. Sie müssen Tony zurücknehmen. Nach allem, was geschehen ist, ist das nur richtig. Wenn sie das nur vor all diesen Jahren getan hätte. »Ich habe dich im Stich gelassen. So oft. Ich habe zu viel verloren. Wenn ich ...«

Sie hält inne, unfähig, den Tränenfluss zu stillen. »Wenn ich eine Sache in seinen Sieg verwandeln kann, werde ich es tun. Ich habe dir das hier genommen. Jetzt gebe ich es dir zurück.«

Der Machtübertragung beginnt langsam. Elle hält weiter Tonys Hand, aber gleichzeitig rollt sie sich neben ihm zu einer embryonalen Schutzstellung zusammen, als ihre Verbindung mit den Geistern nachlässt, sich auflöst, von ihr auf ihn übergeht. Nacheinander verschwinden alle Ahnen, bis nur ihre Großmutter übrig ist. Und dann ist auch sie verschwunden.

Tony hustet. Seine Kleidung raschelt, als er sich auf die Seite rollt und fest ihre Hand umklammert. »Yíyǎ. Jiāng Yíyǎ, bist du noch bei mir?«

Sie braucht eine Minute, um zu antworten. Es fühlt sich an, als würde sie aus einem tiefen Meer aufsteigen. Es kostet sie solche

Mühe, die Augen zu öffnen, aber für einen Moment gelingt es. »Nn ... nicht mehr lange.«

»Bullshit.« Tony flucht wieder, als er sich auf die Knie stemmt. Seine Hände gleiten über ihren Körper, rollen sie auf den Rücken.

Laute Schritte unterbrechen ihn, gefolgt von einem Kreischen. Tony schaut über die Schulter zurück. Seine Lippen bewegen sich. »Lira! Hilf mir!«

Seine Stimme dringt nur mit Verzögerung an ihr Ohr. Seltsamerweise spricht er Englisch.

»Elle!«, schreit jemand anders voller Panik. Es ist Luc, aber das kann nicht sein. Er würde nicht in Panik verfallen.

»Yiyă!« Tony schlägt sie auf die Wange. Ihr Kopf rollt zur Seite. Seine Stimme klingt drängend, was ihm gar nicht ähnlich sieht. Alle benehmen sich seltsam. »Bleib bei mir, kleine Schwester. Bleib wach.«

»Nein«, antwortet sie verträumt. Ihr Herz schlägt schnell, wie das eines Kolibris. »Ich gehe.«

»Yiyă, ich flehe dich an.« Weint er? Sie kann den Kopf nicht drehen, um nachzusehen. »Du kannst nicht gehen. Bleib nur noch ein bisschen länger. Ich brauche nur eine Minute. Komm schon.«

»Tut mir leid.« Trägheit breitet sich in ihr aus und vertreibt die Schmerzen. Elle treibt auf Strömungen aus Grau und ihr Blick verschwimmt. Es ist kalt und sie ist unendlich müde. Sie freut sich auf die Ruhe.

Sie kann nichts mehr sagen. Ihre Wunden haben sich wieder geöffnet, ohne ihre Vorfahren und ihren Gott, die ihr helfen. Es ist zu still ohne ihre Stimmen, zu leer ohne ihre Gegenwart. Elle treibt auf das Nichts zu, ihr Herzschlag ein verklingendes Pochen in ihren Ohren. Sie hört Tony beten, aber seine Worte werden von einem beruhigenden Meeresrauschen davongetragen.

14. Kapitel

Erst spät am Nachmittag folgt Luc Oberons Ruf, öffnet die schwere Holztür zu dem Büro seines Bosses im obersten Stockwerk. Es ist ein wunderschöner Tag in London. Die bodentiefen Fenster heißen das Licht mit offenen Armen willkommen. Draußen ist es warm, aber nicht drückend, anders als im Osten der Vereinigten Staaten. Sollte er entscheiden, sich in dem schicken Laden am Ende der Straße einen Kaffee zu holen, wäre das ein netter Spaziergang.

Beim Eintreten sehnt er sich nach der schwülen Hitze von North Carolina. Sein Körper mag hier sein, aber seine Gedanken sind einen Ozean weit entfernt. Eigentlich sollte er glücklich sein, jetzt, da der Jiang-Fall abgeschlossen ist. Das ist ein großer Erfolg für ihn, genau das, was er braucht, um erneut Oberons Gunst zu gewinnen. Aber es ist fast zweiundsiebzig Stunden her, dass er Elle sterben sah, in einer Pfütze ihres eigenen Blutes. Und obwohl Tony schwört, dass sie es schaffen wird, ist sie bisher nicht aufgewacht.

Oberon wirft ihm einen Blick zu, bevor er sich weiter an den Zaubern zu schaffen macht, die als Computermonitore dienen. »Du bist lässig gekleidet.«

»Ich bitte um Verzeihung. Ich hatte nicht damit gerechnet, heute gerufen zu werden.«

»Setz dich.«

Luc lässt sich auf dem einsamen Stuhl vor Oberons schwerem Eichenschreibtisch nieder. Der Tisch ist praktisch und schlicht, steht in heftigem Kontrast zu der modernen Büroeinrichtung aus

Plexiglas und Stahl. Er hätte besser in Oberons Schmiede gepasst, viele Stockwerke tiefer.

»Ich habe deinen Bericht gelesen. Wie immer warst du sehr gründlich. Besonders faszinieren mich die Details deiner Beziehung mit Elle.«

Agentin Mei, korrigiert Luc lautlos.

Oberon wackelt mit den Fingern und erneut bildet sich ein Display vor ihm. »Einerseits bin ich enttäuscht, dass du mich nicht darüber in Kenntnis gesetzt hast. Andererseits beeindruckt mich, wie viel Mühe du aufgewandt hast, um diese Beziehung zu kultivieren und erkenne die Notwendigkeit an, Stillschweigen zu bewahren. Einen Plan auf diese Weise acht Monate lang zu verfolgen, bis er solche Früchte trägt ...«

Oberon lacht leise. »Vielleicht kann ich mich früher zur Ruhe setzen als gedacht. Keine Sorge, das wird nicht allzu bald geschehen. Ich habe noch viel zu erledigen, bevor dieses Büro dir gehört, aber deine Handlungen zeigen Potenzial. Bisher dachte ich, du wärst unfähig, auf diese Weise Beziehungen zu entwickeln, aber die Verführung von Elle beweist mir das Gegenteil.«

Diesmal schweigt Luc vor Schock. Alarmglocken schrillen in seinem Inneren, aber gleichzeitig schaltet er in Notfallmodus. Sein Gesicht bleibt neutral und er versinkt in diesem kalten, leeren Zustand, in dem er emotionslos handeln kann. Er versteht, wieso Oberon so denkt. Sachlich betrachtet sieht es aus, als hätte Luc Elle verführt, um ihr ihre Geheimnisse zu entlocken.

»Ich werde den Eintrag in deiner Akte ändern. Du hast deine Effizienz maximiert und bringst beste Resultate. Ich würde ja sagen, dass du dir damit eine Atempause verdient hast, aber unglücklicherweise gibt es einige unerwartete Komplikationen. Die Jiang-Familie wird bald ankommen. Ich werde mit den Verhandlungen über William beschäftigt sein.«

Oberon bedenkt Luc mit einem langen Blick. »Nimm meinen Platz ein. Leite die Operationen, die ich als unerlässlich eingestuft habe.«

Erstaunt sagt Luc: »Sir?«

»Ja, ich teile deine Bedenken dazu, wie lange es dauern könnte, aber das ist kein Standard-Austausch. Jiang hat eine lange Liste von Delikten auf seinem Konto und mehrere Regierungen würden ihn lieber behalten, als ihn an seine Familie zu übergeben.«

Luc verlagert sein Gewicht nach vorne. »Was ist mit Agentin Mei?«

Oberon zuckt leicht mit den Achseln. »Die Familie hat sie nicht erwähnt.«

»Und Tony?«

»Er beaufsichtigt die Versorgung seiner Schwester und hat absolut klargestellt, dass er nicht zur Verfügung steht, bis sie sich ausreichend erholt hat, um entlassen zu werden.« Oberon trommelt kurz mit den Fingern auf den Schreibtisch und rümpft die Nase. »Er hat darauf bestanden, mit ihr in Raleigh zu bleiben, obwohl das mit ihr als Mensch gegen die Regeln der Agentur verstößt. Aber er hat zugestimmt, Elles Krankenhausrechnungen zu bezahlen und hat unser Haftungsausschluss-Formular unterschrieben. Das deckt auch ihren Tod ab, sollte er eintreten.«

Sobald er eintritt. Luc hört die unausgesprochenen Worte. »Die Jiang-Familie wird ihre Pflege nicht übernehmen?«

»Nein. Unsere Vereinbarung schließt nur William ein. Lass uns das später besprechen. Du musst mich mindestens ein paar Tage lang vertreten.«

»Ich ...« Vorübergehend das Bureau zu leiten ist unendlich unattraktiv, solange Elle zwischen Leben und Tod schwebt. Er wäre lieber bei ihr, selbst wenn er nur nutzlos in ihrem Zimmer sitzen kann. »Agent Pei ist strategisch genial und wäre besser für diese Position geeignet.«

»Du bist zu bescheiden.« Aus Oberons Mund ist dieses Wort eine Beleidigung, kein Kompliment. Seine blauen Augen werden schmal und er mustert Luc scharf. »Du bist am längsten hier. Ich habe dich persönlich ausgebildet. Du hast dabei geholfen, diese Firma aufzubauen. Du hast einen sechsundzwanzig Jahre alten

Fall zu Ende gebracht, ohne dass unsere Agenten Schaden davongetragen haben.«

Aber Elle hat Schaden davongetragen.

Oberon fährt fort: »Pei hat all das nicht getan. Das Rollkommando wäre dazu nie fähig gewesen. Darcy hätte eine Spur aus Blut hinterlassen. Die anderen Fixer befinden sich auf längerfristigen Einsätzen und stehen daher nicht zur Verfügung. Wer sollte besser geeignet sein als du, die Missionen zu überwachen?«

»Sicherlich ...«, setzt Luc an.

»Ich biete dir eine seltene Gelegenheit, die ich dir schon früher hätte anbieten sollen. Du solltest echten Anteil an dieser Firma haben.« Oberons Miene wird weicher. »Ich weiß, dass du und ich oft nicht einer Meinung darüber waren, wie Operationen geführt werden sollten. Nimm für eine Weile meine Perspektive ein. Vielleicht siehst du dann vieles anders. Handelst anders.«

Vielleicht ist nicht das richtige Wort. Luc *wird* vieles anders sehen und anders handhaben. »Ich bin mir nicht sicher, ob ich bereit bin.«

»Lass es mich so ausdrücken. Würdest du lieber mit Vampiren in einem Konferenzsaal sitzen und um Zahlen feilschen?«

Luc erstarrt. Das ist ein gutes Argument. »In Ordnung, Sir. Ihr habt gesagt, es wäre nur für ein paar Tage, richtig?«

»Für den Moment. Ich werde ein Memo ausgeben. Für heute kannst du gehen. Nimm die Rune nicht ab. Von morgen an werde ich alle Anrufe an dich weiterleiten lassen.«

Luc nickt und steht auf. In seinem Hinterkopf erhebt sich flüsternd eine Erinnerung an die Sphinx: *Du solltest bekommen, was du brauchst.*

Bis morgen hat er also Zeit, um nach Elle zu sehen.

»Oh, und Lucien?«

»Ja, Sir?«

Oberon lächelt warm, seine Zähne hell und weiß und gleichmäßig, aber der Effekt auf Luc ist ein anderer. Seine Haut spannt sich und die feinen Haare in seinem Nacken richten sich auf.

»Gute Arbeit.«

...

Elle hat auf dem Weg in den Himmel den längsten und seltsamen Traum. Zumindest hofft sie, dass sie der Himmel erwartet. Sie ist sich nicht sicher, ob ihr Opfer ausgereicht hat, um sie zu rehabilitieren. Vielleicht nicht, sodass sie stattdessen eine der achtzehn Hallen der Hölle erwartet. Aber die Vision, die sie hat, sieht nicht aus wie ein Irrgarten voller Folterinstrumente. Zuerst einmal gibt es keine Dämonen. Zum zweiten: Was ein Labyrinth voller gequälter Schreie und Gewalt sein sollte, ist stattdessen ein gemütlicher Raum voller Sonnenlicht, in dem es außer ihrem Bett nur einen Infusionsständer und einen großen Desinfektionsspender gibt.

Der Anblick ist jedes Mal anders, wenn sie die Augen öffnet. Tony ist wieder jung, lächelt jedes Mal auf sie herab, unterhält sich mit ihr, obwohl sie seine Worte kaum verarbeiten kann. Lira trägt ihre Haare jetzt in kleinen Zöpfen. Elle liebt die neue Frisur, aber ihr fehlt die Energie, das auszudrücken. *Aber das ist okay*, denkt sie. Lira ist nicht wirklich hier.

Daher reagiert Elle nicht, als sie Luc sieht. Er trägt einen Chambray-Anzug, der das Blau seiner Augen betont, und ein cremefarbenes Einstecktuch vervollständigt den Look. Elle seufzt und lächelt, froh, dass die Verantwortlichen des Jenseits nett zu ihr sind, bevor sie ihren letzten Bestimmungsort erreicht. Sie würde sich auch über einen Besuch ihrer Großmutter freuen. Vielleicht in der nächsten Vision.

Die Götter schicken stattdessen ihre Eltern. Ihr Bewusstsein kehrt so stetig und erbarmungslos zurück wie die Flut. Elle bemerkt zwei Gestalten. Ihre Umrisse werden schärfer, als ihre Pupillen sich dem Licht anpassen. Sie muss träumen. Ihre Eltern haben seit Jahrzehnten kein Wort mit ihr gesprochen, in der Überzeugung, dass sie Tony umgebracht hat; weil sie nicht wussten, dass er noch lebte. Um ihn zu beschützen, hat Elle geschwiegen.

Instinktiv bewegt sie den Mund und ihre trockenen Lippen lösen sich voneinander. »Ma?«

Kein Geräusch ist zu hören, aber ihre Mutter dreht sich zu ihr um, ihr fahles, altersloses Gesicht so schön wie immer. Ihre großen braunen Augen werden noch größer. »Yìyă!«, ruft sie. Sie winkt Elles Vater heran. »Hémù, sie ist wach!«

Elle mustert die unvertraute Umgebung. »Bin ich in der Hölle?«

»Was für eine Frage ist das denn?« Ênliáns Augenbrauen sinken genervt nach unten. »Begrüßt du so deine Mutter?«

»Bin ich tot?«

»Was für ein Unsinn«, sagt Ênlián herablassend. »Natürlich nicht.«

Elles Vater erscheint in ihrem Blickfeld. Sie sollte sich getröstet fühlen, doch sie spürt nur Schmerz, der sich langsam und schwer in ihrem Körper aufbaut. »Was tut ihr hier?«

Ênlián zuckt zurück. »Wieso sollten wir nicht hier sein?«

Elles Hirn ist zu vernebelt, um all die Emotionen zu sortieren, die in ihr toben. Unfähig, ihre Gedanken in Worte zu fassen, beginnt sie zu weinen. »Wo wart ihr?«

»Hier, natürlich. Weine nicht.« Ihre Mutter zieht ein Taschentuch heraus und tupft an Elles Augen herum.

»Ich werde weinen, wenn ich das will!«, schluchzt Elle. Bilder sollten kein Gewicht besitzen, aber der Anblick ihrer Eltern reicht aus, um die Festung zu zerstören, in der sie ihren Ärger eingeschlossen hat, sodass er jetzt entkommen kann. »Wo wart ihr? Wieso seid ihr nicht früher gekommen? Wieso habt ihr nicht eingegriffen? Wieso habt ihr nicht …«

Jeder Atemzug schmerzt wie ein Messerstich, aber sie weint nur heftiger. Sie spürt ein Ziehen am Bauch, wie von einem Verband.

»Es tut uns sehr leid«, sagt ihr Vater. Elle kann ihn nicht ansehen; kann nicht ertragen, wie sanft seine Stimme klingt, wie ruhig er wirkt, ja, dass er Frieden und Sicherheit ausstrahlt. »Wir haben die Wahrheit erst verstanden, als es zu spät war. Yīyä, du hast etwas Außerordentliches vollbracht.«

Ihre Eltern hätten vor sechsundzwanzig Jahren für sie und ihre Brüder da sein müssen. »Wieso seid ihr jetzt hier?«

»Achte auf deinen Tonfall.« Elles Mutter spricht leise, aber Elle hört den stählernen Unterton. Ihr gesamtes Wesen ist stählern, von der Intensität ihres Blickes bis zu ihrer Körperhaltung. »Du brauchst uns. Wir sind gekommen, um zu schauen, was wir für dich tun können, jetzt, da du ...«

Stille.

Elle versucht, eine Flamme zu beschwören, aber nichts geschieht. In diesem Moment trifft sie die Erkenntnis so hart, dass es ihr den Atem raubt. Sie hat überlebt, nach dem, was sie für Tony getan hat. Aber sie sollte nicht leben. Nicht so, ohne Magie, ohne Großmutter, ohne *Gott*.

»Ah, Yīyä. Bitte weine nicht.« Ihr Vater legt eine Hand auf die Bettreling, mustert sie voller Mitgefühl. Vor langer Zeit hätte Elle einen Arm und ein Bein dafür gegeben, noch einmal zu hören, wie ihr Vater mit ihr spricht, aber dieses Verlangen verrottet jetzt schon seit Jahrzehnten im Grab. »Natürlich mussten wir kommen. Wir hatten das Ausmaß deiner Fähigkeiten nicht verstanden. Das kann die Familie nicht verlieren.«

Das. Nicht sie. Sie weint heftiger, wenn das überhaupt möglich ist. *Das* ist bereits verloren.

»Wenn du dich erholt hast«, fährt ihr Vater fort, »können wir dich in dem Tempel am Fuß des Berges einquartieren und du kannst uns beibringen, wie du Yìxiáng geheilt hast.«

»Ohne deine Jade kannst du nicht nach Hause zurückkehren«, wirft ihre Mutter ein, »aber du kannst uns so nahe sein wie möglich.«

»Ich kann nicht ...« Ihr Hirn verrät sie, schickt ihr Bilder des großen Hofes unter Schnee, mit Raureif auf den Ästen der Pfirsichbäume. Sie hat diese Bäume früher oft studiert, so schnell gezeichnet, wie sie nur konnte, hat mit ihrer Magie verhindert, dass ihre Tusche gefriert.

Ēnlián tupft erneut auf Elles Gesicht herum. »Du kannst der Familie immer noch von Nutzen sein. Du kannst immer noch helfen.«

»Es liegen viele Möglichkeiten vor uns«, sagt Hémù. »Du kannst uns neue Wege zeigen.«

Sie will das alles nicht hören. »Ich will nicht helfen.«

»Du musst.« Da ist erneut der Stahl ihrer Mutter, im starken Kontrast zum fließenden Wasser ihres Vaters. »Wen hast du, außer deiner Familie? Du hast uns gegenüber eine Pflicht zu erfüllen.«

Endlich versteht Elle, wie Tony sich damals gefühlt haben muss. Kein Wunder, dass er sich lieber in seinem Kummer gesuhlt und eine Karriere als Fixer angestrebt hat, statt nach Hause zurückzukehren. Doch er ist der Rebellische in der Familie, nicht sie. Sie war immer eine gute, pflichtbewusste Tochter.

Verzweiflung ergreift Besitz von ihr, hebt sich wie Tentakel, die sich um ihr Herz schlingen. »Habe ich nicht genug getan?« Etwas muss noch übrig sein, ein Fetzen, den sie noch nicht gegeben hat. »Mama, war es nicht genug?«

Die Tür schwingt auf und knallt laut an die Wand. Tony – eine jüngere Version von ihm – steht mit finsterer Miene im Türrahmen. Elle keucht vor Schock.

»Ma, Ba«, sagt Tony und erkennt ihre Anwesenheit mit einem kurzen Nicken an. »Ihr stört meine Schwester.«

»Deine Schwester ist auch unsere Tochter«, sagt Hémù gelassen.

»Eine Tatsache, die euch bequemerweise erst wieder eingefallen ist, nachdem sie euch eure Söhne zurückgebracht hat.« Tony betritt den Raum und stellt sich neben die Tür. Seine Botschaft ist klar. »Sie ist gerade erst aufgewacht und muss ruhig bleiben. Die Besuchszeit ist vorbei. Als ihr Arzt muss ich darauf bestehen, dass ihr geht.«

»Xìxiáng, deine brüderliche Hingabe an Yìyä ist bewundernswert.« Ēnlián lächelt besänftigend. »Aber dein Vater ist ebenfalls Heiler, und ich glaube, er weiß, wie er mit dem Stress deiner Schwester umgehen muss.«

Was auch immer sie da versucht, bei Tony wirkt es nicht. Seine Miene verändert sich nicht im Geringsten. »Ich bin als verantwortlicher Arzt in ihrer Krankenakte eingetragen … von der ich weiß, dass ihr sie bereits gelesen habt. Ich befehle euch, den Raum zu verlassen, nachdem Yìyǎ ihren Weg zur Erholung gerade erst begonnen hat.«

»Natürlich.« Ēnlián neigt den Kopf, so elegant wie eine Tulpe, die in einer Brise wippt. »Wir werden draußen warten. Was für eine wunderbar zupackende Haltung du an den Tag legst.«

Tony schlägt die Tür hinter ihnen zu. »Was für eine Frechheit«, murmelt er, als er sich nähert, mit dem Fuß einen Rollhocker einfängt und sich neben Elles Bett setzt.

Entgeistert starrt sie ihn an. »Tony?«

»Der einzig Wahre. Hättest du mit dem Aufwachen nicht noch fünf Minuten warten können? Ich wollte die erste Person sein, die du siehst.« Er drückt die Finger an Elles Handgelenk, hält ihre Hand auf eine Weise, die verhindert, dass er den Infusionsschlauch lockert. »Lass mich schauen, wie es dir geht, bevor wir uns unterhalten.«

»Was ist mit deinem Gesicht passiert?«

»Deswegen wollte ich der Erste sein. Ich habe es zurückbekommen. Und das verdanke ich nur dir.« Tony rollt um das Bett herum auf die andere Seite. »Wir werden uns später darüber unterhalten, nachdem du alles, was wir jetzt besprechen, wahrscheinlich wieder vergessen dürftest. Keine Sorge, das bedeutet nur, dass du mich gleich noch mal als Erstes sehen darfst.« Er schüttelt den Kopf. »Muss ein Schock gewesen sein, mit Ma und Ba im Raum aufzuwachen, hm? Höllisch, wenn du mich fragst.«

Er kehrt zurück, hebt die Decke und betastet sanft ihre linke Körperseite. Dann beugt er sich vor, um zu schnüffeln. »Du erholst dich. Später solltest du schon etwas trinken können. Ich werde einige Heilmittel für dich vorbereiten lassen.«

»Du bist so ernst.«

»Nun ja, die andere Möglichkeit wäre Zorn.«

»Bist du wütend?«

»Auf dich? Niemals. Auf unsere Eltern? Für immer und ewig.« Tony wechselt ins Englische. »Man sollte meinen, durch die Entfernung würde die Liebe wachsen, aber nein. Nichts hat sich geändert. Sie sind immer noch Arschlöcher. Haben sie dir erzählt, sie wären hier, um dich zu besuchen?«

Elle nickt.

»Das ist Unsinn. Sie sind hier, um über Yìwús Freilassung zu verhandeln.«

Tränen lassen ihren Blick verschwimmen. Da hat sie ihre Antwort. Was sie getan hat, war nie gut genug. *Sie* ist nicht gut genug. Yìwú allerdings wird die Aufmerksamkeit erhalten, nach der er sich immer gesehnt hat. »Geht es ihm gut?«

»Und auch das haben sie dir zu verdanken. Unsere Familie ist mächtig glücklich, dass niemand gestorben ist.«

Sie kann die Worte einfach nicht zurückhalten. »Kann ich ihn sehen?«

Tony verzieht das Gesicht. »Das ist ein Scherz, oder? Nach allem, was geschehen ist, denkst du als Erstes daran, ihn zu sehen? Schau dich doch an. Himmel. Nein, du kannst ihn nicht sehen. Mich würde es sehr glücklich machen, wenn du ihn nie wiedersehen und einfach vergessen würdest. Ich werde keine weiteren Fragen zu ihm beantworten.«

Schweigen.

»Was ist mit mir geschehen, Tony?«, sagt Tony schließlich mit theatralisch hoher Stimme. »Freut mich, dass du fragst, 妹妹. In klassisch chinesischer Tradition hast du dir wirklich Mühe gegeben zu sterben, und hätten ich und Lira uns nicht so angestrengt, wäre es dir auch gelungen. Ich habe attraktiv für die Kamera geheult und vielleicht habe ich Shénnóng auch ein bisschen angeschrien. Lira hat jedes Schimpfwort ausgestoßen, das die Welt in den Sprachen Englisch, Dänisch, Lenni Lenape und Färöisch kennt, und zusammen haben wir dem Gott des Todes mitgeteilt ›Nicht heute‹. Gern geschehen, übrigens.«

Als Elle nicht antwortet, wedelt Tony mit der Hand vor ihr herum. »Komm schon, komm schon. Ich warte.«

Sie kann ihm nur mit Mühe folgen. »Ich bin gestorben?«

»Ein bisschen. Tolle Geschichte fürs Speeddating.«

»Speed ... was?«

»Dating. Etwas, was du tun solltest. Ich habe übrigens immer noch kein *Danke* gehört. Du kannst dich glücklich schätzen, am Leben zu sein. Du hast vier Stichwunden, definitiv eine Gehirnerschütterung. Brauchtest eine Bluttransfusion und eine OP. Außerdem stehst du unter heftigen Schmerzmitteln.« Tony wirkt angewidert. »Ich werde dir etwas zusammenmischen, um das Morphin zu bekämpfen. Streng genommen ist es Hydromorphon, aber was auch immer. Ich hasse dieses Zeug. Sei vorsichtig damit, du dürfest empfindlich reagieren.«

»Wie lange war ich bewusstlos?«

»Fast drei Tage. Unsere Eltern sind früher am heutigen Tag erschienen, nachdem ich mit Sicherheit sagen konnte, dass du überleben wirst, also haben sie nichts damit zu tun. Sie werden dir eine Menge Fragen dazu stellen, was du getan hast.«

»Ich weiß. Aber ich will sie nicht sehen. Sie hätten gar nicht herkommen sollen.«

»Das ist das Vernünftigste, was ich bisher von dir gehört habe. Sag noch mal was Kluges.«

»Sie meinten, sie hätten meine Fähigkeiten unterschätzt. Ich glaube, sie geben vor, ich läge ihnen am Herzen.« Und vielleicht wird sie sogar darauf reinfallen.

Tony stößt einen lauten Pfiff aus. »Zwei von zwei. Unglaublich. Denk darüber nach, ob du dir in der Zukunft noch mehr Nahtoderfahrungen gönnen willst. Offensichtlich befördert das die Klarheit des Denkens!« Er legt den Kopf in den Nacken und starrt zu dem durchsichtigen Beutel am Infusionsspender auf. »Das wird dir in der nächsten Phase deines Lebens sicherlich von Nutzen sein.«

Der Nebel in ihrem Kopf macht es ihr schwer, ihm zu folgen.

Tony bewegt sich immer schnell, aber im Moment ist er wie Quecksilber, entgleitet ihr ständig. »Was?«

Er seufzt. »Ich will nicht scherzen. Du wirst die Chance bekommen, alles zu tun, was du tun willst, sobald du dich erholt hast. Und ich werde dich bestmöglich unterstützen, damit du diese Chance ergreifen kannst. Du hast dich so lange um mich gekümmert. Jetzt bin ich dran. Du dachtest doch nicht, ich würde dich im Stich lassen, oder?« Tony schnaubt abfällig. »Ich werde das Haus verkaufen ...«

»Das Haus verkaufen?«

»...das Haus verkaufen«, wiederholt Tony, »und dann ...«

»Das ist mein Haus. Ich habe es bezahlt.« Sie hat für dieses Haus jahrelang von Fertignudeln gelebt. Auf keinen Fall wird Tony es verkaufen.

»Das Haus verkaufen«, sagt Tony zum dritten Mal, »und dir das Geld überweisen. Und dann kannst du dir einen schönen Ort suchen, an dem du tun kannst, was auch immer du willst.«

»Was auch immer ich will.« Das ist ein vollkommen neues Konzept, das sie mit Grauen erfüllt. »Ich weiß nicht, was ich will.«

»Jetzt, da diese Sache ein Ende gefunden hat, wirst du viel Zeit haben, das herauszufinden. Da ist die Freundin eines Freundes in San Fran, die für ein paar Monate nach China zurückkehren will. Könnte Hilfe von dir brauchen.«

»Wieso wollen alle, dass ich ihnen helfe?« Sie wollte normal sprechen, aber die Worte dringen als heulende Klage über ihre Lippen. »Ich will nicht helfen! Ich sollte nicht helfen müssen!«

Tony kichert. »Drei von drei! Erstaunlich. Aber an deiner Vortragsweise musst du noch arbeiten.«

Elle gibt ihr Bestes, ihren Bruder böse anzustarren. »Dein Verhalten am Krankenbett stinkt zum Himmel.«

»Ich weiß.«

»Ich will deiner Freundin nicht helfen.«

»Dann mach es nicht. Bleib hier, bis das Haus verkauft ist. Deine Sachen sind bereits im Gästezimmer, aber das haben Ma und Ba übernommen. Ich werde eine Aufblasmatratze für dich ins Wohnzimmer legen.« Er zuckt mit den Achseln.

»Ich bin noch nicht mal richtig eingezogen und werde schon wieder rausgeworfen?«

Tony zuckt wieder mit den Achseln. »Die Familie steht an erster Stelle, richtig? Hey, nicht weinen. Ich werde für dich da sein, okay? Setz dich nicht noch zusätzlich unter Druck. Deine Aufgabe ist es, dich zu erholen. Glücklicherweise hast du mich. Und der Arzt, den Lukey angefordert hat, ist auch ziemlich okay. Lira wollte schon nach dem Hörer greifen und ihren Dad bitten herabzusteigen, aber ich habe ihr gesagt, sie soll es lassen. Also hat sie stattdessen stärkende Runen in jeden Zentimeter dieses Zimmers geschnitzt.«

Verwirrt und verloren fragt Elle: »Lukey?«

»Ja, wir sind jetzt per Du.«

»Aber Lukey?«

»Er hasst es«, sagt Tony blasiert.

»Ich hasse es auch.«

»War ja klar, dass du dich auf seine Seite schlägst.« Tony schnieft, dann grinst er breit. »Er ist derjenige, der Yiwú ausgeknockt hat, nachdem du gestorben bist und deine Magie versagt hat. Du hättest ihn sehen sollen. Hat den härtesten Schlag ausgeteilt, den ich in meinem Leben gesehen habe. Dieser Mann ist ein wandelndes Gedicht. Es war wunderschön.« Tony presst fast wehmütig die Hand an die Brust.

»Meine Magie?« Elles Lippen zittern und Tränen drängen in ihre Augen. Sie sollte sich ohne ihre Magie anders fühlen, aber für den Moment ist da nur Taubheit.

»Nein, wein nicht! Sonst muss ich auch heulen!«

»Musst du nicht!«, gibt Elle mit brechender Stimme zurück. Sie schluchzt und sofort schießt Schmerz durch ihre Seite. »Du hasst einfach nur jede Art von Gefühlsdarstellung.«

»Verdammt, erwischt. Offensichtlich hast du gerade wirklich einen Lauf. Du wirst deine Nähte aufreißen, wenn du dich nicht beruhigst.«

Die zunehmenden Schmerzen untermauern seine Aussage, aber Elle scheint die Flut nicht aufhalten zu können.

Tony seufzt schwer. »Ich habe unsere Eltern ermahnt, dir keinen Stress zu bereiten … und jetzt tue ich es. Konzentrier dich einfach auf deine Gesundung. Je nachdem, wie deine Heilung fortschreitet, würde ich davon ausgehen, dass du noch eine Woche hier sein wirst.«

Es klopft an der Tür.

»Keine Besucher!«, schreit Tony.

»Ich bin's!«, schreit Lira zurück.

Als sie die Stimme ihrer Freundin hört, erreichen Elles Tränendrüsen ihren toten Punkt.

»Schön, komm rein.« Tony katapultiert sich von seinem Hocker.

Elle schließt die Augen. Über das Geräusch ihres eigenen Schluchzens hört sie, wie ihre Mutter etwas sagt und Tony antwortet. Schritte nähern sich.

»Hey, Mädel. Freut mich, dass du wach bist.«

Elle sieht Lira an. Ihre Freundin trägt eine Ladenschürze über ihrer Arbeitskleidung, ergänzt von einer Miene, von der Elle annimmt, dass sie beruhigend wirken soll. »Sind das deine Eltern da draußen?«

Es gelingt ihr, schniefend zu nicken, dann verzieht sie das Gesicht.

Lira findet die Morphinpumpe und drückt den Knopf. Tony brummt missbilligend. »Knausere nicht mit diesem Zeug. Du kannst die Schmerzen gerade wirklich nicht brauchen.«

»Ich muss jetzt vorsichtig damit sein«. Ohne den Segen der Gesundheit wird sie in Zukunft in vielerlei Hinsicht vorsichtiger sein müssen.

»Sei später vorsichtig.«

Schwindel schlägt über ihr zusammen, sodass der Raum sich dreht. »War es so schlimm?«

»Du bist gestorben, meine Liebe. Wie kannst du mich da fragen, ob es schlimm war? Gibt es etwas Schlimmeres?«

Elle unterdrückt ihr Lachen, kann aber ein greisenhaftes Keuchen nicht zurückhalten. »Ich könnte Geld verloren haben.«

Lira reißt lachend die Hände in die Luft. »Unfassbar!«

»Wie geht es dem Laden?«

»Für den Moment gut. Ich kann nicht lange bleiben. Mache gerade Pause. Ich bewahre deine Sachen für dich auf, bis du zurückkommst.«

»Ich werde nicht ...« Bis sie zurückkommt. Für sie gibt es keine Rückkehr. »Ich bin mir ziemlich sicher, dass ich das nicht darf.«

Lira schnalzt mit der Zunge. »Okay. Ruh dich aus.« Was auch immer sie sonst noch sagen wollte, bleibt unausgesprochen, da es an der Tür klopft.

»Ich mach das schon«, erklärt Lira Tony. Sie öffnet die Tür und enthüllt damit Luc sowie einen glühenden, laserähnlichen Blick von Elles Mutter. Bei seinem Anblick macht Elles Herz einen Sprung, während der Rest ihres Körpers unter diesem scharfen Blick zusammensackt.

»Hi.« Lira lässt ihn ein, schließt die Tür vor Ēnliáns Nase und mustert Luc von Kopf bis Fuß. Elle tut dasselbe: Weißes Leinenhemd, hochgerollte Ärmel, gepaart mit engen Jeans, unter denen polierte braune Monkstraps herausstehen. »Haben wir Casual Friday?«

Elle weiß, dass Lira damit ihrer Überraschung über Lucs lässiges Auftreten Ausdruck verleihen will. Luc allerdings antwortet: »Es ist Dienstagmorgen.«

Sein trockener Humor dringt weit genug durch den Nebel in ihrem Hirn, um sie den Scherz erkennen zu lassen. Elle lacht, nur um ein Zischen auszustoßen, als Schmerzen durch ihren Körper schießen. »Lira ist einfach schockiert, weil du Jeans trägst.«

Lira nickt heftig. »Ja, ich wusste nicht mal, dass du sowas besitzt. Ich dachte, es wären nur Anzüge und Jacketts und so Zeug.«

Ein leises Lächeln umspielt Lucs Lippen. »Ich bin voller Überraschungen. Warte, bis du meine Sneaker-Sammlung siehst.«

»Sie ist riiiiiiesig«, sagt Elle gedehnt und formt eine Hand zu einer C-Form.

»Elle!«, schreit Lira und hält sich lachend die Augen zu.

»Elle!«, ruft Luc. Rot schießt in seine Wangen.

»Verflixt.« Tony wirkt beeindruckt.

Elle drückt den Knopf für mehr Morphin, damit sie lachen kann, ohne dabei zu leiden … um ihn dann für alle Fälle gleich noch mal zu drücken.

»So, ich muss wieder an die Arbeit«, verkündet Lira, ohne Luc anzusehen. Sie presst die Lippen aufeinander. »Ihr beide, ähm …« Sie schnaubt. »Benehmt euch.«

»Er hat in Wirklichkeit gar keine Sneaker-Sammlung!«, ruft Elle.

»Das hatte ich schon verstanden!«, ruft Lira zurück. Sie packt Tony am Ellbogen und zerrt ihn aus dem Raum.

Luc wartet, bis die Tür ins Schloss gefallen ist, bevor er ans Bett tritt.

»Hi«, begrüßt ihn Elle und bemüht sich, trotz ihres verschwollenen Gesichts zu lächeln. Jetzt, da er hier ist, wirkt plötzlich alles etwas heller. Könnte auch am Morphium liegen. Sie widersteht der Versuchung, ein drittes Mal auf den Knopf zu drücken.

»Hi.« Luc setzt sich und ergreift ihre Hand. »Tut gut, dich wach zu sehen.«

»Im Gegensatz zu mir in nicht-wachem Zustand?«

»Ja, im Gegensatz zu dir in nicht-wachem Zustand.«

Darauf kaut Elle einen Moment herum. »Du hast Zeit hier verbracht?«

»Eine Menge, ja.«

»Die Ärzte haben dich nicht davon abgehalten?«

Amüsiert antwortet Luc: »Er ist ein Werwolf mit scharfer Nase. Er weiß bereits Bescheid.«

»Weiß was?« Dann geht ihr ein Licht auf. »Oh.«

»Also ja, ich habe Zeit hier verbracht.« Luc deutet in eine Ecke. »Ich habe meine Decke mitgebracht, also weißt du, wie ernst es ist.«

Elle folgt seinem Blick nicht, sondern verbringt einen Moment damit, seine sanfte Miene zu bewundern und die Augen über die

Linien seines Gesichts gleiten zu lassen. Bisher konnte sie seine Gesichtszüge nie richtig einfangen, aber wenn sie jetzt einen Kohlestift zur Hand hätte, würde es ihr gelingen. Das nächste Mal, wenn sie allein ist, wird sie sich daran versuchen. Das dürfte ein guter Weg sein, ihre Erinnerung auf die Probe zu stellen, wenn sie getrennt sind.

Denn sie werden sich trennen müssen. Ihr Glück zieht sich zurück wie das Wasser vor einem Tsunami, nur um dann unaufhaltsam als Herzschmerz zurückzukehren. Vorher, als sie noch im Besitz ihrer Jade war, hätten sie vielleicht die Chance gehabt, eine dauerhafte Beziehung aufzubauen. Aber jetzt werden sich ihre und Lucs Wege trennen müssen. Sie hatten eine Nacht in Paris und mehr wird ihnen niemals vergönnt sein.

Oh, das ist eine Pein, die kein Schmerzmittel der Welt vertreiben kann. Trotzdem entzieht sie Luc ihre Hand und drückt mehrfach auf den Knopf. Die Maschine piept dreimal warnend.

»Elle, geht es dir gut?«

Sie schüttelt den Kopf, unfähig, Worte durch ihre zugeschnürte Kehle zu zwingen. Die Sorge auf Lucs Gesicht ist unerträglich. Er sollte nicht hier sein. Er sollte sie nicht so sehen, wenn sie nicht geradeaus denken kann und ihre Gefühle sich benehmen wie ein Drehrad in einer Fernsehshow und jede menschliche Interaktion das Rad anstößt.

»Was ist los?«

»Tut weh«, lügt sie schniefend. Das jagt Schmerz durch ihren Körper, also lügt sie streng genommen doch nicht.

Er steht auf, holt mehrere Taschentücher, drückt sie an ihre Wangen, um die Tränen zu trocknen. »Es wird besser«, sagt er. »Das verspreche ich dir. Tony und Lira und Dr. Clavret tun alles, was sie können, um deine Genesung voranzutreiben. Noch ein paar Tage und die Schmerzen sollten nachlassen.«

Schluchzend fragt sie: »Persönliche Erfahrung?«

Er lächelt. »Der erste Tag, nachdem du mein Leben gerettet hast. Nach allem, was wir gemeinsam durchgemacht haben, bin ich der

Meinung, dass ich bei diesem Detail gegen meine Verschwiegenheitserklärung verstoßen darf. Ich war von einem Basilisken gebissen worden und dein Trank war alles, was zwischen mir und einem scheußlichen Tod stand. Ich lag im Bett und habe vor Schmerzen geweint. Das Gift musste erst aus meinem Körper weichen, bevor die Ärzte mich heilen konnten. Ich habe oft an dich gedacht.«

Elle starrt zu ihm auf, dann presst sie wild den Morphium-Knopf. Mehr Hirnnebel, sofort! Erneut piept die Maschine vorwurfsvoll. »Was stimmt nicht mit diesem Ding?«

Luc mustert ihre Hand. »Das Gerät erlaubt nur eine Dosis alle fünf Minuten.«

»Das ist *dämlich*. Ich will das Zeug jetzt.«

Luc hebt die Hand, streicht ihr mit den Knöcheln leicht über die Wange und beugt sich vor, um ihr einen Kuss auf die Stirn zu drücken. »Was ist wirklich los, Elle?«

Was zur Hölle? Sie ist aufgeflogen. »Ich weiß nicht, was ich tun soll.«

Ein mitfühlender Blick. »Erhol dich erst mal. Sorgen machen kannst du dir auch später noch.«

Das erzählen ihr die Leute ständig. »Vielleicht will ich alle Sorgen gleichzeitig abhandeln, wie bei einem Totalausverkauf. Will meine Probleme en gros abhandeln. Das ist billiger.«

Luc lacht. »Vor drei Tagen bist du fast gestorben und trotzdem reißt du Witze. Unglaublich. Aber ernsthaft, was ist mit dir los?«

Es dauert eine Weile, bis sie antworten kann. »Ich weiß nicht, was ich tun soll.«

»Weil?«, drängt er sanft.

»Ich besitze keine Magie mehr.« Elle beißt die Zähne zusammen. Sie hat die Worte laut ausgesprochen. Es ist real.

»Und?«

»Meine Familie ist hier.« Himmel, ihr Gehirn fühlt sich an, als wären hundert Murmeln aufs Parkett gefallen und in alle Richtungen davongesprungen. Das Rappeln erschwert das Denken. »Und ich will keine Last sein, weil ich jetzt eine Banale bin.«

»Du bist keine Last, aber sprich weiter.«

»Und.« Sie blinzelt, dann atmet sie tief aus, als eine tröstende, beruhigende Taubheit sich ausgehend von ihrer Brust in ihrem Körper ausbreitet. »Ich weiß nicht ... warum du hier bist. Der Fall ist abgeschlossen. Meine Aufgabe ist erledigt.«

Diesmal kostet es Luc eine Weile, bis er etwas sagt. »Noch etwas?«

Sie richtet den Blick an die Decke, nur um aufzugeben, weil Scharfstellen einfach zu viel Kraft kostet. »Ich bin müde.«

Sie beginnt zu schweben und das ist eine Erleichterung.

»Bist du fertig?«

Elle gestattet sich ein leichtes Nicken.

»Kannst du mich bitte ansehen? Ich werde versuchen, alles anzusprechen, was du gesagt hast. Und ich werde mich kurzfassen.«

»Okay.«

»In Bezug auf deine Magie hast du recht. Dein Leben wird sich fundamental verändern. In diesem Punkt werde ich mein Möglichstes tun, dir zu helfen. Was deine Familie angeht, bin ich der Meinung, dass du dich so weit von ihnen fernhalten solltest wie möglich, Tony ausgenommen. Was den Grund angeht, warum ich hier bin: Weil du mir etwas bedeutest und mir dein Überleben am Herzen liegt. Aber das ist gerade nicht der richtige Zeitpunkt, um darüber zu reden. Ich weiß nicht, ob du wirklich zuhören kannst.«

Elle antwortet nicht, abgelenkt von der Form von Lucs Nase und der Farbe seiner Augen. Er ist wirklich sehr attraktiv.

Kopfschüttelnd steht er auf und heftiges Stirnrunzeln stört seine Schönheit. Er umfasst ihre Hand, zieht ihr den Morphium-Knopf aus den Fingern und legt ihn so schnell irgendwo ab, dass sie der Bewegung nicht folgen kann. Dann verschwindet er aus ihrem Sichtfeld, lang genug, dass sich in Elle die Überzeugung verfestigt, dass sie mit einer Erscheinung gesprochen hat.

Als er zurückkehrt, flankieren ihn ihre Eltern.

»Ba«, murmelt Elle. Die Welt verschwimmt an den Rändern, wird weich und schwammig, als hätte sie die Konturen mit dem

Daumen verwischt. Irgendwo in ihr lauert ein Kern Misstrauen, eine harte Erbse, die sie auch durch die vielen aufgestapelten Matratzen des Morphiums wahrnimmt. Sie konzentriert sich darauf, setzt ihn ein, um die letzten Reste ihrer Klarheit zu bewahren. Sie muss entkommen. Sie weiß nicht, was geschehen wird, wenn sie mit ihren Eltern redet.

»Luc?«, lallt sie. »Kannst du Tony holen? Ihm sagen, dass ich helfen werde?«

»Ja. Bin gleich wieder da.« Lucs Augen werden kurz schmal, bevor er auf dem Absatz herumwirbelt.

Elle wendet sich ihren Eltern zu. Das Sonnenlicht färbt ihre Gesichter golden. Ihr Vater lächelt sie an. Sie muss daran denken, wie er sie immer dafür gelobt hat, dass sie Yìwú beim Üben der Akupunktur-Techniken geholfen hat. Damals hat sie sich gut gefühlt. Jetzt fühlt sie sich auch gut.

Treibende Wolken werfen wandernde Schatten, die den Raum kurz verdunkeln, bevor erneut glitzerndes, warmes Licht erscheint. Ihr Vater lächelt weiter auf sie herab.

15. Kapitel

Elle steht außer Atem kurz hinter der Türschwelle. Dumpfe Schmerzen hallen durch ihren Körper, weil sie mehrere Stockwerke Treppen gestiegen ist. Wie kleine Wellen auf einem Teich treffen und vereinen sie sich, bis die Pein eskaliert und ihr gesamter Körper schmerzt, von ihren Zehennägeln bis zu ihrem Haar, das zurückzubinden sie zu schwach war, bevor sie sich heute Morgen selbst aus dem Krankenhaus entlassen hat.

»Du kannst dich wirklich glücklich schätzen. Ich wollte die Wohnung morgen ins Internet stellen.« Die Mieterin, die ihr die Wohnung zur Untermiete anbietet, wedelt mit dem Arm. Die Wohnung ist klein und schäbig, mit abgetretenen Holzböden und vergilbten Wänden. Rechts steht ein wackliger Klapptisch vor einem Milchglasfenster, das sich auf die Feuertreppe öffnet. In der seltsam geformten, hinteren Ecke gibt es einen alten Kühlschrank und eine Kitchenette mit einer Spüle, ungefähr zwanzig Zentimetern Arbeitsfläche und einem schwächlichen Gasherd mit vier Flammen, der großzügig mit Alufolie abgedeckt ist. Darüber hängt eine fettige Abzugshaube, ebenfalls mit Alufolie daran. Im Wohnzimmer gibt es einen Fernseher von akzeptabler Größe auf einem klapprigen Tisch und eine kleine Couch unbestimmbarer Farbe unter einer Plastikhülle. Insgesamt kann das Apartment nicht größer sein als 45 Quadratmeter.

»Glücklich?«, murmelt Luc. Elle spürt die kaum wahrnehmbare Berührung einer Hand an ihrem Rücken, sein Signal, dass sie sich an ihn lehnen kann. Sie zuckt zurück, weil der Kontakt sie überwältigt. Ihre Nerven reagieren mit einer kribbelnden Welle, die statische Elektrizität über ihre Gliedmaßen jagt. Sie atmet tief aus, weil sie kurz davorsteht, einfach schluchzend zusammenzubrechen.

»Ja. So eine Wohnung ist ein Glück in Chinatown. Komm rein.« Die Bewohnerin beginnt, in schnellem Kantonesisch zu sprechen.

Elle wird nicht weinen. Sie richtet sich höher auf, verschiebt jede Beschwerde, die ihr Körper schickt, in den Mülleimer und betritt die Wohnung. Es war ihre Wahl, nach San Francisco zu kommen, um in einem chinesischen Medizinladen auszuhelfen. Das ist besser, als sich in Tonys Wohnzimmer zu erholen oder sich von ihren Eltern vor die Türschwelle des Zuhauses bringen zu lassen, das sie nicht mehr betreten darf, um den Rest ihres drastisch verkürzten Lebens damit zu verbringen, pflichtbewusst nützlich zu sein.

»Elle.« Tony räuspert sich.

»Ja«, sagt Elle. »Es tut mir leid, mein Kantonesisch ist nicht besonders gut.«

Tony grinst und spricht in herausragendem Kantonesisch mit der Bewohnerin, bevor die beiden gemeinsam lachen.

»Keine Waschmaschine«, erklärt die Bewohnerin. Sie ist genau die Art von Person, die Elle sich vorstellt, wenn sie an ein chinesisches Tantchen denkt, mit einer runden Brille und schwarzem Haar mit Dauerwelle, in Stoffhosen und einem T-Shirt unter einer Vliesweste. Sie bewegt sich effektiv, ohne überflüssige Bewegungen. »In der Straße gibt es einen Waschsalon. Kein Kabelanschluss. Die Miete ist dreitausend Dollar.«

»*Drei* was?«, zischt Elle und wirbelt zum Tantchen herum, bevor sie vor Schmerz erstarrt. Die Frau ist auch die Besitzerin des chinesischen Medizinladens im Erdgeschoss und lebt seit fast zwei Jahrzehnten in San Francisco. Könnte sein, dass ihr das Apartment inzwischen gehört. »Drei*tausend*? Diese Bude ist nicht die Hälfte davon wert!«

»Elle.« Luc tippt sie auf die Schulter, lehnt sich vor, um ihr ins Ohr zu murmeln. »Ich kann …«

Sie unterbricht ihn mit einem wütenden Kopfschütteln. Luc hat keine Ahnung, was er tut, und sie wird nicht zulassen, dass dieses Tantchen ihn ausplündert. Es ist nicht seine Schuld, dass er nicht versteht, wie man feilscht. Allein seine Anwesenheit ist gefährlich.

Sie richtet sich höher auf, ignoriert den Protest ihrer Wunden, und wendet sich wieder dem Tantchen zu. Der Schmerz verleiht ihrer grimmigen Miene zusätzliche Kraft, da ist sie sich sicher. Anklagend wedelt sie mit einem Finger. »Ich habe gehört, dass die Mieten hoch sind, aber das ist lächerlich!«

»Ai«, seufzt das Tantchen. Ihre Patienten nennen sie Dr. Ma, aber Elle ist keine Patientin. »Aiyah. Die Jugend heutzutage hat so überzogene Ansprüche. Aber weil du mir einen Gefallen tust, kann ich die Miete senken. Zwei-acht.«

Die Jugend? Das Tantchen ist die Jugend, nicht Elle. Sie hält dagegen. »Weil ich dir einen Gefallen tue, eins-zwei.«

»Das geht nicht. Ich habe Kosten. Willst du, dass ich bankrottgehe?«

»Du wirst in China sein, was interessiert es dich?«, schießt Elle zurück. Sie ist jetzt schon mit ihrer Geduld am Ende. »Willst du, dass ich verhungere, weil ich es mir nicht leisten kann, etwas zu essen zu kaufen? Schau mich an. Ich kann kaum laufen. Ich habe das Krankenhaus erst heute verlassen. Jemand hat viermal auf mich eingestochen, und du willst, dass ich all mein Geld ausgebe und als Dank für dich auf den Laden aufpasse. Du musst mich nicht mal anlernen. Ich könnte deine Praxis sofort übernehmen. Ich sollte die Wohnung umsonst bekommen! Wenn ich hier sterbe, bedeutet das Unglück für dich!«

»Eins-acht«, sagt Tantchen Ma angespannt, »und du kannst die Öffnungszeiten auf vier Tage die Woche einschränken, während ich weg bin.«

»Abgemacht.« Elle nimmt einen Umschlag der Bank aus ihrer Tasche, zieht einen Stapel Hunderter heraus und fächert sie auf. Sie zählt die Banknoten laut ab, dann übergibt sie das Geld.

Tantchen Ma verzieht das Gesicht zu einem Lächeln. »Ein Vergnügen, mit dir Geschäfte zu machen.«

»Ebenso«, antwortet Elle mit einer Grimasse.

Lucs Rufrune bimmelt, aber er bringt sie sofort zum Schweigen. Das passiert ununterbrochen, seitdem er sie vom Flughafen abgeholt hat.

»Muss sehr dringend sein.« Tantchen Ma nickt anerkennend. »Du bist ein wichtiger Geschäftsmann, hm?«

»Etwas in der Art«, antwortet Luc.

»Ah, er ist bescheiden. Gut, gut.« Tantchen Ma wendet sich wieder an Elle. »Du kannst dich gerne umschauen. Ich bin unten, falls ich dir zeigen soll, wie alles läuft.«

Tantchen Ma wartet, bis Luc den Türrahmen freigibt, dann stampft sie die Treppe nach unten. Die Außentür fällt mit einem Knall ins Schloss.

»Unter Marktpreis«, sagt Tony grinsend und schüttelt den Kopf. »Gut gemacht.«

»Dir habe ich das nicht zu verdanken. Hast du nicht mit ihr verhandelt?«

»Habe ich, aber sie hat es vergessen. Du hast sie sowieso übers Ohr gehauen.«

Elle schnaubt. »Vergessen ... genau.« Sie zieht die Sandalen aus und geht mit einer Grimasse zum Sofa, um sich zu setzen. Die Plastikhülle knirscht. »Sie hat sich nicht mal angestrengt.«

»Du hast die Tod-und-Unglück-Klausel beschworen, deswegen.« Tony setzt sich neben sie.

Luc wandert durch die Wohnung, um sie genauer anzusehen, seine Miene starr und ausdruckslos ... was bedeutet, dass er genervt ist.

»Hey«, ruft Tony. »Deine Schuhe.«

Erneut meldet sich Lucs Rune. Er runzelt die Stirn, dann verlässt er den Raum, um den Anruf anzunehmen.

Elle beißt die Zähne zusammen, drängt die Schmerzen durch reine Willenskraft zurück. »Tony, ich erwarte, dass dein Plan umgesetzt wird. Denn das hier ist kein schöner Ort. Es ist ein wirklich unschöner Ort.«

»Das Haus ist noch nicht verkauft, okay? Lass mir ein bisschen Zeit. Du bist gerade erst aus dem Krankenhaus. Etwas Besseres konnte ich so kurzfristig nicht einfädeln.«

»Du hast mir gesagt, es würde ein paar Monate dauern. Drei Monate sind ein paar.«

»Habe ich ein paar gesagt? Ich meinte sechs Monate. Oder weniger.«

Sechs Monate (oder weniger) allein in einer fremden Stadt, um dort einen Laden zu führen. Und herauszufinden, was sie jetzt, da sie keine Magie mehr besitzt, mit ihrem Leben anfangen will. Nur mit einem Punkt auf dieser Liste ist sie vertraut. Der Rest? Fantastisch. Wunderbar.

»Ich werde dich besuchen, versprochen. Jeden Tag, bis ich zurückmuss.«

Sie seufzt erschöpft. »Sollen wir nach unten gehen?«

»Wie fühlst du dich?«, fragt Tony.

Damit er ihren Puls nicht testen kann, setzt Elle sich auf ihre Hände. Sie hält den Atem an und verzieht das Gesicht. »Es geht mir gut.«

»Du solltest dich ausruhen.«

»Es geht mir gut. Können wir nach unten gehen?« Sie beißt die Zähne zusammen, wappnet sich für das Aufstehen. Am schlimmsten sind die Schmerzen, wann immer sie die Muskeln im Oberkörper nutzen muss.

»Einen Moment.« Luc kehrt in den Raum zurück, greift sich einen Stuhl vom Esstisch und trägt ihn heran. Er legt seine Aktentasche auf seinen Schoß und öffnet sie. »Wir haben einige Dinge für dich.«

»Oh, ja«, sagt Tony und steht auf, um seine Kuriertasche zu holen. »Okay, Lukey, du zuerst.«

Luc wirft Tony einen bösen Blick zu, bevor er spricht. »Ich weiß, dass das nie weit oben auf deiner Prioritätenliste stand, aber auf unserer schon.« Er zieht ein flaches, teuer wirkendes Handy heraus. »All deine Kontakte sind bereits eingegeben, unter anderem meine Privatnummer. Ruf mich an, wann immer du willst. Ich werde abheben.«

»Selbst wenn du bei der Arbeit bist?« Elle hält das Handy unsicher, beäugt es voller Misstrauen. Sie weiß nicht recht, was sie damit anfangen soll. Wahrscheinlich ist es zu High-Tech für sie.

»Selbst wenn ich bei der Arbeit bin.«

Tony schmollt. »Mir hast du deine Privatnummer nicht gegeben.«

Sofort antwortet Luc: »Und das werde ich auch nie tun.«

»Wie sollen wir uns dann gegenseitig das Herz ausschütten?«

»Mein Vorschlag wäre, es einfach nicht zu tun.«

Normalerweise fände Elle diesen Wortwechsel unterhaltsam, aber heute ist er einfach nur irritierend. »Tony?«

»Du hast nicht Danke gesagt.«

Sie erdolcht ihn mit Blicken. »Halt die Klappe.«

»Schön.« Einfach so fällt seine Lässigkeit von ihm ab. »Zuerst einmal: Lira sagt, dass sie dir ein Paket schicken wird, sobald sie deine Adresse hat. Frag nicht nach, es ist eine Überraschung. Okay. Ich bin dran. Ich weiß, dass es dir hier nicht gefällt, aber ein wenig Dekoration wird schnell dafür sorgen, dass du dich hier wohler fühlst. Also!« Er zieht ein gerahmtes Foto von sich selbst heraus und zeigt es ihr. »Ta-da!«

Elle starrt ihn wütend an, während Luc vor Lachen schnaubt.

»Ich konnte das Porträt nicht retten, das du gezeichnet hast.« Seine Stimme ist bitterernst, klingt fast schwermütig. »Das tut mir wirklich leid. Also habe ich dir das Nächstbeste besorgt, bis du ein neues malen kannst.«

»Tony, nein.«

»Was meinst du mit ›Nein‹? Du bist eine Künstlerin und warst es immer. Selbst dein Freund hier weiß das. Wahrscheinlich versteckst du irgendwo eine Zeichnung von ihm.«

»Nein.« Wahrscheinlich wird sie ihre Zeichensachen nicht

zurückbekommen. Zu wissen, dass sie ihre Pinsel und Tuschen und Reibsteine verloren hat, ist ein Schlag, den Elle noch nicht ganz verarbeitet hat. Und was Luc angeht ... ihre Beziehung ist angespannt. Und er ist nicht ihr Freund.

»Oh, hör auf damit. Das ist nicht putzig.« Tony wendet sich wieder an Luc. »Alle Bilder, die du in ihrer Werkstatt oder ihrer Wohnung gesehen hast, hat Elle selbst gezeichnet.«

Weil ihre gesamte Haut unangenehm heiß prickelt, senkt sie den Blick auf das Handy in ihrer Hand. Sie fragt sich, ob sie das Gerät zurückgeben kann, ohne allzu undankbar zu wirken. »Das war vor langer Zeit. Ich tue das nicht mehr.«

»Solltest du aber.«

»Dem stimme ich zu«, sagt Luc.

»Ich will nicht darüber reden.« Elle legt das Handy neben sich aufs Sofa. Ihre Stimmung galoppiert auf eine Klippe zu und stürzt in die Tiefe. Es passiert häufig, dass die negativen Gefühle sie einfach überwältigen und jede andere Emotion vertreiben.

»Okay.« Luc steht auf. »Lass uns nach unten gehen.«

Elle stemmt sich mithilfe der Armlehne auf die Beine, froh, dass ihr offenes Haar ihr Gesicht und damit ihre Grimasse verbirgt. Um zu verhindern, dass Tony und Luc ihre Trauer sehen, nimmt sie die Schultern zurück. »Könntet ihr beide meine Sachen holen, während ich da unten bin? Bitte.«

»Deinen Einzug durchziehen? Ja, sicher.« Tony steht auf. »Sind ja nur ein paar Koffer.«

»Schon, aber sie sind schwer.«

Luc mustert sie eindringlich, doch letztendlich folgt er Tony zur Tür. »Wir sind bald zurück.«

»Okay. Wir sehen uns dann.«

Sobald die beiden verschwunden sind, setzt Elle sich wieder. Ein paar Tränen rinnen über ihre Wangen. Sie wischt sie weg, beißt die Zähne zusammen, weil sie keinem Heulanfall will. Auf ihrer Liste mit Dingen, die erledigt werden müssen, steht nicht, sich in ihrer Wohnung zu verstecken und in Selbstmitleid zu suhlen. Sie muss nach unten gehen und alles über den Laden lernen.

Trotzdem tut sie sich selbst leid. Alles, was seit ihrem Aufwachen geschehen ist, ist real, egal, wie sehr sie sich auch wünscht, es wäre ein Traum. Elle hebt die Hand. Die grauen Reste des Pflasters auf ihrem Handrücken verankern sie in der Realität. Sie versucht, eine Flamme zu erzeugen, konzentriert sich, bis sie Kopfschmerzen bekommt. *Vielleicht diesmal.*

Nein. Sie schließt die Augen, betet zu einem Gott, der sie nicht mehr hören kann, fleht darum, in den Himmel gerufen zu werden; das Geschehene ungeschehen zu machen; irgendetwas, solange es nicht das ist, was sie momentan hat – was nichts ist. Nun, das stimmt so nicht ganz. Elle hat eine Sache: ein Loch tief in sich selbst, eine klaffende Leere, die niemals gefüllt werden kann. Körperlich unterscheidet sie sich nicht von der Zeit, als sie noch Magie besessen hat, was sie als Verrat betrachtet. Ihr Körper hat sich nicht verändert; ihr qì entspringt immer noch aus derselben Quelle. Sie kann es nur nicht mehr nutzen, um ihre Vorstellungen Realität werden zu lassen.

»Geh nach unten«, murmelt sie. Ihre Lider pulsieren im selben Takt wie ihre Kopfschmerzen. Es ist die Art von Schmerz, die einem jede Energie raubt und das Blickfeld einschränkt wie eine große Person, die im Kino vor einem sitzt. »Eins nach dem anderen. Nach unten. Arbeiten.«

Elle schwört sich, dass sie sich nur eine kurze Minute ausruhen wird, aber als sie die Augen das nächste Mal öffnet, sieht sie die warmen Strahlen der Nachmittagssonne und fühlt, wie ihre Verbände an ihren Nähten kleben.

Ein Stuhl kratzt über den Boden. Tony legt sein Handy auf den Tisch und sagt: »Du bist wach. Gut geschlafen?«

Langsam und unsicher blinzelt Elle, reibt sich das Gesicht. »Wie lang?«

»Ein paar Stunden. Wir sind gerade damit fertig, deine Sachen einzuräumen.«

»Luc?« Sie meint, ihn zu hören, aber das könnte auch Einbildung sein.

»Im Schlafzimmer am Telefon.« Tony stützt sie, als sie sich aufsetzt. »Du musst die Verbände wechseln. Kannst du das allein?« Elle weiß es nicht. »Ja.«

「胡說。」Er legt einen Arm um ihre unverletzte Seite und hilft ihr ins Bad, wo er sie zwingt, sich hinzusetzen. Plappernd löst er ihre Verbände. »Das Geheimnis liegt im Reinigungsalkohol. Halt die Bereiche sauber und trocken, okay? Dein Rücken ist fast vollständig verheilt, aber du brauchst mindestens noch eine Woche.«

»Ich weiß, was zu tun ist.« Sie schluckt benommen, als Tony ihre Nähte reinigt. »Du musst nicht …«

»Klappe«, fällt er ihr freundlich ins Wort. »Lass mich für fünf Minuten deinen großen Bruder spielen. Dann gehe ich dir aus den Augen, damit du dich ausruhen kannst.«

Sobald Tony fertig ist, humpelt Elle aus dem Bad, um Luc auf der Couch sitzend vorzufinden, die Beine an den Knöcheln überschlagen. Auf seinen Schenkeln liegt ein Tablet, an seinem Ohr ruht die Rufrune. Er ist so konzentriert, dass er sie gar nicht bemerkt. Sie beobachtet ihn eine Minute lang, nimmt zur Kenntnis, wie er an den Kissen lehnt, wie sehr in seiner Aufgabe versunken. Er spricht Deutsch, nimmt sie an, und klingt definitiv wie jemand, der das Sagen hat.

Es wäre einfacher für ihn, ins Büro zurückzukehren, wo ihm alle Ressourcen zur Verfügung stehen, statt aus der Ferne aus ihrem miesen Apartment zu arbeiten. Aber er kann seine Arbeitslast nicht mindern, wenn er Oberon das Zugeständnis auf Freizeit abringen will. Es ist ihre Schuld, dass er hier ist.

Luc sieht sie an und beendet das Telefonat.

Schuldgefühle nagen an ihr. »Das war nicht nötig.«

Er schüttelt den Kopf. »Bisher ist die Situation nicht kritisch. Sie brauchen mich nicht.«

Aber sie braucht ihn anscheinend.

»Ich habe deine Küche ausgestattet. Dein Abendessen ist im

Kühlschrank.« Luc steht auf, schiebt das Tablet in seinen Aktenkoffer, die Rune in die Hosentasche. »Ich habe mir auch die Freiheit genommen, für die nächsten Wochen einen Lieferdienst für Essen zu organisieren. Ich hoffe, du magst die Auswahl. Im Schlafzimmer und im Schrank sind frische Laken und dein Bett ist gemacht.«

Sie zappelt nervös, senkt den Blick auf den Boden. »Vielen Dank. Du hast viel getan.«

Stirnrunzelnd mustert er sie, seine Unzufriedenheit ist offensichtlich. »Es ist ein Anfang. Du hast deine Miete bereits bezahlt, aber ich kann schauen, ob ich ab nächstem Monat nicht etwas Besseres finde. Oder vielleicht eine Haushaltshilfe, bis du wieder an Kraft gewonnen hast.«

»Nein.« Elle hat keine Ahnung, was eine Haushaltshilfe für sie tun sollte und will niemanden um sich herum haben. »Du hast mehr als genug getan. Ich weiß das wirklich zu schätzen.«

Sie schaut alles im Raum an außer ihm; weiß einfach nicht, was sie jetzt tun soll.

»O-okay, ich denke, das war's für heute«, schaltet Tony sich ein und rettet Elle damit. Er mustert sie wachsam, bevor er die Schuhe anzieht. »Deine Medikamente liegen in der Küche. Iss etwas, bevor du sie nimmst. Ich schaue morgen wieder vorbei, okay? Geh dich ausruhen. Lukey, kommst du?«

»Gleich. Geh schon vor.«

Unangenehmes Schweigen breitet sich zwischen ihnen aus, während Luc darauf wartet, dass Tony das Gebäude verlässt. Elle lässt es geschehen, ohne die Wohnungstür zu schließen, hält die Augen gesenkt, um Lucs Blick auszuweichen. Die Deckenlampe wirft ihren Schatten, schwach und wässrig, über die Türschwelle. Und so sieht sie auch in ihrer Vorstellung aus: Ohne Magie und gebrochen, ein geisterhafter Schatten ihrer selbst.

Schließlich sagt er: »Willst du, dass ich heute Nacht bei dir bleibe?«

Letzte Woche, in der Oase, hätte Elle Ja gesagt. Ja zu langen Nächten und den Morgen danach; ja zu frischen Omeletts und Scherzen und seinem geheimen, warmen Lächeln. Jetzt muss sie ablehnen, weil sie nicht länger sie selbst ist und zusätzlich auch noch verletzt und bedürftig. Er hatte einen langen Tag und ist wahrscheinlich genauso erschöpft wie sie, aber er ist einfach zu höflich, sie einfach im Stich zu lassen. Deswegen will er seiner Sorgfaltspflicht gerecht werden, bevor er sich der Situation entzieht.

Elle wird so heiß vor Scham, dass sich Schweiß in ihrem Nacken bildet. Die Geräusche der Autos und Passanten, die von draußen hereindringen, erscheinen ihr plötzlich unerträglich laut.

Scheinbar hat sie zu lange nicht geantwortet, weil Luc sie an sich zieht und ihr einen Kuss auf den Scheitel drückt. Schon diese Geste reicht aus, um sie erschauern zu lassen. Wenn er noch mehr tut, wird sie in Stücke zerbrechen.

Er presst die Wange an ihre. Sofort durchfährt sie eine ganz andere Art von Schmerz. Himmel, sie kann das nicht ertragen. Die Geste ist zu vertraulich für die Beziehung, die sie verbindet. Er muss gehen, bevor sie anfängt zu weinen.

Lucs Stimme senkt sich zu diesem vertraulichen, sanften Tonfall, der sie immer hilflos zurücklässt. »Ich weiß, wie schwer das alles für dich ist, auch wenn du versuchst, uns zu erklären, es ginge dir gut.«

»Es geht mir gut, das schwöre ich.« Sie erwidert seine Umarmung nicht, weigert sich, ihren Körper an seinen anzupassen, in dem Versuch, den Abstand zu wahren, um den sie so hart gekämpft hat.

»Du bist am Wochenende fast gestorben.«

»Aber ich bin am Leben. Ich habe mich erholt.«

»Elle«, mahnt er.

»Luc«, mahnt sie zurück. »Du musst dir keine Sorgen um mich machen. Ich wette, du bist vollkommen erschöpft. Du hast bereits so viel getan. Von jetzt an kann ich mich um mich selbst kümmern.« Allein, ohne das nagende Gefühl, dass er nur aufgrund eines falschverstanden Pflichtbewusstseins hier ist.

»Du kannst dich kaum bewegen, ohne das Gesicht zu verziehen. Ich werde bleiben.«

Elle lehnt erneut ab. »Wirklich, das musst du nicht. Du warst sehr gründlich, aber du bist nicht für mich verantwortlich. Der Fall ist abgeschlossen.«

Dieser Schlag ist ein Treffer. Luc mustert sie betroffen, mit verletztem Blick. »Das hat nichts mit dem Fall zu tun.«

»Wirklich nicht? Ich war Teil davon, oder?« Sie benimmt sich unvernünftig, aber ihre vernünftige Seite kann nichts dagegen tun. Die vernünftige Elle ist in einem anderen Raum eingeschlossen, hämmert gegen die Tür und kreischt, dass sie aufhören soll. »Du musst nichts mehr vorspielen oder mir Informationen aus der Nase ziehen oder versuchen, irgendetwas bei mir wiedergutzumachen. Ich vergebe dir. Es ist passiert. Ich habe nichts mehr.«

»Was?« Luc erstarrt für einen Moment, ein klarer Hinweis darauf, dass er mehr empfindet, als er zugeben will. »Ich will bleiben. Ich bitte lediglich um deine Erlaubnis. Ich bin hier, weil du mir etwas bedeutest.«

Sie versucht, sich seiner Umarmung zu entziehen, aber sie ist zu schwach, um seine Arme zu lösen. Die Bewegung sorgt dafür, dass sein Duft aus seiner Kleidung aufsteigt. Elle erstarrt, ihre Kehle ist wie zugeschnürt. Das ist nicht fair. *Nichts* ist fair.

»Elle, bitte, schau mich an. Ich *will* bleiben.«

Erst will sie ablehnen, aber ihr verräterischer Mund verweigert ihr den Gehorsam. Scheinbar hat die vernünftige Elle das Schloss aufgebrochen und erneut die Kontrolle übernommen. »Okay«, sagt sie stattdessen. Ihr Hirn spuckt verschiedene Argumente zur Rechtfertigung ihrer Handlungen aus. Sie hat Luc mehrfach die Chance eröffnet, sie zurückzulassen, und er hat die Gelegenheit nicht genutzt. Vielleicht will er wirklich hier sein.

Elle seufzt, als ein Funken Hoffnung in ihr aufkeimt, der ihr erlaubt, ihren Kopf an seine Schulter zu betten. Er antwortet ebenfalls mit seinem Seufzen und entspannt sich.

Lucs Rufrune bimmelt.

Sofort verhärten sich alle Muskeln in seinem Körper. Keiner von ihnen bewegt sich.

Die Rune bimmelt wieder.

»Es tut mir leid«, flüstert Luc. »Elle, es tut mir ... so leid.« Er tritt zurück und seine Rufrune erscheint auf fast magische Art in seiner Hand. Er schiebt sie sich über das Ohr, geht gleichzeitig bereits Richtung Schlafzimmer.

Elles Herz rutscht unter ihren Rippen heraus, an ihren Eingeweiden vorbei und bleibt in ihrer Hose hängen. Sie steht da, erfüllt von Leere. Die Wände ihrer Wohnung scheinen immer näher zu kommen. Lucs Stimme erklingt leise und unverständlich. Natürlich musste das passieren. Es war dumm von ihr, etwas anderes zu glauben.

Luc entschuldigt sich noch einmal, als er zurückkehrt. »Ich muss ins Büro. Die Situation ist schneller eskaliert, als ich erwartet hatte.«

»Ist okay«, antwortet Elle niedergeschlagen. Sie hätte sich keine Hoffnung machen dürfen. Sie sollte weder überrascht noch verletzt sein, noch irgendetwas anderes empfinden. Luc ist nicht ihr Lebenspartner oder irgendetwas, was von Dauer wäre. Nur ein freundlicher Ex-Klient, der von Anfang an klar geäußert hat, warum er ein schrecklicher Kandidat für irgendetwas ist. Damals hatte Elle nicht verstanden, was er gemeint hat, weil es keinen Einfluss auf ihr Leben hatte.

Wenn sie in Stücke zerbrechen und zu Asche zerfallen könnte, würde sie es tun. Sie wird hinter seinem Job immer die zweite Geige spielen. Die zweite Geige hinter seinem Boss, der Lucs wahren Namen kennt und diese Macht jederzeit einsetzen kann. Die zweite Geige hinter seinem Dienst in der Agentur, die mehr oder minder Lucs gesamtes Leben ausfüllt. Sie wird immer an zweiter Stelle stehen. Niemals an erster.

Es gibt absolut nichts, was Elle dagegen tun kann. Ihr Herz, bereits von Rissen durchzogen, kapituliert vor dem Druck und zerbricht in unzählige Teile. »Es ist die Arbeit. Ich verstehe das. Du bist ziemlich wichtig.«

»Du bist auch wichtig«, sagt Luc mit zusammengekniffenen Augen.

»Nein. Ist schon okay.« Enttäuschung brennt heiß in ihr, erzeugt eine seltsame Klarheit. Sie weiß, was sie tun muss: das alles beenden; ihn wegschicken; ihm erlauben, seinen Job herausragend zu erledigen, damit er die Gunst gewinnen kann, um ein Heilmittel zu finden. Das ist, vor allem anderen, seine wichtigste Aufgabe. Sie darf nicht selbstsüchtig sein. Sie wird auch alleine klarkommen.

»Geh«, sagt sie und tritt zur Seite. »Es ist in Ordnung. Ich bin ziemlich müde und will eigentlich nur ins Bett.«

Er sinkt auf ein Knie, um seine Schuhe anzuziehen. »Ich werde zurückkommen, sobald ich fertig bin.«

Aber sie schüttelt den Kopf, versucht, das Ziehen in ihrer Brust zu ignorieren. Es ist wirklich unfair, dass es keine Obergrenze für Schmerz gibt, dass ihre Tränen nicht irgendwann endgültig versiegen. »Nein. Ich werde bald schlafen und du hast keinen Schlüssel. Und selbst wenn, es gibt hier keinen Platz, an dem du schlafen könntest. Spar dir, ähm ...«

Sie ist bereits am Boden zerstört, also kann das nicht allzu sehr schmerzen. »Spar dir die Mühe.«

Luc Hände erstarren in der Luft. Elle beobachtet, wie er ihre Worte verarbeitet, bevor seine Schultern nach unten sinken.

Irgendwann sagt er: »Ich verstehe. Wir sehen uns ein anderes Mal. Ich hoffe, eher früher als später.«

Wortlos und steif bleibt Elle stehen. Sie fühlt sich, als hätte sie Scherben geschluckt.

Luc berührt sanft ihre Wange. »Pass auf dich auf, mein Herz.«

Sie weiß nicht, wie er sie bei diesen Worten ansieht, denn sie kann ihm nicht ins Gesicht schauen. Wenn sie das tut, heißt es *Game over.* »Bye«, presst Elle heraus, dann schließt sie eilig die Tür und flieht ins Bad, wo es nicht stört, wenn alles nass wird.

•••

Luc steht auf der Türschwelle, die Augen fest geschlossen, die Hände zu Klauen geformt, während er versucht, seine Seelenruhe zurückzugewinnen. Durch das dünne Holz hört er Elles sich entfernende Schritte, gefolgt vom Schlagen einer Tür, und fast wäre er wieder in die Wohnung gestürmt, um bei ihr zu bleiben. Es geht ihr absolut nicht gut und sie sollte nicht allein sein.

Wut zerrt an seinen Nerven, bis sie sich anfühlen wie gespannte Drahtseile, die mit jedem zusätzlichen Atemzug zu reißen drohen. Für einen Moment fragt er sich, wieso er seinen Job nicht aufgibt. Er muss einfach nur Oberons Büro betreten und seine Kündigung einreichen. Ach ja: Oberon würde das Recht der Herrschaft einsetzen, um Lucs Abgang zu verhindern.

Statt wuterfüllt zu schreien, stößt Luc lautstark den Atem aus und stampft die Treppe nach unten, im Geiste bereits damit beschäftigt herauszufinden, wann er zurückkehren kann. Aber auch dieser Gedanke tröstet ihn nicht. Der Schaden ist angerichtet und er ist dafür verantwortlich.

Ein leiser Pfiff begrüßt ihn, als er das Gebäude verlässt. Tony. Er lehnt an der Wand zwischen Eingangstür und Ladentür, eine Hand in der Tasche seiner ledernen Bomberjacke. In der anderen Hand hält er eine Zigarette. Er nimmt einen Zug und bläst Luc den Rauch ins Gesicht.

»Nicht mal zehn Minuten. Sie hat dich wirklich schnell rausgeschmissen.«

»Ich habe einen Anruf bekommen. Ich habe vor zurückzukehren.« Er mustert die Zigarette, dann Tony. Er mag den Geruch von Rauch nicht, auch wenn er darauf konditioniert ist. »Wage es nicht, in der Wohnung zu rauchen.«

»Habe ich nicht vor. Es ist nur ein Experiment.« Tony drückt die Zigarette aus und wirft sie zur Seite. »Wir müssen uns unterhalten.«

»Über was?« Luc zieht den Autoschlüssel heraus und drückt auf den Knopf.

»Meine Schwester, was sonst?« Tony schiebt sich auf den Beifahrersitz. »Ich werde direkt zum Punkt kommen. Wie ernst ist es dir mit ihr?«

»Ich verstehe die Frage nicht.« Luc rammt den Schlüssel ins Zündschloss und startet den Wagen, gönnt sich eine halbe Sekunde, um sich zu beruhigen. Denkt darüber nach, dass er irgendwann heute auch noch eine Recherche über die Wohnungssituation in San Francisco anstellen muss. Luc setzt den Blinker und fädelt sich in den Verkehr ein.

Tony lässt sich lässig tiefer in den Sitz sinken. »Ich glaube, du verstehst mich sehr gut. Wie ernst ist es dir mit Elle? Ich habe gesehen, wie ihr euch anseht. Ich vermute, die Gerüchte über dich stimmen nicht, weil das, was du angeblich getan hast, ein absolutes K.-o.-Kriterium wäre und Elle sich niemals mit so jemandem abgeben würde.«

Luc hält seine Miene ausdruckslos. Das Auto macht einen Sprung, als er aufs Gas tritt, um noch über eine gelbe Ampel zu kommen. »Ich meine es ernst.«

Tony schnaubt. »Weiß sie das?«

»Ich hoffe es.«

»Würde mich nicht überraschen, wenn sie es nicht wüsste, weil du dich sicherlich nicht so benimmst.«

Luc packt das Lenkrad fester. Seine Wut kehrt zurück. Natürlich trifft Tony perfekt ins Schwarze.

»Du musst deine Prioritäten klären. Die Arbeit oder Elle? Sie ist zu nett, um zu protestieren, wenn du Anrufe annimmst oder sie allein lässt, wenn sie dich braucht. Zu deinem großen Unglück allerdings bin ich ein Arsch.«

»Du bist ihr Bruder und sie braucht auch deine Unterstützung.«

»Lenk nicht ab. Sie hat meine Unterstützung und das weiß sie auch, weil wir seit dreißig Jahren allein gegen die Welt kämpfen und ich höllisch loyal bin. Über dich dagegen weiß sie nicht viel. Wenn du es ernst mit ihr meinst, musst du ihr das zeigen. Keine Halbherzigkeiten. Elle hat das Beste verdient, und wenn du nicht bereit bist, das zu liefern, dann kannst du dich freundlicherweise verpissen. Irgendwann wird sie über dich hinwegkommen.« Tony schiebt die Hand in die Innentasche seines Jacketts. »Oh, und was ich noch vergessen habe.«.«

Luc wirft ihm einen warnenden Blick zu und knurrt: »Rauch nicht im Auto. Es gehört der Firma.«

»Das ist heiß. Ja, Zaddy.« Tony kaut kokett auf der Fingerspitze seines Zeigefingers.

Lucs Augenwinkel zuckt. »Nenn mich noch mal so und ich stoße dich auf einer dicht befahrenen Kreuzung aus dem Auto. Ich weiß, dass du nicht sterben wirst, aber es dürfte die Ruhe wert sein, die ich dadurch gewinne.«

Tony seufzt. »Schön. Wo war ich? Ach ja. Was ich noch vergessen haben…« Seine Miene verändert sich. Plötzlich strahlt er mörderische Entschlossenheit aus, sein finsterer Blick scharf wie eine Klinge. »Wenn du meine Schwester verletzt, werde ich dich persönlich umbringen. Und dann werde ich im Jenseits deinen Geist finden und dich noch mal töten. Verstanden?«

So gefährlich hat Luc Tony noch nie gesehen. Hätte es in den Sternen gestanden, hätte Tony einen herausragenden Fixer abgegeben. »Ich verstehe.«

»Ich will, dass sie das hier überlebt«, fährt Tony fort. »Ich will, dass sie gedeiht. Ich will keinen Anruf bekommen, in dem mir erklärt wird, dass sie auf dem Gehweg zerschellt ist, weil sie dachte, zu springen wäre der einzige Weg. Säße mir nicht meine Familie im Nacken, würde ich bei ihr einziehen und sie babysitten, wie sie es bei mir getan hat. Aber ich kann nicht so oft herkommen, wie ich möchte, und für Lira gilt dasselbe. Hier geht es um Teamarbeit. Wenn du es ernst meinst, musst du mehr tun, als ihr ein Handy schenken, vor dessen Gebrauch sie sich fürchtet, um dann zu verschwinden.«

Der Rest der kurzen Fahrt vergeht schweigend. Luc parkt in der Garage und schaltet den Motor aus, geht im Kopf die Lücken in seinem Zeitplan durch, in denen er bei Elle sein kann. Es ist nicht genug. Aber er könnte genug Zeit finden, wenn er eine neue Abmachung mit Oberon trifft.

Luc steigt aus dem Wagen und wendet sich über das Dach hinweg an Tony. »Es gibt Dinge, die du in Bezug auf meine Arbeit in der Agentur nicht verstehst, über die Elle aber Bescheid weiß. Das sind keine Ausflüchte. Rede das nächste Mal mit ihr darüber. Ich werde tun, was ich kann.«

»Das ist nicht gut genug.« Der gefährliche Ausdruck ist zurück. »Ich brauche etwas Konkretes.«

»Bald.«

»Du hättest einfach sagen sollen, dass du noch nicht weißt, wie du vorgehen willst, dich aber damit beschäftigst. Gib mir deine Handynummer, damit wir uns koordinieren können.«

Es folgt ein Starrduell.

»Komm schon, wir hatten unser vertrauliches Gespräch schon.«

Luc blinzelt nicht.

»Gib mir deine Handynummer oder ich stürze mich in drei Sekunden auf dich. Ich erinnere mich an deine Akte, ich weiß, wozu du fähig bist. Du dagegen kennst meine neuen Kräfte nicht. Bist du bereit, das Risiko einzugehen?«

Luc beißt die Zähne zusammen, bis ein Muskel an seinem Kiefer zuckt. »Gib mir dein Handy.« Natürlich zeigt Tonys Bildschirmschoner ein Foto von sich selbst. Luc gibt seine Nummer ein und gibt das Handy zurück. »Missbrauch dieses Privileg und du wirst es bereuen.«

»Sicher. Gutes Gespräch, Lukey. Ich freue mich schon auf deine Textnachrichten.« Tony grinst, schickt ihm einen Luftkuss und schlendert davon.

16. Kapitel

Elle beäugt das Paket auf ihrem Tisch, als befände sich darin eine eineinhalb Meter lange Schlange. Sie hält gut zwei Meter Abstand, für den Fall, dass der Karton sie beißt. Sie reckt den Hals, um noch mal hineinzuspähen, falls der Inhalt sich verändert haben sollte, aber er bleibt gleich: ein Set von vier neuen Pinseln mit Ständer, ein schwerer Reibstein, ein Tuschestab und eine Rolle Reispapier.

»Und?«, fragt Lira übers Telefon. »Ich weiß, das sind nicht deine alten Pinsel, aber ich dachte, du könntest einen Neustart wagen. Überraschung!«

Oh, ja, Elle ist überrascht. »Danke dir.«

»Du bist wahrscheinlich noch nicht bereit dafür, aber du kannst nicht ohne deine Kunstsachen leben. Es sind fast zwei Wochen vergangen. Wie fühlst du dich heute?«

Elle hat es erst einmal nicht geschafft, den Gasherd zu entzünden, und hat so heftig in ihren Tee geweint, dass er salzig schmeckt, aber zumindest wurden ihre Fäden gezogen. »Toll. Viel besser.«

»Elle, du bist dir doch bewusst, was für eine schlechte Lügnerin du bist?«

Sie antwortet beklommen: »Ja?«

»Schalte die Kamera an.«

»Was?« Sie zieht das Handy vom Ohr. »Nein! Ich weiß nicht mal, wie das geht!« Elle jault überrascht auf, als Liras Gesicht auf dem Bildschirm erscheint.

»Es gibt ein Icon in Form einer Kamera. Tipp drauf.«

Es gibt Dutzende Icons, viele von ihnen am oberen Bildschirmrand. Irgendwie findet Elle den Kamerabutton, dann lässt sie fast das Telefon fallen, als ihr eigenes Gesicht erscheint. Sie schreit leise auf. »Wie schalte ich das wieder aus?!«

»Ich schwöre bei allen Göttern, selbst meine Eltern wissen mehr über Technologie als du. Und es geht dir nicht besser. Wann kommt Tony?«

»Am Nachmittag.«

»Gut. Tut mir leid, dass ich so selten da bin. Ich schwöre, ich werde dich bald besuchen. Aber bevor wir aufhören, führ mich durch die Wohnung. Tony hat mir gesagt, sie wäre, und ich zitiere, ›ranzig‹.«

Damit hat er nicht unrecht. Elle packt das Handy mit beiden Händen und gibt Lira eine Führung. »Die Miete ist gut. Die Gegend ist total gefragt. Hier ist das Schlafzimmer. Und ich habe eine Abstellkammer.«

»Wow, eine ganze Abstellkammer. Du lässt es wirklich krachen. Ich habe gehört, du hast ordentlich mit der Vermieterin gefeilscht.«

Elles Miene wird finster. »Ich hätte sie weiter drücken müssen. Warte kurz, ich muss mich anziehen.« Sie schlüpft in Jeans und ein T-Shirt. »Lira, bist du noch da?«

»Jepp.«

»Lass mich dir den Laden zeigen.« Elle schließt die Wohnung ab, dann verlässt sie das Haus, um sofort durch die Ladentür links zu treten, wobei sie der großen, orangefarbenen Katze ausweicht, die sich seit einer Woche hier herumtreibt. Sie bildet sich gerne ein, sie wären Kumpel. »Okay. Was denkst du?«

»Tja«, sagt Lira. »Es ist ein Laden, in der Tat. Er ist sehr …«

»Unordentlich?«, schlägt Elle zu. Der Laden wirkt schmal aufgrund der deckenhohen Regale voller Krüge sowie der viereckigen Behälter, die sich mitten im Raum drängen und ein Feuerrisiko darstellen. Zusammen mit den niedrigen Tischen für Tee und einer langgezogenen Vitrine für die teuren Heilmittel mit Kasse ist der Laden quasi der Inbegriff von gedrängtem Chaos. »Ich habe genug zu tun, um mich beschäftigt zu halten.«

»Gut. Das ist gut. Das brauchst du gerade. Nimm dir auch Zeit zum Zeichnen.« Lira wendet den Blick ab, schaut an der Kamera vorbei. »Dreck, ich habe einen Kunden. Ohne dich habe ich hier einiges zu tun. Ich denke darüber nach, mich zur Ruhe zu setzen. Ich werde später mit dir darüber reden.«

»Zur Ruhe setzen?«

»Ja. Ohne dich ist es einfach nicht dasselbe. Aber ich muss jetzt weg. Ich rufe später wieder an. Bye!«

»Bye.« Elle piekt auf dem Display herum, bis sie den Auflegebutton gefunden hat, dann geht sie wieder nach oben, schaltet das Handy aus und schmeißt das Ding unter ihr Bett, bevor sie in den Laden zurückkehrt.

Tantchen Ma erscheint und schickt Elle an die Arbeit. Sie selbst kauert auf einem Hocker hinter der Glasarbeitsfläche, während sie Befehle bellt. In ein paar Tagen wird sie nach China aufbrechen. Dann muss Elle den Laden allein führen. Trotz ihrer Kopfschmerzen und der damit einhergehenden Konzentrationsschwierigkeiten erfüllt Elle alle ihre Aufträge und beschwert sich nicht. Den Morgen verbringt sie damit, Online-Bestellungen zu verpacken und Botengänge zu erledigen, was ihr hilft, die Topografie und die Straßen von Chinatown besser kennenzulernen. Der Kater miaut jedes Mal, wenn sie den Laden verlässt und zurückkehrt; schnurrt laut, wenn sie ihn streichelt. Und folgt ihr in den Laden.

»Tantchen Ma!«

»Was?«, ruft Tantchen Ma aus dem Hinterzimmer.

»Ist das deine Katze?«

»Was für eine Katze?«

»Dieser Kater! Er ist reingekommen.« Vielleicht ist er ein Gestaltwandler-Kunde. Elle hat bisher keine Fae gesehen. Als Banale ist sie vielleicht gar nicht fähig, sie zu erkennen, aber in San Francisco gibt es eine große Gemeinde.

Tantchen Ma betritt den Laden, den Mund noch voller Nudeln. »Nicht meine Katze. Schaff sie raus. Sie ist dreckig.«

Der Kater wirkt recht gepflegt und gut gefüttert, aber er trägt kein Halsband. Er windet sich um Elles Beine und jault, als flehe er sie an, bleiben zu dürfen.

»Gah.« Tantchen Ma öffnet die Tür, schnappt sich einen Besen und vertreibt den Kater.

Der Rest des Tages vergeht voller Widersprüchlichkeiten. Die Zeit rennt, wenn Kunden erscheinen, und schleicht nur dahin, wenn niemand in der Gegend ist. Das sind die Zeitspannen, in denen sie daran denken muss, was sie alles verloren hat. Wenn die Leere in ihr aufklafft und sie in die Dunkelheit lockt. Elle wischt sich beim Aufräumen Tränen von den Wangen und überhört das Bimmeln der Türglocke.

»Also, so wirst du keine Kunden anlocken.«

Elle wirbelt herum. »Tony?«

»Du solltest mehr lächeln.« Breit grinsend zieht er sie in eine Umarmung.

Sie bedenkt ihn mit einem bösen Blick und schnieft extra laut. »Was tust du hier?«

»Begrüßt man so seine Familie? Hey, Tantchen Ma!« Tony wechselt ins Kantonesische und schreit etwas. Ihre Antwort ist ebenfalls geschrien.

»Nett. Lass uns gehen, du hast den Rest des Tages frei.« Er ergreift Elles Arm.

Sie entreißt ihm den Arm, nur um zu stöhnen, als ihre Wunden protestieren. »Was tust du?«

»Ich führe dich zu einem frühen Abendessen aus. Du bist nicht drangegangen, als ich angerufen habe. Willst du diesen Kater adoptieren? Er ist dir nach Hause gefolgt und treibt sich seit Tagen hier rum. Wahrscheinlich hat er entschieden, dass du ihm gehörst.«

»Tantchen Ma hat gesagt, keine Katzen, also keine Katzen.« Elle reibt sich das Gesicht, dann seufzt sie schwer. »Wieso bist du schon wieder hier?«

»Ich sehe nach dir, wie ich es jeden Tag tue. Wo ist dein Handy?«

»Ich habe dir gesagt, dass es mir gut geht.«

»Und ich habe dir geantwortet, dass du mich nicht anlügen kannst. Du konntest mich noch nie anlügen. Wo ist dein Handy?«

»Irgendwo in der Wohnung.« Das ist nur eine halbe Lüge, also wird Tony ihr halb glauben.

»Du weißt es nicht mal? Gütiger Himmel, Elle. Okay, lass uns dein Handy holen, dann gehen wir essen.«

»Ich habe keinen Hunger.«

»Wie süß. Als würde mich das interessieren.« Tony scheucht sie aus der Tür, schnappt sich im Laufen ihre Schlüssel und zerrt sie quasi die Treppe nach oben. »Wo ist das Handy?«

Elle bleibt ihrer Taktik treu und zuckt halbherzig mit den Achseln. Er verdreht die Augen, dann fängt er an, Schubladen und Schränke zu öffnen, unter und hinter Sachen zu schauen. Ohne ein Wort zu sagen, wartet Elle mit verschränkten Armen im Wohnzimmer.

Nach gut fünf Minuten der Suche kehrt Tony triumphierend aus dem Schlafzimmer zurück. »Hab's gefunden! Du hättest mir auch einfach sagen können, wo es ist. Okay, du musst das jetzt für mich anschalten und auch anlassen.«

Sein sonniges Gemüt nervt und sorgt dafür, dass Elle sich wünscht, der morgendliche Nebel würde zurückkehren. »Warum?«, fragt sie spitz.

»Weil ich, wenn du abhebst, weiß, dass du am Leben bist«, antwortet Tony ebenso spitz.

Elles Lippen werden schmal. Vor anderen wird nicht geweint, ermahnt sie sich selbst. Das ist ihr neues Motto. *Nicht weinen, nicht weinen, nicht weinen.*

Tony drückt ihr das Handy in die Hand. »Schalte es an.«

Bockig starrt sie ihn an. »Ich sehe dich jeden Tag. Ich brauche das Handy nicht.«

»Es ist ein schönes Handy, wirklich teuer. Und jetzt schalte es verdammt noch mal an.«

Als sie sich nicht rührt, bewegt Tony ihre Finger für sie, presst sie auf den richtigen Knopf. Das Handy erwacht zum Leben, piept ein paarmal, dann leuchtet das Display blau.

»Okay. Du wirst das anlassen und immer schön laden. Wenn ich anrufe, oder Lira anruft, oder Luc anruft, und wir feststellen, dass du das Handy ausgeschaltet hast, tauchen wir hier auf und machen dir die Hölle heiß.«

Luc. Es ist eher unwahrscheinlich, dass er anruft, und nachdem sie ihr Handy fast immer ausgeschaltet lässt, besteht kaum eine Chance, dass sie wieder in Kontakt kommen. Sie denkt öfter an ihn, als sie sollte, oft genug, dass sie sich an den Schmerz gewöhnt haben müsste. Aber das hat sie nicht. »Wieso Luc?«

»Wieso nicht Luc? Hast du nicht mit ihm gesprochen?«

»Nein.«

Tony stöhnt. »Wirklich? Wie kannst du gleichzeitig so klug und so dämlich sein?«

Elle bedenkt ihn erneut mit einem finsteren Blick.

»Check deine Nachrichten, während wir zum Essen gehen. Ein paar Blocks entfernt gibt es anscheinend einen guten Thailänder.«

Sie hat keine Ahnung, wie sie ihre Nachrichten kontrollieren soll, weil sie nie andere Nachrichten hatte als die auf dem Anrufbeantworter des Ladens, also stopft sie das Handy in die hintere Hosentasche und folgt Tony resigniert.

»Du hast keine Ahnung, wie du deine Nachrichten lesen kannst, oder?«, fragt er, sobald sie an einem Tisch sitzen. Er hält sein eigenes Handy in der Hand.

Elle schweigt lieber, als den Mund zu öffnen und Tony zu verraten, wie nutzlos sie ist, also reagiert sie nicht.

»Du weißt es wirklich nicht. Gib mir dein Handy, ich richte alles für dich ein. Gott, du hast dir wirklich keinen Gefallen damit getan, dich vor dem Leben zu verstecken.« Mit beiden Daumen tippt und wischt Tony auf dem Display herum. »So. Ich habe es auf den Startbildschirm gelegt, damit du leicht drankommst. Wie kannst du die verpassten Anrufe nicht bemerkt haben? Hier steht es doch. Und du hast Textnachrichten.«

Er späht aufs Handy und grinst, bevor er es ihr zurückgibt. »Wer ist *Luschin*?«

Verständnislos legt sie den Kopf schief und senkt den Blick auf den Bildschirm. Sie hat zwei verpasste Anrufe und eine Textnachricht von jemandem namens Lucien.

Als stünde es in Flammen, lässt Elle das Handy fallen, die Augen weit aufgerissen, das Gesicht plötzlich bleich. »Ich glaube nicht, dass du das hättest sehen sollen«, presst sie hervor.

Tony kichert, bevor er einen Schluck Wasser trinkt. »Hättest du dein Handy angelassen, wie du es eigentlich tun sollst, wäre das nicht passiert. Aber deshalb bin ich nicht hier. Ich werde ihm nicht erzählen, dass ich es weiß. Ich wollte mit dir über dein Leben nach deiner Jade reden. Denn es *gibt* ein Leben danach.« Tony reibt sich begeistert die Hände, als das Essen gebracht wird, schickt den Kellner mit einem Zwinkern und einem Dank wieder auf seinen Weg.

Ohne Appetit starrt Elle auf ihren Teller. »Ich will es nicht.«

»Sicher, das habe ich schon bemerkt. Aber du weißt, dass es ein Leben nach deiner Jade gibt. Ich sitze als Beweis vor dir. Oh Mann, das Essen ist wirklich gut. Du solltest mal kosten.«

Elle schüttelt den Kopf, ohne den Blick von ihrem Teller zu heben.

»Hör mal. Lass diese Phase hinter dir, in der du superdeprimiert bist und alles, was du tust, dich daran erinnert, was du mal hattest, und in der du dir wünschst, alles wäre irgendwie anders gelaufen.«

Das erregt ihre Aufmerksamkeit. »Ich kann mich nicht erinnern, dass es dir so gegangen wäre.«

»Weil es nicht passiert ist.«

»Was zum Teufel, Tony?«

»Ich habe darum getrauert, dass ich nicht mehr mit unseren Vorfahren reden kann.« Tonys Stimme wird sanft. »Das ist passiert. Ich habe mir gewünscht, es wäre nicht so gelaufen, wie es gelaufen ist. Wer tut das nicht? Ich habe mir gewünscht, ich hätte das nie durchgemacht. Es hat zum Himmel gestunken. Und das, was du gerade durchmachst, stinkt auch zum Himmel. Aber gleichzeitig war ich froh, frei zu sein.«

»Weil unsere Familie uns für tot gehalten hat.«

»Genau. Ich war traurig, aber das ist nicht dasselbe wie deprimiert. Dafür bin ich einfach zu egoistisch. Und mir ist klar geworden, dass ich losziehen kann und jede Menge Dinge tun, die ich vorher nicht tun konnte. Nachdem ich mich als einfach fantastisch betrachte, war ich bereit, auch in meinem neuen Leben fantastisch zu sein. Du solltest dir ein Beispiel an mir nehmen.«

Elle runzelt die Stirn. »Ich soll auch denken, du wärst fantastisch?«

»Das auch. Aber vor allem solltest du dich selbst als fantastisch sehen. Dir zugestehen, dass du etwas verdient hast.«

»Was soll ich verdient haben?«

»Leben. Glück. Du hast es verdient, deinen Träumen zu folgen.«

Ein Grinsen. »Klingt kitschig, stimmt aber. Das Leben ist ein Geschenk, 妹妹. Das Gute und das Schlechte. Das hast du mir gezeigt. Man kann das Gute nur schätzen, wenn man auch das Schlechte anerkennt. Du hattest eine Menge Schlechtes, jetzt musst du auch bereit sein für das Gute.«

Sie schüttelt den Kopf. »Ich glaube nicht, dass ich je bereit sein werde.«

Tony kaut und schluckt. »Du brauchst Zeit. Eines Tages in der Zukunft wirst du aufwachen und das Gefühl haben, die Trauer wäre ein wenig weiter entfernt als noch am Tag zuvor. Das nennt sich Genesung. Es hilft, sich selbst Ziele zu setzen. Was willst du mit deinem Leben anfangen?«

Elles Augen brennen, und noch bevor sie sich selbst ermahnen kann, nicht zu weinen, fallen zwei dicke Tränen mitten auf ihre Pad See Ew. »Ich weiß nicht, was ich will.«

»Ich weiß, was *jemand* will«, murmelt Tony leise.

»Was hast du gesagt?«

»Nichts. Du kannst alles machen, alles sein.«

Weitere Tränen. »Ich weiß nicht mehr, wer ich bin.«

»Du bist du und du warst immer du«, erklärt Tony mit einem Selbstvertrauen, das ihr vollkommen fremd ist. »Du bist meine fantastische, brillante Schwester, die immer dachte, sie müsste vorgeben, jemand zu sein, der sie gar nicht ist. Du hast nicht nur etwas überlebt, was die meisten Leute umbringen würde, du warst auch noch mutig genug, das freiwillig zu tun. Und jetzt bist du meine fantastische, brillante Schwester, die nichts mehr zurückhält. Absolut gar nichts, verstanden? Dir liegt die Welt zu Füßen und du solltest dir Wanderschuhe anziehen und sie erkunden.«

»Hat dir irgendwer jemals gesagt«, meint Elle, während sie sich mit der Serviette die Augen tupft, »dass dein Vortrag zum Himmel stinkt?«

»Ja, du. Das Haus ist auf dem Markt, also wirst du bald Geld haben. Vor dir liegt ein Leben. Und du heilst langsam. Wenn du willst, kannst du jemanden finden und neu beginnen.«

Elle denkt über den Luc-förmigen Elefanten im Zimmer nach. »Es gibt keine Banalen, die ...« Sie wedelt mit der Hand zwischen Tony und sich herum, »... das hier glauben würden.«

»Du könntest einfach lügen. Leute bauen ihr Leben ständig auf Lügen auf.«

Er will sie beruhigen, aber es funktioniert nicht. Elle weint heftiger. »Ich bin eine schrecklich schlechte Lügnerin!«

»Dann lüg nicht. Zufälligerweise gibt es da jemanden, der bereits alles über dich weiß.«

Elle senkt die Augen auf den Tisch. Ihr Blick verschwimmt. »Es hat nicht ... funktioniert.«

Tony schnappt zischend nach Luft. »Ach du Schande. Es ist schlimmer, als ich dachte.«

»Ist bei Ihnen alles in Ordnung?« Ihr Kellner erscheint neben dem Tisch, sein aufgesetztes Lächeln wenig überzeugend. »Schmeckt alles?«

Tonys Lächeln dagegen ist strahlend, obwohl Elle weiß, wie sehr er es hasst, unterbrochen zu werden. »Alles ist wunderbar, danke! Könnten wir eine Mitnehmbox und die Rechnung bekommen?«

Danach kehren sie zu ihrer Wohnung zurück. Tony ist mit seinem Handy beschäftigt, schickt und erhält nonstop Nachrichten, gönnt Elle damit wunderbare Ruhe. Sobald sie vor ihrer Tür stehen, steckt er das Handy weg, dann begleitet er sie nach oben und verstaut die Reste im Kühlschrank.

»Hör mal, Elle.« Er seufzt. »Du wirst mir wahrscheinlich nicht glauben, aber das ist nicht das Schlimmste, was dir hätte zustoßen können. Hab Geduld mit dir selbst. Du hast mich nicht aufgegeben, also solltest du auch dich selbst nicht aufgeben. Nimm Hilfe an. Und mach Dinge nur, weil du sie wirklich willst, nicht, weil du glaubst, dazu verpflichtet zu sein. Ich gebe dir eine Hausaufgabe aus dem Buch des Tony und werde sie kontrollieren, wenn ich zurückkomme.«

»Zurückkommst von …« *Das Buch des Tony.* Was für ein Dreck.

»Familienangelegenheiten. Es wurde ein großes Treffen anberaumt. Alle Mann an Deck, so in der Art.«

Wie aufs Stichwort wallen ihre Tränen wieder auf. »Muss ich auch kommen?«

Tony sieht sie an, mustert sie, als wöge er ihre Seele ab. Jede Leichtfertigkeit verpufft. Das ist der echte Tony, ruhig und scharfsichtig. Wenn er erscheint, ist die Lage bedrohlich. »Willst du dort sein? Wir werden über dich sprechen.«

Sie antwortet nicht, weil sie nicht weiß, wie. Ihre Eltern sind wahrscheinlich stinksauer auf sie, aber sie sind trotzdem ihre Eltern. Ihre Mutter hat recht. Die Familie ist alles.

Tony brummt leise. »Das dachte ich mir.«

»Wie wütend sind sie?«

Er schüttelt schmunzelnd den Kopf. »Ziemlich wütend. Du hast ihnen einen riesigen Köder unter die Nase gehalten und bist dann untergetaucht. Natürlich geben sie dir die Schuld, nicht sich selbst. Sie sind auch sauer auf mich, weil ich ständig behaupte, ich wüsste nicht, wo du dich aufhältst. Sie wollen diesen Köder wirklich dringend.«

»Du wirst sie nur noch wütender machen, wenn du weiter lügst.«

»Genau darum geht es. Ich werde dir den Rücken freihalten, bis ich nicht mehr kann. Ich gehe davon aus, dass sie bei dem Treffen ihre Strategie planen werden. Würde mich nicht überraschen, wenn sie dir ein neues Angebot unterbreiten. Es ist wirklich 琅琊榜 Dreck, aber ich bin 梅长苏.«

Elle ist schockiert, dass Tony weiß, was das ist, aber es überrascht sie kaum, dass er sich für so attraktiv und klug hält wie Hú Gēs Charakter. »Du hast das angeschaut?«

»So gut wie jeder hat das geschaut.«

»Du magst keine historischen Dramen.«

»Als das lief, haben alle ständig davon geredet, also musste ich es auch schauen. Wie diese Eis- und Feuer-Sache. Auf jeden Fall sollest du nicht darüber nachdenken. Das Buch des Tony, kapiert? Hier ist deine Hausaufgabe: Sei selbstsüchtig.«

»Sei selbstsüchtig?«

»Ja. Sei selbstsüchtig. Hör auf, dir selbst Dinge zu verwehren und erlaube sie dir stattdessen. Wenn deine innere Stimme sagt, Nein, das kannst du nicht haben, verbiete ihr verdammt noch mal das Wort und sag stattdessen Ja. Verstanden?«

Nein. »Ja.«

»Ich muss jetzt los und mich vorbereiten. Lira wird die täglichen Kontrollen übernehmen.«

Elle runzelt die Stirn. »Bei dir klingt es, als könnte man mich nicht allein lassen.«

Er zeigt auf sie. »Dingdingding! Weil du nicht alleingelassen werden solltest. Übrigens wird Luc jeden Freitag um Punkt sechs Uhr abends hier auftauchen, zum ersten Mal diese Woche.«

Elle blinzelt, dann ergreift Entsetzen Besitz von ihr. »Heute ist Freitag.«

»Jepp. Und es ist sechs Uhr!« Bevor Elle reagieren kann, drückt Tony sie kurz, flötet ein fröhliches *baibai~* und stampft schon im nächsten Moment die Treppe nach unten.

»Tony, warte!« schreit Elle. Sie umklammert den Türrahmen und schwingt sich in den Flur. »Nein!«

Zu spät. Zuerst sieht sie noch Tonys Rücken, dann ein Aufblitzen von Sonnenlicht und im Anschluss Lucs große, vertraute Silhouette im Türrahmen.

Sie starrt ihn an, vor Entsetzen zur Salzsäule erstarrt.

Er erwidert ihren Blick, seine Miene hoffnungsvoll und weich. »Ich habe dir gesagt, dass ich zurückkommen werde, sobald ich alles erledigt habe. Hier bin ich.«

Mit jeder Stufe, die Luc erklimmt, verstärkt sich Elles Beklemmung. Als er schließlich vor ihr steht, ist sie ein einziger Ball aus Panik, bereit, etwas Drastisches zu unternehmen, wie sich durch das Fenster an der Feuerleiter zu werfen und in den Tod zu stürzen. Sie kann nicht hier sein. Oder vielmehr kann *er* nicht hier sein. Wie auch immer, sie können sich nicht gleichzeitig am selben Ort aufhalten.

»Darf ich reinkommen?«

»Was, wenn ich Nein sage?« Ihre Stimme klingt schwach und jämmerlich.

»Dann«, antwortet Luc ernst, »bleibt mir keine andere Wahl, als heute Nacht auf deiner Türschwelle zu schlafen und es morgen früh noch mal zu versuchen.«

»Das würdest du nicht tun.«

Seine entschlossene Miene verrät ihr alles, was sie wissen muss.

»Okay. Du kannst reinkommen. Aber nur für eine Minute. Ich wollte …« In diesem Moment ist ihr jede Ausrede recht, »mir gerade die Haare waschen und dann ins Bett gehen.«

»Ich nehme die angebotene Minute.«

Den Blick auf den Boden gerichtet, tritt sie zurück. Luc schließt die Tür hinter sich und sinkt auf ein Knie, um seine Schuhe zu öffnen. Sie geht auf Abstand, als er wieder aufsteht, zieht sich zum Sofa zurück. Sie muss ihn loswerden, und das schnell.

»Geht es dir gut?«

Elle presst die Lippen aufeinander, gibt ihr Bestes, ihre Gefühlsaufwallung unter Kontrolle zu halten. »Wunderbar. Du kannst überall Häkchen machen. Ich habe Essen und ich schlafe jede Nacht acht Stunden und es geht mir besser. Danke, jetzt hattest du deine Minute. Du kannst jetzt gehen.«

»Laut Tony geht es dir nicht gut.«

Dass die beiden sich verbünden war, bis zu diesem Moment, unvorstellbar. »Du hast mit ihm gesprochen?«

»Er hat mir Nachrichten geschrieben. Wir haben Kontakt gehalten.«

»Auf deiner Privatnummer?«

Ein gequältes Seufzen. »Ja.«

Elle lächelt humorlos. »Sieht aus, als hätte er bekommen, was er wollte.«

»Wir haben ein gemeinsames Ziel, also erschien es logisch.«

»Ah«, sagt Elle und kann dabei einen Anflug von Gefühl nicht zurückhalten. Scheinbar steht heute die Bitterkeit ganz vorne in der Schlange. »Um sicherzustellen, dass ich mich erhole.«

Luc wirkt, als wähle er seine Worte sorgfältig. »Das ist Teil davon.«

»Nun, Job erledigt. Es geht mir gut, siehst du? Verpflichtung erfüllt. Geh und jag deinen Träumen nach.«

»Ich bin hier und du bist keine Verpflichtung.«

»Doch, bin ich.« Oops. Wut drängelt nach vorne. »Du glaubst, eine Schuld bei mir begleichen zu müssen. Sie ist beglichen. Alles okay. Hier ist dein Wechselgeld, ich wünsche noch einen schönen Tag. Lass mich in Ruhe. Geh zurück zur Arbeit oder irgendwas.«

Elle ist die ständigen Tränen so leid, aber ihre Augen scheinbar nicht. Zum Teufel mit ihren verräterischen Augen.

Für einen Moment wendet Luc den Blick ab. »Dafür möchte ich mich aufrichtig entschuldigen. Es wird nicht wieder geschehen. Ich habe klare Anweisungen hinterlassen, mich zwischen Freitagabend und Samstagmorgen pazifischer Zeit nicht zu kontaktieren.«

»Das klingt sehr konkret«, antwortet Elle. Offensichtlich will die Gehässigkeit auch mal drankommen. »Genug Zeit für einen Booty Call?«

Seine Augen werden schmal. »Elle, hör auf.«

»Ist es zu mir nicht ein bisschen weit? Ich bin mir sicher, du kannst eine willige Person in deiner Nähe finden.«

»Ich habe gesagt, du sollst aufhören.«

»Andererseits bin ich vielleicht die perfekte Kandidatin, weil ich, anders als andere Menschen, deine Geheimnisse wahre...«

»Das reicht.«

»... und außerdem bald schon von der Bildfläche verschwinden werde. Dann kannst du dir immer noch jemand Besseren suchen!«

Luc tritt vor. Seine blauen Augen brennen. »Ich habe gesagt, *es reicht!*«

Ihr Mund klappt zu. Sie hört, wie ihre Tränen auf den Boden tropfen.

»Wenn du nur eine Verpflichtung wärst, wäre ich bereits wieder verschwunden. Aber ich bin immer noch da, obwohl du dich gerade wirklich wie ein Arschloch benimmst.«

Sie schlingt die Arme um den Bauch und zieht die Schultern hoch. »Liegt in der Familie.«

»Scheinbar.«

Die Gehässigkeit zieht sich zurück und macht der Resignation Platz. »Was willst du dann?«

»Ich will sicherstellen, dass du dich erholst und ein erfülltes Leben führst, was auch immer das für dich bedeuten mag.«

Elle schiebt herausfordernd das Kinn vor. »Selbst, wenn du darin keine Rolle spielst?«

Erst beißt er die Zähne zusammen, dann sagt er leise: »Egal, ob ich darin eine Rolle spiele oder nicht.«

Da ist es.

»Freut mich«, sagt Elle nach einer Weile, »dass wir in diesem Punkt einer Meinung sind.«

Das Schweigen wird erdrückend. Elle hält stur den Blick abgewendet.

Schritte nähern sich. »Ich habe nicht gesagt, dass ich nicht Teil deines Lebens sein will, Elle. Ich wünsche mir das sehr.«

»Weswegen?«, fragt Elle schwach. Mit dem Unterarm wischt sie sich die Tränen von den Wangen. »Weswegen? Ich bin nichts. Ich kann nichts für dich tun. Bisher konnte ich wenigstens Dinge für dich anfertigen. Jetzt bin ich einfach nur seltsam und verloren, habe keinen Platz in der Welt und werde lange vor dir sterben. Du dachtest, du wärst der schreckliche Kandidat?«

Sie schnieft, dann fängt sie an, wild zu lachen, was schwierig ist, wenn man eigentlich keine Luft bekommt. »Ich bin das. Ich bin das! Ich bin die wahre, schreckliche Kandidatin. Ich war es die ganze Zeit über. Elle, das ist nicht mal mein Name. Die schreckliche Kandidatin. Hallo, schön, Sie kennenzulernen, ich bin Jiāng Yīyǎ, aber du kannst mich schreckliche Kandidatin nennen!«

Jetzt bricht sie zusammen. Ihre Schultern sacken vollkommen vernichtet nach unten. Elle schlägt die Hände vors Gesicht und schluchzt in ihre Handflächen.

Statt zu antworten, tritt Luc näher heran, schlingt in einer festen Umarmung die Arme um sie, wickelt sich um sie herum, als wolle er sie gegen die Welt abschirmen. Ruhig und sicher bietet er sich ihr an, ohne etwas zu verlangen. Schon diese simple Berührung schenkt ihr Trost und verspricht einen sicheren Hafen.

Weinend sackt sie gegen ihn, presst ihren halbgeöffneten Mund gegen sein Hemd. Diesmal, anders als die vielen Male vorher, hält sie die Tränen nicht zurück. Diesmal gibt sie sich der Trauer vollkommen hin, als der Kummer sich in einer Flut hebt, die droht, sie zu ertränken. Im Lucs sicherer Umarmung kapituliert Elle und trauert. Ihr Körper bebt vor Schluchzen.

Auch als ihre Knie nachgeben, bleibt Luc eine sichere Stütze, führt sie langsam zum Sofa. Elle beruhigt sich für den kurzen Moment, den es dauert, sich mit einer Packung Taschentücher neben sie zu setzen. Dann vergräbt sie sofort wieder das Gesicht an seinem Hals und heult lange Zeit.

Irgendwann versiegen die Tränen. Sie bleibt benommen und erschöpft zurück, antriebslos nach dieser Katharsis. Luc mustert sie im schwindenden Licht. Nach einer Weile murmelt er: »Schön, dich kennenzulernen. Ich bin Lucien, auch ein schrecklicher Kandidat.«

Elle stößt ein jämmerliches Lachen aus.

»Du kannst mich Luc nennen. In Hunderten von Jahren habe

ich nur eine andere schreckliche Kandidatin gefunden, die mich versteht. Sie ist tapfer und witzig, aber sie glaubt, dass ihr Wert sich aus dem speist, was sie tun kann, nicht aus ihrem Selbst. Nach einer traumatischen, lebensverändernden Erfahrung ist sie überzeugt, dass ich sie nicht will. Ich habe keine nützlichen Fähigkeiten, um ihr zu helfen, und einen Job, der ständig in mein Leben eindringt. Außerdem werde ich sie um mindestens hundert Jahre überleben.«

»Jepp«, murmelt Elle. »Das ist ziemlich schrecklich.«

»Vielleicht sogar um zweihundert Jahre.«

Sie zieht eine Grimasse. Himmel, ihre Augen sind wund. Besser, sie geschlossen zu halten. »Reit nicht darauf herum. Du kannst dem Club beitreten. Der San-Francisco-Ortsgruppe von *Schreckliche Kandidaten International*.«

Luc lacht leise. »Wie lautet der erste Punkt auf der Tagesordnung?«

Sie kann nicht mal denken, so müde ist sie. »Pizza bestellen?«

Er lacht wieder. »Und danach?«

»Schlafen.«

»Das jüngste Mitglied möchte eine Änderung der Tagesordnung beantragen.«

»Die, ähm, Vorsitzende ist bereit, das jüngste Mitglied anzuhören.«

»Ich möchte gerne die Diskussion über unsere Beziehung zu Ende führen, bevor wir uns eine Pizza besorgen.«

Elle öffnet ein Auge. »Erpresst du mich?«

»Nein«, antwortet er. »Hätte ich vor, dich zu erpressen, hätte ich gesagt, es gibt keine Pizza, bis wir über uns gesprochen haben. Bist du bereit, vernünftig zu sein?«

»War ich …« Elle klappt eilig den Mund zu, als sie Lucs wilden Blick sieht. »Ja, Sir.«

Er zieht eine Augenbraue hoch, sagt aber: »Ich hoffe, ich habe klargestellt, dass ich Teil deines Lebens sein möchte. Willst du das auch? Du darfst nur mit Ja oder Nein antworten.«

»Ja, aber …«
»Nur Ja oder Nein.«
Ihr fehlt die Kraft, sich zu widersetzen, also kommt die Wahrheit ans Licht. Außerdem, wenn sie Nein sagt, wird sie aufstehen müssen und die Wärme seines Körpers zurücklassen, die beruhigende Vertrautheit seines Duftes. Dafür fehlt ihr die Energie. »Ja.«
»Okay. Das freut mich. Jetzt zum Rest.« Luc verlagert sein Gewicht, zieht Elle etwas höher. »Bitte setz dich auf, mein Arm ist eingeschlafen.«
Elle stöhnt; die Plastikhülle knirscht, als sie sich bewegt. »Tut mir leid.«
»Darf ich eine Frage stellen?«
»Sicher.«
Er fängt ihren Blick ein. »Warum magst du mich?«
Überrascht blinzelt Elle. »Weil du du bist. Du bist lieb und unterhaltsam.«
»Bist du dir bewusst, dass ich ein Security-Experte bin und der beste, gefragteste Fixer der Agentur?«
»Ähm, das hätte ich mir wahrscheinlich denken können, nachdem du der Liebling des Chefs bist und alles.«
»Wusstest du, dass ich sieben Sprachen fließend spreche?«
»Irgendwie schon?«
»Magst du mich wegen dieser Fähigkeiten?«
Sie erkennt, wo das hinführen wird, und das gefällt ihr gar nicht. »Nein.«
»Wieso also solltest du denken, dass ich dich wegen der Dinge mag, die du getan hast, oder wegen der Fähigkeiten, die du besitzt und nicht, deswegen, weil du du bist?«
Elle zieht ein finsteres Gesicht, auch wenn es sie Kraft kostet. »Du willst mich wirklich zwingen, es auszusprechen?«
»Ja.«
»Ist das die Revanche für letzte Woche?«
Ein zärtliches Lächeln umspielt seine Lippen. »Vielleicht. Sprich weiter.«

»Wie lautete noch mal die Frage?«

Das Lächeln verbreitert sich zu einem Grinsen. »Wieso glaubst du, ich mag dich wegen der Produkte und Services, die du anbietest, statt aufgrund deiner Persönlichkeit?«

Es gibt keine richtige Antwort auf eine Fangfrage, auch wenn diese hier eher rhetorisch ist. »Weil ich ein Arschloch bin.«

Ihre Antwort überrumpelt Luc. Er wirft lachend den Kopf in den Nacken. Kleine Fältchen bilden sich in seinen Augenwinkeln.

Sie schämt sich für ihr Benehmen und dafür, wie sie ihn behandelt hat. »Tut mir leid, dass ich ein Arschloch bin.«

»Entschuldigung akzeptiert. Solange du daran arbeitest, dich selbst als Person zu sehen und nicht als Verkaufsautomat.«

Elle stößt den Atem aus. »Das kann ich nicht versprechen.«

»Wann immer du eine Erinnerung brauchst, werde ich sie gerne liefern.« Luc streckt ihr die Hand entgegen und sie ergreift seine Finger.

Während das Licht langsam verblasst, denkt Elle darüber nach, wie schnell er sie beruhigt hat, wie er sie mit seinem Humor entwaffnet und mit seiner Standhaftigkeit eine Situation gedreht hat, die leicht hätte außer Kontrolle geraten können. Und darüber, wie natürlich es sich jetzt gerade anfühlt, mit Luc zusammen zu sein, wie leicht und unkompliziert. Es scheint ihn nicht zu stören, dass er den schlimmsten Heulanfall ihres Lebens bezeugt hat. Er verurteilt sie nicht, weil sie emotional ist, oder erzählt ihr, dass sie sich zusammenreißen soll. Und er bemitleidet sie auch nicht für ihre Schwäche. Er sitzt einfach nur in gesellbigem Schweigen mit ihr auf der Couch, ohne etwas zu verlangen, bereit, ihr zu geben, was auch immer sie braucht.

»Luc?«

»Mmm?«

»Danke, dass du für mich da bist. Selbst wenn ich ein Arschloch bin.«

Er drückt ihre Hand. »Gern geschehen, obwohl du ein Arschloch bist.«

»Tut mir leid, dass ich so dämlich war. Vielen Dank, dass du es mit mir aushältst.«

Sein Lachen ist hell. »Es war nicht einfach ...«

»Hey!«

»... aber gern geschehen. Und du bist nicht dämlich. Ich danke auch dir dafür, dass du es mit mir aushältst. Du hättest mich nicht reinlassen müssen. Tut mir wirklich leid, dass ich dich verletzt habe.«

»Also werden wir einfach versuchen, einen Weg zu finden? Mit deinem Job und allem?«

Er schließt kurz die Augen. »Mein Job ist etwas, worum ich mich kümmern muss, nicht du. Wenn ich darf, möchte ich dich um ein bisschen Zeit bitten, um gewisse Pläne zu implementieren. Damit ich dir, wenn ich hier bin, meine ungeteilte Aufmerksamkeit schenken kann.«

»Was, wenn ...« Elle wendet den Blick ab, unsicher, wie sie das Thema ansprechen soll. Jedes Konzept jenseits von Umarmungen und Nähe geht über ihre Vorstellungskraft. »Was, wenn ich einfach nur das hier will? Nur miteinander abhängen will? Hier sitzen. Ich bin nicht bereit für ... Geschäftsessen.«

»Nein«, stimmt Luc zu. »Bist du nicht.«

»Ist das okay für dich?«

»Elle, alles, was wir gemeinsam tun, ist okay für mich.«

Sie steht so kurz vor dem Zusammenbruch, dass ihre Augen feucht werden und ihre Unterlippe zittert und ihre Eingeweide Karussell fahren. »Wieso bist du so?«

Luc atmet tief durch. Irgendwie gelingt es ihm, gleichzeitig wild und zärtlich zu wirken. »Willst du die vollständige Antwort oder die, die dir hilft, nicht weiterzuweinen?«

»Die vollständige, bitte«, flüstert sie.

Ohne zu zögern, beginnt er zu sprechen. »Ich bin so, weil du dasselbe Mitgefühl und dieselbe Unterstützung verdienst, die du anderen gegeben hast. Nicht nur, weil du alle aufrecht gehalten hast, mich eingeschlossen, sondern weil du, als Person, es wert bist. Du hast so viel gegeben, dass fast nichts von dir übrig ist. Es ist weder richtig noch fair, dich all das allein durchmachen zu lassen, selbst wenn du denkst, es müsste so sein. Ich werde hier sein, um dir zu helfen, und sobald du wieder auf dem Damm bist, kannst du entscheiden, ob du mich weiterhin in deiner Nähe haben willst.«

Vielleicht hätte sie die Antwort wählen sollen, die ihr dabei hilft, nicht weiterzuweinen, weil zum x-ten Mal Tränen fließen. Als sie fertig ist, kuschelt Elle sich an Luc, ignoriert den unangenehmen feuchten Fleck auf seinem Hemd, bis das einfach unmöglich wird.

»Du wirst dein Hemd wechseln müssen.«

Ein schweres Seufzen. »Ich weiß, aber ich habe kein anderes.«

Sie lässt die Fingerspitzen über seine Wange gleiten. »Bring das nächste Mal eines mit. Bring gleich ein paar Hemden mit.«

Luc ergreift ihre Hand und presst seine Wange an die Innenseite ihres Handgelenks. »Das werde ich.«

Der Raum wird dunkel, die Straßenlaternen nur verschwommene Flecken hinter den Milchglasscheiben ihrer Fenster.

Elle rührt sich leicht. Ihr Körper schmerzt. Sie sollte sich bewegen, damit Lucs Arm wieder durchblutet wird. »Weißt du, dass ich diese Couch wirklich hasse?«

»Ebenso.«

»Wäre sie nicht so schrecklich, wäre ich längst eingeschlafen.«

»Ich habe schon auf schlimmeren Möbeln geschlafen, aber das Ding rangiert ziemlich weit unten auf meiner Favoritenliste. Die Plastikhülle sorgt definitiv für Punktabzug.«

»Tut mir leid. Wir verpacken alles in Plastik. Soll die Möbel schonen.«

»Wird die Hülle je abgenommen?«

Sie schürzt nachdenklich die Lippen. »Nicht, soweit ich weiß.«

»Was soll das dann? Geht es um das Märtyrertum?«

Sie lacht und fühlt sich aus irgendeinem Grund sofort viel besser.

»Wenn ich ab und zu die Nacht hier verbringe, kaufe ich ein neues Sofa.«

Elle richtet sich auf, um Luc in die Augen zu sehen. »Nein. Ich werde das machen. Du kannst mich in den Laden begleiten, aber ich werde bezahlen.«

Mit einem Nicken stimmt er zu. »Das ist fair. Ich werde die Decke kaufen.«

Luc wird wahrscheinlich die teuerste Decke aus Einhornhaar kaufen, die er finden kann. Diese Vorstellung ist bezaubernd abseitig. Sollten sie weniger als fünf Läden besuchen müssen, wird Elle sehr enttäuscht sein. »Abgemacht. Was sollen wir jetzt machen?«

»Hm.« Luc richtet sich auf, dann streckt er sich. »Wie wäre es mit dieser Pizza?«

»Das klingt toll.« Elles Magen knurrt.

17. Kapitel

»Halte den Pinsel so.« Elle beugt sich über den Tisch, den sie vor dem Schaufenster des Ladens aufgestellt hat, und zieht einen Pinsel aus dem Halter. Sie formt die Hand ihrer Kundin, einer jungen Asiatin, die in den letzten Wochen immer wieder angehalten hat, um sie beim Malen zu beobachten, zu einem aufrechten Griff. Es ist nichts Außergewöhnliches, nur ein paar Kalligrafie-Aufträge und grundlegende Vögel und Blumen, um ihre Fähigkeiten zurückzugewinnen, aber trotzdem hat Elle immer Zuschauer. »Du willst ihn sicher, aber nicht zu fest halten, sonst kannst du den Pinsel nicht frei neigen.«

Elle taucht den Pinsel in die Tusche und demonstriert, was sie meint, indem sie erst die Spitze, dann die Seite des Pinsels über das Schmierpapier führt. »So kannst du ein Blatt malen. Wieso versuchst du es nicht einmal?«

Die Türglocke bimmelt und Elle zittert, als ein weiterer Kunde kühle Herbstluft in den Raum lässt. Seit vier Monaten lebt und arbeitet sie nun schon in San Francisco und hat sich immer noch nicht an das Wetter gewöhnt. Ihr Kunde ist ein älterer asiatischer Mann, mit schütterem Haar, jeder Menge Krähenfüßen um die Monolid-Augen, sein Gesicht breit und freundlich. Er hat ebenfalls innegehalten, um sie zu beobachten.

Sie setzt ihr bestes Verkäuferinnenlächeln auf. »Tut mir leid, wir schließen um sechs.«

»Ich beobachte nur. Ich habe Sie in letzter Zeit hier malen gesehen. Sie sind sehr gut.«

»Vielen Dank.« Sie senkt den Blick auf das Papier, auf das ihre Kundin mehrere ungleichmäßige Linien gezogen hat. »Das ist nicht schlecht! Jetzt nimm ein bisschen weniger Tusche und zögere nicht mitten im Strich.«

»Okay«, antwortet die junge Frau. Nach ein paar Versuchen legt sie den Pinsel zur Seite und geht zur Tür. »Danke!«

»Sind das Ihre?« Der Mann deutet auf die Kunst, die Elle an die Wände des Ladens gehängt hat. Es sind ihre Zeichnungen aus der Werkstatt, die Lira als weitere Überraschung gerahmt und ihr geschickt hat. Könnte sein, dass Elle beim Öffnen der Pakete geweint hat.

»Ja.« Sie dreht das Schild an der Tür auf GESCHLOSSEN. »Haben Sie ein Lieblingsbild?«

»Das Bergpanorama«, antwortet er sofort. »Es zieht den Blick förmlich an.«

Das ist auch Elles Lieblingsbild, aber wenn sie an zu Hause denkt, wird sie nur wieder traurig. Diese Woche hatte sie noch keinen schrecklichen Tag und diesen Rekord will sie nicht in Gefahr bringen.

»Darf ich Ihnen das Du anbieten?«

Elle nickt.

»Ich habe deine nachmittäglichen Zeichendemonstrationen sehr genossen.« Der Mann lächelt. »Ich bin Alan.«

»Elle.« Sie schüttelt ihm die Hand.

»Ich arbeite bei der San Francisco Asian Arts Society. Zweimal im Jahr stellen wir in Galerien aus. Wenn du Interesse hast, wir hätten in der Winterausstellung noch Platz für eine Künstlerin. Deine Werke würden gut passen. Hier ist meine Karte. Besuch uns irgendwann mal.« Er dreht sich um und öffnet die Tür. »War schön, dich kennenzulernen, Elle.«

»Ebenso!« Während sie verarbeitet, was gerade geschehen ist, verriegelt sie die Tür. Ihre Finger umklammern die Visitenkarte. Sie hebt das Papier, um den Aufdruck zu lesen, und eine Information springt sie sofort an: Alan Matsuyuki, Präsident.

Sie blinzelt, dann blinzelt sie noch mal, um auf Nummer sicher zu gehen. Heilige Scheiße. Der Präsident der San Francisco Asian Arts Society hat sie informell eingeladen, an einer Kunstausstellung teilzunehmen.

Schnurren verkündet die Ankunft des großen orangefarbenen Katers, den Elle heimlich adoptiert und Grant Avenue getauft hat.

»Schau dir das an!« Elle wedelt mit der Karte, erfüllt von vorsichtiger Aufregung. Wahrscheinlich ist das keine große Sache, aber es ist etwas. »Das muss ich Luc erzählen, wenn er ankommt.«

Doch erst einmal beginnt sie die Arbeiten zu Ladenschluss, öffnet die Kasse, hebt die Geldkassette heraus, unsicher, ob ihre Konzentrationsfähigkeit ausreichen wird, um das Geld zu zählen. Sie bekommt immer noch Kopfschmerzen, wenn sie sich zu sehr konzentriert. Es gab Tage, an denen der Ladenschluss Stunden gedauert hat, weil sie sich überanstrengt hatte. Dr. Clavret hatte ihr erklärt, es wäre ein Minimum von vier Monaten nötig, um sich vollständig zu erholen, aber in Elles Ohren klingt das übermäßig optimistisch.

Gerade könnte sie Lucs Hilfe gut brauchen. Er kehrt und organisiert, macht Inventur, putzt Fenster, während sie am Tresen sitzt und das E-Commerce-System verflucht. Er nimmt ihr die Arbeit ab, wenn sie angesichts der Zahlen verzweifelt, nennt seinen Mangel an Gehirnerschütterung als Begründung, warum er den Job besser erledigen kann. Das ist kein schlechter Grund.

»Weg da, du großer Tölpel«, schilt sie Grant, als der Kater auf den Tresen springt und sich auf ihre Quittungen setzt. Er miaut und rollt sich auf den Rücken. Sie kann nicht anders, als ihn zu kraulen. Diesen Effekt hat er auf alle, sogar auf Luc, der eigentlich nicht viel von Haustieren hält. »Du bist jämmerlich. Er wird bald kommen.«

Doch die Minuten vergehen, ohne dass Luc erscheint. Um sieben Uhr trägt Elle den Müll nach draußen, wäscht sich die Hände und holt ihr Handy. Sie will gerade wählen, als sie ihn auf dem Gehweg entdeckt. Ihr Herz macht einen so heftigen Sprung, als wolle es ihren Körper verlassen und sich den Sternen anschließen.

»Hey!«, begrüßt sie ihn, als sie die Tür öffnet. Grant wirft sich vom Tresen und springt jaulend auf Luc zu. »Ich habe mir Sorgen um dich gemacht. Ist alles okay?«

Mit einer Grimasse lässt er sich auf einen der Hocker neben dem Teetisch sinken und akzeptiert Grants begeisterte Begrüßung.

Elle runzelt die Stirn, mustert die dunklen Ringe unter Lucs Augen und seine niedergeschlagene Körperhaltung. In seinem karamellfarbenen Pulli und dem locker fallenden Anzughemd über hellgrauen Stoffhosen wirkt er, als hätte er sich frisch umgezogen. Darüber trägt er eine dunkelbraune Lederjacke. Nichts davon kann die Aura der Erschöpfung um ihn herum tilgen. »Ich wollte dich bitten, dass wir noch mal die Seelöwen besuchen, aber ich glaube, wir sollten heute Abend lieber zu Hause bleiben. Ich kann kochen. Klingt das gut?«

»Yeah.« Oh, oh. Wenn er *yeah* sagt, stimmt wirklich etwas nicht. »Vielleicht besuchen wir die Seelöwen das nächste Mal. Ich will dir ihre Gesellschaft nicht vorenthalten.«

Es stimmt, dass Elle sich in die unförmigen, unhöflichen Flossenfüßer am Pier verliebt hat. Luc dagegen kann ihr ständiges Gebrüll kaum ertragen. »Ich kann mir den Livestream anschauen.« Sie streckt ihm die Hand entgegen, um ihm auf die Beine zu helfen, kneift die Augen zusammen, als er nur den Kopf schüttelt. »Was ist los?«

»Es ist nichts.«

Sie bedenkt ihn mit einem strengen Blick. »Du bist immer erschöpft, wenn du kommst, aber heute bist du mehr als das.«

»Viel Arbeit.« Ein schwaches Lächeln.

Damit will Elle sich nicht abspeisen lassen. Luc hat nichts gesagt, aber aufgrund seiner Vorgeschichte kann sie sich denken, was er tun musste, um regelmäßig Zeit mit ihr verbringen konnte. »Ich weiß. Was für eine Abmachung hast du mit Oberon getroffen, um hier zu sein?«

»Eine, die funktioniert.«

»Er macht dich fertig.«

»Das gehört dazu, ja.«

»Luc!« Elle starrt ihn böse an.

»Du willst es nicht wissen.«

»Damit hast du völlig recht, aber ich frage trotzdem.« Sie verschränkt die Arme vor der Brust.

Es dauert einen Moment, bevor er antwortet. »Ich arbeite sechs von sieben Tagen, gewöhnlich im Feld. Wenn ich nicht im Einsatz bin, habe ich Führungsaufgaben und trainiere. Wann immer ich nicht im Büro bin, habe ich Bereitschaft.«

»Was ist mit Schlaf?«

Er lacht. »Was ist damit?«

»Okay.« Elles Irritation geht durch die Decke. »Sag mir, wo dein beschissener Boss ist. Ich will mich mit ihm prügeln.«

Diesmal klingt Lucs Lachen ehrlich.

»Ich meine das ernst. Sag ihm, er soll im Ring gegen mich antreten. Ich werde ihn schlagen, ihn anzünden, mit dem Messer auf ihn einstechen ... was auch immer nötig ist, um dir ein wenig Ruhe zu verschaffen. Ich werde feilschen. Das lieben Elfen doch, richtig?«

»So funktioniert das nicht, aber ich weiß deinen Einsatz zu schätzen.«

»Ich habe nichts zu verlieren. Ich werde gegen ihn kämpfen.« Elle presst die Lippen zusammen. »Wirst du mir jetzt zeigen, wo du Schmerzen hast, oder was?«

»Du hast es bemerkt.« Mit einem Seufzen richtet Luc sich auf, zieht seinen Pullover und sein Hemd nach oben, um einen vielleicht zehn Quadratzentimeter großen, quadratischen Klebeverband mit scharlachroten Flecken darauf zu enthüllen, der die linke Seite seiner perfekten Bauchmuskeln verdeckt.

»Du blutest noch!« Sie eilt nach vorne, fällt auf die Knie, schiebt seinen Pullover höher. Finger gleiten über nackte Haut. Luc zuckt zusammen und das Rot vertieft sich. »Wir müssen uns sofort darum kümmern. Was hat dich verletzt?«

»Ein toter Mann mit einem Schwert.« Luc klingt seltsam angespannt.

Sie zieht die Hände zurück. »Du hast gegen Untote gekämpft?«
»Zu dieser Zeit war er noch nicht tot.«
Himmel, Lucs Missionen stinken zum Himmel und sie hasst es.
»Bitte sag mir, dass er ein Bösewicht war.«
Luc schluckt schwer und stützt sich am Rand des Teetisches ab. »Es hieß sein Leben oder das von jemandem aus meinem Team. Ich habe mich für mein Team entschieden.«
Elle kann nicht über die großen Zusammenhänge nachdenken, während er noch so heftig blutet. Zuerst die Wundversorgung. »Ich habe Yúnnán Báiyào. Das stoppt Blutungen und reduziert Schwellungen.« Mit jedem Wort regt sie sich mehr auf. »Ich werde dich zusammenflicken und dann wirst du sofort in die Agentur zurückkehren, um dich richtig heilen zu lassen. Du hättest nicht herkommen sollen. Ich wäre nicht sauer geworden, wenn du abgesagt hättest.«
Sie wendet sich ab und geht zum Tresen, sucht dort nach dem Schlüssel für den richtigen Schrank. Tränen brennen in ihren Augen. Hätte sie ihre Magie, würde sie eine Restorationsglyphe zeichnen und ihn heilen. Hätte sie ihre Magie, hätte sie Luc eine Schildglyphe gezeichnet, um ihn zu schützen. Hätte sie ihre Magie noch …
»Elle.« Unter dem Gewicht von Lucs Hand auf ihrer Schulter, verspannt sie sich, entzieht sich der Berührung aber nicht. »Ich komme schon in Ordnung. Mach dir bitte keine Sorgen.«
Sie schiebt die Tür zur Seite, schnappt sich eine Flasche und ein kleines weißes Kästchen, dann schließt sie den Schrank mit einem Knall wieder. »Das ist das Einzige, was ich tun kann. Lass uns nach oben gehen. Da kann ich besser arbeiten.«
Als sie sich aufrichtet, steht er direkt vor ihr. Sie hört das Rascheln seiner Jacke, als er ihren Oberarm berührt. »Du wurdest dein gesamtes Leben in Heiltechniken ausgebildet«, sagt er sanft. »Du hast bemerkt, dass ich verletzt bin, und wusstest sofort, was du holen musstest. Diese Art von Heilkunst ist genauso real wie Magie.«

»Können wir bitte nach oben gehen?« Flatternde Panik füllt ihre Brust. Sie weiß nicht, ob sie damit auf Lucs Verletzung reagiert oder auf seinen Zuspruch. »Grant, komm.«

Sobald sie in der Wohnung sind, wäscht Elle sich sorgfältig die Hände und weist Luc an, sich auf ihre neue Couch zu legen. Elle schaltet den Wasserkocher an, dann holt sie ihre treue Flasche mit Desinfektionsalkohol. »Das ist ein Trick, den Tony mir beigebracht hat«, sagt sie, um irgendwie das Schweigen zu füllen. Sie öffnet den Erste-Hilfe-Kasten und zieht einen Verband heraus. »Schmerzlose Pflasterentfernung.«

Luc sagt nichts, sondern sieht sie nur an. Unter seinem prüfenden Blick beginnen ihre Wangen zu brennen, aber sobald sie den Verband entfernt hat, vergisst sie ihre Verlegenheit. Er hat eine fünf Zentimeter lange Schnittwunde davongetragen. Sie wurde bereits mit Klammerpflastern versorgt, aber das reicht nicht. »Wer hat dich behandelt?«

»Ich selbst.« Er atmet kontrolliert aus, als Elle Gaze gegen die Wunde presst. »Der Schnitt sollte sauber sein.«

»Versuch es das nächste Mal mit der Agenturklinik.«

»Das werde ich tun. Morgen früh. Ich musste dich heute sehen.«

Schockiert presst sie ihre Hand fester auf sein Fleisch. Luc wählt seine Worte immer sorgfältig. Und er hat *musste* gesagt, nicht *wollte*.

Er zischt vor Schmerz. »Elle!«

»Sorry!« Sie legt die Gaze zur Seite und öffnet eine Dose mit Yúnnán-Báiyào-Paste, drückt etwas davon auf den Verband und presst ihn auf Lucs Wunde. Elle denkt über seine Worte nach, als sie mit geübter Hand den Verband befestigt. Ihm erschien es dringender, sie zu sehen, als sich um seine eigene Gesundheit zu kümmern. Sie zu sehen stand für ihn an erster Stelle.

»Du musst auch eine Tablette nehmen.« Sie sammelt den Müll ein und wirft ihn weg, dann wäscht sie sich ein weiteres Mal die Hände. Es dauert nur eine Minute, das zu erledigen und noch ein Glas warmes Wasser zu holen, aber er döst bereits.

»Luc«, ruft sie leise. »Eine Sache noch, okay?«

Er nickt in Zeitlupe. Elle schiebt die Hände unter seine Schultern, um ihn aufzurichten, dann legt sie ihm die Báiyào-Pille auf die Zunge. Vorsichtig drückt sie das Wasserglas an seine Lippen, lauscht auf sein Schlucken, dann erlaubt sie ihm, sich wieder hinzulegen. Er ist so müde, dass er schon eingeschlafen ist, bevor sein Kopf das Kissen berührt.

Elle beobachtet ihn, stützt die Basis des Glases in der Handfläche ab. Es wäre wirklich besser gewesen, wenn er sich in der Klinik hätte heilen lassen, aber mit dem Báiyào auf der Wunde und in seinem Körper sollte es bis morgen früh gehen. Sie atmet tief durch und ihre Sorge lässt nach.

Wärme und Zuneigung steigen aus den Tiefen auf, in denen sie bisher geruht haben, und füllen ihre Brust. Sie stellt das Glas auf den Beistelltisch und sinkt neben der Couch auf die Knie, umfasst sanft Lucs Gesicht. Ihr Daumen gleitet über seinen Wangenknochen. Vor Dankbarkeit wird ihr warm ums Herz. Luc hat sie unermüdlich und mit aller Kraft unterstützt. Er hat ihr eine Schulter zum Ausweinen geboten, war ein Freund, mit dem sie scherzen konnte. Wenn irgendetwas geschieht, ist er der Erste, dem sie davon erzählen will. Ein bissiger Kommentar von ihm kann dafür sorgen, dass sie Tränen lacht. Jeder kann bissige Kommentare machen, aber Luc spürt immer, wann es nötig ist, ihre negativen Gefühle in andere Bahnen zu lenken.

Er war geduldig mit ihr und hat ihre sich ständig verschiebenden Grenzen akzeptiert. Bisher hat Luc sie nicht berührt, außer für feste Umarmungen hin und wieder, die immer von ihr initiiert werden. Er hat nur dieses eine Mal ihre Wange berührt, um sich zu verabschieden. Es würde ihr nichts ausmachen, wenn er das noch mal täte. Sie würde ihn gerne öfter sehen.

Es erscheint ihr richtig, sich vorzubeugen und ihre Lippen sanft auf seine Stirn zu pressen.

Luc rührt sich, hebt die Hand und schließt die Finger um ihr Handgelenk. Elle richtet sich halb auf, nur um innezuhalten, als er ihre Namen murmelt.

»Lass mich dir ein Kissen holen.« Sie küsst seine Wange und löst widerwillig seinen Griff. Als sie zurückkehrt, blinzelt er verschlafen zu ihr auf. Sie schiebt das Kissen unter seinen Kopf. »Besser?«

»Ja. Danke dir.« Seine Lippen verziehen sich zu einem Lächeln.

»Gern geschehen«, antwortet Elle, vollkommen gefesselt von der wehmütigen Sehnsucht, die Lucs Gesichtszüge zeichnet. Er hat ihr erzählt, dass er jenseits seiner Wohnung gewöhnlich schlecht schläft ... aber hier ist er, auf dem Weg ins Traumland, offen und verletzlich. Und er sieht sie an, als wäre sie die einzige andere Person auf der Welt. In einer anderen Situation hätte Elle vielleicht Ausreden vorgeschoben, aber trotz ihrer üblichen Ahnungslosigkeit kann sie nicht leugnen, dass er sie will. Nicht auf sexuelle Art, sondern als Freundin und Begleiterin – als jemanden, mit dem man Zeit verbringen möchte.

Und Elle kann nicht leugnen, dass sie sich nichts mehr wünscht, als unendlich viel Zeit mit ihm zu verbringen, um über seine Witze zu lachen und sich in seiner Gegenwart aufzuhalten und herauszufinden, wie sie sich gemeinsam der Zukunft stellen sollen. Sie würde ihn gerne in ihr Bett einladen und sich neben ihm zusammenrollen, während sie seine Hand hält. Sie würde sich gerne um seinen Körper wickeln, während er einschläft, und in dem glücklichen Wissen aufwachen, dass er neben ihr liegt. Sie würde ihm gerne mehrfach täglich sagen, wie sehr sie ihn liebt.

Denn das tut sie.

Elle greift nach der Decke und steckt sie genauso um Luc fest, wie er es mag. »Gute Nacht«, sagt sie, als der Schlaf ihn umfängt. »Ich liebe dich«, flüstert sie, als es sicher ist, um die Worte auszutesten. Sie passen, als wären sie schon immer dagewesen. Als hätten sie gewartet.

Grant springt auf die Couch und dreht sich im Kreis, bis er einen gemütlichen Platz zwischen Lucs Füßen findet. »Du magst ihn auch, hm?«, murmelt Elle. Sie streichelt Grants Kopf, krault ihn hinter den Ohren. »Du wirst dich hinten anstellen müssen. Ich hatte ihn zuerst. Aber wenn ich nicht bald etwas sage, könnte ich meinen Platz verlieren.«

Grant schnurrt grollend.

»Ich denke auch, dass es Zeit wird.« Sie muss einen Weg finden, die Worte wirklich auszusprechen, laut und deutlich. Vorsicht ist geboten, so wie Luc im Umgang mit ihr vorsichtig war. Sie krault Grant ein letztes Mal, reibt ihm kurz die Nase. »Pass auf ihn auf, okay? Er ist verletzt.«

Elle schaltet die Lichter aus, isst schnell eine Kleinigkeit und geht ins Bett.

Am nächsten Morgen wird sie von einem leisen Klopfen geweckt. Luc öffnet die Tür. »Elle?«

Sie stößt ein merkwürdiges Geräusch aus, das eigentlich ein Wort sein sollte, dann öffnet sie langsam und vorsichtig die Augen. »Wie fühlst du dich?«

Er hält neben dem Bett an. »Besser. Ich gehe jetzt in die Klinik. Danke, dass ich bleiben durfte und du dich um mich gekümmert hast.«

Elle schiebt die Hand unter der Decke heraus und tastet nach seinen Fingern. »Du kannst kommen, wann immer du willst. Nicht nur freitags.«

Ein ehrliches Lächeln blüht auf seinem Gesicht auf. »Wirklich?«

Ihr eigenes Lächeln spiegelt seines. »Wirklich. Ich werde dir sogar einen Schlüssel besorgen.«

»Das würde mir gefallen.«

Sie sollte sich klarer ausdrücken. Elle kämpft sich in eine aufrechte Position, dann wirft sie die Decke zur Seite und steht auf, stößt ein kurzes Zischen aus, weil der Boden so kalt ist. Luc will zurücktreten, aber sie hält seine Hand fest. Sie legt die andere Hand an seine Wange, zieht ihn näher, bis ihre Lippen sich kurz und zärtlich berühren.

Als sie die Lider öffnet, erkennt sie ein Glänzen in seinen

Augen. »Komm doch heute Abend wieder?«, schlägt sie vor. »Bis dahin riecht mein Atem besser, versprochen.«

»Das ist mir wirklich egal«, antwortet Luc und erwidert ihren Kuss.

•••

Das Geschirr steht seit mindestens einer Stunde in der Spüle, aber Luc kann sich nicht bewegen. Es ist Freitagabend und Elle liegt mit ihm zusammen auf der breiten Couchgarnitur, an seine Seite gepresst. Sie drängen sich aneinander wie zwei Seelöwen auf dem Pier, und nicht einmal der Gedanke an das Fett, das langsam in der Pfanne stockt, kann ihn dazu bringen, sie zu stören.

»Tony hat mir heute eine Nachricht geschrieben.« Elle seufzt und sagt leise: »Das Familientreffen ist beendet. Er kommt bald zurück.«

»Was löst das in dir aus?« Luc greift nach ihrer Hand.

Elle verschränkt die Finger mit seinen, dann hebt sie seine Hand an die Lippen. Diese kleine Geste zaubert ein Lächeln auf sein Gesicht. Etwas hat sich verändert. In der letzten Woche war Elle erstaunlich anschmiegsam, hat ihn immer wieder kurz berührt oder ihn zärtlich geküsst. Sie stiehlt sich Umarmungen, kuschelt ihren Körper an seinen, verlangsamt so die Welt, bis er für einen kurzen Moment sein Gleichgewicht findet.

Daran denkt er oft, wenn er bei der Arbeit ist, drückt dann eine Hand an die Brust, weil er sie manchmal so sehr vermisst, dass es ihm körperliche Schmerzen bereitet. Er fragt sich wann – nicht ob – das Band, das ihn an Oberon fesselt, reißen wird.

Elles Stimme ruft ihn zurück ins Hier und Jetzt. »Sorge, glaube ich.«

»Wegen deiner Familie?«

Sie nickt. »Als sie mich das letzte Mal gesehen haben, bin ich weggelaufen. Es gibt unerledigte Angelegenheiten.«

»Du hast dich zurückgezogen, um dich zu sammeln«, stellt Luc sanft richtig. »Das war nötig. Du warst nicht in der Lage, dich auf etwas anderes als deine Heilung zu konzentrieren.«

»Das sage ich mir selbst auch ständig. Aber ich kann nicht anders, als mich schlecht zu fühlen wegen der Art, wie ich das getan habe. Jetzt wird Tony zurückkommen, was bedeutet, dass auch meine Eltern zurückkommen werden. Ich kann ihn nicht mehr lange den Kopf für mich hinhalten lassen.« Sie verlagert ihr Gewicht, rückt die Decke über ihren Körpern zurecht. »Ich fühle mich dieser Tage viel besser. Ich glaube, ich bin bereit, mich ihnen zu stellen. Ich weiß nur nicht, wie ich das machen soll. Sie haben schließlich keine Möglichkeit, mich zu kontaktieren.«

»Ruf Tony an. Er wird den Vermittler spielen. Die beste Strategie dürfte sein, in die Offensive zu gehen und sie zu überrumpeln. Sprich auf vertrautem Terrain mit ihnen, in einer Situation, die du kontrollieren kannst, um das beste Ergebnis zu erzielen.«

»Wow, das klang ausgewogen. Hast du viel darüber nachgedacht?« Elle küsst erneut seine Hand.

»Nein.« Ja, ständig. »Es ist eine kluge Strategie, wenn man etwas besitzt, was die andere Partei haben will.«

»Es ist nicht so, als würde ich in den Krieg ziehen.« Sie wirkt amüsiert.

Er schnaubt abfällig. »Ich habe deine Mutter kennengelernt. Du solltest dich auf das Schlimmste vorbereiten und alles tun, um deine Chancen zu verbessern.«

»Klingt ein bisschen betrügerisch.«

»Das ist kein Betrug«, setzt Luc an. »Es ist ...«

»Ich werde es so machen.«

»Was wirst du sagen?« Sie haben schon öfter über ihre Möglichkeiten gesprochen, und in ihm steigt jedes Mal Besorgnis auf, wenn er daran denkt, dass Elle zu ihrer Familie zurückkehren könnte. Wenn sie das tut, wird er sie wahrscheinlich nicht wiedersehen, außer, er bittet Tony und Elle um Hilfe in der Oase. Es existiert kein Szenario, in dem die Jiangs ihn willkommen heißen werden. Und selbst wenn sie das tun sollten, dürfte es zu optimistisch sein, sich einzubilden, dass er etwas Dauerhaftes mit ihr teilt. Elles Sorgen um ihre Sterblichkeit sind valide und ihre Beziehung bleibt undefiniert. Sie sind mehr als Freunde, aber weniger als Geliebte.

»Ich bin mir nicht sicher. Wahrscheinlich etwas, was ihnen nicht gefallen wird.«

»Und wenn sie dir einen Deal anbieten?«

Sie schnaubt. »Ich bin *erschöpft*, Luc. Wenn sie mir nicht alles geben und mich in Frieden lassen wollen, gibt es nichts, was sie mir anbieten könnten. Glaubst du wirklich, ich würde dich verlassen?«

Er starrt an die Decke, erinnert sich selbst daran, dass er keinen Anspruch auf sie hat, und äußert seine größte Angst. »Du könntest es tun. Ich würde es verstehen.«

Sofort stemmt Elle sich auf einen Ellbogen, quetscht sich zwischen die Couchkissen. Sie sieht auf ihn herunter, der Blick in ihren dunklen Augen ist nicht zu deuten. Eine Haarsträhne fällt ihr ins Gesicht und Luc kann nicht anders, als sie Elle hinters Ohr zu schieben. Sie schließt die Augen und lehnt sich in seine Berührung.

Als ihre Lider sich wieder heben, hält sie seinen Blick, ein zittriges Lächeln auf den Lippen. »Ich werde dich nicht verlassen. Ich nehme an, ich sollte dir etwas Wichtiges sagen.«

Sein Herz macht einen hoffnungsvollen Sprung. »Was denn?«

»Letzte Woche, als du verletzt hier aufgetaucht bist ...« Sie stößt den Atem aus, als müsse sie sich innerlich wappnen. »Das hat mich etwas erkennen lassen, wovon ich wünschte, ich hätte es früher verstanden. Ich habe mir solche Sorgen um dich und deine Arbeit gemacht und dann habe ich angefangen, über diese Situation nachzudenken und wie dankbar ich für deine Anwesenheit bin. Ich wollte dich wissen lassen ...«

Sie löst ihren Kopf aus ihrer Hand und runzelt die Stirn. Zu seiner tiefen Enttäuschung steht Elle im Anschluss auf. »Hörst du das?«

Luc packt die Decke, weil die Wärme entweicht, und beobachtet, wie Elle im Schlafzimmer verschwindet. Sie kehrt mit einer leuchtenden Rufrune auf der offenen Handfläche zurück. Als sie näherkommt, stößt die Rune ihr übliches Bimmeln aus.

Bevor er sich seiner eigenen Bewegung bewusst wird, steht er schon auf den Beinen, die Decke zerknittert in der Hand. Ihm ist schwindelig vor Wut. Die Hitze des Gefühls trifft ihn wie eine Schockwelle. Er verspannt sich, um dem Angriff standzuhalten, atmet plötzlich flach und schnell. Sein Herz galoppiert. Er stürzt auf Elle zu und schnappt sich die Rune, umklammert sie, bis sie zu brechen droht.

Elle umfasst sanft seine Wangen, die Augen weit aufgerissen. »Luc, nein.«

Er zittert und muss die Zähne auseinanderzwingen, um zu sprechen. »Ich habe um einen Tag gebeten. Einen Tag. Nicht mal einen ganzen.«

»Ich weiß.« Sie streicht mit den Daumen über seine Wangen. »Er sollte nicht anrufen. Tut mir leid, dass er dir das immer wieder antut.«

»Ich habe sie ausgeschaltet, als ich angekommen bin, das schwöre ich.«

»Ich glaube dir.« Sie klingt viel zu ruhig angesichts der Situation, zieht ihm sanft die Decke aus den Fingern und wirft den Stoff auf die Couch. Das Bimmeln verklingt nicht.

»Es tut mir so leid.«

Sie schüttelt den Kopf. »Das ist nicht nötig. Es ist nicht deine Schuld. Ich bin nicht wütend.«

»Ich wünschte, du wärst es.« Die Worte dringen über seine Lippen, bevor er sie wirklich verarbeitet hat. Jetzt, da Luc sie öfter sieht, weiß Elle genau, wie übergriffig Oberon ist. Sie kommt gut mit den Störungen zurecht.

»Würdest du dich besser fühlen, wenn ich tobe?« Elle schenkt ihm ein kleines Lächeln. »Ich bin nicht wütend auf *dich*. Wieso sollte ich mich dann so benehmen? Du würdest dich nur noch mehr aufregen. Du hast einen der beschissensten Chefs aller Zeiten. Wenn ich ihn erwischen könnte, würde ich ihm den Marsch blasen!« Ihr Lächeln wird scharf. »Weißt du was? Lass mich den Anruf annehmen. Ich werde Oberon meine Meinung so tief in den Hals rammen, dass er daran erstickt.«

Das Glitzern in ihren Augen sorgt dafür, dass Luc mehrere Schritte zurückweicht. So verlockend das Angebot auch sein mag, er wird nicht riskieren, Oberon Elles Existenz zu enthüllen. Er hat sein Wort gegeben.

»Siehst du? Genau das. Alles, was ich tun könnte, würde letztendlich nur dich verletzen. Ich bin nicht wütend auf dich, das verspreche ich dir. Nimm den Anruf an. Ich bringe dir deine Socken.« Sie kehrt ins Schlafzimmer zurück.

Luc atmet tief durch, schiebt sich die Rune übers Ohr und tippt darauf, um sie zu aktivieren. »Was.«

Er kann sich lebhaft vorstellen, wie zornig Oberon ist. »Achte auf deinen Tonfall, Lucien.«

Er ist zu aufgewühlt, als dass die Drohung Erfolg haben könnte. »Ich nehme keine Anrufe an.«

»Diesen schon. Es ist ein Notfall.«

»Ich habe bezahlten Urlaub.«

Oberons Stimme ist kalt. »Ich weiß genau, wie viel dein Urlaub wert ist. Es hat sich eine Situation ergeben und Darcy hat den Kontakt zu seiner zweiten Option verloren. Du musst ihn herausholen.«

»Ich muss?« Jemand muss Darcy eine Kugel zwischen die Augen schießen, nicht ihn retten.

»Ich weiß, dass ihr nichts füreinander übrighabt, aber Darcy hat seinen Nutzen. Genau wie du. Du hast eine Stunde, um nach Bratislava zu kommen. Ich werde einen Wagen und die Akte für dich bereithalten, genauso wie Castor und Pollux.«

Luc schnappt nach Luft. Es ist wirklich ein Notfall. »Ich dachte, dieses Experiment wäre ad acta gelegt worden.«

Oberon brummt. »Du wirst dich im Rusalka-Revier aufhalten. Ich riskiere es.«

Elle tapst heran und streckt ihm seine Socken entgegen. Luc

setzt sich auf die Armlehne der Couch, um sie anzuziehen. »Wenn ich das tue, findet Ihr für freitags jemand anderen. Wie versprochen.«

»Ich mache keine Versprechungen. Noch eine letzte Sache, Lucien.«

»Was?«

»Der Oldcastle-Fall.«

»Ich habe ihn gestern abgelehnt. Leuten wie ihm helfen wir nicht.« Luc hat auf dem Foto in der Akte sofort den Elfen erkannt, der für die Zerstörung des Fells der Selkie verantwortlich war. Oldcastle hat um eine Eskorte zum Faerie-Portal gebeten. Die Wahrscheinlichkeit auf einen Angriff ist hoch. Die angebotene Bezahlung war lächerlich riesig, aber kein Geld der Welt könnte Luc dazu bringen, diesen Fall auch nur zu erwägen.

»Oh bitte«, sagt Oberon herablassend. »Wir *sind* Leute wie er.«

Luc reißt den Kopf hoch und Schmerz durchfährt seinen Körper. Es dauert eine Sekunde, bis er wieder sprechen kann. »Vielleicht gilt das für *Euch*.«

Elle berührt mit besorgter Miene seine Schulter und formt mit den Lippen seinen Namen.

Er schüttelt den Kopf.

»Mach dir nichts vor. Ich habe dich ausgebildet. Ich weiß, wer du bist.« Bevor Luc reagieren kann, fährt Oberon fort: »Uns läuft die Zeit davon. Die Zwillinge werden in einer Kiste sein, die auf meine Stimme abgestimmt ist. Ruf mich an, wenn du im Auto bist.« Oberon legt auf.

Elle steht vor ihm und mustert ihn ruhig. Für eine lange Sekunde hält Luc ihren Blick, ohne etwas zu sagen, weil er mit den riesigen Knoten aus Gefühlen in seiner Brust kämpft. Frustration und Verletzung, Wut und Scham.

Er schluckt. »Was wolltest du mir sagen?«

»Mach dir deswegen keine Gedanken. Das kann bis zu einem besseren Moment warten.« Sie beugt sich vor, presst ihre Lippen in einem friedfertigen, milden Kuss auf seine. Es ist nicht genug. Luc stoppt sie mit einer Hand im Nacken, als sie den Kopf heben will. Er steht auf, zieht sie an sich, erwidert ihren Kuss voller Wildheit, als könne seine Liebe zu ihr – denn das empfindet er, Liebe, und er liebt Elle schon seit einer Weile – Oberons Worte widerlegen.

Er weiß, dass das nicht stimmt.

»Komm in einem Stück zurück«, murmelt Elle an seinen Lippen, als sie die Arme um ihn schlingt. »Ich li…«

Sie erstarrt.

»Du … was?«, drängt Luc.

»Nichts. Mach dir keine Gedanken wegen des Geschirrs.«

Trotz allem muss er lächeln. »Woher wusstest du?«

»Du denkst ständig an den Abwasch. Es ist okay. Der Dreck wird sich nicht vermehren.«

»Doch, ich befürchte, genau das wird passieren.«

»Dann lassen wir uns eine ziemliche Show entgehen. Aber falls das Geschirr wirklich mit sowas anfangen sollte, rechne ich mit mehr Klirren. Dein dickes Nudelholz …«

Er lacht, lässt die Fingerspitzen über ihre Wange gleiten. Die Wut, die in ihm tobt, lichtet sich, als hätten sich die Wolken aufgetan, um einen einzelnen Sonnenstrahl hindurch zu lassen. »Pass auf dich auf.«

Luc schlüpft in seine Schuhe, verlässt Elles Wohnung und steigt die Treppe nach unten, damit beschäftigt, sich genug zu beruhigen, um die Maske aufzusetzen, die er bei der Arbeit immer trägt.

Wer bist du, wenn du nicht hier bist?

18. Kapitel

Ein Kellner bringt das Gemüse, das Elle bestellt hat, und stellt es auf dem Tisch ab. Auf dem Teller liegen leuchtend rote Schnitze Paprika, der einzige Farbfleck in einem weiten Feld aus Grün. Es folgt ein Teller mit Tofu und Pilzen. Elle nimmt etwas geschnittenen Napa-Kohl und lässt ihn in die kochende Brühe im Topf fallen.

Dampf steigt auf und verhüllt für einen Moment die Gestalt ihrer Mutter auf der anderen Tischseite. Ēnlián sitzt so gerade wie ein Schwert. Ihre Miene verrät nichts, spiegelt die Kühle ihrer Tochter. Zu ihrer Rechten sitzt Tony, der ungewöhnlich verhalten wirkt. Bisher hat er kaum ein Wort gesagt.

»Möchtest du die?« Elle deutet auf einen Haufen Maitake-Pilze auf dem Teller.

Ēnlián nickt und hebt eine Hand, als Elle genug davon in den Topf überführt hat. Lotuswurzel, Austernpilze und seidiges Tofu verschwinden unter der brodelnden Oberfläche der Suppe.

»Dein Bruder sagt, dieses Restaurant hätte gute Bewertungen.«

»Ja. Ich hoffe, es gefällt dir.« Sie hat vorher recherchiert. Letzte Woche, nachdem Luc aufgebrochen war, hat Elle den Rest des Abends damit verbracht, einen Plan zu entwerfen. Sie hat Tony angerufen, um ein Treffen anzuberaumen, in dem Wissen, dass ihre Familie kommen würde, und das bald.

Hier hat ihre Mutter keinen Vorteil, sodass sie nur auf defensive Taktiken zurückgreifen kann, bis Elle ihre Eröffnungszüge ausgeführt hat.

Ēnlián zieht ein Stück Rind vom Fleischteller und lässt es in den Topf gleiten, dann wiederholt sie die Aktion mehrmals. »Dein Vater hätte das genossen.«

»Ich wünschte, er könnte hier sein.« Stattdessen hat sich ihr Vater mit Yìwú zurückgezogen. Hausarrest ist eine zu barmherzige Strafe, aber Elle durfte nicht mitentscheiden, und Tony konnte ihr nur sagen, dass die Geister ihre Diskussion noch nicht beendet haben und es auch noch eine Weile dauern konnte.

»Ich wünschte, du würdest nach Hause kommen.« Ēnlián wirft ihr einen scharfen Blick zu. »Es wäre gut für dich, wieder in vertrauter Umgebung zu leben.«

Das ist Ēnliáns Art zu unterstellen, dass Elle nicht nach San Francisco gehört. Aber sie gehört auch nicht nach Shénnóngjià. Sie hat zu viel durchgemacht. »Ich sehe meine Heimat, wenn ich meine Gemälde anschaue. Vielleicht kehre ich eines Tages zurück, aber ich habe hier viel zu tun.«

Wie den Laden führen, auch wenn Tantchen Ma bald aus China zurückkehren wird. Und sie muss herausfinden, wie sie mehr Zeit mit Luc verbringen kann. Er war in letzter Zeit wie ein Geist, ist zu seltsamen Zeiten aufgetaucht und wieder verschwunden. Manchmal ist der einzige Hinweis auf seine Gegenwart ihre saubere, leere Spüle und das Bimmeln der Rune in ihren Träumen.

»Kann ich dich verlocken, früher nach Hause zurückzukehren?« Ēnlián fügt der Suppe gerollte Stücke Schweinefleisch hinzu. Tony, immer noch still, beginnt, das Gemüse herauszufischen und gleichmäßig auf den Tellern zu verteilen.

»Womit?« Elle bereitet sich auf das Gegenangebot vor, auf den Köder, den Tony schon vor Monaten vorhergesagt hat. Was auch immer es ist, es wird ein großer, schmackhafter Köder sein. »Ich gewöhne mich an mein Leben.«

Ēnlián sieht sich kurz um, bevor sie sich vorlehnt. Als sie spricht, verwendet sie die Sprache ihrer Heimat. Ihre Stimme wird sanfter, erinnert Elle an Sommer im Garten, an Geschichten, die erzählt wurden, während sie die Wolken beobachtet hat. Elles Herz verkrampft sich, raubt ihr den Atem. Himmel, was für ein dreckiger

Trick. »Du bist ohne dein Geburtsrecht wie ein Delfin in einem Aquarium. Du überlebst, aber glücklicher wärst du im Meer, umgeben von Artgenossen. Komm nach Hause. Berichte uns, wie du deinen Bruder gerettet hast, und dann können wir gemeinsam daran arbeiten, auch dir zu helfen.«

»Wie wollt ihr mir helfen?« Sie nimmt eine Schale von Tony entgegen und beginnt, Rindfleisch aus dem Topf zu ziehen.

»Was du getan hast, kann wahrscheinlich rückgängig gemacht werden.«

»Und wenn nicht?«

»Das können wir nicht wissen, bevor wir es nicht versucht haben.« Ēnlián isst, ohne einen einzigen Tropfen Suppe zu verlieren, eine Zurschaustellung echten Könnens.

»Und was geschieht, wenn ihr es versucht habt, es aber nicht rückgängig machen könnt? Soll ich am Fuße des Berges leben und Jünger ausbilden?« Einige Leute würden sich auf die Chance stürzen, isoliert mit einer Gruppe Studenten zu leben. Nicht so Elle. »Glaubst du, ich wäre glücklich damit, vor den Toren zu sitzen und zu wissen, dass ich niemals eintreten kann?«

»Es ist besser, in der Nähe der Wärme eines Feuers zu sitzen, als es sich nur in der Ferne vorzustellen.« Ēnlián wedelt wegwerfend mit ihren Essstäbchen. »Diese Leute hier haben keine Ahnung, wer du bist, wozu du fähig warst. Bist. Dein Wissen ist hier verschwendet. Dein Platz ist zu Hause.«

Elle sieht zu Tony, der die Lippen aufeinanderpresst. Sie könnte dieses Spiel mit ihrer Mutter spielen, aber sie würde verlieren. Sie sollte klar und deutlich sprechen. »Ich habe zu Hause nur einen Platz, weil ihr beschlossen habt, dass ich etwas besitze, was ihr haben wollt. Vorher gab es diesen Platz nicht.«

»Du hattest diesen Platz immer. Du wusstest ihn nur nicht zu schätzen.«

»Was sollte ich denn schätzen? Dass ich ständig eure Erwartungen enttäuscht habe? Für Dinge verantwortlich gemacht wurde, die nicht meine Schuld waren?« Elle atmet einmal tief durch.

»Das ist Vergangenheit.« Ēnlián wendet ihre dunklen Augen nicht von Elle ab. »Wir hatten nicht verstanden, was geschehen ist. Und du hast es uns auch nicht gesagt.«

Wut kocht in ihr hoch. Elle knallt zornig die Stäbchen auf den Tisch. »Ich habe es auch nicht gesagt, weil ich um Tonys Leben gefürchtet habe. Ich habe es euch nicht gesagt, weil es euch nie genug interessiert hat, um nachzufragen. Ihr wollt nur euer Vermächtnis bewahren. Und schaut euch an, wie uns das vernichtet hat. Es war deine Pflicht als Mutter, bei der Lösung der Situation zu helfen. Du und Ba haben entschieden, genau das nicht zu tun. Eure Tatenlosigkeit hat meinen Brüdern das angetan, und ihr weigert euch immer noch, die Verantwortung dafür zu übernehmen!«

»Yǐyǎ«, sagt Tony leise. »Du musst nicht für uns kämpfen.«

Kochend vor Wut lässt Elle sich in ihrem Stuhl nach hinten sinken.

»Du bist deinem Vater in vielerlei Hinsicht so ähnlich.« Ēnliáns Stimme bricht. Endlich versagt der Damm, der ihre Gefühle zurückhält, und Trauer ergießt sich in ihre Miene, in ihre Stimme. »Du triffst wichtige Entscheidungen. Gibst immer dein Bestes, die Harmonie zu wahren. Handelst voll Sturheit so, wie du es für richtig hältst. Er denkt, es wäre das Beste, wenn du nach Hause kommst. Er konnte sich das letzte Mal nicht verabschieden, bevor du gegangen bist, und das hat ihm fast das Herz gebrochen. Willst du ihm noch mal das Herz brechen, Yǐyǎ? Du bist seine einzige Tochter.«

Sie weigert sich, zu weinen oder sich manipulieren zu lassen. »Wenn Ba so traurig ist, warum bist dann du hier und nicht er?«

»Er ist bei Yìwú«, antwortet Ēnlián.

»Du könntest bei ihm sein. Ich bezweifele, dass mein Bruder irgendwohin gehen wird. Du und Ba sind gleich stark. Ich werde davon ausgehen, dass er nicht weiß, was du mir anbietest und er deswegen nicht hier ist.« Elle verschränkt die Arme, hält ihre Wut unter Kontrolle und legt den Kopf leicht schief. »Du hast recht damit, dass ich ihm ähnlich bin. Ich mag weder Konflikte noch Stress in meinem Leben. Ich könnte nach Hause zurückkehren, aber vor Kurzem hat mir jemand gesagt, ich solle selbstsüchtiger werden.«

Der Anflug eines Lächelns hebt Tonys Mundwinkel, dann schiebt er sich ein Stück bok choy in den Mund.

»Mir ist klar geworden, dass er sich geirrt hat. Ich sollte nicht selbstsüchtiger sein, sondern selbstbewusster. Und dazu gehört, klare Grenzen zu ziehen. Nein, Ma. Ich werde nicht nach Hause zurückkehren.«

»Selbst wenn das bedeutet, dass du die Chance verlierst, zurückzugewinnen, was du verloren hast?« Ēnlián richtet sich höher auf und Elle muss sich ermahnen, unter diesem stahlharten, scharfen Blick nicht zusammenzusacken. »Was könnte wohl dafür sorgen, dass du hierbleiben willst? Gehst du mit jemandem aus? Gibt es einen Mann?«

Ohne Zögern antwortet Elle: »Nein. Ich bin einfach nicht interessiert.«

Tony verschluckt sich und hustet in seine Schüssel.

»Yìxiáng!« Ēnlián greift nach einer Serviette und wischt Suppentropfen auf. »Geht es dir gut?«

»Ja«, presst Tony hervor, seine Wangen unter der Bräune gerötet. »Habe mich einfach nur verschluckt. Macht weiter. Yīyǎ geht mit niemandem aus.«

Sie nimmt sich ein Beispiel an Luc, versetzt sich in einen Zustand, in dem sie so objektiv wie möglich handeln und reagieren kann. Dazu ruft sie das Gefühl auf, das sie gewöhnlich nur zu Hause auf dem Berg empfunden hat, mit dem endlosen Himmel über sich, während der Boden kaum mehr war als eine Erinnerung. Elle atmet langsam und tief, geht auf Abstand zu ihren eigenen Gefühlen, als sie ihre Mutter ansieht. Es fällt ihr leicht. »Es mag dir schwerfallen, das zu glauben, aber ich werde mir meinen eigenen Weg suchen.«

»Ich habe befürchtet, dass du das sagen würdest.« Ēnlián greift nach ihrer Tasche und zieht ein kleines Kästchen mit einer Schleife heraus. »Ich dachte, ich könnte dir in gutem Glauben ein Geschenk offerieren, als Beweis, dass wir tun werden, was wir versprochen haben. Komm nach Hause, Yìyǎ. Deine Familie braucht dich.«

Elle berührt das Kästchen nicht. »Was ist das?«

»Öffne es und sieh selbst.« Ēnlián zieht ein Stück Tofu aus dem Topf und isst es, ohne darauf zu reagieren, dass es kochend heiß sein muss.

»Tony?« Sie wirft einen fragenden Blick zu ihrem Bruder.

»Das ist der Köder.« Seine Unzufriedenheit ist offensichtlich, aber sonst kann sie nichts aus seiner Miene ablesen.

Elle zieht an der Schleife und hebt den Deckel. Dort, geschützt von Styropor und eingeschmiegt in eine Halbschale aus Plastik, ruht ein Pfirsich der Unsterblichkeit, perfekt in Rot und Gelb, mit einem einzelnen, leuchtend grünen Blatt am Stiel. Der Duft steigt auf und überlagert für einen Moment die herzhaften Dämpfe des Hot Pots. Sofort läuft Elle das Wasser im Mund zusammen. Sie kann förmlich schmecken, wie das feste Fleisch unter ihren Zähnen nachgibt, die Explosion saftiger Süße gedämpft durch die haarige Haut. Im Hof ihrer Familie steht ein solcher Baum, eine der unbedeutenderen Sorten, welche die Lebensspanne nur um hunderte Jahre verlängern, statt das Leben auf dreitausend Jahre zu strecken. Der Baum hat seit ihrer Geburt dreimal Früchte getragen und sie erinnert sich an jedes einzelne Mal. Sie hat immer so viele Pfirsiche gegessen, bis ihr schlecht war.

»Unser Baum hat dieses Jahr Früchte getragen.« Ihre Mutter schenkt Tony ein schnelles Lächeln. »Als hätte er die Rückkehr unseres Yìxiáng feiern wollen. Das hier kann dir nicht zurückgeben, was du verloren hast, aber es wird dir Zeit schenken, damit wir herausfinden können, wie wir den Effekt rückgängig machen können.«

Wieder langlebig sein, eventuell ihre Magie zurückerhalten – Hoffnung flammt in Elle auf, eine Fackel in ihrer Hand, die ihr den Weg zeigt. Wenn Elle den Pfirsich isst, erkauft ihr das Zeit, die sie mit Luc verbringen kann. Sie wird eine Chance bekommen, so klein sie auch sein mag, wieder den Funken des Feuers in sich zu spüren, Glyphen zu zeichnen und sie mit ihrer Magie Realität werden zu lassen.

Und dennoch. Der Zweifel ist ein kleiner Stein in ihrem Schuh, der bei jedem Schritt herumrutscht, unmöglich zu ignorieren. Selbst wenn sie Hunderte Jahre dazugewinnt, werden Luc und sie immer von geborgter Zeit leben. Vielleicht wird Oberon, wenn Luc sich genug anstrengt, ihm hier und dort mal einen Monat ohne Arbeit erlauben, aber ein Monat bedeutet nichts in einer Lebenszeit, die Jahrhunderte umfasst. Und es bleibt fraglich, ob Elle fähig sein wird, ihn zu sehen. Den Pfirsich anzunehmen hieße, dass sie erneut in der Schuld ihrer Familie steht – und momentan ist sie schuldenfrei.

Die nächste Erkenntnis hallt in ihr wider wie Tempelglocken, die ihre klaren Töne nacheinander erklingen lassen. Elle atmet durch die Nase ein, zieht den Duft des Pfirsichs tief in die Lunge. Als sie wieder ausatmet, gibt sie ihre Erwartungen frei, verabschiedet sich von Überzeugungen, die ihr lange unumstößlich erschienen sind. Es tut weh, aber nur für einen Moment, wie beim Abreißen eines Pflasters. Ihre Familie braucht sie, aber sie braucht ihre Familie nicht. Sie ist nicht die Person, für die man sie hält.

Sie ist nicht länger Agent Elle Mei, oder Stella Jiang, oder Grace Lin. Sie ist keine Glyphenzeichnerin, keine Verwalterin, keine Märtyrerin. Sie ist kein Verkaufsautomat. Sie ist Jiāng Yìyǎ, auch bekannt als Elle Jiang. Sie ist eine Künstlerin, eine schreckliche Kandidatin und die Architektin ihres eigenen Lebens, das sie gerne voller Würde führen würde, mit Luc an ihrer Seite.

Das sollte sie ihm wirklich sagen.

Elle hebt das Kinn, hält den intensiven Blick ihrer Mutter mit gleicher Kraft. Mit der Ruhe, die innerer Harmonie entspringt, antwortet sie: »Was ich getan habe, kann nicht ungeschehen gemacht werden. Ich habe es aus freiem Willen getan, aus Liebe. Wer von euch wird sich auf dieselbe Weise für mich opfern, wie ich es für Tony getan habe?«

Ihre Mutter antwortet nicht.

Tony hebt die Serviette an den Mund, um ein prustendes Lachen zu ersticken.

Elle stemmt die Hände auf den Tisch und erhebt sich. Sie fühlt sich so leicht, als könne sie schweben. »Großer Bruder, bitte kümmere dich um unsere Mutter und sorge dafür, dass sie sicher nach Hause kommt. Zögert nicht, so viel zu essen, wie ihr möchtet. Ich habe bereits bezahlt.« Sie verbeugt sich, dann wendet sie sich zum Aufbruch.

»Yìyǎ.« Ēnlián steht ebenfalls auf. Elle hält inne, sieht über die Schulter zurück. Unglaube zeichnet das Gesicht ihrer Mutter, gemalt mit eleganter Hand. Für eine Sekunde meint sie, Bedauern zu erkennen. »Dein Geschenk.«

Elle lächelt glückselig. »Behalte es.«

»Hiermit rufe ich dieses Treffen der Schrecklichen Kandidaten International zur Ordnung«, sagt Elle und klopft neben sich auf das Sofa. »Der erste Punkt ist die Feststellung der Anwesenheit.«

Luc schnaubt, als er die letzte Schüssel abtrocknet und in die kleine und vollkommen nutzlose Spülmaschine stellt. »Ich wurde nicht darüber informiert, dass ein Treffen angesetzt ist.«

»Es war eine Last-Minute-Entscheidung der Präsidentin. Hast du das Memo nicht erhalten?«

Ohne die Last ihrer Familie konnte Elle darüber nachdenken, wie sie ihm sagen soll, dass sie ihn liebt. Es hat Elle den ganzen Tag gekostet herauszufinden, wie sie dieses Gespräch führen will. Sie wird das nicht in den Sand setzen. Verdammt noch mal, sie ist vorbereitet! Sie ist sauber und riecht nicht nach Ginseng und hat alle Bettlaken gewaschen und ist höllisch nervös.

»Nein. Und ich fürchte, ich habe schon etwas vor, also kann ich nicht teilnehmen.«

Das ist ein Scherz, auch wenn immer die Chance besteht, dass Oberon alles ruiniert. Schließlich ist Freitag. »Sag es ab. Das hier ist wichtiger.«

»Irgendwie bezweifle ich das.« Seine Augen funkeln tatsächlich. »Ich wollte heute Abend eine Befreiung feiern.«

»Setz dich einfach!«

»Wie du wünschst.« Er faltet das Geschirrtuch und kommt zu ihr. »Ich bin bereit.«

»Jiāng Yìyǎ, allgemein bekannt als Elle Jiang. Anwesend. Lucien Villois?« Elle spricht seinen Namen so falsch aus, wie sie nur kann. Luc verzieht schmerzerfüllt das Gesicht. »Nein!«

»Okay«, sagt Elle und versucht, nicht zu lachen. Luc hat mehrere Pseudonyme, also wählt sie eines. »Lukas Kestenholz?«

Er rollt die Lippen ein. »Nicht da.«

»Wer ist dann bei diesem Treffen?«

»Du hättest mich einfach fragen können, wie man meinen Namen ausspricht.«

»Das hätte nicht so viel Spaß gemacht.« Sie grinst. »Luschin.«

»Elle, bitte!« Er spricht langsam, betont jede Silbe sorgfältig. »Lu-ci-en. Lu-cien.«

Elle klatscht. »Reimt sich mit Puschen!« Sie kichert, angetan von ihrem eigenen Scharfsinn.

Lucs Miene durchläuft verschiedenste Ausdrücke, bevor er fragt: »Warum?«

»Okay, okay.« Sie versucht es mehrmals und misst ihren Erfolg an den Zuckungen seiner Gesichtsmuskeln.

»Du musst einfach vergessen, dass es das N gibt.«

Irritiert meint Elle: »Was zur Hölle stimmt nicht mit deiner Sprache?« Sie versucht es noch mal, weil ein Teil ihres Plans davon abhängt, dass sie fähig ist, seinen Namen korrekt auszusprechen. Irgendwann legt sie die Hände an seinen Mund, um zu imitieren, wie Luc ihn bewegt. »Lucien.«

Er strahlt vor Aufregung, was wiederum in ihr Begeisterung auslöst. So süß. »Ja! Okay, noch einmal. Hör genau zu. Bist du bereit?«

Sie nickt, den Blick auf seinen Mund gerichtet. Sie kämpft gegen die Versuchung, ihn zu küssen.

»Châtenois.«

Elle erstarrt vor Schock. Ihre Augen werden groß und ihr Herz rast.

»Châtenois«, wiederholt Luc leise. »Los.«

»Ist das …«, flüstert sie, »dein wahrer Name?«

Er nickt.

Sie hatte vor, zu lernen, wie man seinen Rufnamen ausspricht. Seinen wahren Namen zu erfahren? Nicht Teil des Plans. »Luc, ich kann nicht … wenn etwas geschieht, wenn ich etwas tue …«

»Wenn du ihn aussprichst, ist das etwas anderes.« Er ergreift ihre Hände und sieht ihr tief in die Augen. »Und du müsstest dich auf das Recht der Herrschaft berufen.«

»Das würde ich *niemals* tun.« Schon die Vorstellung ist verabscheuungswürdig.

»Es gibt zwei lebende Personen, die meinen Namen kennen. Meine Tante, die nie danach gefragt hat, ihn aber in meinen Erinnerungen gefunden hat. Und die andere Person …« Er verschränkt die Finger mit ihren. »Ich war noch ein Jugendlicher, als ich ihm meinen Namen anvertraut habe. Ich wusste nicht, was ich tat. Und daher hatte ich keine Wahl in der Angelegenheit. Jetzt verstehe ich. Jetzt habe ich *eine Wahl*. Ich möchte, dass du … die schreckliche Kandidatin, die mich versteht … dieses Wissen erhält. Um mich damit zu retten. Ich vertraue dir.«

Elle kann kaum atmen. Mit diesen drei Worten hat Luc alles preisgegeben.

»Lucien Châtenois.« Angespannt wartet sie darauf, dass irgendetwas geschieht; dass Licht aufblitzt oder die Erde bebt. Aber das Beben erschüttert nur ihren Körper, und das einzige Licht, das sie sieht, leuchtet in seinen Augen.

Elle nimmt ihren Plan, knüllt ihn zu einer Kugel zusammen und wirft ihn aus dem Fenster. Ihr bleibt nur noch eine Möglichkeit … sie muss es ihm sagen. »Du hast meinen Plan ruiniert.«

»Ich … was?«

»Ich hatte«, sagt sie und senkt den Kopf, um seine Hände zu

küssen, »einen genauen Plan für heute Abend. Ich habe den ganzen Tag gebraucht, um ihn zu entwerfen. Und jetzt hast du einfach ...« Sie rutscht näher an Luc heran. »Du hast ihn einfach ruiniert.«

Verwirrt räuspert Luc sich. »Was hattest du denn vor?«

Sie dachte, es würde ihr schwerfallen, die Worte auszusprechen, aber letztendlich ist es ganz leicht. »Dir Honig ums Maul schmieren, eine kleine Rede halten und dir dann sagen, dass ich dich liebe.«

Jetzt ist es Luc, der vor Schock erstarrt und dessen Augen groß werden. Nach einem langen Moment, in dem Elle ihn nur breit angrinsen kann, schluckt er schwer und fragt: »Und was jetzt?«

»Jetzt springe ich einfach gleich zum letzten Teil des Plans. Lucien Châtenois, ich liebe dich.«

Das Lächeln, das sich auf Lucs Gesicht ausbreitet, ist strahlend wie der Sonnenaufgang, freudig und erfüllt von allem Guten auf dem Planeten. »Könntest du es bitte noch einmal sagen?«

»Ich.« Elle löste ihre Hände von seinen, legt sie erneut an Lucs Wangen. »Liebe.« Sie rückt näher an ihn heran, bis sie die Wärme spürt, die von seinem Körper aufsteigt. »Dich.«

Und dann küsst sie ihn, füllt den Kuss mit allen Emotionen, die sie für ihn fühlt, weil ein Wort mit fünf Buchstaben wie Liebe ihre Empfindungen einfach nicht vollständig ausdrücken kann.

Luc stößt ein kehliges Geräusch aus und erwidert den Kuss, legt eine Hand an ihren Hinterkopf, um sie festzuhalten. Noch während Elles Mund sich öffnet, denkt sie darüber nach, ob er wirklich versteht, wie sie empfindet, ob ihm bewusst ist, dass sie in Stück zerspringen und sterben könnte, wenn sie ihn nicht küsst. Sie schließt die Augen, konzentriert sich auf ihn und nur ihn, vertieft sich in seinen Geschmack, in seinen Duft, wie er sich anfühlt.

»Ich liebe dich auch«, sagt er, als sie sich voneinander lösen.

»Irgendwie«, antwortet Elle, immer noch breit lächelnd, »wusste ich das schon.«

Er lacht. »Du hast endlich alle Hinweise zu einem Gesamtbild verbunden.«

Das hat sie. Sein Laes. Der Kuss in der Oase. Sein wahrer Name. Himmel, selbst die Tusche, mit der alles angefangen hat. »Tut mir leid, dass ich es nicht früher verstanden habe.«

»Du musst dich für gar nichts entschuldigen.«

»Was, wenn ich es nie kapiert hätte?« Elle schluckt gegen plötzliche Schmerzen an. »Hättest du es mir jemals gesagt?«

»Vielleicht. Oder ich hätte dich in nicht erwiderter Liebe aus der Ferne angebetet. Das wäre sehr Französisch, n'est-ce pas?«

Ihre Augen werden schmal. Offensichtlich hat er nicht genügend historische C-Dramen geschaut. Aber das lässt sich in Ordnung bringen. »Nein, das wäre sehr chinesisch. Und vor allem wirklich dämlich. Ich habe viel zu lange auf gewisse Dinge in meinem Leben gewartet. Du solltest auch nicht warten.«

»Ratschlag zur Kenntnis genommen.« Luc beugt sich erneut vor, um sie zu küssen, drückt mit dem Daumen leicht gegen ihr Kinn, um ihren Mund zu öffnen. Sie seufzt und zerschmilzt an seinem Körper. Seine Finger liebkosen die empfindliche Haut an ihrer Kehle.

Elle zittert, als ein Funken Hitze in ihr aufflammt, dreht den Kopf, damit er die Lippen an ihren Hals pressen kann. Sie schlingt so gut wie möglich die Arme um ihn, weil sie seine Haut spüren will. Sie stöhnt bereits, bevor sie sich dessen wirklich bewusst ist.

»Elle.« Luc zieht sich zurück, bringt ein wenig Abstand zwischen ihre Körper. Das Verlangen in seinen Augen spiegelt ihr eigenes. »Ich will das nicht tun, wenn du dich nicht bereit dafür fühlst.«

»Ich bin bereit. Ich warte schon die ganze Woche darauf.« Sie steht auf und streckt ihm die Hand entgegen. »Ja. Was auch immer du mich fragen willst, die Antwort lautet Ja.«

Lächelnd lässt er sich von ihr ins Schlafzimmer führen.

Elle weiß nicht, wie sie es geschafft hat, ohne all das zu leben: die Leidenschaft seiner Küsse, die Ehrfurcht seiner Berührungen, das Knistern, das die Luft erfüllt, wenn seine Lippen über ihrer Haut schweben. Sie besitzt schon so lange kein Feuer mehr, dass sie dachte, es wäre weg, aber Luc lockt es mit seinen Fingern aus ihr heraus, erweckt es mit seinem Mund wieder zum Leben. Die Flammen folgen den Pfaden, die er mit seinen Händen vorzeichnet, brennen so heiß, dass sie für eine Sekunde fürchtet, sie könne ihn verletzen. Aber Luc ist feuerfest. Er neigt ihren Kopf nach hinten und küsst ihre Kehle, entreißt ihr ein Stöhnen nach dem anderen.

»Ich liebe dich«, sagt sie, sobald sie auf ihrem Bett liegt. Oh, wie wunderbar es ist, offen zu sprechen.

»Ich liebe dich auch«, antwortet er, als er sich neben sie legt und erneut küsst. Er lässt die Hand unter ihr Hemd gleiten, schiebt den Stoff über ihre Kurven nach oben. Luc hält inne, als ihr BH sichtbar wird, macht einen Abstecher, um das Körbchen nach unten zu ziehen und die Hand um ihre Brust zu schließen. Die Laken rascheln, als Luc das Gewicht verlagert, um seinem Mund Zugang zu verschaffen. Er lässt die Zungenspitze über ihren Nippel gleiten, dann saugt er daran. Ihr Stöhnen jagt ein Beben durch ihren Körper. Sie drängt sich ihm entgegen.

Sie will nackt sein, sofort. Elle reißt sich das Hemd über den Kopf und schmeißt es durch den Raum, wiederholt den Vorgang mit dem Rest ihrer Kleidung, all diesen unerträglichen Hemmnissen. Luc tut dasselbe, seine Bewegungen Tinte auf den Schatten in der nur von Straßenlaternen aufgelockerten Dunkelheit ihres Schlafzimmers. Elle muss lachen, weil sie sich fragt, wie es sich für ihn anfühlt, so wagemutig unordentlich zu sein. Sobald er wunderbar, köstlich nackt ist, zieht sie ihn an sich, wieder aufs Bett, verzückt von der Wärme seines Körpers an ihrer Haut. Bisher war immer sie diejenige, die Hitze ausstrahlte, daher ist es wunderbar und neu, Lucs Körper so zu empfinden und zu genießen. Sie nimmt nichts anderes mehr wahr als den Duft seines Halses, das Aufblitzen seines Lächelns und die wunderbare Art, wie ihre Körper zusammenpassen wie Puzzlestücke.

Nur noch er existiert.

»Elle?«

Sie blinzelt gegen das plötzliche Brennen in ihren Augen an.

Ohne Vorwarnung entkommt eine Träne und rollt über ihre Nasenwurzel.

»Wir müssen das nicht tun.« Luc macht Anstalten, sich von ihr zu lösen.

»Nein!« Elle packt seinen Arm, zieht ihn wieder an sich, klammert sich mit Armen und Beinen an ihm fest. Wenn es ihr nicht gelingt, sich auf voller Länge an ihn zu drängen, wird sie das als Versagen einstufen. Sie vergräbt verzweifelt den Kopf an seiner Kehle, umarmt ihn so fest, dass sie fast das Gefühl hat, ihre Körper sollten einfach die irdischen Beschränkungen aufgeben und sich verbinden, wie zwei Seifenblasen, die ineinander übergehen oder zwei Tonbatzen, die zu einem werden. Irgendwas. Sie würde alles tun, um sich zu verankern und nicht in den Abgrund aus Trauer zu stürzen, der sich in ihr geöffnet hat und vom Verlust ihrer Magie widerhallt.

Luc verlagert sein Gewicht, drängt sich nah genug an sie heran, dass sie dieselbe Luft atmen. Es ist feucht und ein bisschen ekelig, aber dieser Moment gehört nur ihnen und ist genau, was sie braucht.

»Elle«, murmelt Luc. »Es ist genug, auch so.«

»Nein, ist es nicht.« Sie schnieft in den winzigen Abstand zwischen ihnen. Vielleicht kann sie ihre Magie nicht zurückgewinnen und vielleicht wird sie nie wieder das besondere Summen des qì einer anderen Person spüren, aber sie kann noch fühlen, verdammt. Sie kann noch sehen und riechen und hören und schmecken und sie kann sich immer noch der Aufgabe verschreiben, Luc im wahrsten Sinne des Wortes kennenzulernen. Und das wird sie auch tun.

Elle löst sich kurz von ihm. »Ich will dich«, sagt sie. »Und wenn ich sage, dass ich dich will, *will* ich dich. Und ich will, dass du mich genauso willst.«

Luc mustert sie. Die Scheinwerfer eines vorbeifahrenden Autos lassen ein silbernes Glitzern tief in seinen Augen aufblitzen, das schnell wieder verklingt. Seine Hände gleiten nach unten, streichen über ihre Haut, um über der Ansammlung von Narben zwischen ihrem Brustkorb und ihren Hüften zu verweilen. »Schmerzen sie noch?«

»Manchmal«, gibt Elle zu. Sie will nicht, dass er zögert, aber sie versteht, warum er es tut. »Ich weiß nicht genau, was die Schmerzen auslöst.«

»Und das hier ist, was du willst?«

Elle ergreift seine Hand, verschränkt ihre Finger mit seinen, drückt zu, bis ihre Knöchel knacken. »Ja. Ich will *leben*.«

Er zögert kurz, und als er spricht, schwingt in seiner Stimme ein rauer Unterton mit, der sie sofort erregt. »Dann lass uns das tun.«

Sie kollidieren förmlich. Luc kommt ihr auf der Hälfte der Strecke entgegen; sogar noch weiter. Elle wirft sich ihm entgegen, bringt ihn damit zum Stöhnen. Das einzige Ende, das sie sich für diesen Abend vorstellen kann, ist der bewusstlose Schlaf vollkommener Erschöpfung, mit Muskeln, die vor Überlastung schmerzen, während die bisherige Pein vertrieben wurde. Wenn Luc ein Problem damit hat, dass sie die Zähne in seiner Schulter vergräbt, sagt er nichts. Stattdessen revanchiert er sich, fest genug, dass ein Mal zurückbleiben wird.

Luc küsst sie, vergräbt die Finger in ihrem Haar und zerrt daran, ballt die Hand zur Faust. Lust durchfährt sie. Sie stöhnt in seinen Mund, ein schamloses, liederliches Geräusch.

Er tut es wieder und das Resultat ist dasselbe. Er sieht sie an. Sein hungriges Verlangen steht ihm ins Gesicht geschrieben.

Elle kann an nichts anderes denken als daran, ihn in sich zu spüren. »Ich will nicht warten. Kondome sind in der Schublade.«

»War das Teil deines Plans?« Luc neigt ihren Kopf nach hinten, enthüllt ihren Hals. Er küsst sie unter dem Kiefer, verweilt besonders lange über ihrem Puls.

»Nicht das mit dem Weinen«, sagt Elle angespannt, ihre Atmung keuchend. »Aber ja.«

»Eingebildet, hm?« Er gibt sie frei.

Lachend streckt sie den Arm nach der Schublade aus. »Nein, hartnäckig.«

»Nicht so schnell.« Luc packt ihre Hand, um an ihren Fingerspitzen zu knabbern. »Noch nicht. Nicht, bis ich das hier tun durfte.«

»Was? Mich noch öfter beißen? Bitte. Jederzeit.«

Luc lacht und zieht die Decke vom Bett, dann klettert er über sie, öffnet ihre Beine und lässt sich dazwischen nieder. »Ich meine das hier. Du kannst dir nicht vorstellen, wie oft ich mir das ausgemalt habe.«

Könnte sein, dass Elle gleich vor Begeisterung schreien wird. Nun, das sollte sie, aber nicht zu laut. Sie gibt sich mit einem leisen Juchzen zufrieden. »Wirklich? Oft?«

»Wirklich.« Er lässt die Lippen über ihren Bauch gleiten. »Oft.«

Sie gibt ein glückliches Geräusch von sich, als seine Finger in sie eindringen, ihre feuchte Erregung testen. Sie seufzt, als er ihre Nässe verteilt und damit die Intensität seiner Berührungen nur erhöht. Er muss sich daran erinnern, was er in Paris getan hat, denn jede Bewegung ist genau richtig, genau das, was sie braucht. Sie hebt ihre Hüften, hofft, dass die Geste einladend wirkt. »Bitte«, stößt sie hervor, ihre Lust ist bereits kurz vor dem Höhepunkt. Sie fühlt sich wie ein Kabel unter Strom. »Ich will deinen Mund.«

Luc zieht eine Spur aus Küssen über die Innenseite ihrer Oberschenkel. Er lacht kehlig und seine Augen funkeln verschlagen. »Du bist zu ungeduldig, mein Herz.«

»Nein, bin ich nicht! Luc, bitte ...«

Die federleichten Kreise, die er um ihre Klit zieht, intensivieren ihre Lust nur, schärfen sie, bis sie glänzt wie eine Klinge. Er küsst sie überall außer genau zwischen den Beinen, öffnet sie mit sanften Bewegungen, spielt ihre Erregung auf sie zurück, bis sie sich sicher ist, dass sie tropft.

Elle hebt wimmernd den Kopf. »Lass mich am Leben!«

Er lächelt. »Nein.«

Sie wimmert. Ausgerechnet jetzt will er nicht mehr auf sie hören. »Luc, ich schwöre bei ... bei all meinen Vorfahren, ich werde ...«

»Was, mein Herz? Aufstehen und gehen?«

Er lacht sie aus. Er lacht sie tatsächlich aus und presst gleichzeitig den Daumen auf ihre Klit.

Elle zuckt, als ein weiterer Stich der Lust sie durchfährt, stöhnt, als er die Bewegung wiederholt. Die Worte explodieren aus ihrem Mund. »Ich werde kommen und dann wird es dir leidtun!«

Wieder lacht er, dann küsst er ihren Schenkel. Elle fährt fast aus der Haut, als sie seine Zähne spürt. »Das ist nicht die Drohung, für die du die Worte hältst.«

»*Bitte.*« Ihre Verzweiflung sorgt dafür, dass ihre Worte in Neon leuchten, in gleißenden Gelb- und Pink- und Orangetönen, die ihr Verlangen so deutlich ausstrahlen, dass es sie nicht wundern würde, wenn die Leute auf der Straße plötzlich übereinander herfallen würden. »Luc, bitte, deinen Mund, jetzt. Bitte, Lucien, ich liebe dich.«

Sie hört sein Keuchen. Dann wirft Luc sich förmlich nach vorne und leckt sie mit einem tiefen Stöhnen. »Ja«, flüstert Elle. Ihre Hände finden seinen Kopf und sie drängt sich ihm entgegen. Ihr Körper verspannt sich unter seiner Zunge, auch die Muskeln in ihren Händen. Luc sieht zu ihr auf, seine blauen Augen dunkel und vor Verlangen verschleiert; sein zustimmendes Brummen durchfährt ihren Körper. Sie versucht zu sprechen, aber er leckt die Worte auf, sorgt dafür, dass sie sie wieder einatmet, als er die Finger in sie gleiten lässt.

Er presst den Mund auf ihre Mitte und findet diese spezielle Stelle, die alle Empfindungen intensiviert und verstärkt. Sie steht so kurz vor den Höhepunkt, aber Luc ist ein Naturtalent darin, sie auf der Grenze zu halten; ein Genie darin, die Exponentialkurve ihres Verlangens zu berechnen. Elle kämpft um den Höhepunkt, entschlossen, Luc ihren Orgasmus zu entreißen, aber Luc schaltet einen Gang höher, katapultiert sie auf eine ganz neue Ebene. Elle schließt fest die Augen, als Lucs Finger sich schneller und schneller in ihr bewegen. Als der Boden sich unter ihr auftut und sie jede Stabilität verliert, atmet sie schwer.

»Ich werde …«, stößt Elle hervor. Sie muss nur noch Millimeter überwinden. Weniger. Ihre Gedanken geraten aus den Fugen, zerstreuen sich mit jedem Atemzug, destillieren zu einzelnen Worten. Und dann kann sie gar nicht mehr sprechen und sie erreicht diesen kurzen Moment des vollständigen Stillstandes, bevor …

Der Orgasmus überwältigt sie wie ein Peitschenschlag. Ihre kleine Wohnung hat keine Chance, ihr Stöhnen für sich zu behalten, besonders nicht, als sich Lucs Stimme ihrer anschließt, weil er ihre Lust mit ihr teilt. »Luc«, keucht sie, weil sie noch nicht schweben will, sich noch nicht vollständig verlieren.

Er hört nicht auf und Elle erreicht erneut den Gipfel der Lust. Schweiß befeuchtet ihre Haut, als ihr Vergnügen sich in einem einzigen, hellen Punkt sammelt. Die zweite Welle der Lust reißt sie nach oben und wirft sie in Stücken quer übers Bett. Sie vergräbt die Finger in den Laken, als ihr Körper auf ihn reagiert. Sie wirft den Kopf von rechts nach links, ihre Füße gleiten verzweifelt über die Laken, bis sie die Fersen in die Matratze bohrt.

»Verdammt«, flüstert sie, als Luc sich neben sie legt, so selbstgefällig, dass sie es selbst durch die Nachbeben ihrer Lust wahrnimmt.

»Ja«, antwortet er und küsst sie. Sein Mund ist samtweich und schmeckt nach ihnen beiden zusammen, was nur dafür sorgt, dass sie den Kuss vertieft. Elle lässt die Hand über seinen Bauch gleiten, dann entscheidet sie sich anders und richtet sich unsicher auf, gleitet an den Rand des Bettes, reißt die Schublade auf und zieht ein Kondom und eine Flasche Gleitgel heraus. Kaum hat sie ihm das Kondom übergezogen, setzt sie sich rittlings auf ihn und presst seine Spitze an ihre Mitte. Lucs Hände schließen sich um ihre Taille.

Elle nimmt ihn auf, genießt seine Länge und Breite, mit hängendem Kopf und geöffnetem Mund. Sie stöhnt fast verzweifelt, als ihre Hüften sich treffen und sie ihn auf sinnlichste Weise in sich spürt. Luc hat die Augen fest geschlossen. Ein tiefes Grollen dringt hinter seinen Zähnen hervor. Alles, was sie will – sowohl jetzt als auch in Zukunft – ist diese Nähe zu ihm, die verletzliche Länge seines Halses im Dämmerlicht, das Schlagen seines Herzens unter ihrer Handfläche und das Versprechen auf unendlich viele Morgen.

»Ich liebe dich«, verkündet sie.

Das Geräusch, das seine Antwort ist, entzieht sich jeder Beschreibung. Es ist eine Kombination aus einem Keuchen und einem Stöhnen. Sein Körper bewegt sich unter ihr wie ein heiliger Eid. Elle presst die Brust an seine, immer noch auf ihm ausgestreckt, beißt ihn leicht in den Hals, um ihn im Anschluss so wild zu küssen, dass ihre Zähne sich treffen, was ihr ein Lachen entreißt. Elle richtet sich wieder auf und beginnt, ihn zu reiten, schließt die Augen, um die Bewegung in sich besser wahrzunehmen. Luc hilft ihr, drängt ihr die Hüften entgegen, nimmt ihre Hand und weist sie an: »Berühr dich selbst.«

Sie stemmt eine Hand auf Lucs Brust, führt die anderen an ihre Klit. Sie ist immer noch feucht von vorhin und jetzt kann sie spüren, wie mühelos sein Schwanz sie füllt. Das ist so erregend, dass Elle den Höhepunkt schon fast erreicht hat, als sie anfängt, sich selbst zu liebkosen.

»Wunderschön«, murmelt Luc, während sie keucht. Er hält ihre Hüften, zieht sie auf sich herunter, bis er nicht tiefer in sie eindringen kann.

Elle will nicht wunderschön sein. Sie will verdammt noch mal zerstört werden. Sie will von ihm und mit ihm zerstört werden, will kopfüber in ihn stürzen, als wären sie Gestirne, die miteinander kollidieren und sich in glitzernden Staub verwandeln, will auf eine Weise brennen, die mit Magie niemals möglich ist. »Luc, ich ...«

»Alles, was du willst, mein Herz. Ja.«

Es dürfte nicht romantisch sein, laut auszusprechen, dass sie sich nichts Schöneres vorstellen kann, als sich gegenseitig zu zerstören. Und es ist ja nicht so, als hätte sie noch die Kraft für große Worte. »Du solltest besser mit mir kommen.«

»Halte dich nicht zurück.«

Sie hätte wissen müssen, dass er weiter denkt als sie. »Werde ich nicht.«

Luc ist erbarmungslos, legt einen Rhythmus vor, den Elle vom Hals bis zu den Hüften spürt. Sie stützt sich auf ihm ab, um ihm zu folgen. Schweiß sammelt sich in ihrem Nacken und ihren Kniebeugen. Die Lust erreicht den Scheitelpunkt, sammelt sich, um sie im Anschluss zu zerstören. Elle wirft den Kopf in den Nacken und stöhnt laut, als Luc wunderbar in sie stößt. Seine Muskeln zucken, tief in ihr vergraben.

Elle sinkt langsam wieder auf die Erde herab. Ihre Atmung normalisiert sich, aber sie ist immer noch verloren in Luc. Sie streckt sich auf seinem Körper aus, Haut an Haut, ihr Blick verschleiert von Sternen. Das ist ihr Zuhause.

»Ich liebe dich«, flüstert sie.

»Ich liebe dich«, flüstert er zurück.

Elle schiebt sich höher, bis sie ihn langsam und genüsslich küssen kann, fast delirierend vor Glück. Ja. Das ist, was sie will; was sie für sich beansprucht.

Irgendwo auf dem Boden bimmelt Lucs Rufrune.

»Nein!«, schreit er und jeder Muskel in seinem Körper verspannt sich, als er sich halb aufsetzt. Überrascht klammert Elle sich an ihm fest, spürt seine rotglühende Wut, als wäre es ihre.

Sie verzieht das Gesicht und klettert so schnell wie möglich von ihm herunter.

»Elle, nein. Nein! Zum Teufel mit Oberon. Ich werde ihn ignorieren.«

Ihr Herz schmerzt. Luc flucht nur selten, weil er so sehr nach vollständiger Selbstkontrolle strebt. Als die Rune wieder bimmelt und ihr so ihre eigene Überheblichkeit vor Augen führt, schüttelt sie den Kopf. Sie kann Luc nicht für sich beanspruchen, weil er bereits jemand anderem gehört.

Aber so wird es nicht immer bleiben. Sie ist damit durch, sich auf den Rücken zu werfen und weiße Flaggen zu schwenken. »Es ist okay. Ich bin nicht wütend.«

»Ich schon.« Er steht auf und verschwindet im Bad, lässt die Rune weiterbimmeln. Sekunden und Sekunden geht es so weiter. Und obwohl Elle weiß, dass das unmöglich ist, fühlt es sich an, als würde das Geräusch lauter und durchdringender. Es ist absolut offensichtlich, dass Oberon erwartet, wahrgenommen und angehört zu werden.

Luc ist nicht ruhiger, als er zurückkehrt, seine Miene stürmisch. Er spricht über das Bimmeln hinweg, als er sich anzieht. »Ich werde es nicht tun, aber im Moment will ich dieses Scheißding zerbrechen und gegen eine Wand werfen.«

Elle umarmt ihn, gibt ihr Bestes, ihn zu beruhigen. Er ist spröde vor Frust und es gelingt ihr nur mit Mühe, ihn vor dem Zerbrechen zu bewahren. »Geh und kümmere dich darum. Ich werde hier sein.«

Lucs Augen sind hart vor Wut, als er sie ansieht, dann beugt er sich vor, hebt die Rune auf und schiebt sie sich übers Ohr. »Eines Tages bist du das vielleicht nicht mehr.«

Sie sehen sich lange an. Die Rune bimmelt weiter, als Luc sich abwendet und ihre Wohnung verlässt.

19. Kapitel

»Villois hier«, knurrt Luc, sobald er den Gehweg betritt. Mit langen Schritten schlägt er den Weg zum Auto ein, das einen Block entfernt steht.

»Hat lange genug gedauert. Ich erwarte prompte Antwort.«

Er stößt die nächsten Worte durch die zusammengebissenen Zähne hervor. Wenn Oberon sein Tonfall nicht gefällt, dann soll es so sein. »Ich erwarte, dass Ihr mich freitagabends nicht anruft.«

»Tonfall, Lucien. Das ist ein besonderer Fall. Du musst die Oldcastle-Eskorte für mich übernehmen.«

Luc stoppt so abrupt, dass der Passant hinter ihm überrascht aufschreit, bevor er um ihn herumgeht. »Ich habe Euch gesagt, dass ich den Auftrag abgelehnt habe. Ihr habt mir diese Verantwortung übertragen. Er hat die Prüfungen nicht bestanden.«

»Außer Kraft gesetzt«, antwortet Oberon locker. »Du übernimmst den Fall. Inoffiziell. Kehre schnellstmöglich nach New York zurück. Er wartet in deinem Büro auf dich. Er wird einen Glamour tragen …«

»Nein. Wenn er einen persönlichen Gefallen von Euch will, werdet Ihr es selbst machen müssen.«

»Dachtest du, das würde ich nicht tun?« Oberon schnaubt. »Ich bin bereits in Heiligensee außerhalb von Rostock und bereite das Portal vor. Ich kann hier nicht weg. Dein Job ist es, ihn herzubringen.«

»Warum er?«

»Es ist mir wichtig.«

Luc öffnet den Mund, um gegen diese subjektive Sicht von Wichtigkeit zu protestieren. Seine Zeit mit Elle ist wichtiger als Oberons Botengang.

Oberon fährt fort: »Hör auf, meine Zeit und Energie zu verschwenden. Tu es freiwillig oder tu es unter dem Zwang. Hast du verstanden, Lucien Châtenois?«

Angst schnürt ihm die Kehle zu.

»Ich vermute, damit habe ich deine Aufmerksamkeit. Es ist deine Wahl.«

Er hat keine Ahnung, was geschehen wird, wenn Oberon das gegen Luc einsetzt, um ihn zu befehligen – außer, dass es nicht gut enden kann. Er zittert. Kalte Schauder überlaufen seinen Körper. Er schämt sich seiner Schwäche, seiner schnellen Kapitulation.

»Ich bin unterwegs.«

Dreiundzwanzig Minuten später betritt Luc das oberste Stockwerk des Gebäudes in Manhattan und schiebt die Tür zu seinem Büro auf. Jemand lungert in einem der zwei Stühle in dem abgedunkelten Raum. Oldcastles Glamour lässt ihn als weißen Mann durchschnittlichen Aussehens und unbestimmten Alters erscheinen, mit braunen Augen, schlaffem, braunem Haar und der bedrohlichen Ausstrahlung einer alten Tweed-Jacke. Aber sobald er aufsteht, verschwindet dieser unscheinbare Eindruck. Oldcastles Miene zeigt eine frostige Leere, die in Kombination mit seinem Aussehen sofort Lucs Instinkte anspricht. Das ist ein Mann, der besser unter der Erde liegen sollte, statt darauf zu wandeln.

Er fragt sich, ob andere in Bezug auf diesen Mann ebenso empfinden.

»Hat ja lange genug gedauert«, sagt Oldcastle, während Luc ihn abschätzend mustert. »Zumindest hat er jemand Zuverlässigen geschickt. Immerhin kann man darauf vertrauen, dass Oberon Familienangelegenheiten in der Familie hält. Du solltest deinen Glamour in Ordnung bringen. Du hast die Augen vergessen.«

»Ich trage keinen Glamour«, antwortet Luc, geht zum Safe hinter seinem Schreibtisch und holt Pistole und Holster heraus.

Routiniert schüttelt er den Blazer ab und legt das Holster an, kontrolliert die Pistole, bevor er das Magazin einschiebt und den Blazer wieder anzieht. Sein Klappmesser ruht wie immer in seiner Hosentasche. »Kein Wort. Lasst uns gehen.« Je schneller er das hinter sich bringt, desto schneller kann er zu Elle zurückkehren.

»Du bist wirklich unterhaltsam«, sagt Oldcastle. »Ich verstehe, wieso Oberon sich mit dir abgibt.«

Luc würdigt das keiner Antwort. Ginge es nach seinem Willen, würde er Oldcastle direkt ins Meer führen und ihn unter Wasser halten, bis die Selkies kommen. Er öffnet die Tür, sodass Neonlicht aus dem Flur auf den Teppich fällt, und erlaubt Oldcastle, voranzugehen, bevor er die Tür verschließt.

Da er die Interaktion mit Oldcastle auf ein Minimum reduzieren will, legt Luc ein flottes Tempo vor.

Oldcastle muss sich anstrengen, ihm zu folgen. »Also bist du der Stellvertreter des großen Kerls, hm? Ich sehe die Ähnlichkeit.«

»Wir sind nicht verwandt.«

Oldcastle brummt. »Du siehst aus wie sein Kind, nur gröber.«

Luc hat noch nie gehört, dass Oberon eine Familie oder ein Kind erwähnt hätte, auch wenn er rein intellektuell weiß, dass sie existieren sollten. Laut den Gerüchten ist Lysander Oberons Sohn, aber Luc gibt nichts auf Gerüchte. Er ignoriert die Beleidigung. »Ich habe gesagt, kein Wort.«

»Und du bist ebenso wohlerzogen.«

Sie biegen in den Flur ab, der zu den Aufzügen führt. Am anderen Ende öffnet sich eine der Aufzugstüren und gibt den Blick auf das Rollkommando frei. Lachend verlassen sie die Kabine.

Luc beißt die Zähne zusammen. Ein schottisch-irischer Berserker, aufgewachsen unter Murroughs und Selkies, ist genau das, was er jetzt brauchen kann. Wenn Gillen herausfindet, wer Oldcastle ist, wird Luc sich mit Blutvergießen und Sachbeschädigung auseinandersetzen müssen.

»Hey, Killer!« Gills Stimme hallt durch den Flur. »Was tust du denn hier?«

»Hast du freitags nicht frei?«, fragt Emi und legt den Kopf schräg. Ihre schwankenden Ohrringe reflektieren das Licht. »Du hast eine große Sache daraus gemacht, dass du an diesen Abenden nicht kommen wirst.«

»Soll er doch«, antwortet Fern. »Wenn du hier bist, gibt es keinen Grund für uns, für dich einzuspringen.«

»Du meinst, wir hätten auch zu Hause sein können?« Gillen starrt böse.

»Einmaliger Job.« Mit entschlossenen Schritten führt er Oldcastle am Rollkommando vorbei zu den Aufzügen und drückt den Knopf. »Wir sind im Aufbruch begriffen.«

Fern atmet tief durch. Ihre Ohrringe leuchten auf. »Ein Job, der einen Glamour nötig macht?« Sie wechselt einen Blick mit Emi. »Was geht hier vor sich, das einen so starken Tarnzauber nötig macht?«

Die Miene neutral, bleibt er im Gleichgewicht. Er kann Oldcastle durch diesen unerwarteten Spießrutenlauf navigieren. »Nichts.«

»Ich dachte, du wünschst dir mehr Transparenz«, sagt Ken. »Zumindest habe ich deinem Memo diese Botschaft entnommen. Das ist deine Politik oder? Offen mit dem umgehen, was wir tun.«

Luc richtete den Blick auf die Stockwerkanzeige, drängt den Lift innerlich, sich schneller zu bewegen. Natürlich befindet sich die Kabine im zweiten Untergeschoss.

Ken brummt nachdenklich. »Ich verstehe. Hier geht es um Außenpolitik.«

Luc dreht sich gerade rechtzeitig um, um zu sehen, wie Emis Ohrringe aufleuchten.

Oldcastles Glamour verschwimmt und verblasst, sodass ein drahtiger Elf mit dunkelblondem Haar, langem Gesicht und Augen im selben leuchtenden Blau wie Oberons sichtbar werden. Mit einer hochmütigen Geste erneuert Oldcastle die Magie, aber es ist bereits zu spät.

»Du!«, knurrt Gillen.

Sofort schiebt Luc Oldcastle hinter sich, unternimmt aber sonst nichts. »Nicht«, warnt er.

»Natürlich beschützt du einen Mörder. Du weißt, was er getan hat!« Gillens Miene ist eine Maske des Hasses. Er spuckt in Oldcastles Richtung.

Luc zuckt zusammen, denkt an Meerwasser, das unter einer Tür hervordringt, und antwortet durch zusammengebissene Zähne. »Ich weiß es.«

»Dann geh mir aus dem Weg, damit dieses Arschloch bekommt, was es verdient hat.«

»Ich kann nicht.« Sein Atem stockt, als er an das Recht denkt. Er kann das nicht noch mal durchmachen. Selbst der Tod wäre dem vorzuziehen.

Eine Idee blitzt auf. Elle und Tony haben beide ...

»Du willst dich für ihn opfern?« Gillen atmet schwer und das Weiß in seinen Augen wird deutlicher.

»Ich will nicht kämpfen.« Aber er wird es tun, wenn es nötig wird. Luc schaut den Rest des Kommandos an. Sein Blick verweilt auf Ken. Sein Ziel muss es sein, die Sache so schnell wie möglich zu beenden. Ken ist das Herz des Kommandos, die Mitte ihrer Verbindung. Luc hat nur einen Versuch, bevor Emis Magie landen kann. Er wird ihn bestmöglich nutzen.

»Was hat er gegen dich in der Hand?«, fragt Ken ruhig. »Wieso tust du das?«

Es ist offensichtlich, dass Ken von Oberon spricht. Er wählt seine Worte sorgfältig, in der Hoffnung, dass Ken zwischen den Zeilen lesen kann. »Weil ich muss. Sag Gillen, er soll sich zurückziehen, bevor es zu spät ist.«

»Du wirst mir verdammt noch mal nicht sagen, was ich zu tun habe!« Gillen wirft sich mit einem Brüllen nach vorne, die Faust zum Schlag erhoben.

Er hat keine Zeit für sowas. Luc gleitet nach links, lenkt Gillens Arm ab. Beton knirscht und wölbt sich, als Gillens Faust die Wand neben den Aufzügen trifft. Das Bedienfeld aus Aluminium löst sich aus der Wand und bleibt an den Kabeln hängen. Luc tritt dicht vor den größeren Mann und wappnet sich. Mit einer schnellen Bewegung des Oberkörpers fängt er Gills Kinn ein und stößt ihn rückwärts. Der Berserker fällt schwer zu Boden. Luc folgt ihm, kontrolliert Gillens Arm, reißt gleichzeitig sein Messer heraus und presst die Klinge an Gillens Kehle.

Das Rollkommando verspannt sich, aber niemand unternimmt etwas.

»Du hast deine Waffe gegen einen Kollegen gerichtet«, sagt Ken fast milde, doch das rote Glühen in seinen Augen ist nicht zu übersehen. »Ich dachte, du wärst besser als das. Lass ihn los. Hast du kein Herz?«

Ohne zu zögern, antwortet Luc: »Das habe ich in San Francisco gelassen.«

Es folgt ein merkliches Zögern von allen Mitgliedern des Rollkommandos. Fern räuspert sich. »War das … ein Scherz?«

»Nein«, antwortet Luc ausdruckslos.

»Klang aber irgendwie wie ein Scherz«, murmelt Gill vom Boden. Sein Adamsapfel hüpft unter Lucs Hand.

Ken wirkt nachdenklich. »Ich glaube nicht, dass es ein Witz war.«

»Könntet ihr euch bitte alle konzentrieren?«, blafft Emi und hebt die Hände. Magie schimmert in der Luft wie eine Fata Morgana. »Runter von ihm, sonst … Du kannst nicht gegen uns alle gleichzeitig kämpfen.«

Luc überführt das Messer in die linke Hand, ohne den Druck auf Gills Hals zu verringern. In einer schnellen Bewegung zieht er seine Pistole, entsichert die Waffe und richtet sie direkt auf Ken. »Das muss ich gar nicht.«

Hinter ihm öffnen sich die Aufzugtüren.

»Steigt ein«, befiehlt Luc Oldcastle. »Drückt den Knopf für die Lobby.« Er steht langsam auf, die Pistole immer noch auf Ken gerichtet. So tollkühn Gillen auch sein mag, selbst er wird nichts unternehmen, solange sein Teamleiter in Gefahr ist.

»Das wirst du bereuen«, stößt Gill grollend hervor. Das Letzte, was Luc durch die sich schließenden Türen sieht, ist sein Gesicht, das Mord verspricht.

Luc bereut es jetzt schon.
Der Lift fährt nach unten. Er schließt die Augen und steckt die Waffen weg, plötzlich unendlich erschöpft.
»Gute Arbeit«, sagt Oldcastle. »Hast sie in ihre Schranken gewiesen.«
Luc öffnet die Augen, den Blick starr nach vorne gerichtet. Seine Stimme ist vollkommen ausdruckslos. »Wenn Ihr weiterredet, werde ich dasselbe mit Euch tun. Ich habe keinerlei Anweisungen, in welchem Zustand ich Euch überbringen soll, nur dass Ihr ankommen müsst.«
Oldcastle verlagert sein Gewicht. »Das würdest du einem der Deinen antun?«
»Ich gehöre nicht zu den Euren.« Er würde lieber sterben, als zu werden wie Oberon.
Tatsächlich könnte genau das nötig werden.

Luc nippt an seinem Calvados, während er darauf wartet, dass Elles Ofen piept. Der Versuch, sich auf Elles Esszimmerstuhl zu entspannen, gestaltet sich schwierig. Dieses Möbelstück Esszimmerstuhl zu nennen ist ziemlich arrogant, nachdem es sich eigentlich um einen Klappstuhl mit hohen Aspirationen handelt. Er legt den Knöchel aufs Knie und trommelt mit den Fingern auf den Tisch, während er über die unglaublichen Immobilienpreise in San Francisco in Kombination mit dem Papierkram nachdenkt, den die letzte Katastrophe des Rollkommandos hinterlassen hat.
»Luc, kannst du mir helfen?«, ruft Elle.
In der Küche ist eigentlich nur genug Platz für eine Person, aber er schließt sich ihr trotzdem an, froh um die Ablenkung. Er akzeptiert einen Kuss auf die Wange, als er sich ungeschickt an ihr vorbeischiebt, um die Teller wegzuräumen. Jetzt, da Dr. Ma sich wieder im Laden im Erdgeschoss eingerichtet hat, kann er mit Elle über ihre Wohnverhältnisse reden. Hoch oben auf der Prioritätenliste steht eine Küche, die tatsächlich als solche zu benutzen ist und nicht lediglich eine Folterkammer ohne Arbeitsfläche oder Stauraum ist.

Elle stapelt Kochgeschirr in seinen Armen, aber es gibt keinen Platz, um es unterzubringen, während der Ofen genutzt wird. Stattdessen nutzt er den Esstisch als vorübergehende Ablagefläche. Elle hat die Ordnung in ihrer Küche gewahrt, indem sie Töpfe und Pfannen im Ofen aufbewahrt, aber jetzt hat Luc Chaos ausgelöst, indem er den Backofen so nutzt, wie Gott es wollte.

Außerdem hat er die Hälfte seiner Kleidung sowie eine essentielle Auswahl von Schuhen und Accessoires in Elles viel zu kleinen Schrank überführt. Nach Oberons desaströsem Anruf letzte Woche hat er den Großteil seiner Gelder aus den von der Agentur genehmigten Banken abgezogen, um sich auf das Schlimmste vorzubereiten. Wenn es hart auf hart kommt, weiß er, was er aus seiner Wohnung braucht. Alles andere lässt sich ersetzen.

»Danke fürs Kochen.« Elle trägt mehr Geschirr heran, dann tätschelt sie ihren Bauch. »Es war köstlich.«

Luc hat sich für ein einfaches, wohliges Mal entschieden, Hühnchen in Essigsoße, serviert mit frischem Brot und Salat. Im Ofen bäckt ein Clafoutis, auch wenn Luc Äpfel verwendet hat, und es somit eigentlich eine Flaugnarde ist. Das dient genauso seiner Beruhigung wie ihrer. Es wird ihm nicht leichtfallen, sie um Hilfe bei seinem Plan zu bitten. Und falls sie ihn verlässt, weil sie glaubt, er wäre dem Wahnsinn verfallen, hat er zumindest ein anständiges Essen im Magen.

Ihre beiden Handys brummen, verlassen und einsam irgendwo in der Umgebung des Fernsehers. Luc ignoriert die Geräusche.

»Gern geschehen.« Er kehrt zu seinem Brandy zurück, um sich einen weiteren Schluck zu gönnen, lässt die Flüssigkeit im Glas kreisen, um das Wasser zu verteilen. Nicht nur glaubt Elle nicht an Backöfen, sie glaubt auch nicht an Eiswürfel.

»Willst du mir verraten, was dich beschäftigt?«

Es sollte ihn nicht erstaunen, wie zielgenau sie seine Stimmungen einschätzen kann, aber er ist trotzdem überrascht.

Sie lächelt. »Du grübelst schon den ganzen Abend.«

»Es hat mit der Arbeit zu tun.« Das ist keine Lüge. Kurz gesagt, die Arbeit ist die reine Hölle. Das Rollkommando ist vollkommen außer Kontrolle. Er muss immer noch seine Management- und Trainingsaufgaben erfüllen und es hilft auch nicht, dass Oberon sich in jedes Detail einmischt. Zusätzlich hat er seine wertvolle Schlafzeit eingeschränkt, um die Oase zu besuchen und lange Gespräche mit seiner Tante zu führen. Er hat so viel Kaffee getrunken, dass er kurz davorsteht, dem Zeug für immer abzuschwören. Eine echte Tragödie.

Oh, und dann wäre da noch der kleine Punkt, in der Agentur zu kündigen und Elle zu bitten, seinen Laes zu zerstören. Die Wärme des Brandys in seinem Magen verpufft bei diesem Gedanken.

»Hat es gewöhnlich immer. Keine weiteren toten Männer mit Schwertern, richtig?«

Der Ofen piept. Luc bewaffnet sich mit Topflappen und zieht die Flaugnarde heraus, um sie zu inspizieren. »Für eine Weile nicht mehr.«

»Willst du einen Spaziergang machen, während das abkühlt?«

Wieder brummen ihre beiden Telefone. Elle schnalzt genervt mit der Zunge, bevor sie ihres abschaltet. »Wir können runter zum Pier und uns dort ein abgeschiedenes Plätzchen suchen.«

Abgeschieden und ruhig. Perfekt. Sie versteht ihn wirklich. »Das klingt wunderbar.«

Sie ziehen sich Jacken an und verlassen die Wohnung, überqueren die Grant Avenue. Auf ihrem Weg zu den Piers kommen sie an der Transamerica Pyramid vorbei. Auf dem Spaziergang mustert Luc die funkelnden Festtagslichter. Mit Elle neben sich, mit ihnen beiden als Teil der Menge, kann er sich fast einreden, er müsse sich keine Sorgen machen.

Sie lächelt zu ihm auf, sobald sie auf der anderen Seite von The Embarcadero sind. In ihren braunen Augen leuchtet sanfte Zuneigung. Kleine Wellen schlagen gegen die Pfeiler, verbinden sich mit dem Geräusch der Schritte zu einem sanften Konzert. Elle schiebt die Hand in seinen Ellbogen, als sie auf das Meer zugehen, drückt einen Kuss auf seine Schulter, der ihn dahinschmelzen lässt.

Er darf das nicht verlieren.

»Lass es uns noch mal probieren«, sagt sie. »Was beschäftigt dich? Weswegen bist du so gestresst?«

Hauptsächlich die Gefahr, die damit einhergehen würde, sein Leben zu beenden, um seinem Boss zu entkommen. Aber er sollte klein anfangen. Er hat vor, Elles Strategie zu folgen: Ihr Honig ums Maul schmieren, eine kleine Rede halten und dann das wichtige Gespräch führen. Jetzt ist die Zeit für die kleine Rede gekommen.

»Erinnerst du dich daran, was ich dir über das Rollkommando erzählt habe?«

»Ähm, vier Leute, mit denen ich mich niemals anlegen will?«

»Etwas in der Art. Die Rechtsabteilung steht kurz davor, sie zu ermorden. Sie haben bei ihrer letzten Mission Sachschäden angerichtet, die in die Hunderttausende gehen, und haben die Kosten uns zugeschoben. Die Treffen mit der Rechts- und der PR-Abteilung sowie die Aufräumaktion sind mein Problem, während mein Boss weiter die täglichen Geschäfte führt.«

»Lass mich raten: Du liebst Meetings.«

»Ich würde mich lieber auf einem Debütantinnenball präsentieren, als mit Vampiren mit einem Nummernfetisch in Konferenzsälen eingeschlossen zu sein.«

Elle lacht. »Noch etwas?«

Lucs Handy brummt wieder. Rein automatisch kontrolliert er das Display, nur um zwei Zeilen voller Auberginen-Emojis von Tony zu sehen, gefolgt von einer Zeile Wassertropfen.

Elle späht ebenfalls aufs Display. »Tut mir wirklich leid. Er benimmt sich wie ein Arschloch.«

»Das ist sein Dauerzustand. Es war ein Fehler, ihm meine Nummer zu geben. Und auch, dass ich den Gruppenchat nicht verlassen habe.«

»Tony war ein Fehler.«

Luc starrt sie an.

»Was?« Elle zuckt mit den Achseln.

Unsicher stellt Luc sein Handy auf stumm.

»Er stellt dich nur auf die Probe. Aber wir haben nicht über Tony gesprochen.« Sie kuschelt sich an seinen Arm, sodass er schon wieder dahinschmilzt. »Du warst kaum zu Hause. Und wenn du da bist, schläfst du quasi im Stehen. Die letzten paar Freitage bist du eingeschlafen, kaum dass du durch die Tür getreten bist. Deine Rune droht, angesichts der unzähligen Anrufe in Flammen aufzugehen. Ich weiß, dass du auf der Arbeit viel zu tun hast, aber das hier ist etwas ganz anderes. Also, zum dritten Mal, was beschäftigt dich?« Elle stoppt unter einer Straßenlaterne, hebt sich auf die Zehenspitzen und küsst ihn. »Lucien.«

Ihm rinnt ein wohliger Schauder über den Rücken. Zu hören, wie seine Geliebte seinen wahren Namen verwendet, lässt einen Traum wahr werden. Er erwidert den Kuss, dann schlingt er die Arme um sie, als sie sich an ihn kuschelt. Sanft verlagert er sein Gewicht von einem Fuß auf den anderen, im Takt der leisen Musik, die aus dem Restaurant auf dem nächsten Pier dringt. Sie wiegt sich mit ihm.

»Tanzen wir?« Ihre Stimme vergeht fast im Stoff seines Schals.

»Das nennst du tanzen?« Luc nimmt sich vor, öfter mit Elle auszugehen. Ein kleiner Jazzclub wäre ein guter Anfang.

»Du mauerst.«

»Das tue ich in der Tat.«

»Muss eine große Sache sein. Ist es schlimm?«

»Nicht ... unbedingt.« Aber es könnte schlimm ausgehen. Er hat die Möglichkeiten mit der Sphinx diskutiert; hat das, was ihm zustoßen könnte, aus so vielen Blickwinkeln wie möglich betrachtet. Sie hat ihre eigenen Nachforschungen angestellt, aber es gibt nicht viele Halbelfen und es existieren keinerlei Aufzeichnungen über Halbelfen, die freiwillig ihren Elfenstatus aufgegeben haben.

»Kannst du es mir einfach sagen oder musst du dich langsam herantasten?«

»Das zweite.« Er drückt ihr einen Kuss auf den Scheitel. »Ich folge einer Blaupause, die du vorgegeben hast. Ich halte eine kleine Rede.«

»Ah«, meint Elle großmütig. »Du bist viel besser darin als ich, also immer weiter. Ich höre zu.«

»Ich wollte nicht darüber reden, bis ich mir einen klareren Plan zurechtgelegt habe, aber ich mag keine Überraschungen und du hast verdient, es zu erfahren, bevor ich mich dir aufbürde.«

Elle zieht skeptisch eine Augenbraue hoch. »Falls du mich bitten möchtest einzuziehen, das ist quasi schon geschehen. Ich muss nicht mehr im Laden arbeiten, also habe ich darüber nachgedacht, wo ich hingehen könnte. Vielleicht an einen Ort, den wir beide noch nicht kennen.«

Er würde so gerne mit ihr reisen. »Es geht um ein bisschen mehr als einziehen. Ich habe angefangen, Gelder von meinen Agenturkonten zu anderen Banken zu überweisen.«

Jetzt hebt sich auch Elles zweite Augenbraue.

»Ich habe mich gefragt ...« *Jusqu'ici tout va bien.* »Ich habe über einen neuen Beruf nachgedacht. Persönlicher Küchenchef. Hättest du vielleicht einen Posten frei?«

»Lass mich nachschauen.« Sie gibt vor, ein Notizbuch zu konsultieren. »Du hast Glück. Wann kannst du anfangen?«

»Nicht schnell genug.« Tiefe Atemzüge. Tiefe Atemzüge, um die Gefühle zu zügeln, die er hinter eine Mauer verbannt hat und die jetzt kurz davorstehen, diese Barriere zu durchbrechen. »Ich kann das nicht mehr, Elle.«

»Mit ›das‹ meinst du deinen Job bei der Agentur?«

»Ja. Ich muss ... ich muss kündigen. Da ist so viel außerhalb des Jobs ... ich weiß nicht ... was tue ich, was ist der Sinn, wem hilft das, warum ...«

»Hey.« Sie presst die Hand an seine Wange. »Es ist okay. Lass es raus.«

Er vergräbt beide Hände in seinem Haar, dann ballt er sie zu Fäusten und starrt zum Himmel auf, als könnten die Sterne ihm helfen. Seine Schultern heben sich, wann immer er einatmet, senken sich, wenn er ausatmet.

Die Worte kommen langsamer, dann gewinnen sie wieder an

Geschwindigkeit. »Ich habe kein Interesse an der Arbeit. Nichts spielt eine Rolle, nichts ist wichtig. Mir ist vollkommen egal, was mit unseren Klienten geschieht. Jemand könnte durch meine Fahrlässigkeit ums Leben kommen und ich würde nur mit den Schultern zucken und sagen c'est la vie.« Er beginnt vor Elle auf und ab zu tigern, ist sich bewusst, dass sie ihn mit mitfühlender Miene beobachtet. »Ich habe das Gefühl, ich hätte meine Zeit verschwendet. Ich glaube, den Weg zu einer Lösung entdeckt zu haben, den ich aber nicht einschlage, weil jetzt all meine Missionen kritisch sind und ich nicht Nein sagen kann. Oberon ist unerträglich. Jedes Mal, wenn ich ihn sehe, kann ich an nichts anderes denken als an …«

Sein Atem stockt.

»Die Kinder«, beendet Elle den Satz für ihn und streicht ihm sanft über die Wange. Das tut sie, bis er endlich wieder atmen kann.

»Und dass ich nicht bei dir sein kann. Du hast gesagt, ich sollte nicht warten. Wieso also zwinge ich dich dazu, genau das zu tun? Du bist am wichtigsten. Du wirst nicht immer hier sein. Ich erwarte nicht, dass du ein ganzes Leben lang auf mich wartest. Ich erwarte nicht, dass du auch nur eine weitere Woche oder einen Tag darauf wartest, dass ich die Entscheidung treffe, die ich schon seit langer Zeit vor mir her schiebe. Ich muss kündigen.« Luc muss sich auch um seiner selbst willen voranbewegen. Er muss die letzten zweihundert Jahre seines Lebens hinter sich lassen, damit er die nächsten Jahre mit ihr verbringen kann, wie viele auch immer das sein mögen.

»Ich verstehe. Das tue ich wirklich. Bitte, fass das nicht falsch auf. Aber glaubst du, Oberon wird dich gehen lassen? Und was, wenn er das nicht tut? Ich kann auch nach Paris ziehen, um es für dich einfacher zu machen? Oder nach London?«

»Ich will nicht, dass du in der Nähe der Arbeit bist«, antwortet er vehement. »Ich will nie wieder darüber nachdenken. Ich bin fertig damit, das ist nicht verhandelbar. Ich kann nicht guten Gewissens weiter für jemanden wie ihn arbeiten, wenn ich dich liebe und mit dir zusammen sein will. Ich kann mich nicht so kompromittieren.«

Mit besorgter Miene legt Elle den Kopf schief.

»Lass mich das ausführen.« Er sieht ihr tief in die Augen, hält ihren Blick. Hitze steigt in ihm auf und erzeugt einen dünnen Schweißfilm auf seiner Haut. »Vor Monaten, nachdem du meinen Auftrag erfüllt hattest, hast du mir eine Frage gestellt. Erinnerst du dich?«

Elle schüttelt den Kopf.

»Du hast mich gefragt, wer ich bin, wenn ich nicht bei dir bin.«

»Jetzt erinnere ich mich. Hast du eine Antwort darauf gefunden?«

»Ja. Und diese Antwort hat mir nicht gefallen. Ich muss als Teil meines Jobs Leute verletzen, und das hat Konsequenzen. Ich habe nach einer solchen Mission meine Tante besucht und sie hat mir ebenfalls eine Frage gestellt. Sie wollte wissen, was mich glücklich macht.«

Er fährt fort, bevor sie etwas sagen kann. »Du. Du machst mich glücklich. Und die Art, wie ich bin, wenn ich mit dir zusammen bin, macht mich glücklich. Auf der Arbeit bin ich nicht nett. Ich habe Dinge getan, die ich bereue. Das gehört trotzdem zu mir. Aber wenn ich mit dir zusammen bin? Diese Persönlichkeit ist mir viel lieber. Vor dir dachte ich, ich könnte nur arbeiten.«

»Wie ich.«

»Ja.« Er und Elle sind sich in diesem Punkt recht ähnlich. »Ich dachte, mein Wert beruhe lediglich darauf, wie gut ich meinen Job erledige, wie umfassend ich meinen Boss zufriedenstellen kann. Und dann habe ich dich getroffen, die mich nie um etwas anderes gebeten hat, als ich selbst zu sein. Wir lachen miteinander. Elle, niemand im Bureau würde auch nur glauben, dass ich lächeln kann. Wir genießen die Gegenwart des anderen. Das wünsche ich mir mehr als alles andere. Die Zeit mit dir sorgt dafür, dass die letzten zweihundert Jahre in der Agentur im Vergleich leer wirken.«

»Du wirst mich zum Weinen bringen«, flüstert Elle. »Das war hoffentlich nicht in meiner Blaupause verzeichnet.«

Wieder wallen Emotionen in ihm auf. Er versucht, sie zurückzuhalten, indem er den Mund geschlossen hält. Wenn sie weint, wird auch er weinen. »Manchmal, während der Einsätze, müssen die Pläne angepasst werden.«

»Also wirst du kündigen, hm?« Elle räuspert sich, stößt den Atem aus, fächelt sich mit den Händen Luft zu. »Du musst das genau durchdacht haben.«

»Ja. Und ich brauche deine Hilfe.«

»Die ist dir sicher.«

Luc legt die Hände auf ihre Schultern, erfüllt von dem Wunsch, er könne sich etwas von Elles innerer Stärke leihen, um auszusprechen, was er braucht. »Nein. Gib keine voreiligen Zusagen. Ich bitte dich um Hilfe dabei, meinen Laes zu zerstören.«

Elle erstarrt zur Salzsäule. Im schwachen Licht kann Luc erkennen, dass sie unter der Bräune ihrer Haut bleich wird.

»Elle?«

»Du hast recht.« Sie spricht leise, aber trotzdem zittert ihre Stimme. Sie taucht unter seinen Händen heraus und er lässt die Arme sinken. »Ich hätte nicht voreilig sprechen dürfen. Meine Antwort lautet Nein.«

Ihre Weigerung hallt laut durch die Luft, dann schwebt sie zwischen ihnen.

»Das ist der einzige Weg.« Er hat diesen Entschluss nicht leichtfertig gefasst. Wenn er wirklich kündigen will, darf er Oberon nicht erlauben, seinen Willen außer Kraft zu setzen.

Sie weigert sich, ihn anzusehen. »Nein.«

»Ich muss.«

»Auf keinen Fall. Du wirst sterben. Ich werde … ich will daran keinen Anteil haben.«

»Elle, es besteht die Chance, dass das nicht geschieht. Außerdem vergrößert sich die Chance, wenn ich Hilfe bekomme. Ich habe das alles mit meiner Tante besprochen. Ich könnte überleben, so wie du.«

Sie reißt den Kopf hoch und Tränen rinnen über ihre Wangen.

»Nein! Ich werde daran keinen Anteil haben. Ich will nicht, dass du stirbst, ich könnte nicht …«

Tief verletzt sagt Luc: »Elle, bitte, ich brauche deine Hilfe …«

»… damit umgehen, wenn du das tust …«

»Wenn wir Tony und Lira mit einbinden können …«

»… und ich will das nicht noch mal tun!« Sie schreit ihn an, schreit laut, schwer atmend, die Hände zu Fäusten geballt. Luc zuckt zusammen, tritt einen Schritt zurück. »Ich will das nicht noch mal machen, okay? Ich kann das nicht. Ich kann es einfach nicht.«

Die Stille zwischen ihnen wird nur durchbrochen von ihren schweren Atemzügen. Elle schüttelt heftig den Kopf und wischt sich mit dem Unterarm die Tränen aus dem Gesicht.

»Was meinst du damit?«, sagt Luc leise, ohne sich ihr zu nähern. Irgendetwas stimmt hier nicht. Elle hat ihren eigenen Laes nicht zerbrochen. »Was meinst du mit ›noch mal‹?«

Vor seinen Augen sackt Elle langsam in sich zusammen. Sie scheint zu gefrieren. Die Hitze von gerade eben ist verpufft.

Er wiederholt die Worte, obwohl er sich im Kopf bereits das Worst-Case-Szenario ausmalt. Das Essen in seinem Magen wird sauer und steigt als Galle in seine Kehle. »Elle, was meinst du mit ›noch mal‹?«

Als sie spricht, klingt sie kleinlaut, niedergeschlagen. »Es gab einen Streit. Yìwú war es leid, immer zu versagen. War es leid, Leute zu betrauern, die Tony hätte retten können, er aber nicht. Aber Tony wollte nicht nach Hause zurückkehren. Also hat Yìwú Tonys Jade genommen. Um ihn zu kontrollieren. Das durfte ich nicht zulassen. Ich war … verzweifelt. Habe nicht nachgedacht. Du verstehst nicht …«

Zitternd atmet sie ein, dann hebt sie die Hand und schlägt sich mehrmals auf die Brust. »Ich liebe meine Brüder, okay? Das werde ich immer tun. Sie wollten sich gegenseitig verletzen. Ich musste sie beschützen.«

»Elle.« Lucs Kehle brennt. »Was hast du getan?«

Sie dreht sich, sodass Luc sie im Profil sieht, hält den Kopf und den Blick gesenkt. Zwei Tränen fallen glitzernd zu Boden. »Ich kann dir nicht helfen«, sagt sie schließlich. »Weil ich diejenige war, die vor all diesen Jahren Tonys Jade zerbrochen hat.«

Luc kann kaum atmen. Alles, was er über den Jiang-Fall zu wissen geglaubt hat – die Basis, auf die er seine Annahmen begründet hatte – war falsch. Er hatte gedacht, es ginge um Eifersucht und Frust, um irgendetwas anderes als Elle und die Liebe, die sie ihrer Familie entgegenbringt. »Du ... was?«

»Du hast es gehört. Ich habe Tonys Jade zerstört.«

Luc fühlt sich, als stände er in einer eisigen Windböe, die den Schweiß auf seiner Haut abkühlt und ihn kalt und klamm zurücklässt. Ihm ist ein wenig schwindelig.

Sie wirft ihm einen kurzen Blick zu. »Du warst nach der Oldcastle-Mission so aufgewühlt. Du warst nicht du selbst, wolltest nicht reden. Ich habe darüber nachgedacht. Wollte nicht, dass du erfährst, dass ich dasselbe getan habe. Wollte nicht, dass du die Achtung vor mir verlierst. Ich hätte Tony fast umgebracht.«

»Du bist nicht Oldcastle«, sagt Luc heiser.

»Nein«, antwortet sie. »Aber ich habe genau wie er etwas Unverzeihliches getan. Also verstehst du, *ha*? Wieso ich es nicht tun kann? Als du mir in einer Wohnung von deinem Laes erzählt hast, stand ich direkt davor. Ich konnte mich nicht bewegen. Bin in Panik verfallen. Konnte nur daran denken, was Tony durchmachen musste. Meinetwegen.«

Sie sackt in ihrem Mantel zusammen, ein verglühendes Stück Kohle.

Die Welt wirbelt um Luc, bis er fast die Orientierung verliert, dann sieht er plötzlich vieles klar. Er hat nie verstanden, wieso Elle immer bis zum Äußersten gegangen ist; drei Jahrzehnte damit verbracht hat, sich selbst kleinzumachen und alles zu geben, um ihren Bruder zu beschützen. Er hat nicht verstanden, warum ihr letzter Schachzug daraus bestand, ihre Magie und ihre Vorfahren und ihren Gott zu opfern, hatte nicht verstanden, warum Tony dieses Opfer so mühelos akzeptiert hat. Er hatte nicht verstanden, warum sie davon überzeugt war, alles verdient zu haben, was ihr zugestoßen war.

Jetzt versteht er. Und es bricht ihm das Herz zu erkennen, wie lange sie diesen tiefen Schmerz mit sich herumgetragen hat. Elle hat sechsundzwanzig Jahre lang Buße geleistet, unfähig, sich selbst zu vergeben; unfähig zu heilen. Und er bittet sie, ihr Trauma erneut zu durchleben.

»Du hast getan, was du für richtig gehalten hast.« Luc spricht leise und sanft.

»Yeah«, antwortet Elle dumpf. »Tony war auch dieser Meinung.«

Sein Hirn stellt unerbittlich weiter Berechnungen an. Diese neuen Informationen ändert nichts für Luc. Elle ist immer noch eine Wundertäterin, die ganz alleine ihren Bruder von der Schwelle des sicheren Todes zurückgeholt hat. Zweimal. »Sollte seine Meinung nicht zählen? Du wirst niemals Oldcastle sein. Er hat nicht versucht, irgendwen zu retten. Du schon. Du hast den dornigsten Weg gewählt und hattest Erfolg. Tony hat überlebt. Das ist dein Sieg. Du hast dafür gesorgt.«

»Jetzt kann ich nicht dafür sorgen. Ich habe nichts. Ich kann nicht.«

»Du bist auch nicht gestorben, als du deinen eigenen Laes aufgegeben hast.«

»Das habe ich allein Tony und Lira zu verdanken.«

»Also ergibt es einen Sinn«, fährt Luc fort, »dass ich eine gute Überlebenschance hätte, wenn du sie um ihre Hilfe bätest.«

Schweigen. Elle starrt ihn entgeistert an. »Wie kannst du ...?«

Er ballt die Hände zu Fäusten, um nicht nach ihr zu greifen und sie in eine Umarmung zu ziehen. »Weil ich niemand anderem genug vertraue. Du bist, wie sich herausgestellt hat, die weltbeste Expertin für Laes-Verlust, mit einer Überlebensrate von einhundert Prozent. Das ist statistisch signifikant.«

Elle schluchzt und sackt zusammen. Eilig tritt Luc vor, um sie aufzufangen. »Was zur Hölle stimmt nicht mit dir? Was für ein idiotischer Plan soll das sein?«, fragt sie hicksend.

Lucs Augen brennen. »Ein schrecklicher Plan. Aber der einzige, der mir eingefallen ist.«

»Du dachtest wirklich … du dachtest wirklich, du könntest mir Honig ums Maul schmieren, eine kleine Rede halten und mich dann bitten, dich umzubringen?«

Er lacht. Er kann nicht anders. »Frohe Weihnachten?«

»Ich kann nicht gewinnen!« Elle presst schluchzend die Stirn an seine Brust und jault: »Ich gebe auf! Ich dachte, ich wäre schlimm, aber du kannst das Präsidentenamt der Ortsgruppe übernehmen. Du bist wirklich der schrecklichste Kandidat.«

Er umarmt sie, bis ihre Rippen knirschen. »Ich bin mir der schweren Verantwortung der Position sehr bewusst.«

Irgendwann hebt Elle den Kopf. »Ich will dich immer noch nicht umbringen.«

»Mein Herz.« Er gibt sie frei und hebt mit einem einzelnen Finger ihr Kinn. »Ich muss ehrlich sein. Ich glaube einfach nicht, dass ich eine andere Wahl habe. Ich werde sterben oder den Rest meines Lebens kreuzunglücklich verbringen, was schlimmer wäre. Meine Tante hat mich gefragt, was mich glücklich macht … und das bist du. Ich möchte dich und die Zukunft, die ich an jedem Morgen sehe, an dem ich neben dir aufwache.« Er wischt die Träne weg, die droht, auf ihre Wange zu fallen. »Ich kann es nicht länger ertragen, unter Oberon zu arbeiten.«

»Aber du kannst nicht gehen, weil er das Recht einsetzen wird.«

Diese Gewissheit ruht wie ein Stein in seiner Brust. Aber vielleicht ist das auch der Zwang, der ihm verbietet, über das zu reden, was Oberon getan hat. Luc wählt seine Worte sorgfältig. »Ja. Wenn nicht dafür, dann für etwas anderes. Du hältst meine einzige Chance auf Freiheit. Ich weiß nicht sicher, ob es funktionieren wird. Aber inzwischen ist es mir egal. Entweder mein Leben ist seinetwegen die Hölle auf Erden oder ich sterbe durch deine Hand, in deiner Gegenwart. Ich weiß, was davon mir lieber ist.«

Schniefend knufft sie ihn in die Schulter. »Soll das verdammt noch mal romantisch sein?«

»Nein.« Er liebt sie so sehr, auf eine Weise, die über ihn selbst hinausreicht. »Realistisch. Wirst du mir helfen?«

»Ich liebe dich«, flüstert sie. Luc schmeckt ihre Wildheit, als sie ihn küsst. »Das ist total irre. Ich habe panische Angst. Nein, ich will das nicht tun, aber mir fällt auch keine Alternative ein. Ja, ich werde dir helfen. Ich weiß, was schon mal funktioniert hat, und ich kann Tony und Lira darauf ansetzen.«

Er stößt zitternd den Atem aus, tief erleichtert. »Ich habe auch panische Angst«, gibt er zu. »Aber solange ich bei dir bin, kann ich mich der Angst stellen.«

Elle packt seine Hände und drückt sie. Entschlossenheit strahlt von ihr aus. »Also, was diesen Gruppenchat angeht, den du so hasst …«

»Ich werde nicht austreten. Wir brauchen ihn für die Planung.«

»Jetzt weiß ich, dass du es wirklich ernst meinst. Zuerst gibst du Tony deine Privatnummer und jetzt willst du sogar mit ihm in einem Gruppenchat bleiben.«

»Nur vorübergehend. Sobald das vorbei ist, verlasse ich die Gruppe und blockiere seine Nummer.«

»Sobald das vorbei ist, bringst du mich für einen Pizza-Marathon nach Chicago.«

Er lacht fast wider Willen und zieht sie in eine Umarmung. »Okay.«

»Also sofort. Du wachst auf, wischst mir den Schnodder vom Gesicht und dann fahren wir nach Chicago. Versprochen?«

»Versprochen.«

20. Kapitel

Der vertraute, heimelige Geruch von Kohle und Asche hängt in Oberons Schmiede in der Luft und zieht in die Wolle von Lucs Jacke ein. Er war seit Ewigkeiten nicht hier. Die Schmiede ist Oberons persönlicher Rückzugsort, wenn er Einsamkeit und innere Einkehr sucht. Hier gibt es keine Arbeitstreffen. Außer dieses.

Luc lässt sich auf einem Hocker nieder und verschränkt die Hände im Schoß, während er wartet. Deckenlampen erleuchten einen Amboss und eine dunkle Esse in der Mitte des Raums sowie einen riesigen Tisch mit einer Lampe in der Ecke, so aufgestellt, dass er das Licht der nach Süden und Westen gerichteten Fenster einfängt. An den Wänden ziehen sich Regale entlang, auf denen unzähliger Krimskrams und kleine Erfindungen stehen. Nur linkerhand steht noch eine mit Werkzeugen überladene Werkbank, eine Bandschleifmaschine und eine Bandsäge. Oberon hat früher Stunden damit verbracht, das nächste magische Wunder für die Agentur zu entwickeln, während Luc neben ihm saß, als Zeuge seines Genies. Als Oberon die Prototypen der Portale gebaut hat, war es Luc, der dabei geholfen hat, sie zu testen. Als Oberon das Fernzaubersystem entworfen hat, war es Luc, der es als Erstes im Einsatz verwendet hat. Fast die Hälfte der Magie, die von den Agenten von *Roland & Riddle* für selbstverständlich gehalten wird, ist Oberons Hirn entsprungen.

Luc ist nicht länger stolz auf seine Mitwirkung. Für Oberon war er immer nur ein Projekt. Auf einem Regalbrett neben der Tür ruht ein silbernes Rätselspielzeug, das aus miteinander verschlungenen

Ringen besteht, verzaubert, um immer glänzend zu bleiben. Luc hat dort gesessen, wo er auch jetzt sitzt, die Unterlippe zwischen die Zähne geklemmt, um es unter Oberons Augen schneller und immer schneller auseinanderzunehmen. Andere Erinnerungen steigen auf, befreien sich aus dem Bodensatz der Zeit. Dort hat Luc Englisch gelernt, hat eine Abhandlung über Waffen nach der nächsten gelesen, hat jede Technik in erschöpfendem, strengem Training gegen Oberon getestet. Das wird er auf keinen Fall vermissen. Auch Nostalgie kann nicht beschönigen, wie oft Luc angeschrien wurde, weil er ungeschickt war, oder beschämt wurde, weil er zu langsam war, oder lädiert und blutend auf den Steinboden geschleudert wurde. Oberon war großer Anhänger einer Lehrtheorie gefüllt mit scharfem Stahl und Kämpfen in Vollkontakt.

»Du bist da. Gut.« Oberon erscheint im ursprünglichen Portalring-Prototyp am anderen Ende des Raums, einem erhöhten hölzernen Gitter, das von sanft leuchtenden Kugeln umgeben ist. Er tritt von der Plattform, sodass sein kostbarer Waffenrock um seine weichen Lederstiefel schwankt, dann vollführt er eine Geste. Sein Glamour verschwindet und enthüllt, was er tatsächlich trägt: die Kleidung eines einfachen Arbeiters und eine fleckige Lederschürze. Durendal flackert an seiner Seite, erscheint und verschwindet. Seine Aura der Macht pulsiert durch den Raum.

»Sir.« Bei Oberons Anblick flackert Wut in Luc auf. Er muss das Gefühl in eine Kiste stopfen, aber es passt nicht mehr hinein. Es hat ihn seinen letzten Tropfen Selbstbeherrschung gekostet, in der Arbeit seinen Gleichmut zu wahren, und nur der Gedanke an Elle hält ihn unter Kontrolle. Er muss fähig sein, zu ihr zurückzukehren, um ihren Plan umzusetzen.

»Du fragst dich wahrscheinlich, warum wir dieses Treffen hier abhalten. Die Situation ist höchst delikat.« Oberon verschränkt die Hände hinter dem Rücken. »Ich werde kein Blatt vor den Mund nehmen. Eine kritische Mission in Genf hat ihren Einsatzleiter verloren. Ich habe dich für diese Position empfohlen. Sie werden dich einweisen, sobald du dort angekommen bist.«

Luc hält sich für eine andere Mission in Bereitschaft. Es gibt in Bezug auf einen Umzug noch einiges zu tun und ein ganzer Berg von Papieren wartet auf seine Unterschrift. Außerdem erwartet Elle ihn morgen Abend. »Ich manage gerade andere Angelegenheiten, Sir.«

»Vergiss sie alle. Das ist wichtiger. Ein Meuchelmörder hat den Erben einer königlichen Elfenfamilie ins Visier genommen. Ich brauche in Genf jemanden, dem ich vertraue, und das bist du.«

Oberon hat das nicht ausgesprochen, aber wahrscheinlich ist er mit der Familie verwandt. Seine Blutlinie ist uralt und die Wurzeln sind weitverzweigt. »Wann muss ich dort erscheinen?«

»Jetzt.«

»Wie lange dauert der Auftrag?«

»Mindestens dreißig Tage.«

Auf keinen Fall lässt Luc Elle einen ganzen Monat zurück, um auf einen entfernten Cousin von Oberon aufzupassen. Er hat bereits einen beschissenen Cousin beaufsichtigt. Das reicht. »Ich habe morgen frei, wie vereinbart.«

»Das ist vorbei.« Oberon wedelt wegwerfend mit der Hand. »Ab sofort.«

Luc steht auf. Unglaube lässt seine Brust und Kehle eng werden. »Wir hatten eine Abmachung.«

»Und ich habe sie gerade aufgekündigt. Diese Mission ist wichtiger als das, was auch immer du freitags treibst.«

»Eure Familie ist wichtiger als das, was ich an Freitagen tue?« Elle mag sich überwiegend erholt haben, aber sie hat immer noch schlechte Tage, an denen sie ihn braucht. Er hat um diese kurzen Momente gekämpft und er wird sie nicht aufgeben.

Oberon bedenkt ihn mit einem stechenden Blick. »Immer. Sie warten auf dich. Die Zeit drängt.«

»Ich würde es vorziehen, nicht zu gehen.« Der Ärger entkommt erneut. Er schiebt die Hände in die Taschen, zieht instinktiv Trost aus seinem Klappmesser.

»Deine Präferenzen spielen keine Rolle. Sie haben meinen besten und vertrauenswürdigsten Agenten verlangt. Das bist du. Kümmere dich darum.«

Wenn es eines gibt, was Luc von Tony gelernt hat, dann angesichts von Autorität flapsig zu reagieren. Luc erlaubt sich einen Hauch dieser Einstellung und passt seine Aussage an. »Ich habe das falsch formuliert. Ich werde nicht gehen.«

Oberon hält inne, mustert ihn. »Was hat das ausgelöst?«

Luc atmet tief aus, sammelt sich, findet sein Gleichgewicht. Vielleicht sollte er es zuerst mit einer dringenden Bitte versuchen. Er schuldet Oberon zumindest eine Erklärung seiner Gefühle, als Dank für die Jahrhunderte, die sie gemeinsam verbracht haben. »Mir ist klargeworden, dass ich hier zutiefst unglücklich bin und war. Ich habe nicht viel Zeit für mich selbst, ich bin überarbeitet, und meine Kollegen behandeln mich nicht, als wäre ich ihnen ebenbürtig. Ich habe Entscheidungen getroffen, die ich bereue, und ich habe meine Leistung in mehreren Operationen infrage gestellt.«

Oberon bewegt keinen Muskel. »Hier geht es nicht wieder um diese Harpyie, oder?«

»Nein. Es geht um den Job allgemein. Die Arbeit, die Ihr mir zuweist, ist mir vollkommen egal, genauso wie jegliche Sorgen in Bezug auf das Bureau.«

»Also droht dir ein Burnout.« Oberon zuckt mit den Achseln. »Ich kann dir einen Schreibtischjob mit normalen Arbeitszeiten zuweisen, sobald du diese Mission beendet hast. Wenn du dich gut anstellst, kann ich eine Stelle auf Direktorenebene für dich schaffen.«

Luc hält seine erste Antwort zurück. Er muss rational bleiben. Oberon weigert sich, emotionale Personen ernst zu nehmen. »Ich bin weit über einen Burnout hinaus. Ich war schon vor Jahren ausgebrannt, ohne es zu bemerken. Ich kündige.«

»Ein bisschen voreilig, findest du nicht auch?« Oberons Miene wird weich, aber Luc hat diese Finte schon zu oft gesehen, um darauf hereinzufallen. »Versuch es mit dem Schreibtischjob. Das dürfte eine nette Pause sein. Erledige diese letzte Mission für mich und ich werde dich belohnen.«

Es fällt ihm immer schwerer, seine Emotionen zu zügeln. »Habt Ihr irgendetwas von dem gehört, was ich gesagt habe? Ich verweigere diesen Auftrag. Ich verweigere den Direktorenposten und jeden anderen Job, von dem Ihr denkt, er könnte für mich geeignet sein. Ich will diese Arbeit nicht mehr machen.«

Oberon richtet sich hoch auf, ein gefährliches Glitzern in seinen blauen Augen, die dieselbe Färbung zeigen wie die von Luc. Oder vielmehr zeigen Lucs Augen dieselbe ungewöhnliche Färbung wie die von Oberon. »Achte auf deinen Tonfall, Luc. Hier geht es nicht darum, was du willst.«

»Nein«, sagt Luc bitter, in Gedanken bei Jacqueline und Dominic. »Darum ging es nie.«

»Maryam ist dafür verantwortlich, oder? Sie ist zu nachsichtig mit dir.«

Fast wäre ihm ein bösartiges Zischen entkommen. »Lasst sie aus dieser Sache heraus.«

»Wovon hat sie dich diesmal überzeugt?«

»Ich habe gesagt, Ihr sollt sie herauslassen.« Er betont das letzte Wort scharf. Luc will kein negatives Wort über seine Tante hören.

»Nun, dann sprich weiter. Du hast gesagt, es ginge nie darum, was du willst. Das stimmt nicht, aber lass uns das kurz als Fakt annehmen. Was willst du? Ein gemütliches Zuhause mit deiner kleinen Freundin? Zumindest drohten mit deinem Freund keine Kinder. Ich hoffe, ihr wart vorsichtig.«

Die Wut kehrt zurück, ungezügelt, und entzündet sich. Natürlich weiß Oberon von Elle, so wie er auch von Baptiste wusste. »Ich habe Euch gesagt, was ich will, und Ihr habt mir nicht zugehört. Ihr wollt Elle mit hineinziehen? Schön. Ich liebe sie und will mit ihr zusammen sein.«

»Du liebst sie?« Oberon lächelt, dünn und scharf. »Du glaubst, du würdest sie lieben, weil sie nett zu dir war. Das wird verblassen, glaub mir. Du wirst schon bald erkennen, dass sie nur eine Ablenkung ist.«

Luc steht abrupt auf. »Sie ist keine Ablenkung.«

»Ganz im Gegenteil, genau das ist sie. Es gibt Leute, die viel besser zu dir passen als eine menschliche Frau, die nur einen Bruchteil deines Werts besitzt und die du viermal überleben wirst. Ich war nicht davon ausgegangen, dass ich dich in Bezug auf Affären mit Menschen belehren muss, aber nachdem dies schon die zweite ist, ist hier mein Ratschlag: Tu, was der Rest von uns tut, und halte die Liaison kurz. Riskiere deine Zukunft nicht für eine Person, deren du schon in einem Jahr müde werden wirst.«

Er muss einmal tief durchatmen, bevor er antworten kann. Luc war nicht derjenige, der die Beziehung mit Baptiste beendet hat. »Ihr geht davon aus, dass ich etwas Vorübergehendes möchte.«

»Wenn du dich dauerhaft niederlassen willst, könnte es ein paar Elfen jedes gewünschten Geschlechts geben, die vielleicht nett zu dir sein werden.«

Lucs Wut explodiert, nur um ihm dann in komprimierter Form die seltsame Ruhe des Kampfes zu schenken. Denn er befindet sich im Kampf; und darin tut er sich besonders hervor. Er lächelt, als ein Panorama von Möglichkeiten vor ihm erscheint. Ein Szenario nach dem nächsten blitzt in seinem Kopf auf, bis er ohne den geringsten Zweifel weiß, wie dieser Kampf enden wird. Er wird gehen. Oberon wird das Recht anwenden.

Die Situation ist nicht optimal, aber er und Elle – und infolgedessen auch Tony und Lira – haben sich genau darauf vorbereitet. Die Sphinx hat ihm bereits ihren Segen erteilt. Was auch immer geschieht, er wird sich der Situation ohne Angst stellen. Ohne Bedauern.

Oberon wendet ihm den Rücken zu, geht zur Esse, beugt sich vor, um in die Feuergrube zu blicken. »Das mit euch beiden wird niemals klappen«, sagt er in den Metallbehälter. »Ich war großzügig, während du deinen Spaß hattest, aber scheinbar habe ich zu viel Großmut gegenüber deinen ...« Er sieht auf und fängt Lucs Blick ein, »... Wünschen gezeigt. Die ich durchaus in Betracht ziehe.« Oberon richtet seine Aufmerksamkeit wieder auf die Esse, zieht einige Stücke Schlacke heraus. »Das endet ab sofort. Du wirst die Beziehung mit ihr beenden.«

»Nein.«

»Nein?«, wiederholt Oberon, fast amüsiert.

»Soll ich es für Euch buchstabieren?« Das muss der Grund sein, warum Tony sich benimmt, wie er sich benimmt. Es ist ein fantastisches Gefühl, Nein zu sagen. »Ich bin mit Euch durch. Findet jemand anderen für die Mission und dann findet jemand anderen für den Job.«

»Du würdest das alles wegwerfen?« Oberon breitet die Arme aus. »Alles, was ich dir gegeben habe? Deine Ausbildung, dein Training, allen Luxus, den man sich mit Geld kaufen kann? Deine Position in dieser Firma? Du wirst das alles für einen Rockschoß opfern?«

»Das könnt Ihr gerne glauben, wenn Ihr Euch damit besser fühlt. Sagt, was auch immer Ihr wollt, aber das hier hat sich über lange Zeit angekündigt. Wäre sie nicht Teil meines Lebens, würden wir diese Diskussion trotzdem führen, in einem Jahr, oder zehn, oder zwanzig.«

»Du verstehst nicht.« Oberon nähert sich kopfschüttelnd. »Ich muss in dieser Hinsicht einen Fehler eingestehen. Ich habe nicht klargestellt, wer du bist. Du bist zu Höherem berufen. Es wäre fahrlässig von mir, dir zu erlauben, deine Talente zu verschwenden.«

»Ihr habt absolut klargestellt, wer ich bin und wie viel ich wert bin.« Er ist ein Findelkind, ein vaterloser, halbelfischer Almosenempfänger. Eine billig eingekaufte Laborratte.

»Dann verstehst du, warum du nicht gehen kannst.«

»Ich verstehe, warum ich genau das tun muss. Ich werde meine Talente einem anderen Arbeitgeber zur Verfügung stellen.«

Oberon kommt Schritt für Schritt näher. Die Macht seiner Aura verhärtet sich und drängt gegen Luc. Durendal beginnt sich zu verfestigen, gerufen von seinem Meister. »Nach allem, was ich für dich getan habe, willst du mich so behandeln?«

»Ja«, antwortet Luc. »Aufgrund dessen, wie Ihr mich behandelt habt.«

Oberon stoppt so knapp vor ihm, dass nur Zentimeter ihre Gesichter trennen. »Ich habe dir die Welt zu Füßen gelegt. Das musste ich nicht tun. Ich habe dich gerettet. Das musste ich nicht tun. Ich habe dich geformt, in dich investiert. Ich erwarte lediglich, dass meine Investition Rendite abwirft. Und nicht mal das kannst du für mich tun.«

Luc zuckt nicht zusammen. »Ich habe Eure Geheimnisse gewahrt und Euch zweihundert Jahre meines Lebens geschenkt.«

»Und jetzt willst du den Rest einem Menschen schenken, der dich nicht ansatzweise versteht.«

»Sie kennt mich besser als Ihr.« Wenn es etwas gibt, was Oberon hasst, dann den Kürzeren zu ziehen. »Sie wird mein Vertrauen nicht verraten, indem sie …«

Seine Stimme bricht. Seine Lippen bemühen sich vergeblich, eingebildete Worte zu formen.

»Indem sie das Recht der Herrschaft anruft?«

Luc kann in nur böse anstarren.

»Ich habe gar nichts verraten. Aber wenn du so empfindest, mach nur. Gib mir die Schuld. Wende dich ab. Erhebe Anspruch auf das Leben, von dem du denkst, dass du es willst.«

Oberon hat in Lucs Augen noch nie klein gewirkt, bis heute. Er starrt auf seinen Boss herunter, empfindet nichts als grimmige Befriedigung.

»Lucien, ich werde erneut das Recht anrufen.«

Durendal erscheint vollständig, in verlockender Nähe. Die Idee in seinem Kopf ist reiner Wahnsinn. Er sollte nicht fähig sein, Durendal zu berühren, und noch weniger, die Klinge zu schwingen, aber Luc erlaubt sich keine Zweifel. Er zieht die Hände aus den Hosentaschen. Schnell wie eine zustoßende Schlange packt er Durendals Heft, tritt zurück und zieht das Schwert aus der Scheide.

Für einen Augenblick sieht er nur gleißendes Licht. In seiner Hand singt Durendal triumphierend, während das Leder um das Heft sich erwärmt, als wäre es mit Leben gefüllt. Irgendetwas in ihm stimmt in das Lied ein, und eine seltsame Macht ergießt sich aus ihm, erschüttert ihn genauso wie es damals der Fall war, als Elle seine Energien gelöst hat. Dieses Mal allerdings ist die Erfahrung nicht schmerzhaft. Sie ist so berauschend, dass er sich fühlt, als würde er fliegen, obwohl seine Füße fest auf der Erde stehen.

Das Schwert erkennt ihn. Durendal passt sich an ihn an, erkennt seine Bedürfnisse. Das Heft verändert sich in seiner Hand, sodass die Klinge, die er auf Oberons Hals richtet, perfekt austariert ist. Die Spitze gleitet über Oberons Haut und lässt einen kleinen Tropfen Blut hervorquellen.

Eins muss er Oberon lassen: er rührt sich nicht. Er starrt Luc nur an. Seine blauen Augen scheinen von innen heraus zu leuchten, sein Blick scharf wie ein Dolch. »Das würdest du nicht wagen.«

»Wollt Ihr Euer Leben darauf verwetten?«

»Lucien Châtenois.«

Luc erstarrt. Gegen seinen Willen steigt Galle in seine Kehle. Zu wissen, was gleich geschehen wird, verhindert nicht, dass ihm kalte Schauder über den Rücken laufen oder dass seine Instinkte ihn zur Flucht treiben. Er fragt sich, ob Durendal wohl scharf genug ist, um die gesprochenen Worte in Stücke zu hacken. »Tut es und bringt es hinter uns.«

»Ich werde das Recht ohne Bedauern so oft einsetzen, wie ich muss. Denk an die Entscheidungen zurück, die du getroffen hast, wenn du mich in der Zukunft um den Tod anbettelst, und ich ihn dir verweigere. Das ist deine letzte Chance. Tu, worum ich dich bitte, und ich werde dir verzeihen und vergessen, dass dies hier je geschehen ist.«

»Nein.« Oberon wird mit dem Wissen leben müssen, wie sehr Luc ihn verabscheut.

»Lucien Châtenois, ich spreche deinen wahren Namen und berufe mich auf das Recht der Herrschaft.«

Luc schließt die Augen, als Nesseln über seine Haut gleiten, ein eisernes Band sich um sein Herz legt. Er spannt jeden Muskel an, versucht sich gegen den Zwang zu wehren, der von seinem Körper

Besitz ergreift und ihn so fest umschlingt, dass seine Atmung aussetzt. Aber es hilft nichts.

»Du wirst Durendal an mich zurückerstatten und das Schwert niemals wieder berühren. Du wirst nicht bei *Roland & Riddle* kündigen. Du wirst deine Beziehung zu Elle beenden. Du wirst sofort nach Genf reisen und den einmonatigen Auftrag erfüllen, den ich dir gerade erteilt habe, um danach sofort nach London zurückkehren. Hast du mich verstanden?«

Luc keucht, als der Zwang sich lockert. Sein Arm senkt sich ohne sein Zutun, er wirbelt das Schwert in der Luft herum und reicht es Oberon mit dem Heft voran. »Ja, Sir.«

Oberon ergreift sein Schwert und verbannt es wieder. Sein Tonfall normalisiert sich. »Gut. Ich werde sie informieren, dass du unterwegs bist.«

»Ich brauche …« Zeit. Vor allem braucht Luc Zeit. »… eine Stunde, um meine Sachen zu packen, mir einen Glamour zu holen und zum Treffpunkt zu kommen.«

»Eine Stunde?« Oberon schnaubt, dann sagt er fast gelangweilt. »Lucien Châtenois, ich spreche deinen wahren Namen und berufe mich auf das Recht der Herrschaft. Du wirst innerhalb von fünfundvierzig Minuten in Genf erscheinen. Verstanden?«

»Fünfundvierzig Minuten«, presst Luc hervor, die Augen geschlossen, um dem Schmerz besser widerstehen zu können.

»Ich werde dich bald anrufen. Wenn du nicht antwortest, werde ich dir das Rollkommando auf den Hals hetzen und mich nicht darum kümmern, wie viel Schaden sie anrichten. Du kannst gehen.«

Er wird Oberon keiner Antwort würdigen. Luc dreht sich steif um und geht zur Tür.

»Agent Villois.«

Er stoppt mitten im Schritt.

»Lass dir das eine Lehre sein.«

21. Kapitel

Luc reißt die Tür auf und verlässt die Schmiede. Er sieht auf die Uhr und dreht die Lünette, um den Timer auf fünfundvierzig Minuten einzustellen. Fünfundvierzig Minuten, bis die Kompulsion ihre volle Kraft entfaltet. Fünfundvierzig Minuten bis zum Ende seines Lebens – oder seiner Wiedergeburt.

Es gibt einen genauen Plan, was eigentlich beruhigend sein soll. Er weiß nicht, ob er alles in der Zeit unterbringen kann, die ihm gegeben wurde. Es besteht die reale Möglichkeit, dass er es nicht schaffen wird. Aber darüber kann er gerade nicht nachdenken. Luc muss einfach so gut wie möglich Minute für Minute nutzen.

Er geht im Kopf die Liste seiner Ziele durch, nimmt sich zehn Sekunden, um die Fähigkeit zu genießen, frei zu atmen und sich noch mal die Reiseroute einzuprägen. Von London muss er nach Paris, dann von Paris zur Oase. Nach der Oase folgt New York und dann, hoffentlich aus eigener Kraft, nach San Francisco. Alles in weniger als einer Dreiviertelstunde.

Der Gedanke an sein letztendliches Ziel verursacht ein kurzes Stocken seiner Atmung. Dreck. Das dürfte eine Komplikation darstellen, wahrscheinlich verursacht von Oberons Befehl, direkt nach Genf zu reisen und dort in fünfundvierzig Minuten anzukommen. Er sollte so wenig wie möglich darüber nachdenken und hat keine Ahnung, ob er seine eigenen Handlungen kontrollieren können wird.

Er muss so viele Aufgaben wie möglich erledigen, bevor es zu spät ist. *Genf*, ermahnt er sich selbst, als er eilig durch die Gänge schreitet, den Aufzug vermeidet und stattdessen jeweils zwei Stufen der Treppe gleichzeitig nimmt. *Ich bin unterwegs nach Genf.*

Sein Puls rast, als er die Portalringe auf der anderen Seite des Gebäudes erreicht, im fünften Stock. Er zeigt den Goblins seine WBK, eilt an der Warteschlange vorbei und muss mit seinem widerwilligen Mund kämpfen, bevor er dem Schaffner sein Ziel nennen kann. Innerhalb eines Wimpernschlages erreicht er Paris. Er öffnet die Glastür, das Handy bereits in der Hand, und wählt Elles Nummer. Gleichzeitig versucht er, seine Atmung zu kontrollieren. Er wird bald schon jedes Atom Sauerstoff brauchen.

Luc schaut auf die Uhr. Fünf Minuten sind vergangen.

Es klingelt mehrmals, bevor sie abhebt. In San Francisco muss die Sonne erst noch aufgehen und ihre Stimme klingt verschlafen, als sie sich meldet. »Hey. Was ist los?«

»Elle, hör genau zu. Ich habe nicht viel Zeit. Ich habe gerade gekündigt.«

»Was?!« Jetzt klingt sie hellwach. »Was ist geschehen?!«

Er antwortet ruhiger, als ihm zumute ist. »Ich habe ungefähr vierzig Minuten, um meine Sachen zu holen und nach Genf zu reisen. Ich habe keine Wahl. Oberon hat getan, was wir erwartet haben. Hol Tony und Lira. Schick sie nach Manhattan.« Er muss seine Worte sorgfältig wählen, aber trotzdem wird seine Brust eng.

Wenn sich jetzt Schwierigkeiten ergeben, kann er es auf keinen Fall schaffen. Verdammt soll Oberon sein, weil er das Recht zweimal angewandt hat. Luc muss den Druck der Kompulsion lockern. »Was auch immer geschieht, ich liebe dich. Erinnerst du dich, dass ich gesagt habe, ich würde dich nicht anlügen, außer, es geht nicht anders?« Seine Schritte werden langsamer, seine Stimme gepresster.

»Ja.« Sie klingt gedämpft und Luc kann spüren, dass sie sich Sorgen macht.

»Wir können uns nicht mehr sehen. Ich beende unsere Beziehung.«

»Moment, was? Willst du …«

Luc legt auf und zieht gierig süße Luft in seine Lunge, um dann in einen schnellen Trab zu verfallen. Sekunden später kommen brummend diverse Nachrichten auf seinem Handy an. Er ignoriert sie, rammt die Tür zu seiner Wohnung auf, tritt sie ins Schloss, eilt ins Schlafzimmer, um den Rosenkranz seiner Mutter vom Kreuz zu ziehen. Dabei läuft ihm ein kalter Schauder über den Rücken. Gleichzeitig füllt sein Körper sich mit Energie.

Er wickelt sich den Rosenkranz mehrfach ums Handgelenk und kehrt ins Wohnzimmer zurück, wo die große Sphinx-Statue steht. Es gibt drei Dinge in der Wohnung, die bewegt werden müssen, und der Rückkehrpunkt gehört zu ihnen. Die Rufrune an seinem Ohr nicht.

Er kontrolliert die Uhr. Zweiunddreißig Minuten übrig und die Zeit verrinnt.

Luc zieht die Rune vom Ohr und greift gleichzeitig mit der anderen Hand nach der Sphinx-Figur. Für ein paar Sekunden steht er wie erstarrt an dem Punkt, von dem es kein Zurück mehr gibt, die Rune in seiner linken Hand immer noch warm von seinem Körper, während die kleine Sphinx kühl in der Handfläche seiner Linken ruht.

Oberon wird bald anrufen und wenn Luc nicht abhebt, werden die Puppen in Form des Rollkommandos tanzen. Wahrscheinlich wurden sie bereits benachrichtigt und bereiten sich vor. Luc muss so weit wie möglich fliehen, muss sich genug Vorsprung erarbeiten, um zu tun, was getan werden muss. Danach weiß er nicht, wie es weitergehen wird. Er lockt die Gefahr zu Elle. Und so kompetent Tony und Lira auch sein müssen, er kann sich kein Szenario vorstellen, in dem das Rollkommando besiegt wird.

Aber es gibt kein Zurück.

Luc lässt die Rune auf den Couchtisch fallen, legt die jetzt freie Hand auf die große Statue und aktiviert die Magie, die ihn in die Oase transportieren wird.

Er setzt sich in Bewegung, kaum dass die Sohlen seiner Schuhe den Boden berühren, springt von der steinernen Plattform und landet in einer Wolke aus Sand. Er wiegt ab, ob er sich einen Sprint leisten kann und entscheidet, dass ihm keine andere Wahl bleibt. Luc rennt auf das Haus zu, zieht Kraft aus seinem Laes. Die Wüstenluft lässt seinen Schweiß verdunsten, bevor sich Tropfen bilden. Der Geist der Sphinx berührt seinen, als er am Wachturm vorbeiläuft. Innerhalb einer halben Sekunde überträgt er ihr, was geschehen ist.

Die Kompulsion umklammert ihn, als er das Hauptgebäude betritt; raubt ihm den Atem. Luc stolpert, kann sich aber mit der linken Hand abfangen, bevor er stürzt. Er stolpert zum Türrahmen und lehnt sich dagegen, kämpft mit sich selbst, während die Zeit verrinnt. *Genf. Ich reise nach Genf. Ich bin unterwegs nach Genf.*

Seine Tante erscheint mitten in der Litanei. »*Lucien!*«

Sie bietet ihm eine stützende Schulter. Er lässt sich gegen sie sinken und von ihr zum Pavillon führen. Dank der geöffneten telepathischen Verbindung zwischen ihnen spürt er den Aufruhr ihrer Gefühle, als wären es seine. Da ist Angst über brodelnder, langgehegter Wut, und unter allem ... Liebe.

Er schickt ihr seine gesamte Zuneigung. »*J'taime toujour, Tatie. Milles Mercies.*«

Wieder erleidet er einen Anfall. Sie trägt ihn quasi über die Trittsteine, lehnt ihn gegen die Wand, damit er sich von den Kindern verabschieden kann. Er steht vornübergebeugt zwischen den Betten, die Last von drei Anwendungen des Rechts so allumfassend, dass seine Knochen zu brechen drohen. *Das ist nicht das Ende,* verspricht er ihnen. *Ich werde zurückkommen, sobald ich kann.*

Die Sphinx stößt ihn an. Noch fünfundzwanzig Minuten.

Luc steckt die kleine Figur ein, presst die Stirn an die der Sphinx, wappnet sich selbst. Er spürt ein Ziehen im Magen, ein Aufwallen von sandigem Wind. Er und Maryam erscheinen auf dem Podium in New York City, mitten im morgendlichen Gedränge. Luc sieht sich um, ohne die überraschten Rufe zu beachten, kann aber keine vertrauten Gesichter entdecken. Er kontrolliert sein Handy auf Nachrichten.

Sie sind hier. Mit einer Geste lenkt Maryam Luc in die richtige Richtung. Dort drüben schlängeln sich Tony und Lira durch die Menge. Tony, dessen Haar in alle Richtungen absteht, trägt Pyjamahosen, ein T-Shirt und Pantoffeln, während Lira in ihrem ärmellosen Hosenanzug sehr ordentlich wirkt.

»Hey, Lukey!«, grüßt Tony, um dann abrupt anzuhalten.

»Nenn mich nicht …« Luc klammert sich an der Sphinx fest, kämpft gegen den Zwang, bis die Sehnen an seinem Hals hervorstehen.

»Oh, du siehst echt übel aus.«

Eine Untertreibung. Sie haben dreiundzwanzig Minuten, um Elle zu erreichen. Beim Gedanken an sie wallt die Kompulsion stärker auf und Luc macht mehrere Schritte in Richtung des Portalraums, bevor er sich selbst stoppen kann. *Genf. Ich reise nach Genf.*

Lira zeigt den leicht abwesenden Gesichtsausdruck, der verrät, dass die Sphinx mit ihr spricht. »Kapiert. Wirst du es schaffen, Luc?«

»Vielleicht. Weiß nicht. Vertraut mir nicht. Lasst mich nicht reden.«

Maryam faucht plötzlich. Sie reißt den Kopf hoch und die Haare an ihrer Wirbelsäule stellen sich zu einer Bürste auf. »Geht jetzt, ihr alle!«

Lucs Füße treffen auf den Marmorboden, so heftig, dass seine Schienbeine schmerzen. Der Zwang lässt nach, als sie zu dritt zu den Portalen eilen, Luc ein wenig hinter den anderen, auch wenn er sich redlich bemüht, Schritt zu halten. Gerade als sie den Portalraum erreichen, beginnt um sie herum ein simultanes Brummen und Piepen. Ein ordentlicher Prozentsatz der Fae im Raum sieht auf die Handys.

Er kann sich denken, was los ist. Jetzt, da Oberon weiß, dass er nicht zurückkommen wird, hat er eine Warnung zu Luc veröffentlicht. Luc packt Tonys Schulter, vergräbt seine Finger darin wie Klauen. Mit der anderen hebt er seine WBK. »Beeil dich. Sonst kann ich die Portale nicht mehr benutzen.«

»Die Warteschlange …«, sagt Tony.

»Zum Teufel mit der Schlange!« Lira packt beide Männer an den Armen und schiebt sie zu einem der Schaffner-Goblins, drängt sich an den wartenden Fae vorbei und ignoriert jegliche Beschwerden. »San Francisco!«, ruft sie, gerade als ein Goblin von seinem Handy aufschaut.

»Moment mal«, sagt er, aber sein Widerspruch geht im allgemeinen Aufruhr des Raums unter.

In einer überraschenden Zurschaustellung körperlicher Stärke schiebt Lira Luc in den Ring und knallt die Tür zu.

Luc stürzt auf der anderen Seite heraus, klammert sich am Türgriff fest, stolpert über seine eigenen Beine und vom Gitter, um in einem Haufen auf dem Boden zu landen. Er stöhnt, dann schießen Schmerzen durch seinen Körper, als er einatmen will. Er kann nichts anderes tun als dazuliegen. Sein Sichtfeld färbt sich von den Rändern her schwarz. Ungezählte Sekunden vergehen.

»Ist das nicht …«, fragt eine unvertraute Stimme.

»Jepp, aber das geht dich nichts an.«

Jemand zerrt ihn auf die Beine.

»Also, Lukey, wo willst du hin? Nach Genf?« Tonys Stimme klingt etwas gepresst, aber freundlich, als führe er ein beim Tragen eines schweren Gegenstandes ein nettes Gespräch.

Luc zieht dankbar Luft in seine Lunge, als der Zwang für einen Augenblick nachlässt. Er hält die Augen geschlossen. Er muss sich so lange selbst anlügen, wie es irgendwie möglich ist. Eine unmögliche Aufgabe. »Genf.«

»Ich kann nicht glauben, dass du meine Schwester abserviert hast. Und jetzt fliehst du nach Genf. Ich sollte dich wirklich fertigmachen.«

Die Kompulsion lässt angesichts der tiefen Überzeugung in Tonys Stimme weiter nach. Elle hatte recht. Ihr Bruder ist ein guter Lügner.

»Tony!«, wirft Lira ein.

»Mach dir keine Sorgen um mich, ich helfe ihm. Ruf du Elle an.«

Luc stolpert bei der Erwähnung ihres Namens, verliert seinen Gedankengang. Instinktiv öffnet er die Augen, als er nach vorne kippt. Tony packt sein Jackett, vergräbt die Faust im Stoff. Eine Naht reißt.

»Dreck.« Im Anschluss murmelt Tony etwas auf Chinesisch.

Luc ist kaum fähig, sich aufrecht zu halten. Sein Blickfeld verengt sich, bevor Tony irgendetwas tut und Luc wieder atmen kann. Gemeinsam stolpern Tony und er zum Hauptausgang der Niederlassung in San Francisco. Lira eilt vor ihnen her.

Er bekommt nicht genug Luft, aber Luc muss unbedingt Tony warnen. Er nimmt einen Atemzug, der einen scharfen Stich durch seine Brust und Eingeweide schickt. »Sollte erwähnen. Rollkommando unterwegs.«

»Oh, toll«, antwortet Tony. »Einfach super. Weißt du was? Ist schon in Ordnung. Darum kümmern wir uns, wenn es so weit ist.«

Luc schließt die Augen, konzentriert sich darauf auszuatmen, um das Kohlendioxid aus seinem Körper zu vertreiben. Er hört, wie Tony auf den Türknopf für Behinderte schlägt, riecht die schwüle Schwere des Nebels von San Francisco, als die Türen sich sirrend öffnen. Die vorgeheuchelte Entschlossenheit, nach Genf zu reisen, verpufft zu nichts.

Tonys vorübergehende Maßnahme versagt, während sie darauf warten, dass Lira ein Wunder vollbringt und mit einer Transportmöglichkeit zurückkehrt. Verschwitzter Schwindel zwingt ihn in die Knie. Luc verliert den Kampf um Sauerstoff.

In der Ferne quietschen Reifen. Undeutlich nimmt er wahr, dass er hingelegt wird. Die Welt gerät schlingernd in Bewegung.

»Halte durch, Luc«, sagt Lira. Er kann sie kaum hören. »Wir sind fast da.«

»In Genf«, fügt Tony hinzu, aber es funktioniert nicht mehr.

»Zeit?«, blafft Lira.

Tony hebt Lucs Handgelenk, nur um zu fluchen, als Lira um die Ecke biegt. »Neun Minuten.«

»Kann nicht …«, presst Luc hervor.

Tony presst einen Finger an Lucs Lippen, beruhigt ihn sanft. »Konzentriere du dich ganz auf deine Atmung, damit du keinen Hirnschaden erleidest. Um den Rest kümmern wir uns.«

Luc bringt nicht einmal mehr die Energie auf, genervt zu sein. Es folgt viel Geruckel und Flüche von Lira. Luc wird auf dem Rücksitz herumgeworfen. In seinem geschwächten Zustand hat der dem Zwang nichts entgegenzusetzen. Seine Willenskraft verpufft. Er muss nur die Reise in die Schweiz antreten, dann kann er wieder atmen und der Schmerz wird vergehen. Er hätte einen Monat, um sich zu erholen, und wenn er wieder in London ist, wird er gehen, ohne Oberon zu benachrichtigen. Elle kann einen Monat warten.

Das ist logisch. Taktisch klug. Ergibt am meisten Sinn.

Lira stoppt abrupt. »Verdammt! Rote Ampel.«

Luc wirft sich nach vorne, schießt vom Sitz hoch wie eine Kobra, fummelt nach dem Türgriff. Er zerrt daran, tritt die Autotür auf.

»Hey!«, schreit Tony. Gleichzeitig packt er Lucs Knöchel und zieht ihn stöhnend zurück ins Auto. Die Tür knallt wieder zu. »Gib verdammt noch mal Gas!«

Genf. Luc tastet erneut nach der Tür, als Lira so fest aufs Gas tritt, dass die Reifen quietschen. Hupen erfüllt die Luft.

»Du bist wahnsinnig!« Tony presst bestimmte strategische Punkte, sodass Lucs Körper erschlafft. »Lira, ich werde ihn tragen müssen.«

»Die Götter mögen uns retten«, antwortet Lira, dann stampft sie auf die Bremse und kuppelt aus. »Wir sind da. Los!«

Wie ein Kind wird er hochgehoben und über eine Schulter gelegt. Ein Knochen bohrt sich in seinen Magen, aber er kann sowieso nicht atmen. Schwindel ergreift Besitz von ihm, gefolgt von einem wilden, brennenden Schmerz. Er sieht Lichter, als tanzten tausend Glühwürmchen um ihn.

»Elle!«, brüllt Tony, als er die Stufen nach oben stampft. »Alles bereit?«

»Leg ihn hierhin!« Beim Klang von Elles Stimme komprimiert der Zwang seine Brust noch mehr. Er wird ersticken.

»Uns läuft die Zeit davon!«

Nein, er erstickt bereits.

Luc wird abgesenkt, dann landet sein Rücken auf einer kühlen, harten Oberfläche. Um ihn herum schwankt und wackelt die Welt, sogar der Boden. Er liegt auf dem Boden in Elles Wohnung. Leute unterhalten sich.

»Elle, mach es jetzt, er stirbt ...«

»Ich weiß! Halt die Klappe!«

»Wir wurden verfolgt. Ich werde sie abfangen. Lira?«

»Nein, bleib du hier. Nimm das. Ich werde unten einen Schild errichten ...«

»Sie haben eine Zauberin ...«

»Tony, ich brauche dich jetzt! Luc, ich bin da.«

Es kostet ihn seine gesamte Kraft, die Lider einen Spalt zu öffnen. Die verschwommene Gestalt von Elle beugt sich über ihn. Finger machen sich an seinem Handgelenk zu schaffen. Pein durchfährt ihn, als sie seinen Laes berührt.

»Ich liebe dich.« Sie wendet sich ab. Die Kugeln des Rosenkranzes seiner Mutter klackern. Er sieht, wie das Kreuz daran im frenetischen Takt seines Herzens hin und her pendelt. *Lucien*, hört er seine Mutter flüstern. Er kniete immer neben ihr in ihrer Kirche, hat mit drei Fingern Stirn, Brust, linke Schulter, rechte Schulter berührt, in einer Nachahmung ihrer Bewegungen. *Credo in unum Deum, Patrem omnipotentem ...*

Elle packt den Rosenkranz mit beiden Händen und zerreißt die Kette.

•••

Lucs Körper zuckt und verspannt sich, als der Rosenkranz zerreißt. Elles Angst ist ein Ziehen in ihren Zähnen; Metall auf ihrer Zunge. *Atme*, betet sie, auch wenn sie nicht weiß, zu wem. Zu jedem, der zuhört. *Atme, bitte, atme.* Sie lässt den Laes auf ein Küchenbrett fallen, das sie bereits vorbereitet hat, und greift nach dem Hammer.

Sie hebt das Werkzeug hoch über den Kopf und lässt ihn mit aller Kraft nach unten sausen. Holz bricht. Das Geräusch bohrt sich in ihren Körper wie Splitter. Luc beginnt zu krampfen, so wie es bei Tony auch der Fall war. Eine Sekunde lang kann Elle sich vor Panik nicht bewegen. Sie haben sich in Bezug auf seine Überlebenschancen geirrt. Sie bringt ihn um. Sie hat ihn umgebracht.

»Yiyä!«, blafft Tony, während er Luc auf die Seite rollt. »Bring es zu Ende!«

Elle schlägt erneut auf den Rosenkranz ein, tränenblind, dann hebt sie den Arm und macht weiter, bis alle Perlen gesplittert sind. Sie stößt das Brett von sich, als Luc pfeifend Luft holt und im Anschluss weiteratmet.

Tony presst eine von Liras Runen an Lucs Hals, die Augen geschlossen, seine Lippen in Bewegung. Magie ergießt sich aus ihm, in Bahnen weißen Lichts, die in Lucs Körper übergehen. Es gibt nichts, was Elle tun kann, als Lira in den Raum rennt und neben Tony auf die Knie sinkt. In der Luft um sie herum glitzern und leuchten Runen.

Etwas knallt so heftig gegen die Tür im Erdgeschoss, dass sie die Erschütterung spüren kann. Elle springt auf, schlägt ihre Tür zu und verriegelt sie, auch wenn das wahrscheinlich nicht helfen wird. Ein weiterer Schlag und die Tür im Erdgeschoss gibt nach. Schritte stampfen die Treppe nach oben. Sie eilt zum Küchenbrett, schnappt sich den Hammer, hebt abwehrbereit den Arm. Sie ist keine Kriegerin, aber sie will verdammt sein, wenn sie nicht um Luc kämpft.

Ihre Wohnungstür explodiert nach innen. Der Türrahmen bricht so leicht wie eine Stange Sellerie. Ein riesiger Mann mit schwarzen Haaren und bleicher Haut stürmt brüllend in die Wohnung. Elle reißt den Arm nach vorne und wirft den Hammer auf ihn.

Das Werkzeug trifft ihn mit einem dumpfen Schlag und fällt zu Boden. Der Mann presst verwirrt die Hand ans Kinn, wo sich zwei rote Punkte bilden. Sie eilt zurück zum Küchenbrett, schnappt sich das solide Gewicht und springt zwischen den Fremden und alle Personen, die ihr etwas bedeuten.

Er tritt einen Schritt vor. Die Sehnen an seinem Hals stehen vor und seine Augen sind weit aufgerissen und wild. Er muss ein Berserker sein, aber in ihr existiert kein Raum für Angst. Schreiend schlägt Elle nach seinem Kopf.

Mit der Rückseite der Hand schlägt er sie zur Seite, als wäre das gar nichts. Sie wird in die Luft gerissen, verliert den Halt am Brett, landet in einem Haufen neben dem Küchentisch. Er stampft tiefer in die Wohnung, während sie sich wieder auf die Beine zwingt, ohne die Schmerzen zu beachten. Drei weitere Leute, zwei Frauen und ein Mann, drängen hinter ihm herein. »Stopp!«, schreit sie. »Ihr könnt ihn nicht haben!«

»Was ...« Der riesige Mann stoppt so abrupt, dass er fast umgekippt wäre.

»... zum Teufel ...«, fährt eine der Frauen fort.

»... geht hier vor sich?«, beendet die andere Frau. »Tony?«

»Nicht jetzt«, antwortet Tony knapp und dreht Luc auf den Rücken.

Elle packt den ersten Gegenstand, der ihr in die Hände kommt – einen ihrer Klappstühle –, hebt ihn hoch und wedelt damit vor der nächststehenden Person herum, einem asiatischen Mann. »Rührt ihn nicht an«, knurrt sie.

Langsam hebt er die Hände zur universellen Geste der Kapitulation. »Werden wir nicht.«

»Ken!« Die protestierende Frau ist klein gewachsen, hat braune Haut und seltsame goldfarbene Augen.

Elle richtet ihre Wut gegen dieses neue Ziel.

Ken schüttelt den Kopf, sieht von einem Mitglied seiner Gruppe zum nächsten. »Zieht euch zurück, Leute.«

Eine von ihnen, die große schwarze Frau, entspannt sich.

Der große Mann deutet mit einer Grimasse auf sein Gesicht, das immer noch blutet. »Sie hat mich geschlagen!«

»Wir haben sie angegriffen. Offensichtlich wissen wir nicht, was hier vor sich geht.« Der asiatische Mann senkt die Hände. »Ich bin Ken.«

»Ähm, ich will eure kleine Party ja nicht stören, aber ich brauche Hilfe.« Tony übernimmt die Führung, seine Stimme autoritär. Er deutet auf das Rollkommando und schnippt mit den Fingern. »Gill, heb Luc hoch und trag ihn ins Schlafzimmer, ohne ihn dabei aus Versehen zu zerquetschen. Fern, Emi, ihr seid für die lebenserhaltenden Maßnahmen verantwortlich. Ken, halt meine Schwester zurück, bis ich dir grünes Licht gebe.«

»Tony!« Elle tritt vor, nur um von Ken abgefangen zu werden. Gill, immer noch blutend, hebt Luc hoch, als wäre er nur eine Marionette, und trägt ihn davon. Elle beobachtet, wie Tony, Emi und Fern ihm folgen. Sie kann den Blick nicht von Lucs schlaffen Armen und Beinen abwenden, von seinem hilflos hängenden Kopf.

»Er hat recht.« Lira steht auf. An ihren Schläfen glänzen Schweißtropfen. »Wir haben einen Plan. Er wird in Ordnung kommen, das verspreche ich.«

Damit verschwindet sie im Schlafzimmer und schließt mit einem leisen, aber entschiedenen Klicken die Tür. Elle stellt den Stuhl ab. Sie will in fünf Richtungen gleichzeitig laufen. Unruhe verkrampft ihr den Magen. Sie muss etwas tun, irgendetwas. Sie muss zu Luc. Sie muss ihm helfen.

Ken schüttelt den Kopf. »Ich wusste, dass er nicht gescherzt hat. Das Kommando schuldet mir Geld.«

»Was?«

»Du musst Stella sein.«

»Inzwischen Elle.«

»Elle. Tony hat immer in höchsten Tönen von dir geschwärmt.« Ken mustert sie, seine braunen Augen ruhig und nachdenklich, wie der Inbegriff des Zen. »Er meinte, du wärst begabter, als du dächtest. Vielleicht sogar begabter als er.«

»Das ist eine Lüge.« Elle ballt die Hände zu Fäusten, aber sie zittern trotzdem, genau wie der Rest ihres Körpers. Der Boden zittert ebenfalls. Vielleicht ist es ein Erdbeben. Angeblich gibt es die in Kalifornien häufig. »Das würde er niemals zugeben.«

»Nicht dir gegenüber, aber uns gegenüber hat er ziemlich damit angegeben.« Ken legt eine Hand auf ihre Schulter und führt sie sanft zur Couch. Sie versucht, Widerstand zu leisten, aber es ist zwecklos. Hinter dieser unscheinbaren Fassade lauert ein eisenharter Willen. »Ich muss die Schlussfolgerung ziehen, dass Villois sich in guten Händen befindet.«

»Ich habe seinen Laes zerstört.« Das Zittern wird stärker. Tränen brennen in ihren Augen. Jemand keucht, als wäre diese Person gerade einen Marathon gelaufen, aber Elle versteht erst nach einer Sekunde, dass das Geräusch von ihr selbst stammt. Sie hyperventiliert.

Scheinbar weit entfernt hört sie Tonys laute Stimme. Sie versucht, aufzustehen, aber ihre Beine verweigern ihr einfach den Dienst. »Ich habe ihn zerstört. Ich muss ... muss ...«

»Tee? Ich sehe, dass du eine gute Tonkanne hast. Diese alten Kannen sind ein wahrer Schatz.« Ken wandert in ihre Küche, kontrolliert den Wasserstand im elektrischen Wasserkocher und schaltet ihn an. »Ich hatte auch mal eine, aber sie ist bei einem Umzug heruntergefallen. Fast hätte ich ihr einen Altar errichtet.«

Die Vorstellung, zu den Resten einer zerbrochenen Teekanne zu beten, ist gleichzeitig so logisch und lächerlich, dass sie ein kurzes Lächeln nicht unterdrücken kann.

»Wenn du dich bereit fühlst, musst du mir die Details anvertrauen. Ich vermute, wir werden eine ganze Weile hier sein. Vielleicht nicht zweiundsiebzig Stunden, aber lang genug, um die ganze Geschichte zu hören.«

»Er hat es nicht getan«, versucht sie ihm zu erklären, aber nach jedem Wort folgt ein unfreiwilliges Keuchen.

»Das zumindest ist offensichtlich, wenn du willig bist, dein Leben für ihn zu riskieren. Wir müssen einige Umstände neu bewerten, angefangen mit dem Vertrag mit unserem Boss.« Das Wasser im Kocher beginnt zu brodeln. Ohne Eile schaltet Ken das Gerät aus und öffnet eine Dose, um kleine Häufchen aus Teeblättern in ihre Kanne zu löffeln. »Das schreit nach Jasmintee, findest du nicht auch?«

Aber sie will keinen beruhigenden Jasmintee. Sie will die Wahrheit verkünden, auch wenn jedes Wort wackelt und schwankt wie ein Schiff im Sturm. »Ihr könnt ihn nicht zurück zu Oberon bringen. Er kennt Lucs wahren Namen und hat das Recht eingesetzt. Er hat Luc verboten, darüber zu sprechen.«

Ken stößt lautstark den Atem aus, die Nasenflügel gebläht. Seine Haut verfärbt sich leicht bläulich. »Ich hatte etwas in der Art vermutet. Was weißt du noch?«

»Die Kinder sind am Leben. Luc hat ihnen nie etwas angetan. Wird Oberon ihn suchen kommen?« Ihr fordernder Tonfall wird vom Zittern ihres Kinns konterkariert.

»Das wird von meinem Bericht an ihn abhängen.«

»Das ist nicht gut genug. Sorg dafür, dass Oberon Luc in Ruhe lässt.«

»Du hast recht.« Ken stößt ein tiefes, nachdenkliches Brummen aus. »Ich kann eine Verzögerungstaktik fahren. Wie lange es helfen wird, weiß ich nicht, aber ich werde mein Bestes geben. Und was Luc angeht, es scheint, als wäre ich ihm eine Entschuldigung schuldig.«

»Entschuldige dich später. Handle jetzt.« Elle steht auf, unsicher, aber entschlossen, und geht zum Esstisch. Ken gießt ihr Tee ein. Fast gegen ihren Willen atmet sie den Jasminduft ein, schließt die Augen, lässt sich davon erfüllen. Das Zittern bleibt, aber es wird erträglicher. Sie kann keine Geräusche mehr aus dem Schlafzimmer hören, was gut oder schlecht sein könnte. Aber wenn sie jetzt in den Raum stürzt, wird Tony sie definitiv bewusstlos schlagen. Ihre Aufgabe ist es, sich um alles außerhalb dieses Zimmers zu kümmern.

»Du hast gesagt, dein Name wäre Ken?«

»Ja.«

»Ihr müsst meine Türen reparieren. Ich will meine Kaution zurück, wenn ich hier ausziehe.«

»Sie werden so gut wie neu sein.« Eine geschnitzte, hölzerne Rune erscheint in seiner Hand, identisch zu der, die Luc besessen hat. Ken steckt sie sich ans Ohr und verbeugt sich leicht, um sich zu entschuldigen. »Ich muss einen Anruf erledigen. Bin kurz draußen.«

Elle beugt sich über das Bett und küsst Lucs Stirn. Ihr Klappstuhl knirscht. Unter der marokkanischen Decke hebt und senkt sich seine Brust fast unmerklich. Der letzte Tag war eine Achterbahnfahrt der Gefühle. Und obwohl sie stundenlang neben Luc gedöst hat, um ihn mit ihrem Körper warmzuhalten, vollkommen auf das Geräusch seiner Atmung konzentriert, hat sie keine Erholung gefunden. Mitten in der Nacht ist sein Herz stehen geblieben. Erst nachdem Elle eine Ewigkeit lang Herz-Lungen-Reanimation ausgeführt hatte, unterstützt von Liras unzähligen Runen und Tonys heilender Energie, hat sein Herzschlag wieder eingesetzt.

Die Ironie ist, dass sie die Reanimation nur deswegen beherrscht, weil sie zu den Pflichtkursen bei *Roland & Riddle* gehört, also hat Oberon in gewisser Weise Lucs Leben gerettet. Der Rest hängt jetzt von Luc ab.

»Ich liebe dich«, flüstert sie. Sie lässt den Kopf sanft auf Lucs Schulter sinken, wobei sie seine Prellungen vermeidet. Grant, der Luc nicht von der Seite weicht, dreht die Ohren, um auf ihre Stimme zu lauschen. Er bewacht Luc ohne Pause, ein Jäger, der darauf wartet, Lucs Leben einzufangen, falls es davongleiten sollte. »Komm zu mir zurück.«

»Du solltest dir eine Pause gönnen.« Tony betritt den Raum. Er wirkt sehr viel frischer, als sie sich fühlt. »Du auch, Grant.«

Die große Katze bewegt sich nicht. Elle schüttelt den Kopf, sucht Lucs Puls, presst die Fingerspitzen auf sein Handgelenk. Das Pochen ist schwach und ungleichmäßig, kurz davor zu verklingen. Aber zumindest gibt es einen Puls. »Er ist in schlechter Verfassung.«

»Es wird ihm nicht helfen, wenn auch du in schlechter Verfassung bist.«

»Ich weiß, aber ...«

»Aber nichts. Was wird er denken, wenn er aufwacht und du total durcheinander und ekelig und stinkend neben ihm liegst? Igitt.«

»Es wird ihn nicht interessieren«, antwortet Elle. »Im Gegensatz zu dir.«

»Schön, dann ignorier mich.« Tony berührt den Jade-Anhänger auf seiner Brust und seine Finger ziehen einen dünnen Faden weißen Nebel heraus. Er setzt sich, verdrängt sie aus ihrem Stuhl, indem er sich einfach auf ihren Schoß setzt, und lenkt die Magie zu Lucs Herzen, wo sie in seinen Körper einsinkt.

Elle mustert das Schaubild, das sie neben dem Bett an die Wand geheftet hat. Es zeigt eine detaillierte Karte von Lucs qì, die sie selbst gezeichnet hat, mit Anmerkungen von Tony. In der Planungsphase hatten die beiden sich miteinander hingesetzt, um zum ersten Mal zusammenzuarbeiten und bei unzähligen Teekannen herauszufinden, wie sie Tony vor all diesen Jahren gerettet hat. Der Laes, so ihre Vermutung, ist der Schlüssel, der die magische Energie an den Körper bindet. Und wenn er zerstört wird, verliert die Energie ihren Platz und entkommt. Ohne dauerhafte, sorgfältige Aufsicht führt dieser Energieverlust zum Tod.

Tatsächlich war es reines Glück, dass ausgerechnet Tony ihr erster Patient war. Elle kennt seine Energiemuster seit ihrer Kindheit. Und was Luc angeht – auch da kann sie sich glücklich schätzen, nachdem sie so viele Pulsuntersuchungen mit ihm durchgeführt hat. Und dann war da noch Paris.

»Da drüben läuft die Energie in die entgegengesetzte Richtung.« Sie deutete auf den Meridian, der über Lucs Brust führt.

Tony sieht sie an. Sie kann erkennen, dass er sich bemüht, nicht genervt zu reagieren. »Ich weiß. Wir haben das durchgesprochen und außerdem kann ich es selbst sehen. Geh und iss etwas, bevor du in Ohnmacht fällst. Ich wurde für einen Patienten angeheuert, nicht für zwei.«

»Einen halben. Lira ist auch hier.«

»Sicher, ihre Eindämmungsrunen helfen sehr. Du nicht. Geh weg.«

Elle zieht sich zurück und schließt sich Lira am Esstisch an, wo bereits Essen wartet. Lira schiebt die Schale über den Tisch. »Eine freundliche Geste des Rollkommandos. Ihr müsst euch mindestens zwei Wochen keine Sorgen machen. Anscheinend hat Ken Familie in der Gegend, und sie haben ihm einige Restaurants empfohlen.«

»Bitte richte ihm meinen Dank aus.« Das Essen schmeckt nach nichts, aber sie braucht die Nervennahrung.

»Werde ich machen, falls ich denn zurück in die Agentur komme.«

Elle hält inne. Die Stäbchen schweben auf halber Strecke zu ihrem Mund in der Luft. »Falls?«

»Ja.« Lira seufzt. »Anscheinend wurde meine WBK neutralisiert. Ich werde mich einigen Disziplinarmaßnahmen dafür stellen müssen, dass ich Luc geholfen habe, obwohl er zum Bureau gehört. Wir haben Oberon wirklich sauer gemacht.«

»Also kannst du nicht zurück.«

»Wahrscheinlich nicht.«

Elle presst die Lippen aufeinander. »Das tut mir sehr leid.«

»Muss es nicht!« Lira wedelt wegwerfend mit der Hand. »Ich hatte dir doch schon gesagt, dass ich mich zur Ruhe setzen will, richtig? Ich habe bereits zusammengepackt. Das ist ein guter Abschied. Es gibt nichts in der Agentur, was ich dringend brauche. Nur ein paar Werkzeuge, und die kann ich jederzeit neu anfertigen. Außerdem ... jetzt, da ich Fern kenne, kann sie mir helfen, die Dinge zu holen, die ich doch möchte. Insgesamt finde ich, dass wir das ziemlich gut hingekriegt haben.«

Nicht, wenn Luc stirbt.

Aber das ist zu unpräzise. Wenn das, was ihr geschehen ist, nachdem sie ihren Laes geopfert hat, als Sterben gilt, dann ist Luc bereits einmal gestorben. Sie wird nicht zulassen, dass es ein zweites Mal geschieht.

»Er stirbt nicht.« Als könne sie ihre Gedanken lesen, mustert Lira sie mit entschlossener Miene. »Deine Vorbereitungen waren makellos. Er hat Tony und mich, plus Fern und Emi, die gesagt hat, und ich zitiere hier: ›Tut uns leid, dass wir ihn wie Arschlöcher behandelt haben‹. Mit all dieser Hilfe wäre es ein Wunder, wenn er tatsächlich stirbt. Ich bin sehr zuversichtlich. Tony auch.« Lira presst die Lippen aufeinander und zieht die Augenbrauen hoch. »Und vor allem hat er dich. Du würdest wahrscheinlich seine Seele packen, wenn sie seinen Körper verlässt, und einfach zurückstopfen.«

Das würde sie. Und sie würde merken, wenn sein Geist versucht, sich davonzustehlen. »Ich bin dankbar für ihre Hilfe.« Und wie Ken versprochen hat, hat Fern beide Türen repariert und zusätzlich verstärkt.

»Ebenso. Aber jetzt müssen sie sich über einiges klarwerden. Man findet ja nicht jeden Tag heraus, dass der eigene Boss ein verabscheuungswürdiger Schurke hoch zehn ist.«

Elle verzieht verwirrt das Gesicht. »Sind sie nicht selbst verabscheuungswürdige Schurken hoch zehn? Man nennt sie das Rollkommando.«

»Nein, sie sind ganz gewöhnliche Schurken«, schaltet Tony sich in das Gespräch ein, als wäre er immer schon Teil davon gewesen. »Verabscheuungswürdige Schurkerei ist so etwas wie einen wahren Namen missbrauchen. Gewöhnliche Schurken sprengen nur aus Jux und Tollerei Dinge in die Luft.«

Lira räumt ihren Platz für Tony, der sich sofort setzt. »Wie geht es ihm?«

»Er ist stabil. Aber der erste Tag ist nicht der schlimmste.« Tonys Stimme wird weich vor Mitgefühl. »Morgen müssen wir in Bestform sein. Wenn wir dafür sorgen können, dass er Tag zwei übersteht, sieht es für die nächsten vierundzwanzig Stunden schon besser aus. Elle, du wirst mir etwas für meine unzähligen Herzinfarkte schulden.«

Es ist ein Witz und sie sollte lachen, aber sie findet die Kraft einfach nicht. Stattdessen sieht Elle zu den Überresten von Lucs Laes, die sie in einer flachen Schale gesammelt hat. Sie hat es einfach nicht über sich gebracht, die Splitter wegzuwerfen. Diese Entscheidung steht ihr nicht zu.

Sie stellt ihre Schüssel ab. »Was muss getan werden?«

»Nichts«, antwortet Tony. »Alles ist sauber, sein qì ist für den Moment dort, wo es sein soll, und das Kommando hält uns in Bezug auf seinen Boss den Rücken frei.«

»Ex-Boss«, stellt Lira richtig. »Emi sagt, sie hätte ein paar unangenehme Überraschungen zurückgelassen, die speziell auf Oberons Aura abgestimmt sind, für den Fall, dass er vorbeischauen sollte. Sie meinte, das solle dir und Luc genug Zeit erkaufen, um abzuhauen.«

Mit in die Hüften gestemmten Händen lehnt sich Tony im Stuhl zurück, bis der knirscht. »Oberon wird eine Kosten-Nutzen-Analyse durchführen. Das liegt in seinem Charakter. Ihr werdet Zeit haben. Du hast hier nichts mehr zu tun, richtig? Sucht euch eine tropische Insel. Diese Stadt ist sowieso zu teuer.«

»Das kannst du laut sagen.« Vielleicht nicht für die Tech-Leute, aber die Einheimischen, die Elle in den letzten sechs Monaten kennengelernt hat, teilen alle die Angst vor steigenden Mieten und räuberischen Immobilien-Konglomeraten auf der Suche nach Land, das sie bebauen können.

»Vielleicht solltet ihr nach Süden ziehen«, schlägt Lira vor.

»Da waren wir schon.« Tony schnappt sich Elles vergessene Schale. »Sucht euch was anderes aus.«

Lira schnaubt. »Raleigh ist nicht, na ja, zum Beispiel Atlanta. Ich habe gehört, dass auch gewisse Teile von Tennessee nicht schlecht sind. Viele Geister.«

Elle überlässt Lira und Tony ihrer Diskussion und kehrt zu ihrer Bettwache zurück.

Tag zwei bringt die erwarteten Komplikationen. Noch bevor die Sonne sich über den Horizont erhoben hat, beginnt Lucs Energie, sich aufzulösen, verliert jeden Fokus. Tony sitzt bei ihm, strahlend wie ein Leuchtfeuer. Er glüht in fahlem Blau, als er Lucs qì mithilfe von Akupunkturnadeln in die richtigen Pfade lenkt. All das tut er schweigend, was Elle verrät, dass die Lage ernster ist, als er zugibt.

»Es ist ähnlich wie das, was bei dir geschehen ist.« Tony sackt in dem Stuhl neben dem Bett zusammen und wischt sich Schweiß von der Stirn. Elle reicht ihm ein Handtuch und eine Tasse Tee. »Aber auch anders, weil er ein halber Elf ist und sein qì nach Orten sucht, die nicht länger existieren. Ich muss die Energie immer wieder in seinen eigenen Körper binden und das mag er nicht. Wäre er ein Vollblut-Elf, wäre er inzwischen tot.«

Tony stößt ein Seufzen aus, bevor er einen tiefen Schluck aus der Tasse nimmt. Elle hat seinen Tee mit so vielen Kräutern angereichert, wie sie nur konnte. Dasselbe tut sie für Lira, jede Mischung perfekt auf Bedürfnisse angepasst, die sich stündlich ändern. »Ich dachte, er hätte übertrieben, aber er hat wirklich nicht gelogen, als er erklärt hat, nur du könntest ihm helfen. Du hast eine fantastische Karte gezeichnet.«

Elle mustert die erwähnte Karte, denkt daran, wie Luc die Manschetten seines Hemdes geöffnet hat, um ihr die Handgelenke für seine übliche Untersuchung entgegenzustrecken.

»Verdammt.« Tony steht auf. »Wo bewahrst du deine Nadeln auf? Ich brauche mehr.«

»Unten gibt es noch ein Set.«

Die Enden der Akupunkturnadeln, die bereits in Tonys Haut stecken, beginnen wild zu zittern. Sorge steigt in ihr auf. »Tony?«

»Du solltest dich besser beeilen. Er wird einen Einbruch erleiden, in drei, zwei, eins …«

Sie rennt zur Tür.

Luc erleidet noch mehrere Einbrüche, während sie und Tony ihn versorgen, sich einem kritischen Moment nach dem nächsten stellen. Nach einer Weile ruft Tony Lira in den Raum und schickt Elle auf die Reservebank – oder schickt sie vielmehr auf Botengänge. Elle vermutet, dass Tony nicht will, dass sie sieht, wie heftig er um Lucs Leben kämpfen muss. Sobald sie zurück ist, werden ihr einfache Aufgaben übertragen, wie benutzte Nadeln desinfizieren, die Laken wechseln und Luc waschen.

»Du bist diejenige, die ihn liebt, also wirst du das erledigen. Hegt Lukey Krankenschwester-Fantasien?«, witzelt Tony müde, als er und Lira das Schlafzimmer verlassen, um Elle mit Luc allein zu lassen.

»Falls ja«, murmelt sie Luc zu, sobald sie das Waschlappenbad beendet hat und ins Bett kriecht, um Luc näher zu sein, »wirst du mir in Chicago davon erzählen müssen. Weil du es schaffen wirst. Wir sind so nahe dran.«

Luc wird leben und sie werden ihre Zukunft ohne Bedauern so gestalten, wie es ihnen gefällt. Sie hat in ihrem Leben einen Spießrutenlauf nach dem nächsten absolviert, hat dabei viele wichtige Dinge gelernt, und wird dieses Wissen auch anwenden. Sie hat wieder und wieder bittere Medizin geschluckt. Sie hofft, dass sie dadurch zu einem besseren Menschen geworden ist.

Ihre Gedanken wandern zurück nach Paris. Wie zärtlich Luc sie angesehen hat, im warmen grauen Licht der Straßenlaternen. Er hat sie damals schon geliebt. *Das würde ich eines Tages gerne sehen*, hat er gesagt. *Dich, ohne dass dich etwas zurückhält. Ich glaube, du wärst atemberaubend.*

Und er wird es sehen. Elle wird mit ihm atemberaubend glücklich werden. Sie hat es verdient. Sie ist es wert.

»Schau, ich hole mein Handy heraus.« Sie tastet unter der Decke herum, bis sie das Gerät gefunden hat. »Wir können uns ein Auto mieten oder irgendwas. Ich werde uns ein Hotel buchen. Ich weiß nicht mal, wie das geht, aber ich werde es trotzdem tun.«

Jemand lässt Grant ins Zimmer. Er springt aufs Bett und macht es sich gemütlich, kuschelt sich an Lucs Hüfte und aktiviert sein Schnurren. »Du bist ein guter Junge«, erklärt sie dem Kater. »Siehst du, Luc? Grant hilft. Wusstest du, dass Katzen tatsächlich schnurren, um sich gegenseitig aufzumuntern?«

Sie streckt den Arm aus, um Grant zu streicheln, spürt, wie

sie drei sich aneinanderdrängen, als wären sie ein Rudel. Grant schnurrt lauter und plötzlich überkommt sie Erschöpfung. Sie wechselt die Position, um die Suchergebnisse besser sortieren zu können, nur um die Stirn zu runzeln, als sie die Preise sieht. »Das hier sieht nett aus. Im Ananas-Stil. Cooles Gebäude. Verhältnismäßig günstig. Das sollten wir uns genauer anschauen.«

Tag drei dämmert.

Elle erwacht sofort, als Luc ein Mal so tief einatmet, als tauche er aus den Tiefen des Ozeans auf. Sie hält sich vollkommen unbeweglich, als er wieder und wieder atmet. Das Laken bewegt sich über seiner Brust. Mit zitternden Fingern kontrolliert sie seinen Puls. Das Pochen beschleunigt sich unter ihren Fingern und die Herzschläge werden immer deutlicher.

»Luc?«, flüstert sie. Tränen der Freunde drängen in ihre Augen.

Er öffnet die Augen, klar und blau, und sieht sie an. Langsam blüht ein Lächeln auf seinem Gesicht auf. »Hi«, formt er mit den Lippen.

Sie kann die Tränen einfach nicht zurückhalten. »Hi«, antwortet sie und wischt sich eilig die Feuchtigkeit von den Wangen. »Hi. Willkommen zurück. Ich liebe dich.«

Er räuspert sich mehrmals. Als er schließlich spricht, klingt seine Stimme rau. »Träume ich?«

»Nein. Du bist wirklich wach und ich heule wirklich. Grant ist auch hier. Ich liebe dich.«

»Ich liebe dich auch. Hallo, Grant.«

Seine sanfte Miene treibt die Tränen nur noch schneller heraus. »Wie fühlst du dich?«

Er denkt einen Moment darüber nach. »Wie Dreck.«

Erst lacht Elle auf, dann schnieft sie. Er ist nicht in Bestform, das ist sicher. Ihr Schlafzimmer riecht nach Krankheit, erfüllt vom säuerlichen Geruch von Schweiß, und sein Haar ist fettig und steht in alle Richtung ab. »Aber lebendiger Dreck.«

»Ja. Lebendiger Dreck, der sich freut, am Leben zu sein. Wach zu sein. Ich hatte einen seltsamen Traum über eine Reise nach Chicago.«

»Kam darin zufällig vor, dass ich mein Handy benutzt habe, um ein Hotel zu buchen?«

Seine Miene zeigt Beunruhigung. »Hast du das getan?«

»Nein, weil ich nicht rausfinden konnte, welches das billigste ist. Es gibt so viele zusätzliche Gebühren.«

Luc fängt an zu lachen. »Bleib immer, wie du bist, mein Herz.«

»Okay. Du solltest aufstehen, damit du …«

»Elle.«

»Was?«

»Sprich meinen wahren Namen.«

Sie blinzelt. »Lucien Châtenois.«

Er schnappt nach Luft, stößt den Atem langsam wieder aus. »Berufe dich auf das Recht.«

Jetzt ist es an Elle, nach Luft zu schnappen. »Ich kenne die Worte nicht.«

Liebe leuchtet aus seinen Augen, als er sie ansieht. »Du sagst: ›Ich spreche deinen wahren Namen und berufe mich auf das Recht der Herrschaft‹.« Luc ergreift ihre Hand, verschränkt die Finger mit ihren, und irgendwie schenkt er ihr so Stärke.

Sie hebt seine Hand an den Mund und küsst jeden einzelnen Fingerknöchel. »Ich liebe dich.«

»Ich weiß.«

»Lucien Châtenois.« Elle schluckt schwer. »Ich spreche deinen wahren Namen und berufe mich auf das Recht der Herrschaft.«

Er umklammert ihre Hand fester. »Befiehl mir, etwas zu tun.«

»Ähm. Ich befehle dir, aufzustehen und zu tanzen.«

»Nein.« Ein Lächeln breitet sich auf seinem Gesicht aus. »Zumindest nicht ohne dich. Sag meinen Namen noch mal, befiehl mir, etwas anderes zu tun.«

Sie zermartert sich das Hirn nach einem möglichst lächerlichen Befehl, als reine, köstliche Freude in ihr aufsteigt. »Lucien Châtenois, ich spreche deinen wahren Namen und berufe mich auf das

Recht der Herrschaft. Ich befehle dir, mir zu erklären, dass elsässische Küche schrecklich schmeckt.«

»Niemals.«

»Hast du irgendetwas gespürt?«

»Absolut gar nichts.« Sein schwaches Grinsen ist dennoch strahlend genug, um den Raum zu erleuchten.

Sie können später richtig feiern. »Okay«, sagt Elle wieder, schiebt die Decke nach unten und vertreibt Grant. Sie muss Luc beim Aufstehen helfen. Er lag zu lange im Bett. »Ich werde Tony und Lira holen. Geh du ins Bad und nimm eine Dusche. Ich werde mir den Schnodder aus dem Gesicht wischen, wie vorhergesagt, und du wirst ...«

»Elle.«

»Was jetzt?«

»Ich muss etwas Wichtiges sagen. Ich habe davon geträumt.«

Sie erstarrt auf halber Strecke aus dem Bett. »Okay, aber wenn du eine Rede halten willst ...«

»Heirate mich.«

Elle starrt ihn mit offenem Mund an. »Was?«

»Heirate mich. Bitte.«

»Musst du nicht pieseln oder irgendwas?«

»Doch. Elle, willst du mich heiraten?«

Es ist ihr Lachen, das Tony und Lira in den Raum ruft, wo Elle Küsse auf Lucs Gesicht niederregnen lässt.

»Ja.«

Epilog

»Luc, beweg dich nicht ständig.«

Er wirft ihr von seinem Platz auf der Veranda einen bösen Blick zu. »Mir ist kalt.«

Normalerweise hätte Elle Mitgefühl empfunden, aber heute ist sie konzentriert und ganz bei der Sache. Luc hat den russischen Winter überlebt; er kann auch das hier überleben.

»Es ist endlich sonnig. Ich werde mir diese Chance nicht entgehen lassen. Hör auf, mich zum Reden zu zwingen.« Sie mustert ihn aus zusammengekniffenen Augen, dreht die Zeichenkohle in der Hand und konzentriert sich wieder auf ihr Bild.

»Und du konntest das nicht drinnen machen?«

»Nein. Ist nicht dasselbe.« Ein paar weitere Kohlestriche und Lucs Gesicht springt sie aus dem Papier an. Sie nickt bestätigend, erfüllt von tiefer Befriedigung, die sie im kühlen Bay-Area-Frühling warm hält.

»Du siehst aus, als wärst du fertig.« Luc macht Anstalten, aufzustehen.

»Setz dich!«, blafft Elle und deutet drohend mit dem Finger. »Und setz wieder die richtige Miene auf.«

»Mir ist kalt. Ich verstehe nicht, warum ich kein Hemd tragen konnte. Bald kommen die ersten Leute.«

»Man nennt es Aktzeichnung. Und niemand kommt jemals pünktlich.« Ihre Hand gleitet schnell über das Papier, verleiht Lucs Hals und Schultern genauso Gestalt wie seinen schmalen Hüften. »Halt still.«

»Muss das hier auf der Veranda stattfinden?«

»Bist du nicht Franzose?« Elle erwidert seinen bösen Blick mit einem ebensolchen. »Klingelt beim Begriff *En plein air* etwas bei dir? Der Garten ist umzäunt. Ich erinnere mich noch, dass dir genau dieser Umstand gefallen hat, weil uns damit Privatsphäre vergönnt ist.«

»Ich dachte nicht, dass du diesen Umstand für schändliche Zwecke einsetzen würdest, und du kannst die Definition von en plein air nicht einfach so missbrauchen.«

Sie bricht in Lachen aus und legt den Kohlestift zur Seite. »Ich zeichne dich doch nur!«

»Du hast mich mindestens schon ein Dutzend Mal gezeichnet.«

»Ja, und die Bilder waren alle okay, aber diesmal bin ich überzeugt, dich richtig eingefangen zu haben.«

»Lass mich sehen.«

Sie protestiert nicht, als er aufsteht. Stattdessen tritt sie zur Seite, damit er das Bild auf ihrer Staffelei mustern kann. Er betrachtet es gute dreißig Sekunden lang, wobei seine Augen von einem Bereich zum nächsten huschen.

Seine Stimme wird sanfter. »So sehe ich in deinen Augen aus?«

»Wenn du glaubst, dass dich niemand beobachtet, ja. Und manchmal auch, wenn du mich ansiehst.« Elle lächelt zu ihm auf. Auch jetzt zeigt er genau diese Miene – die blauen Augen sanft vor Zuneigung, aus der Härte und Stoizismus verschwunden, mit einem leisen Lächeln, das seine Mundwinkel hebt.

Er beugt sich vor, um sie zu küssen. Elle schließt die Augen und schmilzt unter seiner Zärtlichkeit dahin. Sie umfasst seine Wange, um den Kuss zu erwidern.

Als er sich von ihr löst, murmelt er: »Und ich durfte kein Hemd tragen, weil …?«

»Darf ich dich in der Privatsphäre unseres eigenen Heims nicht in Frieden angaffen?« Sie kichert, als sie einen dunkelgrauen Fleck auf seiner Wange entdeckt. »Ich habe dir Kohle ins Gesicht geschmiert. Tut mir leid.«

»Ich wasche mich, wenn ich reingehe. Kannst du nach den Tartes schauen, während ich mich anziehe?«

»Sicher.« Vorsichtig löst Elle das Papier von der Staffelei und beschwert die Ecken auf dem Verandatisch, bevor sie ihre Staffelei zusammenklappt und ihre Malsachen einsammelt. Bald schon wird Luc die kleine Zeichenhütte im Garten fertiggestellt haben, damit sie – in seinen Worten – ihr Chaos dort regieren lassen kann, aber für den Moment muss sie jedes Mal alles in einer Ecke des Wohnzimmers verstauen und dann wieder hervorholen.

Sie schiebt die Terrassentür auf und summt angetan, als ihr der Duft von Zitronen und frischem Gebäck in die Nase steigt, dann schließt sie die Tür wieder, ohne etwas fallen zu lassen. Die Tartes stehen auf einem Kühlgitter auf der Arbeitsfläche neben dem Herd, auf dem ein Timer die Zeit für die nächste Ladung im Ofen herunterzählt. Elle wandert daran vorbei, weil sie erst ihre Sachen verstauen will. Zufrieden schlendert sie durch die Küche ins Wohnzimmer, um abrupt zu stoppen, als sie Luc entdeckt, der genervt und immer noch mit nacktem Oberkörper einem unglaublich selbstzufrieden wirkenden Tony gegenübersteht.

»Hey, Schwesterchen«, begrüßt Tony sie breit grinsend. »Du hast mir nicht gesagt, dass Kleidung optional ist.«

»Du kommst zu früh«, knurrt Luc. »Komm zur richtigen Zeit zurück.«

»Redet man so mit dem Helden, der einem das Leben gerettet hat? Mach mal halblang. Ich bin müde. Ich bin gerade erst aus der Wüste hier angekommen.«

»Du bist teleportiert.«

»Genau. Und du weißt alles darüber, wie seltsam sich die Zeit in der Oase anfühlt.« Tony packt den Saum seines T-Shirts, als wolle er es über den Kopf ziehen.

»Nein!«, schreit Elle gleichzeitig mit Luc.

»Unhöflich«, verkündet Tony, offensichtlich beleidigt.

Grant taucht hinter den Jalousien auf und miaut.

Tony presst eine Hand an die Brust. »Wow. Du rammst mir einen Dolch ins Herz, Grant. Ich dachte, wir wären Kumpel.«

»Gib Luc einfach ein Update, okay?« Elle geht zu ihrem Chaoshaufen und lässt die Staffelei zu Boden fallen, dann öffnet sie ein Portfolio und verstaut das Porträt darin. »Ein kurzes. Er will sich anziehen.«

»Eine Schande.« Tony beäugt Luc. »Scheint Verschwendung, das alles zu verbergen.«

»Tony«, sagt Elle, deutlich warnend.

»Okay, okay. Maryam und ich haben uns lange unterhalten und ich habe sowohl bei Dominic als auch bei Jacqueline eine Diagnose durchgeführt.« Tony nickt Elle zu. »Du hattest recht damit, dass ich der Einzige bin, der das in Ordnung bringen kann. Aber es wird Zeit und sorgfältige Planung nötig sein, um es zu bewerkstelligen. Es dürfte eine Menge sehr delikate Energiearbeit nötig sein. Ich hoffe, du kannst warten, Lukey.«

»Das kann ich. Danke dir.« Luc verlässt das Wohnzimmer in Richtung des Schlafzimmers.

»Das war's, hm?« Tony schüttelt den Kopf.

Elle winkt ihn heran, als sie in die Küche zurückkehrt, um sich die Kohle von den Händen zu waschen. Während sie die Tartes aus ihren Formen entfernt, ohne die Kruste zu zerstören, um sie im Anschluss auf Tortenständern zu drapieren, erklärt sie: »Er hat sich bedankt, was schon ziemlich gut ist. Ich will dich nur wissen lassen, dass ich später noch mehr Fragen stellen werde.« Sie schlägt Tony auf die Hand, als er sie nach einer der Tartes ausstreckt. »Wag es nicht.«

»Ich werde das im Kopf behalten. Habe ich je erwähnt, wie klug deine Entscheidung war, dich mit jemandem einzulassen, der wirklich kochen kann?« Er stößt ein fast wehmütiges Seufzen aus, den Blick auf die Tartes gerichtet.

»Wo wir gerade davon sprechen: Wo ist dein Mitbringsel zur Party?« Elle schenkt ihm einen bedeutungsschweren Blick.

»Wovon redest du? Ich bin doch hier, oder?«

Sie verdreht die Augen. »Jeder sollte etwas mitbringen, Tony.«

Er zuckt mit den Achseln. »Dann gib mir etwas zu tun.«

Das ist neu und anders. Angetan schenkt Elle Tony ein Lächeln, dann überträgt sie ihm diverse Aufgaben, die er erledigen kann, während sie das Wohnzimmer endgültig für acht Personen vorbereitet. Lira ist aus New Jersey eingeflogen, da sie nach ihrem Rausschmiss vorübergehend bei ihrer Familie eingezogen ist. Und das Rollkommando – auch wenn die Gruppe in die pazifische Niederlassung versetzt wurde und nicht mehr Rollkommando genannt wird – hat sie abgeholt und bringt sie mit hierher.

Sobald sie fertig ist, geht Elle nach Luc schauen. Sie klopft an die Tür, um sich anzukündigen, bevor sie den Raum betritt. »Geht es dir gut?«

Es hat sie einige Mühe gekostet, Luc von der Idee einer Einweihungsparty zu überzeugen, besonders mit seinen ehemaligen Kollegen. Er ist ihnen gegenüber auf der Hut, was nur verständlich ist. Aber Elle ist sich sicher, dass Ken und Emi nicht zulassen werden, dass Fern oder Gillen außer Kontrolle geraten – besonders ohne die lächerlich umfassende Versicherung, die sie früher dank des Bureau-Jobs hatten.

Luc sieht sie an, während er sich mit den Fingern durch die Haare fährt. Er hat sich einen dünnen olivfarbenen Wollpullover und helle Jeans angezogen. Unter dem Pullover erkennt Elle den Kragen eines gemusterten Hemdes. An seinem Handgelenk trägt er eine silberne Uhr mit hellbraunem Lederband. »Ich rechne fest mit einem taktischen Rückzug in die Küche, bevor der Abend zu Ende geht.«

»Das ist in Ordnung.« Sie wirft ihm ein beruhigendes Lächeln zu. »Und wenn das geschieht, werde ich dir Gesellschaft leisten. Es kann wirklich überwältigend sein, besonders mit Tony und Lira. Du hast sie noch nie wirklich ausgelassen erlebt, oder?«

Während er sein eigenes Spiegelbild mustert, schüttelt Luc den Kopf.

»Sie sind richtige Stimmungskanonen. Mach dir keine Sorgen

ihretwegen. Sei heute Abend einfach sozial, selbst wenn es dir nur für kurze Augenblicke gelingt.« Elle will allen Lucs echte Persönlichkeit zeigen, aber die Jahre der Isolation bedeuten, dass er sich nicht über Nacht verändern kann. »Außerdem ... sobald sie dein Essen probiert haben, werden sie sowieso über nichts anderes reden können. Ich habe den besten persönlichen Küchenchef auf diesem Planeten.«

Er schnaubt, lächelt aber trotzdem. »Danke dir.«

Die Türglocke bimmelt.

»Ich mache schon auf!«, ruft Tony aus dem Wohnzimmer. Eine Sekunde später hört man aufgeregtes Quietschen aus dem vorderen Teil des Hauses.

»Elle!«, brüllt Lira. Ihre Stimme dringt gedämpft durch die Schlafzimmertür. »Mädel, komm raus hier!«

»Nur ich?«, schreit Elle grinsend zurück.

»Bring deinen Verlobten mit!«

Ein ganzer Chor von kindischen *Oooooohs* erklingt vom Rollkommando. Sie könnte schwören, dass sie auch Tonys Stimme hört.

Elle lacht und packt Lucs Hand. »Fühlst du dich bereit?«

Er nickt. »Mit dir immer, mein Herz.«

Nachwort:
einige Bemerkungen zu Sprache

Wie ihr vielleicht bemerkt habt, gibt es in *Der Halbelf, der mich liebte* drei Hauptsprachen: Englisch, Chinesisch und Französisch. (Anmerkung der Übersetzerin: und in der Übersetzung natürlich Deutsch). Als ich dieses Buch geschrieben habe, war es eigentlich nur für mich gedacht, also habe ich meine Charaktere sie selbst sein lassen und habe ihnen erlaubt, die Sprachen zu verwenden, mit denen ich am vertrautesten bin. Ich bin in der taiwanesischen Diaspora-Gemeinde aufgewachsen, in einer vielsprachigen Umgebung, in der regelmäßig Englisch, Mandarin und taiwanesisches Hokkien gesprochen wurden. Dazu kamen noch das Japanisch, das meine Großeltern sprachen, viele Jahre Studien in Französisch, jahrelanges Singen in kirchlichem Latein, Jahrzehnte des Studiums westlicher, klassischer Musik (das gewisse Grundkenntnisse in Italienisch, Deutsch, Französisch und Englisch voraussetzt) und ein Leben in einer Umgebung, in der afroamerikanisches Englisch, Hebräisch, Kantonesisch, Koreanisch, Portugiesisch, Spanisch und Bulgarisch gesprochen wurden – was eine Welt voller Sprachen ergibt. Daher musste *Roland & Riddle* eine internationale Firma werden, um meine Welt zu spiegeln.

Sprachwechsel sind in vielen Ländern Teil des täglichen Lebens. Ich habe schöne Erinnerungen daran, wie ich bei Besuchen in Taipeh mit meiner Familie Leuten dabei zugehört habe, wie sie nahtlos von Mandarin in taiwanesisches Hokkien und wieder zu Mandarin gewechselt haben, mit hier und dort einem eingeworfenen japanischen Wort. Auch das Fernsehprogramm ist multilingual: Koreanische Dramen, japanische Dramen und japanische Animationsserien werden oft in ihren Ursprungssprachen belassen und chinesisch untertitelt. In der U-Bahn von Taipeh werden die Durchsagen in Englisch, Chinesisch, taiwanesischem Hokkien und Hakka verkündet. Es gab viele Gelegenheiten, bei denen ich ein Gespräch geführt oder einem Gespräch gelauscht habe, in dem mein Gesprächspartner plötzlich die Sprache wechselte. Manchmal auch in eine Sprache, die ich nicht sprach.

Wann immer das geschieht, fühlt es sich an, als würde einem eine Tür vor der Nase zugeschlagen.

Und es ist okay, wenn das passiert.

Ich wollte diese Erfahrungen in *Der Halbelf, der mich liebte* einbringen, was der Grund ist, warum ich keine Übersetzungen liefere. In den nicht-englischen (oder in der Übersetzung: nichtdeutschen) Gesprächen gibt es keine Informationen, die kritisch für das Verständnis des Textes wären, aber ich wollte, dass die Leser dieses Schließen einer Tür, das plötzliche Fallen eines Sperrgitters, deutlich empfinden. Der Englisch-sprechende Westen operiert auf der Grundlage, dass man Englisch sprechen muss, um zur Teilhabe fähig zu sein (das Mandarin-sprechende China agiert ebenso auf der Grundlage von Mandarin). Es ist nur akzeptabel, Englisch zu sprechen, weil die dominierende Kultur von dem imperialistischen Verlangen getrieben wird, alles zu wissen. Wenn es nicht verstanden werden kann, muss es erobert und kolonialisiert werden. Leute aus der dominierenden Kultur können ziemlich aus der Fassung geraten – und tun es auch –, wenn sie nicht länger verstehen, was vor sich geht, weil ihnen der Zugang verweigert wurde, den sie für ihr angestammtes Recht halten. Aber ich bin durchaus bereit, diesem Unbehagen Raum in meinem Buch einzuräumen.

Im Besonderen gibt es in *Der Halbelf, der mich liebte* recht subtile Regeln, wenn es um Englisch und Nicht-Englisch geht. Chinesische Muttersprachler führen Dialoge sowohl in offiziellen Schriftzeichen als auch in Pinyin. Nicht-Muttersprachler sprechen mit Pinyin, aber ohne die Akzentzeichen für den Tonfall. Wenn ein Charakter seine Muttersprache spricht, ändern sich die Anführungsstriche: französische Spitzzeichen für das Französische; Klammern fürs Chinesische. Bei Elle und Tony wird das moderne Festlandchinesisch, in dem sie fernsehen, in vereinfachten Schriftzeichen dargestellt. Aber da die Geschwister vor der Einführung des vereinfachten Standardchinesisch geboren wurden, verwenden sie in ihren Dialogen traditionelle Schriftzeichen.

Ich hoffe, dass die Sprachwechsel dabei helfen, die Weitläufigkeit der Welt von *Roland & Riddle* zu verdeutlichen. Außerdem hoffe ich, dass diejenigen unter euch, welche die Sprachen im Buch sprechen, Glück dabei empfinden, eure Sprache auf den Seiten zu sehen. Denn manchmal ist ein Sprachwechsel keine geschlossene Tür – sondern das Geschenk einer Tür, die sich öffnet.

Danksagung

Ein Buch zu schreiben ist immer eine Gruppenanstrengung, und das gilt auch für dieses Buch. Ich hätte es ohne die Beteiligung unzähliger Leute nicht geschafft. Ich danke bei Tachyon Publications den 3 Js (Jacob, Jill, Jaymee) sowie Elizabeth, Rick, Kasey und Sun-Yee. Ich bin bei euch allen genau am richtigen Ort gelandet. Besonders tiefen Dank möchte ich meiner Lektorin Jaymee Goh aussprechen, deren Überarbeitungen immer viel Spaß gemacht haben und als leuchtende Beispiele auf einer Webseite ausgestellt werden sollten.

Ich danke auch meiner Agentin Anne Tibbets, die über all meine Witze gelacht hat und deren Arbeitsweise perfekt zu mir passt. Wo findet man schon eine Agentin, die so warm, fürsorglich und ehrgeizig ist wie Anne, die ihren Blick auf den Horizont richtet und dann darauf zustrebt. Ich danke auch meiner Agentur, DMLA. Ich könnte mir keine bessere Betreuung wünschen.

Mille mercies à mon brillant und unersetzlichen Kritiker Casey Berger – polyglotter Universalgelehrter, Autor und Physiker, der mich durch meine Entwürfe getrieben hat und der mit seinen Instinkten immer richtiglag. Ich empfinde auch tiefe Dankbarkeit gegenüber Freunden und Lesern wie Jen – die unermüdlichste Cheerleaderin, die ich kenne – und Gabrielle, deren Enthusiasmus und Lebensfreude mich über Wasser halten. 謝謝 Rebecca, Sheryl, 跟 Yilin, Katje, to-siā für all die Hilfe bei den Namen.

Die Schriftstellergemeinde war der Felsen, auf dem ich stand. Ohne die G Squad und den Loon Slack wäre ich nie so weit gekommen. Ein besonderes Dankeschön geht an Mel für ihre Weisheit, Faye für das Französisch, Val für ihre Anleitung und Ermutigung, als ich die ersten Schritte gewagt habe. Und ich danke Marianne, deren Erfahrung, Besonnenheit und totale Seelenruhe genau das waren, was ich brauchte, um meine Perspektive zurechtzurücken, als ich zum ersten Mal mit den Höhen und Tiefen des Verlagswesens in Kontakt gekommen bin. Ohne dich wäre ich heute nicht, wo ich bin. Ich danke auch all meinen Beta-Lesern und aus tiefstem Herzen auch den Autoren und Lektoren, die mich unterstützt haben: Gwynne, Janet, Anne, Deborah. Ein dicker Dank geht auch an Alyssa Cole, deren Kurs über Liebesromane dafür gesorgt hat, dass ich meinen Entwurf abgestaubt und mich wieder ans Schreiben gesetzt habe.

Und dann sind da noch all die Leute, die auf grundsätzlichste Art Teil des eigenen Lebens sind. Janelle, du gehörst definitiv dazu. Larissa, Grace, D. Ann und Soumi, vielen Dank. An meine Katzen, Gremlin und Pooka, vielen Dank, dass ihr meine Beine und mein Herz warmhaltet. An meine Kinder, die dabei zugesehen haben, wie ich verstohlen und heimlich um meine Arbeit herumgeschlichen bin: Danke, dass ihr diesen Unsinn ertragen habt. Und zuletzt – und das ist am wichtigsten – danke ich meinem Ehemann Brian dafür, dass er mein erster Leser war, mich unterstützt hat, wann immer mein Elan nachgelassen hat, und sich um mich gekümmert hat, als ich mich nicht selbst um mich kümmern konnte. Ich liebe dich.

Sind mehrere Hexen beisammen, geschehen schlimme Dinge – doch Mika Moon will nicht mehr einsam sein ...

352 Seiten. ISBN 978-3-7645-3311-3

Mika Moon ist Anfang dreißig, Single – und eine Hexe. Man erkennt es auf ihrem YouTube-Kanal über Hexerei zwar nicht, aber ihre magischen Fähigkeiten sind echt. Seit ihrer Kindheit weiß sie, dass immer schreckliche Dinge geschehen, wenn zwei Hexen mehr Zeit als nötig miteinander verbringen. Dennoch nimmt sie das Angebot an, gleich drei minderjährige Hexen auf einmal zu unterrichten. Aber im Nowhere House, in dem die Kinder versteckt vor der Öffentlichkeit leben, findet Mika nicht nur eine herausfordernde Aufgabe, sondern neue Freunde, neue Liebe und vielleicht sogar etwas, das sie bislang nie hatte: eine Familie.

Lesen Sie mehr unter: **www.penhaligon.de**

London Calling:
Das spektakuläre Finale der SPIEGEL-Bestsellerserie!

480 Seiten. ISBN 978-3-7341-6333-3

Vor langer Zeit führten Magier und Djinn Krieg. Letztere unterlagen und wurden von den Siegern in einfache Gegenstände wie Lampen oder Ringe eingekerkert. Doch sie sinnen seitdem auf Rache. Nun ist es einem Djinn-Fürsten gelungen, eine Magierin in Besitz zu nehmen. Schwarz- und Weißmagier müssen sich eiligst verbünden. Doch Hellseher Alex Verus ahnt, dass dieser Pakt nicht lange halten wird. Buchstäblich jeder hat seine eigenen Ziele – auch Alex. Denn die besessene Magierin ist seine Freundin Anne, und während alle anderen sie und den Djinn vernichten wollen, muss er sie retten!

Lesen Sie mehr unter: **www.blanvalet.de**